KB174089

한국 고시가의 맥락 연구

한국 고시가의 맥락 연구

임주탁

역락

머리말

맛있는 음식은 우리에게 즐거움을 준다. 나에게 즐거움을 주는 음식이 남에게도 즐거움을 주는지는 분명하지 않다. 그런데도 '절대 미각'이라는 말이 두루 쓰이고 있다. 문학에 대한 일반화된 사유 가운데 하나는 '절대 미감'이라는 것이 존재한다는 것이다. 여기서 '미감'이란 '미학적 감각(aesthetic sense)'을 줄인 말이다. 독특한 맛을 내는 요소들을 적절하게 배합할 때 누구에게나 즐거움을 주는 음식을 만들 수 있다는 생각은 문학 작품을 미학의 대상으로 여기는 이들이 공통으로 지니고 있는 듯하다. 하지만 말과 글 텍스트를 만드는 과정은 조리 과정과는 사뭇 다른 것이다. 더욱이 남들에게 즐거움을 주기 위해 만드는 문학도 있지만, 그렇지 않은 문학도 있다. 문학을 만드는 이의 마음에는 현실 원리(reality principle), 도덕 원리(morality principle)가 기본적으로 작동하게 마련이다. 그러므로 모든 문학을 쾌락 원리(pleasure principle)에 따라 설명할 수는 없을 것이다. 물론 미학은 종교와 유사한 면이 있어서, 끊임없이 그 자태를 바꾸고 있다. 하지만 한 가지 분명한 사실은 문학 작품을 만드는 이는 기본적으로 독자와의 소통을 추구한다는 것이다.

언어를 매개로 하는 소통은 복잡한 사고 과정을 수반한다. 물론 당대 작가와 독자 사이에는 그 과정이 자동화될 수 있다. 기호(sign)의 결합체로서 텍스트가 전달하는 메시지(message)의 의미(meaning)를 즉각적으로 알아차릴 수 있다는 것이다. 그런데 메시지 자체가 의미여서가 아니라 메시지가 의미를 갖는 맥락(context)을 공유하고 있어서 작가가 드러내고자 하는 의미와 독자가 읽어내는 의미가 일치할 확률이 높기 때문이다. 그 확률은 동일 사회나 조직에 몸담은 작가와 독자 사이의 소통에서 한층 더 높을 수 있다. 반대로 서로 다른 사회나 조직에 몸담은 작가와 독자 사이의 소통에서는 아주 낮을 수 있다.

언어의 사회성만이 아니라 역사성 또한 고시가의 작가와 오늘날의 독자 사이의 소통을 어렵게 하는 근본 원인으로 작용하고 있다. 고시가에 대해 선학(先學)이 접근했던 방식을 일종의 직무연수(On-the-Job training)를 통해 익힌다고 해서 소통의 길이 크게 확장되는 것은 아니다. 선학들이 접근했던 방식이란 주로 문학을 미학의 대상으로 간주하고 주로 쾌락 원리에 따라 읽으며 '절대 미감'을 보여주고자 한 것이기 때문이다.

소통에 가장 중요한 것은 '누가, 누구에게, 무엇을 전달하고자 했는가'를 정확하게 파악하는 것이다. 사건 보도에서 육하(六何, 5W1H) 원칙을 정해 놓은 것도 해당 사건을 독자가 이해하는 데 필요한 최소한의 정보가 제공되어야 한다는 판단이 있었기 때문이다. 최소한의 정보는 보도 텍스트 혹은 보도 사건의 맥락을 구성하는 것이다. 이 기본 정보가 제공되지 않을 때 독자는 보도 텍스트나 사건을 이해할 수 없을 뿐 아니라 자칫 왜곡해서 이해할 수도 있다. 맥락을 구성하는 데에 필수적인 요소들을 자의적 상상으로 채우며 읽을 때 사건은 한층 더 심각하게 왜곡될 수 있다. 외람된 말이지만, 선학들이 한국 고시가에 접근했던 방식이 어쩌면 이와 같은 것이 아니었나 싶다. 맥락을 구성하는 데 필수적인 정보가 제공되지 않아서 자신의 경험에 기초한 자의적인 상상으로 텍스트의 맥락을 재구성하며 '미감'을 작동하고 즐거움을 느끼고자 한 것이 아니었나 싶은 것이다.

이런 의구심을 가지고 고시가를 중심으로 고전문학 텍스트의 실제적인 맥락을 탐색하는 작업에 20년 이상 몰두해왔다. 그 사이에 몇 차례 걸쳐 탐색 결과를 책으로 묶어냈다. 주로 한편 한편의 텍스트가 의미론적 통일성을 가지는 실제적인 맥락을 탐색하여 의미를 새로이 해석한 것이었다. 이전 저서에서는 맥락을 구성하는 필수적인 요소들이 상대적으로 빈곤한 텍스트를 대상으로 한 탐색 작업의 결과물이라면 이 책은 그 요소들이 비교적 많이 알려진 까닭에 새로운 연구의 대상이 되지 못하는 텍스트를 대상으로 한 탐색 작업의 결과들로 채웠다. 말하자면 누구나 뻔히 아는 작품이어서 재론의 여지가 거의 없는 14세기 시가 작품과 홍낭의 시조 작품을 대상으로 텍스트의 실제적인 맥락을 탐색한 결과물로 채운 것이다. 그리고 그 탐색의 방법으로 적용한 맥락 연구(contextual study)의 의의와 내용을 보여주는 두 편의 글을 앞에 놓아서 독자의 이해를 돕고자 했다.

문학 연구든 문학 교육이든 그것은 언어를 매개로 하고, 그 언어는 주로 흰 종이 위의 점과 선으로 연결되어 있다. 그런 언어로써 입체적인 것을 그려내는 능력은 인간만이 계발해 온 것이다. 이 책에서 보여주는 맥락 연구 방법이 비단 14세기 시가나 여성 시조를 새롭게 이해하는 데뿐 아니라 그런 능력을 계발하는 데도 일조할 수 있었으면 하는 바람을 가져본다. 그리고 이 책의 출판을 흔쾌히 승낙해 주신 도서출판 역락 이대현 대표와 편집에 많은 애를 써 주신 편집진 여러분께 진심으로 감사하다는 말씀 드린다.

2020년 1월
금정산 아래 작은 방에서
저자 씀.

• 차례

• 제 2 부

14세기 시가의 맥락

제1부

•

맥락 연구의 방법론적 의의

제 1 장

고시가 연구의 현재와 미래: 시각과 방법을 중심으로

1. 서론

우리말 노래(이하에서는 '고시가'로 지칭함) 분야는 형성기 국문학연구에서 중심에 자리하였지만, 점진적으로 주변으로 밀려나고 있다. 이러한 형국은 중등학교 국어과 교육과정 특히 국어 교과 교과서를 통해 쉽게 확인할 수 있다. 이 글은 이러한 원인을 진단하는 방향에서 현재까지의 연구의 시각과 방법을 되돌아보고 향후 고시가 연구의 의의를 높이는 길을 모색하는 데 목적이 있다. 따라서 어떻게 연구하느냐는 문제뿐 아니라 왜 연구하는가는 문제를 아울러 다룬다. 고시가 연구가 오늘날 우리 삶에서 어떤 가치를 가질 수 있는지, 가치를 증대하자면 어떻게 연구해야 하는지에 대한 성찰의 계기를 마련해 보고자 하는 것이다. 개인적 진단과 성찰을 근간으로 하는 만큼 논의가 다소 거칠고 연구 성과들을 세세하게 살피지 않았다는 비판이 없지 않을 것이다. 또 독자에 따라서는 상당히 불편하게 읽힐 수도 있을 듯하다. 하지만 고시가 연구에 투자하는 우리의 시간과 노력이 좀 더 값진 결실로 수렴되는 길을 찾고자 하는 의도에서 준비한 것이라는 점을 널리 이해해 주기를 바란다.

2. 민족어 문학사 서술과 미학주의

‘민족 문학사’[1]는 형성기 국문학 연구자들이 직면했던 시대 상황과 연관되어 있다. 언어는 민족 개념에서 핵심적인 요소로 인식되었다. 그런 까닭에 고시가는 민족 문학사의 중심에 자리하게 되었다. 고시가 연구의 기저에는 민족성과 고유한 민족어 예술 형식을 발견함으로써 식민 지배하에 있는 민족 구성원에게 우리 민족이 수준 높은 문화를 창조하고 계승 발전시켜 온 민족이라는 자긍심을 갖게 해야 한다는 시대적 소명의식이 자리하고 있었다.[2] 이렇게 민족어로 표현된 ‘민족성과 예술성’의 해명이 문학 연구에 가장 기본적인 과제가 되면서[3] 기원적으로 타민족의 언어라 할 수 있는 한어(漢語)를 매개로 일구어온 한시는 고시가 중심 문학사 서술에서 거의 배제되었다. 그런데 민족어 시의 정화(精華)로 여겨지기도 한 시조(時調)의 작가(지식인)들은 일반적으로 한어를 문화어(‘화어(華語)’), 한민족의 고유한 언어를 비(非)문화어(‘이어(夷語),’ ‘향어(鄕語)’, ‘이속지어(俚俗之語)’)로 각각 인식하였다. 물론

1) 安廓, 『朝鮮文學史』(韓一書店, 1922); 趙潤濟, 『朝鮮詩歌史綱』(東光堂書店, 1937).
2) 이 점은 梁柱東, 「續. 古歌今釋-時調와 麗謠」, 『白民』 1949년 6월호, 143~154쪽을 통해 가늠해 볼 수 있다.
3) ‘민족성’은 민족 구성원의 개별적 특성보다는 보편적 특성을 중시하는 개념이다. 따라서 이 말은 민족 보편의 특성을 어떻게 예술적(=감성적)으로 풀어냈느냐를 확인하는 것이 연구자의 주요 과제였다는 뜻이다.

'비문화어'의 의의가 계기적으로 강조되기도 하였지만[4] 그 매개 언어조차 한어였다. 더욱이 민족 문학의 정수로 평가되기도 한 시조의 대부분은 한어를 매개로 표현되었던 사상과 감정에 기초하고 있다. 이는 최소한 근대 이전의 지식인 사회에서 한민족의 고유 언어가 작가들의 사상과 감정을 '문화적으로'(혹은 '예술적으로') 표현하는 매체로 널리 인식되지 않았음을 말하는 것이다. 그렇다면 가령, 시조가 민족 보편의 정서를 예술적으로 표현했다는 명제는 과연 타당한가는 의문을 갖지 않을 수 없다. 이런 의문은 뒤로 한 채, 형성기 국문학 연구자들은 민족어 문학의 예술적 수준이 곧 그 민족의 문화 수준을 드러낸다는 전제를 적극적으로 수용하였다.[5]

이 전제는 따지고 보면 서구적이고 미래 지향적이다. 민족어 문학 중심 문학사 서술은 서구 문학사 서술의 기본 틀이다. 따라서 고시가 중심의 문학사 서술은 서구적인 잣대로 근대 이전 문학의 역사를 재구성했다는 점에서 서구적이라 할 수 있다. 또한, 형성기 국문학연구는 민족 단일의 언어가 문학 언어로 자리하게 될 시대를 염두에 둔 것이다. 더는 한어가 민족의 사상과 감정을 표현하는 언어로 존속할 수 없는 시대의 문학은 한민족의 고유 언어로만 창작될 수밖에 없다는 시대 흐름을 반영한 것이다. 따라서 고시가 중심의 민족 문학사 서술은 그 출발점에서부터 미래 지향적이었다고 할 수 있다.

이렇게 서구적이고 미래지향적인 민족 문학사 서술의 틀이 만들어지면서[6] 고시가는 그 틀에 부합하는 특성을 추출하는 대상이 되었다.

---

4) 임주탁, 「우리말 노래 창작의 사상적 기반 -주체와 타자에 대한 담론을 중심으로」, 『국문학연구』 16(국문학회, 2007), 59~101쪽.

5) 金台俊, 『朝鮮漢文學史』(朝鮮語文學會, 1934)에도 이러한 전제가 수용되었음(2~3쪽)을 알 수 있다.

6) 우리어문학회, 『國文學史』(秀路社, 1948); 趙潤濟, 『教育 國文學史』(東邦文化社, 1949); 李

이후에도 고시가는 정형시로서의 형식적 특성을 추출하는 대상이나 미학적(aesthetic)[7] 특질 혹은 예술적 가치를 탐색하는 대상이 되었음은 두말할 나위가 없다. '자생적 근대화론'의 시각에 기초한 '근대성'의 탐색 또한 스스로 역사 변혁을 꾀하고 추진할 역량을 갖춘 민족임을 드러내는 데 초점이 맞춰져 있다는 점에서 서구적인 민족 문학사 서술과 궤를 같이하는 것이라 할 수 있다.[8] 서구적인 틀을 수용한 만큼 그 틀에 부합하는 내용(주로 예술로서의 특성) 또한 서구적인 이론에 의해 추출되었다. 다양한 서구 문예 이론과 비평 이론이 도입, 적용되었고,[9] 결과적으로 고시가는 예술로서의 보편적 가치를 아울러 담지한 민족어 문학으로 평가되었다. 작가가 알려지지 않거나 규명되기 어려운 텍스트라도 서구적 문예 혹은 비평 이론의 틀에 따라 읽히게 되면 보편적 가치를 지닌 예술 작품이 되고 따라서 현재적·대중적 수용의 가능성도 한껏 열려 있는 것으로 여겨졌다.

그런데 현재의 실상은 어떠한가? 국문학 영역이 한시와 구비 시가에까지 확대된 이후 고시가는 학계뿐 아니라 대중 사회에서도 크게 주목을 받지 못하는 분야로 바뀌었다. 어떻게 하면 고시가가 대중의

崇寧·金東旭 편, 『國語國文學史』(乙酉文化社, 1955); 李秉岐·白鐵, 『표준 국문학사』(新丘文化社, 1957) 등 광복 이후 편찬된 문학사는 이 틀을 유지하고 있다.

7) 'aesthetic'은 '미학', '미학적', '미적', '감성적', '심미적' 등으로 번역되어왔다. 어떻게 번역하든 간에 형성기 국문학연구자들에게 이 말은 문학이 오성(悟性)·이성(理性) 혹은 지(知)·의(意)와 변별되는 정신 작용 곧 감성('정(情)')이 추구하는 초월 가치 곧 미(美)를 추구하는 활동 영역이라는 인식을 심어주었음이 분명하다. 그리고 이러한 인식에는 춘원을 비롯한 1910년대 동경 유학생들의 영향이 상당한 영향을 끼친 것으로 보인다. 이에 대해서는 이 글의 '결론' 부분에서 재론할 것이다.

8) 김홍규, 『근대의 특권화를 넘어서: 식민지 근대성론과 내재적 발전론에 대한 이중비판』(창비, 2013)은 우리 학문 영역에서 근대를 바라보는 시각의 문제에 대한 근본적 성찰을 보여주고 있다.

9) 鄭炳昱, 「韓國詩歌文學史 上」, 『韓國文化史大系』 IX(고려대학교 민족문화연구소, 1992(초판 1965)), 755~814쪽; 金烈圭, 「韓國詩歌의 抒情의 몇 局面」, 『東洋學』 2(단국대 동양학연구소, 1972); 鄭炳昱, 『韓國古典詩歌論』(新丘文化社, 1976).

현재적 관심과 대중적 수용의 대상이 될 수 있게 할 것인가가 관련 학회의 공통 관심사가 된 것이 지금의 현실이다. 한시가 근대 이전 지식인의 시적 감성을 다채롭게 보여준 문학이라면 구비 시가는 사회적 지위가 그와 대척점에 자리하는 '민중'의 시적 감성을 다채롭게 보여준 문학이라는 인식이 지배적이다. 그런 까닭에 한시와 구비 시가의 연구를 통해 우리는 지식인과 민중의 삶의 다양한 국면을 들여다볼 수 있게 되었다.[10] 그렇다면 고시가는 어느 지점에 자리하는가? 형성기 국문학 연구자들은 고시가가 둘의 특성을 아우르는 특성을 지닌 문학이라고 간주한 듯하다. 그런데 근대 이전 지식인의 시적 역량은 한시를 통해 한껏 발휘되었다. 몇몇 예외가 없지 않지만, 유명(↔무명) 시조 작가는 기본적으로 한시 작가였고, 한시를 통해 자신의 시적 재능을 최대한 발휘하고자 하였다. 무엇보다 그것이 그의 학식을 가늠하는 중요한 잣대가 되었기 때문이다. 그렇다면 근대 이전 지식인들의 고시가 창작에는 한시 창작과는 다른 특수한 맥락[11]이 존재했다고 볼 수 있다. 그 맥락이 작가에 따라 다양할 수 있음은 물론이다.[12] 하지만 민족어 중심의 문학사 서술 시각과 미학주의(aestheticism) 시각은 작품의 개별적 맥락의 다양성을 상대적으로 소홀히 다루어 온 것이 사실이다. 개별 작품의 맥락을 복원할 만한 자료가 부족한 것도 중요한 걸림돌이 되었을 수 있음도 물론이다. 하지만 문학에 대한 시각을 달리하였다면 맥락을 복원하는 데 필요한 자료가 풍부한 작품도 적지

---

10) 이렇게 들여다보는 삶이 실상에 부합하는 것이냐는 또 다른 문제이다.

11) 맥락이란 텍스트에 의미론적 통일성(semantic coherence)을 부여하는 제반 요소들이 텍스트와 맺고 있는 관계를 가리킨다. 맥락 개념에 대한 좀 더 자세한 논의는 임주탁, 「맥락중심 문학교육학과 비판적 문학교육」, 『문학교육학』 40(한국문학교육학회, 2013), 90~92쪽; 『한국 고시가의 반성적 고찰』(태학사, 2013), 15~54쪽 참조.

12) 악부시(樂府詩)는 그 특수한 맥락에서 고시가가 가지는 의미를 해석하여 일반적으로 한시의 이해와 감상의 방식으로 수용할 수 있게 재창작한 것이라 할 수 있다.

않았던 것도 분명하다. 그런 점에서 한시와 구비 시가를 모두 수용하는 방향에서 서술한 문학사[13]는 고시가 연구에 새로운 전기를 마련해 주었다고 할 수 있다.

이 통합적인 문학사는 1980년대 이전까지[14]의 고시가 연구 성과의 집성인 동시에 그 안에서 다루어져 왔던 작품의 역사적 맥락에 대한 논의까지 더함으로써 미학적 논의의 영역을 아울러 확장했다. 하지만 민족어 중심의 문학사 서술이 수용하고 있는 많은 전제들-특히 형식 문제와 관련한-을 대부분 수용하고 있다. 민족어 시가의 기원은 물론, 향가・속악가사(고려가요・경기체가)・가사・시조・사설시조・잡가 등 형식 중심의 문학사의 틀도 대체로 수용하고 있다. 물론 간헐적으로 의문을 제기하기도 하고 대안적 해설을 개진하기도 하였지만, 작품의 개별적 맥락에 대한 이해 또한 민족주의와 미학주의가 결합한 시각에서 도출한 결과들에서 크게 벗어나 있지는 않다. 가령, 송강(松江)과 고산(孤山)은 민족주의와 미학주의의 시각에 기초한 연구의 최대 수혜자라 할 수 있다. 고시가 중심의 민족어 문학사는 물론이거니와 다양한 비평 이론들에 의해 그들의 작품에 최고의 예술적 가치가 부여되었기 때문이다. 한시와 구비 시가를 포괄하는 통합적인 문학사에서도 송강은 가사, 고산은 시조가 각각 보여줄 수 있는 미학적・예술적 성취의 최고 수준을 보여준 작가로 평가되고 있다.[15] 하지만 그 성취의 기준은 여전히 모호하고 객관성을 담보하고 있다고 확신하기 어렵다. 각 작가의 개별 작품들의 맥락에 대한 정보는 여전히 빈약하다. 그런 까

13) 조동일, 『한국문학통사』 1~5(지식산업사, 1981~1988).
14) 권수에 따라 1980년대의 중반까지의 성과가 집적되기도 하였다. 또 재판, 3판, 4판으로 개정되면서 이후 성과도 부분적으로 수렴되고 있다.
15) 조동일, 『한국문학통사』 2(지식산업사, 1983), 309쪽; 조동일, 『한국문학통사』 3(지식산업사, 1985(초판 1984)), 274~275쪽.

닭에 어떤 글이든(예술이든 아니든) 처음 마주하는 독자가 던지는 가장 기본적인 질문, "작가는 왜 이 글을 지었을까?"라는 질문을 만나면 여전히 머뭇거리게 된다.

개별 텍스트의 언어적 질서 곧 의미론적 통일성은 맥락에 대한 이해가 없이는 온전하게 파악되기 어렵다. 선뜻 대답을 찾지 못하는 것은 의미론적 통일성을 보장하는 맥락을 분명하게 알지 못하기 때문이다. 우리는 가장 기본적인 물음에 답할 수 있을 때 비로소 각각의 개별 작품이 작가에게 무엇이었는지를 알 수 있고, 나아가 고시가가 그 작가에게 무엇이었는지를 알 수 있다. 이러한 논의가 축적되어야 시조와 가사가 무엇이었는지에 대한 논의나 미학적 논의도 구체성을 획득할 수 있게 된다.

고시가 연구 논문에 대해 독자가 던지는 기본적인 질문 또한 이와 다르지 않을 것이다. 어떤 말과 글이든 소통을 전제로 한다. 잠재적으로 설정하는 독자가 하나든 그 이상이든, 실제 독자가 가지는 가장 기본적인 질문은 표현 행위에 함축된 주체의 의도를 확인하는 데 초점이 맞춰지게 마련이다. 고시가가 현재의 독자와 만나기를 희구하기에 앞서 우리는 그 질문에 답할 준비가 되어 있어야 한다. '고시가는 위대한 민족 문화(예술) 유산'이라는 전제가 일방적으로 수용되던 시대는 마감된 듯하다. 고시가에 대한 관심의 축소는 오늘날 독자의 생각하고 느끼는 방식이 그런 전제를 수용하던 시대의 독자의 것과 상당히 달라졌음을 반영한 것이라 할 수 있다. 정치 권력의 주도권을 장악하기 위해 정적을 숙청하는 데 앞장선 인물들이 '예술적 가치가 높은 민족어 시'를 창작했다는 이유로 고평되거나 옹호되어야 한다면 그 예술적 가치의 실체는 도대체 무엇일까? 오늘날 그런 작가가 실재한다면 우리의 반응은 어떠할까? 실제로는 일관되게 권력과 부를 추구하면서 물욕 없는 생활을 찬양하는 것이 자기모순이 아니라면 그런 특성을 보이는 고시가는 또 다른 맥락과 닿아 있다고 볼 수 있다. 우리는 송강과 고산의 예술가로서의 평가에 앞서 개별 작품들의 실제적 맥락이 무엇인지 우선적으로 천착할 필요가 있는 것이다.

맥락에 대한 천착은 고시가 연구가 인간에 대한 이해와 성찰을 지향하는 방향으로 나가는 데 필수적인 작업이다. 민족어 문학이 다채로운 면모를 보이며 이루다 헤아릴 수 없을 정도로 생산되고 유통되는 시대에 형성기 국문학 연구자들이 견지했던, 서구적인 이론 특성을 지닌 민족주의와 미학주의가 결합한 시각과 방법이 고시가 연구에 여전히 유효하다면[16] 그 이유 또한 오늘날 독자들이 합리적으로 받아들일 수 있는 것이어야 하는 것이다.

3. 맥락 연구와 문헌학

근대 이전 지식인들은 개별 텍스트의 맥락을 매우 중시하였고, 특히 시가의 이해와 감상은 그 맥락에 대한 이해에 기초해야 한다고 인식하였다. 몇 가지 사례를 통해 우리는 그러한 인식을 확인할 수 있을 것이다.

16) 성기옥, 「한국 시가 연구와 陶南」, 『古典文學研究』 27(한국고전문학회, 2005), 119~165쪽에서는 도남의 고시가 연구의 시각과 방법의 의의를 새롭게 조명하고 있다. 특히 '미시적인 분석'에만 길들여진 현재의 고시가 연구 풍토에서 '거시적인 학문방법'의 의의를 일러주고 있다고 주장하고 있다. 이 주장은 '미시적 분석'이 수렴될 가능성이 없을 만큼 다양하게(소통되지 않으며) 이루어지고 있음을 문제 삼았다는 점에서 의의가 있다. 하지만 도남의 민족어 문학사 서술을 전적으로 수용한다는 전제를 함축하고 있다는 점에서는 동의하기 어렵다.

[사례 1] 균여(均如, 923~973)는 고시가 관련 자료에서 개별 작품의 맥락의 중요성을 인식한 최초의 작가라 할 수 있다. 전체로서 <보현십원가(普賢十願歌)>로 불리기도 하는 그의 시가 작품들은 향가의 정형시적 특성을 확인하는 데 매우 중요한 근거 자료로 활용되어왔다. 그런데 여전히 주목 대상에서 비켜나 있는 것이 있다. 동일한 소리를 다르게 표현하고 있다는 점이다. 주지하다시피 11편의 고시가 중 5편에 동일한 소리 '아야'가 포함되어 있지만, 각각의 표기가 하나같지 않다. 즉, '아야'라는 소리가 '阿耶'(광수공양가(廣修供養歌), 총결무진가(總結無盡歌))로 표기되기도 하고 '城上人'(상수불학가(常隨佛學歌)), '打心'(항순중생가(恒順衆生歌)), '病吟'(보개회향가(普皆廻向歌)) 등으로 표기되어 있다. 선행 주석에서는 하나같이 이 5편만이 아니라 11편 개별 작품 모두 '아야'라는 소리를 포함하고 있다고 볼 뿐 아니라 이러한 표기가 일종의 '희서(戱書)'에 지나지 않는다고 설명하고 있다.[17] 그런데 '아야'라는 소리를 '阿耶(아야)'로 표기하는 것과 '城上人(상상인)', '打心(타심)', '病吟(병음)'으로 표기하는 것 사이에는 상당한 차이가 있다. 무엇보다 후자와 같은 표기는 실제 언어생활에서 '아야'라는 소리가 다양한 상황에서 발화된다는 점을 고려한 것이기 때문이다. '城上人(성상인)'으로 표기된 '아야'가 마치 성 위와 같이 높은 곳에 올라갔을 때 저절로 발화되는 소리와 같은 것이라면, '打心'은 자기 잘못을 뉘우치고 자신의 행위를 책망할 때 내뱉어지는 소리이고, '病吟(병음)'은 병이 들어 심한 고통을 겪을 때 내

17) 梁柱東, 『增訂 古歌硏究』(一潮閣, 1993)에서는 '城上人'에 대해서는 "그眼界가 「蒼茫·遼遠」함으로 「杳冥」(아ᄋᆞ라ᄒᆞ)의 「아으」를 戱借한 것"(828쪽), '打心'에 대해서는 "義讀, 「아으」의 戱寫. 곧 가슴을 치며 「아으 · ᄋᆡ · 애」等 歎息하는 뜻. 「嘆曰」·「病吟」等과 同義"(840쪽), '病吟'에 대해서는 "義借「아으」의 戱書. 本條로보아서는 「애 · ᄋᆡ」에 갓가우나 一般的으론 「아으」"(853쪽)라고 각각 설명하고 있다. 金完鎭, 『鄕歌解讀法硏究』(서울대학교출판부, 1984(초판1980))에서는 셋 모두 '戱書'(195쪽)로 간주하여 '아야'로 해독하고 있다.

는 소리이다. 각각의 소리는 각각의 노래의 화자가 어떤 심적 상황에 있는가를 분명하게 드러낸다. 실제로 각각의 소리를 포함하는 노래의 마지막 부분은 '城上人(성상인)', '打心(타심)', '病吟(병음)'이 가리키는 심적 상황을 고려하여 수용할 때 그 생각과 감정이 '공감'될 가능성이 크다. 이것은 같은 소리라도 어떤 심적 상황에서 발화되느냐에 따라 담기는 정서가 다르다는 점, 작가와 독자 사이의 생각과 감정의 소통과 공감이 '맥락의 공유'에 기초한다는 점을 균여가 분명하게 인식했음을 말해 준다. 균여는 해당 노래를 읽거나 부르는 사람들이 가졌으면 하는 생각과 감정을 가장 쉽고 적확하게 인지하고 느낄 수 있는 상황에 대한 정보, 곧 맥락 정보를 제시하였다. 그러한 정보를 활용하여 텍스트의 맥락을 추론·상상·공유함으로써 독자가 작가와 동일한 생각과 감정을 느낄 수 있도록 한 것이다.

<보현십원가>는 '보살'들이 깨달음의 세계에 이르게 하기 위해 지은 것인 만큼, 노래의 창작 과정에서 균여는 노래의 수용 주체들이 노래를 매개로 어떻게 불교적 가르침을 체화하여 깨달음의 세계에 도달하느냐는 문제를 고민하였을 것이다. 표기의 차이는 그러한 고민을 일정하게 반영한 것인데 각 노래의 주석이나 해석에서 이 점이 주목되지 않았던 것이다. 물론 균여가 새삼 노래를 통해 '보살'들을 깨달음의 세계로 인도해야 한다는 생각을 갖게 된 현실 맥락이 어떠하였는지는 여전히 파악되지 않고 있다. 다만 이후 국가 사회적 차원에서 그 '보살'들의 힘이 절실히 필요한 시기에 지식인들이 균여와 그의 노래에 거듭 각별한 관심을 드러냈다는 사실[18]은 그의 고시가 창작이 또 다른 맥락과 닿아 있음을 시사한다. 그 맥락을 복원하는 작업을 통해 우

18) 임주탁, 『고려시대 국어시가의 창작·전승 기반 연구』(부산대학교출판부, 2004), 24~31쪽, 11~115쪽 참조.

리는 균여가 자기 시대 현실에서 어떤 문제를 중요하게 인식하고 해결하고자 <보현십원가>를 지었는지를 보다 핍진하게 파악할 수 있을 것이다. 그것이 인간과 세계란 무엇이며, 당대 '차별적인' 현실 사회 속에서 사람들이 어떤 관계를 이루며 어떻게 살아야 하느냐는 문제에 대한 깊은 성찰을 근간으로 한 것이라면 <보현십원가>는 당대뿐 아니라 오늘날에도 가치를 가질 수 있음이 분명하다.

이처럼 추론과 상상을 통한 맥락의 공유가 한 편 한 편의 시가 작품을 이해하는 데 관건이 된다는 인식의 자취는 고대가요라 불리는 작품(공무도하가, 황조가, 구지가)이나 『삼국유사』, 『고려사』에 전하는 고시가에 대한 기록 방식에서도 찾아볼 수 있다. 그 노래들이 어떤 상황에서 지어지고 불린 것인지를 아울러 설명하는 글[19]과 함께 기록되어 있음은 두루 아는 사실이다. 물론 그 기록들이 실제적인 맥락 정보를 담고 있는가는 논의가 더 필요한 부분이지만, 그러한 기록에 담겨 있는 맥락 정보가 없이는 각 노래에 대한 이해가 온전할 수 없다는 인식을 반영한 것임은 분명하다 할 것이다.

[사례 2] 최자(崔滋, 1188~1260)는 제영시(題詠詩)에 대한 설명에서 미학적 대상(aesthetic objects)[20]으로 향유된 한시의 이해와 감상도 텍스트와 닿아 있는 맥락에 대한 이해 없이는 온전하게 이루어질 수 없다는 인식을 분명하게 보여주었다.

---

19) 이른바 '작가지의(作歌之意)'는 누가 언제 어떤 상황에서 어떤 생각과 감정을 노래로 표현하고자 하였는지를 자세하게 설명하고 있다. 그러한 설명은 곧 맥락에 대한 이해를 통해 창작 의도에 다가갈 수 있다는 인식에 기초한다고 볼 수 있다.

20) '미적 대상'으로 번역되지만, 원어(aesthetic)이란 의미를 고려해서 '미학적 대상'이라 번역하여 쓴다.

> 제영(題詠)을 남길 때는 말은 간결하되 뜻은 다 드러내는 것이 좋다. 굳이 과장을 많이 하거나 화려하게 할 필요는 없다. 만일 누대나 정자에서 경관을 구경하는 곳의 제영은 단지 한두 연(한시의 1句)에 경관을 그려서 그림처럼 눈앞에 삼삼하게 하면 바쁘게 지나가는 길손이 읽어서 입에 물리지 않고 마음에 싫증나지 않고 완상하며 흥을 부칠 수 있게 할 수 있다. 나는 평생 "달이 어둑하니 새는 물가를 날고, / 내가 끼니 강물에는 절로 물결이 인다. / 고깃배 어디에서 머무는지, / 아득하여라, 한 가락 노래 소리.(月黑鳥飛渚, 烟沉江自波. 漁舟何處宿, 漠漠一聲歌.)"라고 한 임상국(任相國, 任克忠, ?~1171)의 <제황려현객루(題黃驪縣客樓)>를 밥 먹듯이 들었지만, 그 성운(聲韻)과 조어(措語)가 기이하다고 여길 뿐 그 맛은 느끼지 못하였다. 중도를 안렴(按廉)할 때에 이 객루에 닿았는데, 때마침 물안개가 끼고 맑은 달이 희미한데 물새가 소리 내며 날고 어부들은 서로 노래를 주고받았고 있었다. 눈과 귀를 자극하는 것은 모두 임공이 읊은 것이었다. 그 시의 가치는 경관을 마주할수록 높아진다.[21]

'성운과 조어'에 대한 최자의 반응에서 한시가 미학적 감상과 수용의 대상으로 널리 인식되었음을 알 수 있다. 그런데 최자는 언어 텍스트만을 대상으로 하는 미학적 반응을 통해서는 임극충의 시의 맛을 온전하게 느끼지 못했지만, 실제 맥락을 알고 나서야 비로소 그 시의 맛을 온전하게 느낄 수 있었다고 고백하고 있다. 텍스트의 맥락에 대한 충분한 정보를 확보할 때 시의 온전한 감상이 가능해지고 따라서 그 시의 미학적 가치도 좀 더 분명하고 깊게 이해할 수 있다는 것을

21) 凡留題以辭簡義盡爲佳. 不必誇多輝富. 若亭臺樓觀所過題詠, 只在一兩聯寫景如畵, 森然眼界, 使忩忩過客讀之, 口不倦心不厭, 吟玩遣興耳. 予平生飽聞任相國克忠題黃驪縣客樓云. "月黑鳥飛渚, 烟沉江自波. 漁舟何處宿, 漠漠一聲歌." 但奇其韻語, 未得其味. 及按廉中道, 抵宿此樓, 是時江烟冥漠, 淡月朦朧, 水鳥飛鳴, 漁人相歌. 惱眼感耳, 總是任公之詠. 其詩價, 對景益高. 崔滋, 『補閑集』(박성규 역, 서울: 보고사), 2012, 127~129쪽에서 재인용.

실제 경험을 통해 설명하고 있는 것이다.

최자는 이러한 경험적 이해를 바탕으로 당대에 복원된 '임경대(臨景臺)'가 최치원(崔致遠)의 <임경대>가 창작된 곳이 아니라는 견해도 피력한다.[22] 복원된 누대에서 감각되는 물상(物象)들이 그 시와 합치하지 않는 것이 마치 현(縣)에서 주(州)의 방문(榜文)을 액자로 만들어 걸어놓은 것과 같다고 신랄하게 비판한다.[23] 시인에 대한 일반적인 평가를 추수하여 시의 맥락에 대한 이해 없이 현창(顯彰)하는 행위를 비판한 것이다. 그러한 행위가 오히려 시의 미학적 가치를 무화(無化)시키는 결과를 초래할 수 있음을 지적한 셈이다. 최자의 글에서 우리는 아름다운 경관에 대한 체험을 실제적인 맥락의 추론과 상상을 통해 독자와 공유하는 것이 제영시 특히 객관에 딸린 누대에 걸어 두는 제영시를 창작하는 주요 동기 가운데 하나였음도 아울러 확인할 수 있을 것이다.[24]

[사례 3] 김종직(金宗直, 1431~1492)은 텍스트를 이루는 어휘의 축자적 의미에 이끌려 도연명(陶淵明)의 <술주(述酒)>가 암유(暗喩)를 많이 사용하고 있다는 점이나 난신적자가 창궐하는 시대인데도 대항할 힘이 없는 지식인의 충분(忠憤)을 담아낸 시라는 점을 젊은 시절에는 알

22) 최근에도 논란이 있다. 1999년 임경대 누각이 세워진 곳과 최치원의 시가 암각(巖刻)된 곳이 다르다는 주장이 제시된 까닭이다. 그런데 시가 암각된 곳이 최치원이 시를 창작한 장소인지는 확인된 바 없다. 만일 그런 곳이 있었다면 최자는 그 장소를 분명 확인했을 것이다. 최자가 중시하는 것은 실경과 시 안에 형상화된 경관이 합치하느냐 하는 점인데, 그런 접근을 통해 시시비비를 가릴 수 있어야 <임경대>를 읽을 능력이 갖추어졌다고 할 수 있다.

23) 所矚物象, 與詩反如縣額州榜, 何其背矣. 위의 책, 130~131쪽에서 재인용.

24) 송순(宋純)의 <면앙정가(俛仰亭歌)>는 시선과 몸을 어떻게 이동하며 무엇을 어떻게 바라볼 때 면앙정의 주변 경관을 가장 아름답게 느낄 수 있었는지를 보여준다는 점에서 제영시적 특성을 일정하게 지닌 작품이라 할 수 있다.

지 못했지만, 탕한(湯漢)의 주해를 보고 나서는 분명하게 알 수 있었다고 다음과 같이 술회하고 있다.

> 나는 젊은 시절에는 도연명의 <술주>의 의미를 각별히 살피지 않았는데, 탕한의 『도정절시주(陶靖節詩注)』를 보고 난 뒤에야 공제(恭帝)를 애도한 시임을 알게 되었다. 아아, 탕공이 아니었다면 유유(劉裕)의 시해(弑害)의 죄와 도연명의 충분(忠憤)의 뜻이 거의 감추어졌으리라! (도연명의 시가) 즐겨 암유를 쓴 것은 그 뜻이 '유유가 바야흐로 창궐하여 이때에는 내 힘이 부족하여 나는 다만 몸을 정결하게 할 따름이요, 말에 분명하게 드러내어 스스로 멸족의 화를 불러들일 수는 없다.'라고 생각했기 때문이다. 지금 나는 그렇지 않다. 천 년 뒤에 났으니 어찌 유유를 두려워하랴? 그러므로 유유의 흉역(凶逆)을 다 드러내어 탕공 주소(注疏)의 끝에 붙인다. 후세의 난신적자가 내 시를 보고 두려움을 안다면 외람되지만 『춘추(春秋)』의 일필에 비견할 수 있을 것이다.[25)]

어떤 시든 한 번 실제 맥락과 분리되면 그에 함축된 작가의 생각과 감정을 읽어내기란 쉽지 않다. 김종직은 탕한의 주해를 통해 도연명의 시가 암유 체계로 이루어졌다는 사실은 물론, 도연명이 그렇게 시를 쓴 까닭을 알 수 있게 되었다. <술주>의 맥락을 알고 이를 통해 시인이 드러내고자 했던 생각과 감정을 분명하게 파악하게 된 것이다. 예나 지금이나 정의롭다고 생각하는 바를 현실 정치에서 실천하기에는 무기력하기 짝이 없는 자기 존재에 대한 인식은 있어도 자기 신념을

---

25) 余少讀述酒, 殊不省其義. 及見和陶詩湯東澗註疏. 然後知爲零陵之哀詩也. 嗚呼! 非湯公, 劉裕簒弑之罪, 淵明忠憤之志, 幾乎隱矣. 其好爲廋詞者, 其意以爲裕方猖獗, 于時不能以容吾力, 吾但潔其身耳, 不可顯之於言語, 自招赤族之禍也. 今余則不然, 生於千載之下, 何畏於裕哉? 故畢露裕凶逆, 以附湯公註疏之末, 後世亂臣賊子, 覽余詩而知懼, 則竊比春秋之一筆云. 『朝鮮王朝實錄』 燕山 4년(1498) 7월 17일 辛亥.

지키기 위해 벼슬에서 물러나기란 매우 힘든 일이다. 도연명에게 현실은 벼슬에서 물러나는 순간 농사에 익숙하지 않고 노동이 서툰데도 목숨을 부지하자면 끼니를 걱정하지 않을 수 없는 생활을 하지 않을 수 없는 여건이었다. 극히 곤궁한 생활을 하지 않을 수 없는 미래가 불 보듯 뻔한 데도 도연명은 벼슬에서 물러나는 선택을 하였고, 이후 자기 선택에 대해 후회하지 않았다. 벼슬에서 물러나도 생활 조건이 달라서 도연명처럼 곤궁하게 살지는 않았을 지식인들에게 도연명은 단지 벼슬에서 물러나 전원생활을 즐겼던 시인 정도로 받아들이기 십상이다. 그런 지식인에게 <술주>는 즐거운 전원생활의 단면을 노래한 시로 수용될 수 있다. 김종직도 젊은 시절 그렇게 수용했을 가능성이 없지 않다.

김종직은 길재(吉再)→김숙자(金叔滋)에 의해 전수된 신유학의 학습 과정을 충실히 이수했다. 그가 <술주>를 읽은 것도 주희(朱熹)가 도연명의 시문을 즐겨 읽은 것과 관련이 있어 보인다. 그런데 주희는 도연명의 됨됨이와 시를 좋아했으면서도 그의 시의 뜻은 밝히지 않았다. 비록 <술주>를 비롯해 도연명 시의 맥락을 스스로 터득한 것은 아니지만 김종직은 그 맥락에 대한 이해를 통해서 비로소 <술주>의 의미론적 통일성을 파악하게 되고 도연명의 현실 인식과 시적 표현의 관계를 명확하게 이해할 수 있게 되었던 것이다.[26]

[사례 4] 최경창(崔慶昌, 1539~1583)은 한국 한시의 역사에서 당시풍

---

26) 이러한 경험은 당대 사장(詞章)에 대한 신랄한 비판으로 나타나기도 한다. 김종직은 사장 비판은 사장 자체를 경시한 것이 아니라 과거를 위해 이전 시문의 미사여구만을 배우고 익히는 문풍(文風)을 비판하고 시문의 맥락을 알고 언어적 표현에 함축된 의미를 정확하게 이해하고 활용하는 사장의 길을 열어가고자 한 것이다. 그런 점에서 김종직에게 사장은 도학과 떼려야 뗄 수 없는 관계에 있었다고 할 수 있다.

(唐詩風)의 한시에 재능이 뛰어난 시인으로 평가되고 있다. 엄격한 격률을 지키면서도 성운(聲韻)이 조화를 이루고 다양한 생각과 감정의 자연스런(그래서 현실적인) 흐름을 보여주는 당시, 특히 성당(盛唐)의 시는 시가 추구하는 미학적 이념의 최상의 구현체로 간주되어 왔다. 최경창의 시가 그러한 당시의 수준에 도달했는지는 더 따져볼 문제이지만, 그의 시집이 발간되어 지식인 사회에 널리 알려진 시기에 그의 시에 남다른 관심을 보였던 남학명(南鶴鳴, 1654~1722)은 최경창의 시의 이해와 감상에 필수적인 것이 맥락에 대한 이해라고 인식하였음을 보여주고 있다.[27] 그의 수고 덕분에 우리는 최경창이 <증별(贈別)>을 통해 드러내고자 한 생각과 감정을 더욱 핍진하게 이해할 수 있을 뿐 아니라, 홍낭의 시조 <묏버들>의 맥락도 생생하게 재구할 수 있게 되었다. '함관구곡(咸關舊曲)'은 남학명 시대 지식인들이 가지고 있었을 법한 시어 사전에서는 들어있지 않은 신어(新語)였다. 그런 까닭에 그는 <증별> 시로 표현하고자 한 시인의 생각과 감정을 짐작하기도 어려웠다. 그 시의 미학적 가치를 이해하는 것이 불가능했음은 물론이다. 그리하여 발품을 파는 탐문 활동을 통해 그 시의 맥락 정보를 추출할 수 있는 서문을 확보할 수 있었고, 이별 상대에 대한 추가적인 정보로 얻을 수 있었다. 그러한 자료와 정보 덕분에 <증별>에 함축된 시적 상황과 그 상황으로 온축된 실제 상황을 충분히 추론할 수 있었고, 따라서 시의 의미를 분명하게 이해할 수 있었다. 그래서 남학명은 자신이 확보한 자료와 정보를 기록함으로써 다른 독자들도 최경창의 <증별> 시를 이해하고 감상하는 데 도움을 주고자 하였던 것이다.

27) 임주탁, 「홍낭 시조의 평가·해석과 창작 맥락」, 『코기토』 79(부산대학교 인문학연구소, 2016), 408~451쪽(이 책의 제3부 제1장에 재수록함).

이상의 사례들을 통해서 우리는 맥락에 대한 이해가 미학적 접근과 배치되는 것이 아니라 미학적 접근의 바탕이 되며 맥락에 대한 이해가 없는 미학적 논의가 공허할 수 있다는 인식이 근대 이전 지식인 사회에 분명하게 자리하고 있었음을 확인할 수 있었다. 그런데 우리는 맥락을 잘 알지 못하는 근대 서구인이 고시가를 바라보고 이해하는 것과 다르지 않은 시각과 방법으로 고시가에 접근해 온 측면이 없지 않은 듯하다. 서구적인 민족어 문학사 서술과 미학 이론들이 제시한 틀 속에서, 맥락에 대한 천착을 통해 '개별자의 다양성'을 확인하는 작업보다 '보편성'을 확인하는 작업에 더 매진해 온 듯하다. 하지만 보편성은 개별자의 다양성에서 추출될 수 있는 것이다.

고시가 연구 논문의 일반적인 경향 가운데 하나가 선행 연구와 연구 논문의 맥락을 깊이 성찰하지 않고 그 결과를 자의적으로 취사 선택하고 그 바탕 위에서 논의를 시작하는 것이다. 한 편의 시가 작품을 가지고도 다양한 해석이 공존할 수 있고 또 그럴수록 작품의 가치가 증대된다는 데 암묵적으로 동의하며 '또 하나의 수용 맥락'[28]을 보여줌으로써 대상의 '현재적 가치'를 보태는 데서 연구의 의의를 찾고자 한다는 것이다. 그런데 그 수용 맥락들은 텍스트의 실제 맥락과 무관할 가능성이 크다. 무엇보다 그러한 논의에서 텍스트의 의미론적 통일성을 분명하게 드러내고 있는 사례를 찾아보기 어려운 까닭이다. 실제 맥락이 어떠한가가 중요하지 않다면 굳이 현대적 언어로 지어져 대중적 호응을 받고 있는 시와 노래가 양산되는 시대에 고시가를 연구할 이유는 어디서 찾을 수 있을까?

더욱이 우리는 근대 이후 만들어진 서구적 방법론들의 맥락도 정확

28) 수용 맥락의 개념에 대해서는 임주탁, 앞의 논문(2013), 102~103쪽을 참조할 것.

하게 알고 있는지 자문해 볼 필요가 있다. 그리고 그러한 방법론이 고시가 연구에 왜 필요하고 또 얼마만큼 유용한지를 깊이 따져 볼 필요가 있다. 물론 방법론의 보편적 의의는 전적으로 부인할 수 없다.[29] 다만 그 방법론이 기대고 있는 철학이 무엇인지, 그 철학이 어떤 사회사적 맥락과 닿아있는지 등은 분명하게 이해할 필요가 있는 것이다. 맥락에 대한 천착을 근간으로 하는 문헌학이 다양한 서구적 문예 이론의 기초가 되었음은 주지하는 바이다.

'미학', '시학'과 같은 이름을 포함한 논문이나 저서로 발표되는 연구 결과는 하나같이 '감성'과 '공감'의 문제를 다루고 있다. 하지만, 감성의 내용과 형식이 어떻게 서로 연관되는지, 연구 주체의 감성이 작가의 감성, 당대 혹은 현대 독자의 감성과 어떻게 동일한지를 설명하는 사례는 찾아보기 힘들다.[30] 후대에 거듭 수용되고 수용 결과가 새로운 작품 창작으로까지 이어졌다고 해서 송강의 <사미인곡(思美人曲)>의 가치가 해명되는 것은 아닐 것이다. 많은 사람에 의해 수용되었다는 것이 가치의 우월을 가늠하는 잣대라면 '싸이'의 노래가 그보다 더 가치 있는 작품이 될 것이다.[31] 어쩌면 고시가에 대한 대중의 관심이 급격하게 줄어든 데에는 오늘날 우리의 감성을 자극하고 즐거움을 선사하는 대중적인 문화 레퍼토리가 넘쳐나고 있는 데 그 원인이 있을

29) 서구적 문예 이론은 텍스트의 세밀한 분석에 기초한 작품 해석이 길을 다양하게 보여주고 있다. 이 점은 우리가 적극 배워야 할 부분이다.

30) 최재남, 『서정시가의 인식과 미학』(보고사, 2013); 최재남, 『한국의 문화공간과 예술』(보고사, 2016); 성기옥, 『한국시의 미학적 패러다임과 시학적 전통』(소명출판, 2004) 등은 미학적 논의를 개별 작품의 실제 맥락을 천착하는 작업의 기초 위에서 진행하고 있지만 이러한 전제에 해당하는 문제는 다루고 있지 않다.

31) '싸이'와 그의 '강남스타일'은 여러 측면에서 연구할 만한 가치를 가진 것으로 생각된다. 예술적 측면에서 격조가 낮다고만 평가되어 온 언어와 몸짓이 사람의 감성을 자극하고 즐거움을 줄 수 있는 예술이 될 수 있음을 단적으로 입증해 보인 사례라 할 수 있기 때문이다.

지 모른다.

주지하다시피 시조의 대중 예술화 현상은 이미 조선 시대에 나타났고, 일제 강점기에는 새로운 시대의 시로 계승되었으며, 그 결과 '현대시조'라는 새로운 스타일의 시로 거듭 태어나서 많은 작가들이 '현대시조'를 통해 시인이 되었다. 1980년대 무렵까지 초중등교육과정의 국어과 교과서에 수록 빈도수가 가장 높은 교재가 시조(고시조와 현대시조)였음은 주지하는 바이다. 그로 인해 시조는 '민족 문학의 정화(精華)'라는 인식이 공고해졌고, 현대시조를 창작하는 시인들은 '민족적 정서'(혹은 '전통적 정서')를 담아낸 예술가로 평가되어왔다. 또한, 이렇게 현대시의 한 영역으로 자리한 현대시조는 고시조에 비해 훨씬 더 다양한 정서를 담아내고 있다. 관점에 따라 전통의 발전적 계승이라 평가할 수 있다. 그만큼 해방 이후 교육은 고시조를 비롯한 고시가의 대중화는 물론 '새로운 민족 문화 창달'에 커다란 공헌을 하였다고 볼 수 있다. 그런데도 오늘날 고시가 관련 학계에서는 시조가 대중에게서 멀어지고 있다고 진단하고 있다. 그러한 진단은 고시조 연구 주체들이 고시조가 대중에게 애호될 때 연구의 의의도 높아진다고 생각하는 것과 밀접하게 연관되어 있어 보인다. 짬짬이 '시조창', '가곡창'을 배우는 것은 고시조가 독서물로 애호되는 차원을 넘어서 조선 후기 대중들이 향유하던 방식으로 수용되기를 희구하는 의도를 반영한 듯 보인다. 세계화 속에서 '우리것'을 '우리것답게' 보여주는 것이 민족 문화의 예술적 우수성을 드러내는 길이 된다는 인식도 상당히 반영된 듯하다. 이러한 의도와 인식은 얼핏 형성기 국문학 연구자들과 달라 보이지만 실제로는 동일한 것이라 할 수 있다. 민족어 시의 근대적 형식을 추구하였던 '시조부흥운동(時調復興運動)'이 한때에 그친 것이 아니라 100년을 바라보는 시점에서도 지속하고 있는 것인데, 다시 크게 펼쳐나가야 한다고 주장하고 있는 형국이다. 그 주장이 대중에게 '공감' 되기 위해서는 그동안 이루어진 노력에 어떤 문제가 있는지를 먼저 확인해야 하고, 문제의 원인이 무엇인지를 점검하는 것이 순서일 것이다.

최근 확산하고 있는 고시가의 '근대적 변환' 문제에 대한 관심은 '자생적 근대화론'의 시각과는 사뭇 달라 보인다. 고시가의 '근대적 변환'은 주로 '선택'과 '번역'의 측면에서 논의되고 있다. 어떤 작품들에 예술적·교육적 권위가 어떤 과정을 거쳐 부여되었는지, 또 어떻게 '근대적 언어'로 번역되었는지가 주된 논점으로 자리하고 있다. 그런데 변환의 문제를 다루기 위해서는 무엇보다 변환 이전에 무엇이었는지에 대한 연구가 정치하게 이루어져 있어야 한다. 그렇지 않으면 분명한 근거 없이 '왜곡'의 문제를 진단하게 마련이다. 고시가의 근대적 연구가 서구적인 시각과 방법론에 기초하고 있는데도 '서구인의 번역'에서만 왜곡의 문제를 지적하거나, '자생적 근대화론'의 시각에서 이루어놓은 연구 성과에 기대어 국가주의 혹은 민족주의의 시각에서의 '선택'이 가지는 문제점을 지적하는 것이 어떤 의의를 가질 수 있을까? 수용 맥락의 문제점을 지적하기 위해서는 실제 맥락에 대한 핍진한 이해가 선행되어야 하는데, 고시가의 실제 맥락에 대한 연구자의 이해가 얼마만큼 더 핍진하다고 할 수 있을까? 예나 지금이나 문학 작품은 작가가 의도했든 하지 않았든 간에 다양한 층위, 다양한 방향에서 수용되어왔다. 우리가 문제 삼을 수 있는 것은 특정한 수용 결과에 대한 교육적·학술적 권위 부여에 대한 것이며,[32] 대중적 수용의 맥락에 관한 것이다. 우리는 대중적 수용의 방향을 결정할 어떤 권한도 가지고 있지 않다. 서구적인 시각과 방법을 문제 삼는 것도 그러한 시각

---

32) 이형대 외, 『정전(正典) 형성의 논리』(소명출판, 2013)에 집적된 논의는 이러한 측면에서 이루어진 연구 결과물을 모은 것으로 보인다.

과 방법에 의해 도출된 결과에 대한 권위 부여의 문제이다.

물론 다양한 시각의 공존과 옹호, 이것은 인문학의 정신적 지향점이기도 하다. 고시가에 대한 우리의 시각도 마찬가지다. 하지만 개별 텍스트의 의미론적 통일성을 보장하는 맥락에 대한 이해가 전제되지 않을 때 특정 시각에서 본 것은 실상이 아니라 허상일 가능성이 크다.[33] 다양한 시각의 공존과 옹호보다 배제와 분리를 일관되게 추진해 온 작가의 삶을 외면하고 그런 작가의 작품에 예술적 권위를 부여하는 방식을 지속해야 한다면 그 근거 또한 분명하게 제시할 필요가 있다. 그런 측면에서 조선 후기부터 양산되어 온 '가집'에 대한 연구는 시조의 대중화 현상의 맥락을 이해하는 데 긍정적으로 기여할 수 있어 보인다.[34] 그런 가집들이 실제 어떻게 만들어지고, 그 레퍼토리들이 어떤 기준에 의해 어떤 과정을 거쳐 선택되고 배제되었는지를 천착하고 있기 때문이다. 하나의 문화 현상으로서 그 현상이 나타난 사회사적 맥락을 재구할 수 있다면 그 현상 속에 포함된 제반 행위들의 의미를 좀 더 분명하게 이해할 수 있을 것이다.

물론 이러한 연구로는 '가집'에 포함된 개별 작품들의 맥락을 이해하는 데에까지 기여하기는 어렵다. 대중적 수용은 다양한 시각에서 다양하게 이루어지게 마련이며, 대중은 개별 레퍼토리의 맥락에 대한 관심보다 향유 자체에 관심을 더 많이 가질 수 있기 때문이다. 하지만

---

33) 金學成, 「동아시아 시학으로 본 <용비어천가>의 시적 특성-<용비어천가>의 짜임새와 시적 묘미를 바탕으로」, 『한국시가연구』 8(한국시가학회, 2000), 135~157쪽은 <용비어천가>가 '부(賦)의 방식으로 창작된 노래임을 처음으로 확인해 준 것이다.

34) 愼慶淑, 『19세기 歌集의 展開』(계명문화사, 1994); 고려대학교 고전문학한문학연구회 편, 『19세기 시가문학의 탐구』(집문당, 1995); 김용찬, 『18세기의 시조문학과 예술사적 위상』(월인, 1999); 김석회, 『조선후기 시가 연구』(월인, 2003); 신경숙, 『조선 후기 시가사와 가곡 연행』(고려대 민족문화연구원, 2012); 이상원, 『조선후기 가집 연구』(고려대 민족문화연구원, 2015) 등을 비롯하여 가집 연구는 최근 가장 활발하게 연구되고 있는 고시가 분야이다.

그러한 성과들은 역사적이고 구체적인 개별 레퍼토리의 맥락에 대한 연구 성과들과 함께 집적되고 비교될 수 있다면 고시가는 무엇이었는가는 물음에 한층 더 구체적이고 실질적인 해답을 찾아나갈 수 있을 것이다.[35] 가사 방면의 연구는 맥락 연구가 한층 더 구체적으로 이루어지고 있어 보인다. 한때 풍미했던 유형 분류와 그 특성(주로 미학적) 연구를 넘어서고자 하는 시도가 다각적으로 전개되고 있다.[36] 이러한 시도가 가사뿐 아니라 고시가 전반에 걸쳐 수행되고 상호 비판적이면서 보완적인 방향으로 집적될 때[37] 특정한 작가에게만이 아니라 한 시대 한 사회에서 가사가 무엇이었는지를 해명하는 길을 찾아나갈 수 있을 것이다. 물론 이러한 연구는 가령, 한 작가에 초점을 맞출 때는 그가 남긴 글들을 세밀하게 분석하고 종합적으로 고려하는 작업이 병행되어야[38] 그 작가에게 고시가 작품을 짓는 행위가 무엇을 의미하는지를 한층 더 분명하게 파악하는 데 기여할 수 있을 것이다.

역사적 자료의 맥락을 찾아가는 학문은 범박하게 말하자면 문헌학(philology)이다. 문헌학은 자료의 맥락을 재구하여 그 속에서 자료의 의미를 탐색하고 비평과 해석을 통해 가치를 발견하는 학문이다. 원전(original texts)의 교감(校勘)과 계통적 분류는 문헌학의 기초적인 과제이

35) 권두환, 「『松溪雜錄』과 <松溪曲> 27首-17세기 초 平海 선비 朴應星의 시가 창작-」, 『古典文學研究』 42(한국고전문학회, 2012), 33~69쪽은 자료 발굴과 소개를 목표로 하고 있지만 한 작가에게 시조가 무엇이었는지를 밝히는 데 작업의 초점이 맞춰져 있다.

36) 이상원, 「조선후기 가사의 유통과 가사집의 생성-『가사육종』을 중심으로」, 『韓民族語文學』 57(한민족어문학회, 2010), 105~130쪽은 새로운 가사집을 발굴, 소개하고 있지만, 해당 문헌의 맥락을 파악하는 데 초점이 맞춰져 있다.

37) <초당문답가>에 대한 논의는 이러한 조짐을 보이고 있다. 박연호, 「신재효 <치산가>와 『초당문답가』의 관련 양상 및 그 의미」, 『국어국문학』 149(국어국문학회, 2008), 185~199쪽 참조.

38) 최재남, 『사림의 향촌생활과 시가문학』(국학자료원, 1997); 최재남, 『한국의 문화공간과 예술』(보고사, 2016); 성기옥 외, 『조선 후기 지식인의 일상과 문화』(이화여자대학교출판부, 2007) 등은 이러한 방향에서의 탐색 결과를 보고한 것이라 할 수 있다.

다. 이 과제를 해결하는 과정은 곧 원전이 생성된 자리를 찾아가는 과정이라 할 수 있다. 우리의 문헌학은 그 기초적인 과제를 해결하는 작업이 여전히 답보 상태에 머물러 있는 듯하다. 주지하다시피 고시가 작품을 수록하고 있는 문헌들은 대개가 창작 시기에서 상당한 거리가 있는 시기에 생성되었다. 한 편의 작품이 생성 시기가 다른 문헌에 거듭 수록되기도 하면서 텍스트에서 상당한 차이를 보이는 사례도 적지 않다. 그 문헌들의 맥락을 천착하지 않고서는 텍스트의 교감과 계통적 분류 작업도 온전하게 이루어지기 어렵다. 더욱이 텍스트의 의미론적 통일성을 보장하는 맥락은 텍스트 자체만으로 추론하기도 상상하기도 어렵다. 그런데 우리는 문헌들의 맥락을 천착하는 작업을 소홀히 다루어왔을 뿐 아니라 맥락 연구 결과의 기초 위에서 의미를 해석하고 그 가치를 비평하고 해석하는 방법론을 그리 중시하지 않아 온 듯하다. 맥락 연구는 모든 인문학의 기초인데, 문학이 다른 인문학과는 독립적인 영역으로 인식되면서 고시가에 대한 연구에서는 상대적으로 활성화되지 않았던 듯하다. 고시가의 맥락을 천착하자면 무엇보다 한 작가의 언어적(기록된) 행위 전체를 탐색해야 하고 그 작가의 기록들이 작가 당대의 기록들과 어떤 관계를 맺고 있는지를 탐색해야 한다. 이러한 작업을 통해 비로소 특정 작품의 맥락을 추론하거나 상상할 수 있으며, 비평과 해석이 실제적 구체성과 적합성을 확보할 수 있을 것이다.

물론 조선 후기 고시가에 대한 연구는 일찍부터 텍스트의 맥락을 천착하는 작업이 비교적 활발하게 전개해 왔다. 하지만 여기에는 적어도 두 가지 문제점이 있어 보인다. 하나는 문헌의 맥락을 천착하는 작업이 상대적으로 소홀하게 다루었다는 점이요, 다른 하나는 '자생적 근대화론'에 기초한 역사학의 연구 성과에 지나치게 이끌렸다는 점이다. 변화의 조짐이 근대(서구적인)를 지향한 것인지는 진지하게 성찰해 볼 필요가 있다. 가객의 시조 창작 활동이 '역사적 변화'의 특성을 보이는 것은 분명하지만 그 변화의 지향점이 근대였는지는 의문이다. 또 그 활동이 왜 근대적인 것이어야 하는가도 의문이다. 이런 의문들은 여전히 해소되지 않고 있다. 역사에 필연적인 혹은 합법칙적인 발달 단계와 과정이 있다는 전제는 과연 타당할까?[39] 고시가에서 추출한 특징들, 가령 개인(자)의식, 향유층의 확대, 산문정신이란 시대정신, 성적 유희와 담론 등이 과연 자생적인 근대를 지향하는 징표들이라고 볼 수 있을까?

문헌의 생성 맥락은 모든 논의의 출발점이 된다. 그런데 고시가 연구에서는 텍스트가 실린 문헌의 생성 맥락을 소홀하게 다루었던 듯하다. 가령, <공후인(箜篌引)>(혹은 <공무도하가>)을 수용하고 있는 문헌은 매우 많다. 중국은 물론 우리나라에서도 지금까지 발견된 것만 하더라도 10여 종을 상회한다. 하지만 그런 문헌들이 각각 어떤 맥락에서 생성되었는지에 주목한 사례는 찾아보기 어렵다.[40] 문헌의 맥락을 파악해야 왜 대부분의 문헌 생성 주체들이 <공후인>의 작가를 곽리자고(霍里子高)의 아내로 밝혔으며 우리나라 문인들은 그에 대해 한 번도 부정적인 의견을 표출하지 않았을까 하는 의문도 해소할 수 있다. 물론 문헌의 맥락을 온전하게 밝히기 어려운 경우도 적지 않다. 가령, 신라 향가의 존재를 가장 분명하게 보여주는 『삼국유사』를 비롯하여 향가 작품을 수록하고 있는 문헌들의 생성 맥락을 천착하는 작업은 많은 한계에 직면하게 된다. 하지만 도달할 수 있는 데까지 그 작업은 진전

---

39) 비디오테이프를 통해 영상물을 접하는 단계 없이 콤팩트디스크(CD)를 바로 접하는 나라는 얼마든지 있을 수 있다.

40) 成基玉, 『公無渡河歌 硏究: 韓國 抒情詩의 發生問題와 關聯하여』(서울대학교 박사학위논문, 1989)는 <공무도하가>를 전하고 있는 중국과 한국 문헌들을 가장 많이 검토하고 있지만 각 문헌의 맥락에 대한 논의는 소략하다.

되어야 한다.[41] 본문비평(textual criticism)을 통한 선본(善本)의 확정[42]에도 수록 문헌의 맥락에 대한 천착이 필수적으로 선행되어야 한다. 기록 자체만의 분석을 통한 시비 여부 판단은 자의적일 수 있기 때문이다. 『삼국유사』와 『균여전』에서 보여준 '향가에 대한 옹호'가 어떤 맥락을 갖고 있는지가 해명될 때 향가가 무엇이었는지에 대한 논의가 구체성을 획득할 수 있을 것이다.

모든 문헌의 의미는 실제 맥락에서 형성된다. 고시가는 한 편 한 편이 문헌이기도 하다. 한 편의 고시가 작품의 의미 또한 그 실제 맥락에서 파악될 수 있다. 고시가, 특히 작가, 창작 시기, 창작 상황 등에 대한 정보가 전혀 없는 고시가의 맥락은 원천적으로 재구할 수 없다고 생각할 수도 있다. 그런 점에서 수용 맥락을 통해 창작 맥락을 추론하는 연구는 그러한 한계를 극복하려는 시도로서 의의가 있다.[43] 하지만 수용 맥락을 천착하는 데에도 문헌의 맥락에 대한 천착이 선행되어야 한다.

주희(朱熹)의 <무이도가(武夷棹歌)>에 대한 해석(왜 지었는가는 물음에 대한 답)의 차이는 그 맥락에 대한 이해의 차이를 반영한다. 맥락에 대한 이해의 차이는 어디에서 비롯되었는가를 깊이 전작할 때 수용 주체의 세계관의 차이를 발견하게 되고 세계관의 차이는 현실적인 삶의 조건의 차이에서 비롯된 것임을 이해할 수 있을 것이다. 그러한 이해가 있어야 율곡이 <고산구곡가(高山九曲歌)>를 창작한 이유를 선명하

41) 서정목, 『향가 모죽지랑가 연구』(서강대학교출판부, 2014); 성호경, 『신라향가연구: 바른 이해를 위한 탐색』(태학사, 2015); 서정목, 『요석-「원가」에 대한 새로운 생각: 효성왕과 경덕왕의 골육상쟁』(글누림, 2016) 등은 향가의 실제 맥락에 대한 천착에 초점이 맞춰져 있다.

42) 박재민, 『신라 향가 변증』(태학사, 2013).

43) 이민홍, 『士林派文學硏究: 武夷權歌受容을 중심으로』(성균관대학교 박사학위논문, 1984); 최미정, 『고려속요의 수용사적 연구』(서울대학교 박사학위논문, 1990).

게 이해할 수 있을 것이다. 고려가요에 대해 조선 시대의 비판적 목소리는 어떤 맥락에서 불거져 나왔을까? 가령, <동동(動動)>, <정읍(井邑)>, <무애(無㝵)>은 성종대(成宗代) 이후에 비판의 도마 위에 올랐을까? 어떤 주장이든 그 맥락을 알아야 정확한 의도를 알 수 있다. 고려 시대의 노래가 애초에는 순수한 사랑을 노래한 것인데 궁중으로 수용되면서 왜곡 변용되었다든가,[44] 자유분방한 사회 속에서 생성된 노래들인데 조선 시대에 유가적 윤리 이념에 충실한 사람들에 의해 '남녀상열지사'라는 부정적 평가와 비판이 이루어졌다든가 하는 주장들은 실제로는 근거가 없거나 박약한 것이다.[45] 그런데도 이러한 가설들이 여전히 널리 받아들이고 있는 것이 현실이다. 문헌 기록에 나타나는 고려 시대의 시가가 실제로 어떻게 생성되고 연행되고 전승된 것인지는 막연한 짐작으로 알 수 있는 것도 아니요, 장편의 고려 시대 역사 서술의 한 부분을 통해서 추론할 수 있는 것도 아니다. <용비어천가(龍飛御天歌)>가 이성계(李成桂) 집안이 조선 왕조의 주인이 되기까지의 역사를 함축하고 있듯이, 고려가요는 조선으로 흡수 통합된 고려 세력의 역사를 함축하고 있을 개연성도 없지 않아 보인다. 한어(문)로 기록하지 못하는 역사는 어떻게 기억하였으며, 한어(문)로 기록해서는 역사를 기억할 수 없는 사람들은 어떻게 역사를 기록하고 기억하였을까? 조선 초기 가악(歌樂)의 정비 과정에서 온전한 가전(歌典)을 상을 주어서라도 중외(中外)에 구하고자 했던 사실[46]은 고려가요가 구비 전승이

44) 崔東元, 「高麗俗謠의 享有階層과 그 性格」, 『古時調論攷』(三英社, 1990), 341~355쪽.
45) 임주탁, 「고려가요 연구의 시각과 방법」, 『국문학연구』 12(국문학회, 2004), 29~63쪽.
46) 『세종실록』 세종 12년(1430) 2월 19일 庚寅: "至於我朝之樂, 其器物制度・歌詞曲折, 亦甚繁密. 雖舊有譜法, 書本相傳, 承誤失眞, 舊時之樂, 殆盡亡失, 僅存者四十餘聲耳. 今以玄琴所屬言之, 有知彈法, 而不知歌詞者, 如崔子啄木・憂息多手喜・淸平居士戀等類是也. 又有譜法俱存, 而不解急慢之節, 兼失歌詞者, 如露中仙・賞春光・望春天・樂春天・喜春苑・賞春曲・長河篇・陳鵶羽・天雙鳥・春桂引・雲仙曲・壽仙曲・實相曲・朽木狗墓等篇是

아니라 기록 전승되었을 가능성을 분명하게 보여주고 있다. 그런데도 고려가요는 마치 대중가요처럼 구비 전승되다가 훈민정음 창제 이후에 기록으로 정착했다는 가설이 널리 수용되고 있다. 물론 훈민정음 창제 이후에는 '한글'로 다시 기록되었을 터이지만 그 때문에 고려가요가 구비 전승되었다는 추단이 참이 되는 것은 아닐 것이다.

문헌학은 새로운 이론(문예 이론을 포함한) 창출의 기초가 된다. 맥락에 대한 천착 없는 비평과 해석은 공허하게 마련이다. 그런 비평과 해석이 확장된다고 해서 고시가의 현재적 가치가 확대되는 것은 아닐 것이다. 작가와 텍스트를 분리하고 따라서 삶과 고시가의 간극을 넓히는 방법론은 인간과 세계를 이해하고 세계 속에서 일어나는 인간의 문제를 근본적으로 성찰하는 인문학의 지향과는 사뭇 다른 것이다. 그런 학문을 인문학으로 옹호해야 한다는 주장은 대중적 호소력을 지니기 어렵지 않을까? 맥락 연구를 근간으로 하는 문헌학은 단시일에 가능한 것도 아니며 혼자서 감당할 수 있는 것도 아니다. 조급성을 부추기는 관료주의적 연구 지원 체계는 어쩌면 고시가를 비롯한 문화유산 연구자들 스스로 강화해 오고 있을지도 모른다.

고시가가 학문 대상이 된 이후 텍스트의 주석 작업은 연구 못지않게 부단하게 이루어져 왔다. 그런데 그 주석의 방식은 근대 이전 한문 문장의 주석 방식을 답습하고 있어 보인다. 이전 시기 유가적 경전의 문장들에 대한 주석을 집성하고 자신의 주석을 덧보탠 주희나 그런 주석을 수용하고 자신의 의견을 덧보탠 조선 시대의 학자들은 기본적

也. 又伽倻琴所屬嫩竹調・河臨調, 空有其名, 而不傳其聲. 此等遺亡諸篇, 不可悉記. 然譜法尙存, 其歌詞舊本, 意必有傳寫私藏者焉. 願令中外悉求我朝舊時歌典, 如有詳悉舊本, 自告進呈者, 賞之以職, 則舊樂之缺, 庶可塡補矣. 如此然後擇其歌曲之詞, 其中君臣道合・父子恩深・夫婦節義・兄弟友愛・朋友講信・賓主同歡, 發於性情之正, 有關於人倫世敎者, 以爲正風. 其男女相悅・淫遊姦慝・逞欲無恥, 有愧於綱常者, 以爲變風."

으로 대학 교육과정의 전부라 할 수 있는 중국의 시(詩)・사(史)에 통달한 사람들이다. 물론 그런 지식을 바탕으로 한 주석인데도 차이를 나타내는 것은 의미론적 통일성을 보장하는 텍스트의 맥락에 대한 판단에 차이가 없지 않았기 때문이다. 하지만 우리의 고시가 주석과는 사뭇 다른 것이다. 사실 우리는 고시가 주석의 가장 모범적인 전례를 갖고 있다. <용비어천가전(龍飛御天歌箋)>이 바로 그것이다. <용비어천가>는 당대의 문인들이라도 보기만 하면 그 의미를 해석할 수 있는 텍스트가 아니었다. 목조(穆祖)에서 태종(太宗)에 이르기까지 그들의 행적을 알고 있는 사람들의 기억으로써 6조의 역사를 만들기는 하였지만, 그들이 기억하는 사건(이야기)들의 맥락을 알고 있는 사람은 많지 않았을 터이다. 그런 까닭에 텍스트의 맥락에 대한 자세한 정보를 제공하는 작업을 병행하였던 것이다.[47] 이처럼 주석은 텍스트의 맥락에 대한 이해를 바탕으로 이루어지는 것이다. 그런데 우리의 고시가, 특히 조선시대 이전의 고시가 주석은 여전히 『조선고가연구』나 『여요전주』의 방식에서 크게 벗어나지 못하고 있어 보인다.

4. 결론

고시가는 '현재 관점'에서 무한한 예술적 가치를 부여받게 되었지만, 그러한 노력이 더해지면 더해질수록 작품을 창작한 작가의 사회적 존재로서 삶의 총체적 면모는 감추어지고 예술가로서 특성만 부각하

47) 김학성, 「<용비어천가>와 시적 묘미-<용비어천가> 제대로 읽기」, 『국어국문학』 126(국어국문학회, 2000), 186~188쪽에서 <용비어천가전>이 텍스트의 맥락 정보를 제공한다는 점이 처음으로 지적되었다.

였다. 작가가 어떤 삶을 살았든 간에 그의 '작품'이 보편적인 예술적 가치를 지녔다고 판단되면 그의 됨됨이도 훌륭하다고 평가해왔다. 환원주의적 성격을 지닌 미학주의가 사람을 평가하는 데 깊이 간여하게 된 것이다. 그런데 미학적 접근의 과정은 이해하기 쉽지 않고 그 결과는 오히려 고시가를 초라하게 만드는 데 기여해 왔다는 느낌을 지울 수 없다. 서구적 이론에 의해 고시가에 예술적 가치가 아무리 많이 부여된다 한들 서구 시가만큼의 예술적 수준을 보여주는 작품은 발견하기 어려운 법이다. 그것은 마치 어릴 적부터 당시(唐詩)를 배웠어도 이백(李白), 두보(杜甫)와 같은 수준의 시를 만들어내지 못하는 것과 크게 다르지 않을 것이다. 더욱이 우리는 이백과 두보의 시적 수준을 가늠하는 척도가 미학적인 것인지 아니면 그것을 넘어서는 것인지도 잘 알지 못하고 있다.

하지만 분명한 것은 동양의 전통에서 시를 평가하는 말과 그 시의 작가를 평가하는 말이 다르지 않았다는 사실이다. 이는 시가 곧 작가의 됨됨이를 드러낸다는 인식이 일반적이었음을 말하는 것이다. 달리 표현하면 시를 통해 인간을 이해했다는 말이 된다. 미학적 특성을 해명하는 데 관심을 가진 서구적 문예 이론은 시와 시인을 분리하는 연구 경향을 확산시켜왔다. 그런데도 결과적으로는 시인에 대한 평가를 시에 대한 평가로 환원하고 있다. 정치가로서 혹은 지식인으로서의 삶과 예술가로서의 삶으로 작가의 삶을 분리하면서도 결과적으로는 예술가로서의 삶에 대한 평가를 작가의 모든 삶에 대한 평가로 확대해 왔다. 그런 시각 덕분에 송강과 고산은 고시가의 역사에서 가장 높은 봉우리를 차지한 '위대한' 고시가 작가로 평가될 수 있었던 것이다. 두 인물이 모두 우리말을 시적 언어로 사용하는 능력이 매우 뛰어난 듯 보이는 것은 사실이다. 그런데 그런 말을 통해 각각의 작가가 무엇을 드러내고자 하였는지, 또 기대한 효과는 무엇이었는지는 잘 알지 못한다. 한 편의 시가를 창작할 때 작가가 마주한 문제 상황은 무엇이며 그 상황을 작가는 어떻게 인식했는지를 잘 알지 못하는 것이다. 그런 까닭에 어떤 소통의 기제가 있었기에 송강이 정계에서 소개(疏開)된 상황에서 <사미인곡>, <속미인곡(續美人曲)>을 거듭 지어 자기 생각과 감정을 표현하고자 하였는지 또 이로써 표현하고자 한 생각과 감정이 정확히 무엇인지 잘 알지 못한다. 또한, <관동별곡(關東別曲)>의 창작을 통해 송강이 기대한 효과가 무엇인지도 잘 알지 못한다. <어부사시사(漁父四時詞)>와 <오우가(五友歌)>에 대해서는 작가를 일방적으로 옹호하는 방향에서 '말의 짜임새'와 '자연 친화적 삶의 태도'를 줄기차게 읽어내고 찬사를 보태는 데 몰두하였을 뿐, 창작의 실제적인 맥락을 들여다보지는 못하고 있다. 자신들이 남긴 글만으로도 우리는 두 인물의 삶을 일방적으로 옹호할 수 있을까 하는 의문을 지울 수 없다. 그러한 정황은 각 인물에 대한 '평전'을 통해서도 어렵지 않게 확인할 수 있다.[48] '예술' 활동 이외의 영역에서는 고평할 만한 것이 없지만 '예술' 활동 영역에 있어서만은 '위대함'을 인정하지 않을 수 없다는 논리[49]는 서구적인 미학주의에서 마련된 것이다.[50]

또한, 새로운 시가 창작의 맥락은 더듬어 볼 수 있어도 근대 이전에 한 시대 '민족 보편의 민족어 시 형식'을 만들기 위해 노력한 자취를 발견되지 않는다. 더욱이 시가에 대한 관심의 동기는 예나 지금이나

48) 박영주, 『고집불통 송강평전』(고요아침, 2003); 고미숙, 『윤선도 평전: 정쟁의 격랑 속에서 강호미학을 꽃피운 조선의 풍류객』(한겨레출판, 2013).

49) 이 논리는 현대문학 연구에서까지 확인되고 있다.

50) 반교어문학회 편, 『조선조시가의 존재양상과 미의식』(보고사, 1999)에서는 근대 이전 작가에 대해 무한한 긍정의 시선과 태도를 견지한 연구자들이 그 작가들의 '한시'에 대한 평어를 고시가에까지 확대 적용한 사례들을 쉽게 찾아볼 수 있다.

매우 다양하다. 노래라는 형식으로 실행되는 시가를 창작하는 동기 또한 매우 다양하다. 노래가 발휘하는 효과도 다양하여 작가는 특정한 기대 효과를 고려하여 자신의 노래를 창작한다. 노래는 여가를 즐기는 수단이 되기도 하고 잔치 자리의 흥을 돋우는 수단이 되기도 하며 한 사회 구성원들이 소속감을 느끼는 매개가 되기도 한다. 사람과 사람 사이의 소통은 물론 사람과 사람 아닌 것(절대자, 천지신명 등등) 사이 소통의 수단이 되기도 한다. 응어리지고 막힌 감정을 풀어냄으로써 자신을 정화하는 수단이 되기도 하고 자기 생각과 감정에 남들도 공감하게 만드는 수단이 되기도 한다. 심각하고 진지한 상황에서 가지는 감정을 표현한 노래라도 잔치 자리에서 흥을 돋우는 수단으로 수용되기도 한다. 그러면 우리는 무엇 때문에 고시가에 대해 관심을 가지며, 무엇을 찾고자 고시가를 연구하고 있는가? 우리의 연구 결과는 어떤 유용한 가치를 가지는가? 송강과 고산 평전의 저자들은 진정 그와 같은 작가들이 오늘날에도 출현하기를 바라는가?

고시가에 대한 미학적 접근에는 춘원을 비롯한 1910년대 동경 유학생들의 영향력이 아주 컸던 것으로 보인다. 그들의 관점에서 고시가는 '昔日(석일)의 文學(문학)'으로 분류되어 오롯이 미학석 수용의 대상으로 간주되고, 따라서 교육의 자료가 될 수 없는 것이 된다.[51] 하지만 시

51) "今日 所爲文學은 昔日 遊戱的 文學과ᄂᆞᆫ 全혀 異ᄒᆞᄂᆞ니 昔日 詩歌小說은 다못 銷閑遣悶의 娛樂的 文字에 不過ᄒᆞ며 ᄯᅩ 作者도 如等ᄒᆞᆫ 目的에 不外ᄒᆞ여시나 今日의 詩歌小說은 決코 不然ᄒᆞ야 人生과 宇宙의 眞理를 闡發ᄒᆞ며 人生의 行路를 硏究ᄒᆞ며 人生의 情的(卽 心理上) 狀態及變遷을 功究ᄒᆞ며 ᄯᅩ其作者도 가장 沈重ᄒᆞᆫ 態度와 情密ᄒᆞᆫ 觀察과 深遠ᄒᆞᆫ 想像으로 心血을 灌注ᄒᆞᄂᆞ니 昔日의 文學과 今日의 文學을 混同티 못ᄒᆞᆯ로다. 然ᄒᆞ거늘 我韓同胞 大多數는 此를 混同ᄒᆞ야 文學이라 ᄒᆞ면 곳 一個娛樂으로 思惟ᄒᆞ니 ᄎᆞᆷ 慨歎ᄒᆞᆯ 바ㅣ로다."(띄어쓰기: 필자) 李寶鏡, 「文學의 價値」, 『大韓興學報』 11(東京: 大韓興學會, 1910), 16~17쪽. 春園生, 「文學이란 何오?」, 『每日申報』 1916년 11월 12일~15일자에서는 '文學=今日文學'에 대한 내용이 거의 배제되었다. 그 이유가 무엇인지는 아직 규명되지 않은 듯하다.

와 노래가 교육 제재로서 가치를 가진다는 관념은 전근대 지식인 사회에서 널리 공유되고 있었던 것이다. 사람들(인민)의 생각과 감정을 이해하고 그들의 통치자에 대한 요구를 간파하고 그들의 행위를 의도한 방향으로 변화시키는 수단이 될 수 있다고도 여겼다. 노래가 오롯이 절대적 가치로서의 아름다움을 추구하는 정신 활동의 산물이라고 생각하지는 않았던 것이다. 어떻게 살아야 할 것인가라는 물음에 대한 답은 인간과 세계를 어떻게 바라보느냐에 따라 달라지게 마련이지만, 작가는 그러한 물음에 대한 나름의 답을 노래를 통해 간결하게 암시하기도 한다. 노래의 모든 국면을 서구적인 문예 이론(특히 미학 이론)의 방법론으로 해명할 수는 없는 일이다. 그런데 형성기 국문학 연구에서 노래는 오롯이 미학의 대상으로 간주되었다. 춘원(春園)을 비롯한 동경 유학생들이 적극적으로 수용한 문학의 정의, 곧 문학은 언어 예술이라는 정의를 기본적으로 수용하였기 때문이다. 그런데 춘원은 '今日(금일)의 文學(문학)'은 세계의 근본적인 변화를 인식하고 그 속에서 인간이 가야 하는 길을 아울러 제시하는 것이라고 하였다. 서양의 예술 개념의 폭이 매우 넓은 것이었음을 알고 있었던 것이다. 그런 까닭에 춘원은 <무정(無情)>[52]을 통해 오락물에 불과한 '昔日(석일)의 文學(문학)'과는 다른, '今日(금일)의 文學(문학)'이 어떤 것인지를 보여주고자 하였던 것이다. '情(정)의 文學(문학)'은 고시가를 포함한 자기 당대 이전의 문학을 옹호하는 개념이 아니라 평가 절하하는 데 유용한 개념이었다. 그런데도 형성기 국문학자들은 하나같이 '昔日(석일)의 文學(문학)=情(정)의 文學(문학)'이라는 춘원의 판단을 적극 수용하였던 것이다.[53] 고시가 가

52) 장편소설 <무정>을 신문에 연재하기 이전에 이광수는 그 '경개(梗槪)'에 해당하는 <무정>(단편으로 분류하고 있음)을 『大韓興學報』 다음호(12호)에 게재하였다.

53) 安廓, 『朝鮮文學史』(韓一書店, 1922), 1쪽; 金台俊, 『朝鮮漢文學史』(朝鮮語文學會, 1934), 2~3쪽; 趙潤濟, 『朝鮮詩歌史綱』(東光堂書店, 1937), 1쪽.

운데에는 춘원이 비판하는 '昔日(석일)의 文學(문학)'도 없지 않았을 것이지만, 적극 옹호하는 '今日(금일)의 文學(문학)'도 없지 않았을 것이다. 어느 것이 어떤 특성을 가지느냐는 결국 맥락 연구를 근간으로 하는 문헌학으로 통해 규명될 수 있는 것이다. 춘원의 '昔日(석일)의 文學(문학)' 곧 '情(정)의 文學(문학)' 개념을 수용하면서 고시가에서 무한한 가치를 발견하려는 것은 일종의 모순이다. 이 모순에서 벗어날 때 고시가 연구는 새로운 지평을 열어갈 수 있을 것이다. 새로운 지평은 맥락 연구를 근간으로 하는 문헌학의 기초 역량을 연구자들이 두루 갖출 때 더 넓게 열릴 수 있음은 물론이다.

맥락 연구를 근간으로 하는 문헌학은 다양한 문헌의 '세밀한 분석' 작업을 요구한다. 고시가 텍스트의 분석 또한 예외는 아니다. 따라서 말의 역사적 쓰임과 맥락에 대한 이해도 필요하다. 그런 점에서 고시가 연구는 국어학자도 되어야 하고[54] 한문학자도 되어야 한다. 또한, 철학자도 되어야 하고 역사학자도 되어야 한다. 모든 영역을 전공 영역으로 감당할 수 없는 것이 현실이라면 관련 분야의 학자들과 다양한 채널을 통해 끊임없이 소통해야 한다. 고시가 연구자들과의 소통이 확대되어야 함은 물론이다. 서로의 문제의식을 확인하고 타당한 문제의식을 공유하며 협력적 관계의 채널을 확대해 나가야 한다. '세밀한 분석'이 문제가 되는 것은 맥락 없이 이루어지는 경우일 것이다. 이렇게 다양한 채널을 통해 소통하고 교류하며 역사 속 인간들의 다양한 삶의 국면들을 생생하게 복원해 나간다면 '고시가는 무엇이었는가?'라는 물음은 물론 '고시가는 우리에게 무엇인가?'라는 물음에 대한 답도 찾아갈 수 있을 것이다. 인간과 세계에 대한 이해의 확대와 심화는 모

54) 고시가 연구자에게 특히 필요한 것은 고시가 텍스트의 의미론적 통일성을 어느 분야의 전공자보다 정확하게 파악하는 능력일 것이다.

든 인문학의 공통 지향점이다. 인문학은 세계 속에서 다양한 인간이 함께 살아가는 길을 찾는 학문이기 때문이다. '타자들'의 생각과 감정의 자유로운 표현을 억제하고 통제하려고만 하였던 '주체들'의 문학 유산에 일방적으로 긍정적인 가치를 부여해 온 관행은 미학주의에 기초한 서구적인 시각과 방법론의 소산이 아닐까? 서구적인 민족주의와 환원주의적 성격을 띤 미학주의의 시각에서 한 걸음 물러서면 모든 것이 새롭게 보일 수 있지 않을까? 맥락 연구를 근간으로 하는 문헌학은 고시가가 오늘날의 대중에게 애독되거나 애송되지 않더라도 그에 대한 연구 자체가 우리 자신과 '지금 우리'의 문제를 성찰하는 가치 있는 활동이 될 수 있는 길을 제시해 줄 수 있을 것이다.[55]

55) 최미정, 「18세기 시가문학과 대안적 근대의 탐색: 국경 논의를 바라보는 근대·탈근대 그리고 대안적 근대성론의 관점-18세기 가사를 중심으로-」(『한국시가연구』 28, 한국시가학회, 2010), 29~72쪽은 이에 부합하는 한 사례라 할 수 있다.

제 2 장

한국 고시가 탐구에 기초적인 방법으로서 맥락 연구

1. 서론

한국 고시가는 국어교육의 출발점에서부터 교육 자료(educational material)로 가장 많이 활용되어왔다. 하지만 오늘날에는 그 비중이 현저히 줄어들었을 뿐 아니라, 한국 고시가 작품을 교육 자료로 쓰는 수업은 중등학교 학생은 물론 교사도 기피하고 있는 실정이다. 그 원인은 여러 측면에서 생각해 볼 수 있지만, 텍스트를 충분하게 이해하며 읽는 방법을 다양하게 체험하지 못하고, 따라서 텍스트를 읽는 행위가 자기 삶에 어떤 유용성이 있는지 알지 못한다는 데에도 한 원인이 있지 않나 싶다.

국어과 교육의 중요한 목적의 하나가 문해력(literacy) 함양이다. 문해력이란 부호화(coding)한 텍스트를 해독(decoding)하는 능력을 말한다. 텍스트 읽기는 텍스트를 부호화한 주체(작가)의 생각과 감정을 해독하는 주체(독자)가 추론하는 과정이다. 소쉬르(Ferdinand De Saussure)의 말을 빌려 비유적으로 표현하면, 텍스트는 '기표(signifiant)'와 '기의(signifié)'가 결합한 기호(sign)이다. 기표와 기의의 관계는 자의적(arbitrary)이기 때문에 문화적(cultural)이다.[1] 기호를 통해 분명하게 감지되는 것은, 기표이지 기의가 아니다. 텍스트는 하위 단위 언어 요소들의 결합을 통해 작가가 '지시하는 것'(기표)이며, '지시되는 것'(기의)과 결속되어 있다. 그 결속은 텍스트 자체가 분명하게 드러내고 있는 것이 아니다. '지시되는 것'은 텍스트 안에 명시되어 있지 않고 함축되어 있다. 함축은 엄밀히 말해 텍스트 바깥에 있다는 말이다. 작가와 같은 시대 같은 문화를 경험하는 독자는 둘의 관계를 파악하는 데 큰 어려움을 겪지 않는다. 그런 독자는 둘의 관계, 또는 둘의 관계를 충분하게 이해할 수 있게 하는 제반 환경 곧 맥락(context)[2]을 작가가 고려한 것에 가깝게 재구성할 수 있기 때문이다.

작가와 독자 사이에 공유되는 맥락 정보가 적으면 적을수록 해독은 어려워진다. 한국 고시가 작품은, 작가와 독자 사이에 문화 차이가 매우 크다. 우선, 텍스트의 단어, 문장, 문장결속 등 다양한 층위에서 '기표(記標)'와 '기의(記意)'의 관계가 오늘날의 언어와 다른 것이 적지 않다. 주석(注釋)은 그 관계를 파악하는 데 도움을 주는 작업이다. 그런데 주석만으로 텍스트의 맥락을 분명하게 알 수 있는 것은 아니다. 작품 연구는 텍스트('기표')가 의미론적 통일성을 가지는 맥락을 추론하고 재구성하는 활동이다. 물론 오늘날 독자가 한국 고시가 텍스트의 맥락

---

1) 특정 언어는 나름의 세계 인식의 방식과 내용을 표현한다. 그 언어를 모어로 하는 학습하는 화자들은 언어를 통해 세계 인식의 방식과 내용을 학습한다. 세계 인식의 방식과 내용은 모두가 문화이다.

2) 국어과 교육과정에 수용된 맥락(context)의 개념에 대해서는 이재기, 「맥락 중심 문식성 교육 방법론 고찰」, 『청람어문교육』 34(청람어문교육학회, 2006), 99~128쪽; 임주탁, 「맥락 중심 문학교육학과 비판적 문학교육」, 『문학교육학』 40(한국문학교육학회, 2013), 89~130쪽 참조.

을 정확하게 재구성할 수 있는 것은 아니다. 그래서 새로운 해석이 대안적 해석으로 거듭하여 제시되어왔다. 어떤 해석이든 추론하여 재구성한 텍스트의 맥락이 텍스트의 의미론적 통일성을 온전하게 설명할 수 있어야 수용 가능한 해석이 된다. 그런데 국어과 교육 자료로 쓰이는 한국 고시가 작품 해석 가운데에는 텍스트의 의미론적 통일성을 온전하게 설명하지 못하고 있는 것이 없지 않다. 그것이 학생과 교사가 한국 고시가 작품을 기피하게 만드는 것이 아닐까 생각되는 것이다.

텍스트의 맥락을 추론하여 재구성하고 텍스트의 의미를 해석하는 과정, 곧 해독 과정에는 다양한 사고가 수반된다. 논리적 사고는 물론, 분석적 · 종합적 사고, 사실적 · 비판적 사고, 추론적 사고와 상상력 등이 수반된다. 모든 능력을 언어 능력(language competence)이라 한다. 문해력이란 그러한 사고 능력의 통합적 작용 결과로서 해독에 도달하는 능력을 말한다. 텍스트의 해독 과정 체험은 문해력 함양이라는 국어과 목표에 도달하는 데 핵심적인 활동이 된다. 그러므로 한국 고시가를 교육 자료로 쓰는 국어과 수업이 텍스트 해독 과정을 온축하는 맥락 연구(contextual study)를 다양하게 경험할 수 있는 방향으로 계획되고 실천되어야 할 것이다.

2. 국어과 수업에서 맥락 연구의 의의

'문학' 텍스트를 학습 제재로 쓰는 국어과 수업은 해독 과정으로서의 맥락 연구에 충실하지 않은 것이 사실이다. 무엇보다 '문학은 문학답게 읽어야 한다.'라는 소종래(所從來) 불명의 관념이 국어과 문학 수업을 지배해온 상황과 깊은 관련이 있다고 생각된다. 작가는 독자의 해독을 생각하며 텍스트를 부호화한다. 부호화와 해독의 원리와 방식은 당대 작가와 독자 사이에 많은 부분 공유되며, 그것은 문학 관습으로 정착된다. 그리고 관습은 역사적으로 변한다. 특히 근대 이후, 언어(문학) 관습뿐 아니라 문학 관념에도 상당한 변화가 생겼다. 무엇보다 문학은 '언어예술'이라는 관념이 문학 텍스트를 대하는 독자의 태도에 많은 변화를 가져왔다.

'언어예술'이라는 개념은 문학이 미학(Aesthetics)의 대상으로 인식되었음을 말해 준다. 미학의 대상으로 인식되면서, 근대 이전 문학 작품들도 서구의 미학 이론들로 재단되기 시작했다. 그래서 국가 수준의 교육과정 문서에도 '언어예술', '심미적 수용', '미적 감수성', '미적 특질' 등[3]과 같은 용어가 문학 영역에 핵심적인 용어로 쓰이고 있다. 문학을 미학의 대상으로 바라보아야 한다는 새로운(서구적이고 근대적인) 문학 관념이 그만큼 국어교육에 깊숙이 작용하고 있다.

그런데 근대 이전의 문학은 그런 관념에 기초한 것도 있지만 그렇지 않은 것도 있다. 미학의 대상으로서 문학은 '미(beauty)'라는 초월 가치를 추구하는 인간 정신의 한 영역('정(情, emotion)')과 관계가 깊다. 그에 비해 근대 이전의 문학은 '미'뿐 아니라 '진(truth)'과 '선(good)'이라는 초월 가치를 아울러 추구했다. 그리고 문학 작품은 그 텍스트의 의미가 독자에게 온전하게 이해되고 전달된다는 전제에서 창작되고 수용되었다. 따라서 근대 이전 문학 작품은 미학의 대상으로 다루기 이전에 작가가 독자와 소통하며 전달하고자 했던 생각과 감정을 탐색하는 활동의 대상이 되어야 한다. 작가가 작품을 왜 창작했는지, 그것을 통해 독자에게 무엇을 전달하려고 했는지를 알아야 미학적 논의도 가

3) '심미적', '미적'이란 말은 모두 '미학적(aesthetic)'이란 말을 달리 번역한 것이다.

능해진다. 그런 점에서 맥락 연구는 미학적 논의에도 기초적인 문학 연구 방법이다.

맥락 연구에 기초하지 않은 미학적 논의는 공허할 뿐 아니라, 문해력 함양에도 도움을 주지 못한다. 그 점은 국어과 교과서에 수용된 황진이 시조 작품에 대한 미학적 논의를 통해 단적으로 확인할 수 있다.

> ① 내 언제 무신(無信)ᄒᆞ여 님을 언제 소겻관ᄃᆡ
> 월침(月沈)삼경(三更)에 온 뜻지 전혀 업ᄂᆡ
> 추풍(秋風)에 지ᄂᆞᆫ 닙소릐야 낸들 어이ᄒᆞ리오(#0970.1[4])

> ② 이 시의 화자는 오겠다고 약속한 님을 기다리고 있음을 말한다. 그러나 님은 달 없이 캄캄한 밤 자정이 지는데도 오는 기미가 전혀 없다. 話者 곧 자아는 절대적인 신(信)을 가지고 있으며 그 선을 깨뜨린 적이 없지만 님은 그렇지 않다. 상대적인 세계에 살고 있는 님의 세계는 주관적인 자아와 일치할 수 없는 세계였기 때문이다. 이와 같은 분열은 그가 신분적으로 唱妓에 불과했을 뿐 아니라, 男性과 女性, 그리고 自我와 世界라는 어떤 의미에서 통합될 수 없는 二元的 世界의 兩面性을 상징하고 있는 듯하다.[5]

②의 ‘이 시’는 ①을 가리킨다. “주관적인 세계와 일치할 수 없는 자아”, “주관적 자아와 일치할 수 없는 세계”, “자아와 세계라는 어떤 의미에서 통합될 수 없는 이원적 세계의 양면성” 등은 ②가 서정시 이론에 기대어 작품을 수용하고 있음을 말해 준다. ②의 미학적 논의 또한,

---

4) 김흥규 외 편, 『고시조대전』(고려대 민족문화연구원, 2012)에서 사용한 작품 일련번호이다. 이하 같음. ②에서 인용한 ①은 『청구영언』(진본), #0288이다.

5) 최동호, 「황진이 시의 양면성과 현대적 수용」, 『어문논집』 18(고려대학교 민족어문학회, 1977), 198쪽.

시적 상황으로 온축된, 작가가 마주했을 법한 현실 상황을 추론하고 그에 기대어 텍스트의 의미론적 통일성을 파악하려 하고 있다. 그런데 추론에 활용한 맥락 정보는 작가가 "신분적으로 唱妓에 불과"했다는 것뿐이다.

①의 "무신(無信)"은 약속 따위를 어기는 행위를 말한다. 상대를 속이는 행위인 것이다. 화자는 "언제"라는 말을 반복하며 자신이 약속을 어긴 적도 없었고 청자 곧, "님"을 속인 적이 없지 않았냐고 항변하고 있다. 이러한 항변은 청자("님")가 그렇게 화자를 간주하는 언행을 보였음을 전제로 하고 있다. 그 언행이 어떤 것인지는 텍스트에 제시되어 있지 않다. 그리고 뒤이어 달빛이 어둡고 침침한 한밤중에 "온 뜻지" 전혀 없다고 푸념한다. 이러한 푸념은 화자에 대응하는 작가가 약속을 어기지 않고 청자("님")에 대응하는 독자가 있는 곳에 와 있을 때 내뱉을 수 있는 것이다. 그런 상황에서라야 앞의 항변도 충분히 이해될 수 있다. 그런데 ②는 '오다'의 주체를 화자 아닌 청자("님")로 분석하고 있다. "온"을 "올"로 읽은 것이다. 또, 화자 자신이 약속을 어긴 적이 없다는 사실과 청자가 화자를 찾아오는 일은 논리적 연관 관계를 지니지 않는다. 화자가 약속을 어긴 적이 없다고 해서 청자가 화자를 찾아와야 하는 것은 아니기 때문이다. 물론 청자가 화자를 찾아오겠다고 약속한 상황이 전제되었다면 그런 관계가 성립할 수 있을지 모른다. 하지만 텍스트의 어디에서도 그런 약속이 전제되었음을 알려주는 실마리는 없다. 그리고 "추풍(秋風)에 지는 닙소릐야 낸들 어이ᄒᆞ리오"라는 발화는 "추풍(秋風)에 지는 닙소릐"에 대한 청자의 '선행' 반응을 문제 삼고 있다. 누군가를 애타게 기다리는 상황에서라면 "추풍(秋風)에 지는 닙소릐"는 '청자'가 찾아오는 발소리로 착각할 수 있을 것이다. 하지만 화자는 그 소리는 자신도 어찔 수 없지 않은가 하고

반문하고 있을 뿐이다.[6] 이처럼 ①에서 화자가 청자를 기다리는 상황을 분석하는 것은, 텍스트를 구성하는 하위 언어 요소의 결속 관계를 온전하게 설명하지 못하는 것이라 할 수 있다. 그런 점에서 ②는 공허하다.

①의 의미론적 통일성은 텍스트 자체만으로는 분명하게 파악되지 않는다. 다행한 것은 ①은 의미론적 통일성을 좀 더 분명하게 파악할 수 있게 하는 맥락 정보를 담고 있는 자료를 갖고 있다는 점이다. 그 자료는 다음과 같다.

> ③ 서화담(徐花潭)과 약속이 있어 밤에 갔는데, 화담이 혼자 앉아 초연(悄然)히 노래를 부르고 있었다. 어둠 속에서 이 노래를 불러 응대(應對)했다.[7]

> ④ ᄆᆞ음이 어린 후(後)ㅣ니 ᄒᆞᄂᆞᆫ 일이 다 어리다
> 만중운산(萬重雲山)에 어ᄂᆡ 님 오리마ᄂᆞᆫ
> 지ᄂᆞᆫ 닙 부는 ᄇᆞ람에 힝여 귄가 ᄒᆞ노라(#1526.1)[8]

③에시 "이 노래"ᄂᆞᆫ ①을 가리키며, 그 잎의 "노래"ᄂᆞᆫ ④를 가리킨다. ③과 ④를 참고하면, ①의 텍스트 하위 단위 언어 요소의 결속 관계뿐 아니라 텍스트의 의미론적 통일성도 좀 더 분명하게 파악할 수 있게 된다. 황진이는 서화담이 ④를 지어 부른 날에 서화담을 찾아오겠다는 약속을 했다. 서화담은 그날 이른 시기부터 황진이를 기다리고

6) '낸들'이라는 말 또한 상대의 선행 반응을 전제하고 있다. 그런 점에서 이 진술은 전체로서 반문(反問)의 성격을 지닌다고 볼 수 있다.

7) 『동가선(東歌選)』에 실린 텍스트는 "내 언제 信이 업셔 님을 언제 속여관대, 月沈三更에 온 쯧지 ᄌᆞ혀 업ᄂᆡ. 秋風에 지ᄂᆞᆫ 닙 소ᄅᆡ야 낸들 어이ᄒᆞ리오)(#0136)와 같이 ①과 차이가 없다고 볼 수 있다.

8) 『동가선(東歌選)』, #0042.

있었다. 때는 가을이고 장소는 산속인데, 날이 컴컴해지는 데도 황진이가 찾아오지 않았다. 황진이가 있는 곳과 자신이 있는 곳 사이의 길이 멀기도 하고 험하기도 해서 누구라도 찾아오기 힘든 여건임을 알면서도 서경덕은 바람 소리, 바람에 떨어지는 나뭇잎 소리를 인기척으로 착각하기도 하며 황진이를 기다린다. 초연히, 즉 의기(意氣)가 떨어져서 기운이 없는 모양을 하고, ④를 지어 부른다. 그런데 그렇게 노래를 부르는 때에 황진이는 어두컴컴한 밤길을 걸어 힘들고 어렵게 서경덕을 찾아왔다. 약속을 어기지 않은 셈이다. 황진이가 그 이전에 서화담과 딴 약속은 한 적이 없다면 이때의 약속은 처음 약속이고 황진이는 그 약속을 지킨 것이다. 서화담의 노래를 들으며 황진이는 서화담이 자신이 약속을 어길 수도 있겠다는 생각을 하며 자기에 대한 불신감을 키워가고 있다고 판단한다. 그래서 ①의 제1행과 같이 항변(抗辯)하고, 제2행에서는 약속을 지키기 위해 어둠을 뚫고 찾아온 행위가 하릴없는('무의(無意)') 것이 되었다고 푸념한다. 황진이에 대한 서화담의 불신감은 따지고 보면 착각에서 비롯된 것이라 할 수 있다. 황진이가 서화담을 찾아오겠다는 약속을 왜 했는지는 또 다른 자료를 통해 확인되어야 하지만, 서화담은 큰 벼슬은 하지 않았어도 그 당대에 학식과 덕망이 매우 높은 인물로 평가되고 있었다. 황진이는, 그런 평가와는 달리 서화담이 자기와 아무 관련이 없는 자연 현상으로 인해 자기에 대한 불신감을 키우고 있다고 생각했다. 그런 서화담이 야속하기도 하고 못마땅했을 것이다. 그래서 자연 현상이야 자기로서도 어쩔 수 없는 것 아니냐고 반문한다. 이처럼 ③과 ④에 담긴 ①의 맥락 정보를 분석·종합해 보면, ①에 함축된 작가 황진이의 생각과 감정이 어떤 것인지 이해할 수 있고, 따라서 제3행이 제1, 2행과 어떤 의미론적 연관성을 지니는지도 분명하게 이해할 수 있다.

흥미로운 점은 근대 이전 ①의 독자들은 하나같이 ③, ④에 담긴 텍스트의 맥락 정보에 부합하게 읽었음에 비해, 근대 이후의 독자는 그렇지 않았다는 점이다. 악부시(樂府詩)는 근대 이전 노래에 대한 독자의 수용 여하를 가늠하는 데 유용한 자료가 된다. 악부시는 화자를 바꾸지 않는 특성이 있어서 원 노래에 함축된 화자의 '심적 상황'에 대한 수용자의 이해가 어떠했는지 좀 더 분명하게 가늠해 볼 수 있게 한다.

⑤ <이가(俚歌)를 듣고, 운(韻)을 써서 시로 만들었다>, 제1수
내 왔으니 어찌 신의가 없을까요?
달빛 침침한 한밤중에.
가을바람에 잎은 절로 떨어지는 법,
내가 그대 마음 괴롭힌 건 아니잖아요.
我來豈無信, 月沈夜三更.
秋風自落葉, 非我惱君情.[9)]

⑥ <번방곡(飜方曲)>, 제8수
언제 첩이 신의 없이
그대와 서로 속였었나요?
깊은 밤 멀리서 온 뜻을,
그대 정말 모르시나요?
우는 바람, 지는 잎은 본디 무정(無情)한 법,
그게 절로 소리 내는 것을 첩이 어찌할까요?
何曾妾無信, 乃與君相欺.
深夜遠來意, 而君諒不知.
鳴風落葉本無情, 渠自爲聲妾何爲.[10)]

---

9) 『敬亭先生集』 卷之四, 詩, <聞人唱俚歌, 韻而詩之> 제1수.
10) 『藥泉集』 第一, 詩, <飜方曲> 제8수.

⑦ <소악부(小樂府)>, 제36수 '향섭의(響屧疑)'[11]
제가 약속하고 언제 어긴 적이 있나요?
달빛 침침한데 하릴없이 밤길 걸었네요.
쏴 소리 땅 부딪는 소리 내 어찌할까요?
본디 가을바람엔 지는 잎이 많은 것을.
寡信何曾瞞着麽, 月沉無意夜經過.
颯然響地吾何與, 原是秋風落葉多.[12]

⑤, ⑥, ⑦은 각각 이민성(李民宬, 1570~1629), 남구만(南九萬, 1629~1711), 신위(申緯, 1769~1845)가 지은 것이다. 이들은 서화담 곧 서경덕(徐敬德, 1489~1546) 사후의 인물로 ①의 독자(청자)였다. 창작 시기는 17, 18, 19세기로 각각 다르게 추정되는데도,[13] ①의 독자로서 ⑤, ⑥, ⑦의 작가들은 모두 텍스트의 맥락에 부합하는 방향에서 ①에 함축된 화자의 생각과 감정을 읽어냈음이 분명하다. ⑤, ⑥, ⑦에서 분석할 수 있는 화자의 정서는 ③과 ④를 바탕으로 재구성할 수 있는 텍스트의 맥락에서 형성될 수 있는 것이기 때문이다. 특히 ⑥의 작가는 ①과 ④이 화답 관계에 놓인다는 사실을 분명하게 알고 있었던 듯한데, ⑥ 바로 앞에 배치한 ④의 번역 곧 다음 ⑧을 통해 그 점을 확인할 수 있다.

⑧ <번방곡(翻方曲)> 제7수
내 마음 취하게 되니
하는 일마다 모두 바보스럽네.
달빛 침침하고 삼경이 되었으니

11) 신위가 ①이 ④에 화답한 것임을 알고 있었음을 알고 붙인 제목인 듯하다.
12) 『警修堂全藁』 冊十七, 北禪院續藁 三, 小樂府 四十首, 제36수.
13) ⑥는 문집 편차로 볼 때 남구만이 함경도 관찰사(1671.7~1674.8) 재임 시기인 1674년 무렵에 지은 듯하고, ⑦은 신위가 1831년(신묘년) 6월에 지은 것이다.

어찌 사람이 찾아올 때일런가?
바람 불고 잎 떨어지는 소리에
여전히 또다시 부질없이 놀라며 궁금해하네.
吾心旣云醉, 事事皆成癡.
月沈到三更, 豈是人來時.
風鳴葉落聲, 猶復浪驚疑.[14]

"마음이 어린 후니"라는 말을 "내 마음 취하게 되니"와 같이 풀이한 데서[15] ④의 독자로서 ⑧의 작가는, ④의 맥락을 한층 더 구체적으로 알고 있었다고 볼 수 있다. ⑧의 화자는 제3~6구에 묘사된 화자의 행동 또한 바보스럽게 생각하고 있는 것인데, 그런 생각은 ③을 참고할 때 ④의 화자가 가질 법한 것이다. 특히 ⑧에서 ①의 시간 배경이 되는 '월침삼경(月沈三更)'을 ④의 시간 배경과 동일하게 명시하고 있는데, 이는 ①과 ④의 화답 관계를 모르는 상황에서 취할 수 있는 방식이 아니다. 그러므로 근대 이전 ①의 독자 곧 ⑤, ⑥ ⑦의 작가는 ③, ④의 정보를 분석, 종합하여 재구성할 수 있는 맥락에서 ①에 함축된 화자의 생각과 감정을 읽어냈다고 할 수 있다. 결국, 근대 이전 ①의 독자들은 작가와 거의 동일한 문화를 공유했던 셈이다.

그런데 근대 이후 ①의 독자는 그런 맥락에 대한 이해가 부족하고, 따라서 ①에 함축된 생각이나 감정을 사뭇 다르게 분석하기 시작했다. 다음 자료들은 ⑤~⑦의 작가가 했던 것처럼 독자로서 ①의 함의를

14) 『藥泉集』 第一, 詩, <翻方曲> 제7수.
15) ④의 제1행의 앞의 '어리다'와 뒤의 '어리다' 사이에 의미 차이가 있음을 아울러 보여주고 있다. 앞의 '어린'은 '후'라는 단어의 쓰임을 고려할 때 동사로 풀어야 한다. '어리석다'는 동사가 아니라 형용사이므로 문맥에 맞지 않은 풀이이다. 또한, 어리석다는 것은 사람이나 사람의 행동을 설명하는 말로는 쓰여도 사람의 마음을 설명하는 말로는 쓰이지 않는다. 행동의 결과로서 일이나 행동 주체는 어리석을 수 있지만, 마음이 어리석을 수는 없는 것이다.

해석하여 한시로 번역한 것인데, 각각에서 분석할 수 있는 생각과 감정이 ①의 맥락과는 전혀 무관하다는 것을 보여주고 있다.

⑨ <추야장(秋夜長)>
내 언제 信이 없어 님을 어이 속엿관대 秋月三更에 올 뜻이 全혀 없네 秋風에 지난 닙 소래야 낸들 어이하리 (眞伊, 羽二數)

알 수 없어요, 그대도 첩과 같이 긴긴 밤에
가을 달빛 가득한 뜰에서 부질없이 애끊는 줄을.
잎 소리에 잠 못 이루고,
정 둔 임 오시지 않을까 다시 생각하네요.
不知君似妾宵長, 秋月滿庭空斷腸.
葉有聲兮眠不得, 情人來否更商量.[16]

⑨는 김태준(金台俊, 1905~1950)이 신위의 <소악부>의 하나라고 인용한 것이다.[17] 김태준은 신위 <소악부> 40수를, 권상로(權相老, 1879~1965)가 '원가(原歌)'라고 밝혀준 시조 텍스트와 함께 제시하고,[18] 나머지 10수의 '원가'는 자신이 추정한 시조를 함께 제시했는데, ⑦의 '원가'와 동일한 텍스트를 ⑨의 '원가'로 제시하고 있다. 말하자면, 김태준은 ⑦, ⑨가 하나의 텍스트에 대한 악부시라고 본 것이다. 하지만 ⑦과 ⑨의 화자의 정서는 사뭇 다른 것이다. ⑨의 화자의 정서는 헤어지고 만나지 못하는 상황에서 촉발되는 것이 분명하기 때문이다. 이는

16) 김태준, 『조선가요집성』(고가편 제1집)(조선어문학회, 1934), 부록 10~11쪽.
17) 신위의 <소악부>는 40수인 듯한데, 김태준은 "坊間에 傳하는 五十首本"(위의 책, 부록 12쪽)에 포함된 악부시 모두가 신위가 지은 것으로 보았다. ⑨는 추가된 10수 가운데 하나로 포함되어 있다.
18) ⑦의 원가는 "내 엇제 信이 없어 님을 언제 속엿관대 月沈三更에 올 뜻이 全혀 없네 秋風에 지난 닢 소리야 낸들 어이하리"(위의 책, 부록 6쪽)로 밝혀 놓았다.

김태준이 ①의 화자의 정서 또한 충분하게 이해할 수 있는 맥락 정보를 갖고 있지 않았음을 말해 주는 것이다. 더욱이 김태준은 "온"이 "올"로 바뀐 텍스트를 ⑦, ⑨의 '원가'로 제시하고 있다. 이렇게 바뀐 텍스트는 의미론적 통일성을 가지는 맥락을 찾을 수 없는 것이다. 따라서 근대 이후 독자로서 김태준은 ①의 맥락을 파악하지 못해서 ①에 함축된 작가의 생각과 감정을 온전하게 읽어내지 못했다고 할 수 있다.

김태준에게 ⑦의 원가를 비정해 주었던 권상로는 해방 이후에 ①을 다음과 같이 한시로 번역하기도 했다.

⑩ 黃眞伊

ᄂᆡ 언제 信이 업셔 님을 언제 속엿관ᄃᆡ 月沈 三更에 온 ᄯᅳᆺ지 全혀 업ᄂᆡ 秋風에 지ᄂᆞᆫ 닙 소릐야 ᄂᆡᆫ들 어이ᄒᆞ리

약속 어기고 그대 속인 적 내 일찍이 없었는데,
달이 진 새벽인데도 오지 않으시네.
가을바람, 지는 잎은 부질없이 울림 많지만
어찌 너희한테 애승을 품을 수 있으리오?
失信欺君我未曾, 月沈五夜不來仍.
秋風落葉空多響, 安得伊懷絶愛憎.[19]

⑩에는 "올"이 아닌 "온"으로 되어 있는 텍스트(≒①)가 번역 대상으로 제시되어 있다. 그런데도 번역한 한시는 번역 대상에 함축된 상황과는 사뭇 다른 상황을 함축하고 있다. 미련(제4구)의 번역은 확신할 수 없지만, 함련(제2구)만 보더라도 ⑩에서 화자가 누군가를 애타게 기다

19) 권상로,「枳橘異香集(永言漫譯)」,『東岳語文論集』3, 동악어문학회, 1965, 129쪽.

리는 상황을 읽어낼 수 있다. 이러한 상황은 번역 대상이 된 황진이 시조와는 무관한 것이다. 따라서 권상로 또한 김태준과 마찬가지로 텍스트의 맥락을 몰라서 텍스트가 함축하고 있는 화자의 정서를 온전하게 읽어내지 못했다고 할 수 있다.[20)]

그런데 ⑩과 같은 독자 반응은 ②의 미학적 논의의 바탕이 된 독자 반응과 매우 닮았다. ①의 독자로서 ②, ⑩의 작가가 ③, ④를 포함하여 텍스트의 맥락과 관련한 정보를 함께 찾아 읽었다면, ②와 같은 논의나 ⑩과 같은 번역은 이루어지지 않았을 것이다. 물론 한국 고시가에 대한 논의에서 이와 같은 수용의 길도 확대해야 한다는 목소리가 없지 않은 듯하다. 역시 소종래를 분명하게 확인할 수 없는 '문화 콘텐츠'의 개발 열풍이 그런 목소리에 힘을 싣고 있는 듯하다. 문학은 예술이고 예술은 수용자에 따라 그 가치가 새롭게 평가될 수 있을 뿐 아니라 의미도 달리 해석될 수 있다는 관념은 '근대적인' 것이다. 하지만 그 '근대적인' 관념이 학습 공간에서 ①을 읽는 독자에게 실질적으로 어떤 유용성을 제공해 줄 수 있는지는 의문이다. 문해력 함양에는 역효과만 예상될 뿐이다.

문학 연구는 텍스트의 맥락을 충분하게 재구성할 수 있는 정보를 찾아 주는 활동이 중심에 자리해야 한다. 국어교육은 언어 능력과 문해력을 기르는 교과이다. 언어 능력은 언어를 매개로 하는 사고 능력이고, 문해력은 맥락의 관계에서 형성되는 텍스트의 의미를 읽어내는

20) ⑤~⑦과 비교해 보면, ⑩의 화자가 마주한 상황이 그와 사뭇 다르다는 것을 한층 더 분명하게 알 수 있다. ⑩의 화자가 자신이 약속을 어긴 적도 없고 청자를 속인 적이 없다고 하는 부분(제1구)은 ①의 제1행과 합치한다. 그러나 다음 부분부터 ①과 달라진다. 제1, 2구는 '나는 당신과의 약속을 어긴 적도 없고 당신을 속인 적도 없는데, 한밤중이 되었는데도 당신은 왜 나를 찾아오지 않는가?' 하는 생각과 감정을 드러내고 있다. 그런 생각과 감정은 ③, ④에서 분석할 수 있는 것과 전혀 다른 것이다. '올'을 '온'으로 바꾸었지만, 여전히 권상로는 '올'로 읽은 셈이다.

능력이다. 그런 점에서 2007 개정 국어과 교육과정에 반영된 다음과 같은 견해는 지금 시점에서도 여전히 존중되어야 한다.

> 텍스트는 맥락과의 관계 속에서 존재한다. 따라서 맥락을 소거한 상태에서의 텍스트 생산, 해석 논의는 생산적이지 않다. 연구자는, 국어교육이 창의적, 비판적 주체 형성을 지향한다면 맥락을 국어교육 담론의 중심에 세워야 한다고 생각한다.[21)]

안타깝게도 현행 국어과 교육과정에는 중요한 교육내용 '범주'로 포함되었던 '맥락'은 사라지고[22)] 문학 영역에는 교육내용 요소로서 '문학사적 맥락'만이 남게 되었다. 고전문학의 경우, 문학사는 특정 독자가 재구성한 것이다. 근대 이후와는 달리, 근대 이전 시기에는 예술의 사조나 문학 관념에서 뚜렷한 변화가 드러나지 않는다. 또한, 근대 이후 서술된 문학사는 문학은 언어 예술이라는 관념에 기초한 미학적 논의의 성과를 바탕으로 하고 있다. 근대 이전 문학에 대한 미학적 논의들이 ②, ⑨와 같은 텍스트 해독에 바탕을 둔 것이라면, 문학사적 맥락에서 알 수 있는 것은, 모호하거나 부정확한 미학의 이론과 그에 바

---

21) 이재기, 앞의 논문, 99쪽.

22) 2011 교육과정에서 맥락이 교육내용 '범주'에서 빠진 것은, 맥락 개념은 물론 맥락 연구에 대한 교사의 이해가 쉽지 않았기 때문이라고 한다. 하지만 교사들은 읽기 과정 자체가 맥락 연구 과정이라는 점을 경험적으로 잘 알고 있다. 물론 스스로 맥락 연구를 통해 텍스트의 의미를 해석해 본 경험이 풍부하지는 않겠지만, 말과 글의 의미가 맥락 없이 형성되고 전달되지 않는다는 점은 분명하게 알고 있다. 그리고 국가 수준의 교육과정에 맞게 제작하여 '검인증(檢認定)'한 교과서의 작품 해석에서 크게 벗어날 수 없는 현실에서 결과적으로 '교과서적 해석'과 다른 해석을 도출해도 되는가는 의문을 불식시키기 어렵다. 하지만 국어교육이 문해력 함양을 목표로 하고, "창의적이고 비판적인" 독자를 길러내는 데 유용한 교과로 거듭나기 위해서는 맥락 연구가 국어과 수업의 기본적인 학습 방법으로 자리해야 한다. 그런 관점에서 한국 고시가 텍스트를 교육 자료로 쓰는 국어과 수업의 실제적인 방법을 고안하여 제안하고자 하는 것이다.

탕을 둔 논의뿐이다. 미학적 논의는 개별 텍스트가 표현하여 전달하고자 하는 생각과 감정을 독자가 온전하게 이해한다는 전제에서 출발해야 한다. 결과적인 논의의 내용을 기억하고 숙지하는 활동이 문해력을 함양하는 데 도움을 줄 수 없음도 물론이다. 맥락 연구는 문해력을 함양하는 방법인 동시에, 미학적 논의에 기초적인 과정이라 할 수 있다.

3. 탐구 학습 방법으로서 맥락 연구

맥락(context)이란 어떤 사건, 진술, 아이디어 등이 충분하게 이해될 수 있는 세팅을 형성하는 제반 환경[23]을 말한다. 문학 작품은 서사적이든 서정적이든 극적이든 나름의 코딩 방식과 원리를 활용하여 어떤 생각이나 감정을 전달한다. 텍스트를 읽는 독자는 그 생각과 감정을 충분하게 이해할 수 있는 맥락을 끊임없이 추론하고 재구성하게 마련이다. 무슨 생각과 감정을 전하고 있는지 이해해야 그에 대해 공감하든 비판하든 자신의 반응을 보일 수 있기 때문이다.

텍스트 읽기 과정 자체가 맥락을 추론하고 재구성하는 과정이라 할 수 있다. “맥락은 텍스트의 의미를 이해하거나 텍스트의 의도를 파악하는 데 있어서 고려해야 할 요소로서 존재”하는 것이 아니라 “텍스트의 의미를 낳는 의미 모태로서 존재”하는 것이다.[24] 텍스트 읽기란 “어떤 맥락을 통해 텍스트를 해석하고 이해할 것인지를 결정하는 지속적인 선택의 과정”이라고 할 수 있으며, “어떤 텍스트를 읽고 바른

23) 옥스퍼드 영어사전에서 “The circumstances that form the setting for an event, statement, or idea, and in terms of which it can be fully understood.”라고 정의한 것이다.
24) 이재기, 앞의 논문, 115쪽.

이해를 했다고 하는 것은, 상대적으로 적절한 맥락을 통해 텍스트를 이해했다는 것"을 말하는 것이다.[25]

텍스트의 맥락은 텍스트 내적 맥락과 외적 맥락으로 나눈다. 텍스트를 언어에 한정하면 언어 내적 맥락[26]과 외적 맥락으로 나누어진다. 학자에 따라 언어 외적 맥락은 상황 맥락(context of situation) · 문화 맥락(context of culture) · 텍스트 간 맥락(inter-textual context)[27]으로, 혹은 텍스트를 둘러싼 맥락(surrounding-text context) · 텍스트 너머의 맥락(beyond-text context)[28]으로 나누기도 한다. 당대 독자는 텍스트의 내적 맥락 곧 문맥(文脈, inner context)만 알면 작가가 드러내고자 하는 텍스트의 의미를 이해하는 데 큰 어려움이 없을 수 있다. 무엇보다 텍스트의 의미론적 통일성을 보장하는 내적 맥락과 관계되는 외적 맥락을 작가와 독자가 공유할 가능성이 크기 때문이다. 그에 비해, 근대 이전 텍스트의 생산자인 작가와 오늘날 텍스트의 수용자인 독자 사이에는 공유하는 외적 맥락이 매우 적은 것이 사실이다. 이것이 우리가 한국 고시가 작품에 접근하기 어렵게 하는 주요 원인이 아닌가 싶다.

하지만 고시가 작품 가운데에는 앞장에서 사례로 들었던 황진이의 시조 작품 이외에 텍스트의 맥락을 재구성해 볼 수 있게 하는 자료(extra-text materials)[29]가 함께 전하는 것이 없지 않다. 그런 작품을 교육

25) 위의 논문, 117쪽.

26) 옥스퍼드 영어사전에서 "The parts of something written or spoken that immediately precede and follow a word or passage and clarify its meaning."라고 정의한 것이다.

27) Halliday, M. A. K. and Hasan, R, *Language, Context, and Text*(Oxford University press, 1989). 이 책에서 텍스트 내적 맥락은 'intra-textual context'라고 명명했다.

28) Rex, L., Green, J., Dixon., C., "What Counts When ContextCounts?: The Uncommon 'Common' Language of Literacy Research", *Journal of Literacy Research*, 30-3(1998), pp.405~433. 텍스트 내 맥락을 'within-text context'라 명명했다.

29) Kent, Thomas L., "The Classification of Genres", *Genre: Forms of Discourse and Culture*, 16-1(The University of Oklahoma, 1983), pp.1~20.

자료로 선정하면 한국 고시가의 수업 또한 맥락 연구를 통해 텍스트를 이해하면서 교사와 학생의 문해력을 함양하는 데 큰 도움을 줄 수 있을 것이다.

맥락을 추론하고 재구성하는 데에는 필요한 정보를 맥락 정보라 할 때, 맥락 정보는 텍스트의 생산과 수용 구조를 고려하면 다음과 같이 정리해 볼 수 있다.

〈표 1〉 텍스트의 맥락 정보

작가	성sex, 나이, 직업, 사회적 신분과 지위, 가족, 친구 관계, 학력 및 학식, 인생관 및 세계관(문학관 포함), 생애사 등등에 관한 정보
창작 상황	시기, 장소, 계기 혹은 동기 등등에 관한 정보
코드	텍스트의 형식(구조), 단어, 문장 등의 결속 관계(문법) 등등에 관한 정보
문화	창작 시기 작가 및 독자가 놓인 정치적, 경제적, 사회적, 종교적 환경 등등에 관한 정보
독자	실재 혹은 잠재(예상) 독자의 특성, 작가와 독자의 관계 등등에 관한 정보

물론 5가지 맥락 정보가 모두 풍부하게 찾아지는 텍스트를 교육 자료로 쓰는 것이 좋을 것이다. 텍스트만 전하고 텍스트의 맥락과 관련한 정보를 담고 있는 자료가 아예 전하지 않는 작품은 맥락 연구 자체가 불가능하고 따라서 학습 경험이 문해력 함양에 도움을 주지 못할 것이다. 하지만 모든 정보를 반드시 다 확보할 수 있어야 맥락 연구가 가능한 것이 아니다. 그 점은 앞의 황진이 시조를 읽는 과정에서 알 수 있었을 것이다.

맥락 연구를 방법으로 활용하는 수업은 탐구 학습 활동으로 이루어지며, 다음 3단계의 과정과 절차를 밟는다.

첫째 단계: 모든 단어의 결속 관계가 파악하며 마음속에 통일된 메시지 떠오르는지 점검하며 텍스트를 읽는다. 단어의 결속 관계 파악에는 각종 사전의 도움을 받을 수 있다. 이때 사전의 설명이 불완전하거나 틀릴 수 있음에 유의해야 함은 물론이다. 또, 작가의 말을 '나'의 말로 바꾸어 표현해 보는 활동도 도움을 줄 수 있다. 이 과정에서 독자는 텍스트의 의미론적 통일성을 보장할 만한 유사 경험을 떠올리게 된다.

둘째 단계: 텍스트의 맥락 정보를 담고 있는 자료를 찾아 정보를 분석하고 분석한 정보를 가지고 텍스트 읽기를 반복한다. 의미론적 통일성을 가지는 메시지가 떠오르고, 그것이 의미를 형성하는 맥락을 추론하고 재구성할 수 있을 때까지 반복한다. 수용자에 따라 텍스트와 관련한 맥락은 달리 추론될 수 있고, 따라서 작품의 의미도 달리 해석될 수 있음은 물론이다. 중요한 것은 재구성한 맥락에서 텍스트의 의미론적 통일성을 온전하게 설명할 수 있어야 한다는 점이다.

셋째 단계: 작가의 의도 혹은 작품의 핵심적인 의미를 해석한다. 동일 상황에서 작가가 가진 생각과 감정이 내가 가졌을 법한 생각이나 감정과 어떻게 같고 다른지를 생각하며 작가에 대한 나의 태도를 정한다. 맥락 연구는 작가의 생각과 감정에 대한 일방적 공감을 지향하는 것이 아니다. 권위를 인정받고 있는 작품 해석을 포함하여 타자의 작품 이해를 나의 이해와 비교하며, 공통점과 차이점을 확인해 볼 수 있다. 서로의 차이와 그 이유까지를 공유할 때 수용자 간의 '공감'의 길이 확대될 수 있으며, 선행 해석의 문제점을 발견하고 대안적인 해석의 길을 마련하는 활동으로 이어갈 수 있다.

이러한 단계에 따라 한국 고시가 텍스트를 해독하는 탐구 학습 활동을 수행하자면 몇 가지 준비 작업이 선행되어야 한다. 우선, 다음 기준들을 고려하여 텍스트를 선정한다. ①현재 국어과 교과서에 수록된 작품이나 그에 상응하는 어휘 수준의 작품, ②텍스트가 학생 자신의 말로 옮기는 일이 어렵지 않은 작품, ③텍스트의 맥락 정보를 담고 있는 자료가 비교적 풍부하게 확보될 수 있는 작품, ④교사 자신이 맥락 연구를 원활하게 수행할 수 있는 작품, ⑤권위를 인정받는 해석은 있지만 새로운 의미를 찾아낼 수 있는 길이 열려 있는 작품 등을 기준으로 텍스트를 선정한다.

또한, 수업 실행 과정에서 수행될 활동에 필요한 자료를 미리 준비하거나 수업 중에 쉽게 접근할 수 있도록 해두어야 한다.[30] 한국 고시가는 오늘날의 언어와 사뭇 달라서 원 텍스트는 물론, 현대 국어로 번역한 텍스트도 함께 준비해 두어야 한다. 어휘, 문법 등의 차이로 인해 번역 텍스트를 만드는 일이 쉽지는 않지만, 적어도 어휘의 사전적 풀이는 다양하게 제시할 필요가 있다. 맥락 추론과 재구성에 필요한 정보를 담고 있는 자료를 풍부하게 찾되, 제한된 시간에 활용할 수 있도록 일정하게 가공(번역, 재구성 등)하여 학생들이 쉽게 접근할 수 있도록 준비해야 한다.

한국 고시가 가운데 고려가요와 사설시조 작품은 텍스트의 맥락을 추론하여 재구성하는 작업이 매우 어렵다. 물론 고려가요 텍스트의 맥락을 추론하여 재구성하는 작업도 지속하고 있으며, 최근에는 현행 국어 교과서에서 교육 자료로 두루 쓰고 있는 <가시리> 텍스트의 맥락을 재구성한 사례도 있었다.[31] 하지만 국어교육에서는 맥락 연구에 기

30) 하이퍼링크(hyperlink)는 교실 바깥 자료를 쉽고 또 안정적으로 활용할 수 있는 방법이다.
31) 이에 대해서는 임주탁, 「고려가요의 텍스트와 맥락-<가시리>와 <쌍화점>을 중심으로」,

초하지 않은 미학적 논의의 결과가 공고하게 지배하는 상황이다. 또, 텍스트의 맥락 연구에 필수적인 정보를 확보하는 과정이 매우 복잡다기하여 중등학교 학생 눈높이에서 접근하기가 쉽지 않다. 따라서 이하에서는 향가, 가사[32] 각 1편의 텍스트를 선정하여 앞의 3단계의 과정과 절차에 따라 맥락 연구를 할 수 있도록 필요한 맥락 정보를 제시해 보고자 한다. 시조 텍스트를 대상으로 하는 맥락 연구는 앞장의 논의로 갈음한다.

#01. 향가 〈제망매가(祭亡妹歌)〉

<제망매가>는 주제 면에서 '삶과 죽음'이라는 인간 보편의 문제를 다루고 있다는 판단과 문학성·예술성이 뛰어난 작품이라는 평가에 따라 일찍부터 국어과 교육 자료로 쓰이고 있는 고시가 작품이다. 하지만 여전히 텍스트의 코드 자체의 해독을 포함하여 텍스트의 의미론적 통일성을 보장하는 맥락의 추론, 재구성과 의미 해석에서 논란이 이어지고 있다. 그런 점에서 맥락 연구가 가능할까 하는 의구심을 가질 수도 있지만, 새로운 해석을 찾아갈 수 있는 길이 열려 있다는 점에서 맥락 연구를 실천해 볼 수 있는 대상이 된다.

<제망매가>는 『삼국유사(三國遺事)』「감통(感通)」'월명사(月明師) 도솔가(兜率歌)' 속에 포함되어 있다. 따라서 <제망매가>의 맥락을 추론하고 재구성하는 작업은 매우 다층적으로 수행되어야 한다. 하지만 그런 작업의 수행은 현실적으로 감당하기 어렵다. 다행한 것은 <제망매가>는 '월명사 도솔가'의 진실성을 뒷받침하는 예화의 하나에 포함되어

『국문학연구』 35, 국문학회, 2017, 35~65쪽을 참조할 것.

32) 시조 텍스트를 대상으로 하는 맥락 연구 방안은 2절의 논의를 바탕으로 마련할 수 있을 것이다.

있다는 사실이다. 월명사가 향가 <도솔가(兜率歌)>를 지어 의례를 수행하자 열흘 동안이나 지속하던 하늘의 변괴가 갑자기 사라지고 천지는 물론 부처도 감응하여 메신저(정체불명의 '동자(童子)')를 통해 메시지를 보내왔다는 이야기는 특히 어릴 적부터 유가 경전 위주로 학습했던 사람들에게는 진실성에 대한 강한 의문을 갖게 한다. 어떻게 월명사(月明師)라는 '사람'이 만들어낸 소리에 하늘(天)이 바로 감응했을까? 시송(詩頌)이나 게송(偈頌)이면 몰라도 어떻게 향어(鄕語)로 지은 향가가 하늘과 부처의 감응을 끌어내는 수단이 될 수 있었을까? '월명사 도솔가'의 후반부의 단위 이야기들에서는 이러한 의문을 해소하고 전반부의 이야기가 황당한 이야기가 아니라 진실한 이야기로 받아들이게끔 하는 의도가 작용하고 있다. <제망매가>가 포함된 단위 이야기는 <도솔가>만이 아니라 월명사가 이전에 지은 향가에도 천지 귀신과 부처가 감응한 적이 있음을 보여줌으로써 핵심 이야기인 <도솔가> 관련 이야기의 진실성을 뒷받침하고 있다.

향찰(鄕札)이라는 차자 표기법에 따라 기록되어 있어, <제망매가> 텍스트의 코드는 이중적인 해독 과정을 수반한다. 향가의 언어는 '향어(鄕語)'라고 했다. '향어'가 곧 한국어를 일컫는지, 특정 성격을 띤 한국어를 제한적으로 일컫는지는 분명하지 않다.[33] 다만 우리말의 문법 특성을 고려할 때 <제망매가> 텍스트가 '기표와 기의' 관계를 맺고 있는 기호, 기호 간의 의미론적 결속 관계를 나타내는 소리로 구성되어 있음은 분명하다. 의미 요소를 표기하는 한자와 문법 요소를 표기하는 한자로 구성되어 있다는 말이다.

향찰이 우리말의 문장의 본래소리까지 반영한 표기라면, 향가 해독

33) 향어와 향가의 개념에 대해서는 임주탁, 「향악의 개념과 향가와의 관계」, 『한국문학논총』 79(한국문학회, 2018), 67~99쪽을 참조할 것.

은 그에 상응하는 형태로 복원하는 과정을 수반한다. 그것을 전사(轉寫)라고 한다. 전사는 어느 것이 의미 요소에, 어느 것이 문법 요소에 해당하는 말소리를 표기한 것인지, 또 의미 요소의 표기인 경우, 그에 상응하는 말소리가 무엇인지 알아야 가능하다. 그런데 향가 텍스트는 전사 과정에서부터 이견이 많았고, 지금도 새로운 견해가 거듭 제시되고 있다. <제망매가>도 예외가 아니다.

전사 결과의 차이는 해독의 다음 단계 작업에도 그대로 반영된다. 다음 단계란 전사한 텍스트의 의미론적 통일성을 분석하고 그것이 지향하는 의미를 읽어내는 과정이다. <제망매가>는 코드 자체의 해독부터 중등학교 학생과 교사가 원활하게 수행하기 어려운 텍스트라 할 수 있다. 지금까지와 같은 방식 곧, 학계에서 널리 권위를 인정받는 선행해독 한두 가지 참고하도록 하며 표기와 해독의 기본 원리를 간단하게 소개해 주는 방식이 여전히 필요하다. 다만, 어느 것이든 완전하지 않다면 선행해독 가운데 어느 것을 선택하는가는 그리 중요하지 않을 수 있다. 그것은 학생과 교사의 몫으로 맡겨도 될 일이다.

중요한 것은 첫째, <제망매가>가 천도재(薦度齋)에서 '제(祭)'의 매개(媒介)로 쓰였다는 사실을 확인하는 일이다.[34] 천도재는 망자(亡者)를 극락(極樂)세계, 서방정토(西方淨土)로 인도하기 위해 치르는 불교 의식이다. 불교의 내세관에 의하면, 깨달음에 이르지 못한 인간은 끊임없이 윤회하는 삶을 산다. 그렇다고 현실 세계의 모든 인간이 죽어서 바로 다음 생[次生]으로 윤회하는 것은 아니다. 극선(極善)·극악(極惡)한 존재는 바로 다음 생으로 태어나지만, 그렇지 않은 존재는 일정 기간 다음

34) <제망매가>의 쓰임에 대해서는 양희철, 「「제망매가」의 의미와 형상」, 『국어국문학』 102(국어국문학회, 1990), 241~261쪽; 성호경, 「<제망매가>의 시세계」, 『국어국문학』 143(국어국문학회, 2006), 273~304쪽을 참조할 것.

생의 몸[體]을 받을 때까지 '영혼(靈魂) 상태'로 머물게 된다. 그것을 '중유(中有) 또는 중음(中陰)'이라고 한다. 다음 생으로 태어날 몸을 받아내지 못하면, 그럴 때까지[35] '영혼 상태'의 '망자'는 생(生)과 사(死)를 거듭[윤회(輪迴), samsara]하며 7일을 지내고, 그 기간이 가장 길게는 7×7일이 걸린다. 그래서 불교의 천도재는 49재라고도 한다. '망자(亡者)'가 '영혼 상태' 곧 '중유'로 머물 때 경전(經典)과 계율(戒律)을 염송(念誦)하면 '망자'에게 복이 미쳐 '망자'가 좋은 곳에 태어날 수 있다는 믿음이 보태지면서 천도재는 망자가 극락, 서방정토에서 다시 태어나도록 기원하는 의식으로 자리 잡았다. 월명사는 불교의 경전과 계율을 염송하는 대신에 향가를 지어 불렀다.[36] 한편, 제(祭)는 살아있는 이가 '망자'와 만나는 절차이다. '망자'의 영혼이 '이승'에 머물고 있을 시기에는 초혼(招魂), 이미 '저승'으로 갔다고 믿는 시기에는 청신(請神) 절차를 선행한다. 그런 점에서 <제망매가>는 화자(=월명사)가 '영혼 상태'의 '망매'와 대화하는 형식을 취하고 있을 개연성이 크다.[37] 따라서 <제망매가> 텍스트에 작가가 영혼 상태로 있다고 믿는 '망매(亡妹)'의 독백을 포함하거나 '망매'와 대화하는 형식을 취하고 있을 개연성을 배제할 수 없는 것이다.

둘째, '망자'에 대한 살아있는 이의 일반적인 태도를 떠올리게 하는

35) '깨달음에 이를 때까지'라고 하는 것이 더 정확한 표현일 것이다.

36) 불교 음악에 맞춰 짓는 게송(偈頌)을 향가 <도솔가>로 대체하여 쓴 것과 궤를 같이하고 있다.

37) 『고려사』에서 그 말이 '선어(仙語)를 본받았다'로 해설하고 있는 <동동(動動)>은 향가와 그 언어적 특성이 흡사하다. 그 텍스트에서 망자의 발화를 분석하는 일은 어렵지 않다. <동동>의 화자 특성은 유동석, 「문법을 통해서 본 「동동」의 화자 문제」, 고영근 외, 『문법과 텍스트』(서울대출판부, 2002), 585~605쪽, 망자와 대화하는 화자의 특성은 최미정, 「죽은 임을 위한 노래-동동」, 『문학한글』 2(한글학회, 1998), 59~84쪽, 선어가 향가의 언어와 잇닿아 있음은 신재홍, 「동동의 선어(仙語) 및 난해구 재해석」, 『한국고전연구』 29(한국고전연구학회, 2014), 165~202쪽을 각각 참조할 수 있다.

일이다. <제망매가>는 육신과 이별하는 의식이 아니라 영혼과 이별하는 의식에서 불린 노래였다. 학생은 물론 교사도 영혼과 이별하는 시기에는 '망자'가 '여기'보다 더 좋은 곳에 태어나서 살아가기를 기원하는 말을 해 본 적이 있을 것이다.[38] 그런 경험을 떠올리는 활동은 <제망매가>를 통해 드러내고자 한 작가의 생각과 감정을 추론하는 데 상당한 도움을 줄 수 있다. '망자'에 대한 태도는 초역사적인 보편성을 띤다. 그런 생각과 감정이 불교적 생사관 혹은 내세관[39]에 의해 표현되었다면, <제망매가>는 불교적 색채를 입은 것뿐이다. "미타찰(阿彌陀刹)"[40]이란 말 자체가 아미타(阿彌陀) 신앙에 기초하고 있음을 말해 주는데, 아미타 신앙에서는 '이곳'보다 '더 좋은 곳'을 극락, 곧 서방정토라고 여긴다. '좋은 곳'이 불교적 색채를 입어 표현된 것이다.

이러한 논의는 <제망매가>의 맥락 연구는 관련 서사 문맥을 고려하는 방향에서 이루어져야 함을 말해 준다. 그런 점에서 학습 제재는 <표 2>와 같이 제시할 필요가 있다. 그리고 '재(천도재)'와 '제(祭)'에 대한 백과사전적 설명(*, **)과 텍스트의 선행해독(***)을 참고할 수 있도록 하면, 앞의 단계에 따라 맥락 연구를 수행하는 데 큰 어려움은 없을 것이다.

---

38) SNS를 통한 추모 열풍은 오늘날 일상적으로 경험하고 있다.

39) 양희철은 '중유' 인정 여하에 따라 불교가 구사종(俱舍宗), 성실종(成實宗), 대승종(大乘宗)으로 나뉘는데, "월명사는 중유에 있는 누이가 좋은 연처(緣處)를 빨리 얻도록 영재(營齋)하면서 「제망매가」를 지었기 때문"에 구사종 또는 대승종에 속한, 말을 바꾸면 중유가 있다고 생각한 사람"이라고 했다. 양희철, 앞의 논문, 253쪽.

40) 아미타 세계의 절이란 말이다. 아미타는 극락의 세계이지만, 여전히 수도하는 장소, 곧 절[찰(刹)]이 있다. 아미타 세계에 환생하는 존재는 완전한 깨달음 곧 열반(涅槃)에 이른 것이 아니다. 따라서 "미타찰"은 '아미타 세계의 절' 정도로 풀이되어야 할 것이다.

〈표 2〉 〈제망매가〉의 맥락 연구를 위한 탐구 활동의 제재

학습 제재
월명사(月明師)는 또 일찍이 망매(亡妹, 죽은 누이)를 위해 재(齋, 천도재(薦度齋))*를 치를 때 향가(鄕歌)를 지어 제(祭)**를 지냈는데, 갑자기 회오리바람이 불어서 지전(紙錢)이 날아 다 서쪽으로 사라졌다. 노래***는 "生死路隱 此矣有阿米次肹伊遣 吾隱去內如辭叱都 毛如云遣去內尼叱古 於內秋察早隱風未 此矣彼矣浮良落尸葉如一等隱枝良出古 去奴隱處 毛冬乎丁 阿也 彌陁刹良逢乎吾道修良待是古如"[41]라고 했다. 월명은 늘 사천왕사(四天王[42]寺)에 머물렀는데 피리를 잘 불었다. 일찍이 달밤에 피리를 불며 문 앞 큰길을 지나는데 달이 그를 위해 구르던 바퀴를 멈췄다. 이로 인해 그 길[路]을 월명리(月明里)라고 했고, 사(師)도 이로써 이름에 나타냈다. 사(師)는 능준(能俊) 대사의 문인(門人)이었다. 신라인(新羅人)이 향가를 숭상한 지 오래다. 아마도 시송(詩頌) 같은 부류였으리라. 그런 까닭에 때때로 천지 귀신을 감동(感動)한 것이 많았을 것이다.

첫째 단계에서는 학습 제재 전체를 읽은 다음, 이제 막 고인(故人)이 된 분에 대해 가지는 우리의 태도가 어떤지 경험에 비추어 생각하며, <제망매가>에 담겼을 생각과 감정을 상상해 보는 활동을 한다. 텍스트 자체를 해독할 수 없는 상황에서 할 수 있는 차선의 활동이다. 그리고 <제망매가> 텍스트의 선행해독을 하나 혹은 둘을 읽으며, 거기서 분석되는 생각과 감정이 우리가 지니는 고인에 대한 태도와 부합하는지 생각해 보게 한다.

둘째 단계에서는 월명사,[43] 천도재, 제, 미타찰 등과 관련한 정보를

41) 『삼국유사』에 분할된 대로 인용한 것이다. 짙은 색과 밑줄은 선행해독에서 의미 요소로 분석한 글자를 표시한 것이다. 그중 밑줄은 의미 요소에 해당하는 단어이지만 음독(音讀)하고 있는 글자를 표시한 것이다.

42) 사천왕(四天王)이 불법을 수호하며 일월(日月)을 조정하는 능력을 가진 신적 존재임을 알면 월명사가 사천왕사에 거주했으며 그의 피리 소리에 달이 감응했다는 이야기와 두 해가 나타나는 이변을 없앤 이야기를 연관 지어 생각해 볼 수 있다. 앞의 이야기가 뒤의 이야기의 진실성을 뒷받침해 줄 수 있기 때문이다.

43) 월명사는 국선의 무리에 속했다고 했다. 국선의 개념을 이해하는 데에는 다음 자료가 유용하다. 참고로, 일연과 생몰연대가 겹치는 민적(閔頔, 1270~1336)은 이제현 <소악

찾아 읽게 하고, 세 단위로 구분되는 부분이 각각 어떤 의미를 지향하는지를 추론해 본다. 첫 부분에서 '나'는 누구이며 어떤 상태에 있다고 보아야 하는지, '생사로(生死路)'가 있는 '이곳'이 어디라고 볼 수 있는지 등을 판단해 보도록 한다. 둘째 부분에서는 한 가지에 난 나뭇잎이 바람에 떨어져 어디로 가지는지 알 수 없다는 것이 어떤 의미를 지향하는지 추론해 보도록 한다. 나뭇잎의 인연과 사람의 인연이 근원적으로 같다는 말에서 슬픔이 묻어나는지, 일종의 깨달음인지, 깨달음에 이르게 하는 화두(話頭)처럼 던져진 것인지 판단해 보도록 한다. 이러한 활동을 통해 첫째 부분과 둘째 부분이 누구의 말로 볼 수 있는지도 생각해 볼 수 있다. 셋째 부분에서 아미타 절에서의 만남은 작가와 '망매'와의 만남일 것인데, 둘이 아미타 절에서 만나기 위한 조건이 무엇인지 생각하며, '수도(修道)'의 주체가 누구인지 추론해 본다. 이를 통해 '망자'에 대한 작가의 생각과 감정이 어떤 것인지 판단할 수 있다. 그리고 이러한 활동을 바탕으로 텍스트의 세 부분이 서로 어떻게 의미론적으로 연관되어 있는지 논의한다. 그것이 <제망매가> 텍스트

부(小樂府)>에 화답하여 6장의 <수악부>를 지었던 민사평(閔思平, 1295~1359)의 아버지이다.

『高麗史』 108卷 列傳 21 閔宗儒: 頔. 字樂全. 生而姿相不凡, 外王父兪千遇, 見而奇之曰: "兒他日必貴." 姨夫故相金頵, 聞其言, 養于家. 國俗, 幼必從僧習句讀, 有面首者, 僧俗皆奉之, 號曰仙郎. 聚徒或至千百, 其風起自新羅. 頔, 十歲出就僧舍學, 性敏悟, 受書旋通其義, 眉宇如畫, 風儀秀雅, 見者皆愛之. 忠烈聞之, 召見宮中, 目爲國仙. 登第, 補東宮僚屬.(민적은 자가 악전(樂全)이다. 나면서 모습이 범상치 않아 외할아버지 유천우(兪千遇)가 보고 기이하게 여겨 "얘는 나중에 필시 귀하게 될 것이다."라고 했다. 이모부였던 지금은 고인이 된 재상 김군(金頵, ?~1299)이 그 말을 전해 듣고 집안에서 키웠다. 국속(國俗)에, 어릴 때는 승려를 따라 구두(句讀)를 익히고 얼굴이 빼어난 자가 있으면 승려와 속인이 모두 받들어 선랑(仙郎=화랑(花郎))이라고 불렀다. 모이는 무리가 천백에 이르기도 했는데, 그 바람은 신라에서부터 일어났다. 민적은 10세에 절간에 가서 배웠는데, 천성이 총명하고 이해력이 뛰어나서 글을 받으면 그 뜻을 두루 통달했으며, 얼굴이 그림 같고 풍채가 수려해서 보는 이는 모두 사랑했다. 충렬왕이 전해 듣고 궁중에 불러서 보고는 국선(國仙)이라 지목했다. 과거에 급제하고 동궁요속(東宮僚屬)에 보임되었다.)

의 의미론적 통일성을 찾아가는 과정이다.

셋째 단계에서는 둘째 단계에서 수행한 활동 경험을 바탕으로 월명사가 <제망매가>를 지은 의도 혹은 <제망매가>의 의미를 해석하는 활동을 한다. 의미론적 통일성을 가지는 텍스트의 맥락에 대한 학생이나 교사의 판단은 다를 수 있다. 중요한 것은, 어떤 판단이든 남들도 수용할 만큼 합리적인 근거를 충분하게 갖추고 있어야 한다는 점이다. 그런 관점에서 학생과 교사는 교실 안에서 서로의 해석을 비교해 보는 데서 나아가 교실 바깥의 선행 해석들의 타당성을 비판적으로 평가해 볼 수도 있다. 이를테면, <제망매가>에 대한 '교과서적 해설', 즉 '누이의 죽음으로 인한 슬픔'을 '시적으로 혹은 종교적으로 승화[44]'했다는 '미적 수용'이 가능한 조건에서 이루어진 것인지 아닌지 따져볼 수 있다. 혈족(血族)의 죽음으로 인한 슬픔이 본능에 가까운 것이라 할지라도 <제망매가>의 작가는 새 인연을 구하지 못하고 '이곳'에서 여전히 생(生)과 사(死)를 반복하고 있을 '망매(亡妹)'(영혼 형태의 누이)[45]가 깨달음[46]에 이르러 서방정토로 가서 새 인연을 찾아 살아가기를 기원

44) 프로이트 정신분석학에 연원을 두고 있는 승화(sublimation)란, 리비도(Libido)가 원래 목적이 아닌 딴 목적으로 전향되는, 그럼으로써 그 주체가 스스로 사회적이거나 종교적인, 혹은 도덕적 규범들에 순응하는 과정을 말한다. 그 과정은 대개 무의식적이다.

45) '망매'는 월명사가 설정한 <제망매가>의 일차적인 독자(청자)이다. 살아있을 때는 남매관계였지만 죽은 이후에는 그 관계가 달라진다. '망매'는 육신은 눈앞에서 사라졌어도 여전히 영혼 형태로 '여기'에 머물며 생(生)과 사(死)를 반복하고 있다. 언제 환생할 몸을 얻을지 알지 못하는 상태로 있는 것이다. 이 상태에 있는 '망매'는 새로운 '인연(因緣)'을 얻지도 '이곳'에서의 인연을 완전히 청산하지 못하고 있다. 작가는 일차적으로는 그런 '망매'를 독자로 설정하고 지었다. 하지만 <제망매가>는 천도재에 쓰는 노래이기 때문에, 독자(청자)는 해당 의례에 참석하는 사람들, 작가가 자신의 노래에 감응(感應)하기를 바라는 존재(천지귀신(天地鬼神)과 부처 등)까지 확장된다. 비단 <제망매가>뿐 아니라 종교 의례에서 부르는 노래는 해당 종교에서 신으로 모시는 존재의 감응을 전제하고 있다. 갑자기 회오리바람이 일었다거나 그 바람에 지전(紙錢, 노잣돈)이 서쪽으로 날아가 사라졌다는 진술은, 천지귀신과 부처의 감응이 있어 '망자'가 새로운 인연을 만나 서방정토로 떠나갔음을 암시한다고 볼 수 있다.

했을 뿐, 자신의 본능적인 슬픔을 종교적으로 용인되는 방향으로 표출했다고 보기는 어렵다. '망자와의 대화'에서 자신의 슬픔을 앞세우는 것은 오늘날 독자가 망자를 대하는 태도에도 부합하지 않는다. <제망매가>를 쓴 천도재에 참여했던 독자(청자)의 '망매'에 대한 생각과 감정 또한 오늘날 독자들이 '망자'에 대해 지니는 것과 그리 다르지 않았을 것이다.[47] <제망매가>는 그 생각과 감정에 불교적 외피를 입힌 것일 뿐이기 때문이다.

#02. 가사 〈속미인곡(續美人曲)〉

<속미인곡>은 <사미인곡>과 함께 한국 문학사에서 매우 비중 있게 다루어지고 있다. 텍스트의 분석과 해석은 물론, 미학적 논의도 매우 다각적으로 이루어졌다. 일찍부터 국어과 교육 자료로 쓰이고 있는 것도 그런 평가와 논의와 관계가 깊다. 국어과 교육 자료로서 <속미인곡>은 역시 <사미인곡>과 함께 작품성 · 예술성이 매우 뛰어난 작품이라는 평가와 맞물려 '충신연주(忠臣戀主)'의 정서를 여성의 목소리로 표현한 작품이며, 특히 우리말 솜씨가 뛰어나다[48]는 점에서 <사미

46) "이에 저에 떨어지는 잎처럼 한 가지에서 나고서는 가는 곳 모르도다" 정도로 풀이되는 진술은 누구 발화로 보아야 하는지 확정하기 어렵지만, 일종의 깨달음에 이르게 하는, 일종의 화두(話頭)와 같은 성격을 지닌 것으로 보인다. 남매의 인연으로 살았으나 그 인연이 끊어진 뒤에는 어떤 인연으로 살아갈지 알 수 없는 것은, 마치 한 나뭇가지에 났으나 가을바람에 떨어지고는 어디로 가는지 알 수 없는 것처럼 천연(天然)한 것이라는 생각을 지니게 하기 때문이다. 그리고 마지막 부분에서 작가(화자)는 미타찰(彌陀刹)에서 새 인연을 맺어 살고 있음을 전제하고 자신도 그 세계에서 다시 만나볼 수 있도록 수도(修道)에 정진할 것이라 다짐하고 있는데, 아미타 세계로 인도되기 위해서는 망자 스스로 깨달음에 이르는 힘(자력(自力))도 있어야 한다. 그런 점에서 해당 구절은 '망매'가 깨달음에 이르도록 화두처럼 던져 놓은 것일 수 있는 것이다.

47) 그런 점에서 <제망매가>는 오늘날 우리가 망자에 대해 지니는 태도가 어떤 것인지를 확인하는 계기를 마련해 줄 수 있다.

48) "유식한 고사라고는 하나도 없으며 한시 체험과는 거리가 멀다. 오히려 민요 같은 것을 매개로 해서 여인네들이 흔히 하는 푸념을 살리면서, 사랑과 이별의 미묘한 감정을 아

인곡>보다 더 우수한 가사 작품임을 '인정'하도록 하고 있다. 텍스트 자체의 분석에 기초하는 미학적 논의도 주로 작품성·예술성이 뛰어나다는 것을 증명해 보이는 방향으로 이루어져 왔다.

그런데 <속미인곡>은 텍스트의 화자 분석에서 여전히 논란이 가시지 않고, 심지어 창작 시기와 장소도 구체적으로 밝혀지지 않았다.[49] <사미인곡>의 여성 화자를 남성 작가와 등치(等値)해서 읽어온 것은 작가가 남성이고 '적강(謫降) 모티프'[50]를 활용하고 있기 때문이다. 그런데 <속미인곡>은 '작품 속 말하는 이' 곧 화자가 하나가 아니라서 작가와 화자의 관계를 등치하기 곤란한 면이 없지 않다. 미학적 논의는 그 점이 오히려 <속미인곡>의 작품성·예술성을 배가한다고 설명하고자 했다.

<속미인곡>은 <사미인곡>의 '여성화자'가 다시 등장하는 듯하지만, <사미인곡>과 달리, 그 '여성화자'는 스스로 먼저 말하지 않고, 누군가가 건네는 말에 응대하는 방식으로 말하고 있다. 선행해독에서는 그 '누군가'를 또 다른 '여성화자'를 분석했고, 그로 인해 <속미인곡>은 '갑녀(甲女)', '을녀(乙女≒<사미인곡>의 여성화자)'의 대화로 전개되는 '극적 양식(dramatic mode)'이라고 했다. 독백체의 '서정적 양식(lyric mode)'

주 잘 나타냈다. 작가의 처지를 개입시키면 임금을 사모하는 내용이지만 표현 자체는 일반 백성의 순박한 마음씨에 근거를 둔 노래일 따름이다. 한문 투로 엮지 않고서는 수식을 할 수 없었던 사대부의 국문시가가 이런 경지에까지 이르렀다는 것은 놀라운 일이 아닐 수 없다." 조동일, 『한국문학통사』 2(제3판)(지식산업사, 1994), 331쪽.

49) 김창원은 관직에서 사퇴한 1585년부터 1587년까지 작가 정철은 측실(側室)이 있는 순천에 머물렀고, 그 이듬해(1588)에 창평으로 옮겨갔다는 사실을 들어, <사미인곡>·<속미인곡>이 1587년에 순천에서 창작되었다고 보았다. 김창원, 「송강정철의 전라도 순천은거와 전후미인곡의 창작」, 『우리문학연구』 46(우리문학회, 2015), 33~58쪽.

50) 이 모티프는 <관동별곡(關東別曲)>에서도 중요한 역할을 하고 있다. 그 개념과 수용 양상에 대해서는 임주탁, 「謫降 모티프를 통해 본 <관동별곡>의 주제」, 『한국문학논총』 62(한국문학회, 2012), 2-29쪽을 참조할 것.

에 비해 '극적 양식'이 가져올 수 있는 '미적 효과(aesthetic effects)'가 더 높고, 따라서 <속미인곡>이 <사미인곡>에 비해 작품성·예술성이 더 높다는 평가가 이루어진 것이다.

그런데 그러한 평가는 <속미인곡>에 대한 후대 독자의 긍정적인 반응에 기초하고 있다. 하지만 근대 이전 <속미인곡>을 긍정적으로 평가했던 독자 가운데 '극적 양식'의 '미적 효과'에 주목한 독자는 찾아보기 어렵다. 근대 이전 <속미인곡>의 독자는 <사미인곡>과 함께 우리나라 사람의 진정(眞情)을 곡진(曲盡)하게 표현할 수 있는 언어를 사용했다고 평가했다.[51] 물론 그런 기준에 따라 <사미인곡>보다 <속미인곡>이 더 낫다고 했다. 하지만 정도의 차이로 생각할 수 있다. <속미인곡> 때문에 <사미인곡>을 평가 절하하지는 않았다. <속미인곡>만이 아니라 <관동별곡>·<사미인곡> 모두 '굴원(屈原)의 <이소(離騷)>'라고 평가했다(반응 ①). 또한, <사미인곡>은 영중(郢中) <백설곡(白雪曲)>에 <속미인곡>은 제갈공명(諸葛孔明)의 <출사표(出師表)>와 각각 우열을 가릴 수 없다고 했다(반응 ②). 이러한 독자의 평가는 '극적 양식'이 기대하는 '미적 효과'와는 무관하다.

우선, 반응 ①의 독자는 진정(眞情)에서 우러나는 생각과 감정을 담아낸 노래는 사람뿐 아니라 하늘도 감동한다는 사유를 지니고 있다. 이 사유는 고대에서부터 이어져 온 것인데, 진정(眞情)은 천기(天機)가 저절로 나타난 것이라 보기 때문이다. 굴원 또한 그와 같은 사유에 바

51) 金萬重(1637~1692), 『西浦漫筆』 下: 松江關東別曲·前後美人歌, 乃我東方之離騷, 而以其不可以文字寫之, 故惟樂人輩, 口相授受, 或傳以國書而已. (……) 人心之發於口者, 爲言. 言之有節奏者, 爲歌詩文賦. 四方之言雖不同, 苟有能言者, 各因其言而節奏之, 則皆足以感天地通鬼神, 不獨中華也. 今我國詩文, 捨其言, 而學他國之言, 設令十分相似, 只是鸚鵡人之言, 而與巷間樵童汲婦, 咿啞而相和者, 雖曰鄙俚, 若論眞贋, 則固不可與學士大夫所爲詩賦者, 同日而論. 況此三曲者, 有天機之自發, 以無夷俗之鄙俚! 自古左海眞文章, 只此三篇. 然又就三篇而論之, 則後美人尤高. 關東·前美人, 猶借文字語, 以飾其色耳.

탕을 두고 초(楚)나라 지역에 전승되던 노래의 언어로써 <이소>를 지었다.[52] 초사(楚辭)의 바탕이 된 언어는 '신가(神歌)의 언어'였고, '여성'의 언어였다. 이때의 여성이란 오늘날 관점에서 볼 때 여성 예능인(여무(女巫), 여기(女妓) 등)에 해당한다. 굴원은 자기 생각과 감정을 지역에서 주로 여성 예능인에 의해 연행되고 전승되던, 천지 귀신이 감응하는 노래의 언어를 써서 군주로부터 방축(放逐)된 자신의 울분(鬱憤)을 곡진(曲盡)하게 표현해냈다.[53] 후대 독자는 그렇게 표현된 <이소>에서 천기(天機)의 자발(自發)이라서 천지 귀신도 감응했을 법한 작가의 '충분(忠憤)'을 읽어내려고 했다. 그것이 굴원을 '만고(萬古) 충신(忠臣)'으로 평가하는 근거가 되었다. 반응 ①의 독자 또한 그와 비슷한 관점에서 정철의 가사 작품에서 '만고(萬古) 충신(忠臣)'이라 평가할 수 있는 근거를 마련하고자 한 것이다.

반응 ② 또한, 비슷한 맥락에서 이해될 수 있는 반응이다. <백설곡>은 <양춘곡(陽春曲)>과 함께 초나라 영중(郢中) 사람들이면 누구나 따라 불렀다는 '하리파인(下里巴人)'에 기원한다. 그 노래가 '양릉채미(陽陵採薇)'로 변모되고 '양춘·백설곡'으로 정착하는 과정에서 고도의 음악적 기교가 더해졌는데, 그렇게 변모되면서 따라부를 수 있는 사람은 현저하게 줄어들었다고 한다.[54] 하지만 <백설곡>은, 사광(師曠)이 연

52) 이때 비루(鄙陋)함은 덜어내고자 했는데, ①의 반응을 보인 김만중도 정철의 3편 가사가 단순히 '이속(夷俗)의 말'을 그대로 쓴 것이 아니라 그 비루함을 덜어냈기 때문에 '좌해진문장(左海眞文章)'이라고 했다. 비루하다는 말은 막혀서 통하지 않는다는 뜻이다.

53) 김상숙(金相肅, 1717~1792)이 초사체로 번역한 것(<속사미인곡(續思美人曲)>)은 <속미인곡>의 언어 또한 그와 같은 성격을 지닌 언어로 보았기 때문이다. 정철은 <사미인곡>, <속미인곡>을 지은 장소로 추정되는 지역을 '초군(楚郡)'에 비견했다. "萬里秦城客, 三年楚郡留. 美人天共遠, 徂歲水同流. 夢斷麒麟閣, 吟悲蟋蟀秋. 防身一長劍, 世事入搔頭."(『松江續集』, 卷之一, <次壽翁韻>(1587) 제1수). 해당 시의 주해에는 '수옹(壽翁)'을 유순선(柳順善, 1516~1577)의 호라고 잘못 밝혔는데, 김창원, 앞의 논문, 37~38쪽에서 송익필(宋翼弼, 1534~1599)로 바로잡았다.

행하자 "신물이 내려오고 비바람이 몰아치고, 그로 인해 평공(平公)은 피폐해져 병이 들고 진(晉)나라는 붉은 땅을 드러내게" 했던 노래였다.[55] 따라부르는 사람은 줄어들었으나 천지 귀신이 감응하는 힘은 커진 것이다.[56] 그런 점에서 <사미인곡>을 <백설곡>과 대등하게 평가한 것은 <사미인곡>이 천지 귀신을 감응케 하고 군주와 나라에까지 큰 영향을 미칠 수 있는 노래임을 말한 것이라 할 수 있다.[57] 그리고 <출사표>도 불길 속에 뛰어드는 행위임을 알면서도 거스를 수 없는 운명(運命)이기 때문에 전장으로 나가고자 했던 제갈량이 울분(鬱憤)을 머금고 군주에게 '군신지의(君臣之義)'에 맞게 행동할 것을 간언(諫言)한 글이다. 후대 독자는 그 울분을 '충분(忠憤)'으로 해석하여 제갈량 또한 '만고 충신'이라 평가하는 근거로 삼았다. 반응 ②의 독자 또한 <출사표>에서 '충분'을 읽어내려는 독자와 마찬가지로 <속미인곡>에서 작가 정철의 '충분'을 읽어내고자 한 것이다.

---

54) 劉向, 『新序』 雜事 一: 楚威王問於宋玉曰: "先生其有遺行耶? 何士民衆庶不譽之甚也?" 宋玉對曰: "唯, 然有之. 願大王寬其罪, 使得畢其辭. 客有歌於郢中者, 其始曰下里巴人, 國中屬而和者數千人, 其爲陽陵採薇, 國中屬而和者數百人: 其爲陽春白雪, 國中屬而和者, 數十人而已也; 引商刻角, 雜以流徵, 國中屬而和者, 不過數人. 是其曲彌高者, 其和彌寡. 故鳥有鳳而魚有鯨, 鳳鳥上擊于九千里, 絶畜雲, 負蒼天, 翱翔乎窈冥之上, 夫糞田之鴳, 豈能與之斷天地之高哉! 鯨魚朝發崑崙之墟, 暴鬐於碣石, 暮宿於孟諸, 夫尺澤之鯢, 豈能與之量江海之大哉? 故非獨鳥有鳳而魚有鯨也. 士亦有之. 夫聖人之瑰意奇行, 超然獨處; 世俗之民, 又安知臣之所爲哉!"

55) 『論衡』 感虛: 傳書言: "師曠奏白雪之曲, 而神物下降, 風雨暴至, 平公因之癃病, 晉國赤地."

56) 홍미롭게도 그 힘의 작용 결과가 부정적이다. 이에 대해 뇌우(雷雨)가 하늘의 뜻과 어그러지게 반응한 결과라고 해석하기도 했다.
『論衡』「感類」: 秦始皇帝東封岱嶽, 雷雨暴至. 劉媼息大澤, 雷雨晦冥. 始皇無道, 自同前聖, 治亂自謂太平, 天怒可也. 劉媼息大澤, 夢與神遇, 是生高祖, 何怒於生聖人而爲雷雨乎? 堯時大風爲害, 堯激大風於青丘之野. 舜入大麓, 烈風雷雨. 堯・舜世之隆主, 何過於天, 天爲風雨也?大旱, 春秋雩祭; 又董仲舒設土龍, 以類招氣。如天應雩・龍, 必爲雷雨. 何則? 秋夏之雨, 與雷俱也. 必從春秋・仲舒之術, 則大雩・龍, 求怒天乎? 師曠奏白雪之曲, 雷電下擊; 鼓清角之音, 風雨暴至. 苟爲雷雨爲天怒, 天何憎於白雪・淸角, 而怒師曠爲之乎? 此雷雨之難也.

57) 따라부를 수 있는 사람은 많지 않았음도 말한 것으로 볼 수 있다.

이처럼 반응 ①, ②는 근대 이전의 독자(청자)들이 '극적 양식'이 가져오는 '미적 효과'와는 사뭇 다르게 <속미인곡>을 수용했음을 말해 주는 것이다. 텍스트에서 작가의 '울분'에 초점을 맞추고 그 '울분'이 천기(天機)의 자발(自發)이어서 천지 귀신도 감응하는 '충분(忠憤)'이라고 해석하고자 했으며, 그것을 근거로 작가 정철을 '충신'으로 평가하는 근거로 삼고자 했다. 물론 <속미인곡>에서 작가가 '군신지의(君臣之義)'에 대한 자기 생각을 드러내고자 했으리라는 판단은 충분히 가능하다. 또한, 작가 또한 자신이 '군신지의'에 맞게 행동한 신하 곧 충신이라고 여겼을 것이다. 하지만 정철(鄭澈, 1536~1593)에 대한 시선과 평가는 당대는 물론 후대에서도 하나같지가 않았다. 호불호(好不好)가 극명하게 갈렸으며 후대의 평가는 긍정과 부정의 양극단을 오갔다. 후대에는 부관참시(剖棺斬屍)까지 당하기도 하는가 하면, 사면・복권되어 추증되기도 했다. 이는 <속미인곡>을 비롯한 정철의 가사 작품에 대한 고평(高評)이 정치적 대결 구도 속에서 이루어졌음을 시사한다. 시기와 장소에 논란은 있지만, <속미인곡> 또한 그러한 정치적 대결 구도 속에서 창작된 것임이 분명하다. 그래서 사악(邪惡)하다고 논척(論斥)하는 이가 없지 않았던 듯하다.[58] 따라서 '충신연주지사(忠臣戀主之詞)'라는 평가를 일방적으로 수용하도록 하는 것은 적절하지 않다. 또한, '미적 효과'는 독자의 감성 작용이 보편성을 띠고 있음을 전제한다. 하지만 당대 독자(청자) 사이에도 감성 작용에 차이가 있었다고 보아야 한다. 독백체의 서정적 양식(<사미인곡>)에 비해, 대화체의 극적 양식(<속미인

58) 허균(許筠, 1569~1618),『惺所覆瓿稿』卷之二十五 說部 四 惺叟詩話, 鄭松江善作俗歌: 鄭松江, 善作俗謳. 其思美人曲及勸酒辭, 俱淸壯可聽. 雖異論者斥之爲邪, 而文采風流, 亦不可掩.
물론 이 기록은 <사미인곡>에 대한 부정적 평가가 있었음을 확인해 주고 있지만, 그런 평가를 한 사람은 <속미인곡>에 대해서도 같은 반응을 보였을 것이다.

곡>)이 독자의 공감을 끌어내는 데 더욱 효과적이라는 판단에는 객관적인 근거가 없다. 그러므로 '극적 양식'의 '미적 효과'로 인해 <속미인곡>의 작품성・예술성이 <사미인곡>에 비해 더 뛰어나다는 미학적 논의는 그대로 받아들이기 어렵다. 그러면 <속미인곡>은 어떻게 읽어야 할까? 해답은 그 텍스트가 여전히 맥락 연구 대상으로 남아 있다는 데서 찾아가야 하지 않을까 싶다. 선행 해석에서 만들어 놓은 말들을 기억하기보다는 학생과 교사 스스로 맥락을 추론하고 재구성하며 텍스트의 의미를 해석하는 길을 열어가도록 하는 것이 교육 목표에도 부합하는 방향일 것이기 때문이다.

<속미인곡>을 대상으로 하는 맥락 연구는 다음과 같이 수행할 수 있다. 첫째 단계에서는 '각시'로 지목되고 있는 '여성화자'가 토로하고 있는 생각과 감정을 분석하며 텍스트를 읽는다.[59] 비록 체험할 수 있는 상황은 아니지만, 천상백옥경(天上白玉京)에서 옥황상제의 총애를 받다가 영문도 모르게 느닷없이 하계(下界)로 방축(放逐)된 선녀(仙女)의 심리가 어떠할지 상상하며 생각과 감정의 변화까지 분석해가며 읽도록 한다. 이때 곁에 있고 싶은 이성으로부터 버림받고 만날 기회조차 허용되지 않는 상황을 마주했던 경험이 있는 독자라면 그 시기에 자신의 심리가 어떠했는지 떠올리는 것도 '여성화자'의 심리와 심리 변화를 읽어내는 데 도움을 줄 수 있다. 그리고 심리 변화에도 불구하고, 그 기저에 한 가지 변치 않는 마음('욕망')이 있다면 그것은 어떤 것인지 생각해 본다. 이러한 활동을 통해 학생과 교사는 심리적 불안정 상태에서 답답함과 억울함을 토로하기도 하고 때로는 조물주를 탓하기

---

59) <속미인곡>은 일찍부터 국어과 교육 자료로 써 왔기 때문에 텍스트의 어휘에 대한 주석은 비교적 충분하게 이루어졌다고 볼 수 있다. 그런 주석이나, 그것을 바탕으로 현대 국어로 옮겨 놓은 텍스트를 원 텍스트와 함께 제공하면 텍스트의 가독성을 높일 수 있을 것이다.

도 하며 때로는 죽음을 생각하기도 하면서도 옥황상제를 생각하는 마음만은 변함이 없다고 말하는 '여성화자'를 만날 수 있다. 울분(鬱憤)을 주체할 수 없으면서도 옥황상제 곁에 있고 싶어 하는 '적강 선녀'를 발견할 수 있는 것이다.

둘째 단계에서는 작가 정보와 창작 상황 정보 등 맥락 정보를 바탕으로 첫째 단계에서 만난 '여성화자'와 '방축향리(放逐鄕里)'된 작가를 대응해서 읽는다. 이때 <사미인곡>의 '여성화자' 곧 '적강 선녀'와 비교하는 활동은 텍스트의 의미론적 통일성은 물론 <속미인곡>의 창작 의도를 읽어내는 데 도움을 줄 수 있다. <사미인곡>의 '여성화자'의 목소리에서는 옥황상제를 비롯한 타자를 비난하거나 탓하는 마음을 읽어내기 어려운 데 비해, <속미인곡>에서는 그런 목소리를 읽어낼 수 있다.[60] 그뿐 아니라 <속미인곡>에는 정치적 대결 구도 속에서 작가와 동지 관계에서 조금은 비켜나 있는 <사미인곡>의 독자(청자)라면 던질 법한 질문, 곧 "당신은 과연 아무 잘못이 없다고 할 수 있는가?"라는 질문에 대한 반응도 포함하고 있다. "글란 생각 마오"라는 발화의 앞부분에 놓인 '적강 선녀' 형상의 '여성화자'의 발화가 그것이다. 해당 발화에서 '여성화자'는 자기 행동("이러야 교티야")이 오로지 옥황상제의 마음을 즐겁게 하기 위한 것이었을 뿐 딴 의도는 전혀 없으며, 그것이 죄가 된다면 그 죄는 산처럼 쌓였다고 할 수 있을 뿐, '조물(造物)의 탓'으로 돌린다. 그리고 자신에게 말을 건넨 화자에게 그에 대해 더 생각하기보다는 자기 안에 '미친 일'에 집중하도록 하고 있다. '적강 모티프' 수용 자체가 이미 잘못에 비해 지나친 벌이 내려진 것을

60) 임주탁, 앞의 논문(2013)에서는 <속미인곡>에서 울분이 더욱 심화하고, <사미인곡>에서 드러나지 않던 '군주와 측근에 대한 비판의 목소리'까지 드러내는 '타자화한 여성'의 목소리를 분석했다.

전제하지만,[61] 그러한 전제를 전적으로 수용하지 못하는 독자(청자)도 있게 마련이다. 그런 독자(청자)라면 작가의 '울분'을 '충분'으로 받아들이지 않을 수 있다. <속미인곡>은 그런 독자(청자)들에게 '여성화자'의 '울분'이 '충분(忠憤)'으로 받아들이게끔 하는 방식을 활용하고 있다. 처음 각시가 속내를 꺼내 놓도록 유도하는 역할만 하던 화자가 마지막에 가서는 이왕 죽어서라면 옥황상제가 한층 더 분명하게 '여성화자'의 충심(衷心)이 전달되어야 하지 않겠냐는 말로 마무리하고 있다. 이는 그 '화자'가 '여성화자'의 감정에 '공감'하는 차원을 넘어서고 있음을 보여준다. 여기서 <사미인곡>을 창작한 시기에서 그리 멀지 않은 시기에 <속미인곡>을 창작한 의도가 무엇인지 생각해 볼 수 있을 것이다.[62] 그런 점에서 <속미인곡>의 의미론적 통일성도 분석해 볼 수 있고, 따라서 <속미인곡>을 통해 전달하려는 작가의 의도를 해석해 볼 수 있다.

셋째 단계에서는 둘째 단계의 해독을 바탕으로 작품의 핵심적인 의미(작가의 의도)를 해석해 본다. 작가와 동일한 상황을 가상하며 작가가 가진 생각과 감정이 내가 가졌을 법한 생각이나 감정과 어떻게 같고 다른지 생각하며 텍스트에 함축된 작가의 '울분'이 '충분'으로 받아들여야 하는지 판단해 보도록 한다. 맥락 연구는 작가의 생각과 감정에 대한 일방적 공감을 지향하는 것이 아니다. 권위를 인정받고 있는 작품 해석을 포함하여 타자의 작품 이해를 나의 이해와 비교하며, 공통점과 차이점을 확인해 볼 수 있다. 서로의 차이와 그 이유까지를 공유할 때 수용자 간의 '공감'의 길이 확대될 수 있으며, 선행 해석의 문제

61) 그런 점에서 <사미인곡>에 붙여진 작가의 울분(鬱憤)을 '충분(忠憤)'으로 받아들이는 독자는 그러한 전제를 인정했다고 볼 수 있다.

62) '극적 양식'이 보편적 공감을 확산하는 효과를 가져오는 것이 아니라 특정 성격을 지닌 독자(청자) 혹은 수용자의 공감을 기대하는 차원에서 활용된 셈이다.

점을 발견하고 대안적인 해석의 길을 마련하는 활동으로 이어갈 수 있다. 근대 이전 독자는 <속미인곡>을 어떻게 읽혔는지, 앞에 제시한 자료들을 활용해서 그 맥락을 탐구하는 활동도 해 볼 수 있을 것이다.[63)]

이상에서 제시한 맥락 연구의 과정과 절차가 '유일'한 것이 아님은 물론이다. <제망매가>든 <속미인곡>이든 작가의 의도를 명확하게 파악할 수 있는 조건을 만드는 데 필수적으로 확보되어야 하는 맥락 정보가 많다. 다만 현재로서 확보할 수 있는 맥락 정보를 바탕으로 나름대로 의미론적 통일성을 보장하는 텍스트의 맥락을 재구성하는 활동은 다각적으로 시도해 볼 수 있다. 앞에 제시한 맥락 연구를 통한 해독 활동은 한국 고시가 텍스트를 교육 자료로 써야 하는 중등학교 국어과 수업에서 학생과 교사가 함께 실천하며 그 수업이 문해력을 길러가는 데 조금이나마 도움을 줄 수 있도록 제안한 '방법적 사례'을 보인 것뿐이다. 남이 읽은 결과를 일방적으로 수용하지 않고, 스스로 읽어낼 수 있는 능력을 기르는 것이 국어과 교육과정의 목표에 부합하는 방향이라면, 이 방법적 사례들은 그런 목표에 부합하는 것이라 할 수 있다.

4. 결론

국어교육의 현장에서 한국 고시가는 학생은 물론 교사에게도 기피

63) 이때 <속미인곡>을 비롯한 가사 작품이 작품성·예술성이 뛰어나기 때문에 작가 정철도 훌륭한 인물이라고 하는 '미학주의적 평가'를 그대로 수용하도록 해서는 곤란하다. 작가의 '울분'을 '충분'으로 읽어내는 것은 근대적인 미학과는 무관한 것이기 때문이다.

대상이 된 지 오래다. 이 글은 그 주요한 원인을 읽는 방법을 다양하게 보여주지 못한 데서 찾고, 한국 고시가 텍스트를 읽고 이해하는 데 가장 기초적인 방법으로서 맥락 연구를 제안한 것이다.

말이든 글이든 그것을 이해하는 데 가장 중요한 것이 그것을 통해 발화 주체가 전달하고자 하는 의도를 파악하는 일이다. 많은 맥락 정보를 공유하고 있는 말도 발화 주체의 의도를 파악하는 일이 쉽지 않은 것이 오늘날 우리 현실이다. 공감과 소통이 그만큼 힘들어진 것이다. 공감과 소통 능력은 따지고 보면 국어교육에서 기르고자 하는 핵심 역량이다. 그런데도 '맥락 없이' 텍스트를 읽을 수 있다는 관념이 한국 고시가 텍스트를 교육 자료로 쓰는 국어과 수업에서도 확산해 있는 듯하다. 이러한 관념의 확산에는 문학을 회화나 조각 등과 같이 예술('언어 예술')로 분류하고 예술 창작에 작용하는 정신 작용 영역이 역사나 철학, 정치, 윤리 등에 작용하는 정신 작용 영역과 구별되고 따라서 예술 작품은 독자적인 정신 활동의 산물이라고 간주하는 '근대적' 문학 관념과, 문학 작품에서 작가의 의도를 파악하는 행위는 '의도적 오류(intentional fallacy)'[64]를 범할 개연성이 크다고 보는 신비평(New Criticism)의 사유의 통합적 작용이 상당하게 기여한 것이 아닐까 생각된다.

언어가 소통의 수단이라면, 한국 고시가 텍스트 또한 작가가 독자(청자)와 소통하는 수단으로 만들어졌음이 분명하다. 그렇다면 작가가 텍스트를 통해 독자와 소통하고 공감하고자 했던 생각과 감정이 무엇인지 확인하는 것이 텍스트 읽기의 일차적인 과정이 되어야 한다. 오늘날 독자도 텍스트 읽기에서 알고자 하는 것은 작가의 생각과 감정

---

64) William Kurtz Wimsatt, Monroe C. Beardsley, *The Verbal Icon*(The University Press of Kentucky, 1954), pp.3～18.

이 무엇을 지향하는가 하는 데 있다. 무슨 말인가? 왜 그런 말을 하는가? 소통 과정에서 가장 먼저 던지는 질문들이다. 텍스트 읽기는 작가가 말해 주지 않는 그 질문에 대한 답을 독자가 스스로 찾는 과정이라 할 수 있다. 그 과정이 텍스트의 의미론적 통일성을 보장하는 맥락을 추론하고 재구성하는 과정이며, 맥락 연구라고 명명한 텍스트 해독 과정이다. 한국 고시가 텍스트를 읽는 독자도 같은 질문을 먼저 던질 것이다. 그런 질문에 학생 스스로 답을 어떻게 찾아가는 길을 제시하는 것이 한국 고시가 연구자의 책무라는 생각을 가지고, 중등학교 국어과 수업에서 교육 자료로 널리 쓰이고 있는 한국 고시가 텍스트를 대상으로 맥락 연구의 의의를 확인하고, 맥락 연구를 국어과 탐구 학습 활동으로 실천하는 방법을 제안해 본 것이다.

이 글에서 제안한 맥락 연구의 방법이 작가는 물론 작가가 예상한 독자와는 사뭇 다른 문화를 경험하는 오늘날 독자(교사와 학생)가 한국 고시가 텍스트를 읽으며 문해력을 길러가는 데 도움이 되었으면 하는 바람이다.

제2부

•

14세기 시가의 맥락

제 1 장

우탁 시조 작품의 창작 맥락과 함의

1. 서론

이 글은 우탁(禹倬, 1262~1342) 시조의 언어 텍스트가 의미론적 통일성을 가지는 맥락을 재구하여 작품 창작 의도를 규명하는 데 목적이 있다.

시조 발생 시기 문제가 학계의 쟁점이 되어온 탓인지 14~15세기 시조 작품에 대한 논의는 그리 활발하게 전개되지 않고 있다. 이 시기 시조는 16세기 이후의 시조와는 달리 대체로 작가마다 한두 편만 전하는데다 조선 후기 가집(歌集)에서야 그 존재가 확인되기 때문에 위작(僞作) 가능성이 일찍부터 제기되어 왔다. 그렇게 전하는 작품이 작가에 대한 후대인의 평가와 관련되어 있다는 점이 위작 가능성을 일정하게 뒷받침하는 것으로 받아들여졌다. 하지만 위작 가능성이 엄밀한 고증을 통해 사실로 확인된 것은 아니다. 또한, 학계에서는 논란이 있어도 14~15세기 시조 작품은 일찍부터 중등 이하 국어 교육과정에 수용되어 이해와 감상의 대상이 되고 있다. 물론 그 때문에 위작 가능성을 부인할 수 있는 것은 아니지만, 위작 가능성이 작품 연구에 걸림돌이 되면서 작품 해석 결과들이 충분한 검증 과정을 거치지 않고 14~15세기 시조 작품의 이해와 감상의 방향을 결정하고 있는 현실은 문제 삼지 않을 수 없을 것이다.

14~15세기 시조 작품의 이해는 대체로 정치사적 맥락에서 작가의 정치적 행보(stance)의 특성을 드러내는 방향에서 이루어졌다. 이러한 방향의 이해는 비단 근대 학자만이 아니라 그 이전의 수용 주체들에 의해서도 널리 공감되었던 듯하다. 이러한 이해에는 시조가 타자와의 소통, 곧 사회적 소통의 매개로 활용되었다고 본다는 전제를 포함하고 있음은 물론이다. 그런데 우탁의 시조에 대한 해석만큼은 정치사적 맥락에서 벗어나 인간 보편이 직면하는 문제 상황에 대한 작가의 정서와 태도를 드러내는 방향에서 이루어진 듯하다.

우탁은 14세기 작가 가운데서도 가장 앞선 시기를 살았던 작가이고, 따라서 그의 시조 작품에는 시조사의 남상(濫觴)이라는 의의가 부여되었다. 시조가 새로운 시가 형식이라면 우탁의 작품들은 시조라는 새로운 시가 형식의 출현을 알린 셈이다. 그런 까닭에 우탁과 그의 시조 작품들이 근대 이후 서술된 한국 문학사에서 아주 중요하게 다루어진 것이다.[1] 해방 이후에 한국 문학사가 중등 이하 교육과정의 국어 교과에 핵심 내용으로 수용되면서 우탁의 시조 작품 또한 국어 교과서에 즐겨 수록되었다.[2] 이는 우탁의 시조 작품이 한국 문학사나 국어교육 모두에서 그 가치가 널리 인정되었음을 말하는 것이다. 그에 비하면

1) 趙潤濟, 『朝鮮詩歌史綱』(乙酉文化社, 1954), 123쪽; 『韓國詩歌史綱』(乙酉文化社, 1954), 123쪽.
2) 조선어학회 편, 『중등 국어교본(중)』(군정청 문교부, 1947)에 우탁의 시조 2편 즉, <춘산(春山)에>와 <한 손에>가 수록되었다. 김선배, 『시조문학 교육의 통시적 연구』(박이정, 1998), 93~94쪽 참조.

작품의 이해와 감상에 근간이 되는 언어 텍스트의 분석과 함의 해석에서는 여전히 상당한 문제점을 지니고 있다.

그동안 작품 해석에 활용되었던 작가와 작품에 관한 정보는 가집에 밝혀 놓은 작가 정보("成均祭酒, 通性理學")와 작품 정보('嘆老')에서 크게 벗어나지 않았으며, 해석 주체들은 정치사적 맥락에서 벗어나 보편적인 경험이 가능한 현실 상황과 연관 지어 작품을 해석한다는 공통점을 보여주고 있다. 처음 한국 문학사에 포함될 때 우탁의 시조 작품에 대한 해석은 가집에 밝혀 놓은 작품 정보에 전적으로 기대어 이루어졌다. 분석하고 종합하는 과정이 없어 언어 텍스트가 의미론적 통일성을 갖는 맥락을 파악하기 어려운데도, '인생무상'[3]을 노래했다든가 '인생의 늙음을 한탄'했다[4]던가 하는 해석이 이루어졌다. 이러한 해석들은 '탄로'라는 정보만 활용해도 충분히 가능한 것이다. 늙음에 대한 한탄이나 인생무상의 소회(所懷)는 한 인간이 늙음을 인지하기 시작한 때부터 줄곧 가질 수 있는 정서다. 그런 점에서 두 해석은 보편적인 경험이 가능한 현실 상황과 연관 지어 창작 의도를 파악한 것이라 할 수 있다.

하지만 언어 텍스트를 조금만 분석해 보면 화사가 늙음을 한탄하거나 무상감에 빠져들고 있지만은 않다는 점을 알 수 있다. 그런 까닭에 늙음을 한탄하거나 무상감을 느끼기는 하지만 그러한 정서에 매몰되지 않고 늙음이란 거역할 수 없는 필연의 법칙이라고 인식하고 그에 순응하는 태도를 아울러 읽어내려는 시도가 거듭 이루어졌다. 늙음에 대한 우탁의 새로운 인식과 태도를 보여 준 작품이라는 해석이 거듭

---

3) 趙潤濟, 앞의 책(1937), 123쪽.
4) 鄭炳昱, 「韓國詩歌文學史 中」, 『韓國文化史大系』 Ⅳ(高大民族文化硏究所, 1992(초판 1965)), 846~847쪽.

제시된 것이다.[5] 그런데 이 새로운 해석에서 창작 주체가 마주한 현실 상황은 동일하게 추론되고 있다. 말하자면 보편적인 경험이 가능한 현실 상황에서 늙음에 대한 인간의 보편적인 반응이 아니라 우탁이라는 작가의 독특하고 고유한 반응을 보여준 작품이라고 해석하고 있는 것이다. 독특하고 고유한 반응의 기저에 작가가 체득한 주역(周易)과 성리학의 사상적 원리가 놓여 있다고 봄으로써 얼핏 새로운 맥락 정보를 활용한 듯하지만, 이 또한 성리학에 정통했다는 작가 정보 안에서 이루어진 것이라 할 수 있다.

자신의 늙어감을 바라보면서 인생에 대한 무상감을 느끼고 이를 노래로 표현했다거나 늙음에 대한 새로운 인식을 통해 자신의 늙어감을 받아들이고자 했다손 치더라도 그러한 자신의 정서나 사유를 보여주는 노래는 한 편만 지어도 충분할 터인데도, 우탁은 늙음의 문제와 관련한 시조 작품을 거듭 창작하였다. 이것은 늙음의 문제가 우탁이라는 작가에게 특별한 의미를 갖고 있었음을 시사한다. 또한, 각 작품은 얼핏 동일한 정서나 사유를 드러내는 듯하지만, 사뭇 다른 정서와 사유를 아울러 드러내고 있다. 이것은 우탁의 시조 작품들이 동일하거나 유사한 맥락에서 거푸 창작된 것이 아니라 사뭇 다른 맥락에서 창작되었을 가능성을 시사한다. 선행 해석 주체들은 보편적인 경험이 가능한 현실 상황을 창작 상황으로 가정했기 때문에 언어 텍스트의 이러한 차이에 주목하지 못했다고 할 수 있다.

시조는 노래이고 노래는 시[한시]에 비해 작가 당대에 한층 더 폭넓은 사회적 소통을 지향하는 시가 형식이었다고 할 수 있다. 누구나 숙

5) 조동일, 『한국문학통사』 2(지식산업사, 1985(1983)), 195쪽; 禹快濟, 「易東 禹倬의 思想과 文學」, 『大東文化硏究』 25(성균관대 대동문화연구원, 1990), 65~82쪽. 박수천, 「禹倬의 <嘆老歌> 分析 -ᄒᆞᆫ 손에 가싀를 들고…-」, 『한국고전시가작품론』(백영정병욱선생 10주기추모집간행위원회 편, 집문당, 1992), 461~469쪽.

명처럼 받아들여야 하는 늙음에 대한 자신의 정서와 사유를 타자와 소통하기 위해 거듭 노래를 지었다고 보는 것은 자칫 작가 우탁을 '생(生)'에 강한 집착을 가졌던 인물로 평가할 여지를 마련한다. 아무리 늙음을 피할 수 없고 따라서 순리로 받아들여야 한다는 생각을 표현했다손 치더라도 노래를 거듭 지어 그런 생각을 표현했다면 그 행위는 일종의 집착이라 할 수 있기 때문이다. 새로운 사상의 수용이 '늙음'에 대한 인식과 '늙음'을 받아들이는 우탁의 태도에 급격한 변화를 초래했다고 볼 수 있을지도 의문이다. 우탁이 정통했다고 하는 주역은 이미 고려 전기부터 국자감(國子監)의 교과과정의 하나로 포함되어 있었다.[6] 이것은 설령 우탁이 늙음의 문제를 주역을 바탕으로 깊이 사유했다손 치더라도[7] 그 사유가 전혀 새로운 것이 아니었음을 말하는 것이다. '천인합일의 우주론적 사고'를 지니고 있었다고 해도[8] 그런 사고 또한 새로운 것은 아니다. 그 또한 고려 전기부터 대학(국자감>국학>국자감>국학>성균관) 교육과정을 이수하는 학생이면 누구나 체득할 수 있었던 것이기 때문이다.

우탁의 시조 작품들 속 화자의 형상은 한결같지가 않다. 즉, 늙음을 아무리 막으려 해도 막지 못한다고 푸념하는 화자, 비록 늙었지만 젊은이와 같이 의기(義氣)를 실천하고자 하는 의지를 강하게 내비치는 화자, 그와 같은 의지가 현실에서 소용없음을 깨닫고 젊은이들 곁에 있

6) 『高麗史』 권74, 志 28, 選擧 2, 學校: 睿宗, 四年七月. 國學置七齋, 周易曰麗擇, 尙書曰待聘, 毛詩曰經德, 周禮曰求人, 戴禮曰服膺, 春秋曰養正, 武學曰講藝.

7) "우탁이 얻은 지혜는 세월이 흘러 늙음이 닥친다든가 하는 것을 사람의 힘으로 막을 수 없으니 순리를 따라야 하며, 헛된 노욕에 사로잡히지 말아야 한다는 뜻을 지녔다고 풀이할 수 있다. 우탁은 <주역(周易)>에 정통했다고 하는데, <주역>에 근거를 두고 그런 생각을 더욱 깊이 했을지도 모른다." 조동일, 앞의 책, 195쪽.

8) "人間과 自然과의 關係를 노래한 것인데 天人合一의 宇宙論的 思考를 기초로 人間을 해석하려는 초자연적 인간관에 의해 人間念願을 表現한 것으로 많은 사람들의 호응을 받아 온 작품", 禹快濟, 앞의 논문, 82쪽.

는 것만으로도 수치심 혹은 죄책감을 느끼는 화자 등으로 다양하게 그려져 있다. 이러한 다양성은 각 작품이 서로 다른 맥락에서 창작되었을 가능성을 뒷받침하고 있다. 선행 해석 주체들은 이러한 다양성을 분석하지 못한 것이다. 따라서 이 글에서 우탁의 시조 작품들의 언어 텍스트를 새로이 분석하고 그 결과가 의미론적 통일성을 갖는 현실 상황 곧 창작 맥락을 재구하여 각 작품의 창작 계기와 의도를 규명해 보고자 하는 것이다.

2. 언어 텍스트의 분석

현재까지 발굴된 가집에서 우탁을 작가로 밝혀 수록한 작품은 다음 4편이지만, 이 가운데 3편만이 우탁의 작품으로 볼 수 있을 듯하다.

① 늙지 말려이고 다시 져머 보려 ᄐᆞ니
青春이 날 소기니 白髮이 거의로다
잇다감 곳밧츨 지날 제면 罪 지은 듯 ᄒᆞ여라
(『역』 #717, 『고』 #1159.1; 『瓶窩歌曲集』 #46)[9]

② 臨高臺 臨高臺ᄒᆞ여 長安을 구버보니
雲裏帝城은 雙鳳闕이오 雨中春樹萬人家ㅣ라
아마도 繁華民物이 太平인가 ᄒᆞ노라
(『역』 #2453, 『고』 #4026.1; 『瓶窩歌曲集』 #419)

9) 『역』은 沈載完 편저, 『校本 歷代時調全書』(世宗文化社, 1972)를, 『고』는 김흥규 외 편, 『고시조대전』(고려대학교 민족문화연구원, 2012)를 각각 가리킨다. '#숫자'는 각 저서에서 해당 작품에 부여한 일련번호를 나타내며, 뒤의 문헌과 '#숫자'는 인용한 텍스트의 출처가 되는 가집과 가집 내에서 해당 텍스트의 일련번호를 나타낸다.

③ 春山에 눈 노기는 ᄇᆞ람 건듯 불고 간 ᄃᆡ 업다
져근듯 비러다가 ᄆᆞ리 우희 불이고져
귀 밋틔 ᄒᆡ무근 셔리를 녹여 볼가 ᄒᆞ노라
(『역』 #2982, 『고』 #498.1; 『甁窩歌曲集』 #45)

④ ᄒᆞᆫ 손에 가시를 들고 또 ᄒᆞᆫ 손에 막ᄃᆡ 들고
늙는 길 가시로 막고 오는 白髮 막ᄃᆡ로 치랴ᄐᆞ니
白髮이 제 몬져 알고 즈럼길로 오더라
(『역』 #3177, 『고』 #5304.1; 『甁窩歌曲集』 #47)

표기에 차이가 없지 않지만 ①은 32종의 가집(33회)에 실려 있으며,[10] 그 중 『병와가곡집』을 비롯하여 3종의 가집(4회)에 우탁을 작가로 밝혀 놓았다.[11] ②는 34종의 가집(34회)에 실려 있으며, 그 중 2종의 가집(2회)[12]에서 우탁을 작가로 밝혀 놓았다. 그런데 4편의 작품을 모두 싣고 있는 『병와가곡집』을 비롯하여 6종의 가집(6회)[13]에서 이정보(李鼎輔, 1693~1766)를 작가로 밝혀 놓고 있다. 이정보는 『병와가곡집』의 편찬자인 이형상(李衡祥, 1653~1733)보다 한 세대 뒤의 인물이다. 그런 인물을 『병와가곡집』에서 해당 작품의 작가로 밝힌 만큼 신뢰할 만한 정보라 할 수 있다. ③[14]은 39종의 가집(44회)에 실려 있으며, 그 중 『병와가곡집』을 비롯하여 20종의 가집(20회)에 우탁을 작가로 제시하고 있다.[15] ④ 또한, 39종의 가집(40회)에 실려 있으며, 그 중 『병와

10) 김흥규 외 편, 위의 책, 250쪽.
11) 『詩餘』(金善豊所藏本)(#458), 『樂府』(金東旭所藏本)(#362, #619).
12) 『海東樂章』(#196), 『增補歌曲源流』(#564).
13) 『海東歌謠』(周時經所藏本)(#367), 『海東歌謠』(U.C. Berkeley본)(#368), 『海東歌謠』(一石本)(#314), 『甁窩歌曲集』(#419), 『樂府』(서울대본)(#183), 『詩餘』(金善豊所藏本)(#191).
14) 29종의 가집에 제2행의 "ᄆᆞ리 우희 불이고져"가 "불이고져 ᄆᆞ리 우희"와 같이 도치되어 있다.

가곡집』을 비롯하여 11종의 가집(12회)[16]에서 우탁을 작가로 밝혀 놓았다. 이처럼 ①③④는 작가를 밝히지 않은 채로 전하는 가집이 적지 않지만, 작가를 밝힌 가집에서 모두 우탁만을 작가로 밝혀 놓고 있는 작품들이다. 따라서 이 세 작품을 우탁의 작품으로 인정하는 데 큰 문제가 있는 것은 아니라 할 수 있다.

물론 가집의 기록을 신뢰할 수 있느냐 하는 근본 문제가 없지 않지만, 그렇다고 해당 정보를 부정할 만한 객관적인 근거가 제시된 것도 아니다. 한 작품에 대해 가집에 따라 작가를 달리 명시하고 있는 경우가 아니라면 해당 정보를 신뢰하는 것이 합리적이다. 선행 연구에서는 ③④만을 우탁의 작품으로 다루어왔다. 우탁을 작가로 명시한 가집의 수가 적다는 점이 ①을 배제하는 근거가 되었던 듯하다. 하지만 그 때문에 ①을 배제한다면[17] ③④의 작가를 우탁으로 명시한 회수도 신뢰하기에 충분한가는 의문을 갖게 한다. ③④의 작가를 우탁으로 보는 논리라면 ①의 작가 또한 우탁으로 보는 것이 오히려 그 논리와 부합한다. 따라서 ①③④를 우탁의 작품으로 비정하는 데 큰 문제가 없다고 할 수 있다. 그러면 각 작품의 언어 텍스트는 어떻게 분석할 수 있

---

15) 『青丘永言』(洪在烋所藏本)(#15), 『青丘永言』(六堂本)(#33), 『樂府』(金東旭所藏本)(#360), 『歌曲源流』(國樂院本)(#204), 『歌曲源流』(東洋文庫本)(#188 1/3), 『歌曲源流』(六堂本) (#190), 『歌曲源流』(佛蘭西本)(#210), 『歌曲源流』(연세대본)(#26), 『歌曲源流』(河合本, 一石本)(#189), 『歌曲源流』(舊皇室本)(#191), 『花源樂譜』(#199), 『協律大成』(#191), 『歌曲源流』(奎章閣本)(#204), 『歌曲源流』(一石本)(#200), 『歌曲源流』(서울대본)(#188), 『歌曲源流』(金近洙所藏本)(#189), 『歌曲選』(#186), 『增補歌曲源流』(#609), 『歷代時調選』(#1).

16) 『동가』(#27), 『詩餘』(金善豊所藏本)(#513), 『青丘永言』(六堂本)(#34), 『樂府』(金東旭所藏本)(#361, #618), 『歌曲源流』(六堂本)(#755), 『歌曲源流』(佛蘭西本)(#760), 『律譜』(#95), 『樂府』(고려대본)(#549), 『增補歌曲源流』(#1149), 『歷代時調選』(#2).

17) "18종의 문헌에 실려 있는데, 『瓶窩歌曲集』에만 우탁이라고 작가가 표기되어 있고, 나머지 문헌에는 작가가 명기되어 있지 않다. 따라서 이는 다른 사람이 지었으되, 그 내용이 늙음을 한탄한 嘆老歌였기 때문에 우탁의 것으로 인정한 것 같다." 金鍾烈, 「嶺南時調文學의 形成背景과 思想에 관한 研究-禹倬, 李賢輔, 李滉을 中心으로」, 『退溪學』 1 (안동대학교 퇴계학연구소, 1989), 12쪽.

는가?

우선, ①의 화자는 자신이 늙었음을 인지하고 있다. 늙음은 선택할 수 있는 것이 아니라 인간이면 누구나 맞게 되는 자연적인 현상일 뿐이다. 좀 더 오래 살고 좀 더 젊게 살고자 하는 것이 인간 보편의 욕망이라면 제1행 "늙지 말려이고 다시 져며 보려 ᄐᆞ니"에는 그런 욕망이 함축되어 있다고 볼 수 있을 듯하다. 그리고 제2행 "青春(청춘)이 날 소기니 白髮(백발)이 거의로다"라는 푸념은 그런 욕망이 부질없음을 새삼 깨달은 데서 토로된 것이라 할 수 있을 듯하다. 젊은 시절에는 마냥 그 젊음이 유지되고 늙지 않을 요량으로 사고하고 행동하기도 하지만 늙음은 자신도 모르게 순간에 찾아오게 마련이다. 이렇게 늙음이 찾아왔으니 "青春이 날 속"인 것이라 할 수 있을 듯하다. 이러한 분석은 보편적으로 경험할 수 있는 현실 상황과 연관 지은 것이다.

그런데 이렇게 분석할 때 제1행, 제2행과 제3행과의 의미 연관성은 발견하기 어렵다. 제3행에서 화자는 꽃밭을 지날 때면 "罪(죄) 지은 듯" 한 느낌, 곧 죄책감 같은 것을 가지곤 한다고 토로하고 있다. 늙음은 수치스런 것도 죄스런 것도 아니다. 그런데도 화자는 수치심 혹은 죄책감을 느끼고 있는 것이다. 이러한 정서는 보편적으로 경험하게 되는 현실 상황에서 누구나 가질 수 있는 것이 아니다. ①의 화자는 자신이 늙음에 대한 소회를 토로하기 이전에 이미 자신이 늙어감을 인지했었다. "다시 져며 보려 ᄐᆞ니" 했다고 말하고 있기 때문이다. 화자는 '지금' 시점에서는 "白髮이 거의"인 늙은이가 되었지만, 그 이전 시점, '백발'이 찾아오기 시작한 어느 시점에서도 젊고자(?) 하는 강한 의지나 욕망을 가졌던 것이다. 하지만 그 의지나 욕망이 부질없었음을 뒤늦게 새삼스럽게 깨닫고 있는 것이다. 신체의 나이, 물리적인 현상인 늙음은 바꿀 수 있는 것이 아니다. 따라서 화자가 가졌던 의지나 욕망은 육체적, 물리적인 젊음을 추구한 것이라기보다는 비록 육체적, 물리적으로는 늙었지만 젊은이처럼 '무언가'를 이루고 싶은 욕망, 이루고자 하는 의지의 표현이라 할 수 있다. 제3행 "잇다감 ᄭᅩᆺ바ᄎᆞᆯ 지날 졔면 罪 지은 듯ᄒᆞ여라"는 그 '무언가'를 밝히는 실마리를 가지고 있어 보인다.

꽃은 아름다운 것이고, 아름다움은 생기(生氣)의 절정에서 피어난다. 젊음을 한껏 자랑하고 있는 꽃밭의 꽃들과 "白髮이 거의"인 화자의 형상은 극명한 대비를 이룬다. 이러한 대비적 상황에서 화자는 마치 자신이 죄를 지은 것 같은 느낌을 가지게 된다고 토로하고 있다. 화자는 꽃이 되고 싶었지만 실제로는 꽃이 되지 못했고, 생기 있게 아름다움을 피우고자 했지만 그렇게 하지 못했음을 솔직하게 토로하고 있는 것이다. 그렇다고 그러한 의지나 욕망을 가졌던 것이 수치심 혹은 죄책감을 갖게 하는 것은 아니다. 여기서 꽃 혹은 꽃밭이 화자가 실현하고자 한 의지나 욕망의 구체적 내용을 상징적으로 표현한 것이었을 가능성을 찾을 수 있을 것이다.

수치심 혹은 죄책감은 윤리적, 도덕적 판단에서 비롯하는 것이다. 윤리적, 도적적 판단이 이루어지는 행위는 '정의(正義)'와 관련이 있다. 정의가 무엇인지 알고 실천하는 사람은 수치심이나 죄책감에 사로잡히지 않지만, 반대로 정의가 무엇인지 알지만 실천하지 못하는 사람은 수치심이나 죄책감을 느낄 수 있다. 정의가 무엇인지 아는 것은 나이의 많고 적음과는 무관하다. 하지만 정의를 실천하는 일은 나이의 많고 적음이 일정한 관련을 맺고 있다. 정의 실천을 가로막는 현실 장벽이 높을수록 늙음을 칭탁(稱託)하며 정의를 실천하지 못하는 자신을 합리화하는 경향이 높다. ①의 화자가 젊어지고 한 의지나 욕망이 젊은이와 같이 정의를 실천해 보겠다는 의지나 욕망이었다면 꽃밭을 지날 때마다 수치심 혹은 죄책감을 느낄 수 있다. "白髮이 거의"인 늙은이가 되기 이전에 그런 의지나 욕망을 토로한 적이 있다면, 그리고 그 이후에 그러한 의지나 욕망을 실천에 옮기지 못했다면, 그는 "白髮이 거의"인 시점에서 젊은이들과의 약속을 지키지 않은 것이다. 우탁은 정의로운 행위의 실천이 출사(出仕)에 의해 가능한 시대를 살았다. 따라서 정의 실천을 위한 강한 의지나 욕망은 출사의 표명이라 풀이할 수 있다. 하지만 늘그막에 출사한 인물이 그 의지나 욕망을 실현에 옮기기는 매우 어렵다. 물론 우탁이 특정 정치세력의 좌장격이라면 사정이 다를 수 있지만 우탁처럼 어느 정치세력에도 속하지 않은 인물의 경우 젊은이처럼 자신의 의지를 실천하기란 매우 어려운 일이다. 그런데 늘그막에 출사를 결심하고 출사 이후에 그 이전에 가졌던 정의 실천 의지를 실천하지 못한 인물이라면 꽃밭으로 상징된 젊은이들을 볼 때마다 수치심 혹은 죄책감을 느낄 수 있다. 만일 작가가 은퇴하지 않고 현직에 머물러 있는 시기였다면 그 수치심과 죄책감은 한층 더 컸을 수 있다.

①의 화자는 비록 늙었지만 정의로운 일을 실천할 수 있다고 믿었던 듯하다. 하지만 그 의지는 현실과의 만남에서 꺾이고 따라서 그 믿음은 깨어진다. "靑春이 날 소기니 白髮이 거의로다"는 늙음이 가장 큰 현실적 장애임을 새삼 인정하는 말이다. 그런데 "白髮이 거의"이기 이전에 정의를 실천하고자 하는 의지를 가졌다면 그 화자는 자신이 젊은 시절에는 정의를 실천하는 삶을 살았다는 판단을 전제하고 있다고 볼 수 있다. 젊은 시절에도 정의를 실천하지 않던 사람이 늙어서 그런 삶을 살아보겠다는 의지를 갖는 것은 타자는 물론 자신도 속이는 일이다. 따라서 ①의 화자가 느끼는 수치심 혹은 죄책감의 기저에는 자신이 젊은 시절에는 아름답고 정의로운 삶을 실천했다는 자기 판단이 아울러 자리하고 있다고 할 수 있다. 요컨대 ①의 화자는 젊은 시절

강한 의기와 열정을 지니고 정의를 실천했을 뿐 아니라 늙어서 그러한 삶을 다시 한번 실천해 나가리라는 강한 의지를 가졌지만, 현실적인 장애에 부딪혀 실제로는 그러한 삶을 실천하기 어렵게 되었음을 솔직히 인정하고 있는 것이다. 그리고 그 인정이 늙었는데도 현직에 머물러 있었기 때문에 젊은이들을 만날 때마다 수치심 혹은 죄책감을 느끼고 있음을 말하고 있는 것이다.

언어 텍스트를 이렇게 분석할 때 ①은 ③과 사뭇 다른 계기에 의해 창작되었다고 볼 여지가 다분하다. ③에서 눈은 겨울을 환유한다. 봄이 만물이 생기를 띠기 시작하는 계절이라면 겨울은 만물로부터 생기를 앗아가는 계절이다. 겨울에서 봄으로의 변화는 "春山(춘산)에 눈 노기는 ᄇᆞ람"이 있어서 가능하다. 그 바람 때문에 춘산은 겨울의 굴레를 완전히 벗고 생기를 찾게 된다. 화자는 그런 바람이 '지금' 늙어버린 자신에게도 불어와 생기를 되찾았으면 하는 바람을 표현하고 있다. 늙지 않고 싶은 욕망이라기보다는 젊어지고자 하는 욕망에 가깝다. 그러면 화자는 왜 이러한 욕망을 가지는 것일까? "春山(춘산)에 눈 노기는 ᄇᆞ람"의 '바람[風]'은 온기를 지니고 있다. 그 온기가 봄을 봄이게 만들고, 모든 것에 생기를 불어넣는다. 그리하여 겨울은 가고 봄이 오는 것이 자연의 이치다. 자연의 이치가 곧 진리다. 그렇다면 그 'ᄇᆞ람'은 세상에 진리가 구현되도록 만드는 동력이라 할 수 있다. 화자는 그런 동력이 "건듯 불고 간 ᄃᆡ 업다"라고 진단한다. 이러한 진단에는 두 가지 인식이 함축되어 있다고 할 수 있다. 하나는 젊은 시절 화자 자신이 그런 'ᄇᆞ람'과 같은 역할을 했다는 것이요, 다른 하나는 그런 역할을 하는 사람이 '지금'은 없어졌다는 것이다. 후자는 현실에 대한 부정적 인식이다. 국가 사회에 그런 동력을 가진 사람이 많다면야 굳이 화자가 다시 젊어지려는 욕망을 자지지 않았을 것이기 때문이다.

현실에 대한 부정적 인식은 젊은 시절 자신에 대한 긍정적 평가에 기초한다. 그런 점에서 ①③은 공통으로 젊은 시절 자신에 대한 긍정적 평가 태도를 함축하고 있다고 할 수 있다. ①과 ③에 표현된 정서적 차이와 공통점을 고려할 때 우리는 ①과 ③이 상호 연관성을 지니고 있음을 알 수 있다. ③의 화자는 현실적으로는 늙은 몸이지만 젊은이처럼 살아보고자 하는 의지를 드러내고 있음에 비해, ①의 화자는 그러한 의지가 현실 세계에서 여지없이 꺾여버렸다고 고백하고 있다. 늙음을 젊음으로 바꿀 수는 없는 이치다. 그 이치를 화자가 몰랐던 것은 아닐 터이다. 그런데 그 이면에 젊은 시절 자신에 대한 긍정적 평가 태도가 자리하고 있다면 젊고자 하는 욕망은 젊은 시절에 했던 것처럼 정의로운 행위를 실천하고자 하는 의지로 풀이할 수 있다. 이렇게 풀이할 때 사뭇 달라 보이는 두 정서는 상호 계기적 연관성을 가지게 된다. 이를테면, ③의 정서가 작가가 늙었지만 젊은 시절에 행했던 정의로운 일을 다시 실천해 보고자 하는 의지를 강하게 갖게 된 시점에서 표출된 것이라면, ①의 정서는 그런 의지에도 불구하고 결국 젊은 시절에 행했던 정의로운 일을 실천하지 못했고 따라서 젊은이들의 곁을 지나는 것만으로도 죄의식 혹은 부끄러움을 갖게 된 시점에서 표출된 것이라 할 수 있다. ③에서 "귀 밋히 희 무근 셔리"로 표현되던 늙음 상태가 ①에서는 "白髮(백발)이 거의"인 늙음 상태로 변화된 점도 이러한 계기적 연관성을 일정하게 뒷받침하고 있다. 이러한 계기적 연관성이 인정된다면 ①의 "늙지 말려이고 다시 져머 보려 ᄒᆞ니"는 ③에 대한 일종의 자기 패러디라 할 수 있을 것이다.

④의 화자는 "ᄒᆞᆫ 손에 가시", "또 ᄒᆞᆫ 손에 막ᄃᆡ"를 들고 백발(白髮)을 막아보려고 하지만 막을 수 없음을 토로하고 있다. 얼핏 늙지 않으려는 욕망의 표현으로 해석될 수 있어 보인다. 하지만 '가시'와 '막ᄃᆡ'와

같은 수단으로 백발을 막을 수 없다는 것은 누구나 아는 것이다. 그런데도 화자는 '가시'와 '막ᄃᆡ'와 같은 가당치 않은 수단을 동원하여 백발을 막고 있는 인물로 그려지고 있다. ④가 ①③과 상호 텍스트성을 지니고 있다면 이는 일종의 자기 패러디(self-parody)로 볼 수 있는 것이다. 늙지 않으려는 욕망의 이면에 젊은 시절 자신에 대한 긍정적 평가가 자리하고 있다면 그러한 형상화는 자신을 우스꽝스럽게(humorously) 표현하여 젊은 시절 자기와는 사뭇 달리 무기력하기 짝이 없는 존재임을 드러내는 것이라 해석할 수 있기 때문이다. 그리고 이러한 패러디는 자기 풍자적 성격을 지니고 있어 타자의 비판적 시선으로부터 자신을 보호하고 자기 행동을 합리화해 줄 수 있는 것이다.

한편 ④의 화자는 "즈름길"로 백발(白髮)이 찾아왔다고 한다. 이는 화자 자신도 미처 인지하지 못하는 사이에 늙게 되었음을 말하는 것이다. 그런데 ③의 화자는 자신이 늙게 되었음을 오래전부터 인지하고 있었음을 "ᄒᆡ 무근"을 통해 분명하게 드러내고 있다. 그렇다면 두 작품의 창작 시기는 서로 다르다고 할 수 있다. ④가 ③보다 이른 시기에 창작되었을 가능성이 높은 것이다.

이렇게 ①③④는 화자의 정서에 상당한 차이를 보이면서도 화자 자신에 대한 공통된 인식에 기초하고 있으며, 상호 계기적 연관성을 지니고 있어 보인다. 막을 수 없는 늙는 현상 때문에 젊은 시절과 같이 정의로운 일을 하지 못한다는 생각을 가졌던 화자(④)가 어떤 계기에 의해 다시 젊은 시절과 같이 정의로운 일을 해 보겠다는 의지를 갖게 되었지만(③), 그런 의지가 현실의 벽에 부딪혀 좌절되고 따라서 젊은 이들 곁을 지날 때도 죄의식 혹은 부끄러움을 갖게 되었으리라(①)는 것이다. 물론 이러한 분석 결과로써 작품의 함의를 바로 해석할 수는 없다. 작품의 함의는 창작 맥락을 충분하게 추론할 수 있을 때 비로소 가능하기 때문이다.

3. 정치적 행보와 작품 창작 시기

우탁의 정치적 행보에 관심을 가지는 이유는 그가 정치적 행보를 결정하거나 수정하는 데 있어 '늙음'의 문제가 매우 중요하게 고려되었다는 사실과 관련이 있다. 진퇴(進退)를 결정함에 있어 우탁은 자기 결정을 타자와의 소통을 통해 공감할 필요가 있었다. 우탁은 연로(年老, 늙음)가 자발적인 은퇴의 사유로 널리 인정되는 시기보다 한참 이른 시기에 은퇴를 했고, 국왕의 부름에도 응하지 않았다. 그러던 우탁은 자발적인 은퇴가 용인되는 나이가 되어서는 관직에 나아갔다. 이러한 우탁의 정치적 행보는 특이하다 하지 않을 수 없다. 젊어서 충의(忠義)로써 이름을 드날린 그가 득병한 것도, 부모를 봉양해야 하는 처지도 아닌데 이른 시기에 은퇴를 결정하고 국왕의 소환에 응하지 않았다는 것도 예사로운 일이 아닌데, 자발적인 은퇴가 사회적으로 용인되는 나이가 지나서는 관직에 나갔다는 것도 예사로운 일이 아니다.

우탁이 자발적인 은퇴를 결정할 때 내세운 명분(名分)이 바로 연로(年老)였다. 그렇다면 시간의 흐름은 그러한 명분을 한층 더 강화하게 마련인데 우탁은 명분에 배치되는 정치적 행보를 했다. 우탁이 만일 젊은 시절에 드날린 자신의 명성이 훼손하지 않으려 했다면 사회적 소통을 시도했을 것이고, 그 소통의 핵심 주제는 연로와 진퇴 결정에 대한 소명이 될 수밖에 없었을 것이다. 그런 점에서 우탁의 정치적 행보를 다시금 검토하는 작업은 3편의 작품의 창작 맥락을 추론하는 데 중요한 의미를 가지는 것이다.

우탁의 생몰 연대는 『고려사』 「열전」[18]의 몰년(沒年)과 수(壽)를 근거로 역산(逆算)한 것이다. 그런데 『고려사』 편찬 기간 중에 포함되는 조선 세종대(世宗代)에 편차(編次)된 권근(權近, 1352~1409)의 『양촌집(陽村集)』에는 『고려사』 「열전」과 거의 대부분 서술 내용이나 표현이 동일하게 실려 있으면서 몰년이 다르게 밝혀져 있다. 즉, 『고려사』에는 '충혜왕 3년'(1342)으로 밝혀 놓은 데 비해 『양촌집』에는 '지정(至正) 정해(丁亥) 3년'(충목왕(忠穆王) 3년(1347))으로 밝혀 놓은 것이다.[19] '정해'라는 간지까지 밝혀 놓았기 때문에 전자만을 전적으로 신뢰하기 어려운 면이 없지 않다. 물론 백문보(白文寶, 1303~1374)의 『담암일집(淡庵逸集)』의 「편년(編年)」에 "임오년(1342) 선생 40세, 좨주(祭酒) 우탁(禹倬)을 곡하고 제문을 지었다."라는 기록이 『고려사』를 근거로 산출한 우탁의 생몰 연대가 사실에 부합할 가능성을 높여주지만, 이 기록 역시 백문보가 작성한 것이 아니라 후손이 기록한 것이어서 전적으로 신뢰할 수만은 없을 듯하다. 따라서 전자를 수용하되, 후자의 가능성을 열어두고자 한다. 다만 그 시간 간격이 크지 않기 때문에 『고려사』에 서술된 자료를 중심으로 정치적 행보를 살피더라도 이 글의 논지를 전개하는 데 걸

18) 『高麗史』 권109, 列傳 22, 禹倬: 禹倬. 丹山人, 父天珪, 鄕貢進士. 倬登科初, 調寧海司錄. 郡有妖神祠名八鈴, 民惑靈怪, 奉祀甚瀆. 倬至, 卽碎之, 沈于海, 淫祀遂絶. 累陞監察糾正, 時忠宣蒸淑昌院妃, 倬白衣持斧荷藁席, 詣闕上疏敢諫, 近臣展疏不敢讀. 倬厲聲曰: "卿爲近臣, 未能格非, 而逢惡至此. 卿知其罪耶?" 左右震慄, 王有慚色. 後退老禮安縣. 忠肅, 嘉其忠義, 再召不起. 倬通經史, 尤深於易學, 卜筮無不中. 程傳初來, 東方無能知者, 倬乃閉門月餘衆究乃解, 敎授生徒, 理學始行. 官至成均祭酒致仕. 忠惠三年卒, 年八十一.

19) 權近, 『陽村集』 35권, 東賢事錄, 禹祭酒諱倬: 公, 丹山人. 祖戶長仲, 父進士天珪. 公, 登科初, 調寧海司錄. 郡有妖神祠名八鈴, 民感靈怪, 奉祀甚瀆. 公至, 卽碎而沈于海, 淫祀遂絶. 累陞監察糾正, 于時, 忠宣王微有內失, 公白衣持斧荷稿席, 詣闕上疏敢諫. 近臣, 難於讀疏. 公厲聲曰: "卿爲近臣, 未能格非匡救, 逢惡至此. 卿知卿罪耶? 左右震慄, 上有慙色, 優容改行, 一國善之. 後退老于福州之禮安. 忠肅王, 嘉其忠義, 再召不赴. 公, 通經史, 尤深於易學, 卜筮無不中. 程傳初來東方, 無能知者, 公乃閉門月餘, 參究乃知, 敎授生徒, 義理之學始行矣. 官至成均祭酒致仕. 至正丁亥考終. 年八十一.

림돌이 되지는 않을 것으로 판단된다.

『고려사』「열전」에 서술된 우탁의 주요 행적은 다음과 같다.

㉮ 등과(登科)[충렬왕 16년(1290),[20] 29세]한 후에 영해사록(寧海司錄)에 부임하여 팔령신사(八鈴神祠)를 혁파했다.

㉯ 감찰규정(監察糾正)으로서 충선왕(忠宣王)의 폐행을 극간(極諫)했다. [충선왕 즉위년(1308), 47세]

㉰ 예안현(禮安縣)에 퇴로(退老)하고는 충숙왕(忠肅王)이 다시 불렀으나 출사(出仕)하지 않았다.

㉱ 경사(經史)에 통달했는데, 특히 역학(易學)에 조예가 깊어 점을 치는데 맞지 않음이 없었다.

㉲ 정전(程傳, 송나라 정이(程頤)가 주석을 단 주역)을 탐구하여 풀어서 생도(生徒)들에게 가르쳤는데, 이로 인해 이학(理學)이 비로소 행해졌다.

㉳ 성균좨주(成均祭酒)로 치사(致仕)했다.

이러한 행적을 종합해 볼 때 우탁은 충선왕(忠宣王)의 폐행을 극간한 이후 어느 시기에 관직에서 물러나서는 충숙왕(忠肅王)의 재소환에도 응하지 않다가 그 이후 어느 시기에 다시 관직에 나와서는 성균좨주가 되고 그 이후 어느 시기에 치사했음을 알 수 있다. 이러한 정치적 행보에서 한 가지 분명한 점은 우탁이 처음 벼슬을 그만두고 예안현으로 물러날 때 자기 자신의 늙음을 명분(名分)으로 내세웠다는 사실이다(㉰의 '퇴로(退老)').

연로(年老)는 과거를 통해 출사(出仕)한 인물이 벼슬에서 물러나는 명분으로 널리 인정되던 것이다. 득병(得病)이나 부모 봉양과 같은 특별

20) 禹炳澤, 「고려 후기 易東 禹倬의 생애와 교육사상」(건국대학교 석사학위논문, 2002), 10쪽.

사유가 아니고서 자발적인 은퇴는 잘 허용되지 않았다. 실제로 특별 사유 없이 고희(古稀) 이전에 자발적으로 은퇴하는 인물이 드물었다. 연로가 자발적인 은퇴의 사유로 널리 인정된 나이는 70세였다. 충숙왕 즉위 연간(1313~1329)에 우탁은 52~68세였으며, 충숙왕 복위(復位) 연간(1332~1339)에는 71~78세였다. 우탁이 연로를 명분으로 내세워 정계 은퇴를 한 시기는 분명하게 밝혀져 있지 않다. 그런데 이곡(李穀, 1298~1351)의 다음 시는 그 시기가 충숙왕 7년(1320, 59세) 무렵이었음을 시사하고 있다.

㉠ 우곡(愚谷) 시의 운(韻)을 써서 우선생께 드리다(次愚谷韻贈禹先生)

넓디넓은 벼슬 바다에 나루도 끝도 없는데,
선생의 육침(陸沈, 은거)을 어찌 다시 생각할까요?
아아, 태평시대에는 춘추(春秋)가 없다 했으니,
선생의 아치(兒齒) 또한 어찌 슬퍼할 일인가요?
향 피우고 점대 잡아 진퇴를 알고,
술을 두고 꽃을 마주하여 성쇠(盛衰)를 보셨지요.
돌이켜 생각하니 길손으로 영남(嶺南) 다니던 날엔,
좋은 곳 노니느라 낮은 관복임을 미처 깨닫지 못했어요.
선생께서 때마침 산수굴(山水窟)에 계셔서,
새로 지은 제 시에 화답해 주시고 저와 바둑도 두어 주셨지요.
한바탕 꿈 같은 26년 세월,
제 머리 희어짐도 마땅하지요.
불을 댕겨 옛날을 이야기하느라 가을밤이 짧은데,
진솔하고 정정하심은 그 때와 같으셔요.
선생께서 또 담론이 육경(六經)에 머무르시면
저는 어르신 위해서 안마라도 해 드리겠어요.

茫茫宦海無津涯, 先生陸沈寧復思.
熙熙壽域無春秋, 先生兒齒亦何悲.
焚香執蓍知進退, 置酒對花看盛衰.
追思作客嶺南日, 勝遊不覺青衫卑.
先生適在山水窟, 和我新詩饒我棊.
二十六年如一夢, 吾頭之白亦其宜.
挑燈話舊秋夜短, 眞率矍鑠如當時.
先生且留談六籍, 吾爲長者能折枝.[21]

㉠은 이곡이 '산수굴'에서 우탁을 만나 시를 화답하고 바둑을 두며 담론을 들은 지 26년 되는 해에 창작한 것이다. 이곡이 우탁을 '산수굴'에서 처음 만난 시기는 복주사록(福州詞錄)으로 부임한 1320년(이곡의 나이 23세, 우탁의 나이 59세) 무렵으로 추정되기도 하였다.[22] 그런데 그로부터 26년 되는 해는 이곡의 나이가 48~49세(1346~7)여서 『고려사』에 명시된 우탁의 몰년(1343)보다 3~4년 이후다. 따라서 그 시기는 1317년(이곡의 나이 20세, 우탁의 나이 56세)[23] 이전으로 소급되어야 하는 것이다. '산수굴'이 우탁이 퇴로하여 머물렀던 예안지역을 가리킨다면 우탁은 아무리 늦춰 잡아도 50대 중반 이전에 퇴로했음이 분명해진다.[24] 설령 연로가 실질적인 이유는 아니었다고 해도, 이를테면 복서(卜筮)에 의한 결정이었다 해도 우탁은 50대 중반 이전에 연로를 명분으로 내세워 정계에서 은퇴했음이 분명하다.

그런데 50대 중반은 연로를 칭탁하여 관직에서 물러날 나이는 아니

21) 李穀, 『稼亭集』(韓國文集叢刊), 권14. 우곡(愚谷)이 누구인지는 확인할 수 없었다.
22) 禹炳澤, 앞의 논문, 16쪽.
23) 이 해에 이곡은 거자시(擧子試)에 합격하였다. 위의 논문, 14쪽.
24) 충숙왕이 '다시 불렀다(再召)'고 하였으므로 1317년 이전이면서 어느 시기에 은퇴했음을 알 수 있다.

다. 특히나 ㉠에서처럼 '아치'가 새로 나는 나이에도 정정한 우탁이었다면 비록 연로라는 명분이 은퇴 시점에서는 받아들여졌다 해도 사회적인 공감을 얻기는 어려웠을 것이다. ㉰에서와 같이 충숙왕이 우탁을 재소환했던 데서도 그 점을 어느 정도 가늠해 볼 수 있다.

물론 충숙왕의 재소환이 정계 은퇴를 한 후 한참 뒤에 있었다면 그 시기에 연로는 관직에 나가지 못하는 실질적인 명분이 될 수 있고, 따라서 재소환에 응하지 않은 행위도 순리로 받아들여졌을 수 있다. 가령, 재소환이 충숙왕 복위 연간에 있었다면 우탁은 고희를 지낸 나이였다. 이 시기에는 연로가 소환에 응하지 못하는 데 대한 실질적인 명분이 될 수 있는 것이다. 그런데 우탁은 충숙왕의 재소환에 불응한 이후에 다시 관직에 나왔다는 사실이 역시 이곡의 시를 통해 확인되고 있다.

㉡ 우선생이 규정(糾正)을 배수(拜受)함을 축하하며 부치다(寄賀禹先生拜糾正)

젊어서 높은 의리 공경(公卿)을 비루하게 했는데,
늙은 시절엔 부침(浮沈)하여 명성을 감추셨네.
머리 희끗한 이들은 새 어사 다투어 보려는 것은
밝은 군주께서 바야흐로 늙은 선생을 쓰신 까닭이네.
교룡(蛟龍)이 어찌 못 속의 생물이리오?
기기(騏驥)는 모름지기 땅위에 다님을 알아야지.
내 옛날 시주(詩酒) 모임에서 여러 번 모셔서,
때마침 기쁜 소식 듣고 감정을 이기지 못하네.
少年高義陋公卿, 晚節浮沉晦盛名.
白首爭看新御史, 明君方用老先生.

蛟龍豈是池中物, 騏驥須知地上行.

我昔屢陪詩酒社, 時聞喜事不勝情.25)

㉡에서 "공경을 비루하게 한" 일은 ㉯의 행적을 가리킨다. 이때 이곡의 나이는 11세였다. "내 옛날 시주(詩酒)에서 여러 번 모"신 일은 이곡이 거자시(擧子試, 성균관시)에 합격(충숙왕 4년, 1317년, 우탁의 나이 56세) 한 이후에 있었다고 보아야 한다. 그 때를 옛날[昔]로 표현하고 있으므로 ㉡의 창작 시기는 충숙왕 4년 이전으로 소급될 수 없다. 우탁은 충선왕 즉위년(1308)에 감찰규정으로서 국왕의 폐행을 극간하였는데(㉯), 그 때의 우탁을 이곡은 '소년(少年)'이라고 표현하고 있다. 우탁의 나이 47세였다. 따라서 '소년'은 은퇴 이전의 우탁 곧 정계에서 강렬한 의기와 열정으로 의리지학을 실천했던 시절의 우탁을 부각시키기 위한 표현이라 할 수 있다. 그에 비해 ㉡을 창작할 당시 이곡은 우탁을 '늙은 선생(老先生)'이라고 표현하고 있다. 또한 "늙은 시절엔 부침하여 명성을 감추셨"다고 표현하고 있는 데, 이는 특히 ㉯의 행적으로 얻은 명성이 상당한 시간이 흐르면서 잊혀지고 있었음을 말하는 것으로 볼 수 있다. 따라서 ㉡은 1317년(이곡의 나이 20세, 우탁의 나이 56세)보다 한참 이후에 창작된 것이라 할 수 있다. 여기서 우탁이 정계 은퇴를 하고 난 이후 상당한 시간이 지난 후에 다시 정계에 복귀했음을 알 수 있는 것이다.

㉡의 '규정(糾正)'은 사헌부 감찰규정(종6품)을 가리킨다. 바로 그 관직을 맡고 있을 때 ㉯의 행적이 이루어졌다. 따라서 우탁은 충숙왕의 재소환에 응하지 않았지만 그 이후에 ㉯의 행적을 보여주었던 시기(1308년, 47세)에 맡고 있었던 관직과 동일한 관직에 다시 임명되면서

25) 李穀, 『稼亭集』(韓國文集叢刊), 권 15.

출사했다고 할 수 있다.

한편 ㉠은 ㉣의 행적에 포함된 점치는 행위의 대상이 자신의 진퇴 여부도 포함되었음을 말해 준다. 하지만 복서 결과가 자신의 진퇴에 대한 합당한 명분이 되는 것은 아니다. 비록 복서 결과를 따른 것이었다손 치더라도 진퇴 결정을 합리화하는 명분이 필요했을 것이다. 연로가 정계 은퇴 과정에서 내세운 명분이고 충숙왕의 재소환에 응하지 못하는 명분이었다면 다시 출사를 결심할 때에도 합당한 명분, 특히 이전의 명분을 불식시키는 명분 곧 사회적으로 받아들여질 수 있는 명분이 있어야 한다. 하지만 그의 행적에서는 그러한 명분을 찾아보기 어렵다.

㉠은 또한 ㉤의 행적이 정계에서 은퇴하였을 때만이 아니라 정계에 머무를 때와도 관련이 있음을 시사한다. 특히 ㉤의 '생도(生徒)'가 성균관 학생이라면 그것은 ㉥에 언급된 성균좨주와 밀접하게 관련되는 것이다. ㉠에서 이곡은 우탁에게 육경을 담론할 것을 부탁하고 있다. 이는 우탁이 정계에 머무를 때 성균좨주로서 학생들에게 육경을 담론하는 활동이 매우 중요한 것이었음을 말하는 것으로 볼 수 있다. 그런데 우탁이 성균좨주가 된 시기는 분명하지 않다. 특정 인물의 치사할 때의 벼슬은 치사 시점에서 가진 벼슬이 아니라 그 인물이 지낸 벼슬 가운데 최고 품직에 해당하는 벼슬을 명시한다. ㉥는 우탁이 지낸 최고 품직의 벼슬이 성균좨주(종3품)였음을 말해 줄 뿐이다. 그런 까닭에 우탁이 성균좨주의 품직에 오른 시기는 선행 연구에서도 ㉰ 이후로 추정되었던 것이다.[26] 역시 이곡의 다음 시가 중요한 단서를 제공해 주는 것으로 활용되었다.

26) 李鍾虎, 「우탁의 형상과 예안의 퇴계학단」, 『退溪學』 4(안동대학교 퇴계학연구소, 1992), 52~53쪽.

㉢ 우좨주 진주(晉州)에 출수(出守)하다(禹祭酒出守晉州)

진주 고을 풍류는 영남에서 으뜸이요,
상원루(狀元樓) 아래 흐르는 물은 쪽빛처럼 푸르다.
대장 깃발 세우고 나가심이 되레 부러운데,
지금처럼 안부(按部) 맡은 이로는 치암(耻菴)이 있지.
晉邑風流冠嶺南, 狀元樓下水如藍.
一麾出守猶堪羨, 按部如今有耻菴.[27]

㉢의 '출수(出守)'가 목사(牧使, 정3품의 외직)로 부임해 갔다는 말인지는 분명하지 않지만 성균재주로 있을 때 경상도를 안부(按部)한 것만은 분명하다. '치암(恥菴)'은 박충좌(朴忠佐, 1287~1349)를 가리킨다. 박충좌는 충숙왕 즉위년(1313)에 과거에 합격했고, 그 이후 사의대부(司議大夫)로서 경상도(慶尙道)를 안부한 적이 있다. 우탁, 박충좌, 이곡의 시대에는 내직 관료들이 외직으로서 지방을 안부하는 일이 빈번했다. 우탁이 늙어서 다시 임명되었던 감찰규정 관료들도 각 도를 안부하는 일을 맡았고,[28] 박충좌 또한 흥복도감판관지제교로서 전라도를, 직보문각으로서 양광도를, 간의대부로서 경상도를 각각 안부했다.[29] 박충좌가 경상도 안부를 맡은 것은 정4품에 해당하는 간의대부의 관직에 있을 시기였다. 그 시기가 출사한 이후 10년 이상 지난 시기라고 보면, 우탁

27) 李穀, 『稼亭集』(韓國文集叢刊), 권 15.

28) 『高麗史』 33卷 世家 33, 忠宣王 1, 元年(1309): 己卯. 都評議使, 以王命分遣司憲糾正金成固・都評議錄事金祿于慶尙道, 糾正崔洳・錄事吳石圭于全羅道, 糾正盧琡・錄事李石麟于忠淸道, 糾正趙侑・錄事安琠于交州道, 糾正金文鼎・錄事宋祿松于西海道, 廉問提察及守令姦利.

29) 爲興福都監判官知製敎, 按部全羅道事. (……) "直寶文閣, 出按楊廣道, 未朞還之. 司議大夫又按慶尙道." 「文齊公墓誌」, 秦星奎, 「朴忠佐 墓誌銘에 대하여」, 『白山學報』 94(白山學會, 2012), 174쪽에서 재인용함.

이 성균좨주로서 지방(경상도)을 안부하는 임무를 띠고 진주로 나간 시기는 그 이후의 시기로 보아야 한다. 이곡은 정4품의 관직에 제수된 박충좌가 경상도 안부를 맡은 것과 같이 종3품의 관직에 있던 우탁이 진주 목사로 부임하거나 경상도 안부를 맡은 것을 견주고 있는 것이다. 박충좌는 1332년(충숙왕 복위 1년) 무렵에 전라도를 안부하고 있었다. 경상도 안부를 맡은 것은 그보다도 이후의 일이므로 ㉢에서와 같이 우탁이 성균좨주로서 지방을 안부하게 된 시기는 아무리 소급해도 1332년(우탁의 나이 71세) 이전으로 소급할 수는 없을 것이다.

이상의 논의를 종합해 보면, 우탁은 충숙왕의 재소환에는 응하지 않았지만, 그 이후 어느 시기에 자신의 명성을 떨치게 했던 시기의 관직인 감찰규정에 다시 임명되면서 정계에 나왔고 이후 승진 과정을 거쳐 성균좨주를 역임했고 성균좨주 재임 기간에 경상도를 안부하는 일을 맡기도 하였음을 알 수 있다. 그런데 이것은 연로를 은퇴의 명분으로 내세웠던 우탁이 객관적으로 늙었다고 볼 수 있는 나이에 그 명분과는 정면으로 배치되는 정치적 행보를 보였음을 말하는 것이다. 연로가 정계에서 은퇴하는 명분이자 충숙왕의 재소환에도 응하지 못하는 명분이었는데 연로가 실질적인 은퇴의 명분이 될 수 있던 나이에 우탁이 관직에 다시 나아갔다면, 그의 정치적 행보는 권력 구조의 변화와 밀접하게 연관되었을 가능성이 없지 않아 보인다. 또한 ㉣㉤를 종합해 보면, 우탁은 자신의 진퇴 문제를 역학(易學)에 대한 이해를 바탕으로 하는 복서(卜筮)를 통해 결정했을 가능성도 없지 않다. 하지만 복서는 자기 선택을 사적으로 합리화하는 방편일 수는 있어도 정치적 행보에 대한 명분으로 사회적 공감을 얻기는 어려운 것이다. 정치적 역학 관계가 해명하기 어려울 만큼 복잡하였을 터이지만, 그런 상황일수록 연로를 칭탁하여 은퇴한 인물에게는 다시 정계에 나가는 자기 행보에 대해 어떤 방식으로든 합당한 소명이 필요하다. 따라서 그 시기 또한 국왕의 재소환에 응하지 않을 때와 마찬가지로 타자와의 소통 곧 사회적 소통이 필요한 시기로 인식했을 개연성이 있다고 할 수 있다.

한편 정6품의 관직을 다시금 제수 받은 이후 바로 종3품의 관직을 제수받기는 어렵다. 그 사이 여러 관직을 거치면서 관품이 단계적으로 올랐다고 보면, 우탁은 다시 출사한 이후 상당한 기간 동안 관직에 머무른 셈이다. 그런데 '의리지학(義理之學)'을 실천적으로 보여준 행적은 젊은 시절에만 뚜렷하게 나타날 뿐이다(㉮㉯). 물론 성균좨주로서 생도들에게 '의리지학'의 바탕이 되는 학문(이론)을 전수하였을 테지만 스스로 '의리지학'을 몸소 실천한 행적은 드러나 있지 않다. 그리고 재출사한 이후 성균좨주로 재직할 시기는 충혜왕 재위 시기와 겹치고 있다. ㉢에서 확인되는 바와 같이 1332년 이후에 성균좨주로 정계 생활을 하고 있었다면 충혜왕대(1330~1332, 복위: 1339~1344)에 정계 생활을 이어가고 있었음이 분명하다. 그런데 『고려사』는 충혜왕이 악소배(惡少輩)들과 어울리며 갖가지 폐행을 저지른 군주로 평가 서술하고 있다. 그 폐행 때문에 원나라에서 유배형이 내려지고 결국 유뱃길에서 죽게 된다. ㉯의 행적을 통해 충선왕을 뉘우치게 하고 더 이상 폐행을 저질지 않게 했기 때문에 우탁은 누구도 감히 흉내 낼 수 없는 정의로운 인물로 평가되고 알려지게 되었다. 그런 그가 충혜왕의 폐행에 대해서는 아무런 행동도 실천하지 못했다면[30] 의리지학을 가르친 학생들을 대할 때마다 일종의 수치심이나 죄책감을 가졌을 법하다.

그 시기에 우탁이 젊은 시절의 자신과 같이 죽음을 각오하고 극간

30) 이조년(李兆年, 1269~1343)과 다소 대비되는 행적이다. 이조년의 정치적 행보와 시조 작품에 대핸 해석은 다른 지면에서 시도하였다.

하는 용기를 보이지 않았음은 분명하다. 진주 목사로 부임했든, 성균 좨주로 있으면서 경상도를 안부 업무를 맡았든 간에 재출사 이후 이 시기까지 젊은 시절과 같은 실천적 행적은 보여주지 못한 것이다. 그런 점에서 ㉠의 시에서 이곡이 "진솔하고 정정하심이 그 때와 같"다고 한 말이 다시금 주목해 볼 필요가 있다. 이는 보기에 따라서 고희를 훌쩍 넘긴 시기에도 우탁의 언행에서 진솔하고 젊은 기색이 역력하게 느껴졌음을 의미한다. 이는 우탁이 의리지학을 강론하면서도 행동을 통해 실천하는 모습을 보여주지 못한 자신을 분명하게 인식하였을 개연성을 시사한다. 이러한 개연성 또한 우탁이 다시 나아간 관직 생활을 유지하는 중에 수치심이나 죄책감을 느꼈으며 그것을 솔직하게 드러냄으로써 타자와 소통했으리라는 추정을 일정하게 뒷받침하는 것으로 볼 수 있다.

이러한 논의는 연로(늙음)의 문제가 우탁에게는 보편적 사유의 대상이 아니라 각별한 의미를 지니는 문제였음을 보여주고 있다. 정계 은퇴의 명분으로 연로를 내세웠기 때문에 충숙왕의 재소환에도 응하지 않을 때는 물론이고 다시 정계에 복귀할 때에도 늙음의 문제에 대한 사유를 포함한 명분이 필요했다는 것이다. 또한, 정계 복귀 이후에 젊은 시절과 같이 국왕의 폐행을 극간해야 하는 상황이 초래되었음에도 불구하고 그렇지 않았다면 그때에 대해서도 늙음의 문제와 대한 사유를 포함하는 소명이 필요했다는 것이다. 이점들을 고려할 때 세 편의 작품에 드러나 있는 화자의 정서는 다음과 같은 세 시기에 작가가 가졌음직한 것이었다고 할 수 있다.

④는 처음 정계에서 은퇴[퇴로]할 시기나 그 이후 충숙왕의 재소환에도 응하지 않던 시기에 우탁이 가졌음직한 정서를 표현하고 있다.

③은 다시 관직에 나갈 결심을 했을 무렵에 우탁이 가졌음직한 정서를 표현하고 있다.

①은 다시 관직에 나간 이후 젊은 시절과 같이 '의리지학'을 실천하는 모습을 보여주지 못하고 있음을 스스로 인정하고 있을 시기에 우탁이 가졌음직한 정서를 표현하고 있다.

4. 창작 맥락 추론과 함의 해석

우탁에게서 늙음을 한탄하는 일과 다시 젊어 보려는 의지는 각별한 의미를 가진다. 그것은 무엇보다 젊은 시절 그의 행적과 관련이 있다. 우탁의 젊은 시절 행적 가운데 사회적으로 그의 존재감을 극명하게 드러낸 것이 바로 '지부상소(持斧上疏)'로 일컬어지는 행적이다. 한 손에 도끼를 들고 다른 한 손에 상소를 들고 충선왕을 알현하고 그의 폐행을 극간한 행위는 죽음을 무릅쓴 것이다. 그리고 충선왕이 부끄러워하고 충숙왕이 우탁을 다시 소환하고자 한 것은 모두 그의 행동을 충의(忠義)의 실천으로 받아들였기 때문이다. 이처럼 젊은 시절 우탁은 죽음을 무릅쓰고 '의리지학'을 실천함으로써 명성을 떨쳤던 것이다. 그런 그가 관직에서 물러날 결심을 한 것은 정치적 역학 관계와 무관해 보이지 않은 듯하지만 그 관계를 해명하기에는 필자의 역량이 부족하다. 다만 연로를 자발적인 은퇴의 사유로 널리 받아들일 만한 시기보다 한참 이른 시기에 관직에서 물러난 데나 충숙왕의 재소환에 응하지 않는 데도 연로 이외에 다른 명분은 찾기 어려웠으리라 짐작해 볼 수 있다. 설령 복서를 통해 진퇴를 결정했다손 치더라도 그것으로 타자를 설득하기는 현실적으로 어렵다. 연로가 관직에서 물러나고 재소환에 불응하는 데 실질적인 이유가 됨을 소명해야 하는 것이다. ④는 바로 이러한 맥락에서 창작된 작품으로 보인다. 즉, 그러한 정치적 행보에 대한 자기 판단과 결정을 타자에게 소명하는 의도를 갖고 창작된 작품으로 보이는 것이다.

④에서 "한 손에 도끼를 들고 한 손에 상소를 들고" 국왕의 폐행을 극간하던 젊은 시절의 우탁과 "한 손에 막대를 들고 한 손에 가시를 들고" 백발을 막으려 하는 화자의 형상은 극명한 대조를 이룬다. 이것은 ④가 젊은 시절 자신과 대조되는 늙은 시절 자신의 모습을 자기 패러디(self-parody)하고 있음을 말하는 것이다. 자기 자신에 대한 풍자인 동시에 자신을 평가하는 데 중요하게 사용되는 언어적 표현에 대한 패러디인 것이다. 이러한 자기 패러디를 통해 우탁은 자신이 늙어서 무기력하고 관료로서 직무를 수행하기에 부적격한 인물임을 드러낸다. 그리고 그것은 역설적으로 타자의 비판적 시선으로부터 자신을 보호하거나 자기 행동을 합리화하는 효과를 나타낼 수 있다. 자기 판단과 결정에 합리성을 부여해 주기 때문이다.

백발이 찾아오는 것은 자연의 이치이다. 하지만 화자는 자연의 이치이기 때문에 백발을 막지 못한다고 말하고 있는 것이 아니라 막을 방법이나 수단이 전혀 될 수 없는 막대와 가시로서 백발을 막아보려는 행동을 하는 화자를 형상화함으로써 자신의 무기력하고 우스꽝스럽기까지 한 인물임을 말하고 있는 것이다. 그런 점에서 늙음의 문제를 보편적인 인간 사유의 대상으로 환원하여, ④에서 "세월이 흘러 늙음이 닥친다든가 하는 것을 사람의 힘으로 막을 수 없으니 순리를 따라야 하며, 헛된 노욕에 사로잡히지 말아야 한다는 뜻"[31]이나 "경이로운 자

31) 조동일, 앞의 책, 195쪽.

연에 순응하는 태도"[32] 혹은 "人間은 人間일 수밖에 없는 한계"를 읽어내는 시도는 재고의 여지가 있는 것이다.

연로를 은퇴의 명분으로 내세우고 충숙왕의 재소환에 응하지 않는 합리적인 이유로 생각했던 우탁이 다시 관직에 나간 것은 자기 판단과 결정에 중대한 변화가 있었음을 말한다. 그러나 이러한 변화가 타자들에게도 널리 공감될 수 있는 것은 아니다. 노래는 본질적으로 타자들과의 소통 곧 사회적 소통을 지향한다. 판단과 결정의 중대한 변화를 일일이 설명할 수는 없다. 복서 결과에 따른 선택의 변화라 하더라도 그 사연을 타자들과 널리 공유할 수 있는 것은 아니다. 결국 타자들과 소통할 수 있는 수준에서 합당한 이유를 제시하며 소통할 필요가 있다. 이러한 맥락에서 ③이 창작되었다고 보면 우탁이 젊고자 하는 의지를 강하게 그려낸 까닭을 충분히 이해할 수 있다. 젊고자 하는 강한 의지는 단순히 신체적으로 젊음을 회복하려는 의지라기보다는 젊은 시절에 실천했던 것과 같은 행동을 다시금 실천해 보고자 하는 의지로 해석할 수 있기 때문이다.

"春山에 눈 노기는 ᄇᆞ람"이 "건듯 불고 간ᄃᆡ 업다"는 말은 젊은 시절 사신에 대한 긍정적 평가인 동시에 현실 정치에 대한 비판적 진단이라 할 수 있다. 그러한 진단이 의리지학과 무관한 것이라고 할 수는 없다. 오히려 의리지학이 그러한 진단의 바탕이 되었을 것이다. 그러한 평가와 진단이 있었기에 우탁은 현실 정치에 다시 적극적으로 참여하는 결정을 한 것이다. ③을 '탄로가(嘆老歌)'로 분류하는 데 동의하거나 "늙지 않고 살았으면 하는 바램"[33]을 표현한 노래로 해석하고, 젊어지고 싶은 것은 "人間의 속성이요 본성"이고 그 "솔직한 소망을

---

32) 박수천, 앞의 논문, 467쪽.
33) 위의 논문, 467～468쪽.

담"은 작품으로 해석하는 것은 젊어지고자 하는 것이 인간 보편의 욕망이라고 보는 전제를 함축하고 있다. 하지만 이러한 전제가 참이라는 것을 우탁의 이력을 통해서는 증명할 길이 없다. 앞서 살펴본 작가 정보를 통해 우리는 우탁이 스스로 늙지 않았으면 하는 바람을 가진 것이 아니라 젊은 시절과 같이 의리지학을 다시 한번 실천해 보겠다는 의지를 가졌음을 확인할 수 있었다.

물론 다시 출사한 이후에 의리지학을 실천했다고 보기는 어렵지만, 그 시기에 이러한 의지를 강하게 표명할 필요가 있었음은 분명하다. 우탁이 자기 명성을 떨치게 했던 젊은 시절의 관직(규정)을 다시금 배수한 것도 그런 각도에서 이해할 수 있지 않을까 한다. 정치적 역학관계 때문에 낮은 관품의 자리를 배수하였을 가능성이 없지 않지만, 그렇다고 퇴로하기 이전보다 더 높은 관직을 배수하는 것도 결정을 바꾼 취지에는 맞지 않다. 만일 그런 관직을 배수하였다면 그의 정치적 행보는 비난거리가 되기 십상이다. 그런 점에서 ③은 우탁이 그 스스로 그러한 관품의 자리에 나가기를 자청한 것이라는 의미를 아울러 함축하고 있다고 해석할 수도 있을 것이다.

이렇게 창작 맥락 추론을 통해 작품의 함의를 해석해 보면, ③은 ④와 사뭇 대조적인 맥락에서 창작되었지만 사회적 소통을 통해 자신을 변호하고 자신의 정치적 행보 결정을 합리화하는 의도를 함축하고 있다는 점에서는 공통점을 지녔다고 할 수 있다. ④에는 관직에서 물러나 더 이상 관직에 나가지 않은 작가의 정치적 판단과 결정을 합리화하는 하는 의도가 함축되어 있다면 ③에는 다시금 관직에 나가기로 이전의 판단과 결정을 바꾼 것을 합리화하는 의도가 함축되어 있다고 볼 수 있는 것이다.

학문의 목적은 실용에 있고, 학자는 학문을 통해 터득한 진리를 구현하기 위해 실하는 노력을 기울여야 한다. 정치는 진리를 구현하는 실천적 행위다. 따라서 우탁이 퇴로할 때와는 정반대의 판단과 결정을 했다고 문제될 것은 없다. 문제는 정반대의 판단과 결정을 할 때 가졌던 의지가 이후에 얼마만큼 실천적으로 구현되었느냐의 여부에 달려 있다. 우탁은 성균좨주로서 자신이 깨친 의리지학을 생도들에게 강론했을 것이다. 그런 행적은 자신의 의지를 실천하는 노력으로 평가할 수 있다. 하지만 우탁은 젊은 시절과 같은 실천적 행위는 보여주지 못했음도 분명하다. ①은 우탁 스스로 그 점을 분명하게 인식하고 있었음을 보여주는 작품이라 할 수 있다.

우선 ①의 "늙지 말려이고 다시 져머 보려ᄐᆞ니"는 ③의 "귀 밋ᄐᆡ ᄒᆡ무근 셔리를 녹여 볼가 ᄒᆞ노라"에 대한 패러디(parody)라 할 수 있다. 젊은 시절과 같이 의리지학을 실천해 보겠다는 의지를 강하게 가지면서 다시 출사했지만 의지에 값하는 행동을 하지 못한 자신에 대한 비판을 함축하고 있다고 볼 수 있기 때문이다. 또한 ①은 자신의 의지를 실천적 행위를 통해 실현하지 못한 것은 궁극에는 늙은 탓이라고 자신을 합리화하는 의도를 아울러 함축하고 있다고 볼 수 있다. "靑春이 날 소기니"라는 말에는 자신의 젊은 시절에 대한 기억이나 젊음 시절과 같은 마음 자세가 자기 의지를 실천적으로 구현할 수 있게 해 주리라는 믿음이 현실에 부합하지 않는 것이었음을 말하는 것이다.

그렇다고 우탁이 그 모든 것을 늙음 탓으로 환원하고 있지는 않다. "잇다감 곳밧츨 지날 제면 罪 지은 듯"하다는 말은 한편으로는 자기의 판단과 결정이 올바르지 못한 것이었음을, 다른 한편으로는 그 때문에 의리지학을 강론했던 젊은이들에게 부끄러운 사람이 되었음을 스스로 인정하는 것으로 볼 수 있기 때문이다. 수치심 혹은 죄책감은 실제 죄를 범하는 데서만이 아니라 죄에 비견할 만한 행위를 막지 못하는 데서도 생기는 법이다. 우탁은 스스로 죄를 범한 적이 없는 인물이다. 따라서 그의 수치심이나 죄책감은 자신이 무기력하여 후자와 같이 죄에 해당하는 행위를 적극적으로 막지 못한 데서 비롯하는 것이라 할 수 있다. 물론 누구나 그런 수치심이나 죄책감을 가지지는 않는다. 하지만 이곡의 평가처럼 '진솔'한 인물이었다면 우탁이 그런 수치심과 죄책감을 가지는 것은 매우 자연스런 것이라 할 수 있다. 그리고 그 자연스러움이 정치적 행보에 대한 자기 합리화 의도가 사회적으로 용인되는 영역 안에 들게 한 것이 아닌가 생각된다.

5. 결론

흔히 시조 발생기로 간주하는 고려 말기에는 우탁을 비롯한 여러 작가들의 시조 작품이 전하고 있다. 작가 여부를 둘러싸고 상당한 논란이 있어온 것도 사실이다. 그만큼 작품과 직접적인 관련을 맺고 있는 작가 정보를 비롯하여 창작 맥락과 관련한 정보를 분석할 만한 자료가 부족했던 것이다. 이들 작품들은 대부분 조선 후기에 편찬된 가집에 실려 전하고 있다. 가집은 편찬자나 편찬 목적에 따라 동일한 작품에 대한 작가를 다르게 밝혀 놓은 것이 적지 않다. 그리고 동일 인물을 작가로 밝혀 놓더라도 창작 맥락과 관련한 구체적인 정보를 아울러 제시한 사례는 극히 드물다. 이 글은 사실로 인정할 수 없게 하는 근거가 찾아지지 않는 한 한 작품의 작가를 동일하게 밝혀 놓은 가집의 기록을 신뢰하는 관점에서 우탁의 시조 작품을 3편으로 비정하고 각 작품의 창작 맥락을 추론하는 다소 모험적인 시도를 해 본 것이다.

3편의 작품이 늙음의 문제를 다루고 있기 때문에 늙음의 문제가 인간이면 누누가 사유하는 대상으로 환원하여 접근하는 방법을 지양하고, 작가의 정치적 행보와의 연관성 속에서 작품의 창작 맥락을 추론하고 함의를 해석하는 방법을 적용했다. 언어 텍스트 분석을 통해 세 작품이 사뭇 다른 정서를 아울러 함축하고 있으면서도 상호 연관성을 지니고 있음을 확인하였고, 우탁의 정치적 행보에서 각 작품에 함축된 정서를 가졌을 법한 시기를 추론하였다. 그 결과 늙음의 문제가 보편적 사유의 대상이 아니라 우탁이 자신의 정치적 행보의 결정에 매우 중요하게 고려하였던 문제였음을 알 수 있었으며, 자신의 정치적 행보를 결정하고 그 결정에 대한 사회적 공감이 필요할 때마다 시조 작품을 통한 소통을 시도하였으리라 추론하였다. 이러한 확인과 추론을 바탕으로 해서 작품에 함축된 작가의 의도를 해석해 보았다. 해석 결과를 요약하면 다음과 같다.

첫째, 시조 <ᄒᆞᆫ 손에 가시를 들고>는 “한 손에 도끼들 들고 한 손에 상소를 들고” 충선왕의 폐행을 극간했던 우탁이 늙음을 명분으로 관직에서 물러나고 또 충숙왕의 재소환에도 응하지 않은 정치적 행보를 자신의 젊은 시절과 그 시절의 자신에 대한 평가에 널리 사용된 말에 대한 사기 패러디를 통해 자기 풍자함으로써 합리화하는 의도를 함축하고 있다. 우탁은 사회적으로 널리 용인되는 정계 은퇴의 나이보다 한참 이른 시기에 늙음을 명분으로 내세워 관직에서 물러났다. 충숙왕이 소환한 시기에 그 명분은 한층 더 실효성이 있는 것이었다. 우탁은 이 작품을 통해 막을 수 없는 것을 막고자 하는 우스꽝스러운 행동을 하는 인물로 형상화함으로써 더 이상 젊은 시절과 같이 충의를 실천적 행동을 통해 보여줄 수 없는 인물임을 드러내었다. 이것은 자신이 늙었기 때문에 무능력하고 관직 수행에 부적격한 인물임을 말함으로써 타자의 비판적 시선으로부터 자신을 보호하고 자신의 정치적 행보를 합리화한 것으로 볼 수 있는 것이었다.

둘째, 시조 <春山에 눈 노기는 ᄇᆞ람>은 연로를 관직에 나가지 않는 명분이라고 천명했던 우탁이 다시 관직에 나가는 시기에 자신의 정치적 행보를 합리화하는 의도를 함축하고 있다. 정치 현실 속에 '의리지학'이 구현되지 않는다는 진단과 자신의 젊은 시절의 실천적 행위에 대한 긍정적 평가를 바탕으로 우탁은 젊은 시절과 같이 "春山(춘산)의 눈 노기는 ᄇᆞ람"과 같은 역할을 해 보고자 젊고자 하는 의지를 강하게 표출한다. 이러한 의지는 육체적으로 늙지 않고 싶은 욕망과는 사뭇 다른 것이다. 그리고 이러한 의지의 표명 또한 사회적 소통을 통해 자신의 정치적 행보에 대한 사회적 공감을 꾀하는 차원에서 이루어진 것이라 할 수 있다.

셋째, 시조 <늙지 말려이고>는 시조 <春山에 눈 노기는 ᄇᆞ람>에서 나타낸 자신의 의지 표명에 대한 패러디를 통해 무기력한 자신을 비판함으로써 자신의 정치적 행보를 합리화하는 의도를 함축하고 있다. 이 작품에서 우탁은 다시 관직에 나왔지만 의리지학을 스스로 실천하지 못했음을 솔직히 고백하는 데서 나아가 스스로 죄를 짓지는 않았지만 의리지학에 배치되는 범죄적 현상을 막지 못했다는 인식에서 비롯하는 죄책감을 가지고 있음을 말하고 있다. 그리고 의리지학을 실천적으로 구현하지 못한 원인이 관직에 다시 나올 때 가졌던 의지와는 달리 늙음이 가장 큰 걸림돌임을 말함으로써 자기 합리화를 꾀하고 있는 것이다. 하지만 이러한 자기 합리화는 사회적으로 용인될 수 있었던 것으로 판단했다. 그것은 비록 의리지학을 자신의 젊은 시절과 같이 실천적으로 보여주지는 못했더라도 의리지학의 이치를 깨치고 젊은 생도들에게 강론한 행적도 의리지학을 실천적으로 구현하는 노력의 일환으로 받아들여졌기 때문으로 볼 수 있기 때문이다.

이러한 해석 결과는 물론 상당한 전제를 내포하고 있다. 작가 문제를 확정적으로 해결할 만큼 관련 정보가 충분하지 않고, 우탁의 행적이 연대기적으로 온전하게 복원할 만한 정보가 충분하지 않은 것이 많은 전제를 떠안게 하고 있다. 하지만 이 논의 결과가 되레 작가 문제와 우탁의 연대기적 행적에 대한 논의가 실상에 다가가는 데 기여할 수 있지 않을까 하는 기대도 가지게 된다. 이 논의를 통해 3편의 시조 작품에서 다루고 있는 늙음의 문제가 인간 보편의 사유 대상이 아니라 우탁에게 각별한 의미를 가지는 문제였음을 확인한 동시에, 3편의 시조 작품의 함의가 우탁이라는 인물의 정치적 행보와의 관련 속에서 한층 더 다각적으로 해석될 수 있음을 확인할 수 있었기 때문이다. 또한 이러한 내용이 3편의 작품을 탄로가(嘆老歌)로 분류할 때 미처 논의할 수 없었던 것이라는 점에서 3편의 작품에 대한 진전된 논의에도 기여할 수 있지 않을까 하는 기대도 가져 본다.

제 2 장

이조년 시조 작품의 분석과 해석

1. 서론

이 글은 이조년(李兆年, 1269~1343) 시조 작품(이하 <다정가>[1]로 명명함)의 텍스트 내적 맥락 곧 텍스트를 이루는 어휘의 상호 의미 연관성을 분석하고 텍스트 외적 맥락 요소들과 결합해서 창작 맥락을 추론하여 그 함의를 새로이 해석해 보이는 데 그 목적이 있다.

14~15세기 시조 작가는 한두 편의 작품만 남기고 있으며, 그 작품들도 조선 후기 가집에서야 그 존재가 확인되고 있다. 더욱이 이색(李穡, 1328~1396)을 제외하면 그 생애를 온전하게 복원할 만한 자료가 풍부하게 전하는 작가가 없는 실정이다. 이조년도 그의 삶을 간략하게 평가 서술한 전기와 『고려사』 등에 간헐적으로 서술된 행적만이 그의 생애를 복원하는 자료로 남아 있을 뿐이다. 그만큼 구체적이고 역사적

1) <多情歌>는 화자의 핵심 정서를 나타내는 말로 노래 이름을 삼은 것이다. <다정가>는 '梨花操'로도 불리는데 이는 노래의 첫 낱말을 곡조의 이름으로 삼은 것이다. '操'는 琴에 속하는 악기로 반주하는 가곡을 분류하는 명칭['名']이다.

인 창작 맥락에서 <다정가>의 의미를 파악하기란 매우 어려운 일이다. 하지만 관련 자료는 역사적 존재로서 이조년이란 인물의 됨됨이와 그의 행적이 역사(정치사)적 맥락에서 가지는 의의를 분명하게 드러내고 있음도 분명하다. 이는 <다정가> 또한 여느 자료와 같은 특성을 지니고 있음을 시사한다. 즉, <다정가> 또한 정치사적 맥락에서 그의 됨됨이와 정치적 행보가 가지는 의의를 드러내는 자료일 수 있다는 것이다. 그런 점에서 <다정가>의 창작 맥락을 재구할 길이 없지 않아 보이는 것이다. <다정가>에 대한 선행 해석 가운데 역사적 현실 상황을 고려하는 해석이 압도적인 비중을 차지해 오고 있는데, 이는 그러한 가능성이 일찍부터 널리 인정되어 왔음을 말해 주고 있다.

물론 <다정가>에 대해 창작 맥락을 고려한 해석의 결과가 대중에게는 널리 수용되지 않은 듯하다. 대중 사이에는 탈역사적인 맥락에서 이루어진 해석이 지배력을 행사하는 경향이 농후하다. 그런데 이러한 경향은 무엇보다 선행 해석이 보여 준 이중오독(double misreading)과 무관하지 않은 듯하다. 이중 오독이란 해석 주체가 원전(original text)이 의미론적 통일성을 가지는 맥락과, 원전 분석과 작품 해석에 활용하는 자료의 맥락 모두를 잘못 파악했음을 말하는 것이다. 이러한 관점에서 이 글은 선행 해석과 대중적 수용의 문제점을 비판적으로 분석하고, 구체적이고 역사적인 창작 맥락을 복원하고, 그 속에서 <다정가>가 함축하는 의미를 새로이 해석해 보고자 하는 것이다.

2. 선행 해석과 대중적 수용의 양상과 문제점

梨花에 月白ᄒᆞ고 銀漢이 三更인 제

一枝春心을 子規야 알냐마는
多情도 病인 양 ᄒᆞ야 잠 못 일워 ᄒᆞ노라
(『甁窩歌曲集』 #50, 『역』 #2376; 『고』 #3901.1)[2]

<다정가>는 56종 가집(73회)에 수록되어 있다. 56종 가집 중에서 9종의 가집이 작가를 밝히지 않는 가집이다. 47종 가집 중 13종에서 작가 미상으로 처리하고 2종의 가집에서는 윤회(尹淮, 1380~1436)나 유호인(兪好仁, 1445~1494)을 작가로 밝혀 놓았다.[3] 32종(68%) 가집(36회)에서 이조년을 작가로 밝혀 놓은 셈이다.[4] 이러한 통계적 수치가 작가 진위 여부를 결정하는 것은 아니지만, 이조년을 <다정가>의 작가로 인정하는 데 큰 문제가 있지 않음을 뒷받침해 준다고 볼 수는 있을 것이다.

이조년은 「大東古事(대동고사)」(1906),[5] 「名所古蹟(명소고적)」(1909),[6] 「朝鮮史譚問答(조선사담문답) 一〇九(109), 高麗時代(고려시대)」(1921)[7] 등에 소개되면서 근대 대중 매체 독자의 인지 대상이 된다. 그에 비해 <다정가>는 『朝鮮歌謠集成(조선가요집성)』(1934),[8] 「每日申報(매일신보)」(1934)[9]에

2) 『역』은 沈載完 편저, 『校本 歷代時調全書』(世宗文化社, 1972)를, 『고』는 김흥규 외 편, 『고시조대전』(고려대학교 민족문화연구원, 2012)를 각각 가리킨다. '#숫자'는 각 저서에서 해당 작품에 부여한 일련번호를 나타내며, 뒤의 문헌과 '#숫자'는 인용한 텍스트의 출처가 되는 가집과 가집 내에서 해당 텍스트의 일련번호를 나타낸다.

3) 『시조』(단국대본, #23)는 윤회를, 『교합아악부가집』(#75)는 유호인을 각각 작가로 밝혀 놓았다. 이조년을 작가로 밝힌 다음, '혹운(或云)'이라고 하여 윤회를 작가라고도 한다고 밝혀 놓은 가집(6종, 6회)도 있다.

4) 모든 가집의 원본을 직접 확인하지 못하고, 김흥규 외, 앞의 책, 827~828쪽을 참고하였다.

5) 『皇城新聞』 1906년 5월 1일자, 皇城新聞社, 1쪽.

6) 『皇城新聞』 1909년 8월 21일자, 皇城新聞社, 3쪽.

7) 景命, 『每日申報』 1921년 1월 19일자, 每日申報社, 1쪽.

8) 金台俊, 『朝鮮歌謠集成』(朝鮮語文學會, 1934). 이 책의 부록 「申緯漢譯小樂府五十首」 가운데 '六. 子規啼前腔'의 '原歌'로 <다정가>를 제시하고 그 작가를 이조년이라고 밝혀 놓았다(부록 3쪽).

9) 『每日新報』 1934년 5월 7일자(每日申報社), 4쪽.

서 이조년이 작가라는 정보와 함께 소개되면서 근대 대중 매체 독자의 감상 대상이 된다. 그리고 조윤제에 의해 처음으로 한국 문학사에 포함된다.[10)]

조윤제는 근대 대중 매체에 소개된 것과 거의 같은 작가 정보를 바탕으로 <다정가>가 "致仕(치사) 還鄕(환향)하야 世事(세사)를 잊어바리고 悠悠自適(유유자적)하면서 읊은 것"[11)]이라고 추정한다. "한 필 말을 타고 還鄕(환향)하고는 人間事(인간사)와 結交(결교)하지 않았다."[12)]라고 한 『고려사』 기록에 근거한 것이다. 그런데 인간사와 결교하지 않았다는 말은 정계 은퇴 이후 현실 정치에 직접 간여하지 않았다는 뜻이지, "世事(세사)를 잊어바리고 悠悠自適(유유자적)하"는 생활을 했다는 뜻은 아니다. 따라서 그의 추정에는 실상에 부합하지 않는 면이 있다고 할 수 있다.

그런데 해방 이후 조윤제의 한국 문학사 서술 내용이 국어과 교육과정에 수용됨(1948)[13)]에 따라 <다정가>는 교육의 장에 들어서게 된다. 거의 같은 시기에 이희승은 시조 작품의 감상 방법을 제시하는데 <다정가>를 사례로 보여주었다.[14)] 대중 매체에 발표된 해당 글이 『고등 국어』[15)]에 거듭 수록(1953, 1966, 1968)되면서 이후 <다정가>의 작품 해석과 대중적 수용에 상당한 영향을 끼치게 된다.

---

10) 趙潤濟, 『朝鮮詩歌史綱』(東光堂書店, 1937), 123~124쪽.
11) 위의 책, 124쪽.
12) 『高麗史』 卷109 列傳22 李兆年: "匹馬還鄕還鄕不交人間事".
13) 趙潤濟, 『敎育國文學史』(東邦文化社, 1948), 32쪽에 감상 대상 작품으로 포함하고 있다.
14) 李熙昇, 「時調鑑賞一首」, 『學風』 1948년 1월호(2권 1호)(乙酉文化社), 74~81쪽.
15) 문교부, 『고등 국어』 Ⅲ(대한교과서, 1953); 문교부, 『고등 국어』 3(대한교과서, 1966); 문교부, 『인문계 고등 국어』 3(대한교과서, 1968). 이희승이 글은 제3차 교육과정기부터 국어 교과서에 실리지 않지만, <다정가>는 제3차~제4차 교육과정기에도 국어 교과서에 실렸다. 문교부, 『인문계 고등 국어』 1(대한교과서, 1975); 문교부, 『고등학교 국어』 1(대한교과서, 1984).

이희승이 조윤제가 추정한 창작 맥락을 수용했다는 직접적인 근거는 찾아지지 않는다. 하지만 암묵적인 동의는 있었던 듯하다. 이희승은 시조가 '관조(觀照)'의 문학이라고 설명한다. 관조(contemplation)란 사회적 존재인 인간이 모든 물욕에서 벗어난 상태에서 이루어지는 정신 활동이다. "世事(세사)를 잊어바리고 悠悠自適(유유자적)"하는 작가에게는 그런 정신 활동이 가능하다. 그런 점에서 이희승은 정계 은퇴 이후 세사를 잊어버리고 유유자적할 때 창작했다는 조윤제의 추정에 암묵적으로 동의했다고 보는 것이다. 말하자면 조윤제가 창작 맥락만 제시하는 데 그쳤다면 이희승은 그 맥락을 고려하여 언어 텍스트의 분석과 작품 해석의 길을 모색한 셈이다.

시조 텍스트를 이루는 어휘 대부분은 이미 그 맥락이 잊혀진 것이다. 따라서 시조 작품이 해석과 감상 대상이 되기 위해서는 잊혀진 맥락을 재구하는 작업이 필수적이다. 이희승도 그 맥락을 재구하는 방향에서 언어 텍스트를 이루는 어휘의 의미를 해석하고 어휘의 상호 의미 관계를 따져 시적 상황을 분석하였다. 이렇게 분석된 상황에서 화자가 가질 법한 정서를 추론하는 방식으로 작품을 해석하고 감상하는 실을 보여주었다. 이렇게 언어 텍스트의 분석과 종합의 구체적인 과정을 보여주었기에 이희승의 글은 오랫동안 교육과정에 수용되었고, 그에 따라 <다정가>에 대한 대중적 수용에 지대한 영향을 끼친 것으로 생각된다. 그런 정황은 "애상적인 봄밤의 감각이나 정서" 때문에 잠들지 못하는 화자를 세밀하게 분석하고 있는 감상 사례에서 단적으로 확인할 수 있다.[16)]

그런데 이희승은 작가가 경험한 구체적인 현실 상황을 창작 상황으

16) 이어령, 『노래여 천년의 노래여』(문학사상사, 2003), 111쪽.

로 추정하면서도 그 상황이 보편적 경험이 가능한 상황이라고 보았다. 이러한 관점은 어휘의 의미를 해석하는 데서나 시적 상황을 분석하여 그 상황에서 화자가 가질 법한 정서를 추론하는 데서나 일관되게 견지되고 있다. 하지만 이러한 관점이 결과적으로 많은 부분에서 분석과 해석에 활용한 자료의 맥락을 잘못 파악하게 만든 것으로 판단된다.

이희승은 이화(梨花), 월백(月白), 자규(子規)의 성격과 상호 관계를 이해하는 것이 <다정가>가 의미론적 통일성을 가지는 맥락을 파악하는 데 관건이 된다고 보았다. 그리하여 문헌 자료에 나타난 용례를 분석하여 이화 곧 배꽃이 결백(潔白), 냉담(冷淡)하며 애상(哀想)한 분위기를 자아내는 속성을 지녔으며, 이러한 속성을 지닌 배꽃이 달빛과 만나서 "달빛은 배꽃이 있어서 더욱 朦朧(몽롱)하고, 배꽃은 달빛이 있음으로 하여 더욱 惻隱(측은)"한 분위기를 자아낸다고 설명한다. 또 "愁態(수태)가 哀憐(애련)"한 배꽃과 "朦朧蒼茫(몽롱창망)"한 달빛에 "울음 소리가 悽絶(처절)한" 자규가 봄이라는 동일한 시기에 만나서 "慘絶悽絶(참절처절)"한 정경을 만들어낸다고 설명한다.[17] 이처럼 세 사상(事象)이 하나의 텍스트에서 상호 연관성을 맺고 애상적이고 몽롱한 시적 상황을 조성하고 있다고 설명하고 있다. 그리고 이러한 시적 상황에서 화자는 배꽃의 '다정다감(多情多感)'과 자규의 '다정다한(多情多恨)'에 비할 데 없이 처절한 '다정다한(多情多恨)'의 감상적(感傷的) 상태에 놓여 있다고 설명한다. 봄이란 계절이 사람을 감상적 상태에 빠져들게 하는 것[18]임을 작가가 '관조'하였다고 본 것이다.

이희승은 언어 텍스트의 맥락을 파악하는 과정에서는 배꽃과 달에 대한 개인적 경험은 물론 작가가 기대고 있었을 법한 언어 관습(⊂외적

---

17) 李熙昇, 앞의 글, 76~79쪽.
18) 위의 글, 80쪽.

맥락 정보)을 아울러 활용하고 있다. 그에 비해 시적 상황에서 화자가 가지게 되었을 정서를 추론하는 데서는 그와 유사한 상황과 관련한 개인적 경험을 적극적으로 활용하고 있다. 시적 상황을 분석하고 그 상황에서 시적 화자가 어떤 정서를 가지게 되었을까 추론하는 방식은 시가 작품의 이해와 감상에 적합한 방식이다. 그런 측면에서 이희승의 접근 방법은 타당하다고 할 수 있다. 하지만 언어 관습 속에서 배꽃과 달빛의 심상을 분석하는 과정, 배꽃과 달빛, 자규가 하나의 텍스트에 결합하는 이유를 해명하는 과정, 그리고 세 사상의 상호 관계나 지배적인 정서를 분석하는 과정에 상당한 문제점을 드러내고 있다.

우선, 언어 관습에서 배꽃은 한 가지 통일적인 심상을 불러일으키는 사상이 아니었다. 바람에 휘날리는 배꽃은 눈발이 흩날리는 것 같아서 눈을 떠올리게 하였고, 비를 맞아 웅크리는 듯 보이거나 떨어지는 배꽃은 애처로운 정서를 불러일으키기도 하였다. 맑고 밝은 꽃이 나중에는 유익한 결실을 맺기 때문에 훌륭한 인재를 비유하기도 하고, 매화가 자라지 않는 지역에서는 매화와 마찬가지로 봄소식을 알리는 꽃 곧 일지춘(一枝春)으로 통용되기도 하였다. <다정가>에 등장하는 배꽃은 달빛을 받아 한층 더 밝게 피어 있는 배꽃이다. 따라서 그런 배꽃이 화자에게 '수태(愁態)'의 심상을 불러일으키고 감상적인 분위기에 젖어 들게 한다는 설명은 상황 맥락에 따라 다양한 심상을 불러일으키는 배꽃의 속성을 한 가지 속성으로 환원한, 그래서 성급한 일반화의 오류라 할 수 있다.

둘째, 달빛이 몽롱 창망한 심상을 불러일으킨다는 설명도 부적합하다. 몽롱 창망은 어슴푸레하고 넓고 멀어서 아득하다는 말인데, 작품에 온축된 시적 상황에서 일기(日氣)는 매우 맑고 밝다. 그런 일기라면 달빛은 몽롱 창망할 수가 없다. 따라서 달빛이 몽롱 창망하고 그 때문에 배꽃이 자아내는 애상적인 분위기를 배가한다는 설명 또한 우리의 일상적 경험에 비추어 보더라도 타당하지 않다고 할 수 있다.

셋째, 자규와 결합한 배꽃의 심상이 전고(典故)와 관련되어 있음은 분명하지만, 자규 때문에 배꽃이 애상적인 정서를 불러일으키는 것은 아니다. 배꽃이 불러일으키는 심상과 자규가 불러일으키는 심상은 동일하지 않다. 동일하다면 이러한 시적 상황이 '다정'이라는 시어와 연관될 가능성이 낮아진다. 전고 속에서 자규는 팥배꽃과 결합되어 있다. 팥배나무는 배나무와 마찬가지로 장미과와 속하며 그 꽃도 빛깔과 모양도 배꽃과 매우 흡사하다. 배꽃도 그러하지만 팥배꽃 가운데는 꽃술이 붉은 빛깔을 내는 것도 있다. 그 때문에 촉나라 사람들은 팥배나무에 와서 쉴새 없이 우는 자규가 불귀객(不歸客)[19]으로 죽은 두우(杜宇)의 화신(化身)이라고 생각했다는 것이다. 붉은 꽃술이 마치 자규 곧 두우가 토해낸 피인 듯이 연상된 것이다. 그런데 이 고사 속에서 팥배꽃 자체가 애련한 심상을 불러일으킨 것은 아니다. 오히려 팥배꽃이 불러일으키는 심상과는 극명하게 대비되는 심상 혹은 정서를 불러일으킨다고 할 수 있다. 따라서 배꽃이 감상적인 분위기를 조성하고 그것이 자규와 어우러져 한층 더 고조된다는 설명 또한 적절하지 않다고 할 수 있다.

넷째, '다정'의 의미 또한 상황 맥락에 따라 달랐다. '다정한 사이'와 같은 용례에서는 '다정'이 특정 대상에 마음 씀씀이가 풍부하다는 의미를 갖지만, 여러 대상에 대해 두루 마음이 움직인다는 의미를 가지는 맥락도 존재한다. 가령, '한운(閑雲)'과 '백구(白鷗)'를 "無心(무심)코 多

19) 자규의 울음소리는 마치 두우가 "不如歸, 不如歸"라고 소리치는 듯이 들렸다는 것인데, 이것은 망명객 신세로 떠도는 것보다는 고국으로 돌아가는 것이 낫겠다고 한 말이다. 설화 속에서 촉나라 사람들은 두우의 화신인 자규가 두우가 내뱉은 말을 거듭 되뇌인다고 생각했다.

情(다정)"한 존재라고 표현한 이현보(李賢輔, 1467~1555)의 <어부가(漁父歌)>(단가)[20]는 후자와 같은 용례를 보여준다. 여기서 한운과 백구는 특정 대상과의 이해관계에서 벗어나 있기 때문에, 즉 무심(無心, 무욕심(無慾心)) 상태에 있기 때문에 어디에도 구애받지 않고 움직이고 있다. 이러한 맥락에서 다정은 어떤 거리낌도 없기 때문에 온갖 사상을 향해 마음이 움직인다는 뜻을 가진다. <다정가>에서도 화자는 온갖 사상을 향해 마음이 움직이기 때문에 마치 병이 들었을 때와 같이 잠을 이루지 못하노라고 토로하고 있다. 무욕심은 가장 건강한 마음 상태인데 그 상태가 오히려 병적인 상태와 같이 느껴지고 있다고 말하고 있는 것이다. 그런데 이희승은 다정을 전자와 같은 맥락에서 풀이한다. 그런 까닭에 "多情(다정)도 病(병)인 양"하는 주체가 "子規(자규)도 될 수 있고 作者(작자)도 될 수 있다"고 보아, 제2~3행에 대해 다음 두 해석이 모두 가능하다고 주장한다.

㉠ 一枝(일지) 春心(춘심)을 子規(자규)가 알까. 그렇지만 그것쯤은 알테지. 그 春心(춘심)을 알기만 한다면 子規(자규)는 또한 多情多恨(다정다한)한 주인공이 될 것이니, 그 多情多感(다정다감)이 도리어 병통이 되어서 저와 같이 청승스럽게 우는고나. 그리하여 그 우는 소리 때문에 나(作者)도 잠을 못 들겠다.[21]

㉡ 一枝(일지) 春心(춘심)을 子規(자규)가 제 어떻게 알까. 그렇지만 그것을 알기에 저렇게 구슬피 우는 것이 아닌가. 배꽃이 爛漫(난만)하고 달이 밝아서 그렇지 않아도 心懷(심회)를 鎭定(진정)할 수가 없

20) <어부가>(단가)의 제4장의 구절이다. 제4장의 전문은 다음과 같다. "山頭에 閑雲이 起ᄒᆞ고 水中에 白鷗ㅣ 飛이라 / 無心코 多情ᄒᆞ니 이 두 거시로다 / 一生에 시르믈 닛고 너를 조차 노로리라"(『고』 #2300.1)

21) 李熙昇, 앞의 글, 81쪽.

는데 杜鵑(두견)조차 저렇듯 우짖으니, 아 내(作家)야말로 多情多感(다정다감)한 것이 참으로 병통이로구나, 도저히 잠을 잘수가 없구나.22)

㉠은 다정의 주체를 자규로, ㉡은 화자로 보고 시도한 해석이다. 두 해석은 이희승이 텍스트의 맥락 분석을 통해 통일적인 의미를 여전히 찾지 못했음을 말해 준다. 실제로 이희승은 언어 텍스트 분석을 통해 화자의 정서를 추론하고서도 그 정서가 "極(극)히 曖昧模糊(애매모호)하다"23)고 진단한다. 그 때문에 ㉠, ㉡과 같이 <다정가>에서 핵심적인 구절에 대해 두 해석을 덧붙인 것이다.

그런데 시조 작품은 1인칭 독백체가 지배적이다. <다정가>에서도 '하노라'가 있음으로 해서 "多情(다정)도 病(병)인 양ᄒᆞ야 잠 못 일워"의 주체가 화자 자신임을 알 수 있다. 그런데도 이희승은 다정의 주체가 자규도 될 수 있다고 했다. 두우의 화신으로서의 자규는 잃어버린 왕위를 때늦게 되찾고자 하는 욕망이 죽어서도 스러지지 않았기 때문에 절규하며 우는 새이다. 하지만 그런 자규의 정서를 다정하다고 하지는 않았다. ㉠에서 '다정다감'과 '다정다한'을 혼효하고 있는데, 이는 이희승이 다정(多情), 다감(多感), 다한(多恨)을 동일 정서의 다른 표현쯤으로 생각했음을 말해 주고 있다.

1인칭 독백체라는 점을 고려해서인지, 제5차 교육과정부터 국어 교과서에 이조년의 작품만 싣게 된 이후에는 ㉠은 버려지고 ㉡만이 지속적으로 수용된다. 봄밤이면 누구나 감상적인 분위기에 젖어 드는 것도 아닌데, 누구나 한 번쯤은 봄밤에 그런 분위기에 휩싸인다고 전제하고 '봄밤의 감상적(애상적)인 정취'를 표현하고 있다는 해석이 지속

22) 위와 같은 곳.
23) 위의 글, 80쪽.

적으로 수용되어 온 것이다.

이희승은 시조를 관조의 문학이라고 보았기에 작가가 마주한 현실 상황이 인간이면 누구나 경험할 수 있는 것이라는 생각했다. 하지만 사물을 관조할 나이에 있지 않은 학생이나 작가와 전혀 다른 사회적 생활환경 속에서 성장한 독서 대중이 '봄밤의 애상적인 정취'가 무엇인지 이해하기란 쉽지 않다. "벼슬을 그만두고 故鄕(고향)에 물러나 님(君主)을 그리는 心情(심정)을 읊은 것"[24]이라는 박성의의 해석과 "時調史上(시조사상) 愛情(애정)을 읊은 最初(최초)의 것"[25]이라는 진동혁의 해석은, 비록 인상 비평의 수준에 머무르고 있지만, 이희승의 논의를 대체로 수용하는 방향에서 애상적인 정서의 핵심을 특정함으로써 작가의 의도를 좀 더 선명하게 드러내고자 한 것이라 할 수 있다. 애상적인 정서의 핵심을 박성의는 '충정(忠情)'이라고 특정한 데 비해 진동혁은 '애정(愛情)'이라고 특정한 차이가 있음은 물론이다.[26]

두 새로운 해석이 어떤 정보에 기대고 있는지는 확인하기 어렵다. 다만 진동혁의 해석은 '春心(춘심)'이 남녀 간의 애정을 표현하기도 했던 관습을 적극 고려했던 것이 아닌가 싶다. 시가에서 자규는 사랑하는 사람을 만나지 못해 애타는 심정을 지닌 화자가 자기 감정을 이입하는 대상으로도 수용되었던 것이 사실이다. 특히 『청구영언』(연민본, #48)의 다음과 같은 텍스트는 얼핏 <다정가>도 그렇게 수용되기도 했음을 보여주는 듯하다.

梨花에 月白ᄒᆞ고 河漢이 三更인 제

24) 朴晟義,「韓國詩歌文學史 中」,『韓國文化史大系』 Ⅳ(高大民族文化硏究所, 1992(1965)), 847쪽.
25) 秦東赫,『古時調文學論』(增補版)(螢雪出版社, 1988(1976)), 124쪽.
26) 시조 작품에서 충정과 애정은 유비적인 관계를 이루기도 한다. 하지만 이 두 해석이 그런 관계를 염두에 둔 것인지는 알 수 없다.

一片春心을 子規야 알냐마는
相思도 病인 양 ᄒᆞ야 잠 못 일워 ᄒᆞ노라

이 작품은 <다정가>의 이본으로 취급되고 있다.[27] '일지춘심'의 '一枝(일지)'가 '一片(일편)'과 동일한 의미를 갖는 맥락은 역사적으로 존재했다.[28] 그런 만큼 둘 사이의 의미 차이는 무시해도 좋다. 하지만 '다정'과 '상사' 사이의 의미론적 간격은 매우 크다. 다정과 달리 상사는 일반적인 경험에 비추어 볼 때 심화하면 병이 될 수 있는 것이다. 따라서 "多情(다정)도 病(병)인 양"과 "相思(상사)도 病(병)인 양"이란 표현 사이 의미론적 간격도 매우 크다고 할 수 있다. 전자가 모순어법(oxymoron)이라면 후자는 상사의 마음이 매우 깊음을 강조한 말일 뿐이다. 그런 점에서 이 텍스트는 <다정가>와 이본 관계에 있다기보다는 패러디를 통해 재창작된 것이라 할 수 있다.[29] 물론 이 텍스트를 대상으로 삼는다면 진동혁의 해석은 타당성을 지닌다고 볼 수 있다.[30] 진동혁의 해석이 김대행에 의해 그대로 인용되기도 한 사실[31]은 이 텍스트가 <다정가>와 오버랩하기도 하며 수용되었음을 시사한다.

그리고 최근 한 설문에서 응답 대학생 모두가 <다정가>에 대해 "봄날의 계절적 배경 속에서 임에 대한 그리움을 노래한 작품으로 감

27) 수록 가집은 작가를 밝힌 가집이지만 이 작품에 대해서는 작자를 미상으로 처리하고 있다.

28) 이에 대해서는 각주 51)을 참조할 것.

29) 金光淳, 「李兆年의 時調에 對하여」, 趙奎卨 · 朴喆熙 편, 『時調論』(一潮閣, 1978), 181쪽에서는 '오기(誤記)'로 처리했다.

30) 『靑丘永言』(진본, #365)에서 무명씨의 작품으로 분류하고 작품의 주제를 '閨情'으로 분류한 점도 일정하게 고려되었을 듯하다. 하지만 이러한 분류는 이조년을 작가로 보는 한 받아들이기 어려운 것이다.

31) "시조사상 애정을 읊은 최초의 것", 김대행 역주, 『시조』 Ⅰ(고대민족문화연구소, 1993), 34쪽.

상하는 공통된 모습을 보"[32]였다는 조사 결과가 보고된 바 있는데, 이는 최근 중등 이하 교육과정을 이수하는 학생 사이에 박성의와 진동혁의 해석이 널리 수용되어 왔음을 방증하는 것으로 볼 수 있다.

그런데 이희승이 분석한 애상적인 정서에는 충정이나 애정이 자리할 수 없음이 분명하다. 시조가 관조의 문학이면 한 인간이 사회 속에서 가지는 욕심은 작가의 마음에서 배제된 상태여야 하기 때문이다. 두 해석이 이희승의 해석을 일정하게 수용하였다면, 그 수용은 오독 때문에 가능했다고 할 수 있다. 그런데도 교육 현장이나 대중 속에서 애상적인 정서의 핵심이 충정 혹은 애정이라는 해석이 상당한 권위를 누리고 있는 것이다. 오늘날의 학생이나 일반 대중의 입장에서 봄날 밤에 애상적인 분위기에 젖어 드는 이유를 달리 생각해 볼 수 없다는 것이 이러한 수용을 확산한 것이 아닌가 싶다.

대중적 수용과는 전혀 다른 방향에서 학계에서는 역사적 맥락을 고려한 해석이 거듭 새로이 시도되었다. 우선, 김광순[33]은 <다정가>의 창작 시기와 동기에 대해 다음과 같이 추정한다.

> 이 時調(시조)의 創作動機(창작동기)는 荒淫無道(황음무도)한 忠惠王(충혜왕)에 대한 至極(지극)한 忠誠心(충성심)을 지닌 李兆年(이조년)의 心象(심상)에서 이루어졌다고 할 수 있고, 創作時期(창작시기)는 李兆年(이조년)이 政堂文學(정당문학)으로 있다가 致仕還鄕(치사환향)한 忠惠王(충혜왕) 復位(복위) 2年(년)(1341 A.D.) 12月(월)부터 李兆年(이조년)이 故鄕(고향)에서 忠惠王(충혜왕)을 걱정하고 안타까워하다가 세상을 떠난 1343年(년) 5月(월)(忠惠王(충혜왕) 復位(복위) 4年(년)) 사

32) 최홍원, 「해석과 수용의 거리와 접점: 이조년의 시조를 대상으로」, 『개신어문연구』 35(개신어문학회, 2012), 154쪽.

33) 金光淳, 「李兆年의 時調에 對하여」, 趙奎卨 · 朴喆熙 편, 『時調論』(一潮閣, 1978), 179~202쪽.

이라고 類推(유추)할 수 있다.[34]

『고려사』 등의 기록을 활용하여 조윤제가 추정한 창작 시기를 구체적으로 적시하고, 『청구영언』(홍재휴소장본)에 밝혀 놓은 작가와 작품 정보 곧 "성산부원군. 직간하고 치사하였다. 이것을 지어서 뜻을 붙였다.[35]"라는 기록을 적극 해석하여 박성의가 해석한 창작 의도를 부연한 것이라 할 수 있다.

김광순은 특히 "이것을 지어서 뜻을 붙였다."라는 말을 알레고리로 표현했다는 말로 풀어서 이희승이 분석한 시적 상황을 구체적인 현실 상황과 대응 관계에 놓고 다음과 같이 작품을 해석한다.

> '梨花(이화)에 月白(월백)'을 作家自身(작가자신)의 淸楚(청초)하고 潔白(결백)한 愁態(수태)의 모습이라 보았고, '銀漢(은한)이 三更(삼경)인지'를 奸臣輩(간신배)들이 날뛰던 忠惠王(충혜왕) 당시의 宮中(궁중)으로, '一枝春心(일지춘심)'을 忠惠王(충혜왕)에 대한 李兆年(이조년)의 一片丹心(일편단심)의 忠誠(충성)으로, '子規(자규)'를 임금으로 보아서, 李兆年(이조년)의 지극한 忠誠(충성)을 無道(무도)한 忠惠王(충혜왕)이야 어찌 알 수 있을까만으로 해석하고, 終章(종장)에 와서는 그렇지만 忠惠王(충혜왕)에 대한 지나친 忠(충)이 病(병)이 되어 잠못 이루고 輾轉(전전)하는 作者(작자) 자신의 哀怨悽絶(애원처절)한 心象(심상)을 그린 것[36]

김광순은 언어 텍스트 분석 과정을 비롯한 많은 부분에서 이희승의 논의 내용을 수용하고 있다. 달빛을 받아 더욱 밝고 희게 보이는 '이

34) 위의 논문, 195~196쪽.
35) "星山府院君. 直諫, 致仕. 作此寓意."
36) 金光淳, 앞의 논문, 201쪽.

화'에서 청상과부(靑孀寡婦)의 흐느낌을 떠올리기도 하는데,[37] 이는 배꽃이 수태(愁態)의 심상을 불러일으킨다는 설명을 부연한 것인 동시에 애처로움이 몽롱한 달빛 때문에 배가된다고 한 설명에서 한 걸음 더 나간 것이다. 해석의 다양성의 폭이 크기 때문에 <다정가>가 문학적 묘미가 있고 예술적 가치가 있다는 견해[38]는 이희승의 견해를 그대로 수용한 것이다. 이는 김광순 또한 자기 해석에 확신을 가지고 있지 못했음을 반증하는 것이기도 함은 물론이다. 언어 텍스트 분석에서 도달한 최종적 판단이 이희승처럼 "曖昧模糊(애매모호)"[39]하다고 한 데서 그 점을 분명하게 확인할 수 있다. 김광순 또한 그 애매모호함을 해소하고자 새로운 해석을 시도한 것이다. 말하자면 구체적이고 역사적인 현실 상황을 창작 상황으로 추정하면서도 그 상황이 보편 상황일 수 있다고 보지 않는 데서 김광순은 이희승과 다른 방향으로 나아간 것이다.

하지만 이희승의 텍스트 분석 결과를 수용한 만큼 김광순의 해석 역시 이희승과 동일한 문제점을 내포하고 있다고 할 수 있다. 그뿐 아니라 김광순의 해석 과정에는 추가적인 문제점도 아울러 드러나 있다. 첫째, 자규를 충혜왕이라는 군주의 비유로 보는 근거가 박약하다는 점이다. 자규가 불귀객이 된 望帝 곧 두우의 화신으로 수용되었기에 불귀객이 될 수도 있는 상황에 있는 군주, 그래서 왕위에 복귀하고 싶지만 그렇지 못한 상황에 처한 군주를 자규에 비유하기도 하는 것은 충분히 가능하다[40]. 하지만 현재 국왕 자리에 있는 군주를 자규에 비유

37) 위의 논문, 197쪽.
38) 위의 논문, 200쪽.
39) 이 말은 이희승과 김광순이 모두 사용한 것이다. 이희승, 앞의 글, 81쪽; 김광순, 위의 논문, 200쪽.
40) 단종(端宗, 1441~1457)은 폐위된 이후 자신을 두우에 비견하여 시를 지었으며, 김시습(金時習, 1435~1493)과 김일손(金馹孫, 1464~1498)은 단종을 자규에 비유하여 <자규사(子規詞)>를 지은 적이 있다.

하는 사례는 발견되지 않는다. 그것은 군주의 비유로서의 자규의 영역이 제한되어 있었음을 말해 준다. 그러고 보면 김광순은 자규를 망제의 화신으로 수용한 사례와 후자와 같이 불귀객이 될 수도 있는 군주를 비유한 사례를 가지고 자규가 "荒淫無道(황음무도)의 極(극)에 이르러 理性(이성)을 잃고 있는 忠惠王(충혜왕)"의 상징이라는 근거로 삼은 것이다.[41] 활용 자료의 맥락을 잘못 파악한 것이다. 더욱이 이러한 해석은 인용한 부분에서 "哀怨悽絶(애원처절)해 하는" 주체를 작가(=화자)로 보는 것과도 모순된다.

둘째, 언어 관습을 고려하여 은한을 군주가 머무르는 궁중을 비유한 것으로 보면 달은 군주의 상징으로 보는 것이 적합할 터인데 달 혹은 달빛에 대한 해석은 이희승의 견해를 수용하고 있다는 점이다. 은한을 궁중의 비유로 보는 근거가 박약함도 물론이다. 달빛이 밝으면 은하는 잘 관측되지 않는다. 따라서 은하는 달의 대척점에 자리할 때 비로소 그 존재가 감각된다. 그런 점에서 해당 텍스트에서 은하를 군주가 거처하는 궁중의 비유로 보는 것도 수긍하기 어려운 면이 있다. 달과 은하는 모두 하늘 세계를 구성하고 있는 만큼, 그 세계가 인간 사회와 상동 관계(homology)를 이룬다면 은하만이 인간 사회의 구성 요소와 대응 관계를 이룬다고 보는 것은 적절하지 않다. 측천무후(則天武后)가 집권하자 송지문(宋之問, 656~712)은 관직에 오르는 것을 마치 은하수를 건너는 것에 비유하여 입신 욕망을 표현했다. 바라볼 수 있어도 가까

41) 金光淳, 앞의 논문, 198~200쪽. 당나라 현종(玄宗)은 안록산(安祿山)의 난으로 파촉(巴蜀)으로 파천했고, 송나라 고종(高宗)은 금나라에 패망하면서 천하를 전전하다가 황자(皇子)를 새 국왕으로 옹립하는 정치 세력에 의해 포위를 당하였다. 당나라 두보(杜甫)는 <두견행(杜鵑行)>을 지어 전자와 같은 상황에 처한 현종을 두견에 비유하였고, 송나라 장준(張浚)은 <두견행>을 지어 후자와 같은 상황에 처한 고종(즉위 이전)을 두견에 비유하였다. 국왕 자리에서 쫓겨나거나 국왕 자리에 오르고 싶지만 오르지 못하는 상황에 있는 인물을 두견에 비유한 것이다.

이할 수 없어 선사(仙槎)라도 타고 은하수를 건너고 싶다고 했다.[42] 은하수를 가운데 두고 헤어져 있던 견우와 직녀가 오작교를 통해 만났다는 고사를 떠올린 것이다. 은하수는 견우와 직녀 사이에 가로놓인 벽이자 서로 만나는 가교가 만들어지는 곳이다. 송지문은 그런 은하수의 관습적 의미를 차용한 것뿐이다. 따라서 은하수가 곧 궁중을 비유한다고 보는 것 또한 자료의 맥락을 잘못 파악한 것이라 할 수 있다. 물론 은하수를 바라보며 이조년도 송지문이 측천무후를 생각했던 것과 같이 충혜왕을 떠올렸다고 볼 수는 있다. 하지만 은하수 자체가 군주가 머무는 궁중의 상징이 되었던 것은 아니다. 견우직녀를 은하수를 만들어 떼어 놓은 옥황상제가 거처하는 곳은 달이므로, 달이 궁중의 상징이 될 수는 있을 것이다.

셋째, 자규를 군주에 대응시켰기 때문에 다정도 군주에 대한 충성심에 대응시키고 있는데, 이 또한 다정을 특정 대상에 대한 마음 씀씀이가 많다는 뜻으로 이해한 것이라는 점이다. 자규의 시끄러운 소리가 잠을 들지 못하게 하는 요인이 됨은 물론이다. 그런데 화자는 그 소리 때문에 잠들지 못한다고 말하고 있지 않다. 오히려 절규처럼 들리는 자규 소리는 텍스트에서 애써 감추고 있을 뿐이다. 그것은 화자가 자규에게도 마음이 다가가기 때문이다. 작품 속 화자는 자규의 소리만이 아니라 이화, 달(혹은 달빛), 은하 등 감각되는 모든 사상(事象)에 두루 마음을 주고 있으며, 그 때문에 잠을 이루지 못한다고 독백하고 있다. 따라서 다정을 군주라는 특정 대상에 대한 마음 움직임이 많다는 뜻

42) <명하편(明河篇)>의 일부를 인용하면 다음과 같다. "8월 서늘한 바람에 하늘은 맑고 / 만리에 구름이 없어 은하수가 밝도다. (……) 밝은 은하수는 바라볼 수 있어도 가까지 할 수 없으니, 선사를 얻어 한 번이라도 나루를 물어보고 싶어라. 다시 직녀가 베틀 괴던 돌을 가지고 도리어 성도의 점쟁이 찾아가노라. (八月凉風天氣淸, 萬里無雲河漢明. (……) 明河可望不可親, 愿得乘槎一問津. 更將織女支機石, 還訪成都賣卜人.)

으로만 풀이하는 것은 적절치 않다고 할 수 있다.

이처럼 김광순의 해석은 부가적인 문제점을 아울러 드러내고 있다. 그런데도 이 해석은 학계에서는 <다정가>에 대한 가능한 해석으로 받아들여진 듯한데, 조동일의 다음 서술에서 단적으로 확인할 수 있다.

> 배꽃에 달이 밝고, 은하수도 삼경이 되어 기울어졌으니 모든 것이 고요하기만 한데, 자기는 도저히 해소할 수 없는 정감 때문에 두견새와 함께 잠을 이루지 못한다고 했다. 그런데 이런 사연은 작가가 정치를 비판하다가 고향으로 밀려나서 충혜왕의 잘못을 걱정한 심정을 하소연한 것으로도 이해된다.
>
> 이 시조를 수록한 자료집 몇 군데에서 그런 암시를 한 바 있다. 작자가 고향으로 밀려난 시기는 충혜왕 복위 2년(1341) 이후이니 만년의 작품이 아닌가 하는 견해가 있다.[43)]

김광순은 조윤제가 추론한 창작 시기, 박성의가 해석한 창작 의도, 이희승이 분석한 시적 상황 등 선행 연구 결과를 종합적으로 수용하되, 시적 상황이 현실 세계와 알레고리 관계를 맺고 있다고 봄으로써 사뭇 다른 해석을 제시하였다.[44)] 조동일은 텍스트의 분석에서는 김광순에 의해 수용된 이희승의 분석과는 사뭇 다른 면모를 보여 주면서도 "충혜왕의 잘못을 걱정한 심정을 하소연"한 것이라는 김광순의 해석을 수용하고 있다. '그런 암시'는 김광순이 해석에 적극 활용했던 『청구영언』(홍재휴소장본)의 기록을 가리키고, '견해'는 김광순의 견해를 가리킨다. 따라서 조동일은 김광순의 해석을 타당한 해석이라고 수용했

43) 조동일, 『한국문학통사』 2(지식산업사, 1983), 195쪽; (1994), 205쪽.

44) 김광순은 많은 부분에서 선행 연구를 인용하면서도 인용 사실을 밝혀 놓지 않았다. 그 때문에 창작 시기, 창작 의도, 언어 텍스트 분석 등이 김광순이 처음 제시한 듯이 오해된 듯하다.

다고 할 수 있다.

김광순이 활용한 방법론은 이정탁에 의해 거듭 활용된다. 이정탁 역시 대중적 수용과는 다른 방향, 곧 역사적인 현실 맥락에서 <다정가>의 의미를 다음과 같이 해석한다.

> 暗君(암군)을 잊을래야 잊을 수 없는 哀切(처절)한 心情(심정)을 吐露(토로)한 憂國慨世(우국개세)의 諷刺時調(풍자시조)다.
>
> 中章(중장)의 '一枝春心(일지춘심)'은 임 그리는 마음이니, 그 임은 다름 아닌 作家(작가) 自身(자신)을 13년간의 流配(유배)와 隱遁生活(은둔생활)에서 起用(기용) 발탁하여 政堂文學(정당문학)·藝文館(예문관) 大提學(대제학)까지 이끌어준 忠惠王(충혜왕)을 指稱(지칭)한 것이며, '子規(자규)'는 그 임을 못잊어 우는 作者自身(작자자신)을 隱喩(은유)하여 忠諫(충간)을 外面(외면)하고 豪奢荒淫(호사황음)하고 誤國棄民(오국기민)하는 忠惠王(충혜왕)에 대한 戀主之心(연주지심)을 '多情(다정)도 病(병)'이라 하여 은근히 꼬집고 있는 것이다.[45]

이정탁은 김광순처럼 시적 상황을 현실 상황과 알레고리 관계를 이루고 있다고 보고 있다. 하지만 그 관계를 추론하는 데서는 상당한 차이를 드러낸다. '일지춘심'을 연주지심(戀主之心)에, '자규'를 화자(=작자)에 각각 대응시키고 있다. '다정도 병'이라는 표현에서 군주를 은근히 풍자하는 의도를 읽어내고 있는 점도 다르다. 그런데 이러한 해석 또한 자료의 맥락을 잘못 파악한 것이다. 우선, 이조년이 유배와 은둔생활을 청산하고 다시 관직에 나간 것이 충혜왕의 은혜라고 하였지만, 실제로는 충숙왕의 은혜였다. 그리고 이조년은 은퇴 명분으로 널리 공인된 나이(70세)를 훌쩍 넘긴 나이(73세)에 비로소 은퇴를 결심했다. 현

45) 李廷卓, 「時調史硏究 < I >」, 『安東大學論文集』 10-1(安東大學, 1988), 1~14쪽.

직에 있을 때에는 충혜왕으로부터 각별한 대우를 받았으며, 은퇴 이후에도 공신에 책봉되고 공신각에 초상이 새겨지는 등 특별한 대우를 받았다. 그뿐 아니라 자신의 은퇴 결심이 충혜왕을 진정 사랑하기 때문에 이루어지는 것임을 토로하기도 하였다. 이러한 사실은 이조년이 자신을 자규의 형상으로 등장시키고 충혜왕을 풍자의 대상으로 삼았다는 주장이 성립할 수 없음을 말해 준다.

이처럼 역사적 맥락을 고려한 해석들은 상당한 오류를 범하고 있다. 그런데 류연석은 다음과 같이 탈역사적 맥락에서 이루어진 해석은 물론 역사적 맥락에서 이루어진 해석 모두가 가능한 해석의 범위 안에 드는 것이라고 해설하고 있다.

> ⓐ 이 시조는 직설적인 표현 그대로 감상한다면, 이성異性간의 연모戀慕의 마음으로 '밤이 깊어 배꽃에 흰달이 비추니 더욱 깊은 정밀에 잠기는데, 이성을 그리는 춘심이 잔잔하게 흐르는 내 마음을 애상의 피를 토하며 우는 자규라도 알 수 없어, 잠을 못 이루고 전전하는 모습'을 볼 수 있다. 즉 봄밤의 애상적哀傷的인 정감이다.[46]

> ⓑ 이 시조의 숨은 뜻은 '일지춘심'과 '자규'라는 말이 환기시키는 상반된 정서에 있다. 즉 봄밤의 낭만적 정서와 나라의 운명에 대한 피를 말리는 근심, 이 두 가지 대립되는 정서가 이 작품의 핵심인 것이다. 초장의 분위가가 밝음과 어둠의 중간이고, 이러한 분위기에 두 가지 상반되는 정서가 제시되었다. 그러니 이런저런 생각으로 이리뒤척 저리뒤척 '다정多情도 병'인 것이다. 봄밤의 흥취를 자규는 모르리라고 한 말은 봄밤의 흥취로만 가득 채우고 싶은 소망을 말한 것이기 때문이다. 그러나 그의 마음속은 박명의 어둠처럼 두 가지

46) 류연석, 『시조와 가사의 해석』(역락, 2006), 27쪽.

정서가 서로 엇갈려서 다정이 병이 된 것이고, 그래서 잠을 이룰 수 가 없는 것이다.[47]

ⓒ 또한 이 작품은 표면적인 면보다는 그 시대적 배경과 작가의 당시 상황을 참고로 하면, 차원 높게 감상할 수 있는 여백이 있는 데서 예술적 가치가 있으리라 본다. 즉 왕의 황음방자荒淫放恣함을 걱정하며 지은 시조다. 우수에 빠져 있는 매운당 자신自身은 청초결백淸楚潔白한 배꽃의 모습에 비유比喩하였고, '은한이 삼경'은 왕을 둘러싼 간신배들이 날뛰는 궁궐宮闕을 뜻하며, 일지춘심은 고향에서 충혜왕에 대한 일편단심의 충성심忠誠心을, 자규子規는 바로 왕을 비유하였다. 즉 황음에 빠져 앞을 못보는 왕이 어찌 그 충성심을 알겠는가마는, 이것이 병이 되어 잠 못 이루고 처절해 하는 모습을 생각할 수 있다. 이 시조는 고시조중 직간신直諫臣으로서의 높은 지조와 멋진 가락이 함께 어울어진 시조라 할 수 있다.[48]

ⓐ는 이희승의 해석과 진동혁의 해석을 뒤섞어 놓은 해설로서, 교육 현장에서나 대중 사이에서 두 해석이 어떻게 혼효되어 수용되고 있는지를 단적으로 보여주는 것이기도 하다. ⓒ는 김광순의 해석을 옮겨 놓은 것이다. 그리고 ⓑ에서는 봄밤의 애상적인 정감의 핵심이 표면적으로는 연정(戀情)이지만 이면적으로는 군주에 대한 충성심(戀君之情)이라고 봄으로써 ⓐ와 ⓒ(혹은 박성의의 해석)이 모순 관계가 아니라 표리 관계에 있는 것이라고 설명하고 있다. 이희승, 진동혁, 박성의, 김광순의 해석이 모두 가능한 해석 범위 안에 있다고 본 것이다.

그런데 ⓑ는 선행 논의에서 찾아볼 수 없던 새로운 해석이기도 하다. ⓐ와는 다른 '숨은 뜻'이라고 하고 있는 만큼 ⓒ와 대등한 해석인

47) 위와 같은 곳.
48) 위의 책, 27~28쪽.

듯하지만, ⓐ와 ⓑ를 모두 '표면적인 면'에서의 해석이라고 설명하고 있어 다소 혼란스럽다. '봄밤의 낭만적 정서'와 '나라의 운명에 대한 피를 말리는 근심'은 각각 ⓐ, ⓒ와 연관이 있다. 특히 '나라의 운명에 대한 피를 말리는 근심'과 같은 정서는 텍스트 자체에서 분석할 수 있는 것이 아니라, 박성의·김광순·이정탁의 해석을 종합적으로 참고할 때 비로소 떠올릴 수 있는 정서다. 그런 점에서 류연석은 박성의·김광순·이정탁의 해석이 이희승·진동혁의 해석과 표리관계를 이루어 있다고 봄으로써 선행 해석을 모두 수용하고, 다시 두 부류의 해석을 변용하여 통합하는 방향에서 새로운 해석을 끌어내고 있다고 할 수 있다. 결과적으로는 또 하나의 해석을 제시한 것이다.

김광순의 해석과 이정탁의 해석, 이희승의 해석과 진동혁의 해석은 양립할 수도 통합될 수도 없는 성격을 지니고 있다. 그런데도 류연석은 각각 동일 부류의 해석으로 통합하고 있다. 이러한 문제점은 <다정가>에 대한 해석이 두 방향 곧 애정 시조로 해석하는 것과 풍자 시조로 해석하는 것으로 전개되어왔다고 진단하는 최홍원[49]에서도 나타나고 있다. 모두 선행 해석을 오독한 것이라 할 수 있다.

ⓑ 또한 창작 맥락을 고려한 것이다. 하지만 텍스트 자체만을 두고 볼 때 화자는, 잠 못 이루는 상황이 스스로 선택한 것이 아님을 분명하게 밝히고 있다. 이것은 그 화자에게서 봄밤의 낭만을 즐기고자 하는 태도를 읽어낼 수 없음을 말해 준다. 잠은 마음의 평정을 가져오게 하는 활동이다. 육체적 활동은 물론 정신적 활동도 멈춤으로써 심신의 평정을 되찾게 하는 것이다. <다정가>의 화자는 자규의 절규하는 듯한 소리가 아니라면 잠을 이룰 수 있었을 것이지만, 그러지 못하고 있

49) 최홍원, 앞의 논문.

다. 잠을 이루고 싶지만 이루지 못하고 있는 것이다. 그런 화자에게서 낭만적 분위기를 즐기고자 하는 마음을 읽어낼 수는 없다. 따라서 ⓑ 또한 언어 텍스트의 내적 맥락을 잘못 파악한 해석이라 할 수 있다.

<다정가>에 대한 선행 해석에서 진동혁을 제외하면 해석 주체 모두가 창작 맥락을 고려하여 작품을 해석하는 관점에 동의하고 있다. <다정가>가 이조년의 작품이라고 한다면 그러한 관점은 존중되어야 한다. 하지만 역사적 맥락을 고려하여 텍스트의 맥락을 파악하며 이루어진 해석은 인상 비평적이거나 원전을 오독하고 원전 분석에 활용한 자료의 맥락을 오독함으로써 정합성과 적합성이 결여되어 있다. 그런 까닭에 그 해석은 중등 교육과정에 적극 수용되지 않았고, 그에 따라 대중에게도 널리 수용되지 않았던 것으로 판단된다. 진동혁의 해석 또한 그러한 문제점을 지니고 있음은 물론이다. 그런데도 <다정가>에서 봄밤의 애상적인 정서, 애정, 충정 등을 화자의 정서로 추론하는 데 대중이 널리 공감해 온 일차적인 이유는 이희승의 해석이 중등 이하 교육과정에 일찍부터 수용되어 오랫동안 수용되어 권위를 인정받게 된 데서 찾을 수 있다. 물론 이 해석 또한 교사나 학생 대중이 수용하기에 모호한 면을 지니고 있다. 그 때문에 <다정가>만이 교과서에 수록되면서부터 봄밤에 느끼는 애상적인 정서의 핵심을 애정 또는 충정이라고 보는 해석이 이희승의 분석과 해석을 보완하는 해석으로 널리 수용된 것으로 보인다. 교육과정 속에서 언어 텍스트의 분석적 이해에 근거한 수용 주체의 자발적인 해석의 길은 예나 지금이나 닫혀 있다. 한 번 수용된 이론적 지식이 가지는 권위는 쉽사리 부정될 수 없는 형국이다. 하지만 이상의 논의는 <다정가>의 해석 가운데 교육과정에서 수용된 것이나 그렇지 못한 것이나 정합성과 적합성을 두루 갖춘 것이 없음을 분명하게 드러내고 있다. 대중적 수용 여하와 무관하게

<다정가>는 해석에 기초가 되는 언어 텍스트 분석에서부터 해결해야 할 과제를 안고 있는 것이다.

3. 창작 맥락 추론과 함의 해석

3.1. 시적 상황과 모순어법

이화, 은한, 자규 등이 실제 창작 상황에서 작가가 경험한 대상들이라면 <다정가>는 기본적으로 흥(興)의 방법으로 창작된 작품이다. 정서를 불러일으키는 현실 상황을 제시하고 그 상황에서 유발된 정서를 표현하고 있기 때문이다. 이러한 창작 방법에서 작가가 자신이 체험한 현실 상황을 시적 상황으로 재구성할 때는 현실 상황을 구성하는 핵심 요소들을 전경화(前景化, foregrounding)하게 된다. 이렇게 경험적 현실 상황을 시적 상황으로 재구성하기 때문에 언어 텍스트의 내적 맥락을 파악하여 시적 상황을 분석하는 작업은 화자의 지배적인 정서를 추론하는 데 관건이 된다. 그러면 <다정가>의 시적 상황은 어떻게 분석되어야 하는가?

우선, "梨花(이화)에 月白(월백)ᄒᆞ고 銀漢(은한)이 三更(삼경)인 제"는 시적 상황을 구성하는 요소들을 제시한 동시에 시간 배경을 나타내고 있다. 배꽃이 달빛을 받아 한층 더 밝고 희게 피어 있는 춘야경(春夜景)이다. 경험적 현실 상황으로서의 춘야경이 시적 상황으로 형상화된 춘야경과 같지 않음은 물론이다. 후자는 전자를 전경화한 것이다. 전경화는 언어와 세계가 새로운 비유 관계를 맺는 과정이기도 하다. 그 때문에 정서는 암시적으로 표현될 수도 있다.[50] 작가는 물론 독자도 시적 상황을 매개로 경험적 현실 상황을 재구성하며 수용하게 된다.

시적 상황 속에 달은 가시적인 대상으로 포함되어 있지 않다. 경험적 현실 상황에서도 달은 은하수와 동일 시계에 공존할 수 없다. 그리고 이 작품 속의 춘야경은 맑은 날이 아니면 경험할 수 없는 것이다. 경험적 현실 상황에 비추어 볼 때 시적 상황에서의 일기는 매우 맑다고 할 수 있다. 자규 또한 작품 속의 춘야경을 이루는 구성 요소다. 자규는 배꽃이 피는 시기에 처절하게 울어대는 새다. 작가는 그 울음 때문에 잠을 이루지 못하였을 수도 있지만 그렇게 표현하지 않고 있다. '춘심'은 춘야경이 불러일으키는 정서를 말하는데, 그 정서가 자규에게는 인식 대상으로 설정되어 있을 뿐이다. 하지만 화자는 또한 자기 정서를 '다정'하다고 부연함으로써 자규 또한 자기 정서를 유발하는 시적 상황을 구성하는 요소로 간주하고 있다. 경험적 현실 상황에서의 자규는 한 구성 요소일 뿐이지만, 시적 상황에서는 그 존재감이 도드라져 있다. 이것은 자규가 화자에게 중요한 정서를 유발하고 있었음을 말하는 것이다.

시적 상황 속에 화자는 '일지'의 형상으로 등장하고 있다. '일지춘심'은 흔히 "한 가지에 어린 봄뜻"[51]으로 풀이되기도 한다. 봄소식이란 뜻이다. 그런데 봄소식을 달리 표현하는 일지춘 혹은 일지춘심은 매화를 가리킨다. 매화는 이른 봄에 가장 먼저 봄소식을 알리는 꽃이다. 그 때문에 일지춘이라고도 하고 일지춘심이라고 한 것이다.[52] 하지만 이 작품에서 배꽃이 봄소식을 전하는 꽃이라고 보기는 어렵다.

---

50) '뜻을 붙였다(寓意)'라는 말은 이러한 측면에서 이해되어야 한다.

51) 鄭炳昱 編著, 『時調文學事典』(新丘文化社, 1982), 269쪽.

52) 근대 대중매체는 이른 봄에 핀 매화 사진을 실으며 딴 설명 없이 '일지춘심(一枝春心)'이라는 제목만을 제시하곤 하였다. 『東亞日報』 1936년 1월 30일자, 2쪽; 1938년 3월 26일자, 8쪽, 1962년 3월 3일자, 3쪽; 『朝鮮中央日報』 1936년 3월 23일자, 2쪽.

배나무보다 생장의 북방한계선이 낮은 매화나무가 자라지 않는 지역에서는 배꽃이 봄소식을 전하는 꽃으로 인지될 수 있지만, 한반도 지역에서 특히 이조년의 거주공간을 자리한 지역에서는 매화가 흔히 볼 수 있는 나무였다. 따라서 이 작품 속에서 '일지춘심'을 배꽃과 동일하게 간주하는 것은 실제적 적합성을 갖지 못한다고 할 수 있다.

'일지춘심'에서 '일지'는 독립적인 의미를 갖는 말로서 춘심의 대상이 아니라 주체이다. '일지'가 독립적인 의미를 갖는 말로 쓰인 가장 이른 사례는 『장자(莊子)』에서 찾을 수 있다. 뱁새와 매추라기가 둥지를 트는 곳은 숲 전체가 아니라 그 속의 한 그루 나무의 한 가지에 불과하다고 한 데서 찾아진다.[53] 그리고 위진(魏晉) 남북조시대 진나라의 각선(郤詵)이 옹주자사(雍州刺史)가 되었을 때 무제(武帝)가 열어준 송별연에서 현량과(賢良科) 대책(對策)[54]에서 뽑으면 천하제일이라고 자평하면서도 자신은 "계림(桂林)의 일지(一枝), 곤산(昆山)의 편옥(片玉)"[55]에 지나지 않는다고 비유한 데서도 찾을 수 있다. 각선의 말은 듣기에 따라서는 자신의 능력을 내세우고 그에 합당치 않은 대우에 불만으로 피력한 것으로 받아들여질 수 있다. 그 자리에서 시중(侍中)이 각선의 관직을 해면(解免)하라고 주청했다고 한 것을 보면 실제로 그렇게 받아들여졌음을 알 수 있다. 『장자』 속에서 뱁새나 메추라기가 어떤 부류의 사람을 비유적으로 표현한 것인지는 알 길이 없지만, 그런 사람이 실질적으로 누릴 수 있는 영예(榮譽)로써 그 사람을 나타낸 것임은 분명

53) 『莊子翼』 卷1 「逍遙遊」 第1: 鷦鷯巢於深林, 不過一枝.

54) 국가 사회의 현안을 해결하는 방책. 그것을 논리적으로 서술한 글. 과목(科目)으로 활용되기도 하였다.

55) 『晉書』 卷52 列傳 第22 郤詵: 累遷雍州刺史. 武帝于東堂會送, 問詵曰 "卿自以爲何如?" 詵對曰 "臣擧賢良對策, 爲天下第一, 猶桂林之一枝, 昆山之片玉." 侍中奏免詵官, 帝曰 "吾與之戱耳, 不足怪也."

하다. 각선의 말에서도 일지는 자신이 누리는 실질적인 영예로써 자신을 표현한 것이라 할 수 있다. 이러한 용례에서처럼 <다정가>에서도 독립적인 의미로 쓰인 것이라면, 일지는 춘심의 대상이 아니라 주체인 것이다. 자신이 누리는 실질적인 영예로써 화자 자신을 나타낸 것이라 할 수 있기 때문이다.

춘심의 앞에 붙어 그 주체를 나타내는 용례는 당나라 이상은(李商隱, 812~858)의 시 <금슬(錦瑟)>의 "망제춘심탁두견(望帝春心託杜鵑)"[56]에서 찾을 수 있다. 이 시는 이미 이희승에 의해 활용된 바 있다. 그런데 이희승은 이 용례를 시적 분위기와 화자의 정서가 애상적이라고 판단하는 근거로 삼았을 뿐이다. 물론 이 시에서 '망제춘심'은 시인 이상은의 정서와 동일시하고 있다고 볼 여지가 없지 않다. 망명객의 신세를 접고 "(차라리)돌아가는 게 낫겠다(不如歸)"라고 거듭 외쳤지만 끝내 고국으로 돌아가지 못한 두우의 심정에 시인의 심정이 포개졌을 수 있기 때문이다. 하지만 이러한 이해는 실제 창작 맥락과는 거리가 있다. 이상은은 50개의 현(弦)과 안족(雁足)을 가진 '금슬(錦瑟)' 악기를 제재로 하여 젊은 나날들을 회상하며 자기 소회를 풀어냈을 뿐이기 때문이다. 더욱이 <다정가>에서 화자는 두견과 일정한 정서적 거리를 두고 있다. 또 '일지춘심'은 자규의 인식 대상으로 설정되어 있다. 이는 일지춘심이 화자 자신의 정서임을 분명하게 드러내는 것이라 할 수 있다.

물론 일지는 꽃이 핀 배나무 한 가지를 가리키고 바로 자규가 앉아 있는 곳이라는 추측 또한 가능하다. 하지만 그러한 가능성이 인정된다고 해서 일지가 춘심의 주체를 나타낸 말로 볼 수 없는 것은 아니다.

56) 전문은 다음과 같다. "錦瑟無端五十弦, 一弦一柱思華年. 莊生曉夢迷蝴蝶, 望帝春心託杜鵑. 滄海月明珠有淚, 藍田日暖玉生煙. 此情可待成追憶, 只是當時已惘然." 張南姬, 「李殷相의 ≪錦瑟≫詩攷」, 『中國人文科學』 4(中國人文學會, 1985), 461쪽에서 재인용. 이희승은 밑줄 친 구절만 인용한 바 있다. 李熙昇, 앞의 글, 80쪽.

자규가 화자를 찾아온 것이라 할 수 있기 때문이다. 일지는 자규가 앉아 있는 곳인 동시에 화자 자신을 가리킨다고 볼 수 있는 것이다. 춘야경에서 자규가 가졌을 법한 정서가 '망제춘심'이라면 '일지춘심'은 화자의 정서인 셈이다. '망제춘심'과 '일지춘심' 사이의 거리를 알기에 화자는 "一枝春心(일지춘심)을 子規(자규)야 알랴마는"이라고 표현한 것이다.

자규는 시끄럽게 우는 새다. 그 때문에 그 울음소리는 처절하게 들리기도 하였고, 촉나라 망제의 화신이라는 의미가 부여되기도 하였다. 그런데 이 작품에서 자규는 소리를 내고 있지 않다. 소리는 독자가 상상할 수 있을 뿐이다. 이렇게 자규의 소리를 드러내지 않은 것은 자규에 대한 화자의 태도와 관련이 있어 보인다. 그 화자의 태도를 드러내는 말이 바로 '다정'이다. 자규가 없으면 춘야경은 극히 고요하다. 자규는 그 습성으로 보면 고요를 깨뜨리는 소리를 지속적으로 내게 마련이다. 그런데도 화자는 춘야경만이 아니라 자규에게도 마음이 다가간다. 그 태도는 비판적, 배타적이라기보다는 관용적, 포용적이다. 배꽃과 달빛과 은하수 등을 향해 나아가는 마음이나 자규를 향해 나아가는 마음이나 다르지 않은 것이다. 그렇게 서로 이질적인 대상 모두에 마음이 움직이기 때문에 화자는 스스로 '다정'하다고 한 것이고, 그 마음 움직임이 지속하기 때문에 잠을 이루지 못한다고 토로하고 있는 것이다.

잠을 이루지 못하는 것은 마음의 평정을 이루지 못하고 있다는 말이다. 병이 들면 마음의 평정이 깨져서 잠을 이루지 못하는 법이다. 잠은 마음의 평정을 되찾는 기능을 하지만 깨어짐이 너무 커서 잠을 이루지 못하는 것이다. 화자는 자신의 정서적 상황이 마치 병이 들어 잠을 이루지 못하는 상황에 견주고 있다. 그런데 다정은 평정 상태의 마음인데 평정이 깨어진 상태와 같다는 것이다. 잠 못 이루는 것은 무언가에 연연하기 때문인데 다정은 그 어디에도 연연하지는 않는 마음 상태다. 결국 "多情(다정)도 病(병)인 양ᄒᆞ여 잠 못 일워 ᄒᆞ노라"라는 표현은 일종의 모순어법(oxymoron)인 것이다. <다정가>의 해석은 이 모순어법을 어떻게 풀어내느냐에 달렸다고 할 수 있다.

그런데 이 모순어법은 언어 텍스트의 내적 맥락을 통해 충분히 설명하기가 어려워 보인다. 이희승이나 김광순이 언어 텍스트 분석을 통해 시적 상황을 재구하고도 여전히 애매모호하다고 토로한 것도 바로 그 때문이다. 텍스트 자체의 맥락 속에서 우리가 확인할 수 있는 것은 '춘야경' 속에서 '망제춘심'과 대비되는 '일지춘심'을 가지면서도 '망제춘심'을 배제하지 않고 포용하려는 정서적 태도를 지닌 화자, 곧 '다정'한 화자의 형상이다. 그 화자가 왜 모순어법을 통해 잠을 이루지 못한다고 토로해야 하는지를 알아야 화자의 정서가 구체적으로 어떠했을지 추론할 수 있다. 그 추론은 시적 상황과 연관된 작가의 경험적 현실 상황을 가늠할 수 있을 때 비로소 가능해진다.

3.2. 작가의 정치적 행보와 창작 맥락

작품의 의미는 언어 텍스트에 명시되어 있는 것이 아니라 창작 맥락에서 언어 텍스트에 함축되는 것이다. 따라서 함축된 의미는 창작 맥락을 재구성할 때 비로소 핍진하게 파악된다고 할 수 있다. 그런데 <다정가>의 창작 맥락에 관해 직접적인 정보를 제공하는 자료는 전하는 것이 거의 없다. 앞서 인용한 『청구영언』(홍재휴소장본)에서와 같은 기록이 유일하다고 할 수 있다. 하지만 작가의 행적에서 '일지춘심'

과 '망제춘심'을 대비하여 생각했을 법한 현실 맥락을 찾을 수 있다면 창작 맥락을 추론할 수 있고, 따라서 작품의 함의도 새로이 해석할 수 있는 길도 찾아질 것으로 생각된다. 소략하기는 하지만 『고려사』 등에 서술된 이조년의 행적을 면밀히 분석하고 분석한 정보를 종합하는 작업을 통해 그 현실 맥락의 존재 여부를 확인해 보기로 하자.

우선, 『고려사』 등에 서술된 이조년의 행적은 다음과 같이 정리해 볼 수 있다.[57]

> ① 충렬왕을 따라 원나라에 갔을 때(1306년, 37세) 왕유소(王惟紹)·송방영(宋邦英)이 서흥후 왕전(王琠, ?~1307, 원종의 둘째 아들 시양후 왕태(王珆)의 아들)을 왕위 계승자로 만들기 위해 왕부자(충렬왕과 충선왕)를 이간질하였을 때 모든 종신들이 왕(충렬왕)을 의심하여 몸을 숨겼지만, 이조년만은 딴 마음을 갖지 않고 진퇴를 삼갔다. 이 일로 먼 곳에 귀양을 갔다가 13년 동안(?1307~1320, 38세~50세) 고향에 머물렀다. 그런데도 자신에게 죄가 없음을 호소하지 않았다.
>
> ② 충숙왕이 원나라에 억류[58]된 지 5년 되는 해(1325년, 56세)에 심왕(瀋王) 왕고(王暠, ?~1345, 강양공 왕자(王滋)(충렬왕의 첫째 아들, 정안궁주와의 사이에서 태어남)의 둘째 아들)가 고려 국왕의 자리를 차지하려고 하였을 때 많은 신하들이 변심하였지만 이조년만은 원나라 중서성에 가서 충숙왕의 올곧음을 호소했다.
>
> ③ 충숙왕의 복위(1332년, 63세)로 원나라에 가서 황제를 숙위하던 충혜왕이 바얀(伯顔, ?~1340)과 정적(政敵) 관계에 있던 엘테무르(燕帖木兒, 1285~1233)의 자제들, 회골소년(回鶻少年)들과 어울리며 숙

57) 『高麗史』 卷32 世家32 忠烈王5 32年(1306); 世家35 忠肅王2 14年(1327) 2月; 世家36 忠惠王 後1年(1340); 後2年(1341); 後3年(1342); 後4年(1343); 卷109 列傳22 李兆年; 列傳23 韓宗愈; 卷131 列傳44 叛逆5 曹頔.

58) 충숙왕은 8년(1321) 4월부터 12년(1325) 5월까지 5년 동안 원나라에 억류되었다.

위를 게을리한 일로 바얀으로부터 푸대접을 받을 때 이조년만이 나서서 충혜왕에게 폐행을 부추기는 측근을 물리치고 학식을 갖춘 유생(儒生)을 가까이하도록 간언했다.

④ 충혜왕이 복위하자마자 조적(曹頔)의 난(1339년, 71세)으로 인해 원나라에 소환되었는데(1339년 11월)[59] 이때 이조년은 바얀에게 왕의 무고함을 호소하려는 계획을 이제현과 함께 추진하였다. 마침 승상 바얀이 죽어(1340년 2월)[60] 그 계획이 실행에 옮겨지지는 않았지만, 그 일로 인해 충혜왕은 왕위를 되찾고(1339년 3월)[61] 환국한 이후에 이조년을 정당문학 예문대제학에 임명하고 성산군에 봉하였다(1340년 4월, 72세).

⑤ 충혜왕이 여전히 악소배들과 어울려 사냥을 일삼고 갖가지 악행을 저지르자 그때마다 나아가 극간(極諫)하였다. 하지만 간언을 하면 할수록 충혜왕의 폐행이 더해지자 왕을 사랑하는 마음에서 은퇴를 결심하고 고향으로 돌아왔다(1341년 12월, 73세). 고향에 돌아와서는 인간사(人間事)와 결교(結交)하지 않았다. 조적의 난으로 충혜왕이 원나라에 소환되었을 때(1339년 11월) 호종했던 공을 기려 일등공신에 책봉되고 공신각에 초상이 걸렸다(1342년 6월, 74세).[62]

이러한 행적에서 우선 주목되는 점은 세 가지다. 첫째, 충혜왕만이 아니라 충렬왕-충선왕-충숙왕-충혜왕 모두에게 충심을 다했다는 점이요, 둘째, 원종의 둘째 아들인 서흥후 왕전과 충렬왕의 첫째 아들 강

59) 『新元史』 卷23 本紀 12 惠宗 至元 5年 11月.
60) 『고려사』에는 '敗'라고 했지만 『신원사』에 의하면 권력 쟁투에서 패해서 죽었다.
61) 『新元史』 卷23 本紀 12 惠宗 至元 6年 3月.
62) 공신으로 책봉되고 공신각에 초상이 내걸렸을 뿐 아니라 부모와 처자에게도 작위가 내려지고 토지와 노비도 하사받는다. 사후(1343년 5월 朔, 세가 36, 충혜왕 후 4년)라서 유배(1343년 11월에 압송되어 12월에 유배형에 처해진다. 이듬해 1월 악양현(岳陽縣)에서 죽었다.)되어 가는 충혜왕을 호종하지는 못했지만, 이조년은 충혜왕의 친동생인 공민왕이 통치하던 시기에 충혜왕의 묘정에 배향된다.

양공의 둘째 아들인 왕고로 하여금 고려 왕통을 잇게 하려는 정치 세력의 이해관계와 상충하는 행동을 하였다는 점이요, 셋째, 자기 당대에 연로(年老)가 은퇴의 명분으로 널리 인정되던 나이를 넘긴 시기에도 관직에 머무르며 폐행을 일삼는 충혜왕에게 직간하는 일을 서슴지 않았다는 점이다.

충혜왕은 종국에는 원나라에 소환되어 유배형에 처해지고 악양(岳陽)으로 유배되어 가는 도중에 죽는데(1344년 1월), 『고려사』의 '한종유(韓宗儒)' 전에 따르면 이때까지 충혜왕에 대한 충심을 잃지 않은 인물은 이조년과 한종유(1287~1354)뿐이었다. ③~⑤는 이러한 평가를 뒷받침해 주는 행적들이다. 그런데 ①과 ②는 이조년이 비단 충혜왕만이 아니라 충렬왕, 충선왕, 충숙왕에 대한 충심도 견지했음을 보여주는 행적들이다. 이는 이조년이 충렬왕-충선왕-충숙왕-충혜왕으로 계승되는 고려 왕통을 정당한 것으로 받아들였던 인물이었음을 말하는 것이다. 물론 ①에서와 같이 서흥후 왕전(王琠)의 고려 왕위 계승을 꾀했던 세력이 처벌을 받을 때 함께 유배되기도 하였지만, 그 일은 이조년이 그들과 공조했음을 말하는 것이 아님이 분명하다. 애매하게 죄에 걸려들었어도 구구하게 변명하지 않았음과 함께 처벌된 정치 세력에 대해서 극단적인 대결 의도를 갖고 있지 않았음을 말하는 것뿐이다. 따라서 ①~⑤는 이조년이 고려 왕통을 둘러싸고 서로 다른 이해관계를 가진 정치 세력 간의 갈등이 지속하던 시기에 어느 정치 세력에도 속하지 않은 인물인 동시에 '현재' 자신이 모시고 있는 왕을 변호하거나 왕이 스스로 바른 정치를 하도록 간언하였을 뿐, 특정 정치 세력에 대해서는 자신의 정치적 입장(stance)을 드러내지 않았던 인물이었음을 보여준다고 할 수 있다.

이러한 면모는 정계에 입문할 때부터 은퇴할 때까지 정치 세력 간의 역학 구도 속에서 일관되게 견지되었다. 이는 작품 속 화자가 토로한 바와 같이 이조년이 실제로도 '다정'한 인물이었음을 말하는 것이다. 정치적 행보가 사심이나 이해관계에 따르지 않았고 따라서 어떤 정치 세력과도 정적 관계에 있지 않았던 것이다. 그런데 그의 정치적 행보는 충렬왕-충선왕-충숙왕-충혜왕으로 이어지는 고려 왕통에 대해 부정적인 입장을 가진 세력과 대립적인 성격을 띠고 있었음이 분명하다. 그 세력은 초기에는 서흥후 왕전을 고려 왕세자로 책봉하는 일을 추진하였다. 이때 충렬왕 또한 그 일에 동조했다고 하는 사실은 매우 흥미롭다. 시양후 왕태(王珆)는 충렬왕의 이복동생이며 어머니는 신안공(新安公) 왕전(王佺)의 딸, 곧 경창궁주(慶昌宮主)이다. 경창궁주는, 충렬왕이 권신(崔瑀, ?~1249)의 외손이어서 왕위를 계승할 수 없다고 주장한 적이 있으며, 충렬왕 3년에는 왕을 무고한 죄로 폐서인(廢庶人)이 되었다. 이러한 점은 정국 자체가 이조년이 자신의 입장을 분명히 표명하기 어려운 형국이었음을 말해 주고 있다.

왕태(王珆)의 아들 왕전(王琠)이 고려 국왕의 자리를 계승할 때 고려 왕실은 무신 집권기 권신의 혈통, 몽골의 혈통과는 무관한 혈통을 유지하게 된다. 그런 점에서 충렬왕은 전자와의 단절은 아니지만, 후자와의 단절에는 동조했다고 볼 여지가 있다. 이 세력의 정치적 행보가 이후 '입성책동(立省策動)'과 관련되면서 반(反) 고려적인 부원세력(附元勢力)으로 평가되기도 하지만, 그러한 평가는 실상과 거리가 있어 보인다. 주지하다시피 입성책동은 충선왕 후 1년(1309), 충숙왕 10년(1323), 충혜왕 즉위년(1330), 충혜왕 후 4년(1343) 등 네 차례에 걸쳐 가시화되는데, 네 차례 모두 충렬왕의 첫째 아들 강양공 왕자(王滋)의 첫째 아들 왕고(王暠)를 지지하는 세력이 주도하거나 동조했다. 서흥후 왕전(王琠)을 고려 국왕으로 옹립하는 계획은 실패하고 그에 따라 왕전(王琠)이

처형되고 상당수가 처벌을 받음으로써 이 세력의 정치적 입지는 현저하게 좁아 들었지만, 충선왕이 고려 국왕 자리와 함께 갖고 있던 심왕 자리를 왕고(王暠)가 계승함으로써 충선왕-충숙왕을 지지하던 세력과 지속적으로 대결할 수 있는 기반은 확보하게 된다. 입성은 심왕의 고려 지배력을 확대하는 방편이 될 수 있는 만큼, 원나라 황실의 혈통을 계승한 인물로써 고려 왕통을 이어가는 것을 차단할 수 있는 방편도 될 수가 있다. 그런 점에서 이 세력의 정치적 행보를 부정적으로만 평가할 수는 없을 듯하다. 부정적 평가는 역사 서술이 충렬왕-충선왕-충숙왕-충혜왕으로 이어지는 고려 왕통을 지지하는 정치 세력에 의해 이루어진 것과 무관하지 않아 보이는 것이다.

서흥후 왕전이나 심왕 왕고를 고려 국왕으로 옹립하려는 정치 세력의 입장에서 볼 때 그런 인물이 고려 국왕이 되는 것은 고국(故國)의 왕 자리를 되찾는 일이 된다. 물론 이조년이 죽을 때까지도 이 정치 세력의 꿈이 이루어지지 않았고 그 이후도 마찬가지였다. 그렇다면 ①~⑤의 행적이 이루어지는 기간 동안 이 정치 세력이 고려왕으로 옹립하려던 인물은 관습적 의미를 갖고 있는 '자규'의 형상에 비견되기에 적합하다. 고국으로 돌아가서 왕위를 되찾고 싶지만 돌아가지 못하는 불귀객의 신세였음이 분명하기 때문이다. 자규에서 서흥후 왕전이나 왕고 같은 인물을 연상할 수도 있는 것이다.

이조년은 비록 충렬왕-충선왕-충숙왕-충혜왕으로 이어지는 고려 왕통을 당연한 것으로 받아들이기는 했어도 그 왕통을 지지하는 정치 세력과는 한 무리를 짓지 않았다. 정치적 대결 구도 속에서 어느 쪽에도 가담하지 않았던 것이다. 이러한 정치적 행보는 두 대립적인 정치 세력으로부터 모두 해명이 필요한 부분이기도 하다. 노래는 타자와 소통하는 수단이다. 따라서 <다정가>는 그와 같은 사회적 소통에 대한 요구를 더는 외면할 수 없는 시기에 창작되었으리라 짐작해 볼 수 있을 것이다.

이조년이 이러한 사회적 소통에 대한 암묵적 요구를 강하게 느꼈을 법한 시기는 ①과 ⑤의 행적이 이루어진 두 시기로 좁혀 볼 수 있다. 우선, ①의 행적 중에 13년 동안 고향에 머무른 시기에 <다정가>에서 분석되는 시적 상황에 대응하는 현실 상황을 마주했다면 자규는 서흥후 왕전을 떠올리게 했을 수 있다. 그런데 이때 이조년은 충선왕을 지지하는 세력과 같은 정치적 입장을 갖고 있음을 드러내지 않았다. 왕전을 옹립하려는 세력과 함께 처벌되었기 때문에 그 정치 세력으로부터도 비난받을 상황에 처해 있지 않았다. 이 시기에 사회적 소통이 필요하다고 느꼈다면 그것은 오롯이 자기의 무죄함을 드러낼 필요 때문이었을 것이다. 그런데 이조년은 먼 지역에 유배된 이후 13년 동안 고향에 머물면서 자신에게 씌워진 죄의 부당함에 대해 한마디도 언급하지 않았다고 한다.[63] 이는 노래를 통한 사회적 소통도 시도하지 않았다는 말로 해석할 수 있다. 따라서 ①의 행적이 이루어진 시기는 <다정가>의 창작 시기로 추정할 수 없을 것이다.

그에 비해 ⑤의 행적이 이루어진 시기는 사뭇 다른 면이 있다. ①~⑤에 나타난 이조년의 정치적 행보는 현재 국왕 자리에 있는 군주를 충심으로 섬겼다는 점에서 일관성을 보이고 있다. 그 일관성이 정치적 이해관계와 무관했음은 충혜왕의 폐행을 거듭 간언한 데서 분명하게 알 수 있다. 충렬왕-충선왕-충숙왕-충혜왕으로 이어지는 고려 왕통을 정당하게 여기고 지지했던 정치 세력은 나서서 충혜왕의 폐행을 막지 못했다. 그것은 무엇보다 충혜왕이 위기 국면에 처해 있을 때 이조년

63) 『高麗史』 卷109 列傳 卷第22 李兆年: 例遠竄歸, 而居鄕者, 十三年, 未嘗一出言, 訟其非罪.

처럼 목숨을 내걸고 충심을 보이지 않았던 것과 관련이 깊다고 보아야 한다. 충혜왕은 특히 국왕의 자리를 잃게 했을 수도 있는 조적의 난으로 장애(trauma)가 형성된 국왕이었다. 그 때문에 환국하자마자 충심으로 자신을 지지하고 변호해 주었던 이조년, 한종유 등에게 특별한 대우를 하였는데도 3년 뒤에 다시금 그때 호종한 공을 따져 대대적인 보상을 시행한다. 다시는 왕위를 뺏기지 않으려는 의지가 그만큼 강렬했던 것이다. 그런데도 충렬왕-충선왕-충숙왕-충혜왕으로 이어지는 고려 왕통을 정당하게 여기고 지지했던 정치 세력은 충혜왕의 폐행을 근심 어린 눈으로 지켜볼 뿐 이조년처럼 나서서 간언하지 않았다. 트라우마가 형성되게 한 사건이 진행되는 과정에서 이조년처럼 목숨 걸고 충혜왕을 비호했다면 사정은 달랐을지도 모른다. 그렇지 않았기 때문에 그들의 직간은 자칫 죽음으로 이어질 수 있었다.

충혜왕의 폐행은 충렬왕-충선왕-충숙왕-충혜왕으로 이어지는 고려 왕통을 부당하게 여기는 정치 세력에게는 정략적 활용의 빌미가 되기에 충분했다. 그 왕통을 정당하게 여기고 지지했던 정치 세력에까지도 심각한 걱정거리였을 만큼 문제적이었던 것이다. 그리고 충혜왕의 폐행은 이조년의 은퇴 이후에 한층 더 심해졌다.[64] 그나마 간언할 수 있었던 이조년마저 사라짐으로써 충혜왕의 폐행은 걷잡을 수 없는 국면으로 치닫게 된 것이다. 인용한 행적들을 고려할 때 점점 더 심해 가는 충혜왕의 폐행은 은퇴해 있던 이조년에게 잊으려야 잊을 수 없는 걱정거리였으리라는 짐작이 가능하다. 은퇴 무렵에 충혜왕으로 이어지는 고려 왕통을 부당하게 여기는 정치 세력의 움직임은 한층 더 빠

64) 충혜왕은 즉위할 때부터 유렵(遊獵)을 즐겼지만 『고려사』에는 이조년이 치사한 이듬해(1342) 2월 병신일의 기사에 "이날부터 유렵(遊獵)을 일삼고 출입에 법도가 없었다(自是日, 以遊獵爲事出入無度)."라고 밝히고 있다. 『高麗史』 卷36 世家36 忠惠王 後3年 2月 丙申.

르게 전개되었고 그 세력의 목소리는 점점 더 많은 힘을 얻어가고 있었다. 네 번째의 입성책동이 이조년의 몰년(1343)에 가시화되었다는 사실은 그러한 정황을 가늠하기에 충분한 근거가 된다.

정계에서 은퇴했기에 그러한 상황 속에서도 이조년은 아무 노력도 할 수 없었다. 막막하고 답답한 심정을 가졌을 법하다. 시가는 그런 심정을 풀어내는 수단이기도 하다. 특히 노래는 시보다 한층 더 많은 타자들과 소통할 수 있는 수단이다. 이런 점들을 종합적으로 고려할 때 <다정가>는 정계 은퇴 후 어느 시기에 창작되었을 가능성이 크다고 할 수 있다. "직간(直諫)한 후에 치사(致仕)하고 이것을 지어 뜻을 부쳤다."라는 기록이나, 신위(申緯, 1769~1845)의 「소악부(小樂府)」에 포함된 <자규제(子規啼)>[65]는 작가가 직면한 구체적인 현실 맥락에서 작품의 함의를 해석하고자 한 선행 해석 주체들의 시각이 실제적 적합성을 가지고 있음을 말해 주고 있다.

> 배꽃에 달이 밝은 새벽녘
> 피 토하며 우는 소리는 두견의 원한이라.
> 비로소 깨닫네, 다정이 본디 병인 것을,
> 인사에 관여치 않아도 잠 못 이루노라.
> 梨花月白五更天, 啼血聲聲怨杜鵑.
> 儘覺多情原是病, 不關人事不成眠

65) 申緯(1769~1845), 『警修堂全藁』(한국문집총간 291) 冊十七, 北禪院續藁 三, 辛卯六月. <小樂府四十首○幷序>, 子規啼 前腔. '자규제(子規啼) 후강(後腔)'은 이유(李溛, 생몰미상)의 시조 작품(子規야 우지 마라 울어도 俗節업다 / 울거든 너만 우지 날은 어이 울니는다 /아마도 네 소릐 드를 제면 가슴 알파 ᄒᆞ노라, 『병와가곡집』 #342)를 풀이한 한시(악부시)다. "寄語子規休且哭, 哭之無益到如今. 云何只管渠心事, 我淚翻敎又不禁." 신위는 두 편의 시조 작품이 서로 짝을 이룰 수 있다고 본 것이다.

신위가 해당 시조 작품이 현실 정치에서 물러난 시기에 창작되었다고 보았음은 "인사에 관여치 않아도"라는 표현에서 알 수 있다. 『고려사』는 은퇴 이후에 이조년이 "인간사와 결교하지 않았다."[66]라고 기록하고 있는 만큼, 해당 표현은 신위가 이 기록을 바탕으로 창작 상황을 추론하여 함의를 풀이하는 시를 지었음을 말해 주기 때문이다. 이 악부시는 조윤제의 문학사 서술이 이루어지기 이전에 김태준에 의해 정리되어 발표된 것이다.[67] 그런데도 조윤제가 신위와 달리 창작 맥락을 추론한 이유는 확인할 길이 없다. 신위는 "인간사와 결교하지 않았다." 라는 말을 정계에서 은퇴한 이후 현실 정치에 직접적인 간여를 하지 않았다는 말로 이해한 데 비해 조윤제는 "世事(세사)를 잊어바리고 悠悠自適(유유자적)하"는 생활을 했다는 말로 이해한 것이다. 하지만 신위의 악부시의 화자처럼 은퇴 이후 이조년은 유유자적하며 한가로이 노닐 수 있는 처지에 있지 않았다. 인간과 세계를 관조할 수 있는 노년이었지만 애상적인 분위기에 젖어 들 상황에도 있지 않았다. 한 번도 폐행 때문에 충혜왕을 비난하지도 않았는데 갑자기 충혜왕을 풍자했을 리 만무하다. 봄날을 분위기를 만끽하고 싶은 욕망과 국왕과 나라를 걱정하는 마음 사이에 갈등이 일어났다고 보기도 어렵다. 이러한 해석들은 창작 맥락을 창작 시기에 대한 정보를 바탕으로 자의적으로 추론한 결과라 할 수 있다.

이제현(李齊賢, 1287~1367)의 「소악부(小樂府)」는 우리말 노래를 그 핵심 정서를 해석하여 한시 형식으로 풀어서 새로운 한어 노래로 만드는 과정을 보여주었는데 신위는 그 전례를 모방해서 시조 작품을 대상으로 하여 「소악부」를 지었다.[68] 신위는 <다정가>를 해석하는 과

---

66) 『高麗史』 卷109 列傳22 李兆年: 還鄕不交人間事.
67) 金台俊, 앞의 책, 209쪽.

정을 거쳐서 그 해석된 의미가 좀 더 분명하게 드러날 수 있도록 시적 상황을 재구성한 것이다. 그런 점에서 <자규제>는 <다정가>에 대한 가능한 해석의 하나에 지나지 않는다고 생각할 수도 있을 것이다.

그런데 신위의 해석에 이조년에 관한 기록이 담고 있는 정보들과 상치되는 부분이 없다는 점에 주목할 필요가 있다. 물론 '삼경'을 '오경(五更)'으로 바꾸었다든가 '자규'의 울음소리를 도드라지게 했다든가 '일지춘심'과 같은 말이 빠졌다든가 하는 점을 들어 <자규제>에서 <다정가>의 시적 상황이 상당히 달라졌다는 지적[69]이 있을 수 있다. 하지만 삼경에 잠 못 이루는 상황이 오경까지 지속되었다고 보는 것은 그 상황을 강조한 것이고, 춘야경 속에서 자규의 존재감이 도드라진 것은 <다정가>에서 이미 감지되는 현상이다. 그 소리를 애써 감추고자 하였어도 시적 상황에 대응하는 현실 상황에서는 자규의 소리가 시끄럽게 지속되고 있었다고 상상할 수 있기 때문이다. 또 시적 상황에서 유발되는 정서 모두가 '일지춘심'의 정서라고 볼 수 있다. 따라서 신위는 시적 상황으로 재구성된 작가의 경험적 현실 상황을 추론하고 이를 바탕으로 작가의 정서를 추론하는 방식으로 작가의 창작 의도를 한층 더 구체적으로 드러내는 방향에서 작품을 해석하고 수용한 것 가운데 정합성과 적합성을 모두 띠고 있는 것이라 할 수 있다.[70] 그런

68) 이제현은 자신의 「소악부」를 '신사(新詞)' 곧 새로운 노랫말이라고 했고, 그 일부를 인용하고 있는 『고려사』에서는 "시로써 풀이했다(以詩解之)"라고 하였다. 이는 이제현의 「소악부」가 시의 형식으로 노래의 뜻을 풀어서 한어 노래를 만든 것임을 말해 준다. 신위가 이제현의 선례를 모방하여 「소악부」를 지었음은 주지하는 바이다.

69) 최홍원, 앞의 논문, 147～148쪽에서는 신위가 '춘심'을 제거함으로써 충심을 드러낸 작품으로만 해석될 수 있게 했다고 보았다.

70) 신위는 시끄럽게 우는 자규 소리가 작품 창작에 주요한 계기가 되었다고 본 듯하다. 원한 맺힌 듯이 피를 토하듯이 울어대는 자규 소리가 봄날 밤의 고요를 깨뜨리며 화자의 정서를 유발하는 상황을 시적 상황으로 설정하고 있기 때문이다. 그런 자규 형상에 어떤 의미가 부여했는지는 <자규제>만으로는 알기 어렵다. 하지만 그 의미가 이조년과

점에서 <자규제> 또한 <다정가>가 은퇴 이후에 창작되었다는 추론을 뒷받침해 준다고 할 수 있다.

3.3. 창작 맥락과 창작 의도

그렇다면 은퇴 이후 어느 시기에 창작되었을까? 이조년은 73세 되는 해(1341) 2월에 은퇴하여 75세 되는 해(1343) 5월에 죽었다. 고향으로 돌아온 후 세 번의 봄을 맞은 셈이다. 해당 시조 작품이 흥의 방법으로 창작되었다면 그 시기는 세 차례 봄철 배꽃이 만개하는 시기 가운데 어느 한 시기가 될 것이다. 어느 시기든 절규하는 듯이 울어대는 자규를 통해 이조년은 충혜왕으로 이어지는 고려 왕통을 부정하는 정치 세력을 떠올렸을 법하다. 세 시기가 모두 해당 시조 작품이 창작될 만한 현실 상황을 조성했을 가능성이 없지 않다는 것이다. 하지만 그 가운데서 첫 번째 봄을 맞는 시기, 곧 환향 직후 맞은 봄철일 가능성이 가장 커 보인다.

첫째 시기에 이조년은 23년 동안의 정계 생활을 마감하고 고향으로 돌아왔다. 23년 전에도 13년 동안 고향에 머물렀지만, 그때는 어떤 정치 세력이 어떻게 움직이는지에 대해 이조년도 분명하게 파악하지 못했다. 그런 상황에서 정치적 입장을 포함한 자기 속내를 드러내어 타자와 소통을 시도하는 것은 상당한 위험을 감수해야 한다. 정치 세력의 역학 구도 속에서 자기 입장을 분명하게 드러낸다면 현재 국왕을 충심으로 섬기고자 했던 이조년 자신의 소신을 이후 정계 활동에서 관철하기가 어려워질 수 있는 이치이기 때문이다. 그때와 달리 이 시

신위에게 서로 다른 것은 아니었을 것이다.

기에는 국왕을 충심으로 섬겼지만, 국왕의 폐행을 더는 막을 길이 없다는 판단에 따라 정계 생활을 마감하고 은퇴한 것이다. 따라서 오랜 정치 생활 중에 구구하게 드러내지 않았던 자신의 정치적 입장을 드러낸다손 치더라도 그와 같은 위험성을 사라졌다고 볼 수 있다.

정계 은퇴를 결심하기 이전에 이조년은 거듭해서 간언을 올렸다. 하지만 충혜왕은 이조년을 두려워하는 행태를 보이기는 했어도 폐행을 멈추지는 않았다. 이렇게 충혜왕의 폐행이 날로 더해 가는 상황에서 은퇴를 결심하고 구했다. 『고려사』는 걸퇴(乞退)의 명분이 어떻게 제시되었는지 밝혀 놓지 않았지만, 공식적으로는 연로를 우선적인 이유로 제시했을 것이다. 이미 일흔을 훌쩍 넘긴 나이였기 때문이다. 그런데 『고려사』는 이조년이 정계 은퇴를 결심할 때 자신의 심경을 다음과 같이 토로했다고 서술하고 있다.

> 탄식하여 말하기를, "왕께서 나이가 한창인 때라 욕기를 마음대로 부리시는데 나는 이미 늙었고 또한 도움을 드리지 못하니, 떠나지 않으면 반드시 화(禍)가 미칠 것이다. 또 자주 간언을 올렸는데도 받아들이지 않으시니 책임은 돌아가는 데가 있을 것이다. 지금 조년은 이미 왕의 미덕을 순성할 수 없고 왕의 악행을 더하기에 족하니, 신하가 군주를 사랑하는 길이 아니다. 떠나는 것이 차리리 낫겠다(不如去)."라고 하였다.[71]

여기서 우리는 퇴로를 결심할 시기 이조년이 무력감을 느끼며 불안감에 휩싸여 있었음을 간파할 수 있다. 충혜왕이 국왕의 자리에 오를

71) 『高麗史』 卷109 列傳 卷第22 李兆年: 嘆曰: "王年方强而肆欲, 吾旣老矣, 又無助. 不去必及於禍. 且數諫而不納, 責有所歸. 今兆年旣不能順其美適, 足以增其惡, 非臣所以愛主也, 不如去."

때부터 이조년은 '노신(老臣)'으로 일컬어졌다. 그 노신의 직간을 충혜왕은 적어도 표면상으로는 외경했다. 하지만 이 시기에 충혜왕은 노신의 간언에 진심으로 귀를 기울이지는 않았다. 그런 상황의 변화 요인을 이조년은 자신은 늙어가는데 충혜왕은 더욱 강성해진 데서 찾고 있다. 이조년이 전에 없던 무력감을 느끼고 있었던 것이다. 하지만 이조년의 국왕에 대한 충심에는 변함이 없었다. 그 때문에 미래에 어떤 일이 일어날지 모르는 데서 오는 불안감에 휩싸인 것으로 보인다. 그 불안감은 자신은 물론 국왕에게 화가 미치거나 국왕을 문책하는 일이 생길지 모르고, 따라서 충혜왕이 왕위를 빼앗기는 불행한 사태가 초래될 수 있다는 예감에서 비롯하는 것이다. 관례적으로 퇴로할 나이를 훌쩍 넘겨서도 죽음을 겁내지 않고 직간했던 노신이 연로를 명분으로 내세워 퇴직을 구했다면 타자를 설득할 수 있는 또 다른 이유가 있어야 한다. 이조년은 무력감을 느끼며 불안감에 휩싸인 자신의 심적 상황을 드러냄으로써 그 이유를 설명하고 있다. 그 무력감과 불안감도 군주를 사랑하는 마음이 없었다면 생기지 않았을 것이므로 정계 은퇴 또한 군주를 사랑하는 마음에서 결심하는 것이라고 해명하고 있는 것이다. 이러한 해명은 적어도 충혜왕으로 이어지는 고려 왕통을 정당하게 바라보고 지지하던 정치 세력에게는 호소력을 가질 수 있었을 것이다. 하지만 그 반대의 편에 서 있는 정치 세력에게까지 호소력을 가졌을지는 의문이다.

이런 의문과 관련하여 마지막 구절의 '불여거(不如去)'라는 표현이 흥미롭다. 오랜 망명객 신세를 청산하고 싶어 했던 두우가 토로했다는 '불여귀(不如歸)'라는 말과 상반되는 대응 관계를 이루기 때문이다. 촉나라 사람들이 자규를 두우의 화신으로 여긴 것은 팥배꽃의 붉은 꽃술이 자규가 토해낸 피처럼 보였기 때문만이 아니라 그 울음소리가 마치 '불여귀, 불여귀'라는 두우의 말처럼 들렸기 때문이기도 하였다. 충혜왕이 왕위를 상실하게 된다면 그렇게 하는 일을 주도할 수 있는 정치 세력은 충혜왕으로 이어지는 고려 왕통을 부정하는 정치 세력임이 명약관화했다. 그 정치 세력은 이조년의 입장에서도 가장 두렵고 경계해야 할 대상이었다. 퇴로를 결심하는 이조년에게는 이 세력에 대한 생각이 없을 수 없었을 것이다. 그런 점에서 '불여거'라는 표현은 '불여귀'라는 표현을 떠올리면서 쓴 것일 가능성이 커 보이는 것이다.

그런데 이조년은 그 정치 세력에 대해 자신의 입장을 표명한 적이 없다. 퇴로를 결심하는 순간에 심적 상황을 토로하였지만, 여기에도 그 세력에 대한 자신의 태도를 분명하게 드러내지 않았다. 국왕에 대한 충심을 죽을 때까지 잃지 않았던 인물이라면 그들에 대한 태도 또한 배타적인 성격을 띠게 표명하지는 않았을 것이다. 그것은 자칫 자신이 우려하는 상황을 더욱 심각하게 만들 수는 있어도 호전되게 만들 수는 없기 때문이다. 스스로 그 세력에 대한 자신의 태도를 표명할 요량이면 그 태도는 우호적인 것은 아니라 할지라도[72] 관용적인 성격은 띠어야 하는 것이다.

퇴로를 결심할 때 가졌던 무력감과 불안감이 퇴로 이후에 해소되었다고 보기 어렵다. 퇴로 이후 충혜왕의 폐행이 날로 더해 갔다는 것이 역사 서술에서 뚜렷하게 드러나 있다. 그가 지녔던 충심이라면 퇴로 이후에 무력감과 불안감은 한층 더 심해졌을 수 있어도 해소될 수는 없는 것이다. 은퇴 이후의 정치적 상황은 이조년으로 하여금 충혜왕으로 이어지는 고려 왕통을 부정하는 정치 세력에 대한 우려도 한층 더 심화시켰을 것이다. 따라서 앞서 분석한 시적 상황과 같이 전경화한

72) 우호적인 태도는 자칫 충혜왕으로 이어지는 고려 왕통을 지지하는 정치 세력으로부터 비난받을 수 있는 것이다.

실제 현실 상황에서라면 작가 내면에는 만감이 교차했다고 볼 수 있다. 자신의 무력감과 미래에 초래될 불행한 사태에 대한 불안감과 그러한 사태를 초래하는 데 앞장설 정치 세력에 대한 우려가 샘물 솟듯이 솟아났으리라는 것이다. 무엇보다 절규하듯 쉴 새 없이 울어대는 자규는 그 모든 감정들을 한층 더 심화시킬 수 있는 것이다. 시적 상황에서 자규가 특히 도드라져 있는 것은 그런 측면에서 충분히 이해될 수 있다. 따라서 <다정가>의 창작 시기는 이조년이 은퇴한 이후 처음 맞은, 배꽃 피는 시기였다고 볼 수 있을 것이다.

물론 이듬해와 그 이듬해 비슷한 시기에 창작되었을 가능성을 전적으로 부정할 수는 없다. 하지만 사회적 소통의 필요성이 가장 절실했을 시기는 첫째 시기다. 여기서 은퇴 이후에 "인간사와 결교하지 않았다."라는 말은 그래서 더 따져볼 필요가 있다. 이 말은 은퇴한 이후에는 언어적 형식을 통한 사회적 소통을 시도하지 않았다는 말로도 풀이할 수 있는 만큼, 둘째 또는 셋째 시기에 창작되었으리라는 추정과는 모순 관계를 이룬다고 할 수 있다. 그에 비해 첫째 시기는 그런 모순이 없는 시기다. 은퇴 생활이 아직 정착되지 않은 시기이기 때문이다. 따라서 <다정가>는 은퇴 직후에 고향에서 처음 맞은 봄날, 배꽃이 달빛에 더욱 밝고 희게 피어 있고 하늘에는 은하수가 잘 관측되는 맑은 봄날 밤, 배꽃 나무 가지에 자규가 와서 앉아 지속적으로 절규하는 울어대는 한밤중에 있었던 작가의 정서적 체험을 바탕으로 창작된 작품이라 할 수 있다. 그런 맥락에서라면 모순어법은 충분히 이해될 수 있을 것이다.

은퇴 결심을 할 무렵 이조년은 전에 없던 무력감을 느끼며 불안감에 휩싸여 있었다. 무력감은 국왕에 대한 충심에는 변함이 없지만, 자신으로서도 더는 막을 수 없는 상황에 대한 인식에서 비롯한 것이다.

그 무력감이 군주의 안위와 미래에 불길한 일이 일어날지 모른다는 불길한 예감으로 이어지고 따라서 불안감에 휩싸여 있었다. 정계 은퇴를 하고 고향에 돌아왔을 시기에 정국의 변화는 바로 알 수 있는 것이 아니다. 하지만 피를 토하듯 자규가 시끄럽게 우는 소리에 잠을 깨었다면 불안감은 한층 더 심화되었을 것이다. 절규하는 자규 소리는 국왕의 자리를 차지하려는 정치 세력이 준동하고 있을지 모른다는 예감을 갖게 하는 것이기 때문이다. 이조년이 미래를 분명하게 예측했는지는 알 수 없지만 그러한 예감이 들었다면 심적 상황은 매우 복잡다단하였을 것이다.

"梨花(이화)에 月白(월백)ᄒᆞ고 銀漢(은한)이 三更(삼경)인 제"는 작가의 정서적 체험이 이루어진 현실 상황의 계절적·시간적 배경을 전경화한 것인데, 전경화 과정에서 작가는 자기 처지를 넌지시 드러내고 있다. 시계 안에는 없지만 배꽃을 밝게 비추고 있는 달빛은, 군주를 대면하고 있지는 않지만 군주의 은혜를 입고 있는 자신의 처지를 드러내고, 은하수는 만날 수는 없지만 군주에 대한 생각이 끊이지 않고 있는 자신의 마음을 드러내고 있다. 그 마음이 바로 '일지춘심'이라 할 수 있다. 끊이지 않고 이어지는 '자규'의 절규하는 듯한 울음소리는 군주의 미래에 대한 불길한 예감을 갖게 하기 마련이다. 그 울음소리는 '자규'에 대응하는 정치 세력이 준동하고 있을지도 모른다는 생각이 들게 하고 따라서 군주에 대한 작가의 근심과 불안을 심화시킬 수 있다. 그렇다고 작가는 그 정치 세력에 대해 부정적·비판적 태도를 드러낼 수는 없다. 더 없는 무력감을 느끼며 은퇴한 상황에서 그러한 태도를 드러내는 것은 자신이 염려하는 상황을 해소하기보다는 악화할 수 있기 때문이다. 차라리 우호적·관용적 태도를 견지하고 표명하는 것이 상황을 덜 악화시킬 것이라는 판단은 충분히 가능하다. 그런 까닭에 작가는 ‘일지춘심’을 ‘자규’가 알아주리라 믿지는 않지만 ‘자규’에 대해서도 우호적·관용적 태도를 드러내고 있다. 절규하듯 시끄럽게 울어서 군주의 안위와 미래에 대한 불길한 예감을 갖게 하고 그 때문에 잠 못 들게 하는 것이 ‘자규’임이 분명하지만, 작가는 자규의 그러한 속성을 애써 감추고 작가 자신이 ‘다정’하기 때문에 잠을 이룰 수 없다고 표현하고 있는 것이다.

‘다정’하다는 말은 작가 자신이 사리사욕이나 정치적 이해관계를 갖고 있지 않음을 천명한 것이다. ‘자규’에 대한 태도 역시 그런 마음에서 우러난 것일 뿐임을 아울러 말한 셈이다. 하지만 작가의 심적 상황은 복잡다단하다. 직간(直諫)해도 소용없고 이제는 직간할 수도 없는 상황이니만큼 자규가 불러일으키고 심화시키는 군주의 안위와 미래에 대한 불길한 예감이 작가의 심적 상황을 복잡다단하게 만들고, 그런 심적 상황이 작가로 하여금 잠 못 들게 한 것이다. 사리사욕이나 정치적 이해관계를 갖고 있지 않은 마음 상태가 병이 되는 것은 아니다. 하지만 그 마음의 저변에 자리하는 군주에 대한 충심이 그렇게 만들고 있다. 유사적 사유의 패러다임에서 군주에 대한 충심은 사리사욕이나 정치적 이해관계를 떠나 있다. 자연적 원리 곧 도(道)에 순응하는 인간의 자연스런 감정의 발로라 여기기 때문이다. 따라서 군주에 대한 충심은 다정과 상치되는 것이 아니다. 하지만 작가 이조년에서 군주에 대한 충심은 마치 병을 앓을 때와 같은 마음 상태에 이르게 한다. 사리사욕이나 정치적 이해관계를 떠났기 때문에 자신을 둘러싼 모든 사물을 향해 마음이 움직이고 있지만, 그 움직임에 군주의 안위와 미래에 대한 불안감이 가장 큰 비중을 차지하고 있기 때문에 병이 될 수 없는 ‘다정’이 마치 병이 들었을 때의 마음 상태처럼 작가로 하여금 잠 못 이루게 하고 있는 것이다. “多情(다정)도 病(병)인 양ᄒᆞ여 잠 못 일워 ᄒᆞ노라"라는 모순어법은 바로 이러한 작가의 심적 상황을 가장 드러낼 수 있는 표현이었던 것이다. 이 모순어법을 통해 작가는 한편으로는 자신의 됨됨이와 정치적 입장을 분명히 드러내고 다른 한편으로는 군주의 안위와 미래에 대한 불길한 예감과 불길한 상황을 조장할지도 모르는 정치 세력에 대한 관용적인 태도를 아울러 드러내고 있다. 이러한 표현의 기저에는 군주에 대한 충심이 자리하고 있지만, 그 충심을 드러내기 위해 <다정가>를 창작한 것은 아니다. <다정가>는 불길한 상황에 대한 예감과 그러한 상황을 조장할지도 모르는 정치세력에 대한 작가의 태도를 드러내는 데 초점이 맞춰져 있다. 따라서 이러한 해석은 군주에 대한 충심을 드러냈다는 해석과 상당한 거리가 있는 것이라 할 수 있다.

이조년이 은퇴한 이듬해(1342)에 충혜왕은 그에게 각별한 은총을 베풀기도 하지만 이조년 사후(1343.5.)에 그가 예감했던 대로 불행한 상황에 직면한다(1343.12.). 충혜왕을 영릉(永陵)에 장사지낸 지 두 달 뒤에 심왕 왕고(王暠)가 고려에 돌아온 사실(1344.10)[73]은 그를 지지한 정치 세력과 충혜왕이 직면한 불행한 상황이 밀접한 연관성을 갖고 있었음을 시사한다. 비록 왕고는 이듬해에 사망함으로써[74] 고려 국왕를 차지하지는 못했지만, 충혜왕의 불행, 왕고의 귀환 등은 <다정가>가 참언(讖言, prediction) 성격을 띤 노래로 수용되었을 가능성을 아울러 시사한다. <다정가>는 이조년이 그러한 비극적 상황을 예감하고 막아보고자 하는 마음을 담아 타자와 소통하고자 한 작품이라 할 수 있다는 것이다.

73) 『高麗史』卷37 世家 37 忠穆王: 己巳, 瀋王暠至自元.
74) 『高麗史』卷37 世家 37 忠穆王1년 7월: 乙未. 瀋王暠薨.

4. 결론

이상의 논의를 통해 <다정가>에 대한 선행 분석과 해석의 문제점을 분석하고 대안을 제시하는 차원에서 작가의 정치적 행보를 검토하여 언어 텍스트가 의미론적 통일성을 가지는 현실 맥락을 추론하고 그 맥락에서 함축될 수 있는 작가의 정서와 창작 의도를 해석해 보았다. 그 결과 <다정가>는 은퇴 후 처음 맞은 봄날 배꽃이 흐드러지게 피어 있던 밤에 절규하는 듯이 울어대는 자규가 군주의 안위와 미래에 대한 불길한 예감을 촉발했던 정서적 체험을 바탕으로 창작되었다고 볼 때 언어 텍스트가 통일적인 의미를 가질 수 있음을 확인하였다. 또 그 맥락에서 모순어법을 통해, 한편으로는 자신의 됨됨이와 정치적 입장을 분명히 드러내고 다른 한편으로는 군주의 안위와 미래에 대한 불길한 예감과 불길한 상황을 조장할지도 모르는 정치 세력에 대한 우호적・관용적 태도를 표명하고 있는 것이 <다정가>라고 해석했다. 작품 창작에 충혜왕이 직면할지 모를 비극적 상황이 초래되지 않기를 바라는 의도가 반영된 것이라고 본 셈이다. 그런 점에서 <다정가>는 참언 성격을 띤 노래로 수용되었을 가능성도 있어 보였다.

이러한 해석이 <다정가>가 이조년의 작품이라는 전제를 가지고 있음은 물론이다. 이 전제의 진위 여부는 여전히 해결해야 할 과제로 남겨 둘 수밖에 없다. 하지만 이 글의 논의는 적어도 두 가지 측면에서 의의를 가질 수 있을 것이다. 첫째, <다정가>에 대한 선행 해석이 포함하고 있는 오독 문제를 분명하게 드러냄으로써 작품에 대한 선행 해석을 비판적으로 수용하는 방법을 보여주었다. 둘째, 시적 상황으로 온축된 창작 상황을 생생하게 추론하여 그에 부합하는 작가의 정서와 창작 의도를 해석함으로써 언어 텍스트 분석과 함의 해석이 정합적인 관계를 이루는 시조 작품 연구의 길을 보여주었다. 이 글이 이조년과 그의 <다정가>에 대한 이해를 심화시키는 데에도 기여할 수 있기를 기대한다.

제 3 장

이지란 시조의 맥락과 함의

1. 서론

고려 말기의 시조 작품은 일찍부터 중등학교 이하 국어 교과서에 수록되어 학습 제재로 널리 활용되어왔다. 하지만 텍스트의 분석을 통한 작품 해석 작업은 활발하게 이루어지지 않았다. 무엇보다 해석 주체에 따라 해석 결과가 달라지지 않을 만큼 작품의 의미가 분명하다는 생각이 널리 공감되었기 때문인 듯하다. 하지만 이조년(李兆年, 1269~1343)의 시조에 대한 이희승의 분석적 접근[1]은 그러한 생각이 실상과 부합하지 않음을 단적으로 보여주었다. 우탁(禹倬), 이조년, 이존오(李存吾)의 시조에 대한 최근의 논의[2] 또한 선행 해석들로 구성된 '교과서적 해설'이 의미론적 통일성을 분석하는 데서나 맥락을 추론하는 데

1) 李熙昇, 「時調鑑賞一首」, 『學風』 1948년 1월호(2권 1호)(乙酉文化社), 74~81쪽.

2) 임주탁, 「우탁 시조 작품의 창작 맥락과 함의」, 『배달말』 56(배달말학회, 2015), 195~230쪽; 「이조년 시조 작품의 분석과 해석」, 『우리말글』 65(우리말글학회, 2015), 155~201쪽; 「이존오 시조의 맥락 연구」, 『한국문학논총』 73(한국문학회, 2016), 91~130쪽.

상당한 오류를 포함하고 있음을 확인해 주었다. 이 연구는 텍스트가 의미론적 통일성을 갖는 맥락을 추론하는 맥락 연구(contextual study) 방법을 통해 고려 말기 시조 작품에 대한 해석을 새로이 시도하는 작업의 일환으로서 이지란(李之蘭, 1331~1402)의 시조 <楚山(초산)에>를 대상으로 삼은 것이다.

우탁, 이조년과 이존오의 시조와는 달리 이지란의 시조는 교과서에 수록된 적이 없을 뿐 아니라 대중적 성격을 띤 시조 작품 해설서나 참고서에서도 잘 다루어지지 않았다. 그런 작품에 새삼 관심을 갖는 데에는 이지란의 시조를 해설하고 있는 참고서 등의 텍스트 독법에 중대한 오류가 있기 때문이다. 그리고 비록 교과서에 수록된 적은 없지만, 이 작품 또한 중등학교 학생이면 알아둘 필요가 있는 작품으로 인정되고 있다. 그런 까닭에 이들을 위해 편찬되는 도서나 개설된 누리집 등은 이 작품에 대한 주석 혹은 해설을 포함하고 있다. 문학 작품을 읽고 이해하고 감상하는 과정은 기본적으로 활동 주체의 언어 능력을 기르는 과정이다. 그런데 작품의 의미 해석에서 하나같이 오류를 범하고 있는데도 그 오류를 발견하지 못한 것을 보면 <楚山(초산)에>는 교육 제재로서 기본적인 가치를 가지지 못하고 있음이 분명하다. 그런 점에서 이 연구는 <楚山(초산)에>의 교육 제재로서의 가치를 발견하는 작업이 될 수 있을 것이다.

2. 텍스트의 특성과 선행 독법의 오류

이지란의 시조 <楚山(초산)에>에는 조선 후기 가집에 여러 형태로 전하고 있다. 그 가운데에는 문법적(통사론적) 오류를 포함하고 있는 것도 없지 않다. 따라서 분석과 해석을 위해서는 일차적으로 텍스트를 구성하는 어휘들의 통사론적 관계가 문법적인지를 확인할 필요가 있다. 통사론적 관계가 문법에 부합해야 분석과 해석이 가능한 텍스트가 될 수 있기 때문이다.

각종 가집에 전하는 시조를 가장 많이 집성하고 있는 『고시조대전』에서 <楚山(초산)에>의 텍스트는 두 유형으로 분류되어 있다.[3] 그런데 유형 차이뿐 아니라 각 유형에 속하는 텍스트 사이에도 얼핏 중요하지 않은 듯 보이지만 텍스트의 의미론적 통일성과 관련하여 매우 중요한 차이가 발견된다. 그 차이를 각 유형에 속하는 텍스트 하나씩을 인용하여 분석해 보기로 하자.

> ① 楚山(초산)에 우는 범과 沛澤(패택)에 즘긴 龍(용)이
> 吐雲生風(토운생풍)ᄒᆞ야 氣勢(기세)도 壯(장)헐시고
> 秦(진)나라 외로온 ᄉᆞ슴은 갈 곳 몰라 ᄒᆞ도다[4]

> ② 楚山(초산)의 우는 범과 沛澤(패택)에 잠긴 龍(용)이
> 天下(천하)를 닷토노라 四海(사해)가 뒤놉ᄂᆞᆫᄃᆡ
> 秦(진)나라 외로온 ᄉᆞ슴은 갈 길 몰라 ᄒᆞ노라[5]

① 유형에 속하는 텍스트는 35종의 가집에 실려 있다. 35종 가운데 작가를 밝히는 체재로 편찬된 가집은 31종이고, 그중 22종에서 李之蘭을 작가로 밝혀 놓은 데 비해 9종에서는 작가 미상으로 처리하고 있다. 다른 인물을 작가로 명시한 가집은 하나도 없다. ② 유형에 속하는

3) 김흥규 외 편저, 『고시조대전』(고려대학교 민족문화연구원, 2012), 1067~1068쪽. ①=#4898.1, ②=#4898.2.

4) 『고시조대전』 #4898.1; 『歌曲源流』(東洋文庫本) #0378.

5) 『고시조대전』 #4898.2; 『靑丘永言』(藏書閣本) #0429.

텍스트는 3종의 가집에 실려 있는데, 그중 2종의 가집에서는 작가 미상으로 처리하고, 1종의 가집은 작가를 밝히지 않는 체재로 편찬되었다. 이러한 사실을 종합하면, ① 유형 텍스트만이 이지란이 작가라는 정보와 결합하여 전해졌음을 알 수 있다.

또한 ①과 ②를 비교해 보면, 제2행 전체와 제3행의 끝 구절에서 차이가 있음을 확인할 수 있다. ② 유형으로 분류된 텍스트의 나머지 2종도 제2행이 "乾坤(건곤)을 듯토와 忿(분)을 계워 쒸노ᄂᆞ듸", "乾坤(건곤)을 ᄃᆞ로노라 분내여 싸흘 졔"와 같이 ①과 차이를 보이고 있다. 이와 유사한 차이는 ① 유형으로 분류된 다른 텍스트에서도 발견된다. 즉, 해당 구절이 7종 가집에서는 "各有所懷(각유소회)ᄒᆞ여 吐雲生風(토운생풍)ᄒᆞ엿ᄂᆞ듸"로 되어 있고, "吐雲生風(토운생풍)ᄒᆞ여 四海(사해)를 흔들 적에", "吐雲生風(토운생풍)ᄒᆞ야 宇宙(우주)을 닷톨 적의"로 되어 있는 가집도 각각 1종씩 발견되는 것이다. 흥미로운 점은 제2행에서 이 같은 차이를 보이는 텍스트 가운데 이지란을 작가로 밝혀 놓은 것이 전혀 없다는 사실이다. 이는 제2행이 ①과 같은 텍스트만이 이지란이 작가라는 정보와 함께 전해졌음을 말해 주는 것이라 할 수 있다.[6]

제3행 마지막 구절은 "ᄒᆞ노라"(7회), "ᄒᆞ돗다"(5종), "ᄒᆞ도다"(8회), "ᄒᆞ더라"(10회),[7] "ᄒᆞ노다"(1회), "ᄒᆞ놋다"(1회) 등으로 다양하게 표기되어 있고,[8] 해당 구절을 포함하고 있지 않은 텍스트도 5종이나 된다. 생략된 부분은 독자 혹은 청자의 한국어 문법 능력에 의해 보완될 수 있어서 문제가 되지 않을 성싶지만, 실제로는 그렇지 않았을 가능성이 크다. 열거한 차이가 수용자 혹은 전승(기록)자의 문법 능력이 하나같지

---

6) 그렇다고 제2행의 차이 때문에 각 텍스트의 의미론적 차이가 크다는 것은 아니다.
7) "ᄒᆞ드라"(1회), "허더라"(1회), "하듯라"(1회)로 되어 있는 것을 포함함.
8) "ᄒᆞᄂᆞᆫ고"로 되어 있는 것도 있는데 이는 "눌 못 차자"로 대체된 앞 구절과 호응을 이루기 위해 의문형으로 바꾼 것이다.

않았음을 말해 준다. 특히 6종의 텍스트에 쓰인 "ᄒᆞ노라"는 통사론적 관계가 문법에 어긋나기까지 하고 있어 문제적이다.

"ᄒᆞ노라"에는 행위 주체가 화자 자신임을 나타내는 문법 표지가 포함되어 있다. 우의적(寓意的)인 인물이든 역사적인 인물이든 간에 "ᄒᆞ-"의 행위 주체는 "ᄉᆞ슴"이 될 수밖에 없다. "ᄒᆞ노라"는 "ᄉᆞ슴"이 곧 화자와 일치할 때 쓸 수 있다. 하지만 <楚山(초산)에>의 텍스트에서 "ᄉᆞ슴"이 곧 화자라고 볼 수는 없다. 따라서 "ᄒᆞ노라"는 어휘의 통사론적 결합 규칙 곧 문법에 맞지 않은 형태라 할 수 있다.[9] 그런데도 "ᄒᆞ노라"라는 형태로 종결되는 텍스트가 ① 유형에만 4종이나 포함되어 있다. 더욱이 ② 유형으로 분류된 3종의 텍스트는 하나같이 "ᄒᆞ노라"라는 형태로 종결되고 있다. 이것은 적어도 7종의 텍스트의 수용자 혹은 전승(기록)자는 우리말 문법 능력에 문제가 있었음을 시사한다. 그런데도 선행 해설서에는 "ᄒᆞ노라"라는 형태로 종결되는 텍스트가 대상 텍스트로 널리 인용되어왔다.[10] 하지만 이상의 논의는 이지란이 작가라고 전제하는 해석에서는 ①과 같은 텍스트를 분석 대상으로 삼아야 한다는 것을 말해 준다. 따라서 이 글에서 선행 해석을 검토할 때에는 어느 텍스트를 대상으로 삼았는지를 크게 고려하지 않되 새로운 분석과 해석을 시도할 때에는 ①을 분석 대상으로 삼을 것이다.

이지란의 시조 작품에 대한 학계의 연구나 비평은 찾아보기 힘들다. 3행의 시조 한 편을 대상으로 한 비평적 접근 또한 이조년의 시조를

9) "하노라"를 제외한 나머지는 문법에 어긋나지 않는다.

10) 이것은 몇몇 시조 텍스트 집성집이 그런 텍스트를 표제 텍스트로 제시한 것과 연관이 있지 않나 싶다. 沈載完 편저, 『歷代時調全書』(世宗出版社, 1972), 1085~1086쪽; 김흥규 외, 앞의 책, 1067쪽에서는 "하노라" 종결되는 텍스트(『瓶窩歌曲集』 #513)를, 鄭炳昱 편저, 『時調文學事典』(新丘文化社, 1982), 494쪽에서는 "하돗다"로 종결되는 텍스트(『花源樂譜』 #394)를 각각 표제 텍스트로 제시하고 있다.

대상으로 한 이희승의 「時調鑑賞一首(시조감상일수)」가 최초인 듯하다. 고려 말기 시조 작품들이 일찍부터 국어교육의 교과서에 수록되어 학습 제재로 쓰인 역사가 짧지 않은 점을 고려할 때 적잖이 의아스러운 대목이다. 물론 해당 시조 작품들을 이해하고 감상하는 활동이 그리 어렵지 않다는 판단이 강하게 작용했을 법하다. 시조 작품의 '주석이나 주해' 혹은 '감상'을 제목으로 내세운 대중적인 해설서는 물론이거니와 학교 교육을 이수하는 학생들을 위해 제작된 참고서도 하나같이 '어휘 풀이-해설(혹은 해설과 감상)'의 틀을 유지하고 있음과, 그 해설들이 하나같이 작품의 의미를 간명하게 해석하고 있음은 주지의 사실이다. 이것은 고려 말기 시조 작품들이 누구나 이해하고 감상하기 쉬운 작품으로 인지되어왔음을 말하는 것이다. 하지만 모든 해설들을 면밀히 검토해 보면 어떤 말이 무엇을 가리킨다고 명시하면서도 그 이유는 자세하게 설명하지 않고 있음을 알 수 있다.

한 편의 텍스트가 의미론적 통일성을 가지게 하는 현실 맥락은 쉽게 찾아지는 것이 아니다. 대중적 해설서에서 해석하고 있는 작품의 의미는 현실 맥락을 추론하는 과정에서 합리성이 결여된 것이 적지 않다. 작가의 정치적 행보와 작품을 무매개적으로 연결하여 의미를 해석하고 있다는 것이다. 한 작가의 정치적 행보는 운동적인 성격을 띠고 있는 만큼 어느 시점에서 창작하였는지, 누구를 독자(혹은 청자)로 설정하였는지 등은 맥락을 재구하는 데 필수적으로 고려되어야 할 사항이다. 텍스트의 실제적인 맥락을 모르면 텍스트는 메시지에 불과하다. 해석은 메시지를 구성하고 있는 코드를 해독하는 과정이다. 해독의 정보는 텍스트 자체에 있는 것이 아니라 텍스트 외적 자료에서 찾아야 한다. 텍스트 외적 자료에서 맥락과 관련한 정보를 분석하는 작업은 매우 어렵다. 특히나 이지란과 같이 생애사의 세세한 단면들까지 복원하기에 충분한 자료를 남기고 있지 않은 작가라면 더욱 어렵다. 그런 점에서 대중적 해설서에서 시도하고 있는 작품 해석은 무모한 측면이 없지 않다고 할 수 있다. 작가의 정치적 행보를 단순화·단일화해서 텍스트의 맥락을 추론하고 의미 해석을 시도하고 있기 때문이다.

이지란에 대한 역사학계의 관심이 적었던 데나[11] 최근 늘어나고 있는 데[12]는 모두 그가 귀화인(歸化人, 행화인(向化人))이었다는 사실과 관련이 있다. 여기서 우리는 ＜楚山(초산)에＞에 대한 국문학계의 논의가 거의 없었던 또 하나의 이유를 가늠해 볼 수 있지 않을까 한다. 주지하다시피 형성기 국문학연구는 배타적인 성격을 띤 민족주의에 기초하였다. 그런 까닭에 민족(한민족) 구성원으로 분류되는 인물이 창작한 문학 유산인 한문학조차 국문학의 범위 안에서 본격적으로 다루지 않았다. 혈연과 언어가 민족을 규정하는 데 핵심적인 잣대로 수용됐던 것이다. 따라서 '토착여진(土着女眞)'[13]인 이지란의 시조에 관심이 없었던 것도 그가 귀화인이었다는 사실과도 밀접하게 관련되어 있었다고 볼 수 있다. 민족주의 시각에서 서술된 두 문학사[14]에서 고려 말기의

---

11) 王永一, 「李之蘭에 대한 硏究—朝鮮建國과 女眞勢力」(고려대학교 박사학위논문, 2003), 2쪽에서는 이지란이 여진인이었기 때문에 그 역사적 역할 비중에 비해 역사학계에서 주목받지 못했다고 분석하고 있다.

12) 김지애, 「역사 속의 귀화인들을 통해 본 한국사회의 다문화성」(한국외국어대학교 석사학위논문, 2009); 한창희, 「초등역사교육에서의 다문화수업 방안 탐색: 귀화인을 중심으로」(한국교원대학교 석사학위논문, 2013) 등은 한반도의 역대 국가가 이주와 귀화를 통해 형성된 다민족, 다문화 사회였다고 보는 시각이 외국인의 이주와 귀화가 급증하고 있는 오늘날 한국 사회의 문제에 올바로 접근하는 시각임을 주장하고 있는 논문들이다.

13) 이지란이 여진족인지 아닌지는 논란이 있을 수 있다. 귀화 당시 여진족이 할거하던 지역에서 살았고 여진족의 이름을 갖고 있었다는 점에서 여진족이라 볼 수 있지만, 악비(岳飛)의 후손이라는 청해 이씨 문중의 계보가 진실하다면 한족(漢族)으로 볼 여지가 없지 않기 때문이다. 하지만 이지란에 대한 연구가 상대적으로 활발하게 이루어진 역사학계의 논의에서는 '토착여진'이라는 데 이의가 제기된 적이 없다. 그것은 『고려사』 등 조선 초기에 생성된 사료(史料)에서 하나같이 '토착여진'임을 밝히고 있기 때문이다. 적어도 귀화 당대 고려인에게 이지란은 '토착여진'으로 인식되었음이 분명하다.

시조 작품 가운데 귀화인의 시조 작품만 배제한 것은 결코 우연이 아닐 것이다. 이후 서술된 모든 문학사에서도 이지란과 그의 시조에 대한 서술은 찾아볼 수 없다. 결국 그동안 국문학계에서 이지란의 시조를 적극 다루지 않은 것도 작가 고증의 문제만이 아니라 문학사를 서술하는 기본적인 시각과도 밀접하게 연관되어 있었던 셈이다.

<楚山(초산)에>는 1980년대에 접어들어 비로소 주석 대상으로 다루어지는데[15] 이로 인해 <楚山(초산)에>가 영사시(詠史詩)로 해석될 수 있는 기틀이 마련되었던 듯하다. 작품 해석은 1990년대 후반에 발행된 대중적인 시조 해설서에서 비로소 나타나기 시작하는데,[16] 하나같이 <楚山(초산)에>가 영사시라고 전제하고 있기 때문이다. 영사시란 역사적 사건에 대한 작가의 감정이나 생각을 표현한 시를 말한다. 영사시로 표현되는 감정이나 생각은 기본적으로 역사적 사건 자체에 대한 작가의 태도와 인식을 보여준다. 하지만 영사시 가운데에는 역사적 사건 자체에 대한 소회보다 그와 연관되거나 유사한 성격을 띠고 있는 '당대(當代)' 사건에 대한 작가의 소회를 역사적 사전을 통해 우회적으로 표현한 것이 더 많은 비중을 차지한다.[17] 그런데 <楚山(초산)에>와 같이 텍스트에 역사적 사건만이 제시되어 있는 영사시는 창작 맥락을 추론하기가 쉽지 않다. 작가가 생애의 어느 시점에서 텍스트에

14) 安廓, 『朝鮮文學史』(韓一書店, 1922); 趙潤濟, 『朝鮮詩歌史綱』(東光堂書店, 1937).

15) 鄭炳昱, 앞의 책, 494쪽(#2115).

16) 성낙은, 『고시조 산책』(국학자료원, 1996), 36쪽.

17) 영사시는 흥(興)・비(比)・부(賦) 각각의 방법으로 창작되기도 하고 각 방법들을 혼효하여 창작되기도 하였다. 경우에 따라서는 텍스트 안에는 역사적 사건을 제시하지 않고 그에 대한 작가의 감정이나 생각만 표현하고 제목이나 주석을 통해 그러한 정서가 어떤 역사적 사건에 대한 것인지를 밝히는 방식으로 창작되기도 하였다. 후자와 같은 방법은 興의 변형이라 할 수 있다. 생각과 감정을 불러일으키는 대상이나 현상이 일반 독자들에게 널리 공유되고 있다고 전제할 때 그 대상이 현상을 시적 대상이나 상황으로 텍스트 안에 포함하지 않을 수 있는 것이다.

제시한 역사적 사건에 관심을 갖게 되었는지 확인할 수 있다면 맥락 추론은 한층 쉬워질 것이다. 하지만 이지란 관련 기록에서 그러한 문제에 대한 직접적인 정보를 담고 있는 것은 찾아보기 힘들다. 그런데도 대중적인 해설서의 <楚山(초산)에> 해석은 하나같이 고려·조선 교체기 고려 말의 국가 내부 정세를 시적 상황에 대응시키고 있다.[18]

이지란이 역사적 사건 자체에 대한 소회를 표현하기 위해 <楚山(초산)에>를 창작하였다고 보기는 어렵다. 그는 무장이었다. 그리고 비록 성장 과정에서 시(詩)·사(史)를 배웠고 그 과정에서 역사적 사건에 대한 소회를 노래로 표현했을 개연성이 없지 않다고 할지라도 그 개연성이 인정되는 시기는 고려 귀부(歸附) 이전이라고 보아야 한다. 또 이지란이 귀화(歸化) 이후에 새삼 유학의 경전을 통해 시(詩)·사(史)를 배웠다고 보기도 어렵다. 따라서 <楚山(초산)에>가 역사적 사건 자체에 대한 소회를 풀어낸 영사시가 아니라 작가 당대의 현실적인 문제에 대한 소회를 역사적 사건을 통해 우회적으로 표현한 영사시라고 할 수 있다. 그런 점에서 선행 해설서의 해석은 작품의 성격에 대한 이해는 타당한 것이다. 하지만 <楚山(초산)에>의 시적 상황에 대응되는 작가 당대의 현실 상황의 추론은 실상에 부합하지 않는나. 왜 그런지 대중적 해설서의 해석 사례를 통해 살펴보기로 하자.

<楚山(초산)에>에 대한 다음 해설은 여러 대중적 해설서에 포함된 해석들을 거의 모두 포함하고 있는 것이다. 대중적 해설서 간의 인용 관계를 적확하게 밝히기 어려운 면이 있지만, 다음 해석은 선행 해석

18) 성낙은, 앞의 책, 36쪽; 김희보 편, 『증보 한국의 옛시』(가람기획, 2002), 218쪽; 정종대, 『풀어쓴 옛시조와 시인』(새문사, 2007), 26쪽; 황인희, 『고시조, 우리 역사의 돋보기』(기파랑, 2011), 26쪽; 신웅순, 『시조는 역사를 말한다』(푸른사상, 2012), 52쪽. 참고로 김대행 역주, 『시조』 I(고대민족문화연구소, 1993); 최용수, 『옛시조 읽기』(문예원, 2009) 등에서는 鄭炳昱, 앞의 책에서와 같이 주석만 하고 의미 해석은 시도하지 않았다.

을 수용하면서 확대·보완하는 방향에서 이루어졌고, 그 결과가 선행 해석과 함께 이후 해설서에 선택적으로 수용되었던 것이 아닌가 짐작된다.

> 이 시조는 고려 말기에 왕권교체를 둘러싸고 벌어진 험난한 정세 변화를 암유하고 있다. 중국 진秦나라 말기에 진시황이 죽고 여러 영웅이 일어나 천하를 차지하려고 전쟁을 벌였던 일을 읊어서 고려 말기의 정세가 그때와 비슷함을 은근히 드러내고 있다.
>
> 초장에는 초楚나라 장군의 후예인 항우項羽와 패현沛縣의 사상정장泗上亭長에서 일어난 유방劉邦을 범과 용이라고 상징적으로 표현하였다. 중장에는 이 범과 용이 구름을 뿜어내고 바람을 일으키어 서로 천하를 삼키려는 기세가 대단하다고 하여, 고려 말기에 새 왕조를 세우려는 이성계 일파와 고려 왕조를 부지하려는 정몽주 일파의 세력다툼이 치열했음을 암시하고 있다. 종장에는 왕권을 둘러싼 투쟁을 『사기史記』 회음후열전淮陰侯列傳에서 "사슴을 쫓는다"[逐鹿]라고 한 말을 이용하여 진나라의 황제자리가 누구에게로 넘어갈지 모른다고 했다. 여기에서 사슴은 왕권을 뜻하는 일종의 대유로 죽은 은유이다. 물론 이 말은 고려의 왕권이 누구에게로 갈지 모른다는 뜻이고 결국은 이씨에게로 넘어가기를 바란다는 뜻을 깔고 있다.
>
> 이렇게 이 시는 중국의 역사적 사실을 들어서 고려 말기의 정세를 넌지시 드러내었다고 하겠다. 그런데 이만한 상징과 암시적 표현을 구사하려면 한문과 역사에 대한 지식이 있어야 하고, 고려말의 풍운을 진나라 말기의 형세에 비유할 만한 표현력이 있어야 하므로 여진 출신의 무장이 이런 표현기교를 썼다는 점이 의아스럽지만 근거 없이 작자를 부정할 수는 없는 일이다.[19]

텍스트 안에 제시된 상황 곧 시적 상황이 진(秦)·한(漢) 교체기 '중

19) 정종대, 앞의 책, 26쪽.

원축록(中原逐鹿)' 하는 역사적 상황임은 분명하다. 이 점은 선행 주석에서는 구체화하지 않은 만큼 대중적 해설서에 의해 비로소 밝혀진 것이라 할 수 있다. 그런데 중원축록(中原逐鹿)하는 상황이 고려・조선 교체기의 상황이라는 추론은 적합성을 결여하고 있어 보인다. 중원축록이란 진나라 중심의 세계(天下) 질서가 심각하게 동요되던 시기에 군웅(群雄)이 세계 전역에서 기세등등하게 일어나서 세계 주인으로서 진나라의 지위를 박탈하고 그 지위를 차지하기 위해 쟁투를 벌이는 상황을 가리킨다. 그러한 상황이 진전되면서 군웅은 크게 두 세력 곧 항우(項羽)를 중심으로 하는 세력과 유방(劉邦)을 중심으로 하는 세력으로 결집하여 진나라와의 최후 결전의 순간을 맞는다. 그 순간은 용호(龍虎)가 상박(相搏)하며 경쟁적으로 사슴을 쫓는 상황이라 할 수 있다. <楚山(초산)에>의 시적 상황은 바로 그와 같은 것이다. 단순히 군웅이 황제 자리를 두고 쟁투하던 상황이 아니라 군웅이 항우와 유방 세력으로 결집하여 진나라와 최후 결전을 앞두고 있으며 원나라의 황제는 갈 곳을 정하지 못하고 머뭇거리고 있던 역사적 상황이 시적 상황으로 제시되어 있는 것이다.[20]

<楚山(초산)에>의 시적 상황에 대응하는 현실 상황을 고려・조선 교체기 고려 내부의 정세에 견준 사례는 "항우와 유방(劉邦)을 이성계의 기세에다 비교"하고, "쫓기는 진나라 자영(自嬰)은 망해 가는 고려 왕조"에 비유하고 있다고 추론하여 "회고가와는 대조적으로 개국파의 승리를 노래"[21]라는 해석에서 먼저 찾아진다. 물론 인용한 추론은 유

20) 천하의 주인 곧 황제의 자리가 어디로 갈지 확신하기 어려운 상황을 이지란은 이와 같이 표현하고 있다. 진나라가 갖고 있는 황제의 자리가 곧 '秦(진)나라 수슴'인데 그것으로써 원나라가 갖고 있는 황제의 자리를 나타낸 것이다.

21) 김희보 편, 앞의 책, 218쪽. 이러한 해석은 성낙은, 앞의 책, 36쪽의 해석과 동일한 것이다. 그런데 어느 해설서가 어느 해설서의 해석을 수용했는지는 출판 사항만으로는 단

방과 항우에 이성계(李成桂)와 정몽주(鄭夢周)를 각각 대응시켰다는 차이를 보이고 있다. 하지만 어떻게 추론하든 간에 고려·조선 교체기의 고려 정세는 <楚山(초산)에>의 시적 상황과는 현격한 차이가 있었음이 분명하다.

우선, 진·한 교체기 진나라 말기의 중원축록 상황에는 천하인민(天下人民)이 세계 질서의 중심으로서 진나라의 지위를 인정하지 않는다는 전제가 함축되어 있었다. 그에 비해, 고려 말기는 왕조 내부에 권력 쟁투가 없지는 않았다 할지라도 고려 왕조를 부정하는 인물이나 세력 집단이 왕위를 차지하기 위해 할거하면서 서로 쟁투를 벌인 시기였다고 볼 수는 없다.[22] 고려 인민들이 하나같이 당대의 왕을 고려 국왕으로 인정하지 않으려 했던 것이 아님도 물론이다.

그리고 고려 왕 혹은 그 자리가 사슴에 비유될 만한 지위에 있었던 것도 아니다. 사슴은 소국의 왕이 아니라 세계(천하)의 주인 지위에 있는 왕 혹은 그 자리를 상징한다.[23] 원나라에 복속된 이후 고려의 국가 위상은 한 번도 소국의 지위에서 벗어난 적이 없다. 고려 국왕에 대한

언하기 어렵다.

22) '중원축록' 혹은 '군웅축록'과 같은 상황은 중원의 통일 왕조가 쇠멸하고 새 통일 왕조가 수립되는 시기에 반복적으로 일어났다고 볼 수 있다. 그럴 때마다 이 말로써 그 상황을 표현하였다.

23) 진나라 이전에도 사슴을 황제 혹은 황제의 지위를 가리키는 말로 쓰였음은 '지록위마(指鹿爲馬)'라는 고사를 통해 가늠해 볼 수 있다. 시황제(始皇帝)의 유언을 따르지 않고 장자 부소(扶蘇)를 죽이고 호해(胡亥)를 황제의 자리에 앉힌 조고(趙高)가 자기 권력을 과시하기 위해 하필 말을 끌고 와서 사슴이라고 한 까닭은 사슴이 곧 중원의 황제 혹은 황제 자리를 상징하는 것이었기 때문이다. 조고는 호해가 형식상 중원의 황제 자리에 앉아 있지만, 실제에 있어서는 자신이 마음대로 부릴 수 있는 말과 같은 존재에 지나지 않음을 드러내고자 한 것이다. 그런 점에서 사슴이 중원의 통일 국가의 황제 혹은 황제의 자리를 상징하는 말로 쓰인 것이 사마천(司馬遷)의 『사기(史記)』에서 비롯된 것이라 단정하기는 어려울 듯하다. 그러한 말의 쓰임이 진나라 이전부터 존재하였기에 조고는 말을 끌고 와서 사슴이라고 하며 바친 것이고, 사마천은 "진나라가 그 사슴을 잃자 천하가 (사슴을) 쫓았다(秦失其鹿, 天下逐之)."라고 서술한 것으로 볼 수 있는 것이다.

일반적인 인식도 다르지 않았다. 그런 고려 국왕 혹은 그 자리를 "진나라 외로운 수습"에 대응해서 생각할 수는 없는 이치다. 또, 고려·조선의 교체는 중원축록의 상황을 통해 이루어진 것이 아니라 지배층 내부의 집단 간 권력 쟁투의 산물일 뿐이다. 천하 인민들로부터 세계 주인으로서 인정받지 못한 진나라의 황제처럼 고려의 왕이 고려 인민들로부터 국가의 주인으로서 인정받지 못한 것이 아니다. 이성계 세력과 대결한 정치 세력은 왕위를 차지하고자 한 것이 아니라 고려 국왕의 자리를 유지하려고 노력했을 뿐이다. 그런 정치 세력을 항우나 유방으로 비유했다고 볼 수는 없다. 항우나 유방을 비롯한 진나라 말기의 영웅호걸은 천하 인민의 지지를 얻어 천하 주인으로서 진나라 황제를 징벌(懲罰)한다는 목표를 천명하였다. 그런 점에서도 이성계 세력은 항우나 유방에 비유될 수 없는 것이다. 따라서 ＜楚山(초산)에＞의 시적 상황을 고려 내부의 상황에 대응시킬 수는 없는 것이다.

영사시로 분류할 수 있는 만큼 ＜楚山(초산)에＞의 독법에서 시적 상황에 대응하는 실제 상황을 얼마만큼 핍진하게 추론하느냐가 관건이다. 그런데 대중적 해설서의 해석들은 인용한 해석과 같은 맥락 추론을 되풀이하고 있다. 시적 상황이 "고려 말기가 중국의 진나라 말기와 비슷함을 은근히 드러내고" "고려 말기 왕권 교체를 둘러싸고 벌어진 험난한 전세를 암시"하므로 "고려의 왕권이 누구에게로 갈지 모른다는 뜻", "결국 이씨에게로 넘어가기를 바란다는 뜻"[24]을 표현하였다는 해석이나, "항우와 유방은 이성계의 기세를 비유한 것"이고 "자영은 고려 왕조를 비유"한 것이므로 "이성계의 역성혁명을 역사의 대 흐름으로 파악한 것"[25]이라는 해석은 모두 같은 맥락 추론에 기대고 있다.

---

24) 신웅순, 앞의 책, 52쪽.
25) 황인희, 앞의 책, 26쪽.

영사시로 보는 시각은 타당하지만, 선행 해석들은 고려・조선 교체기 고려 내부의 역사적 상황을 <楚山(초산)에>에 제시된 시적 상황에 대응시켜 텍스트의 맥락을 추론함으로써 텍스트의 의미론적 통일성에 부합하지 않는 결과를 도출한 것이다. 그러면 <楚山(초산)에>의 시적 상황에 대응하는 작가 당대의 현실 상황은 무엇으로 비정할 수 있을까?

3. 대안적 독법: 창작 맥락 추론과 의미 해석

이지란은 공민왕 20년(1371)에 비로소 고려에 귀부한 여진 출신이다. 그의 귀부는 다른 여진 집단에 비해 시기적으로 매우 뒤처졌다. 이지란의 모어(母語)의 실체가 어떤 것인지는 알려진 것이 없다. 이성계 집안 역시 오랫동안 여진족과 섞여 살았던 만큼 여진인과 고려인 사이의 언어적 장벽이 그리 높지는 않았을 법하다. 더욱이 <楚山(초산)에>에 사용된 우리말 어휘의 비중이 높은 편은 아니다. 이것은 <楚山(초산)에>의 창작 시기가 이지란의 고려 귀부 시점에서 그리 멀지 않은 때였으리라는 추정을 가능하게 한다. 만일 그 시점에서 작가가 직면하고 있던 현실 상황이 시적 상황에 부합한다면 그 추정은 실상에 부합한다고 할 수 있을 것이다.

이지란은 원나라의 장수로서 여진족이 거주하는 지역에서 천호(千戶) 벼슬을 승계한 인물이다. 그가 고려에 귀화한 계기는 범박하게 말하자면 원나라 중심의 세계 질서가 와해하고 있던 역사적 현실에서 마련되었다. 1350년대에 접어들면서 원나라 중심의 세계 질서는 크게 요동한다.[26] 1351년 황하대범람(黃河大氾濫) 이후 민심의 동요가 거세게 일어나고 이를 계기로 '홍건적(紅巾賊)의 난(亂)'이 발발하는데, 이를 기화로 원나라 전역에서 인민봉기(人民蜂起)가 일어나게 된다. 특히 남방(강남) 지역에서는 많은 군웅이 나타나 인민봉기를 주도했다. 계급 모순과 민족 모순이 복잡하게 얽혀 있었지만 군웅을 중심으로 하는 인민봉기는 기본적으로 반원(反元) 운동의 성격을 띠고 있었다. 고려는 왕권 강화 차원에서 기철(奇轍)을 중심으로 한 부원(附元) 세력을 척결하지만, 원나라와의 사대관계('조공체제(朝貢體制)')는 유지한다. 또 다른 한편으로는 특히 장사성(張士誠, 1321~1367)과 방국진(方國珍, 1319~1374) 등 한족(漢族) 출신 군웅과의 친교 관계를 유지하는 양단외교(兩端外交)를 펼친다. 중원의 군웅은 한편으로는 원나라를 몰아내는 전쟁을 수행하면서 다른 한편으로는 서로 제위(帝位)를 먼저 차지하기 위해 '후주(後周)→한(漢)', '오(吳)→명(明)' 등 저마다 국호를 정하여 할거(割據)하며 치열한 쟁투를 벌인다. 그야말로 '용호상방(龍虎相搏)하며 중원축록(中原逐鹿)하는 형국'이었다고 볼 수 있다. <楚山(초산)에>의 제1~2행에 형상화된 시적 상황은 이러한 형국과 합치한다.

그런데 1368년 이전까지 원나라 황제는 그 지위를 굳건하게 유지하고 있었다. 원나라의 서울 대도(大都, 북경(北京))와 상도(上都, 개평(開平))는 홍건군(紅巾軍)으로부터 타격을 거의 입지 않았다. 원나라 황제 순제(順帝)가 상도(上都)까지 버리고 북쪽 지역(應昌)으로 옮겨간 시기는 강남(江南)을 통일한 주원장(朱元璋, 1328~1398) 군대의 공격을 받아 크게 패배한 때였다. 그 이후 원나라가 차지하고 있던 황제의 자리는 그야말로 "갈 곳 몰라 ᄒᆞ"는 "진나라 외로운 ᄉᆞ슴"에 비견될 만한 것이었다.

26) 이하 역사 내용은 金惠苑, 「高麗 恭愍王代 對外政策과 漢人群雄」, 『白山學報』 51(白山學會, 1998), 61~120쪽; 김경록, 「공민왕대 국제정세와 대외관계의 전개양상」, 『역사와 현실』 64(한국역사연구회, 2007), 197~231쪽; 閔賢九, 「高麗 恭愍王代 중엽의 정치적 변동」, 『震檀學報』 107(진단학회, 2009), 37~67쪽; 王永一, 앞의 논문 등을 주로 참고하여 정리한 것이다.

따라서 시적 상황에 부합하는 실제 상황은 1368년 이후의 상황이라고 할 수 있다. 여기서 이지란이 <楚山(초산)에>를 창작한 시점이 원나라 황제가 상도까지 버리고 북쪽 응창(應昌)으로 옮겨갔던 시기의 어느 때였으리라 추정해 볼 수 있다.

한편, 강남 지역에 할거한 홍건군 수장 곽자여(郭子興)의 자리를 승계한(1355) 주원장은 홍건군의 주력 부대가 원나라와의 전쟁에 전력을 투구하는 동안 강남 지역 군웅을 제압하고 세력을 통합하는 전투에 심혈을 기울였다. 한림아(韓林兒)·유복통(劉福通)을 중심으로 한 홍건군은 동중서로(東中西路)로 나뉘어 대도(大都)를 공격하는 전면전을 전개하지만, 원나라 군대의 공격으로 되레 동서 양로의 군대가 괴멸하고 중로군은 방향을 선회하여 고려를 침공한다. 두 차례에 걸친 홍건군의 침략(1359년, 1361년)은 부원(附元) 세력이 다시 부각하는 계기를 만들어 주었다. 황제의 요청에 따라 원나라가 홍건군을 물리치는 전쟁을 지원하기도 하였다. 하지만 고려는 중국 남방의 한족(漢族) 군웅과의 관계 또한 지속하였다. 군웅을 제압하여 강남을 통일한 주원장이 대도를 함락시키고 국호를 오(吳)에서 명(明)으로 바꾸어 제위(帝位)에 등극하고 순제(順帝)가 있는 상도(上都)까지 공격하게 되자 고려는 원나라 연호('지정(至正)') 사용을 중지함은 물론 원나라의 직할지였던 동녕부(東寧府)와 쌍성총관부(雙城摠管府) 관할 지역을 수복하는 전투를 본격적으로 전개한다. 그리고 명나라에 대한 사대를 천명하며 명나라 연호를 쓰고 조공체제(朝貢體制)를 수용한다(1369). 상도로 밀려난 원나라(北元)에서는 덕흥군(德興君)의 고려왕 책봉(1370)을 통해 여원관계(麗元關係)를 유지하려 했지만, 그 시도는 실패로 귀결되었다.

원나라가 상도에서 몽골 본토 깊숙한 곳까지 밀려가자 특히 여진인은 명나라와 고려에 선택적으로 귀부하게 된다. 이지란(李之蘭)은 고려가 북원(北元)을 지지하는 나하추(納哈出)와 벌인 전투에서 고려군을 지원하는 시점 이후에 고려 귀부를 결심한다(1371). 공민왕 5년(1356) 이후부터 한반도 동북면(東北面)에 거주하던 상당 규모의 여진 집단이 고려에 귀부했지만 이지란은 이 시기에 이르러서야 비로소 고려 귀부를 결심한 것이다. 그런데 바로 그 직전 시기의 세계정세가 <楚山(초산)에>의 시적 상황과 적확하게 합치하고 있다. 원나라(북원)와의 최후 결전을 눈앞에 두고 있는 상황, 곧 용호 상박하며 축록하는 형국에서 중원의 황제 자리가 누구에게로 돌아갈지 확신하기에는 조금은 이른 시기의 역사적 현실 상황이 바로 시적 상황에 대응하는 것이다.[27] 따라서 <楚山(초산)에>는 이지란의 귀부 시점에서 멀지 않은 시기에 창작되었다고 볼 수 있다.

그 시기에 창작되었다면 <楚山(초산)에>는 이지란의 당대 현실에 대한 인식과 태도를 드러낸 작품이라는 해석이 가능해진다. 우선, 당대 현실 상황을 진나라 말기의 상황과 견준 데서 이지란이 원(元)·명(明) 교체와 같은 역사적 변화가 필연적이라고 인식했음을 알 수 있다. 또한 "氣勢(기세)도 壯(장)헐시고"와 같은 긍정적인 표현은 역사적 필연에 순응하는 태도를 드러낸 것이라 할 수 있다.[28] 그런데 이지란은 이와 같은 현실 인식과 태도를 왜 하필 <楚山(초산)에>라는 노래(시조)를 통해 드러내었을까?[29]

27) 진나라 말기 중원축록의 역사 상황에서 서초패왕 항우가 황제 자리를 차지할 것이라는 인식이 팽배했음은 주지의 사실이다. 하지만 결과적으로는 유비에게 그 자리가 돌아갔던 만큼 주원장의 군대가 가장 막강하기는 하였지만 이지란이 중원 황제의 자리가 바로 주원장에게 돌아갈 것이라고 확신하지는 못했던 듯하다. 원나라가 갖고 있는 황제의 자리가 종국적으로 누구에게 돌아갈지 확실하게 판단하기 어려운 상황이었기에 "秦(진)나라 외로온 ᄉᆞ슴"이 "갈 곳 몰라 ᄒᆞ도다"라고 한 것이다.

28) 또한 "외로운"이라는 수식어는 진나라에 대응되는 원나라가 중원의 주인으로 지지되지 못하고 있다는 현실 인식만이 아니라 작가 스스로도 더 이상 지지하지 않는 태도를 함축하고 있다.

고려어(高麗語)로 노래를 창작한 것은 그 잠재적인 청자를 고려인으로 설정했음을 말해 준다. 시에 비해 노래는 그 소통의 범위가 한층 더 넓다. 시나 노래를 창작하는 역량까지 갖추지 못한 사람도 노래는 이해할 수 있다. 그런 까닭에 노래가 교화(敎化)의 수단으로 널리 쓰였던 것이다. 그런데 <楚山(초산)에> 창작에 바탕이 된 시(詩)・사(史)에 대한 지식 곧 학식은 고려인이면 누구나 갖출 수 있었던 것은 아니다. 어릴 적부터 출사(出仕)를 위해 시(詩)・사(史)를 학습할 수 있었던 계층에 속한 고려인이라야 <楚山(초산)에>를 이해할 수 있었을 것이다. 그 계층이 바로 사족(士族)이다. 따라서 이지란은 고려의 사족을 잠재적인 청자로 설정하여 <楚山(초산)에>를 창작한 것이라 할 수 있다.

이렇게 고려 사족을 잠재적인 청자로 설정한 까닭은 무엇일까? 선행 연구에 의하면, 우탁, 이조년, 이존오 등의 시조 창작에는 정치적 행보가 이루어지는 현장뿐 아니라 현장 바깥에 있는 사족들에게 작가 자신의 정치적 행보를 이해하고 자기에 대해 우호적이고 긍정적인 태도를 가지게 하려는 의도가 크게 작용하였다. 이처럼 시조가 사족들이 자신의 정치적 행보를 이해하고 자신과 그 행보에 대해 우호적・긍정적 태도를 가지게 하는 수단으로 기능하였다면 이지란 또한 시조를

---

29) <楚山(초산)에>와 같은 노래 형식('시조')이 토착여진 출신인 이지란에게 익숙한 것이었을까 하는 의문도 든다. 이 의문은 앞서 인용한 해설의 말미에서 짧게 소개된 작가 문제에 대한 회의적인 의견은 뒤의 의문과 관련된 것이다. 하지만 시조의 언어적 형태가 음악(악곡) 형식에 의해 결정되는 것(노래가 "選詞而配樂(선사이배악)"으로 만들어지느냐 "由樂而定詞(유악이정사)"로 만들어지느냐에 따라 노랫말의 언어적 형태는 다를 수 있다. 시조는 "由樂而定詞(유악이정사)"로 만들어지는 노래였다. 시조가 그 악(樂)의 형식이 유사하거나 동일하였기에 언어적 형태 또한 유사하거나 동일한 것이라 할 수 있다.)이었다면 작가 문제에 대해 회의적인 태도를 고수할 까닭은 없어 보인다. 그 음악 형식은 고려인과 고려 군대와의 친분이나 협력 관계가 이루어지는 과정에서 얼마든지 공유되는 길이 있었을 것이기 때문이다. 따라서 확정적인 반증 자료가 발견되지 않는 한 <楚山(초산)에>는 이지란이 창작한 노래로 보는 것이 합당할 것이다.

그러한 수단으로 활용하고 싶어 했을 것이다.

그러면 <楚山(초산)에>를 통해 이지란이 고려 사족에게 내보이고자 한 것은 무엇일까? 우선, <楚山(초산)에>에 함축된 당대 현실에 대한 이지란의 인식과 태도는 특히 이지란의 고려 귀부 시기 고려 권력의 중심에 자리한 사족(사대부)들의 당대 현실 인식 및 태도와 합치한다. 당대의 현실 상황을 역사적 필연으로 인식했다는 것은 원나라 중심의 문화적인 세계 질서가 더 이상 회복될 수 없다고 판단했음을 말하는 것이다. 그러한 판단은 원나라 황제 중심의 세계 질서를 더는 인정하지 않는 태도를 함축한다. 이러한 인식과 태도는 원나라와의 사대관계를 청산하고 명나라와의 사대관계를 수립하는 데 적극 참여한 고려 국왕(공민왕)과 사족(사대부)들의 인식과 태도에 부합하는 것이다.[30] 귀부는 이지란의 결정에 의해 이루어지는 것이 아니라 최종적으로는 고려 지배 권력의 승인을 통해 이루어진다. 그렇다면 이지란은 자신의 인식과 태도를 최소한 고려 지배 권력 구성원들에게 명확하게 할 필요가 있었을 것이다.

한편, 원·명 교체가 진·한 교체와 같이 역사적 필연이라면 원나라와의 관계를 유지하는 것은 더는 무의미한 일이다. 그런데 이지란의 고려 귀부 당시 명나라의 요동(遼東) 지배력은 여전히 미미했다. 따라서 요동을 넘어 명나라에 귀부하는 것은 현실적으로 힘들다는 인식이 뒤따랐을 것이다. 귀부 결정을 할 무렵에 고려 내의 부원세력이 일소된 데다 고려는 명나라를 사대할 것을 천명하였다. 더욱이 이지란은 그 이전부터 이성계와 두터운 교분이 있었다. 이지란은 이러한 점들을 종합적으로 고려하여 고려 귀부를 최종 결정하였을 것이다. 그런데 이

30) 그 시대의 유산 중에서 이지란과 같은 현실 인식과 태도를 뚜렷하게 표현한 기록은 찾아보기 어렵지만, 문약(文弱)한 고려 사대부들이 개인적으로 드러내기 조심스러워했던 현실 인식과 원나라에 대한 태도를 이지란은 공공연하게 드러낸 것이 아닌가 생각된다.

성계는 그 선조가 본디 고려인이었다는 점을 내세울 수 있어 딱히 귀부의 명분을 밝힐 이유가 없었던 데 비해 이지란은 사정이 달랐다. 이지란은 역사적으로 고려인으로부터 차별 대우를 받았던 토착여진(土着女眞)인 데다 원나라를 섬겨 원나라에서 제수한 관직을 갖고 있었다. 그런 그가 고려로 귀부하는 것은 원나라를 배반하는 것이기도 하다. 그런데 이지란 당대는 토착여진이 고려에 귀부하는 명분이 원나라를 배반하는 명분과 합치할 수 있었다고 볼 수 있다.

<楚山(초산)에>의 시적 상황은 진나라가 천하 인민의 공적(共賊)이 된 상황이라 할 수 있다. 귀부 당대의 시대 상황이 원나라가 천하 인민의 공적이 된 상황이라고 인식하였다면 두 현실 상황은 시대 격차는 커지만 적확하게 합치하는 것이라 할 수 있다. 천하 질서 곧 세계 질서가 재편되는 상황에서 기존의 세계 주인을 배반하고 신흥하는 세력에 귀부하는 행위를 문제 삼을 수는 없는 일이다. 그것이 문제라면 요(遼)나라(거란(契丹)), 금(金)나라, 원나라를 사대했던 고려의 역사 전부가 문제가 된다. 고려의 지배 계층 곧 사족은 힘의 논리만을 따른 것만이 아니라 이들 나라가 중원의 대국으로서 문화적인 세계의 중심이 되었다는 판단도 널리 수용했던 것이다. 고려가 원나라와의 수교를 단절하고 명나라에 대한 사대를 천명하였다면 고려의 지배 세력 내부에서는 원나라가 반중화적(反中華的)인 나라로 바뀌어 더 이상 세계의 주인이 아니라는 인식이 널리 확산했다는 것이다. 특히 사족의 관점에서는 중화적인 세계에 속한다면 어느 나라에 귀부하든 간에 원나라를 배반하는 행위가 문제가 되지 않는다. <楚山(초산)에>에 진·한 교체기 진나라가 멸망 단계에 접어든 시기의 역사적 상황만이 또렷하게 제시된 것은 그에 비견되는 당대 상황 자체가 이지란의 고려 귀부를 합리화하는 명분이 될 수 있었기 때문이다. 따라서 이지란은 <楚山(초

산)에>를 통해 자신의 당대 현실에 대한 인식과 태도가 고려 사족들과 합치하는 것임을 내보이려는 의도를 갖고 있었다고 할 수 있다.

또한, <楚山(초산)에>는 그 작가가 시적 재능의 바탕이 되는 시·사 지식을 상당하게 갖추었다고 판단할 수 있는 근거가 될 수 있다. 비록 그 음악 형식에 의해 상당한 영향을 받는다는 점을 제외하면 노래 창작에 요구되는 능력은 시를 창작하는 데에도 요구되는 능력이다. 시는 음악적 형식에 구애되지 않지만 음악성을 온축한다. 그런 까닭에 평측(平仄)이나 압운(押韻)을 포함한 성운(聲韻)에 대한 깊은 이해 없이는 창작이 이루어지지 않는다. 이 점을 제외하면 노래 창작에도 시 창작에 요구되는 제반 능력을 필요로 한다.

시적 재능의 바탕을 이루는 것 가운데 하나가 시·사에 대한 해박한 지식이다. "楚山(초산)에 우는 범", "沛澤(패택)에 잠긴 龍(용)", "吐雲生風(토운생풍)", "秦(진)나라 외로운 ᄉᆞ슴" 등은 모두 이지란이 시·사에 대한 지식을 일정하게 갖춘 인물을 넌지시 드러내는 효과를 가져올 수 있다. 그리고 당대 현실을 진나라 말기의 역사적 상황에 견줄 수 있는 시적 상상력은 시·사에 대한 지식이 없이는 발휘하기 어려운 것이다. 물론 시적 재능은 시 창작을 통해 좀 더 분명하게 드러나게 마련이다. 이지란이 고려의 사족층에서 두루 인정할 만큼의 시 창작 능력까지 갖추었다고 보는 데는 어려움이 뒤따른다. 한 편의 시도 남기지 않은 까닭이다. 하지만 <楚山(초산)에>는 이지란이 시 창작의 바탕이 되는 시·사에 대한 지식을 상당하게 갖춘 인물이었다는 판단을 가능하게 하고 있다.

그러면 왜 이지란은 자신의 그런 자질과 특성을 사족들에게 내보이고자 하였을까? 시와 노래에 공통으로 요구되는 능력, 곧 시적 재능은 사람을 '화(華)'와 '이(夷)'로 구분하고 차별하는 척도였다는 데서 이 의문을 푸는 실마리를 찾을 수 있을 듯하다. 시적 재능을 통해 지배 권력으로 편입되는 것을 당연하게 받아들이는 사족들은 사람이든 지역이든 화(華, 문화적인 것)와 이(夷, 반문화 혹은 비문화)를 구분하고 차별하는 세계관을 알게 모르게 체현하고 있었다. 물론 그 본질적 바탕이 같은가 다른가에 대해서는 중국이나 우리나라의 사족들 사이에서도 논란이 없지 않았던 듯하다.[31] 하지만 이지란과 같이 토착여진이라면 이(夷)로 분류하고 차별하는 것이 사족들의 일반적 태도였다. 그런 점에서 이지란은 자신이 외형적 특성만으로 판단할 때는 이(夷)로 인식될 수 있지만 내적으로는 화(華)로 분류되는 사람의 자질과 특성을 고스란히 담지하고 있는 인물임을 내보이기 위해 시적 재능의 바탕이 되는 시·사에 대한 지식을 활용해서 당대 현실을 역사적 상황을 통해 표현한 것이라 할 수 있다.

국가 지배 권력을 구성하는 사족의 관점에서 이지란은 국가적 위난에 대처하는 데 아주 큰 힘이 되는 인물이다. 그러한 위난 상황에서 이지란이 토착여진이라는 사실은 문제가 되지 않는다. 위난을 극복하고 권력을 유지하는 데 '내 편'이 되어 얼마만큼 도움이 되느냐가 더욱 중요했을 것이다. 그에 비해, 국가적 위난을 극복하는 데 참여하고 있으면서도 여전히 국가 권력의 핵심에 자리하지 못하는 일반 사족(혹은 그 이하 계층의 인민)들에게는 그가 문화적 자질과 특성을 갖춘 인물인가의 여부는 매우 중요한 문제로 인식될 수 있었을 것이다. 그것이 그들 자신을 평가하는 기준이기도 하였기 때문이다. 화이관(華夷觀)은 주체(主體)와 타자(他者)를 구별하여 차별하는 세계관이고, 그 세계관은 내부 구성원에게도 적용되었던 것이다. 사족이 국가 사회의 지배 계층으로 자리할 수 있게 하는 세계관이었다. 그런 점에서 고려의 사족이

31) 우리나라에서 이러한 논의는 조선 시대 붕당정치가 시작된 이후에 본격화되었다.

나 그 이하 계층의 인민들은 나라 안에서든 나라 바깥에서든 지배 계층(사족 이상의 계층)에 편입되기 위해서는 기본적으로 문화적 자질과 특성을 갖추어야 한다는 생각을 공유하고 있었다고 볼 수 있다.[32] 시적 재능은 문화적 자질과 특성을 판단하는 중요한 척도였다. 따라서 고려 귀부를 결정할 때 이지란은 이 점을 의식하지 않을 수 없었을 것이다.

역사적으로 세계 질서가 재편되는 와중에 스스로 국가를 수립할 역량이 부족한 시기에 여진인은 새로이 중원을 차지한 국가나 고려로 귀부하는 선택을 했다. 하지만 이지란 시대 이전에 고려로 귀부한 여진인 가운데 그 이름이 알려진 인물은 찾아볼 수 없다. 고려 귀부를 선택하는 시점에서 이지란은 여진인의 고려 귀부의 역사는 물론 고려 사족이 출신(인종, 지역, 신분 등)에 따라 귀화인을 차별하는 시선을 일반적이라는 것도 익히 알았을 것이다. 문화적 자질과 특성을 갖춘 중국인 귀화인에 대한 사족의 시선은 매우 우호적이었다. 고려인 이상의 문화적 수준을 갖춘 인물로 인식되었던 까닭이다. 그만큼 그들이 사족에 편입되는 것도 어렵지 않았다. 그에 비해 중국에서 귀부해 왔더라도 문화적 자질과 특성을 갖추지 못한 인물에 대한 시선은 곱지 않았다. 도착여진이 문화적인 것의 내척점에 있나고 인식되었음은 물론이다. 원나라는 인종적 특성에 따라 국민의 등급을 구분했지만, 원나라 간섭기의 고려에서는 인종적 특성이 출사(出仕)에 큰 장애가 되지 않았다. 그런데 이지란이 고려 귀부를 결정한 시기의 고려는 원나라에 대한 사대관계의 청산을 천명하였다. 그러한 상황이라면 출신 지역 또한 귀부 이후 귀화 과정에서 다시금 중요하게 고려될 것이라고 예견하는

32) 全海宗, 「「歸化」에 대한 小考: 東洋古代史에 있어서의 그 意義」, 『白山學報』 13(白山學會, 1972), 3~25쪽에서는 역사 서술에서 사용된 용어의 분석을 통해 귀화 관련 용어 사용이 '덕치사상(德治思想)'과 '화이사상(華夷思想)'에 바탕을 두고 있었음을 밝히고 있다.

일은 어렵지 않았을 터이다. 따라서 이지란은 토착여진이라는 이유 때문에 귀부 이후 귀화 과정에서 고려의 사족에게 부정적인 시선을 받을 가능성을 아울러 고려했다고 볼 수 있다. 이성계를 비롯한 고려인과의 교분이 있었음에도 귀부 결정이 늦은 것은 이런 각도에서 생각할 수 있는 것이다. 그런 점에서 <楚山(초산)에>는 원나라와의 사대관계 청산을 지지하는 고려 사족들의 일반적인 시선, 곧 출신이나 학식에 따라 사람을 구분하여 차별하는 시선을 아울러 고려하여 창작한 것이라 할 수 있다. 시・사에 대한 지식을 바탕으로 하는 시적 재능을 함께 보여줌으로써 고려 사족들의 시선을 우호적・긍정적으로 바꾸는 효과를 기대한 것이다.

이처럼 <楚山(초산)에>는 원나라를 배반하고 고려에 귀부하는 명분이 될 수 있는 당대 현실에 대한 인식과 원나라에 대한 태도를 시적 재능의 바탕이 되는 시・사에 대한 지식을 바탕으로 창작된 작품이다. 이는 이지란이 외형적 특성에 따라 사람을 구별하고 차별하는 세계관을 당연하게 받아들이던 고려인, 특히 사족들의 시선을 적극적으로 고려한 결과임을 말해 준다. 결국 이지란은 고려인들과 시대 인식을 같이할 뿐 아니라 사족들이 문화적이라고 판단할 만한 자질과 특성도 갖추고 있는 인물임을 <楚山(초산)에>를 통해 보여줌으로써 자신에 대한 고려 사족들의 우호적, 긍정적 시선을 기대한 것이다.

4. 결론

이상에서 대중적인 시조 작품 해설서들이 유사하게 수용하고 있는 해석이 시적 상황에 대응하는 실제 상황을 부적합하게 추론하고 있음을 확인하고, 텍스트가 의미론적 통일성을 갖는 맥락을 새로이 재구하여 <楚山(초산)에>의 함의를 새로이 해석해 보았다. 논의 내용은 다음과 같이 간추릴 수 있다.

첫째, <楚山(초산)에>의 시적 상황에 대응하는 실제 상황은 선행 해석에서 공통으로 인정해 고려・조선 교체기 고려 말기의 국가 사회 내부 정세가 아니라 원・명 교체기 원나라 말기의 세계정세로 추론할 때 텍스트는 의미론적 통일성을 가질 수 있다. 이것은 이지란이 <楚山(초산)에>를 창작한 시기가 귀부 시점에서 그리 멀지 않은 때였음을 아울러 말해 주는 것이다.

둘째, <楚山(초산)에>는 당대의 변화된 현실 상황이 역사적 필연이라는 인식을 드러내고 있는데, 이러한 인식은 원나라를 사대하고 원나라 장수로서 활약해 온 이지란이 이전의 태도를 바꾸어 원나라를 배반하고 명나라를 사대하며 고려로 귀부하는 명분이 될 수 있는 것이었다. 귀부 당시 고려는 원나라와의 사대관계를 청산하고 명나라와의 사대관계를 수립하는데, 그 과정에 적극 참여한 고려인들의 역사의식은 <楚山(초산)에>에 함축된 역사의식과 합치하는 것이기 때문이다.

셋째, <楚山(초산)에>는 당대 현실 상황에 대한 인식을 보여주기 위해 유사한 역사적 상황을 가져와 시적 상황으로 구성하고 있는데, 이것은 이지란 자신이 시적 재능의 바탕이 되는 시・사에 대한 지식을 갖추고 있는 인물임을 드러낸 것이다.

이처럼 이지란이 고려 귀부를 결정한 시점에서 <楚山(초산)에>를 창작하여 자신의 현실 인식과 원나라에 대한 태도, 시적 재능 등을 드러낸 데에는 고려의 국가 권력의 핵심에 있지 않은 사람들까지도 자신의 귀부를 합당하게 받아들이고 자신에 대한 차별적 시선을 우호적이고 긍정적인 것으로 바꾸어 보려는 의도가 있었기 때문이다. 우선, 고려의 지배 계층인 사족에 속하는 인물들은 알게 모르게 출신과 학식을 기준으로 사람과 지역을 차별하는 세계관을 갖고 있었다. 이러한 세계관은 토착여진을 이(夷)로 구분하여 차별하는 것을 정당화하였다. 특히 토착여진의 고려 귀부는 고려 초기부터 있었지만, 고려의 지배 계층으로 편입되어 장착한 인물은 찾아지지 않는다. 이지란은 고려 귀부 토착여진의 역사를 익히 알고 있었을 것이다. 그런 까닭에 이지란은 시적 재능의 바탕이 되는 시·사에 대한 지식을 갖춘 인물로 인식할 수 있도록 당대의 시대 상황을 진·한 교체기 진나라 말기의 세계정세에 견주어 자신의 시대 인식과 화이(華夷)에 대한 태도를 드러낸 것이다.

우탁, 이조년, 이존오 등의 시조 창작에 공통으로 일반 사족 혹은 그 이하 계층의 인민들에게 작가 자신의 정치적 행보를 합리화하고 자신들에 대해 우호적이고 긍정적인 태도를 가지게 하려는 의도가 작용하였다. 시조가 작가가 자신의 정치적 행보가 이루어지는 현장뿐 아니라 현장 바깥에 있는 일반 사족에게 자기 행보에 대한 이해를 구하는 소통 수단으로 기능한 것이다. 이지란 또한 시조의 그러한 기능을 알고 활용한 셈이다. 하지만 우탁, 이조년, 이존오와 달리 그는 토착여진이었기에 당대 핵심 권력을 구성하고 있는 사람들뿐 아니라 고려의 사족 혹은 그 이하 계층의 인민들이 알게 모르게 체화하고 있는 차별적 시선을 아울러 의식하였던 것이다.

이러한 논의의 결과는 적어도 두 측면에서 <楚山(초산)에>에 교육 제재로서의 가치를 부여해 줄 수 있다. 하나는 세계사적 변화에 대한 인식의 측면이다. 고려 말기의 사족들이 남긴 시문에서 이지란 귀부 당대의 세계사적 변화에 대한 정확한 인식과 명확한 표현은 찾아보기 힘들다. 원나라와의 사대관계 속에서 권력의 핵심에 진출한 인물들이 원나라와의 사대관계를 청산한다는 것은 당대 현실 상황이 역사적 필연에 따른 것이라는 인식과 그에 기초한 정치적 행보를 과감하게 실천할 수 있는 용기를 요구한다. 내부적인 권력 쟁투에 얽매여서는 그런 인식에 도달하기 어려우며, 기득권에 연연해서는 그 실천을 기대하기 어렵다. 그런 점에서 <楚山(초산)에>는 기득권에 연연하거나 내부적인 권력 쟁투와 얽매여 중대한 세계사적 변화를 인식하지 못하는 우리 자신을 반추하는 계기를 만들어 줄 수 있을 것이다.

다른 하나는 사람에 대한 시선과 태도의 측면이다. 출신(계층, 지역)과 학식에 따라 사람을 차별적으로 인식하는 세계관은 중화주의(Sino-centrism)에 바탕을 두고 있다. 중화주의가 근대 이후 서구중심주의(Euro-centrism)로 대체되었다. 하지만 서구중심주의는 중화주의의 근대적 모습이라 할 수 있다. 학식을 가늠하는 척도만 달라진 것뿐이다. 지금도 우리는 알게 모르게 외형적 특성으로 사람을 차별하고 있다. 어느 지역, 어느 나라 출신인가, 가정적 배경이 어떠한가, 학식(실제로는 '서구'의 언어와 '서구 문명 혹은 지식'의 습득 정도)이 어느 정도인가에 따라서 사람을 차별하고 있다. 그로 인해 수많은 사회적 문제가 야기되고 있다. <楚山(초산)에>는 이와 같은 우리의 차별적 시선과 태도가 역사적 뿌리가 매우 깊다는 것을 확인해 주고 있다. 그런 점에서 <楚山(초산)에>는 사람에 대한 우리의 시선과 태도를 성찰하는 계기도 마련해 줄 수 있을 것이다.[33]

33) 이 논문의 논의를 바탕으로 임진왜란 시기 항왜 김충선의 가사의 맥락을 외부인에 대한 차별적인 시선과 태도의 문제와 연관지어 탐색한 다음 논문을 발표했다. Yim, Ju-tak, "Discriminatory Views and Attitudes Based on Confucian Sino-Centrism: Why did Naturalized Writers Compose Classical Korean Poems?", International Journal of Educational Science and Research 7-1(2017), pp.47~60.

제 4 장

이존오 시조의 맥락 연구

1. 서론

이 글은 이존오(李存吾, 1341~1371)의 시조 <구름이>에 함축된 의미를 맥락 연구(contextual study) 방법을 통해 새로이 해석하는 데 그 목적이 있다. 고려 말기 시조 작품은 모두 조선 후기에 편찬된 가집에 실제 텍스트가 실려 전하고 있다. 그런 까닭에 작품-작가 관계의 신뢰성 문제가 관련 연구에 걸림돌이 되고 있다. 하지만 이 시기 시조 작품들은 일찍부터 중등학교 교육과정에서 학습 제재로 널리 활용되어왔다. 국권 상실기 지식인들이 중요하게 다루었던 절의(節義)의 문제를 다루고 있는 작품의 비중이 상당하다는 점, "比較的(비교적) 作品(작품)으로는 優秀(우수)하여 後世(후세) 時調(시조)의 規範(규범)이 되었"[1]다든가 "圓熟(원숙)한 境域(경역)"[2]에 도달한 시조의 모습을 보여주고 있다는 점, 작

1) 趙潤濟, 『教育 國文學史』(東國文化社, 1956(초판 1949)), 32쪽.
2) 李秉岐・白鐵, 『國文學全史』(新丘文化社, 1960(1957)), 100쪽.

품에 대한 접근성이 비교적 높다는 점 등이 여느 시기의 시조 작품에 비해 교육 자료로서 가치가 높다고 판단하는 근거로 고려되었던 듯하다. 더욱이 고려 말기 시조의 작품-작가 관계를 부정할 만한 객관적 증거가 찾아진 것도 아니다. 긍정은 물론 부정의 논리에도 논거가 부족하기는 마찬가지라 할 수 있다. 이러한 형국이라면 해당 작품들을 교육 자료로 활용한다고 해서 크게 문제가 되지는 않는다. 문제가 되는 것은 교육 자료로 활용하는 과정에서 작품에 대한 이해가 합리적인 과정을 통해 충분히 이루어질 수 있는가 하는 점일 것이다.

그런데 오랫동안 교육 자료로 활용됨으로써 대중 인지도 또한 여느 시기 시조 작품에 비해 높은데도 불구하고 고려 말기 시조 작품에 대한 '교과서적 해설'[3]은 여전히 상당한 오류를 포함하고 있는 듯하다. 문학 교육에서 작품에 대한 학습자의 주체적인 이해와 감상을 존중한 지 오래지만, 실제로 학습자의 주체적인 수용은 잘 허용되지 않는다. 교육 평가가 교과서적 해설에 기대어 이루어지고, 그에서 벗어난 반응에 대해서는 부정적인 교육 평가가 내려지기 일쑤이다. 고려 말기 시조 작품에 대한 독서 대중의 이해 또한 교과서적 해설의 범위에서 크게 벗어나지 않는데, 이는 중등학교 교육과정의 경험을 통해 교과서적 해설이 각인되었거나 대중의 이해를 위해 마련된 해설이 교과서적 해설과 거의 같은 맥락에서 이루어진 결과라 할 수 있다. 고려 말기 시조 작품에 대한 교과서적 해설은 대부분 해방을 전후한 시기에 마련되었다. 그 시기 이후 해설에 새로운 내용이 보태지기도 하였음은 물론이다. 하지만 선행 해설을 비판 혹은 부정하고 대안적인 해설을 제

3) 교과서에 수록된 작품에 대한 해설이 교과서 안에 함께 포함되지는 않는다. 해설은 교과서 학습을 위해 별도로 제작되는 교사용 지도서나 참고서 등에 실리고, 교사는 주로 그 해설을 수용한다. 따라서 교육과정의 운영 주체인 교사에 의해 수용되는 해설을 '교과서적 해설'이라 부를 수 있을 것이다.

시한 사례는 찾아보기 힘들다. 선행 해설의 범위에서 크게 벗어나지 않았다는 것이다.

이존오의 시조 <구름이>에 대한 교과서적 해설의 기틀은 조윤제의 의해 마련되었다. 이후 몇몇 연구자에 의해 주석과 해석에서 약간의 수정과 보완이 이루어지기는 했어도 수정·보완된 내용은 조윤제 해석의 자장 안에서 교과서적 해설을 구성하고 있다. 그런데 <구름이>에 대한 교과서적 해설은 모호하거나 부정확하다. 텍스트의 의미론적 통일성(semantic coherence) 분석은 물론 의미 해석에 관건이 되는 맥락 추론도 합리적인 이해 과정을 포함하고 있지 않다. 이존오의 시조처럼 일찍부터 중등학교 교육과정에 수용된 고려 말기 시조 작품에 대한 교과서적 해설 또한 이와 같은 문제점을 지니고 있음은 우탁(禹倬, 1262~1342), 이조년(李兆年, 1269~1343)의 시조에 대한 최근 연구에서도 확인된다.[4] 결국 교과서적 해설의 문제점이 선행 독법의 문제점을 고스란히 물려받고 있는 셈이다. 따라서 텍스트의 의미론적 통일성을 분석하고 그 통일성을 유지해 주는 맥락을 추론함으로써 텍스트에 함축된 의미를 해석해 보임으로써 이존오 시조를 좀 더 합리적으로 이해할 수 있는 길을 마련해 보고자 하는 것이다.

2. 텍스트의 확정과 독법 방향

이존오의 시조 <구름이>는 그의 유고 문집에 실리지 않은 노래다.

4) 임주탁, 「우탁 시조 작품의 창작 맥락과 함의」, 『배달말』 56(배달말학회, 2015), 195~230쪽; 임주탁, 「이조년 시조 작품의 분석과 해석」, 『우리말글』 65(우리말글학회, 2015), 155~201쪽.

이를 제외하면 현전하는 그의 시문은 12편인데 모두 『고려사(高麗史)』와 『동문선(東文選)』에 수록된 것이다. 『대동야승(大東野乘)』, 『동인시화(東人詩話)』 등에서는 두 문헌에 실린 시문을 선택적으로 수록하였고, 10세손 이유경(李裕慶)이 간여하여 편집·간행한 유고 문집 『석탄집(石灘集)』(1726)에는 이들 문헌에 수록된 시문이 다시 수록되었다. 시문의 역사에서 이존오는 문학적 재능이 출중한 인물로 평가된 적이 없다. 그의 시문들이 독특한 시학적·미학적 특성을 보여준 것 같지도 않다. 그런 까닭인지 이존오의 시문에 대한 학계의 논의는 매우 영성(零星)하다. 그나마 전개된 논의는 그의 유고 문집에 실리지 않은 시조 <구름이>를 대상으로 한 것이 전부라 할 수 있다.[5)]

고려 말기 시조 작품들은 조선 후기 이후에 편찬된 가집에 수록된 빈도가 매우 높은 편이다. <구름이> 또한 조선 후기 이후 해방 이전까지 편찬된 64종의 가집(歌集)에 66회나 수록되었다. 그중 14종이 작가를 밝히지 않은 체재(體裁)이다. 작가를 밝히는 체재로 편찬된 가집은 51종인데 그중 27종에서 <구름이>의 작가를 이존오로 밝혔다. 21종에서는 작가 미상으로 처리하고 『청구영언(靑丘永言)』(연민본(淵民本)) 1종에서만 정철(鄭澈)을 작가로 밝혀 놓았다. 또한, 시조 대중화에 기여한 가집 가운데 비교적 이른 시기(영조 4년, 1728년)에 편찬된 『청구영언(靑丘永言)』(진본(珍本))에서는 작가 미상으로 처리하였다. 그보다 조금 앞선 시기에 편집[6)]된 『병와가곡집(甁窩歌曲集)』에서는 작가를 이존오로 밝혀 놓았다. 이러한 점들을 종합하면 『석탄집』이 편찬될 무렵에 대중문화 레퍼토리로 수용되던 <구름이>는 작가 여하가 중요하게 인식되

5) 국문학계 바깥의 연구로 오종일, 「려말 의리정신과 이존오의 충절의식」, 『범한철학』 27 (범한철학회, 2001), 21~37쪽이 있다.

6) 편찬 시기와 이형상의 편집 시기 사이에 다소의 시간적 간극이 있는 것으로 추정된다. 이형상 사후에 창작된 작품이 수록되어 있기 때문이다.

지 않았거나 명확하지 않았을 가능성이 없지 않다고 할 수 있다. 하지만 작가를 명시한 가집의 기록은 결정적인 반증 근거가 제시되지 않는 한 존중될 필요가 있다. 그런 점에서 <구름이>의 작가를 이존오로 간주하는 것이 현재로서는 문제가 되지 않을 것이다. 다만 대중문화 공간에서 <구름이>가 다음 3종의 텍스트로 유통된 만큼, 그 가운데 어느 것이 이존오가 창작한 것일지에 대한 논의는 보완될 필요가 있어 보인다.

㉠ 구름이 無心(무심)ᄐᆞᆫ 말이 아ᄆᆞ도 虛浪(허랑)ᄒᆞ다
中天(중천)에 써 이셔 任意(임의)로 단이면서
구타야 光明(광명)ᄒᆞᆫ 날빗ᄎᆞᆯ ᄯᆞ라가며 덥ᄂᆞ니
(#0411.1; 『瓶窩歌曲集』 #0053)

㉡ 구ᄅᆞᆷ이 無心(무심)탄 말이 아마도 虛浪(허랑)ᄒᆞ다
中天(중천)에 써 이셔 任意(임의)로 ᄃᆞ니면서
구ᄐᆞ여 光明(광명)ᄒᆞᆫ 날빗ᄎᆞᆯ 더퍼 무ᄉᆞᆷ ᄒᆞ리오
(#0411.1; 『東歌選』 #0019)

㉢ 구름이 無心(무심)탄 이 말이 아마도 虛事(허사)로다
中天(중천)에 써 이셔 任意(임의)로 닷니면서
엇지타 光明(광명)ᄒᆞᆫ 날빗ᄎᆞᆯ 가릴 쥴이 이시랴
(#0411.1; 『青丘永言』(淵民本) #0204)

64종 가집에 66회 수록 빈도를 보이는 <구름이> 텍스트는 제3행의 차이에 따라서 ㉠~㉢의 세 유형으로 분류된다. ㉠은 13종, ㉡은 49종, ㉢은 4종의 가집에 각각 수록되었다. 『청구영언(青丘詠言)』(가람본(伽藍本))에는 ㉠과 ㉡ 유형이 함께 실렸는데, ㉠ 유형 텍스트(#0164)의 작가

는 미상으로 처리하고 ㉡ 유형 텍스트(#0374)의 작가는 이존오로 밝혀 놓았다. 그와 반대로 역시 ㉠과 ㉡ 유형을 함께 싣고 있는 『악부(樂府)』(나손본(羅孫本))에서는 ㉠ 유형 텍스트(#0370)의 작가는 이존오로 밝혀 놓고 ㉡ 유형 텍스트(#0055)의 작가는 미상으로 처리하였다. 이러한 차이는 있어도 이존오를 작가로 밝힌 가집이 ㉠과 ㉡ 유형만을 수록하고 있음은 분명하다.

그에 비해, ㉢ 유형에 속하는 작품 중에서 이존오를 작가로 밝혀 놓은 가집은 전혀 없다. 정철(鄭澈)을 작가로 밝혀 놓은 가집에 실린 텍스트는 ㉢ 유형에 속한다.[7] 그런데 ㉢은 '덮다'는 행위가 실제로 일어날 수 없음을 말하고 있어 ㉠㉡과는 의미론적으로 대립적 성격을 띠고 있다. 더욱이 ㉢은 텍스트 자체의 의미론적 통일성도 현저하게 결여되어 있다. 제1행은 '구름이 무심(無心)하다는 말'에는 동작과 관련한 말이 전혀 없음에 비해 '허사(虛事)'에는 비록 '쓸데없는[虛]'이란 수식어가 붙기는 하였지만, 동작과 관련한 내용('일[事]')이 포함되어 있다. 따라서 '구름이 무심(無心)하다는 말이 아마도 허사(虛事)이다'라는 진술은 의미론적 통일성이 심각하게 결여한 것이라 할 수 있다.

물론 '허사(虛事)'는 제2~3행과는 연관성이 없지 않아 보인다. 제2~3행에서 햇빛[日光]을 덮는(또는 가리는) 행위는 하나마나한 것이기 때문에 하지 않을 것이라는 확신을 내포하고 있기 때문이다. 하지만 이러한 확신은 '구름이 무심(無心)하다'는 말을 부정하는 것과 의미론적으로 상치(相馳)된다. '구름이 무심(無心)하다'는 말에는 구름에 대한 긍정적인 평가가 함축되어 있음에 반해, '허사(虛事)'는 비록 의미론적 통일성은 결여해도 '구름이 무심(無心)하다는 말'을 부정하고자 하는 태

7) 통계적 수치는 김흥규 외 편저, 『고시조대전』(고려대학교 민족문화연구원, 2012), 84~85쪽에 기초함.

도가 함축되어 있이 분명하다. 또한, 제2~3행에 진술된 행위는 '구름이 무심(無心)하다'는 말과 상반된다. '무심(無心)'하지 않은 행태를 보여 주고 있기 때문이다. '~줄이 이시랴'는 그런 행태가 일어나지 않을 것이라고 확신하고 있음을 드러내고 있는데, 그러한 확신은 결과적으로 '구름이 무심(無心)하다는 말'을 부정하는 것이 아니라 되레 옹호하거나 지지하는 것이다. 이러한 모순들은 ㉢의 수용자가 텍스트를 구성하고 있는 언어를 정확하게 이해하지 못했음을 말해 준다. 특히 '구름이 무심(無心)하다'는 말의 의미를 제대로 파악하지 못했다고 볼 수 있다. 이는 ㉢ 유형 텍스트들이 <구름이>가 대중문화 레퍼토리로 유통되면서 변형된 것일 가능성을 시사한다.[8] 따라서 1종의 가집에서 정철을 작가로 밝혀 놓았다는 사실이 <구름이>의 작가가 이존오라는 사실을 부정하는 근거가 되지는 않는다고 할 수 있다.

㉡ 유형은 49종(49회)의 가집에 수록되었는데, 그중 작가를 밝히지 않은 체재로 편찬된 15종의 가집을 제외한 34종의 가집 가운데 23종에서 작가를 이존오로 밝혀 놓았다. 작가를 명시하여 수록한 빈도만을 고려할 때 ㉡ 유형의 텍스트가 이존오가 창작한 <구름이>에 가까운 것이라고 판단할 수 있을 듯하다.[9] 그런데 ㉡ 또한 비록 정도의 차이는 있을지라도 ㉢과 마찬가지의 문제점을 지니고 있다. 제1행에서 '구름이 무심(無心)하다'는 말이 실상에 맞지 않다는 주장(판단)을 제시한 만큼 제2~3행에서는 그러한 주장을 뒷받침하는 근거가 제시되는 것

8) 이러한 몰이해 현상은 대중문화 수용에서 흔히 목격된다.

9) 安廓, 『朝鮮文學史』(韓一書店, 1922), 64쪽; 趙潤濟, 『朝鮮詩歌史綱』(東光堂書店, 1937), 124쪽; 李秉岐・白鐵, 앞의 책, 100쪽; 이병기・백철, 『표준 국문학사』(신구문화사, 1957), 64쪽 등에서는 ㉡ 유형의 텍스트를 인용하였지만, 沈載完 편저, 『歷代時調全書』(世宗文化社, 1973), 100쪽(#293); 鄭炳昱, 『時調文學事典』(新丘文化社, 1982), 57쪽(#224) 등에 ㉠ 유형의 텍스트가 이본(異本) 비교 기준 텍스트로 거듭 제시된 이후에는 ㉠ 유형의 텍스트가 주로 인용되고 있다.

이 자연스럽다. 하지만 구름이 날빛[日光]을 따라다니며 덮는 행위는 쓸데없는 일이므로 자행할 필요가 없지 않을까 하고 반문하고 있을 뿐이다. 이는 ㉡ 또한 의미론적 통일성이 결여되었음을 말하는 것이다.

흥미로운 점은 제2~3행의 진술에만 초점을 맞출 때 ㉡이 ㉢과 의미론적 유사성을 지니고 있다는 사실이다. ㉡의 "무슴 하리오"는 ㉢의 "~ 쥴이 이시랴"와 마찬가지로 그 앞의 사태가 실제 일어나지 않기를 바라는 태도를 함축하고 있다. 이것은 ㉢의 제2~3행과 마찬가지로 ㉡의 제2~3행에도 ㉢의 '허사(虛事)'라는 판단이 전제되어 있음을 말하는 것이다. 이러한 유사성은 ㉡과 ㉢이 파생 관계에 있었을 가능성을 시사한다. 특히 65종의 가집 중에서 4종의 가집에서만 "虛浪(허랑)ᄒᆞ다"를 "虛事(허사)로다"로 대체한 데다, 그 말은 그 앞의 말, 곧 "구름이 無心(무심)튼 말"과 의미론적 연관성이 전혀 없다. 이런 점을 고려하면 ㉢ 유형에서 ㉡ 유형이 파생되기보다는 ㉡ 유형에서 ㉢ 유형이 파생되었을 가능성이 더 크다고 볼 수 있다. 이처럼 ㉡ 유형의 텍스트가 가집 수록 빈도나 작가를 이존오로 밝힌 빈도는 높아도 텍스트의 의미론적 통일성이 결여되어 있다면, ㉡ 유형 또한 이존오의 시조 텍스트로 확정하기는 어렵다. 서거정(徐居正, 1420~1488)은 "고려 5백 년 역사에서 간관은 이존오뿐"[10]이라고 극찬하였다. 그렇게까지 평가된 인물이 의미론적 통일성을 결여한 텍스트를 만들었을 개연성은 없어 보이는 것이다.

㉠ 유형은 13종의 가집에 수록(13회)되었고, 그 가운데 5종의 가집[11]에서 이존오를 작가로 밝혀 놓았다. 가집 수록 빈도나 작가 명시 빈도

10) 『石灘集』 下, 附錄, 「麗史提綱」: 高麗五百年間, 諫官一人而已.
11) 『歌詞』(權純會本) #0262; 『南薰太平歌』(民俗博物館本) #0004; 『甁窩歌曲集』 #0053 『詩餘』(金善豊本) #0015; 『樂府』(羅孫本) #0370.

에서 ㉡ 유형보다 낮은 수치를 나타내고 있다. 하지만 작가를 밝히는 체재로 편찬된 가집(5종)에서는 예외 없이 이존오를 작가로 밝혀 놓았다. 더욱이 ㉡, ㉢과 달리 ㉠은 의미론적 통일성을 유지하고 있다. 제1행에서 '구름이 무심(無心)하다'는 말이 거짓이라는 주장(판단)을 제시하고 제2~3행에서는 그 주장을 뒷받침하는 근거를 제시하고 있다. 모든 어휘들이 주장과 근거의 관계를 중심으로 결합해 있다. 이 점은 ㉠ 유형의 수용자 혹은 전승자가 텍스트를 이루고 있는 어휘들의 의미론적 관계를 명확하게 이해하고 있었음을 말해 준다. 따라서 ㉠ 유형에 속하는 <구름이>를 이존오의 시조로 확정하는 것이 가장 합당하다고 할 수 있다.[12)]

이처럼 ㉠ 유형에 속하는 텍스트를 이존오가 지은 작품이라고 하면, <구름이>의 독법은 기본적으로 주장(판단)-근거(이유)로 짜인 텍스트의 의미론적 통일성과 맞닿아 있는 맥락을 추론하는 방향에서 이루어져야 할 것이다.

3. 선행 독법과 교과서적 해설의 문제점

<구름이>는 안확에 의해 고려 말기 '儒派(유파)의 詩歌(시가)'의 하나로 인용[13)]된 이후에 여러 연구자에 의해 주석과 해석이 시도되었다.

---

12) 조동일은 "마지막 구절은 「덥허 무슴 ᄒᆞ리요」라고 한 곳이 많으나, 「ᄯᅥ라가며 덥ᄂᆞ니」라고 하는 편이 구름에 대한 원망을 강하게 나타낸다."라는 이유를 들어 수록 빈도가 높은 ㉡ 유형의 텍스트가 아닌 ㉠ 유형의 텍스트를 이존오의 시조로 인용하였지만(『한국문학통사』 2, 지식산업사, 1985(1983), 196쪽), ㉡ 유형의 텍스트가 의미론적 통일성이 결여되어 있다는 점에까지 주목하지는 않았다. "구름이 無心(무심)튼 말"을 정확하게 이해하지 못했기 때문이 아닐까 생각된다.

13) 安廓, 앞의 책, 64쪽.

주석과 해석에서 관건으로 인식된 것은 '구름'과 '光明(광명)한 날빛[日光]'의 지시대상을 추론하는 일이었다. 작가가 문제 삼고 있는 대상이 '구름이 光明(광명)한 날빛을 따라다니며 덮는 상황'으로 집약되었다고 보았기 때문이다. 다음 <표>는 그 추론이 연구자에 따라 조금씩 달리 이루어졌음을 정리한 것이다.

〈표〉 '구름'과 '(光明(광명)한) 날빛'의 지시 대상 추론 양상

구분	구름	(光明한) 날빛	작품 해석
趙潤濟[14]	姦淫之臣들	님금의 聰明	①
秦東赫[15]	奸臣	왕의 聰明	-
조동일[16]	신돈	공민왕	②
李廷倬[17]	妖僧辛旽의 橫暴	聖聰	③
김동욱[18]	신돈	공민왕	④
김대행[19]	小人(奸臣)	어진 임금	-

조윤제는 이존오가 "氣慨(기개)가 絶倫(절륜)하야, 그의 時調(시조)로 남은 一節(일절)에도 能(능)히 그의 情調(정조)를 살필수 있다"라고 전제하고 <구름이>는 "그가 姦淫之臣(간음지신)이 모아 들어 님금의 聰明(총명)을 가리워 政治(정치)가 腐敗(부패)하여가는 것을 槪嘆(개탄)한 것"(①)이라고 해석하였다. 당대 정치 현실에 대한 비판의식을 우의적(寓意的,

14) 趙潤濟, 앞의 책(1937), 124쪽.
15) 秦東赫, 『古時調文學論』(螢雪出版社, 1988(1976)), 124~125쪽.
16) 조동일, 앞의 책, 196쪽.
17) 李廷倬, 「時調史硏究 <1>」, 『安東大學 論文集』 10(安東大學, 1988), 8쪽.
18) 김동욱, 「石灘 李存吾의 士大夫意識과 詩歌」, 『泮橋語文硏究』 2(泮橋語文學會, 1990), 187쪽.
19) 김대행 역주, 『시조』 I(고대민족문화연구소, 1993), 21쪽.

allegoric)으로 표현하였다고 본 것이다. 진동혁은 조윤제의 추론과 해석을 수용하되 '구름'을 '간음지신(姦淫之臣)들'이 아닌 한 명의 간신(奸臣)으로 특정함으로써 <구름이>가 신돈(辛旽) 개인에 대한 비판의 목소리를 담아낸 작품으로 해석할 가능성을 열어두면서도 '우국시조(憂國時調)'로 분류하였다. 이정탁은 <구름이>를 신돈 개인에 대한 비판의 목소리로 읽되 '구름'이 곧 신돈이 아니라 신돈의 횡포(橫暴)가 자행되는 현상을 가리키는 것으로 보았다. 조윤제가 신돈을 비롯한 '간음지신(姦淫之臣)들'에 의해 부패해진 당대 정치 현실을 싸잡아 비판한 것으로 보았다면, 이정탁은 "辛旽(신돈)이 聖聰(성총)을 가리어 專橫(전횡)함을 諷刺(풍자)한 것"(③)이라고 해석함으로써 신돈 개인을 비판하는 데 초점이 놓인 것으로 보았다. 이처럼 진동혁, 이정탁은 핵심적인 시적 상황이 현실 정치 상황을 우의(寓意)하고 있다고 보면서도 작가의 의도를 파악하는 데서는 조윤제와는 좀 다른 견해를 드러내기도 한 것이다.

유사한 차이가 다른 연구자의 독법에서도 나타났다. 조동일은 '구름'과 '날빛'을 각각 신돈과 공민왕으로 특정하였는데, 이 추론 결과는 김동욱에 의해 수용되었다. 그에 비해 김대행은 '구름'과 '날빛'을 '소인(小人)'과 '인군(仁君)'으로 각각 추론함으로써 선행 독법에서와는 또 다른 견해를 제시하였다.[20] 이러한 차이가 생겨난 직접적 원인은 추단하기 어렵다. 다만 어떤 주석과 해석도 근거를 제시하지 않았다는 사실만은 분명하다. 조동일의 다음과 같은 문제 제기는 그 점을 분명하게 확인해 주고 있다.

이존오는 공민왕 때에 신돈(辛旽)을 규탄하다가 죽을 고비를 겪고

20) '소인(小人) 혹은 간신(奸臣)'과 '인군(仁君)'이 각각 신돈과 공민왕으로 읽힐 것을 염두에 둔 주석이라면 실질적인 차이는 없다고 볼 수 있다.

> 시골로 은거했다가 젊은 나이로 울분 때문에 세상을 떠난 사람이다. 그렇다면 햇빛으로 공민왕을, 구름으로 신돈을 가리키고, 노래 전체를 당시의 정치적인 상황에다 빗대어서 지은 것 같으나, 뜻하는 바를 그렇게 한정하기에는 구름이 무심하다는 전제가 다소 마땅하지 않다. 자연과 정치를 함께 노래하는 이중적인 의미를 갖게 하려다가 얼마쯤 어긋난 결과를 얻었다고 보는 편이 타당할 듯하다.[21]

앞의 어느 주석이나 해석에서도 '구름이 무심(無心)하다'는 것이 무엇을 말하는지, 그 말을 왜 인용했는지, 그리고 그 말이 거짓임을 굳이 증명하려고 하는지에 대한 설명을 포함하고 있지 않다. '구름이 무심(無心)하다'는 진술에서 '구름'을 '간음지신(姦淫之臣)들', '간신(奸臣)', '갓신(奸臣) 신돈(辛旽)의 횡포(橫暴)', '신돈(辛旽)', '소인(小人) 혹은 간신(奸臣)' 등으로 추론하는 것이 타당하려면, 그러한 추론이 어떻게 이루어지는지는 물론 '구름이 무심(無心)하다'는 것과 어떻게 연관되어 있는지도 해명해야 한다. 하지만 어느 주석도 추론 과정이나 '무심(無心)'에 대한 설명을 포함하고 있지 않다. '구름이 무심(無心하다)'는 것을 "전제"라고 한 진술에서 우리는 그 이유를 가늠해 볼 수 있다. 그 말이 가리키는 바를 알지 못했다는 것이다.

'구름이 무심(無心)하다'는 말은 "전제"가 아니라 작가가 부정하고자 하는 주장의 핵심 내용을 간명하게 표현한 진술이다. <구름이>는 이 명제를 부정하는 데 초점이 맞춰져 있다. '구름이 무심(無心)하다'는 말이 거짓이라는 주장(판단)은 곧 '구름이 무심(無心)하지 않다'는 말이 참이라는 주장(판단)이다. 따라서 <구름이>의 함의는 작가가 왜 이러한 주장을 하고자 하였는지를 해명하는 데서 명료해질 수 있다. 결국 조

---

21) 조동일, 앞의 책, 196쪽.

동일의 문제 제기는 선행 주석과 독법에서 이 점을 명료하게 해명하지 않았음을 반증하는 셈이다.[22)]

물론 김동욱은 시적 상황이 실제 세계에서는 일어나지 않는 현상이라고 판단함으로써 실제 자연 현상이 시적 대상이었을 수도 있다는 문제 제기가 합당하지 않다고 반박하였다. 나아가 "천지의 조화가 깨어진 자연적 상황"을 통해 "신돈의 행세가 임금을 미혹시킬 뿐 아니라 고려 왕실의 지반조차 뒤흔들고 있는" 상황을 빗대어 표현한 것(④)이라고 해석함으로써 우의적 독법의 결과라 할 수 있는 두 선행 해석(①③)을 통합적으로 수용하였다. 그런데 김동욱이 반박 근거로 <論辛旽疏>에서 가져온 "천지조화가 깨어진 자연적 상황"은 실제 세계에서 극히 드물지만 일어나기도 하는 현상이다. 따라서 김동욱의 반박 또한 타당한 근거를 갖춘 것은 아니다. 그런 점에서 <구름이>의 언어가 실제 세계의 특정 상황 특히 정치적 상황을 우의하고 있다는 전제는 여전히 그 타당성을 증명해야 하는 단계에 머물러 있다고 할 수 있다.

<구름이>에 대한 교과서적 해설은 열거한 우의적 독법의 결과들을

---

22) 조동일의 문제 제기에 공감한 듯 보이는 최근의 해설 가운데에는 오늘날 독자에게 수용 가능한 맥락을 더 중요하게 고려한 것도 있다.

"이 시조를 단순히 고려말 정치상황과 연결시키기에는 그 함의는 녹록치 않아 보인다. 꼭 태양을 임금의 비유로만 보아야 할 것인가. 시어가 가지고 있는 다의성, 그리고 그 모호성을 생각해 볼 때 이 시조는 마음에 관한 노래로도 읽을 수 있다. 내 마음 한 구석에 있는 태양과 같은 뚜렷한 목표, 하지만 우리는 인간이기에 언제나 그 목표만을 보고 달려갈 수는 없다. 마음 한 가운데를 임의로 떠다니는 수많은 불안감, 걱정, 개인적 문제, 사회적 상황 등은 저 빛나는 태양과 같은 목표를 향해 달려가야 하는 마음을 아무 때나 가려버린다. 마음 속을 떠다니는 작은 생각들은 실상 구름처럼 무심한 듯 보이다가도, 어느 순간 중요한 결정을 내릴 때 스스로 생각했던 목표를 잃어버리도록 가려버리는 일이 얼마나 많던가.

구름에 가린 태양이라도, 광명한 날빛 자체는 변하지 않는다. 그 구름이 걷히고 나면 다시 찬란하게 빛나는 건 당연한 이치다. 우리 마음도 그랬으면 좋겠다. 잠시 잠깐 올바른 판단을 막아서는 작은 구름들을 걷어내고 나면 다시금 마음의 찬란한 태양을 맞이할 수 있도록." 김진영 외, 『한국시조감상』(국어국문학회, 2012(2011)), 30~31쪽.

선택적으로 수용하는 방향에서 마련되었다. 무엇보다 趙潤濟의 해석이 가장 이른 시기부터 교과서적 해설로 수용되었기 때문이라 생각된다. 현재 <구름이>를 학습 제재로 수용하고 있는 중등 이하 교육과정의 교과서는 찾아볼 수 없다. 하지만 이전 교과서에서 수록되어 학습 제재로 활용된 적이 있는 작품은 해당 교육과정을 이수하는 학습자라면 언제나 알고 있어야 하는 작품이라는 인식이 여전히 지배적이다. 그런 까닭에 <구름이>처럼 학습 제재로 사용된 적이 있는 작품에 대한 해설은 각종 참고서나, 특히 오늘날에는 가상공간의 각종 사이트나 블로그를 통해 전파되고 있다. 그 중 몇 사례를 인용해 보면 그 해설 또한 선행 독법과 마찬가지로 <구름이>를 <논신돈소(論辛旽疏)>와 같은 맥락에서 이해한 것임을 알 수 있다.

> ㉮ 구름에게 아무런 생각이 없다는 말이 아무래도 믿기 어려운 허황된 말이로다. 구름은 하늘 한복판에 번듯이 떠서 멋대로 돌아다니며 짓궂게도 밝은 햇빛을 쫓아다니면서 덮어 버린다. 말할 것도 없이 그 구름은 의뭉한 요승妖僧 신돈이요, "광명한 날빛"은 왕의 총명을 비유한 것이다. 비유가 아주 적절하기 이를 데 없어, 지은이의 곧은 성격을 엿볼 수 있다. 기막힌 풍자다. "중천에 떠 있어 임의로 다니면서"라는 구절은 신돈의 권세와 방자함을 매우 적절하게 표현한 부분이고, "광명한 날빛을 따라가며 덮나니"는 신돈의 행패를 신랄히 꾸짖은 구절이다. 정의의 저항운동이 뱃속에서, 몸 가장 깊은 곳에서 우러나왔기에 이런 형상화가 가능해지는 것이다.[23]

> ㉯ 이존오가 우정언의 직책에 있을 때, 공민왕의 신임을 등에 업고 국정을 전횡하며 풍속을 어지럽히는 신돈의 무리들을 탄핵하다

23) 김종오 편저, 『겨레얼 담긴 옛시조감상』(정신세계사, 1990), 275쪽.

가 장사(전라도 무장, 현 전라북도 고창) 감무로 좌천되었다. 뒤에 향리인 공주의 석탄(石灘)에 돌아와서도 나라를 걱정하였는데, 이 시조는 곧 신돈을 위시한 간신배들이 아직도 임금의 총명을 흐리게 하며 국정을 농단하는 것을 비난하여 읊은 것이다. 평시조 3장으로, 초장은 국정을 어지럽히는 간신배들을 구름에 빗대고, 중장은 횡포를 자행하는 모습을, 종장은 임금의 총명을 가리는 행동을 나타낸 것이다. 초장은 구름이 아무 생각 없이 떠다닌다는 말이 아무래도 믿기지 않는다고 하여, 소인과 간신배들이 분명한 의도를 가지고 세상을 어지럽히는 것이라 의심한다. 중장은 그들이 거칠 것 없이 횡포를 자행하고 있음을 표현한 것이다. 종장에서는 끝내 임금을 속여서 장차 어떻게 하려느냐고 그들을 비난하면서 동시에 나라 걱정의 마음을 드러내고 있다.[24]

㉰ 간신배들이 왕의 총명을 가리는 것을 하늘에 떠가는 구름이 햇빛을 가리는 것에 빗대어 표현한 작품이다. 이 시조의 지은이인 이존오는 고려 말의 문신(文臣)으로, 승려 신돈(辛旽)의 횡포를 탄핵하다가 공민왕의 노여움을 사기도 했다. 이 시조는 이존오가 공민왕의 노여움을 사서 좌천되었을 때 쓴 것이라 한다. 초장에서는 하늘에 떠가는 구름이 무심하다는 말이 허무맹랑하다고 한다. 무심하다는 것은 나쁜 마음이 없다는 뜻이며, 허랑하다는 것은 허무맹랑하여 믿을 수 없다는 것이다. 즉 구름에게 나쁜 마음이 없다는 것을 믿을 수 없다는 뜻이다. 그렇게 생각한 까닭이 중장과 종장에 밝혀져 있다. 그 까닭은 구름이 하늘 가운데 떠 있으면서 아무 생각 없이 다니는 것 같은데 굳이 햇빛을 따라가면서 가리기 때문이다. 구름에게 나쁜 마음이 있는 것처럼 표현한 것은 승려인 신돈 때문이다. 신돈은 승려이므로 나쁜 마음이나 사사로운 마음을 가져서는 안 된다.

24) 백원철, 「구름이 무심탄 말이」, 한국향토문화대전.
(http://www.grandculture.net/ko/Contents?dataType=01&contents_id=GC01702550)

신돈은 하늘에 떠가는 구름처럼 무심(無心)한 존재여야 한다. 그런데 신돈은 공민왕의 총애를 받으면서 벼슬도 하고 나라를 어지럽게 만들었다. 무심한 구름과 같은 존재여만 하는 신돈이 나라를 어지럽게 만들었다는 것은 무심하지 않다는 증거이다. 또한 신돈이 그럴 수 있었던 것은 왕의 총명함을 흐리게 했기 때문이다. 그래서 왕의 총명함을 뜻하는 햇빛을 구름이 따라가며 가렸다고 한 것이다. 이 시조는 고려 말 신돈이 공민왕의 총애를 받아 나라를 어지럽게 만드는 것을 풍자한 작품이다. 이 시조에서 '구름'은 신돈을, '날빗'은 왕의 총명함을 뜻하므로 '구름'이 '날빗'을 가렸다는 것은 신돈이 왕의 총명함을 흐리게 만들었다는 것을 의미한다. 이로 미루어 볼 때 이 시조의 주제는 신돈의 횡포를 풍자함이라 할 수 있다.[25)]

㉱ 고려 말엽 요승(妖僧) 신돈(辛旽)이 공민왕의 총애를 받아 진평후(眞平侯)라는 봉작까지 받아가면서 공민왕의 총명을 흐리게 하고, 국정을 어지럽힘을 한탄하여, '구름'을 '신돈'으로 '날빛'을 '공민왕'으로 풍자하여 지은 시조이다. 당시 정언(正言)으로 있던 작자가 신돈을 비난하는 상소문을 올렸다가 투옥되었는데, 이 때의 작품이 아닌가 한다.[26)]

'구름'은 '신돈'(㉮㉰㉱) 혹은 '소인과 간신배들'(㉯)을, '날빛'은 '왕의 총명'(㉮㉯㉰) 혹은 '공민왕'(㉱)을 각각 지시하는 것으로 해설하고 있는 데서 현재 통용되고 있는 <구름이>에 대한 해설이 선행 독법 결과와 크게 다르지 않음을 분명하게 알 수 있다. 특히 밑줄 친 부분은 선행 독법과의 연관성을 선명하게 드러내고 있다. 모두 조윤제의 해석

25) 박인희, 「구름이 무심탄 말이」, 낯선 문학 가깝게 보기: 한국고전. (http://terms.naver.com/entry.nhn?docId=2411954&cid=41773&categoryId=44404)
26) 꽤 많은 블로그에 출처를 밝히지 않고 탑재되어 있는 해설이다.

의 자장 안에서 약간의 편차를 보이고 있을 뿐이다. 물론 한 가지 중요한 차이도 있다. 그것은 ㉮~㉰에서 '무심(無心)'에 대한 설명을 시도하고 있다는 점이다. '무심(無心)'에 대해 ㉮㉯에서는 '아무런 생각이 없음'으로 풀이하고 ㉰에서는 '사심(邪心) 곧 나쁜 마음이 없음'으로 풀이하고 있는데, 이러한 풀이는 선행 독법에서는 전혀 보여주지 않던 것이다. 아마도 텍스트를 학생 혹은 대중의 눈높이에서 이해하도록 하자면 '구름이 무심(無心)하다'는 말에 대한 해설이 필요하다는 인식에서 비롯되었을 것이다. 하지만 ㉮~㉰에 포함된 '무심(無心)'에 대한 주석은 선행 주석에서 보여준 '구름'과 '날빛'에 대한 추론과 마찬가지로 자의적일 뿐이다. 그런데도 <구름이>에 대한 교과서적 해설은 ㉮~㉱의 범위에서 크게 벗어나지 않고 있는 실정이다.

선행 독법이나 교과서적 해설은 <구름이>가 '주장(판단)-근거'로 짜여 있다는 점에 주목하지 않았다. 그런 까닭에 작가의 결론적인 주장이 '구름이 무심(無心)하다'는 일반적인 주장(판단)이 특정 사례에서는 거짓일 수 있음을 확인하는 데 초점이 모아져 있다는 사실을 간파하지 못하였다. <구름이>의 독법에서 관건이 되는 것은 '구름이 무심(無心)하다'는 말을 인용하고 그것이 거짓임을 애써 증명하고자 한 까닭을 밝히는 일인데, 신돈 혹은 신돈을 중용(重用)한 공민왕, 혹은 그로 인한 국정 혼란 등에 대한 우려와 비판의 태도를 읽어내는 데 초점을 두었을 뿐이다. 주장(판단)보다 그 근거에 더 초점을 맞추어 읽은 결과라 할 수 있다. 그런데 이존오는 <논신돈소(論辛旽疏)>를 통해 신돈을 신랄하게 비판하였다. 그런 그가 똑같은 목소리를 내기 위해 <구름이>를 창작하였을까 하는 의문이 든다. 신돈이나 신돈에 의해 초래되는 문제적 현상에 대한 비판에 초점이 놓였다면 비판의 강도는 <구름이>보다 <논신돈소>가 훨씬 높다고 볼 수 있기 때문이다.

제기한 의문과 관련하여 우리는 <구름이>가 소통하고자 하는 대상의 범위나 인물을 비판하는 관점과 준거에서 <논신돈소>와 차이를 보이고 있다는 점에 주목할 필요가 있다. <논신돈소>는 국왕을 비롯해 당시 조회와 같은 공식적인 자리에 참석한 신하들까지 독자(혹은 청자)로 설정한 것이다. 이존오는 자신과 같은 간관이 올린 상소라면 대독(代讀) 방식으로 그런 자리에서 낭독(朗讀)될 것이라는 사실을 충분히 인지하고 있었을 것이다. 실제 공민왕은 대언(代言) 권중화(權仲和)로 하여금 <논신돈소>를 대독하도록 하였다.[27] 그에 비해 <구름이>에 잠재된 청자(혹은 독자)의 범위는 <논신돈소>보다 훨씬 더 넓었다고 볼 수 있다. 우리말은 문자 해독 능력이 부족한 사람들 사이의 소통도 가능하게 하는 수단이었기 때문이다. 따라서 <구름이>는 <논신돈소>보다 소통의 대상 범위가 한층 더 넓게 설정된 것이라 할 수 있다. <논신돈소>에 잠재된 독자 혹은 청자의 범위가 군신(君臣)이라면 <구름이>의 청자 혹은 독자는 인민(人民)에게까지 확장될 수 있는 것이다. 이존오가 <구름이>를 창작할 때에 이 점을 분명하게 인지하고 있었다면 <구름이>가 <논신돈소>와 그 창작 의도가 동일하다고 볼 수만은 없을 것이다.

비판의 관점 혹은 준거의 차이 또한 소통 대상의 범위의 차이와 밀접하게 연관되어 있어 보인다. <논신돈소>에서 이존오가 비판하는 초점은 신돈이 국가 사회의 질서 혹은 기강 유지에 근간이 되는 '예(禮)'

27) 상소는 반도 채 읽히지 못하고 불태워졌다(『高麗史』 112卷 列傳 25 李存吾: 疏上命代言權仲和讀之. 讀未半王大怒遽命焚之.)고 한다. 그런 만큼 이존오의 생각이 독자(청자)들에게 충분히 전달되지 않았다고 볼 여지가 있다. 하지만 <논신돈소>는 신돈의 행위가 국가 사회 질서의 근간이 되는 예법에 어긋난 행위임을 반복 사례를 통해 제시하고 있다. 따라서 전반부만 읽거나 들어도 핵심 의도를 파악하는 데 문제가 없다고 할 수 있다. 불태워진 상소의 전문이 『고려사』에까지 기록되었다면 그 글이 다른 경로를 통해 당초의 독자들에게 전달되었을 가능성도 없지 않다.

를 무시하거나 파괴하는 행위를 서슴지 않은 인물이라는 데 두어졌다. 이 점은 <논신돈소>에 '예(禮)'라는 글자가 10회 반복 사용된 사실[28]이나 왕 앞에 불려 나왔을 때 신돈을 향해 큰 소리로 '무례(無禮)함'을 힐책한 사실[29]에서 단적으로 확인할 수 있다. 이렇게 예(禮)를 준거로 한 비판은 이존오가 국가 사회 지배층의 관점을 견지했음을 말해 준다. 그에 비해 <구름이>에서의 초점은 군주의 은혜가 인민에게 미치지 못하게 가로막는 인물이라는 데 두어져 있다. 하늘의 해는 국가 사회의 군주에 대응하고 그 빛 곧 천은(天恩) 혹은 천혜(天惠)는 군은(君恩) 혹은 성은(聖恩)에 대응한다. 신민(臣民)은 군은 혹은 성은을 받아 살아간다. 따라서 <구름이>에서 이존오는 비판의 관점을 인민도 공감할 수 있도록 바꾼 것이라 할 수 있다.

---

28) 『高麗史』 112卷 列傳 25 李存吾: "臣等伏値三月十八日於殿內設文殊會, 領都僉議辛旽, 不坐宰臣之列, 敢與殿下並坐間不數尺, 國人驚駭罔不洶洶. 夫**禮**所以辨上下定民志. 苟無**禮**焉, 何以爲君臣何以爲父子何以爲國家乎? 聖人制**禮**, 嚴上下之分, 謀深而慮遠也. 竊見旽過蒙上恩專國政, 而有無君之心. 當初領都僉議判監察命下之日, 法當朝服進謝, 而半月不出, 及進闕庭, 膝不少屈. 常騎馬出入紅門, 與殿下並據胡床, 在其家宰相拜庭下, 皆坐待之. 雖崔沆·金仁俊·林衍之所爲, 亦未有如此者也. 昔爲沙門當置之度外, 不必責其無**禮**, 今爲宰相名位已定, 而敢失**禮**毁常若此? 原究其由必托以師傅之名. 然僉升日, 高王之師, 鄭可臣, 德陵之傅, 臣等未聞彼二人者敢若此也. 李資謙, 仁王之外祖. 仁王謙讓欲以祖孫之**禮**相見, 畏公論而不敢, 盖君臣之分素定故也. 是**禮**也, 自有君臣以來亘萬古而不易, 非旽與殿下之所得私也. 旽是何人, 敢自尊若此乎? 洪範曰: '惟辟作福, 惟辟作威, 惟辟玉食. 臣而有作福作威, 玉食必害于家凶于國. 人用側頗僻民用僭忒.' 是謂臣而僭上之權, 則有位者, 皆不安其分, 小民化之, 亦踰越其常也. 旽作福作威, 又與殿下抗**禮**, 是國有兩君也. 陵僭之至, 驕慢成習, 則有位者, 不安其分, 小民踰越其常. 可不畏哉? 宋司馬光曰: '紀綱不立, 奸雄生心.' 然則**禮**不可不嚴習, 不可不愼. 若殿下必敬此人, 而民無灾禍, 則髡其頭, 緇其服, 削其官, 置之寺院而敬之. 必用此人, 而國家平康, 則裁抑其權, 嚴上下之**禮**, 以使之民志定矣, 國難紓矣. 且殿下以旽爲賢. 自旽用事以來, 陰陽失時, 冬月而雷, 黃霧四塞, 弥旬日黑子夜赤祲, 天狗墜地木冰太甚. 淸明之後, 雨雹寒風, 乾文屢變, 山禽野獸, 白日飛走於城中. 旽之論道燮理功臣之號, 果合於天地祖宗之意乎? 臣等職在諫院, 惜殿下相非其人將取, 笑於四方, 見譏於萬世, 故不得嘿嘿, 庶免不言之責. 旣以言矣, 敬聽所裁."

29) 『高麗史』 112卷 列傳 25 李存吾: 召樞存吾面責. 時旽與王對床. 存吾目旽叱之曰: "老僧何得**無禮**如此." 旽惶駭不覺下床.

예(禮)는 유학이 몸에 익은 사람들에게는 심각한 문제일지 몰라도 인민들에게는 심각하거나 절실한 문제로 와 닿지 않을 수 있는 것이다. 따라서 예법 준수 여부를 준거로 한 신돈 비판은 인민들에게까지 공감을 얻을 가능성이 크지 않을 수 있다. 그에 비해 인민들은 자신들이 곤궁하게 살아가는 원인을 신돈이 제공하고 있다고 하면 신돈에 대해 반감을 가지게 되고 따라서 이존오의 비판에 동조하게 될 가능성이 커질 수 있다. 이처럼 비판의 관점이 인민이 공감할 수 있도록 바꾸었다면 이존오가 <구름이>를 창작한 의도를 선행 독법이나 교과서적 해설에서와 같이 <논신돈소>와 같은 맥락에서 이해해서는 곤란할 것이다.

4. 텍스트의 분석과 창작 맥락 추론

창작 방법의 측면에서 다른 연구자들이 하나같이 <구름이>가 '비(比)'로 창작된 작품이라고 보았다면, 조동일은 '흥(興)'으로 창작되었을 가능성을 열어두고자 하였다. '비(比)'란 드러내고자 하는 생각이나 감정을 간접적으로 드러내는 시가 창작 방법이다. 이때의 생각이나 감정은 시적 대상이 된 사물이나 현상에서 촉발된 것이 아니다. 그렇게 촉발된 생각이나 감정은 주로 '흥(興)'의 방법으로 표현된다. '비(比)'로 창작된 시가나 '흥(興)'으로 창작된 시가는 모두 사물이나 현상이 시적 상황을 구성한다. '흥(興)'으로 창작된 시가와 달리 '비(比)'로 창작된 시가에서 시적 상황을 구성하고 있는 사물이나 현상은 작가의 시가로 표현된 생각이나 감정을 촉발하는 것이 아니라 특정한 생각이나 감정을 전달하기 위해 작가가 의도적으로 끌어들인 것이다. <구름이>가

'비(比)'로 창작되었다면 제1행의 주장을 펴기 위해 제2~3행의 시적 상황을 만든 것으로 보아야 하고, '흥(興)'으로 창작되었다면 제2~3행의 시적 상황에 상응하는 실제적 경험 상황에서 제1행의 생각(주장)을 떠올렸다고 볼 수 있다. 하지만 '구름이 구름(無心)하다'는 진술 자체가 비유적 진술('우의(寓意)')이라는 점을 고려하면 <구름이>가 '흥(興)'의 방법으로 창작되었을 가능성은 희박하다.

<구름이>가 '부(賦)'의 방법을 아울러 활용하고 있다는 점은 그 가능성이 한층 더 낮다는 것을 말해 준다. '부(賦)'란 움직임을 보이고 있는 일이나 현상을 서술하는 방법이다. 오롯이 부의 방법에 의해 창작된 시를 현대문학에서는 서술시(narrative poetry)로 분류하고 있다. 서술시는 실제 목격한 일이나 현상을 서술할 수도 있지만 그렇지 않은 일이나 현상을 서술할 수도 있다. 실제적인 일이나 현상이 작가로 하여금 독특한 생각이나 감정을 불러일으키는 것이다. 그러한 경험을 시가로 표현할 때에는 '부이흥(賦而興)'의 방법을 쓴다. 그에 비해 가상적인 일이나 현상은 오롯이 작가에 의해 창조되는 것이다. 작가는 자신이 마주하고 있는 일이나 현상은 아니지만 자신의 생각과 감정을 가장 잘 표현하고 전달하기 위해 있을 법한 일이나 현상을 만들어낸다. 그런 점에서 가공된 일이나 현상을 서술한 '부(賦)'는 선차적으로 '비(比)'의 특성을 갖게 마련이다. '구름이 광명한 날빛[日光]을 따라가며 덮는 현상'은 작가가 마주한 대상의 상황이라기보다는 작가의 생각이나 감정을 드러내기 위해 가공된 것이라 할 수 있다. 물론 경험 가능성이 전혀 없는 것은 아니다. 그런 가능성이 없다면 가공할 수도 없고 그 상황을 통해 독자(혹은 청자)에게 작가의 감정이나 생각을 전할 수도 없을 것이기 때문이다. 하지만 '구름이 무심(無心)하다'는 진술에서의 '구름'과 제2~3행에 서술된 행위의 주체가 서로 밀접한 관련이 있음은

분명하다. 따라서 <구름이>는 '부이흥(賦而興)'이나 '흥이비(興而比)'가 아니라 '비이부(比而賦)'의 방법으로 창작되었다고 보아야 한다. 이렇게 '비이부(比而賦)'로 창작된 시가이기 때문에 <구름이>의 해석에서는 서술된 일 혹은 현상에 대응하는 현실 세계에서의 일 혹은 현상이 무엇인지를 추론하는 작업이 필요한 것이다.

<구름이>에서 형상화된 현상은 천문적이다. 천문 현상이 사회 현상과 상동관계(homology)에 놓인다는 관념은 유학자들만이 아니라 신민들에게도 널리 공유되고 있었다. 이러한 관념 속에서 해는 하늘 세계의 중심인 동시에 인간 사회의 중심을 상징한다. 인간 사회의 중심은 곧 군주이다. 하늘 세계가 해를 중심으로 뭇별들이 위계질서를 이루고 있듯이 인간 사회도 군주를 중심으로 위계질서를 이룬다. 그런데 구름은 하늘의 질서 체계에서 정해진 자리를 갖고 있지 않다. 이렇게 정해진 자리를 갖고 있지 않다는 것은 어디에도 집착하지 않는다는 말이다. 집착은 욕심에서 생겨나고 욕심이 없으면 집착도 없는 법이다. 그런 까닭에 구름은 하늘의 질서 체계에 상응하는 질서 체계를 이루고 있는 인간 사회에서 고정된 자리를 갖고 있지 않은 존재를 상징하는 말로 쓰이게 되었다.

햇빛이 없으면 인간은 살아갈 수 없다. 햇빛은 인간에게 내리는 하늘의 은혜인 동시에, 인민에게 내리는 군주의 은혜를 상징한다.[30] 구름은 이따금 해를 가려 인간 사회에 햇빛이 비치는 것을 가로막기도

30) <구름이>의 제2~3행에서 "임금의 덕화를 백성에게 미치지 못하게 하는" 인물 형상을 읽어낸 것은 이태극, 『우리의 옛 시조』(경원각, 1984), 16쪽이 유일하다. 그런데 이태극은 작가의 의도가 "간신(신돈)의 횡포"를 드러내는 데 있다고 봄으로써 선행 독법을 대체로 수용하고 있을 뿐 아니라(㉡ 유형에 속하는 텍스트를 인용한 것이 일정한 영향을 끼친 듯하다.) 학술적 형식의 글을 통해 발표된 것도 아니어서 교과서적 해설에 반영되지 않은 듯하다.

한다. 구름이 햇빛을 가리는 현상은 오래도록 지속하지는 않는다. 이따금씩 햇빛을 가리기도 하지만, 그 때문에 햇빛의 존재를 인지할 수 있게도 한다. 그런 까닭에 유학자들은 '운영천광(雲影天光)' 곧 구름과 해가 서로 어울려 그림자와 빛이 뒤섞여 있는 형상을 진리가 오묘(奧妙)하게 구현된 세계에 대한 상징으로 이해하였다.[31] 조금만 더(혹은 항상) 벗어나면 질서가 파괴되지만 그렇지 않아서 질서가 유지되기에 오묘하다고 한 것이다.

고정된 자리가 없이 천문의 세계를 이리저리 이동하는 구름은 '한운(閑雲)'이라고도 일컬어졌다. '한운(閑雲)'은 때로는 산꼭대기에 걸려 있기도 하고 해를 가리기도 하고 물 위를 떠가기도 한다. 그런 까닭에 '한운(閑雲)'은 호오 관계도 없고 이해관계도 없는 인물을 비유하는 말로도 썼다.[32] 승직 없는 승려와 같이 세속적 이해관계를 초월하여 수도에 정진하는 인물 또한 구름에 비유되곤 하였다. 청운(淸雲), 백운(白雲), 한운(閑雲), 행운(行雲) 등이 세속적인 신분이나 지위, 이해관계를 초월한 인물들이 자신을 일컫는 이름(호(號) 또는 법호(法號))으로 사용해 왔다. 결국 '구름이 무심(無心)하다'는 말은 구름에 상응하는 인간 곧 세속적인 이해관계를 초탈한 사람이라서 사사로운 욕심(慾心)이 없다는 말인 셈이다.

그러고 보면 불교에서나 유학에서 '무심(無心)'은 모두 마음 수양의 최고 단계를 일컫는 말로 썼다. 마음 수양은 자기 내면에 자리한 욕심

31) '운영천광(천광운영)'과 짝을 이루어 쓰이는 '魚躍鳶飛(鳶飛魚躍)' 또한 오묘한 진리가 구현되고 있는 세계를 상징적으로 표현한다. 후자는 "鳶飛戾天 魚躍于淵"(『詩經』)에서, 전자는 "天光雲影共徘徊"(朱熹의 시 <讀書有感>)에서 각각의 쓰임을 찾아볼 수 있다.

32) 李賢輔의 시조 <漁父歌>(短歌)에서 "山頭에 閑雲이 起ᄒᆞ고, 流水에 白駒ㅣ 飛라. 無心코 多情ᄒᆞ니 이 두 거시로다"라는 구절은 閑雲에 대한 유학자의 인식을 잘 보여 주고 있다. 慾心이 없어 多情하여 어디에도 집착하지 않고 자유로이 떠돌아다니는 것이 閑雲이라고 인식하고 있는 것이다.

을 떨어내는 과정이다. 그 모든 욕심을 떨쳐낸 마음 상태가 곧 '무심(無心)'이다. 무심의 상태에 도달할 때 인간은 사물을 바로 볼 수 있어 사물의 이치를 올바로 깨달을 수 있다. 불교에 정진하는 사람도, 어릴 때부터 유학을 하는 사람도 그런 마음이라야 진리['도(道)']를 인식할 수 있다고 여겼다. 물론 인간이 그런 상태에 도달할 수 있는지에 대해서는 고대에서부터 논란이 없지 않았다. 하지만 그런 상태에 도달하기 위해 마음 수양에 정진해야 한다는 인식에는 공감하였다. 현실주의에 기초하는 유학을 배운 학자들이 무심(無心)의 상태에 도달하기 위해 마음 수양에 정진했던 사례는 조선 시대 유학자들의 시가를 통해서도 어렵지 않게 확인할 수 있다.[33]

그렇다면 왜 이존오는 "구름이 무심(無心)하다"는 명제를 제시하고 그것이 거짓임을 굳이 드러내고자 하였을까? 다음 자료는 그 의문을 푸는 실마리를 갖고 있다.

> 처음에 왕(공민왕)이 재위한 지 오랜데도 재상들이 자기 뜻에 많이 맞지 않자, '세신거족(世臣大族)은 가까운 무리끼리 얽어 서로 숨겨 주고, 초야신진(草野新進)은 정을 속이고 행동을 꾸며 명예를 구하다가 지위가 높아지고 이름이 알려지면 제 가문이 한미함을 부끄러워하여 대족(大族)과 혼인 관계를 맺고는 초심을 죄다 버린다. 또한, 유생(儒生)은 유약하고 강직하지 못한 데다 문생(門生)이니 좌주(座主)니 동년(同年)이니 떠들면서 같은 무리끼리만 서로 가깝고 두터이 사귄다. 이 세 부류는 모두 쓰기에 부족하니, 세상을 벗어나 독립(獨立)한 이를 맞아다가 크게 쓰면 낡은 인습을 바꾸지 않는 폐단을 고칠 수 있을 것이다'라고 생각하였다. 신돈을 만남에 이르러서는 그가 득도(得道)하여 욕심(慾心)이 적고 또 미천해서 가까운 무리가

33) 임주탁, 『한국 고시가의 반성적 고찰』, 태학사, 2013, 130~131쪽.

> 없어 큰일을 맡기면 정(情)에 따라 얽매이는 일이 없을 것이라 여겼다. 드디어 곤치(髡緇)에서 뽑아다가 국정(國政)을 맡기는 것을 이상하게 여기지 않고 신돈에게 수행을 굽히고 세상을 구해 줄 것을 요청하였다. 신돈이 겉으로 수긍하지 않음으로써 왕의 뜻을 굳게 만들었다. 왕이 강권하자 신돈은 "일찍이 왕과 대신들이 참소와 이간질을 잘 믿는다고 들은 적이 있사옵니다. 바라건대 이 같이 하지 않으셔야 세상이 복되고 이롭게 할 수 있습니다."라고 하였다. 왕은 곧 손수 맹세하는 말을 썼다. "대사는 나를 구하고 나는 대사를 구한다. 이로써 생사(生死)를 거니 다른 사람의 말에 미혹되지 않음을 부처와 하늘은 증명(證明)하소서." 곧 더불어 모든 국정을 의논했다.[34]

공민왕은 국정 쇄신의 필요성을 인식하고 자신과 함께 그 일을 추진할 적임자를 물색하였다. 그런데 '세족대신(世族大臣),' '초야신진(草野新進),' '유생(儒生)'은 모두 기득권에 안주하거나 기득권을 가진 세력과 결탁하려는 욕망 곧 세속적인 욕망에 가득 차 있어 그중에는 함께 국정을 쇄신할 적임자가 없다고 인식하였다. 공민왕이 신돈에 주목한 것은 신돈이 세속적인 이해관계에 얽매이지 않고 국정 쇄신을 함께 추진해 나갈 수 있는 인물이라고 판단했기 때문이다. 공민왕은 신돈이 마치 구름처럼 무심(無心)한 인물이라고 인식한 것이다. '구름이 무심(無心)하다'는 말이 공민왕의 주관적인 견해가 아니라 오래전부터 사람들에게 널리 공감되어왔던, 일종의 경구(epigram) 같은 말이었다. 공민

34) 『高麗史』 卷132 列傳 45 叛逆 6 辛旽: 初, 王在位久, 宰相多不稱志, 嘗以爲世臣大族, 親黨根連, 互爲掩蔽; 草野新進, 矯情飾行, 以釣名, 及貴顯恥門地單寒, 連姻大族, 盡弃其初; 儒生, 柔懦少剛, 又稱門生座主同年, 黨比徇情. 三者, 皆不足用. 思得離世獨立之人, 大用之, 以革因循之弊. 及見旽以爲得道寡欲, 且賤微無親, 比任以大事, 則必徑情無所顧藉. 遂拔於髡緇, 授國政而不疑. 請旽以屈行救世, 旽陽不肯, 以堅王意, 王强之. 旽曰: "嘗聞王與大臣, 多信讒間, 願勿如是, 可福利世間也." 王乃手寫盟辭曰 "師救我, 我救師, 死生以之, 無惑人言, 佛天證明." 於是, 與議國政.

왕은 그것을 신돈을 국정 동반자로 중용(重用)하는 논리로 활용하였던 것이다. <구름이>에서 '구름이 무심(無心)하다'는 말을 비판하고자 하는 명제로 제시한 까닭은 바로 여기에서 찾을 수 있다. <구름이>는 이 명제가 거짓이라는 주장(판단)을 먼저 제시하고, 이어서 구름이 무심하지 않은 실제적인 사례를 제시하고 있다.

이존오는 <논신돈소>에서는 이 논리를 전면 부정하지 않았다. 이는 앞의 기록에 서술된 공민왕의 판단 근거를 반박할 만한 근거가 없었다는 것과 무관해 보이지 않는다. <논신돈소>의 잠재적인 독자(혹은 청자) 가운데 신돈을 제외하면 스스로 사적인 이해관계를 초월했다고 평가할 수 있는 인물은 없었다고 보아야 한다. 신돈 이외에 <논신돈소>를 낭독하는 자리에 참석한 이들은 세족대신, 초야신진, 유생 가운데 어느 하나로 분류될 수 있는 인물이었다. 따라서 이존오로서도 공민왕의 신돈 중용의 논리 자체를 정면에서 부정하기란 불가능했을 것이다. 이존오 또한 세 부류 가운데 어느 하나에 속한 인물이었음이 분명하다.

<구름이>에서 구름이 햇빛을 가리는 행위는 예법과는 무관하다. 해의 빛은 만물에 비치어 생기를 불어넣는다. 햇빛이 없으면 만물은 제대로 살아갈 수 없다. 인민도 밝은 빛 곧 군주의 은혜를 입지 못하면 제대로 살아가기가 어렵다. 구름이 햇빛을 따라다니며 덮는다는 말은 군주의 은혜[聖恩]가 신민에게 미치지 못하게 하는 행위가 일시적이 아니라 지속적임을 나타낸다. 이처럼 구름이 신민에게 미치는 군주의 은혜를 차단하는 존재라면 '구름이 무심하다'는 말은 신돈에게 있어서는 참이 아닌 거짓이라 할 수 있다. '구름이 무심하다'는 명제는 일반적으로 참이다. 일반적으로 참이라고 인정되는 명제를 특정 반례(反例)를 통해 단호하게 부정할 수는 없다. 한자의 '개(蓋)'에 대응하는 "아마

도"는 일반화된 것은 아니지만 발화자의 관점에서 타당성을 갖고 있다고 생각되는 주장을 피력할 때 널리 쓰인다. '구름이 무심하다'는 명제가 항상 거짓이라면 공민왕이 신돈을 중용할 때 가진 판단의 준거 자체에 문제가 있다는 말이 된다. 그것은 군주의 애당초 판단 자체가 문제적이라는 생각으로 확대되게 마련이다. 신민이 공감하는 관점이 자칫 군주를 비판하는 관점으로 확대될 여지가 있는 것이다. 그런 까닭에 이존오는 주관적인 견해를 피력하는 관습을 활용하였을 뿐 아니라, "光明(광명)한 날빛"이라는 표현을 통해 군주는 모든 신민에게 골고루 은혜를 내리고자 하고 있음을 분명하게 드러냈다. 이러한 표현은 공민왕이 비판의 대상에서 벗겨나 있게 하는 효과를 가져올 수 있는 것이다.

이처럼 신중한 태도를 견지하면서 이존오는 '구름이 무심하다'는 명제가 신돈의 경우에는 실제와 부합하지 않다고 주장하고 있다. '허랑(虛浪)'이란 실제(reality)와 부합하지 않는다는 말, 거짓이라는 말이다. 공민왕은 '구름이 무심하다'는 말을 믿고 신돈을 중용한 것인데, 이존오는 그 말이 신돈의 경우에는 거짓이라고 주장하고, 그 근거를 '비이부(比而賦)'의 방법으로 제시하고 있다. 이존오는 사리사욕이 없는 인물이라면 "날빛을 따라가며 덮는 구름"처럼 신민에게 두루 미쳐야 할 성은(聖恩)을 가리지 않는다고 전제한다. 그리고 반례(反例)를 통해 신돈은 신민에게 두루 미쳐야 할 성은(聖恩)을 따라다니며 덮고 있음을 제시하고, 이를 근거로 '구름이 무심하다'는 말이 신돈의 경우에는 참이 아니라고 주장하고 있는 것이다.

이존오가 <구름이>를 창작한 시점은 실증적으로 확인할 길이 없다. 인용한 해설 가운데에는 <논신돈소>를 올리는 일로 치죄(治罪)된 이후의 어느 시기로 추정하는 사례가 없지 않다. 근거를 제시한 것은 아니지만 그 해설들처럼 그 이전 시기에 <구름이>를 창작하였을 개연성은 없어 보인다. <논신돈소>에 의해 신돈이 공개적인 자리에서 문제적인 인물로 거론되지 않았다면 신돈에 대한 비판의 목소리를 담은 행위 또한 용납되지 않았을 것이다. 따라서 <구름이>는 <논신돈소>를 올린 일로 치죄(治罪)된 이후의 어느 시점에서 창작되었을 가능성이 크다. 그리고 그 시점은 비판의 관점과 준거를 바꾸어야 할 필요성을 절실하게 느꼈을 때로 추정해 볼 수 있다. 어느 시점일까?

이존오는 1366년 10월에 장사감무(長沙監務)로 폄직(貶職)되었다.[35] 1368년 해당 직위에서 물러나 여의(如意)할 수 있게 허락됨에 따라 공주(公州) 석탄(石灘)에 거처를 마련하여 이거(移去)하였으며, 그곳에서 화병으로 죽었다(1371). 그사이 창작한 시문이 없지 않다.[36] 하지만 <석탄행(石灘行)> 이후에 창작한 시문은 전하는 것이 없다. 이것은 <석탄행> 이후에 실제 시문을 창작하지 않았을 가능성을 시사한다. 실제 그 가능성을 엿볼 수 있게 하는 것이 정몽주(鄭夢周, 1337~1392)의 시 <기장사순경(寄李長沙順卿)>이다.

> 봄바람에 괴로이 이 장사 생각하며
> 남루에 기대 있으니 해가 지려네요.
> 선실(宣室)에서 성은(聖恩) 입을 날 멀지 않았으니
> 석탄의 밝은 달일랑 자랑하지 마시라.

---

35) 『高麗史』 41卷 世家 41 恭愍王 15年: 甲子. 左司議大夫鄭樞・右正言李存吾, 上疏論辛旽. 王大怒, 貶樞爲東萊縣令, 存吾爲長沙監務.

36) 成石璘(1338~1423), <題石灘詩卷得錦字石灘李存吾所居>(『獨谷先生集』 卷上 詩)에서 詩卷이 李存吾가 石灘에서 지은 시편을 모은 것으로 볼 여지가 없지 않다. 그런데 이존오가 石灘이라 불리기 시작한 이후의 시점에서 이존오의 시편을 모은 것을 가리키는 것으로 볼 여지도 있다. '錦'자가 장사감무로 좌천된 시기에 동생의 집에 머물 때 지은 <宿弟存中錦城村家有感>의 제목에 쓰인 글자를 가리키는 것이라면 후자의 가능성이 더 크다.

春風苦憶李長沙, 徙倚南樓日欲斜.

宣室承恩應未遠, 石灘明月不須誇.[37]

이존오는 정몽주를 인생의 의지가지로 생각했다. 이존오와 정몽주는 신경(新京, 남경(南京)) 동당과(東堂科) 동년(同年)이었다. 정몽주와 함께 사한(史翰)에 보임된 후 수원서기(水原書記)의 관직에서 물러나 귀경하는 길에 지은 <환조로상망삼각산(還朝路上望三角山)>[38]과 예조정랑(禮曹正郎)·성균박사(成均博士)로 재직하고 있는 정몽주에게 보낸 <정정랑몽주견증차운기정(鄭正郎夢周見贈次韻寄呈)>[39]을 통해 정몽주와 삼각산의 한 암자에서 3년 가까이 함께 수학했음을 알 수 있다. 물론 정몽주는 신경 동당과에서 수석을 차지했다. 그런 까닭에 함께 수학하여 과거에 급제한 동년이지만 이존오에 비해 출사와 승진이 앞섰다. <정정랑몽주견증차운기정>는 이존오가 그런 처지에 있는 자기 심정을 솔직하게 털어놓을 정도로 정몽주를 신뢰하고 있었음을 짐작케 한다.

인용한 시는 정몽주가 이존오의 <석탄행(石灘行)>에 대해 화답하여

---

37) 鄭夢周, 『圃隱先生文集』 卷之二; 『新增東國輿地勝覽』 第18卷, 扶餘縣 山川 石灘.

38) 『東文選』 第16卷, 七言律詩; 『新增東國輿地勝覽』 第3卷, 漢城府 山川 三角山:

기묘한 세 봉우리 멀리 하늘에 닿았고, 허무한 원기 구름 내에 쌓였네.
위로는 서슬 날카로워 긴 칼 찌르는 듯, 옆으로는 높고 낮아 푸른 연(蓮)이 솟은 듯.
몇 해 동안 절에서 글을 읽었던가? 두 해를 한강 가에 머물렀지.
누가 조물주가 무정하다고 했던가? 오늘 마주보니 가슴 뭉클한데.
三朶奇峯逈接天, 虛無元氣積雲烟.
仰看廉利攙長釼, 橫似參差聳碧蓮.
數載讀書蕭寺裏, 二年留滯漢江邊.
孰云造物無情者, 今日相看兩慘然.

39) 『東文選』 第21卷, 七言絶句:

설만암에 유학한 지 삼 년, 독한 술에 깨지 않고 스스로 즐기고 있네.
이별 뒤에 세월은 번개처럼 내닫는데, 슬프구나, 이끌어줄 사람 없음이.
游學三年雪滿巖, 醇醪不覺自沈酣.
別來歲月奔如電, 怊悵無人爲指南.

지은 것으로 추정된다. 왜냐하면 <석탄행>에서 이존오는 정몽주가 하지 말기를 권유하고 있는 “석탄의 밝은 달”을 한껏 자랑하고 있기 때문이다.

옛 나라 백제, 장강의 구비,
석탄 풍월이 주인 없어진 지 몇 해던가?
들불이 평원을 태워 손바닥 같이 편편하고,
때때로 누른 소가 묵은 밭을 간다.
내가 와서 정자 짓고 승경 찾고 있으니,
온갖 경치 아름다움 다투며 앞으로 몰려든다.
구름 내는 이무기 굴에 가물거리고,
산 아지랑이 아물아물 먼 하늘에 떴다.
모래 언덕 끊어진 곳에 갯물이 들고,
큼직한 돌들이 비스듬히 줄지어 물가를 가로질렀다.
쪽배 남쪽으로 돌리면 더욱 그윽한데,
돌난간, 계수나무 기둥이 맑은 연못 곁에 있다.
돌부처는 응당 의자왕 시대를 지켜보았을 텐데,
들 두루미만 와서 참선할 뿐.
그려지네, 옛날 당나라 장수가 바다 건너 이르렀을 때
씩씩한 10만 장병 북소리 둥둥하는 것이.
도성 문 一戰에 나라를 무너뜨리자
군왕은 속수무책 묶임을 당했었지.
신물도 넋이 빠져 지키지 못했는지,
돌 위에 남은 자취 아직도 구불구불.
낙화암 아래 물결만이 출렁이고,
흰 구름은 천 년 동안 공연히 자유롭고 편안한 듯.
百濟故國長江曲, 石灘明月閑幾年.
野火燒原平如掌, 時有觳觫耕菑田.

我來構亭探勝景, 萬景媚嫵爭來前.
雲煙明滅蛟龍窟, 山翠空濛浮遠天.
白沙岸斷浦漵入, 傑石邐迤橫江邊.
扁舟南轉凡臬窕, 石欄桂柱臨澄淵.
石佛應見義慈代, 唯有野鶴來參禪.
憶昔唐將航海至, 雄兵十萬鼓鼘鼘.
都門一戰讋傾國, 君王拱手被拘攣.
神物慘惔亦不守, 石上遺跡猶蜿蜒.
落花巖下波浩蕩, 白雲千載空悠然.[40]

이존오는 석탄 이주를 결심하고 거처를 마련하였는데 그 일련의 과정에 그가 어떤 생각을 지니고 있었는지를 잘 보여주고 있다. 화자는 "석탄 풍월"이 "주인 없어진 지 오래"여서 자신이 새 주인이 되고자 "정자 짓고 승경을 찾고 있"다고 말하고 있다. 이 화자가 바로 이존오의 형상이다. "온갖 경치 아름다움 다투며 앞으로 몰려 든다."라는 말은 석탄의 자연경관이 매우 아름답다는 것을 말하는 것인데, 그것은 정몽주의 말대로 표현하면 "석탄의 밝은 달"을 "자랑하"는 것에 다름 아니다.[41] 따라서 <석탄행>은 이존오가 석탄에서 여생을 보내고자 결심한 시기에 의지가지로 생각했던 정몽주에게 자신의 결단을 전하고자 하는 취지에서 창작한 작품이라 할 수 있다.

<석탄행>에는 일체 타자에 대한 비판의식이 드러나 있지 않다. 그 어떤 시적 대상에 대해서도 부정적인 태도를 드러내지 않고 있는 것이다. 오직 자연 속에서 자연의 아름다움을 즐기며 살아가겠다는 태도

40) 李存吾, 『石灘集』 上, 遺稿, 詩.
41) 이 시에 대해 "울분에 싸여 있던" 이존오가 "백제의 흥망과 고려의 성쇠를 견주"었다고 한 견해(김동욱, 앞의 논문, 188쪽)가 있었지만, 동의하기는 어렵다.

만이 도드라져 있을 뿐이다. '백운(白雲)'이라는 시적 대상에 대해서도 부정적 · 비판적 태도를 드러내고 있지 않다. 어디에도 간여하지 않는 '백운(白雲)'의 형상만 드러내고 있을 뿐이다. 그런 그가 석탄 생활 중에 신돈 때문에 화병이 들고 신돈의 횡포가 더욱 심해지자 화병이 심해져서 2년간 병상에 누웠다가 운명(殞命)에 이르게 되었다고 한다. 또한, 죽음을 목전에 두고서는 "신돈이 죽어야 내가 죽을 것이다."[42]라고 했다고 한다. 자연 속에서 자연의 아름다움을 즐기며 살아가겠다고 결심한 인물이 보일 수 있는 모습과는 거리가 멀다.

이러한 변화는 <석탄행>에 대한 정몽주의 화답시 <기이장사순경>이 중요한 계기를 마련해 준 듯하다. 『석탄집』에 따르면 정몽주의 화답시는 1368년에 지은 것이다. 정몽주는 <석탄행>에서 이존오의 태도를 확인하고는 "선실에서 성은 입을 날"이 멀지 않았다고 전함으로써 자연을 노래하며 석탄에서 여생을 보내고자 하는 결심을 바꿀 것을 권유하고 있다. 이렇게 이존오의 진로 선택에 대한 의견을 적극 개진한 데서 정몽주 또한 이존오와의 관계를 각별하게 여겼음을 알 수 있다. 이처럼 두 사람이 서로의 관계를 각별히 여겼다면 정몽주의 화답 시를 받은 이후에 이존오가 "석탄의 밝은 달"을 자랑하는 창작 활동을 더 이상 하지 않았을 수 있는 것이다.

그런데 "석탄의 밝은 달"을 자랑하며 여생을 보내고자 한 결심을 버리는 순간 정치 현실에 대한 울분과 신돈에 대한 비판의식이 되살아나게 마련이다. 이존오는 정몽주의 화답 시를 받을 무렵(1369)[43]에 자주 병상 신세를 지고 있었다. 죽기 전 2년 동안 주로 병상에 누워 있었

42) 『高麗史』 112卷 列傳 25 李存吾: "盹亡吾乃亡."

43) 李存吾, 『石灘集』 年譜: 二十九歲己酉. 恭愍王十八年. 大明洪武二年. 在石灘. 圃隱鄭先生憶先生. 有石灘明月不須誇之句.

다고 한다. 이러한 변화는 결국 이존오가 정몽주의 권유를 받아들였음을 말해 준다. 그런 점에서 이 시점에서 "석탄의 밝은 달"을 자랑하는 시문은 더 이상 창작하지 않았을지라도 <구름이>와 같은 노래를 창작했을 가능성은 고려해 볼 수 있다.

정몽주가 이존오 소환을 확신할 만한 근거를 가지고 있었던 것은 아니다. 모든 역사 기록이 <석탄행> 창작 시기 이후 신돈의 권력 전횡이 한층 더 심해졌다고 기록하고 있기 때문이다. 하지만 이존오는 정몽주의 뜻이 진실한 것으로 신뢰하였을 것이다. 그렇다면 정몽주의 권유가 있고 난 이후의 어느 시점에서 <구름이>가 창작되었을 개연성을 생각해 볼 수 있는 것이다. 그 시기에 이존오는 공민왕이 문제 삼은 세 부류의 신하와 다른 처지, 곧 인민의 한 사람으로 살아가고 있었다. 만일 정몽주의 뜻이 현실적으로 실현되지 않는 이유 또한 신돈 탓이라 여겼다면 이존오는 <구름이>에서와 같이 신돈이 "따라가며" 햇빛을 덮고 있다고 생각했을 수 있는 것이다. 그렇다면 <구름이>를 통해 좀처럼 바뀌지 않는 정국 때문에 답답해진 심경을 토로하였다고 볼 수 있을 것이다.

하지만 그런 의도에서 창작되었다면 <구름이>는 그동안 이존오가 보여 왔던 정치적 행보의 의의를 무색케 할 수 있다. 그러한 의도의 저변에는 그가 비판하고자 하는 사적인 욕심이 자리한다고 볼 수밖에 없는 까닭이다. 따라서 <구름이>가 석탄에서 생활하던 시기의 어느 시점에서 창작되었다고 보는 데에는 어려움이 있다고 할 수 있다.

달리 추정해 볼 수 있는 시기는 장사감무(長沙監務)로 폄직(貶職)되어 있던 시기이다. 감무란 지방관이 상주(常駐)하지 않는 통치(행정)단위에 부정기적으로 파견되어 민정(民政)을 보필하는 임무를 띤 관직이었다. 내직에서 고위직으로 승진하기 위해서는 외직을 거치도록 법제화하였지만, 예나 지금이나 내직 곧 중앙 관직에 보임된 인물은 외직에는 나가기를 꺼려하게 마련이다. 그래서 법제와는 달리 외직에 나가지 않아도 고위직으로 승진하는 사례가 늘고, 이존오 당대에는 관행처럼 만연했다. 죄과(罪科)에 걸려 치죄(治罪)되지 않고서는 감무로 폄직되는 일은 흔치 않았다.[44] 이러한 관행은 중앙과 지방 사이의 소통이 원활하게 이루어지지 않게 하는 요인이 되기도 한다. 소통이 원활하지 않으면 결과적으로 민폐 혹은 민막(民瘼)은 심해지게 마련이다. 실제로 그의 시대는 중앙과 지방, 특히 지방관이 상시 파견되지 않은 지역민과의 소통이 원활하게 이루어지지 않은 시대였다. 그러한 시대 상황에서 이존오가 내직에 있을 때 신돈을 신랄하게 비판하다가 외직인 장사감무로 폄직되었다고 해서 <논신돈소>의 주장이 장사와 무송(茂松)[45]의 지역민들에게까지 큰 호소력을 가질 수는 없었을 것이다. 장사감무로의 폄직은 치죄의 결과이고, 그것은 군주에 의해 최종 결정된 것이다. 지역민들의 관점에서 볼 때 이존오는 죄과에 걸려 군주에 의해 폄직된 인물일 뿐이다. 여기서 지역민들이 군주에 대해 부정적인 입장을 견지하지 않는 한 이존오를 바라보는 지역민들의 시선이 곱지만은 않았으리라는 짐작이 가능하다. 그런 점에서 바로 이 시점에서 이존오는 지역민들과의 소통을 통해 자신의 주장에 공감하도록 할 필요성을 어느 시기보다도 더 절실하게 느꼈다고 볼 수 있다. <논신돈소>에서 보여준 비판의 관점과 준거를 바꾸어 신돈을 다시금 비판하면서도 그 비판의 대상이 군주에게까지 확대될 가능성을 애써[46] 차단하고자 한 것

---

44) 이존오 이전에 장사감무로 폄직된 인물로는 최해(崔瀣, 1287~1340)가 유일하다.

45) 장사감무(華夷思想)는 무송(茂松)을 아울러 감무(監務)하도록 법제화되어 있었다.

46) "구타여"는 신돈이 인민에게까지 미치는 군주의 은혜를 "애써" 차단하고 있음을 강조하여 드러내는 효과가 있는데, 이존오는 자신의 비판이 군주에까지 미치지 않도록 "애써" 차단하고 있다. 그런 점에서 <구름이>는 군주에 대한 태도의 극단적인 차이를 아

은 이러한 맥락에서라야 합리적으로 이해될 수 있다.

우탁과 이조년의 시조가 모두 자신의 정치적 행보에 대해 좀 더 많은 청자(독자)들과 소통하고 공감을 끌어내고자 하는 차원에서 창작되었다는 선행 논의 또한 장사감무로 폄직되어 있던 시기의 어느 시점에서 <구름이>가 창작되었으리라는 추정을 뒷받침한다. 한시문에 한층 더 익숙했던 인물들이 시조와 같은 우리말 노래를 창작하는 행위도 일종의 관습이다. 그 관습이 작가 자신의 정치적 행보에 대해 한시문을 해독하지 못하는 사람들까지 대상을 넓혀 소통을 시도하는 과정에서 생겨났다면 이존오 또한 그러한 관습의 속성을 충분히 알고 있었다고 보아야 한다. 따라서 <구름이>는 장사감무로 폄직되어 있던 어느 시기에 신돈에 의해 민폐 혹은 민막이 심해지고 있음과 아울러 신돈에 대한 자신의 비판 행위가 정당한 것이었음에 지역민들이 두루 공감할 수 있도록 하는 데 그 창작 의도가 있었던 작품이라 할 수 있다.

5. 결론

고려 말기 시조 작품은 국어교육에서 일찍부터 교육 자료 혹은 학습 제재로 널리 활용되어왔다. 하지만 교과서적 해설의 기틀을 마련해준 선행 독법들은 텍스트의 의미론적 통일성을 명확하게 분석하지 못하였고, 따라서 작품의 함의를 합리적인 이해 과정을 통해 해석해 내지 못하였다. 언어를 습득하는 과정은 텍스트의 의미론적 관계를 분석하고 그 관계가 의미를 갖게 되는 맥락을 추론하는 과정을 포함한다.

울러 함축하고 있다고 볼 수 있을 것이다.

그 과정에서 학습 주체는 언어를 통해 문화를 이해하는 능력을 기를 수 있다. 문화란 맥락의 총합이다. 언어 교육이 추구하는 언어 능력 혹은 학식(literacy)은 바로 그러한 능력을 가리킨다. 고려 말기 시조 작품을 교육 자료나 학습 제재로 활용하는 수업은 이 능력을 함양하는 데 기여할 수 있어야 한다. 그런데 교과서적 해설의 기틀을 마련해 준 선행 독법들은 그러한 과정을 보여주지 않음으로써 텍스트와 독법 결과를 기계적으로 연결 지어 '기억'하는 활동을 조장해 왔다고 해도 틀리지 않을 것이다. 이 연구는 이러한 문제점을 해결하는 차원에서 맥락 연구의 방법을 활용하여 이존오의 시조 <구름이>에 대해 새로운 논의를 전개하였다. 논의의 주요 내용을 요약하면 다음과 같다.

(1) <구름이>는 '구름이 무심(無心)하다'는 명제를 부정하는 주장을 제시하고 그 주장을 뒷받침하는 근거를 제시하는 방식으로 짜인 텍스트이다. 주장과 근거는 모두 비유적으로 표현되었으며 특히 근거는 제시한 명제를 부정할 만한 반례(反例)에 해당하는 일을 서술하고 있다. 이는 <구름이>가 '비이부(比而賦)'의 방법으로 창작되었음을 말하는 것이다. 따라서 <구름이>에 함축된 작가 의도는 비유 체계에 대응하는 현실 세계의 상황을 적확하게 추론하여 해당 명제를 인용하고 부정하고자 하는 이유를 밝히는 방향에서 파악될 수 있다.

(2) <구름이>는 <논신돈소>와는 신돈을 비판하는 관점과 준거에서 차이를 보이고 있다. <논신돈소>가 공민왕과 공민왕이 비판적으로 인식했던 지배 세력의 관점에서 공감될 수 있는 예법을 준거로 삼아 신돈을 비판하였다면 <구름이>는 인민들까지 널리 공감할 수 있는 관점으로 바꾸어 신돈이 군주의 은혜가 신민에게 미치지 못하게 하는 인물임을 드러내고 있다. 이러한 차이는 <논신돈소>와 <구름이>에서 비판하고자 하는 대상 인물은 동일하다 하더라도 창작 의도까지

동일하지 않음을 말해 준다. 따라서 <구름이>의 창작 의도는 이존오가 비판의 관점과 준거를 바꾸어야 할 필요성을 절실하게 느꼈을 시점을 추론하는 방향에서 파악되어야 한다.

(3) 맥락 연구를 통해 확인할 수 있었던 사실은 선행 독법에서 가리키는 바를 명확하게 설명하지 못했던 '구름이 무심하다'는 명제가 공민왕이 국정 쇄신을 위해 신돈을 동반자로 중용할 때 기대었던 논리였다는 점이다. 공민왕은 국정 쇄신을 위해 거족대신, 초야신진, 유생들도 중용해 보았지만 이들이 하나같이 사사로운 이해관계에 얽매여 국정 쇄신을 함께 추진할 동반자가 되지 못한다고 판단했다. 그리하여 대안으로 승직을 포함하여 그 어떤 관직에도 있지 않으면서 득도하여 욕심이 적다고 알려진 신돈을 중용하였던 것이다. <구름이>는 그 명제가 신돈에 있어서는 참이 아니라 거짓이라고 반례를 제시하여 주장하고 있는 작품이다.

(4) <논신돈소>에서 이존오는 공민왕이 신돈을 중용할 때 활용한 논리를 반박하지 않았다. 하지만 장사감무로 폄직된 시기는 이존오가 자신의 행위에 대해 지역민들과 소통하여 지역민들로부터 공감할 수 있도록 할 필요성을 절실하게 느꼈을 시점이다. 감무는 지역민들과의 소통이 특히나 중요한 관직이었다. 또한, 예법이란 준거에 의한 신돈 비판은 해당 지역민들에게까지 호소력을 갖기 어려웠을 것이다. 지역민의 관점에서 이존오는 군주에 의해 치죄되어 폄직된 인물일 뿐이기 때문이다. 군주에 대한 비판의식을 갖지 않는 한, 그에 대한 지역민들의 시선은 곱지만은 않았을 것이다. 그런 까닭에 이존오는 비판의 관점과 준거를 바꾸어 신돈이 군주의 은혜가 지역민들에게 두루 미치는 것을 철저하게 차단하여 민폐를 초래하는 인물로 형상화함으로써 '구름이 무심하다'는 경구가 신돈의 경우에는 거짓이라고 주장하는 노래

를 창작한 것이다(신돈에 대한 비판이 군주에 대한 비판으로 확대되지 않는 장치를 마련해 두었음은 물론이다). 말하자면 <구름이>는 지역민들로 하여금 신돈에 대한 비판의식을 공유하는 동시에 자신이 신돈을 비판한 행위에 공감하도록 하는 의도에서 창작된 작품인 셈이다.

이러한 독법의 과정과 결과가 <구름이>의 언어 교육적 활용 가치를 제고함은 물론, <구름이>의 창작 의도를 좀 더 합리적으로 이해하고 이존오를 비롯하여 한시문 해독 능력이 뛰어난 고려 말기 지식인들이 시조와 같은 우리말 노래를 창작했던 맥락에 다가가는 데도 도움을 줄 수 있기를 기대한다.

제 5 장

여말 선초 시조의 맥락과 작가의 정의론

1. 서론

이 글[1]은 14세기 시조의 맥락을 탐색하는 작업을 통해서 시조 작가의 정의론을 분석해 보는 데 그 목적이 있다. '한국 고전문학과 정의'라는 기획 주제는 고전문학 연구의 사회적 가치 혹은 효용성에 대한 새로운 인식에서 비롯된 듯하다. 정의로움은 정의롭지 못함의 대척점에 자리한다. 그런 까닭에 문학에서 다룰 수 있는 정의론은 주로 정의롭지 못한 현실이 형상화된 작품을 주로 다루게 된다. 그런 점에서 14세기 시조를 통해 정의 문제를 다룰 수 있을까 하는 회의가 없지 않을 듯하다. 하지만 어릴 적부터 유가 경전을 학습한 시조 작가들은 그 경전을 통해 정의로운 사회, 정의로운 국가, 정의로운 세계는 물론 그것이 유지될 수 있는 조건이 무엇인지를 학습했고, 출사를 통해 그것을

1) "2018 전국고전문학자대회: 고전에서 '정의(正義)를 묻다'"(2018년 11월 2일, 성균관대학교)에서 발표한 원고를 수정・보완한 것이다.

구현하는 데 기여하고자 했다고 보아야 한다. 시조의 맥락을 탐색해 보면 그런 면모가 여실히 드러난다.

개체의 관점에서 안정적인 삶을 유지하는 가운데 나름의 행복을 자유롭게 추구할 수 있는 사회가 정의로운 사회라 할 수 있다. 그런데 이러한 사회는 사회 구성원 모두가 공정한 절차를 통해 충분하게 재화를 나눠 가질 수 있는 지속적이고 안정적인 재화 창출과 분배 시스템이 마련되어 있다는 전제 없이는 성립할 수 없다. 그런 점에서 정의는 언제나 '이상(the ideal)'으로 존재한다고 볼 수 있다. 하지만 그 이상이 실현될 수 있다는 믿음이 없이는 국가 사회의 질서를 안정적으로 유지하는 데 봉사하는 인재를 양성하기가 어렵다. 근대 이전의 대학은 유가 사상을 근간으로 하여 '이상'을 현실화하는 국가 동량을 양성하기 위해 설립된 교육기관이었다. 유가 사상은 발생론적 측면에서 사람을 살리는 사상이었다. 강고한 무력의 임의적인 행사에 의한 민(民)의 희생을 줄여야 한다는 현실 인식의 소산이었던 것이다.

근대 이전 대학교육과정을 수학한 지식인은 '세계'('천하(天下)') 및 국가가 신분에 기초한 위계질서 체계로 구축되는 것을 당연하게 받아들였음은 물론이다. 하지만 유가의 경전들은 '생민(生民)'의 길을 마련하는 것이 국가의 가장 중요한 역할임을 분명하게 보여주고 있음도 분명하다. 국가 내외의 무력에 의한 침탈을 막는 일은 물론, 비록 위계적 질서를 전제하고는 있지만, 재화의 안정적인 창출과 공정한 분배, 형정의 투명하고 공정한 실행 등이 구현될 수 있는 인재('군자')를 길러내고 그 인재들로 하여금 모든 것을 가능하게 하는 국가 주인을 聖人으로 만들어가는 길을 제시하고 있다. 따라서 어릴 적부터 유가의 경전을 학습한 사람이면 정의로운 세계, 정의로운 국가, 정의로운 사회에 대한 사유를 하지 않을 수 없었다고 할 것이다.

여말 선초 특히 14세기 후반은 '세계'사적으로 격변의 시대인 동시에 고려의 국가 질서 체계가 유가 사상에 의해 전일적으로 합리화되어 가던 시기였다. 결과적으로 원(元) 중심의 '세계') 질서가 명(明) 중심의 '세계' 질서로 재편되고 고려 왕조 중심의 국가 질서가 조선 왕조 중심의 국가 질서로 재편되었다. 그 사이는 유가에서 '이상'으로 간주하는 세계 및 국가의 질서가 전면적으로 동요되던 시대였다. 정의롭지 못한 시대였다. 따라서 14세기 후반은 세계 및 국가 정의에 대한 사유가 전면에 부각할 수밖에 없는 시대였다고 할 수 있다. 그런 시기에 출사(出仕)한 개인은 양자택일적 상황에 끊임없이 직면했다. 시조 작가들 또한 그러했다. 그리고 작가마다 중요하게 생각하는 선택의 계기는 물론, 선택을 합리화하는 목소리도 달랐다. 그러한 차이에도 불구하고 시조 작가들은 자신의 선택이 정의에 부합한다는 생각을 갖고 있었던 듯하다. 중요한 역사적 계기마다 작가의 선택이 하나같지 않았기에 변호 혹은 옹호의 초점도 하나같지 않았다. 하지만 정의로운 사회, 정의로운 국가, 정의로운 세계에 대한 원초적인 입장에서의 사유에는 큰 차이가 없어 보인다. 그들에게 원초적인 입장에서의 정의론이란 유가의 경전을 통해 학습된 것이었다. 대학 교육과정을 이수했든 하지 않았든 간에 이 시기 시조 작가들은 유가적인 정의론을 수용하고 있었다. 다만 그 정의를 구현하는 실제적인 방법에서 시조 작가들의 사유는 적잖은 차이가 있었다. 어떻게 같고 달랐을까? 해답은 그들이 창작한 시조의 맥락을 탐색하는 과정에서 찾을 수 있지 않을까 싶다. 시조는 사회적 소통을 시도한 것이고 따라서 작가의 생각과 감정을 좀 더 많은 대중에게 공감되기를 바라는 차원에서 지어졌던 것으로 보이기 때문이다.[2)]

2. 작가의 정치적 행보와 시조 창작의 맥락

여말 선초 시조는 조선 후기에 편찬된 문헌, 특히 가집에 주로 전하고 있다. 그중에는 문헌에 따라 작가를 달리 밝혀 놓은 것도 있다. 그런 까닭에 작가 진위 여부는 물론 시조라는 장르의 발생 시기 문제도 논란거리가 되어 왔다. 하지만 문헌에 전하는 자료 정보는 의심은 하되 거짓이라는 결정적인 근거가 발견되지 않는 이상 참이라고 인정하는 것이 온당하지 않을까 싶다. 만일 텍스트의 의미론적 통일성이 작가의 정치적 행보와의 관련 속에서만이 온전하게 보장될 수 있다면, 진위 판단에 좀 더 신중을 기할 필요가 있다. 그런 점에서 14세기 후반의 시조의 맥락을 탐색하는 작업은 가능하다고 할 수 있다.

성여완(成汝完, 1309～1397), 최영(崔瑩, 1316～1388), 이색(李穡, 1328～1396), 원천석(元天錫, 1330～?), 정몽주(鄭夢周, 1337～1392), 정도전(鄭道傳, 1342～1398)의 시조 작품은 작자 시비가 비교적 적은 편이고, 의미론적 통일성이 보장되는 맥락을 재구할 수 있는 가능성이 큰 작품인 듯하다. 그리고 이들 시조 작가들의 역사의 거대한 흐름에서 마주한 연속적인 역사적 계기가 무엇이었으며 작가마다 중요하게 여긴 계기들이 무엇이었는지를 조망하는 데 유리할 듯하여, 열거한 순서대로 의미론적 통일성이 보장되는 텍스트의 맥락을 탐색해 보기로 한다.

---

2) 이에 대해서는 임주탁, 「우탁 시조 작품의 창작 맥락과 함의」, 『배달말』 56(배달말학회, 2015), 195～230쪽; 「이조년 시조 작품의 분석과 해석」, 『우리말글』 65(우리말글학회, 2015), 155～201쪽; 「이지란 시조의 맥락과 함의」, 『문학교육학』 52(한국문학교육학회, 2016), 223～251쪽; 「이존오 시조의 맥락 연구」, 『한국문학논총』 73(한국문학회, 2016, 91～130쪽) 등(이 책 제2부 제1장~제4장에 재수록함)을 참조할 것. 열거한 논문은 이 책의 제2부에 재수록함.

성여완은 충숙왕 후 5년에 28세의 늦은 나이에 등과했고 문하부사(門下府事)로 치사했다.[3] 고려 내부에서 국왕 지지 세력과 심왕(瀋王) 지지 세력 사이의 대립이 갈등으로 비화되던 충숙왕·충혜왕·충목왕·충정왕의 4대에 걸쳐 봉사했지만, 그 시기 행적은 『고려사』에서 찾아볼 수 없다. 『고려사』에 기록된 성여완의 행적은 둘이다. 하나는 공민왕 20년(1371, 63세)에 신돈(辛旽)이 주살될 때 그 당여로 지목되어 유배되었다는 것이요,[4] 다른 하나는 우왕 4년(1378, 70세)에 정당문학을 제수받았다는 것이다.[5] 『조선왕조실록』에 기록된 졸기(卒記[6])에 의하면 정당문학을 제수받기 이전에 예문춘추관검열, 군부정랑, 양광도안렴사, 상서우승지형부사, 어사중승전법판사, 해주목사·충주목사, 첨서밀직 등 여러 관직을 역임했다. 나이를 감안하면 성여완은 새 왕조 국가 수립에 근원적인 계기가 되었던 요동 공격 계획과 위화도 회군(1388, 80세) 이전에 이미 문하부사로 치사(致仕)하여 그 사건들에서 한 걸음 비켜나 있었다고 볼 수 있다. 그런 그가 다음과 같은 시조를 창작했다.

① 4005.1; 청홍.0032, 成汝完[7]

3) 『등과록전편(登科錄前編)』(규장각한국학연구원, 古4650-10). 이하 시조 작가의 등과 관련 정보는 이 자료에 근거했다.

4) 『高麗史』 43卷 世家 43 恭愍王 6 20년: 秋七月 (……) 辛酉. 辛旽伏誅. 誅其黨大護軍李伯脩, 流成汝完·趙思謙·柳濬; 『高麗史』 132卷 列傳 45 叛逆 6 辛旽: 杖流 (……) 民部尙書成俊德·成汝完.

5) 『高麗史』 133卷 列傳 46 辛禑 1 4년(1378) 10월: 以成汝完爲政堂文學.

6) 『태조실록』 11권, 태조 6년 1월 22일 을해: 昌城府院君成汝完卒. 汝完, 昌寧人, 版圖摠郎君美之子. 至元丙子登第, 拜藝文春秋檢閱, 累遷軍簿正郎, 按廉楊廣道. 以歷尙書右丞·知刑部事·御史中丞·典法判事, 間出爲海州·忠州二牧使, 陞爲僉書密直·政堂文學. 國初, 以耆老拜檢校門下侍中·昌城府院君. 年八十九, 以病卒, 賜米豆百石, 禮葬之. 贈諡文靖公. 性簡潔, 不喜華麗, 敎子有法. 三子俱登第; 長石璘, 今爲議政府左政丞, 次石瑢, 開城留後, 次石因, 戶曹判書.

일 심거 느저 픠니 君子(군자)의 德(덕)이로다
風霜(풍상)에 아니 지니 烈士(열사)의 節(절)이로다
世上(세상)에 陶淵明(도연명) 업스니 뉘게 質(질)을 ᄒᆞ리오[8]

①은 문학사에서는 거론되지 않던 작품이다. 여러 이유가 있지만, 유자(儒者)로서의 일반적인 사유를 노래로 표현한 것일 뿐이라는 판단도 적잖이 작용한 듯하다. 도연명(陶淵明, 365～427)은 술과 국화를 좋아했던 인물이다. 제1행～2행은 얼핏 국화를 노래한 듯 보인다. 화자는 봄에 심지만 가을이 되어서야 꽃을 피우는 국화에서 군자의 덕을 찾고 풍상에도 지지 않고 피어 있는 국화에서 열사의 절을 찾고 있는 듯하다. 하지만 그것이 국화라고 제시하지는 않고 있다. 제3행에서 '질(質)'은 일종의 확인 검증을 위한 행위를 가리킨다. 제1～2행에 서술된 자기 판단의 옳고 그름을 확인해 줄 인물로 도연명을 내세우고 있는 것을 보면 제3행에는 도연명이나 도연명과 같은 인물이 있다면 자기 판단이 옳다고 변증해 줄 것이라는 생각이 전제되어 있다. 국화에 대한 판단은 새삼스럽게 다시 할 까닭이 없다. 이미 관습화되어 있기 때문이다. 판단의 대상이 국화가 아니라 그에 비견되는 화자 자신이라면 사정은 다를 수 있다. 그런 점에서 제1～2행은 화자 자신에 대한 진단 평가로서 자신의 삶 또한 도연명의 것과 다르지 않다고 주장하고 있는 것으로 볼 수 있다.

성여완의 삶을 총체적으로 도연명의 삶과 견주는 것은 불가능하고 또 무의미할 듯하지만, 자신을 도연명과 견줄 때 도연명의 삶의 어떤

7) ';' 앞은 김흥규 외 편저, 『고시조대전』(고려대학교 민족문화연구원, 2012)에서 부여한 작품 일련번호이고, 뒤는 인용 텍스트가 실린 문헌의 이름과 문헌에 부여된 작품 일련번호, 그리고 작가 명기 여부를 나타낸 것이다. 이하 동일함.

8) 21종의 가집에서 成汝完만을 작가로 밝혀 놓았다.

국면에 초점을 맞추었는지는 중요하게 고려될 필요가 있다. ①은 도연명의 삶 가운데서 일찍부터 학업에 뜻을 두고 군자가 되기 위해 노력했던 모습과 정치적 혼란 속에서도 자신의 지조를 꿋꿋하게 지켜나고자 한 모습에 초점을 맞추고 있다. 성여완은 그런 행적들이 자신의 행적과 닮았다고 보고 있는 것이다.

도연명은 일찍부터 학업에 뜻을 두고 '군자'가 되기 위해 노력했지만 29세라는 늦은 나이에 출사했으며 13년 남짓 벼슬살이를 하다 41세에 환향(還鄕)했다. 출사한 이후나 환향한 이후에도 출사할 때 가진 지조를 지킨 인물이라 평가되었다. 또한, 도연명은 '풍상(風霜)'의 시대를 살았던 인물이다. 내우외란(內憂外亂)이 끊이지 않는 시대를 살았다. 그런 시대에도 도연명은 애초에 가졌던 지조를 지키고자 애썼다. 그래서 '군자의 덕', '열사의 절'은 모두 도연명을 긍정적으로 평가하는 척도가 된 것이다. 성여완 또한 어릴 적부터 학업에 정진했지만 28세에 비로소 등과했다. 일찍 심었지만, 꽃은 늦게 핀 것이라 할 수 있다. 대기만성(大器晩成)이 군자의 덕이라면 성여완은 도연명처럼 군자의 덕을 갖춘 인물이라 할 수 있다. 또한, 출사 이전이나 이후 고려의 현실 상황은 도연명 시대 동진(東晉, 317~419)의 상황과 흡사했다. 따라서 성여완이 자신의 시대를 도연명의 시대와 같이 풍상에 빗대는 것도 충분히 가능하다고 할 수 있다.

그런데 도연명은 13년 만에 정계에서 물러난 데 반해 성여완은 70세 무렵에 물러났다. 퇴로(退老)한 것이다. 그 사이 유가의 공적이라 할 수 있는 신돈의 당여로 지목되기도 했다. 도연명이 '열사(烈士)의 절(節)'을 지킨 인물로 평가되는 것은 정계 은퇴 이후에도 동진의 군주에 대한 충심을 잃지 않았기 때문이다. 오두미(五斗米)에 연연하여 지조를 버릴 수 없다고 벼슬살이를 그만두었지만, 도연명은 유유(劉裕, 363~

422)가 공제(恭帝)를 폐위・시해하자 '충분(忠憤)의 뜻'을 <술주(述酒)>로 담아냈다. 그보다 한참 이전부터 동진의 현직에서 봉사하지는 않았어도 도연명의 지조는 결국 동진의 신하로서의 지조였다고 볼 수 있다. 그리고 그것은 처음 학업을 하고 출사를 결심할 때 세운 것이었다. 결국 동진의 군주를 폐하고 시해하는 일은 그의 지조에 부합하지 않았던 셈이다.

물론 도연명의 지조 지킴은 백이(伯夷)・숙제(叔弟)와는 사뭇 다른 면이 있다. 백이・숙제는 직언(直言)을 통해 무왕의 행위를 막고자 하였고, 그 뜻이 관철되지 않자 주속(周粟, 주나라의 곡식)은 먹지 않고 고사리(?)로만 연명하다 죽었다. 지조를 굽히지 않고 지킴을 '전절(全節)'이라 한 듯한데, 도연명의 '전절' 방식은 백이・숙제와는 사뭇 달랐던 것이다.[9] 하지만 도연명의 '전절'도 후대에는 동진 왕조에 대한 충절(忠節)로 평가되었다. 불사이군(不事二君)임이 분명하기 때문이다. 따라서 '열사의 절'이 도연명과 합치되는 성여완 자신의 자질을 드러낸 것이라면 ①의 풍상은 퇴로 이전의 내우외란보다는 퇴로 이후 연쇄적으로 일어난 일련의 군주 폐위 사건들과 그 최종적인 결과로서 역성(易姓) 개국(開國)에 더 초점을 맞춘 둔 것이라 할 수 있다. 성여완이 '구주(舊主)'를 위해 향리로 돌아가 '전절'하도록 해달라고 요청했다는 『조선왕조실록』의 기록은 역성 개국 이후 성여완이 백이・숙제의 '전절'을 따르지 않고 도연명의 '전절'을 따르고자 했음을 분명하게 확인해 주고

9) 다음은 徐甄의 시조인데, 그가 자신의 '전절'을 백이・숙제에 견주고자 했음을 알 수 있다. 서견은 權近과 문과(1369) 동년이다.
3078.1; 병가.1003
巖盤 雪中孤竹 반갑고도 반가왜라 / 뭇노라 孤竹아 孤竹君의 네 엇던 인다 / 首陽山 萬古淸風에 夷齊 본듯 ᄒᆞ여라.
이 시조는 14종 가집에서 徐甄을 작가로 밝혀 놓았으며 청홍.0035, 청영.0034에서만 卞季良을 작가로 밝혀 놓았다.

있다. 그런 점에서 ①은 조선 개국 이후에 창작된 것으로 볼 수 있는 것이다.

성여완은 태조에게는 잠저고인(潛邸故人)이었고, 태조는 원로들을 달래고 포섭하는 차원에서 성여완을 대우한 측면이 없지 않다. 그런 점에서 비록 태조는 '옳다(義)'고 여겨 보내주었다고 했어도 그러한 판단이 일반 사민(士民)에게도 그대로 수용되지는 않았을 것이다. 역성 개국과 같은 혁명적 상황은 사민에게도 양자택일적 선택을 강요했을 터이기 때문이다. 어느 것이 옳은가는 객관적이고 절대적인 기준이 있는 것은 아니다. 도연명은 '구주'에 대한 충심은 버릴 수 없지만, 유유에 대한 백이·숙제와 같은 대응이 자칫 가족뿐 아니라 친족까지 멸절되는 비극을 초래할 수도 있다는 불안감을 가졌고, 그런 사태는 자신이 감당할 수 있는 영역이 아니라고 생각했다. 그런 까닭에 은유(隱語, 암유(暗喩))를 통해 유유를 비판하고 공제에 대한 충분을 표현하였으며 자신만큼은 유송(劉宋)을 섬기지 않으며 여생을 마감하고자 했던 것이다. ①에서 "세상에 도연명 없다"라는 표현도 도연명과 같은 선택이 실제 성여완 당대에 흔치 않았음을 말한 것으로 볼 수 있다. 이렇게 양자택일적 선택을 강요하는 상황에서 일반적이지 않은 길을 선택했다면 그 선택에 대한 자기변호가 필요했을 것이다. 이러한 맥락에서 성여완은 자신의 선택과 가장 흡사한 선택을 한 역사적 인물로 도연명을 찾았고 자신을 그와 견줌으로써 자신의 선택 또한 사회적으로 옳다고 인정될 수 있는 것임을 주장한 것이라 할 수 있다.

최영은 이지란(李之蘭, 1331~1402)과 함께 무인이면서 시조를 창작한 인물이다. 둘의 정치적 행보는 극명한 대조를 이룬다. 이지란은 이성계(1335~1408)와 운명을 같이 했던 데 비해 최영은 이성계에 의해 죽임을 당했다. 분기점은 요동 공격과 위화도 회군이라는 역사적 사건이었다. 이지란은 시조를 통해 당대를 진·한 교체기와 같은 시대[10]로 인식했음을 분명하게 보여주었다.[11] 그것은 이지란이 '세계'사의 거대한 흐름에 순응하는 길을 선택했음을 말하는 것이다. 여말 선초의 시조 작가들은 정도의 차이는 있어도 이 흐름을 인식하고 그에 순응하는 길을 걷고자 했던 듯하고, 종국에는 명 중심으로 재편된 세계 질서에 순응하고자 했던 듯하다. 그것이 세계 정의라는 인식이 공유되었다고 볼 수 있다.

최영 또한 예외가 아니었음은 제주 정벌 전투를 통해 가늠해 볼 수 있다. 제주 정벌 전투는 명에서 요구한 공마(貢馬)를 제대로 상납하지 않은 제주를 문책하기 위한 것이었다. 명은 고려를 제후국으로 인정하는 대가로 공마를 요구했고 고려는 그 요구를 충실히 이행하고자 했다. 하지만 제주를 장악한 부원(附元) 세력의 저항에 부딪혔다. 최영은 그 세력을 토벌하는 전투를 진두지휘했다.[12] 물론 오롯이 자신의 판단에 따른 것은 아니지만 최영은 명 중심의 세계 질서에 순응하는 길을 선택했음을 말해 주는 사례라 할 수 있다.

그런 그가 요동 공격 계획을 주도한 데에는 적어도 두 가지 이유가 있었던 것으로 보인다. 하나는 명의 과도한 공물 요구요 다른 하나는 철령위 설치 움직임이다. 명은 우왕 11년(1385) 공민왕에게 시호를 내

10) 주원장은 그의 시대를 '逐鹿之秋'라고 했다. 『大明太祖高皇帝實錄』 卷之二十九 洪武元年 春正月 丙子: 遂乘逐鹿之秋, 致英賢於左右.

11) 임주탁, 「이지란 시조의 맥락과 함의」, 『문학교육학』 52(한국문학교육학회, 2016), 223~251쪽(이 책의 제2부 제3장으로 재수록함) 참조.

12) 『高麗史』 113卷 列傳 26 崔瑩: 太祖高皇帝, 遣林密等, 令我取濟州馬二千匹以進. 哈赤·石迭里必思·肖古禿不花·觀音保等, 只送三百匹, 密等怒. 王遂議代濟州. 七月以瑩爲楊廣全羅慶尙道都統使; 廉興邦爲都兵馬使; 李希泌·邊安烈爲楊廣道元帥; 睦仁吉·林堅味爲全羅道元帥; 池奫·羅世爲慶尙道元帥; 金庾爲三道助戰元帥兼西海交州道都巡問使, 領戰艦三百十四艘, 士卒二萬五千六百人, 討之.

림으로써 고려가 명실상부한 제후국임을 인정했다. 하지만 2년 뒤에는 요동까지 간 고려 사신을 돌려보내고 그 이듬해(1387) 처녀와 수재(秀才) 및 환자(宦者) 각 1천 인과 우·마 각 1천 두를 고려에 징구(徵求)한다는 소문을 고려에 흘려보냈다. 명으로 파견된 사신이 요동에서 되돌아오자 좌시중 반익순(潘益淳)은 공민왕이 기대고 중히 여겼고 삼한(三韓)의 의지가지가 되는 분으로서의 의견을 물어오는데 이때 최영은 노부(老夫)가 어찌할 수 있겠느냐고 얼버무렸다. 하지만 요동 사람을 통해 명의 요구가 무엇인지 알려지자 최영은 소문이 사실이라면 군사를 일으켜 요동을 공격해도 좋다는 의견을 제시한다.[13] 그런 점에서 명과 요동의 철령위 설치가 최영이 요동 공격 주장을 굳히는 데 결정적으로 작용했다고 볼 수 있다. 최영은 명과 요동의 행위가 정의롭지 않다고 본 것이다.

요동은 명 중심의 세계 질서 속에서 자기 입지를 확고히 하는 차원에서 고려에 대한 지배력까지 확보하고자 했다. 철령위 설치는 명과 요동이 공동으로 추진한 것이다. 원 중심의 세계 질서에 편입되면서 고려는 철령(鐵嶺, 자비령(慈悲嶺)) 이북 지역의 지배권을 상실했었다. 철령 이남을 제외한 지역은 농녕부(東寧府→정동행성(征東行省))과 쌍성총관부(雙城摠管府)에 의해 지배된 것이다. 공민왕은 정동행성의 수상이 됨으로써 철령 이남 이외의 지역까지 고려 국왕의 통치 영역을 회복하게 되는데, 요동은 세계 주인만 교체되었지 원 중심의 세계 질서를 회복해야 한다는 입장을 고수했다. 명도 이에 호응하여 철령위 설치를 통해 원과 같은 지배력을 행사하고자 했다. 그에 반해 고려는 명에 대

13) 『高麗史』 113卷 列傳 26 崔瑩: 十三年, 張方平等, 至遼東, 不得入而還. 左侍中潘益淳謂瑩曰: “公先王所倚重, 三韓所屬望. 今國家危矣, 盍力圖之?” 瑩嘆曰: “執政嗜利積惡, 自速禍敗, 老夫將若之何?” 時有人, 自遼東逃來告都堂曰: “帝, 將求處女·秀才及宦者各一千, 牛·馬各一千.” 都堂, 憂之. 瑩曰: “如此, 則興兵擊之, 可也.”

한 사대를 통해 원 중심의 세계 질서가 수립되기 이전 시기의 세계 질서를 회복하고자 했다. 그러므로 명과 요동이 공동으로 추진한 철령위 설치는 고려의 이해관계와 상충될 수밖에 없었다. 외교를 통한 화의를 모색했지만 고려 사신은 거듭 요동에서 돌려보내졌다.[14] 우왕은 명과 고려 사이에서 양국 관계를 악화시키는 것이 요동이라고 인식하고 요동 공격을 계획한 듯하다. 철령 이남을 제외한 지역을 모두 명과 요동에 내어 주는 데 대해서는 당시 백관들도 모두 불가하다고 입을 모았다. 하지만 우왕이 제시한 요동 공격 계획은 수용하지 않았다. 그사이 요동 사람을 통해 명에서 철령위 설치 계획이 실제 추진되고 있다고 알려졌다. 우왕은 이러한 사태가 군신들이 자신의 요동 정벌 계획을 수용하지 않았기 때문에 빚어졌다고 울먹였다.[15] 그리고 최영의 딸을 비로 맞아들임으로써 요동 공격 계획을 실행에 옮기고자 했다. 조의(朝議)는 일종의 공론인데, 그에 반하는 계획을 실행에 옮긴 것이다. 당시 최영은 칠순을 훌쩍 넘긴 노구(老軀)였고 병환도 잦았다. 다음 시조는 그런 몸임에도 불구하고 요동 공격을 진두지휘할 수밖에 없는 이유를 함축하고 있어 보인다.

---

14) 명태조실록에는 이 시기 고려에서 올린 표문이 명 태조에게 전해진 것으로 기록하고 있다. 『太祖實錄』 洪武二十一年 夏四月: 壬戌. 時高麗王禑表言, 文高・和定等州, 本爲高麗舊壤, 鐵嶺之地, 實其世守乞, 仍以爲統屬. 上諭禮部尙書李原名曰數州之地, 如高麗所言, 似合隸之, 以理勢言之舊, 旣爲元所統. 今當屬於遼. 況今鐵嶺已置衛, 自屯兵馬, 守其民, 各有統屬. 高麗之言, 未足爲信, 且高麗地壤, 舊以鴨綠江爲界, 從古自爲聲敎, 然數被中國累朝征伐者, 爲其自生釁端也. 今複以鐵嶺爲辭, 是欲生釁矣. 遠邦小夷, 固宜不與之較, 但其詐僞之情, 不可不察. 禮部宜以朕所言, 咨其國王, 俾各安分毋生釁端.

15) 『高麗史』 113卷 列傳 26 崔瑩: 先是, 西北面都安撫使崔元沚報云: "遼東都司遣承差李思敬等, 到鴨綠江張榜曰: '戶部承聖旨. 鐵嶺迆北・迆東・迆西, 元屬開原, 所管軍人漢人・女眞・達達・高麗, 仍屬遼東.'" 瑩與諸相議攻定遼衛及請和, 諸相皆欲請和. 趙琳又至遼東不得入而還. 瑩集百官, 議獻鐵嶺迆北可否, 百官皆曰 "不可."

② 1074.1; 병가.0799 崔瑩

綠耳霜蹄(녹이상제) 솔지게 먹여 시닉물에 씨셔 타고
龍泉雪鍔(용천설악) 들게 ᄀ라 다시 ᄲᅥ혀 두러메고
丈夫(장부)의 爲國忠節(위국충절)을 적셔 볼가 ᄒᆞ노라

최유청(崔惟淸)의 5세손이라서 '구귀족에 속하는 사람'[16]으로 분류되기도 하였지만, 최영의 출사는 출신과는 딱히 관계가 없었다. 왜구와의 전투에서 무용(武勇)을 인정받아 우달치(迂達赤)에 선발되었고,[17] 이후 조일신(趙日新)의 난[18]・흥왕사(興王寺)의 변(變)[19]을 평정하고 원 순제에 의해 고려 국왕으로 책봉된 덕흥군(德興君)의 입국을 저지했다.[20] 여기저기 출몰하는 왜구를 토벌하는 전투뿐 아니라 유탁(柳濯)과 함께 원 승상 토크토(脫脫)를 도와 고우(高郵, 강소성(江蘇省))에서 장사성(張士誠)이 이끄는 홍건적을 섬멸하는 작전에도 참가했다.[21] 두 차례(1359, 1362)에 걸친 홍건적의 침입을 물리치는 데도 큰 공을 세웠다. 난을 진압하는 것은 '세계' 및 국가의 영토와 인민을 안정시키는 일이다. 그런 까닭에 그에 대한 사민(士民)의 신망도 날로 두터워갔다. 그러던 중 고려 정국이 신돈에 의해 주도되면서 최영은 경주윤(慶州尹)으로 좌천되었

16) 조동일, 『한국문학통사』 2(지식산업사, 1985), 197쪽.

17) 『高麗史』 113卷 列傳 26 崔瑩: 瑩風姿魁偉膂力過人. 初隸楊廣道都巡問使麾下, 屢擒倭賊以武勇聞, 補于達赤.

18) 『高麗史』 113卷 列傳 26 崔瑩: 恭愍元年, 趙日新作亂. 瑩與安祐崔源等, 協力盡誅.

19) 『高麗史』 113卷 列傳 26 崔瑩: 十二年, 金鏞謀亂, 遣其黨犯興王行宮. 瑩聞變, 與禹磾・安遇慶・金長壽等, 率兵馳赴擊賊, 盡殺之.

20) 『高麗史』 113卷 列傳 26 崔瑩: 十三年, 賊臣崔濡, 奉德興君, 渡鴨綠江. 我師與戰敗績, 賊乘勝長驅, 入據宣州中外洶懼. 命瑩爲都巡慰使, 將精卒, 急趣安州節度諸軍. 瑩聞命, 卽行率厲將卒, 誓必滅敵. 朝野恃以無恐. 瑩, 道遇亡卒, 輒斬以徇軍令始肅. 與諸將分軍擊賊于獺川, 大敗之. 遣兵馬副使安柱報捷.

21) 『高麗史』 113卷 列傳 26 崔瑩: 與柳濯, 從元丞相脫脫等, 征高郵, 前後二十七戰, 城將陷, 脫脫被譖師罷.

다. 이때가 공민왕 14년(1365)[22] 최영의 나이 50세였다. 다음 시조는 이렇게 좌천된 시기 최영의 정서를 표현한 것이 아닌가 싶다.

> ③ 1791.1; 청영.0030 崔瑩
> 눈 마자 휘엿노라 구분 솔 웃지 마라
> 春風(춘풍)에 픠온 곳지 每樣(매양)에 고아시랴
> 風飄飄(풍표표) 雪紛紛(설분분)홀 제 네야 날을 브ᄅ·랴[23]

최영은 자신을 '눈 맞아 굽은 솔'에 비유하고, '춘풍에 핀 꽃'으로 찬바람과 눈서리를 맞아 보지 않은 문신들을 비유했다. '굽은 솔'은 재목으로 쓸모가 없다. 쓸모없어 버려졌다는, 그를 축출하는 데 동조한 문신들을 비롯한 세간의 비웃음에 대해 세찬 바람이 불고 눈발이 날리는 어려운 시기가 되면 그들이 자신을 다시 부르지 않을 수 없으리라는 확신[24]에 차 있는 목소리를 드러내고 있다. 솔처럼 찬바람과 눈서리에 맞선 경험이 있어야 당당히 맞설 수 있다는 논리다. 국가 정의의 조건이 되는 것이 국민이 국가 내외의 각종 침탈로부터 보호되는 것이라면 최영은 국가 외부의 침탈로부터 국민과 국가를 지키는 역할을 충실히 해온 인물이다. 홍건적 난이 평정된 이후 일시적인 평화가 찾아오자 그는 권력 중심에서 배제되었고, 따라서 그 조건을 등한히 하는 문신들에 대한 일종의 항변이라 할 수 있다.

실제로 최영은 신돈이 처형된 이후에 소환되었다. 무엇보다 왜(倭)를

22) 『高麗史』 113卷 列傳 26 崔瑩: 十四年, (……) 旽, 復誣以瑩與李龜壽等, 交結內宦, 離間上下, 遣其黨李得林鞫訊. 瑩, 誣服曰: "請速即刑." 乃削三品以上爵籍其田民流之.

23) 21종 가집에 수록, 5종의 가집에서 최영을 작가로, 1종(청육.0467)에서만 麟坪大君을 작가로 밝힘.

24) 이본에 따라 자신이 정계에 복귀하여 고위직에 있게 되면 부러워할 것이라는 말로 풀이해야 하는 것도 있다. 어느 쪽으로 풀이하든 정계 복귀를 통한 자기 역할의 확대에 대한 강한 믿음이 배어 있다고 볼 수 있다.

비롯한 적(賊)들이 나라 곳곳에서 활개를 쳤기 때문이다. 중앙으로 복귀한 후에 최영은 정국을 주도하면서 왜적과의 전투에 몸소 참전했고 그런 공로가 인정되어 종국에는 재상의 반열에 오르게 되었으며, 우왕이 가장 신임하는 신하가 되었다. 그가 젊은 시절부터 갖은 전투에 극력 참여한 것은 세계 안정이 곧 국가의 안정을 보장한다는 인식에 충실한 것이었다. 그리고 그 모든 행위는 군주의 의지에도 부합하는 것이었다. 그것을 최영 자신은 '장부의 위국충절'의 발로라고 생각했던 것이다.

②의 '녹이'는 천하의 적(賊)을 토벌・평정하여 세계 질서를 회복하고자 했던 주(周) 목왕(穆王)의 수레를 끌던 준마(駿馬)이고 '상제'는 말의 발굽이 지나간 자리가 서리처럼 날카로운 자국을 남긴 데서 붙여진 이름이다. 모두 단숨에 천 리를 달리는 말을 일컫는 데 쓰였다. '용천'은 천하 보검 가운데 하나로 초(楚) 보검(寶劍)이 되었던 검이며, '설악'은 '상악(霜鍔)'과 같은 말로서 희고 날카로운 칼날을 가진 검을 이름이다. 재상의 반열에 오르기 이전에 최영은 '녹이상제'를 타고 '용천설악'을 둘러메고 천하를 평정하던 장수였다고 할 수 있다. 그런데 재상의 반열에 오른 이후[25]에 최영은 적을 토벌하는 전투에 직접 참여하지 않았다. 자주 병환에 시달리는 노구의 몸이었기도 했다. 그러던 그가 요동 공격 계획이 추진되면서 전장에서 직접 진두지휘하고자 했다. 물론 실제로는 왕을 곁에서 모시며 평양에 머물렀다. 최영만이 믿고 의지할 만한 신하로 생각한 우왕은 최영까지 전장에 나갔을 때 자기 신변에 어떤 일이 일어날지 모른다는 불안감에 사로잡혔다. 부왕의 시해 사건을 기억하고 있었기 때문이다.[26] 하지만 최영은 노구의 몸이

25) 『高麗史』 113卷 列傳 26 崔瑩: 七年, 拜守侍中, 贈其父純忠雅亮廉儉輔世翊贊功臣・壁上三韓三重大匡・判門下事・領藝文春秋館事・上護軍・東原府院君, 母智氏爲三韓國大夫人.

지만 목숨을 내거는 전투에 직접 참여하고자 했음이 분명하다. 그런 점에서 '녹이상제'를 '살찌게 먹여' '시냇물에 씻'기 것이나 '용천설악'을 '들게 갈아' '다시 둘러메는' 행위는 한동안 전투에 직접 참여하지 않던 최영이 다시금 '세계' 및 국가 질서를 위협하는 적들을 평정하는 장수로서 나서겠다는 것을 말하는 것으로 볼 수 있다. 그 정서는 요동 공격 계획을 추진할 무렵의 최영이 드러내고 싶었을 정서에 부합한다. 그런 점에서 ②는 요동 공격 계획이 '세계' 질서를 유지하기 위해 불가피한 선택이요 그 와중에 죽더라도 그것은 '장부의 위국충절'을 세우는 길이 될 것이라는 생각을 함축한 것으로 해석될 수 있다. 전자는 요동 공격 계획에 대한 반대 여론에 대한 반론이 되고 후자는 일선에서 물러나지 않은 데 대한 예상되는 비난에 대한 반론이 될 수 있는 것이다.

우왕과 최영이 주도한 요동 공격 계획은 이성계가 주도한 위화도 회군으로 실패했다. 회군의 책임을 물어 우왕은 이성계의 아들을 죽이고 개경으로 돌아오지만, 이성계는 우왕과 최영을 가두고[27] 우왕을 폐위하고 종내에는 최영을 죽였다. 고려의 요동 공격 계획은 뒤늦게 명에 알려졌다. 즉, 보급로가 차단된 선발 군대의 장수가 회군의 죄가 자기에게까지 미칠까 두려워하여 요동에 투항하면서 알려진 것이다.[28] 창왕이 즉위한 후에 고려는 이색을 내세워 명과의 관계를 수습하고자

26) 『高麗史』 113卷 列傳 26 崔瑩: 瑩再三請曰: "殿下還京. 老臣在此指揮諸將." 禑曰: "先王遇害以卿南征也. 予何敢一日不與卿共處乎?"

27) 『太祖實錄』 洪武二十一年 八月: 甲寅 (……) 高麗千戶陳景, 來降言. 其故爲高麗國元帥崔完者部曲. 是年四月, 國王王禑, 欲寇遼東率其都軍, 相崔瑩・李成桂, 繕兵於西京. 成桂使景屯艾州, 以糧餉不繼, 退師. 王怒殺成桂之子, 率兵還王城. 成桂乃以兵逼王, 攻破王城, 囚王及崔瑩, 景懼禍及不敢歸. 時, 景妻子已爲遼東白帖木兒, 招諭入境, 故與其屬韓成・李帖木兒, 來降. 上知其故, 敕遼東, 謹烽堠嚴守備, 仍遣人以偵之.

28) 각주 27) 참조.

했다. 외교를 통해 고려는 회군과 폐위, 창왕의 사위(嗣位)가 존명사대(尊命事大)의 '대의(大義)'에 따른 불가피한 선택이었음을 거듭 인정받고자 했다. 그런 차원에서 우왕의 친신(親臣)이면서도 회군에 찬성한 사대부들로부터도 존경을 받던 이색이 전면에 나선 것으로 보인다.

이색은 충혜왕(忠惠王) 복위 2년(1341) 진사시에 입격하고 공민왕 2년(1353)에 등과했다. 그 사이 원의 진사시에 합격했고, 이후 향시와 정동행성의 향시는 물론, 원의 제과 회시와 전시에도 응시하여 합격했다. 학자로서 이색의 명성은 고려는 물론 원에서도 자자했다. 또한, 이색은 홍건적의 2차 침입 때 왕을 호종한 공신의 반열에 오르면서 당상관의 지위에 오르게 되었다. 공민왕 시해 사건 즈음에 병을 칭탁하여 현직에서 물러났지만, 우왕의 부름을 받아 다시 나아갔고 사부(師傅)가 되었다. 하지만 우왕의 요동 공격에는 반대 입장을 분명하게 밝혔다. 청화(請和)를 주장한 것이다. 회군 이후 우왕이 폐위되어 강화로 쫓겨났을 때는 조민수(曺敏修)와 함께 창왕을 추대했고, 명에 창왕의 즉위를 알리는 사신으로 가서는 창왕의 입조(入朝)와 명의 고려 감국(監國)을 주청(奏請)했다.[29]

이러한 일련의 행보는 이색 또한 명 중심의 세계 질서 재편이 역사 필연이라고 인식했음을 말해 주고 있다. 하지만 이색의 시도는 어느 것 하나 실현되지 않았다. 신뢰하는 무신이자 동지와도 같았던 변안렬(邊安烈, 1334~1390)은 우왕 복위 운동에 가담했다는 혐의로 살해되었고 창왕은 곧 폐위되었으며, 공양왕이 추대되었다. 창왕 옹립, 우왕 복위에 모두 간여했다는 혐의로 대간의 거듭된 탄핵을 받아 파직[30]·삭

29) 『高麗史』 115卷 列傳 28 李穡: 遂與李崇仁·金士安, 如京師, 賀正, 且請王官監國.
30) 『高麗史』 45卷 世家 45 恭讓王 1年: 十二月乙未朔, 罷李穡及子種學職, 廢曹敏修爲庶人.

직[31]되어 유배되고 다시 이초(彝初)의 옥(獄)에도 연루되어 탄핵되었다.

이색은 세계 질서의 변화에 순응하면서도 고려 왕조의 정통성은 유지하고자 했다. 명으로부터 공민왕의 시호를 받은 것(1385)은 우왕이 고려 국왕의 지위를 인정받았음을 말하는 것이다. 그런 점에서 우왕은 고려 왕조의 정통성을 유지하는 군주로서 정당성을 확보한 왕이라 볼 수도 있다. 하지만 회군을 정당화하면 요동 공격 계획을 추진한 우왕의 정통성은 인정할 수 없다는 이분법적 사고가 지배하는 고려 내부의 정치 상황은 출사한 개인들로 하여금 양자택일을 강요하는 분위기를 조장했다. 이색은 회군의 정당성과 우왕의 정통성이 양립할 수 있다는 입장을 취한 듯한데, 그 때문에 이색에게는 동지가 많을 수 없었다. 공양왕은 거듭해서 불렀지만 번번이 대간의 탄핵을 받았다. 이색은 유배객의 신세를 면치 못했다. 정몽주가 피살된 직후에는 또 이성계 제거 모의에 연루되었다는 탄핵을 받아 금천(衿川)·여주(驪州) 등지로 내쳐졌다. 결국 고려 왕조가 스러지는 그 역사적 순간에 이색은 "돌아갈 전택(田宅)도 없는"[32] 신세로 전락해 있었던 셈이다. 다음 시조는 바로 그 무렵 이색이 가졌을 법한 정서에 부합한다.

④ 1903.1; 청진.0007, 李穡
白雪(백설)이 ᄌᆞ자진 골에 구루미 머흐레라
반가온 梅花(매화)ᄂᆞᆫ 어ᄂᆡ 곳에 픠엿ᄂᆞᆫ고
夕陽(석양)에 홀로 셔 이셔 갈 곳 몰라 ᄒᆞ노라[33]

31) 『高麗史』 45卷 世家 45 恭讓王 2年: 二月乙未朔. 命削李穡職, 徙曹敏修·權近于邊地.

32) 『高麗史』 115卷 列傳 28 李穡: 四年, 宴群臣于壽昌宮. 穡, 醉發聲大笑, 侍近大護軍金鼎卿, 止之. 穡, 惶恐趨出. 鄭夢周·柳曼殊等, 醉輒喧呼, 是日稍戢. 盖懲於李恬, 使酒得罪也. 誅夢周, 鞫諫官金震陽等, 辭連穡·種學·種善, 流種學·種善于外. 王使謂穡曰: "卿之二子, 得罪於朝, 卿其去矣. 兩江之外, 惟卿所適." 穡, 憮然曰: "臣顧無田宅, 果安歸乎?" 遂貶衿川, 尋徙驪興.

④가 창작 방법이 흥(興) 혹은 부이흥(賦而興)인지, 비(比) 혹은 부이비(賦而比)인지는 분명하지 않다. 이색의 시집에는 석양을 배경으로 한 시가 적지 않은데(55회) 그런 시는 대부분 흥의 방식으로 창작된 것이다. 그리고 그런 시에서 석양은 순환 질서에 따라 매일 찾아오는 자연 현상을 가리켰다. 그런 점에서 ④의 석양을 고려 왕조의 기운이 쇠해가는 것을 비유적으로 보기는 어렵지 않을까 싶다. 1389년은 이색은 예순이 넘은 나이였다. 인생의 노년에 접어들었고 강건한 몸도 아니었다. 두 아들은 외방(外方)으로 쫓겨났고, 동지도 없고 그를 옹호하거나 반겨주는 사람도 없었다. 전택이 없는 신세라서 추운 날 석양이 되었는데도 찾아갈 곳이 딱히 없었던 것이다. ④의 시적 상황은 그런 현실 상황에서 형성된 이색의 심적 상황에 부합한다. 원과 명을 오가며 고려 왕조를 위해 봉사했던 '대유(大儒)'의 인생이 늘그막에 '속유(俗儒)'로 낙인되기도 하며[34] 추운 겨울, 찾아들 곳조차 없는 신세로 전락해 있는 현실이 과연 정당한가고 묻고 있는 것으로 읽힐 수 있다는 것이다. 그리고 그 속에는 정의로운 국가를 만들어갈 인재('매화')를 찾아볼 수 없는 현실에 대한 절망감이 배어 있어 보인다.

원천석은 『고려사』에서는 그 행적이 전혀 찾아지지 않는 인물이다. 『운곡시사(耘谷詩史)』에는 정도전과 공민왕 9년(1360) 진사시 동년이었고 그런 인연으로 정도전이 지은 시에 화답한 시도 실려 있지만 성균관에 입학한 이후의 행적은 자세하게 확인된 바가 없다. 출사하지 않고 치악산에서 은둔하여 살면서 중요한 역사적 사건들을 전해 들을 때마다 자신의 감회를 드러낸 시편들이 『운곡시사』 등에 전하고 있을

33) 55종 가집에서 이색을 작가로 밝힘. 1종(청연.0011)에서만 成渾을 작가로 밝힘.
34) 창왕 즉위를 알리는 사신으로 갈 때부터 이색은 자주 '俗儒'라고 일컬어졌다.

뿐이다.[35] 그런 시편들에서 원천석은 최영과 이색이 국가를 지켜나갈 두 기둥이라는 인식을 드러내 보이기도 했으며,[36] 요동 공격에 대해서는 벅찬 감흥을, 위화도 회군에 대해서는 실망스러운 감정을 드러내기도 했다.[37] 또한, 우왕의 폐위[38]와 창왕의 폐위[39]를 탄식하는 목소리를 드러내기도 했다. 하지만 조선 개국 소식에 희망에 찬 목소리를 드러내기도 하고[40] 정도전이 지은 악장[41]을 찬양하는 시를 짓기도 했다.[42] 일련의 시편들을 통해 시인의 내면을 핍진하게 들여다보기는 어렵지만, 원천석은 태조 즉위 조서에서 밝히고 있는 '순천명(順天命)·생민(生民)'[43]이 국가를 유지하고 경영하는 길이며, 그 길에의 합치 여하에 따라 우호적인 정서를 드러내기도 하고 비판적인 정서를 드러내기도 한 듯하다. 원천석은 그러한 삶도 '충의(忠義)'에 부합하는 것이라고 생각했던 듯한데, 다음 두 편의 시조는 원천석의 그러한 내면을 여실히 보여주고 있다.

⑤ 1108.1; 병가.0626, 元天錫
눈 마ᄌᆞ 휘여진 ᄃᆡ를 뉘라셔 굽다턴고
구블 節(절)이면 눈 속의 프를소냐

35) 이하 원천석에 대한 논의는 임종욱, 「운곡 원천석의 시문학 연구」(동국대 박사학위논문), 1998, 1~137쪽 참조.
36) <海東二賢讚>, <聞都統使崔瑩被刑寓歎>, <紀夢>.
37) <病中記聞>.
38) <伏聞主上殿下遷于江華>.
39) <聞今日十五日國家以定昌君立王位前王父子以爲辛旽子孫廢爲庶人>.
40) <改新國號爲朝鮮>, <新國>.
41) 開言路·保功臣·正經界·定禮樂→<文德曲>. 『태조실록』 4권, 태조 2년 7월 26일: 一, 殿下初卽位, 立經陳紀, 與民更始, 可頌者多矣. 擧其大者, 開言路, 保功臣, 正經界, 定禮樂.
42) <贊鄭二相所製四歌>.
43) 『태조실록』 1권, 태조 1년 7월 28일 丁未: 王若曰 '天生蒸民, 立之君長, 養之以相生, 治之以相安.' 故君道有得失, 而人心有向背, 天命之去, 就係焉, 此理之常也.

아마도 歲寒孤節(세한고절)은 너뿐인가 ᄒᆞ노라[44]

⑥ 5542.1; 병가.0515, 元天錫

興亡(흥망)이 有數(유수)ᄒᆞ니 滿月臺(만월대)도 秋草(추초)ㅣ로다
五百年(오백년) 王業(왕업)이 牧笛(목적)애 부쳐시니
夕陽9석양)에 지나는 客(객)이 눈믈계워 ᄒᆞ노라[45]

⑤에서 대나무가 굽었다는 것은 '절(節)'을 바꾸었다는 것, 곧 변절(變節)을 말하는 것이다. 하지만 화자는 '눈 맞아 휘어진' 것일 뿐 대나무는 여전히 곧고 푸른 성질을 갖고 있다고 변호하고 있다. 변절이 아니라 지절(志節)을 지키고 있다는 것이다. 원천석은 진사시에 합격은 했지만 벼슬살이는 하지 않았다. 천명에 순응하고 국가와 생민을 걱정하며 스스로는 안빈(安貧)하는 유자(儒者)의 삶을 살고자 한 것이 그의 지조라면 그의 지조는 고려라는 나라가 멸망할 때까지도 지켜진 것이라 할 수 있다. 양자택일적 선택을 강요하는 시대 상황에서도 원천석은 침묵한 것이 아니었음이 분명하다. 그렇지만 조선이라는 새로운 국호를 받게 된 것에 벅찬 감흥을 드러내고 정도전의 악장을 찬양하는 행위는 이분법적 사고를 갖고 있는 사람에게는 변절이라는 비난을 받을 여지가 없지 않다. '휘어진 대'를 굽었다고 말하는 이는 그런 비난을 고려한 것이라 볼 수 있다. 그런 점에서 ⑤는 그러한 비판 여론에 대해 자신의 행위가 변절이 아니라 수절(守節) 혹은 전절(全節)이라고 옹호하고 있는 것이라 할 수 있다.

한양 천도가 완전하게 이루어진 이후 어느 시기에 원천석이 송도 지역을 방문했을 때 지은 것으로 보이는 ⑥은 원천석이 '천의(天意)'는 바뀔 수 있고 따라서 왕조의 명운(命運)도 수(數)가 정해져 있다는 사유

44) 23종의 가집에 元天錫을 작가로 밝혔고, 吉再와 曹植을 작가로 밝힌 가집도 1종씩 있다.
45) 24종 가집에서 元天錫만을 작가로 밝힘.

를 분명하게 보여주고 있다. 천명의 담지자가 변할 수 있다는 사유는 『주역』에서 이미 제시된 것이다. 중요한 것은 그 변화의 실마리 곧 기미(機微)를 알아차리는 것인데, 그 변화에 대한 인식은 주체에 따라 다를 수 있었다. 원천석은 여말 선초라는 격변의 시기에 국가 권력의 중심에서 비켜나 있었다. 그는 조선 개국 또한 천명에 순응하는 결과임을 분명하게 인정했다. 태조 왕건을 성조(聖祖)로 숭앙하는 고려 또한 순천명과 생민을 내세우며 수립된 국가였지만, 그 국가가 5백 년의 수를 마감하고 그 자취가 목동의 피리 소리에만 남았으니 비단 고려 왕조에 대한 절의를 지킨 사람만이 망국에 대해 서글픈 감정을 가졌다고 보기는 어렵다. 그런 점에서 ⑥에서의 화자의 눈물겨움은 고려 왕조에 대한 절의 때문이라고 볼 수 없는 측면이 있다. 그것은 마치 한때 천하를 호령했지만 스러지고 없어진 영웅에 대한 동정과도 같은 감정으로 읽혀지기 때문이다. 결국 원천석은 천명 담지자(세계 및 국가의 주인)가 누구인가가 중요했던 것이 아니라 유가 사상에서 원초적 입장에서 이상화된 국가 정의가 구현되는 것이 더 중요했던 셈이다.

정몽주는 공민왕 6년(1357)에 진사시에 합격하고, 9년(1360)년에 문과에 합격했다. 이존오(李存吾, 1341~1371)를 비롯하여 문과 동년들이 믿고 의지했다. 그는 조선 개국의 주역들과 마찬가지로 주원장(朱元璋)을 새로운 천명 담지자로 인식하고 명을 중심으로 하는 세계 질서에 순응해야 한다고 생각했다. 그런 까닭에 공민왕이 시해되던 해에 김의(金義)가 명의 사신을 죽인 일로 난처한 상황에 빠진 이인임(李仁任)과 지윤(池奫)이 우왕 2년(1376) 북원(北元)과의 외교 관계를 회복하려 할 때 주도적으로 반대 의견을 제시하다가 언양(彦陽)으로 유배되기도 했다. 고려는 왜의 침구(侵寇)로 도탄에 빠진 민을 살리는 데에 명과의 관계

회복은 물론 일본과의 관계 개선도 절실했다. 유배에서 풀려나자마자 정몽주는 왜구 침탈의 문제를 해결하기 위해 일본에 사신으로도 다녀왔고, 상당한 성과도 거두었다. 그로 인해 중앙 관직에 복귀되었고 이후 명과의 관계를 회복하는 데서도 중요한 역할을 담당했다. 우왕 11년(1385)에 명은 공민이라는 시호를 내림으로써 고려를 천자의 제후국으로 다시금 인정하게 되는데, 바로 그 해에 정몽주가 동지공거로서 문과를 감독했던 것[46]도 그런 맥락에서 이해할 수 있을 듯하다. 이듬해에는 명에 사신으로 가서 5년간 밀린 세공을 면제받을 수 있게 했다.[47]

정몽주가 우왕의 요동 공격 계획에 어떤 입장을 취했는지는 자세하지 않다. 분명한 것은 이후 공양왕 즉위 때까지 이성계와 동일한 정치적 행보를 보였다는 사실이다. 정몽주는 이성계를 비롯하여 설장수・성석린・조준・정도전과 함께 "우(禑)・창(昌)은 본래 왕씨(王氏)가 아니므로 종사(宗祀)를 받들 수 없다. 또한, 천자의 명이 있었으니 가짜를 폐하고 진짜를 세워야 한다."라는 주장에 동조하고[48] 공양왕 추대에 가담했다. 『고려사』는 천자의 명에 합치한다고 기록하고 있지만 『명실록』에는 명 태조가 우왕 폐위, 창왕 옹립이 모두 이성계의 계책이라고 짐작하고 있었으며 사태의 추이를 지켜보되 고려 사신을 받지 말라고 했다고 거듭 기록하고 있다.[49] 우왕의 손위(遜位)와 창왕의 사위

46) 卞季良(1369～1430)은 이 해에 등과했다.

47) 『高麗史』 117卷 列傳 30 鄭夢周: 十二年. 如京師請冠服, 又請蠲免歲貢. 夢周奏對, 詳明, 得除五年貢未納者, 及增定歲貢常數及還.

48) 『高麗史』 116卷 列傳 29 沈德符: 禑攻遼, 德符以西京都元帥, 行從我太祖回軍. 辛昌立, 拜判三司事. 我太祖與德符・池湧奇・鄭夢周・偰長壽・成石璘・趙浚・朴葳・鄭道傳議曰: "禑・昌, 本非王氏, 不可奉宗祀. 又有天子之命, 當廢假立眞." 奉定妃教放昌于江華, 迎立定昌府院君. 瑤是爲恭讓王.

49) 『太祖實錄』 洪武二十一年 冬十月: 庚申. 高麗國王王禑, 遣其臣禹仁烈等, 上表請遜位於其子昌. 上曰前者聞其王被囚, 今表請遜位, 必其臣李成桂之謀, 東夷狡詐多類, 此姑俟之以觀

(嗣位)를 인정받기 위해 명에 파견된 이색은 창왕의 입조와 명의 직접적인 감국(監國)을 통해 사태를 해결하고자 했지만, 창왕 입조 요청은 거듭해서 받아들여지지 않았다. 창왕이 고려 국왕으로 승인되지 못하는 상황은 이성계뿐 아니라 명 중심의 세계 질서 속에서 고려국의 질서를 일신하고자 했던 정몽주도 난처하게 만들었을 것이다. 정몽주가 '폐가입진(廢假立眞)'[50]이 천자의 명에 합치한다는 주장에 동조하여 창왕을 폐위하고 공양왕을 추대하는 데 참여한 것은 이러한 맥락에서 이해될 수 있지 않을까 싶다.

정몽주의 다음 시조는 이방원의 시조와 함께 전해진다. 이방원(李芳遠, 1367~1422)의 아래 시조가 있어야 정몽주의 시조의 함의가 오롯하게 파악될 수 있기 때문일 것이다.

⑦ 3811.1; 청진.0008
이 몸이 주거 주거 一百番(일백번) 고쳐 주거
白骨(백골)이 塵土(진토)되여 넉시라도 잇고 업고
님 向(향)ᄒᆞᆫ 一片丹心(일편단심)이야 가싈 줄이 이시랴[51]

其變;『太祖實錄』洪武二十二年 八月: 癸卯. 高麗國, 複遣使, 來奏權國事王昌, 乞入朝. 上不許. 謂禮部尙書李原名曰 "高麗國中, 多故, 陪臣忠逆混淆, 所爲皆非良. 謀廢立自由, 豈三韓世守之道哉! 彼旣囚其主, 來言童子入朝, 必有隱謀, 不可信也. 彼苟以逆爲常事, 皆繼踵而爲之, 則人倫斁, 而禮義亡矣. 爾禮部其諭高麗使童子不必來朝. 果其國, 有賢智之臣, 明君臣之分, 妥民安國, 雖數世不朝, 亦無所責, 不然雖連歲來朝, 亦何益哉!"

50) 공민왕이 시해되자 북원(北元)에서는 심왕(瀋王) 왕고(王暠)의 손자 토흐투아 부카(脫脫不花)를 고려 국왕에 책봉했다.『高麗史節要』卷之三十 辛禑一 乙卯 辛禑元年, 大明 洪武八年: 納哈出, 遣使, 來問禑嗣位. 時, 北元, 以玄陵無嗣, 乃封瀋王暠孫脫脫不花爲王, 故有是問. 이 일은 덕흥군을 고려 국왕에 책봉하려 했던 일과 맥락이 닿아 있다. 우왕이 공민왕의 친자가 아니라는 소문은 이때부터 확산된 것으로 보인다. 심국은 고려보다 서열이 높은 제후국이었으며, 충선왕 때부터 고려 국왕이 겸하던 자리였지만 충선왕이 충숙왕과 왕고(王暠)에게 나누어 물려주었다. 이후 고려 내부에서는 각각을 지지하는 세력 간의 갈등이 치열해졌는데 공민왕은 그 문제를 해소했다. 하지만 공민왕이 시해되자 다시금 갈등이 불거지기도 한 것이다.

⑧ 3765.1; 청진.0216
이런 들 엇더ᄒᆞ며 져런 들 엇더ᄒᆞ료
萬壽山(만수산) 드렁츩이 얼거진들 엇더ᄒᆞ리
우리도 이ᄀᆞᆺ치 얼거져 百年(백년)ᄭᆞ지 누리리라

둘이 화답 관계에 있다면 ⑦과 ⑧은 정몽주가 이성계와 거의 동일한 정치적 행보를 보이던 시기이면서 함께 주연에 참석할 수 있었던 시기에 창작된 것이다. 그 시기는 이방원이 이성계를 대신해서 각종 조의(朝議)에 참석하던 시기로 추정된다. 『고려사』에는 창왕 옹립 직후 창왕의 사위와 신정 하례를 위해 이색이 명에 사신으로 갈 때 서장관(書狀官)으로 참가했던 사실에서부터 이방원의 행적을 기록하고 있다. 사신 파견을 자청한 이색이 귀국하기 이전에 이성계에 의해 또 다른 변고가 생길까 우려하여 아들 하나를 데려갈 것을 요청했고, 그 요청이 수용되면서 이방원이 서장관으로 따라간 것이다.[52] 이후 이방원은 조의에 참여하는 벼슬을 제수받았다. 정몽주가 이방원과 주연을 함께 할 교분도 이 시기에 맺어진 듯 보인다. 조의에 참석하는 벼슬을 하면서 이방원은 대체로 이성계의 대리인 역할을 충실히 수행했다. 그런 점에서 ⑥에 표현된 이방원의 생각은 이성계의 생각과 합치하는 것이라 할 수 있다.

복마전같이 전개되는 정치 상황에서는 누가 적이고 누가 동지인지가 분명하지 않을 수 있다. 각자가 품은 뜻을 드러내놓을 여건이 아니기 때문이다. 시조 작가들은 하나같이 존명대의(尊命大義)・존명사대(尊明事大)를 '세계' 정의라고 내세웠지만, 그 이면에 감추어진 생각은 하

51) 63종 가집에서 정몽주만을 작가로 밝힘.
52) 『高麗史』 115卷 列傳 28 李穡: 遂與李崇仁・金士安, 如京師賀正, 且請王官監國. 穡以我太祖威德日盛, 中外歸心, 恐其未還, 乃有變, 請一子從行, 太祖以我太宗爲書狀官.

나같지 않았다. 그런 까닭에 특정 사건을 매개로 적으로 내몰기도 하고 동지로 엮기도 하는 니전투구(泥田鬪狗)와 같은 쟁투가 빚어졌다. 우왕의 폐위에서 공양왕의 폐위에 이르기까지 그런 사건들이 한층 더 빈번해졌다. 공양왕 추대까지 보였던 정치적 행보만으로 판단하면 정몽주는 이성계・이방원과 동지적 관계에 있었다. 하지만 우왕의 폐위 이후부터 그의 복심(腹心)이 무엇이었는지는 역사 기록을 통해서는 분명하게 가늠할 수 없다. 이 점이 이성계・이방원에게도 답답하게 느껴졌을 수 있다. 『고려사』는 정몽주가 공양왕 4년(1392)부터 이성계를 경계하고 궁극에는 제거할 계획을 꾸몄다고 기록하고 있다.[53] 하지만 이성계에 대한 '중외귀심(中外歸心)'은 창왕 즉위(1388) 때부터 가시화되었다고도 기록하고 있다.[54] 그 시점에서 이색은 이성계와는 다른 편에서 있었음이 가시화되었고 따라서 우왕 복위 운동에 연루되어 처벌되었다고 볼 수 있다. 그런 시기에 정몽주는 이성계를 비롯한 역성 개국의 주역들과 호흡을 같이한 듯 보이면서도 이색과 같은 행보를 보이기도 했다.

정몽주는 우왕 복위 운동에 연루되어 죽임을 당한 변안렬을 이색과 함께 추도했다.[55] 변안렬은 이성계를 적극 도와서 위화도 회군(回軍)에 가담했고 그 때문에 사후인 공양왕 4년에 회군 공신으로 추증되었다. 변안렬의 <불굴가(不屈歌)>와 같은 자리에서 불렸다는 기록이 사실에 부합하는 것이라면 ⑦, ⑧은 변안렬이 우왕 복위 운동에 연루되었다는 혐의가 가시화되기 이전 시기에 지어졌다고 보아야 한다. 그 시기 어느 연회 자리에서 이성계가 정몽주와 변안렬의 복심을 확인하기 위해

53) 『高麗史』 117卷 列傳 30 鄭夢周: 夢周, 忌我太祖威德日盛中外歸心, 又知趙浚・南誾・鄭道傳等, 有推戴之謀, 嘗欲乘機圖之.

54) 각주 52) 참조.

55) 이은희, 「대은 변안렬의 시문학 연구」(동국대 석사학위논문, 2009), 2009, 27~31쪽 참조.

이방원으로 하여금 <하여가(何如歌)>를 부르도록 했다고 보아야 하는 것이다.

⑧의 '만수산(萬壽山)'은 황제(혹은 천자)의 궁전이 있는 산[56]인 동시에 역대 황제들을 장사지낸 곳이다. 원은 물론 명도 만수산에서 역대 황제의 장례를 치렀다고 한다.[57] 고려 또한 그 군주를 해동 천자로 일컫기도 했기 때문에 왕조의 진산(鎭山)인 송악산을 만수산이라 일컬었다. 왕건을 성조로 하는 역대 제왕을 대부분 만수산에 장사지냈다. 만수산에 칡덩굴과 같은 풀이 무성해지면 백골들이 흙으로 변하고 새로운 꽃들이 그 흙을 먹고 자라난다고 했다.[58] 그러므로 고려의 만수산에 드렁칡이 얽어지는 것은 태조 왕건을 성조로 숭앙하는 황제 국가로서의 고려가 스러지는 것을 가리키는 것이라 할 수 있다. 우왕의 폐위로 인해 고려는 그런 국가로서의 지위를 회복되기가 매우 어려워진 상황에 처했음이 분명하다. 그런 점에서 ⑧은 누구를 왕위에 올리든 백 년의 수는 꽃 피울 수 있지 않겠냐는 생각을 넌지시 드러낸 것으로 볼 수 있다. ⑦에서 '백골이 진토가 되더라도'라고 한 표현은 정몽주가 '만수산에 드렁칡이 얽어지는 현상'이 무엇을 가리키는지 간취했음을 말해 준다.

또한, ⑦은 정몽주가 거기에서 한 걸음 더 나아가 이성계·이방원이 새로운 성조를 만들 생각을 아울러 갖고 있을지 모른다는 의구심도 갖고 있었음을 짐작케 한다. '일백 번 고쳐 죽으면' 만년이 된다. 그런

56) 『高麗史』 26卷 世家 26 元宗 5년: 王辭於萬壽山殿, 帝賜駱駝十頭; 『高麗史』 54卷 志 8 五行 2 金: 忠烈王二十年正月, 童謠云: "萬壽山烟霧蔽." 未幾世祖皇帝訃至; 『高麗史』 112卷 列傳 25 李公遂: 太子以帝命, 召公遂, 上萬壽山廣寒殿. 『高麗史節要』 第35卷 恭讓王 辛未三年: 元季, 爲萬壽幽宮之樂, 以潰百年培植之基, 勤儉奢怠之間, 吉凶興亡, 判焉, 吁可畏也.

57) 『명종실록』 14년 기미 4월 23일: 皇明累世, 亦皆葬於萬壽山.

58) 『孤山先生文集』 卷之一 詩, 青丘歌: 蔓草已縈萬壽山, 白骨還爲土花蝕.

점에서 정몽주는 설령 새로운 성조를 만들어 그 왕조가, 자신이 회복하고자 하는 고려와 같이 제국의 지위를 갖게 된다손 치더라도 고려 태조를 성조로 하는 왕조를 섬기는 마음은 스러지지 않을 것이라고 말한 것이라 할 수 있다. 그렇다면 ⑦, ⑧을 통해 정몽주와 이성계·이방원은 각각 서로 간에 좁혀질 수 없는 간극이 있음을 충분히 확인했을 것이다.

정도전은 공민왕 9년(1360)에 진사시에 합격하고 11년(1362)에 문과에 합격했다. 원천석과는 진사시 동년이고 설장수(偰長壽, 1341~1399)와는 문과 동년이지만 정치적 행보는 원천석과는 대조적이고 설장수와는 공양왕 3년 정몽주의 당여로 몰려 유배되어 조선 개국에 참여하지 않았다는 점에서 크게 달랐다. 물론 설장수는 태조 3년에 소환되어 정도전과 동지가 되었다. 또 권근(權近)과 함께 원종공신록(原從功臣錄)에 추록(追錄)됨으로써 조선 개국의 공신이 되었다. 이러한 정치적 행보는 사민으로부터 적잖은 비판을 받을 수 있는 것이었다. 다음 시조는 설장수가 자신의 정치적 행보에 무엇을 준칙으로 삼았는지를 드러낸 것으로 보인다.

⑨ 1485.1; 시단.0008, 偰長壽
듯난 말 보난 일을 사리에 비겨 보와
올ᄒᆞ면 ᄒᆞᆯ지라도 그르면 말을 거시
평ᄉᆡᆼ의 말슴을 갈희여 ᄂᆡ면 시비 될 줄 이시랴

⑨는 12종의 가집에 수록되어 있지만 한 가집에서만 설장수를 작가로 밝혀 놓았다. 그 때문에 ⑨가 설장수가 지은 것이라 보는 데 어려

움이 없지 않다. 하지만 ⑨에서 분석될 수 있는 자기 옹호의 논리는 설장수가 가졌을 법한 것이기도 하다. 물론 설장수의 사면복권에는 태조 이성계의 잠저 시절의 지우(知遇)였다는 점이 크게 작용했다. 부친 설손이 공민왕의 잠저 시절의 지우였던 인연을 갖고 있어 귀부가 순조로웠고 또 귀부 직후에 당상관의 지위에 오를 수 있었던 것처럼 지우라는 인연이 크게 작용했던 것이다. 하지만 여말 선초에 8차례에 걸쳐 명에 사신으로 파견된 사실은 설장수가 외교관으로서의 자질 또한 탁월했다는 점도 중요하게 고려되었다고 보아야 한다. 또한, 정몽주의 당여로 지목되었지만 설장수가 당여를 만들지는 않았음도 분명하다. 설장수는 ⑨에서처럼 스스로 '사리'를 따져 옳다고 여기는 것을 실천하고 말을 가려 하면 시비(是非)에 휘말리지 않는다는 유자(儒者)로서의 행동 원칙을 자기 소신으로 갖고 있었다고 볼 수 있다. 이러한 소신은 여말 선초, 특히 조선 왕조를 섬기다 조선 왕조를 섬긴 인물들이 자신의 정치적 행보를 옹호하는 논리로 수용되었으리라 짐작된다.[59]

설장수와 달리 정도전은 정몽주의 탄핵을 받아 유배되었다. 이로부터 정적 관계가 분명해졌다. 정도전은 이성계가 고려 왕위를 물려받으면서 유배에서 풀려났다. 이후 역성 개국에 참여하고 조선이라는 국가의 기틀을 마련하는 데 중요한 역할을 수행했다. 정도전처럼 역성 개국을 한 주역들에게 전절(全節)하지 않았다거나 변절(變節)했다는 비판은 무의미하다. 설령 그런 비판이 있다손 치더라도 거기에 일일이 대

59) 다음 시조를 지은 成石璘(1338～1423)이 그에 해당한다고 볼 수 있다.
3278.1; 시단.0009, 成石璘
언틀신 횡독경ᄒᆞ고 주식을 삼가ᄒᆞ면 / ᄂᆡ 몸의 병이 업고 남 아니 무이나니 / 힝ᄒᆞ고 여력이 잇거든 학문 조ᄎᆞ ᄒᆞ리라
이 시조는 19종의 가집에서 성석린을 작가로 밝히고 있으며 8종의 가집에서는 金光煜, 1종의 가집에서 朴淳을 작가로 밝혀 놓았다.

응할 필요는 느끼지 않았을 것이다. 하지만 반 천 년의 역사를 이어온 고려 왕조가 스러지고 새로운 왕조가 들어섰다 해도 민심은 바로 돌아서지 않는 법이다. 중외의 인심 혹은 중심(衆心)을 얻었기에 역성 개국이 가능했다고 할 수는 있지만, 그 인심이나 중심은 주로 권력층 내부에 국한되는 것이라 할 수 있다. 그래서 태조 이성계는 우선 고려 국왕으로 즉위하는 과정을 밟았다. 따라서 조선이라는 국호를 승인받기 이전에 국가의 성조는 여전히 태조 왕건이라는 인식이 사민들 사이에는 여전히 일반적이었다고 보아야 한다. 그런 정황은 조선이라는 국호를 승인받고 그 국호를 쓰도록 한 태조 2년에 정도전이 지은 시 <배어가유장단작(陪御駕遊長湍作)>[60]을 통해 가늠해 볼 수 있다. 이 시는 고사(簫師)가 <장단(長湍)>을 연주하는 것을 듣고 지은 것이다. <장단>은 고려의 성조(聖祖) 태조 왕건의 여민동락(與民同樂)했던 행적을 송도(頌禱)함으로써 장단에 유람 온 후왕(後王)을 규계(規戒)하려는 의도를 함축한 노래다.[61] 고사가 이 곡을 연주한 것은 고사의 의식에는 여전히 태조 왕건이 성조로 자리하고 있었기 때문이라 할 수 있다. 그런 점에서 조선이라는 국호를 공식 사용하게 해의 정도전의 악장 제작에는 이러한 의식을 바꾸어 태조 이성계가 새로운 성조가 되었음을 명문화(銘文化)하려는 의도가 작용했다고 볼 수 있다. 그리고 다음 시조는 국호가 바뀌고 한양 천도가 이루어진 시기에 '고국흥망'을 묻는 사람이 여전히 상당하게 존재했으리라 짐작케 하는데, 그들에 대한 정도전의 대응이라 할 수 있을 듯하다.

---

60) 『三峯集』 卷之二 七言絶句, 陪御駕遊長湍作 癸酉秋: 秋水澄澄碧似天, 君王暇日御樓船. 簫師莫唱長湍曲, 此是朝鮮第二年.

61) 『高麗史』 71卷 志 25 樂 2 俗樂 長湍: 太祖, 巡省民風, 補助不給, 與民同樂. 民, 思其德久, 而不忘. 後王, 遊長湍, 工人歌祖聖之德, 因以頌禱, 而規戒之.

⑩ 2578.1; 청홍.0033
仙人橋(선인교) 나린 물이 紫霞洞(자하동)에 흘너드러
半千年(반천년) 王業(왕업)이 물소릐섇이로다
아희야 故國興亡(고국흥망)을 물어 무슴 ᄒᆞ리오[62]

원천석은 물론 길재(吉再, 1353～1419)도 한양 천도 이후에 '고국'의 도읍지를 방문했음은 그의 시조[63]를 통해 확인할 수 있다. 이들은 고국의 흥망사를 알고 있었을 테지만 도읍 방문이 흔치 않았을 일반 사민들의 사정은 사뭇 달랐을 것이다. 새 왕조 국가가 수립되고 도읍이 옮아갔다는 사실조차 모르는 사민들이 적지 않았을 것이기 때문이다. 그들이 국가 도읍을 방문했다면 송도를 방문했을 것이고 자신들이 섬기던 고려 국가가 어떻게 되었는지 궁금증을 가졌을 것이다. ⑩은 정도전도 한양 천도 이후에 송도를 방문했음을 말해 줄 뿐 아니라 그중에 고국흥망에 관심을 표명하는 이가 적지 않았으리라 짐작해 보게 한다. 정도전 또한 '반천년' 왕업의 자취가 사라지고 물소리만 들리는 데서 일종의 무상감을 느꼈던 모양이다. 제1～2행에서 그런 감정을 읽어낼 수 있기 때문이다. 하지만 제3행에서는 이미 자신이 주도적으로 참여하여 새 왕조 국가가 수립되고 한양이 새 도읍지로 정비되었는데 무상감에 빠지거나 '고국' 흥망을 따져 묻는 것은 부질없고 쓸데없는 일이지 않는가고 되묻고 있다. 왕조의 교체가 역사 필연이라면 변통(變

62) 30종 가집에 수록, 작가를 밝힌 가집 중 24종에서 정도전을 작가로 밝힘. 1종(원일.0213)에서만 兪應孚를 작가로 밝힘.
63) 3431.1; 병가.0054, 吉再
五百年 都邑地를 匹馬로 도라드니 / 山川은 依舊ᄒᆞ되 人傑은 간 ᄃᆡ 업다 / 어즈버 太平烟月이 쑴이런가 ᄒᆞ노라
이 시조에 대해 23종의 가집에서 吉再를 작가로 밝히고 있으며, 청홍.0019, 청영.0028, 청영.0283에는 徐甄을 작가로 밝혀 놓았다.

通)해야 하고, 과거보다 현재와 미래를 정의로운 사회로 만들어가는 것이 중요하다는 말로 들리는데, 이 목소리를 통해 정도전이 일반 사민들과 소통이 절실하다고 느낀 것이 무엇이었는지 가늠해 볼 수 있을 것이다. 새로운 세계 및 국가는 주인이 성인(聖人)다울 때 정의가 실현될 수 있다는 것이 유가의 사유인 만큼, 정도전의 정의론 또한 유가의 사유에 충실하다고 할 수 있다. 그런 차원에서 태조 이성계를 성인의 반열에 올리고자 한 것이다. 하지만 그는 명-조선의 세계 및 국가 질서가 확립되는 과정에서 희생되었고 그 희생은 역성 개국에 반대했던 인물들의 희생보다 더 부정적으로 평가되었다.

3. 작가의 정치적 선택의 근거로서의 정의론

이상에서 살펴보았듯이 여말 선초 시조 작가들이 자신의 정치적 선택을 변호 혹은 옹호했던 역사적 계기와 논리는 하나같지 않았다. 그런데 논리의 기저에는 공통으로 국가 및 '세계'의 안정적인 질서가 유지되어야 한다는 전제가 함축되어 있어 보인다. 국가 및 세계의 안정적 질서는 그 질서의 정점에 있는 존재인 국왕 및 천자를 중심으로 사회가 위계적으로 조직되어야 한다. 공자(孔子)를 사종(師宗)으로 숭앙하는 유가는 그렇게 조직된 국가 및 세계의 질서의 성격이 자기 뜻에 부합할 때 출사하고 그렇지 않을 때 물러나는 것을 올바른 선택이라고 가르친다. 물러나서도 생존할 수 있는 사회적 여건이 조성되어 있다면 이러한 생각은 타당하다. 하지만 물러나서도 국가의 지배에서 자유로울 수 없고 자기 뜻에 부합하게 살아갈 수 없는 상황이라면 국가 및 세계 질서를 자기 뜻에 부합하는 방향으로 바꾸는 노력을 할 필요도 있다. 그래서 유가는 또한 국가 및 세계 질서가 사회 구성원의 보편적 이해관계에 충실한 방향으로 유지되게끔 국가 및 세계 질서를 중심에서 자리하는 인간의 바른길을 제시했다. 군자가 되는 것이 그것이다. 군자는 인의(仁義)를 숭상하고 효(孝)[64]를 실천하며 사적인 욕망을 절제할 줄 아는 인간이다. 도덕적 인간이 국가 및 세계 질서를 운영하는 주체가 되어야 공명정대한 질서가 안정적으로 유지될 수 있다고 본 것이다. 그렇게 국가 및 세계 질서가 유지되는 것이 곧 국가 및 세계 정의였다고 할 수 있다.

하지만 유가는 부도덕한 인간이 국가 및 세계 질서의 주인이 되는 현실을 아울러 인정했다. 유가는 인간의 길이 하늘의 의지와 늘 합치하지 않고 다를 수 있다고 전제한다. 하늘은 도덕적 인간이 감당할 수 없는 불의(不義)한 상황도 천명(天命)에 의한 것이라고 생각했다. 물론 천명이 종내에는 인간의 의지에 부합하는 국가 및 세계 질서를 수립하는 방향으로 인간을 이끌 것이라는 믿음이 전제되어 있는 생각이다. 그래서 하늘을 외경(畏敬)하고 천명이 변화하는 기미(機微)를 알아차리고 변화에 적응하는 것(變通)을 중시했다. 천명이 곧 정의라는 관념이 공존했던 것이다. 그런데 역사적으로 천명사상은 국가 및 세계의 새로운 질서를 수립하고 그 정점에 서고자 하는 인간들의 행위를 합리화하는 근거로 활용되기도 했다. 천명은 가시적이지 않은 것이기 때문이다. 여말 선초는 바로 그런 시대였다. 시조 작가들의 정치적 행보와 자기 옹호의 기저에는 이러한 유가적 정의론이 자리하고 있었다.

64) 주나라 시대에는 국중(國中) 바깥 민(民)의 생활이 영위되는 지역(향당과 방국) 통치의 기본 단위가 가(家)였다. 가는 오늘날의 개념과 사뭇 다르지만, 가 단위에서 가장이 자식을 보살피고 자식이 가장을 공경하는 사회가 이루어지는 것이 국가 및 세계의 '이상'이 구현되는 조건이라고 생각했다. 효는 국가 및 세계 질서의 안정에 가장 기초가 되는 민(民)의 윤리 덕목이었던 것이다.

원천석은 국가 및 세계의 안정적 질서가 정의이며 천명이 곧 정의라는 인식을 갖고 있었던 인물인 듯하지만, 그 자신이 국가 및 세계 중심에서 그것을 실현하는 역할을 감당하고자 하지는 않았다. 그 점이 성여완, 서견과는 달랐다. 조선 개국 이후에 성여완은 자신의 정치적 행보를 변호하기 위해 도연명을 인용하고 서견은 백이·숙제를 인용했다. 도연명과 백이·숙제는 권력에 대한 욕망이 크지 않았다는 공통점을 지니고 있다. 물론 출신 배경을 고려할 때 도연명보다 백이·숙제가 포기한 것이 훨씬 크다고 할 수 있다. 백이·숙제는 고죽국의 군주가 될 수 있었기 때문이다. 또 감내하고자 했던 희생의 크기도 달랐다. 하지만 동진 중심의 남방 세계 질서가 자기 뜻에 합치하지 않아서 물러난 점과 은(殷) 중심의 세계 질서가 자기 뜻에 합치하지 않아서 물러난 것은 일맥상통한다. 또 새로운 남방 세계 질서의 주인이 되고자 하는 유유가 황제를 시해하는 상황을 용납하기 어려웠다는 점과 새로운 세계 질서의 주인이 되고자 하는 무왕이 상중(喪中)에 있음에도 천자인 주(紂)를 시해하는 상황을 용인하기 어려웠다는 점도 서로 통한다. 따라서 도연명과 백이·숙제의 행적은 유가가 길러내고자 했던 인간의 상에 부합하는 면이 있다고 할 수 있다.

그런데 그들이 전절(全節)하고자 한 왕조 중심의 국가 및 세계 질서는 중심에서부터 논공행상(論功行賞)과 형정(刑政)의 투명성과 공정성, 제도 운영의 공공성과 형평성 등이 심각하게 훼손되어 국가 및 세계 질서가 실질적으로 무너지고 쉽사리 회복될 기미가 보이지 않는 상황이라고 인식되었음도 분명하다.[65] 이러한 요소들은 유가의 경전에서

65) 참고로 남송의 辛棄疾(1140~1207)은 '영우락' 사패에 맞춰 지은 詞 <京口北固亭懷古>에서 劉裕를 영웅으로 형상화하여 칭송하고 있다("斜陽草樹, 尋常巷陌, 人道寄奴曾住. 想當年, 金戈鐵馬, 氣呑萬裡如虎."). 이는 남송 시대에 유유에 대한 인식이 도연명과 사뭇 달랐던 인물도 존재했음을 보여주는 사례이다.

도 국가 정의를 뒷받침하는 하위 정의 요소였다.

<여자엄등소(與子儼等疏)>(415)에서 도연명은 자신의 정치적 선택이 자식들에게까지 영향을 미치는 상황에 대해 미안한 마음을 감추지 않았다. 성여완은 그의 아들 세대에서 고려 왕조가 명을 중심으로 하는 세계 질서에 편입되어 형정을 바로잡아 다시금 안정적인 세계 질서를 회복하는 일에 참여시켰다. 이것이 도연명과는 실질적인 차이가 나는 부분이다. 이성계는 한때의 동지였던 성여완을 포용하고 그의 아들을 새로운 세계 및 국가 질서를 유지할 수 있도록 중용했다. 한참 뒤의 일이지만 길재 또한 세종대에 이르러 제자들로 하여금 출사를 권장했다. 도덕적으로 용납할 수 없는 상황이 다시금 초래되지 않게 하려면 '언충신(言忠信), 행독경(行篤敬)'하며 국가 및 세계 중심에서부터 인의(仁義)를 실천하고 형평성과 공정성을 지켜나가도록 도덕적 인간으로서 자기 역할을 성실하게 수행할 뿐이라는 것이 아들 성석린이 시조를 통해 보여준 자기 옹호의 논리였다. 유가에서 제시한 원초적 입장[66]에서의 개인행동의 정의에 기댄 것이다. 그리고 그 논리 이면에는 천명이 세계 및 국가의 주인을 바꾸었다는 사유를 받아들인다는 전제가 있다. 이러한 전제는 조선이라는 국가에 출사하는 사람이면 누구나 받아들인 것이라 할 수 있다. 그들이 고려 왕조에 대한 충절을 지킨 인물들에 대한 고민은 천명이 바뀌는 과정에서 발생한 희생을 어떻게 처리해야 하느냐는 차원의 문제였던 듯하다. 관직을 추증하고 사면·복권해서 자손에게 직전(職田)을 내려 출사의 기회를 주는 것 이외에 현실적으로 가능한 길은 딱히 없었을 듯한데, 실제로 그렇게 했다. 물

66) 이 용어의 개념은 서양의 정의론을 개괄하고 있는 이양수, 『정의로운 삶의 조건: 롤스& 매킨타이어』(김영사, 2007), 76~95쪽에서 가져왔다. 이 책은 근대 이후 서양의 정의론을 살피는 데 많은 도움을 주었다.

론 서견은 그 종적을 알 수 없게 되었다.

현재의 국가 및 세계 정의가 절대 정의로서의 천명과 배치된다고 인식할 때 어느 것을 우위에 두느냐는 인식 주체에 따라 판단이 다를 수 있다. 하지만 판단은 달라도 그 주체들이 모두 형평성과 공정성, 투명성과 공공성이 보장되는 정치가 이루어지는 국가 및 세계 질서를 추구했다면 어느 판단은 옹호하고 어느 선택은 비난할 수는 없는 것이다. 물론 인식과 판단의 차이로 인해 그들 사이에는 충돌이 빚어지고 희생이 생겼다. 최영은 요동 공격이 국가 및 세계 정의에 부합한다고 보았지만, 이성계는 존명대의(尊命大義)·존명사대(尊明事大)에 어긋난다고 주장했다. 신돈의 집권 시기에 좌천되었다가 국가 권력의 핵심으로 부상하면서 최영은 형평성과 공정성, 투명성과 공공성을 훼손한 행적이 적지 않았다.[67] 타자에 대해서는 형정의 공정성과 공의의 중요성을 강조하면서도[68] 자신은 공과에 맞게 논공행상을 하지 않는다는 불만을 갖게 하고 실상에 맞게 절차를 밟지 않고 정적(政敵)을 처형했으며 도당(都堂)의 공론(公論)과는 다른 선택을 밀어붙였다.[69] 요동 공격 계획도 백관(百官)의 공론과 배치되는 것이었다.[70] 국가 정의의 하위 요소들을 소홀하게 다른 것이다. 하위 정의 요소가 무시되는 국가 정의는 공허할 수 있음을 시사하는 대목이다.

요동 공격 계획은 공민왕 때에도 이미 실행된 적이 있다. 원 중심의

67) 『高麗史』 113卷 列傳 26 崔瑩: 二十年, 召還復拜贊成事. 二十二年, 爲六道都巡察使, 籍軍戶造戰艦, 黜陟將帥守令有罪者, 專斷. 人謂: "瑩, 素不識朝士賢否, 故黜陟未精."

68) 『高麗史』 113卷 列傳 26 崔瑩: 瑩颺言於都堂曰: "今政刑紊亂, 有功不賞, 有罪不刑, 天豈雨哉?"

69) 『高麗史』 113卷 列傳 26 崔瑩: 辛禑元年, 判三司事. 二年, 都堂以禑命欲宥在貶康舜龍·鄭思道·廉興邦·成大庸·鄭寓·尹虎·鄭夢周等, 議已定, 瑩出獵不與其議, 及還, 錄事請署其案, 瑩怒曰: "國家大事必大臣合議然後行, 何不預告遽取署耶?" 遂不署.

70) 『高麗史』 113卷 列傳 26 崔瑩: 瑩集百官議獻鐵嶺迆北可否, 百官皆曰: "不可." 禑獨與瑩, 密議攻遼. 瑩, 勸之.

세계 질서가 수립되기 이전의 고려 국가의 영토를 회복하고 인민을 돌려받는 목적이었지만 전혀 낯선 계획이 아니었다. 고려의 입장에서 요동은 국가 및 세계 정의를 실현하는 데 걸림돌이 되었음이 분명하다. 공민왕이 추진했던 요동 공격 계획은 시조 작가들에게 공통으로 세계 및 국가 정의에 부합하는 것으로 수용되었다. 그러나 우왕이 추진한 요동 공격 계획은 공민왕 시해와 명 사신의 살해 등으로 소원해진 명과의 관계가 겨우 회복되는 시점에서 그 계획을 실제 주도한 최영의, 공과(功過)의 실상에 맞지 않게 논공행상을 하고 법적 절차를 무시하고 사람을 죽인 이력은 군대로 하여금 최영이 내세운 '충의'에 동의하지 않도록 하는 데 적잖이 작용했으리라 생각된다. 그렇다고 최영의 요동 공격에 실제 존명대의·존명사대에 반하는 사유가 작용했다고 단정하기는 어렵다. 무엇보다 세계 질서의 유지는 소국이 대국을 섬기는 원칙(以小事大)뿐 아니라 대국이 소국을 보듬는 원칙(以大字小)도 준수되어야 하는데, 최영이 외교적 화의의 길이 막힌 상황에서 후자와 같은 원칙이 지켜지는 세계 질서를 유지하는 차원에서 요동 공격을 진두지휘했다면 그 역시 공민왕이 추진했던 요동 공격 계획과 마찬가지로 비난받아야 할 이유가 없어 보이기 때문이다. 그 역시 원초적인 입장에서 볼 때 이소사대의 원칙이 지켜져야 세계 및 국가 정의가 구현될 수 있는 것이다. 최영이 내세운 국가 정의가 세계 정의에 반하는 행위로 낙인된 것은 결국 그가 보여준 정의롭지 못한 행태들이 크게 작용했다고 볼 수 있다. 회군의 책임을 물어 우왕이 이성계의 아들을 죽인 것이 사실이라면 그 또한 형정의 정의에 부합하지 않는 행위임이 분명하다.

이색과 정몽주는 고려가 새로운 세계 정의에 부합하는 국가 정의를 실현할 수 있다고 믿었던 듯하다. 물론 둘 사이의 판단에는 다른 점도 없지 않았다. 무엇보다 이색은 위화도 회군과 우왕의 정통성은 양립할 수 있다는 입장이 분명했고, 정몽주는 '폐가입진' 논리에 동조했다. 태조 왕건을 성조로 하는 고려의 역대 왕들이 하나같이 국가 정의에 부합했던 군주는 아니었다. 따라서 이색과 같이 아버지가 문제적이라면 아들을 추대할 수 있는 것이다. 더욱이 길재가 의문을 제기했던 것과 같이 요동 공격 이전에 명이 우왕을 고려 국왕으로 인정했다고 보아야 한다. 하지만 존명대의를 내세워 회군을 주도한 사람들의 관점에서 둘은 양립할 수 없는 것이었음도 분명하다. 정몽주는 양자택일적 선택을 강요하는 상황을 타개하는 길로 '폐가입진' 논리에 동참하고 공양왕 추대에 주도적으로 참여했던 듯하다. 그리고 명 중심의 세계 질서에 부합하는 고려 국가 질서의 토대를 만들기 위해 『대명률(大明律)』에 따라 고려의 율령을 정비했다.[71] 천명이 고려 왕조에서 떠나지 않았다고 본 것인데, 그 지점에서 정몽주는 둘의 양립 가능성을 인정하는 이색과 같은 인물과 동지적 관계를 유지하고자 했던 듯하다. 그리고 그와는 반대로 이성계·이방원과는 극복할 수 없는 견해 차이가 있다고 인식했던 듯하다. 그런데 이색은 국가 정의에 또 하나의 중요한 요소인 분배 정의에 소극적인 태도를 보였다. 더욱이 정몽주는 정도전 등을 탄핵하여 권력 중심에서 배제하고자 했다. 이런 점들이 국가 정의를 위해 봉사하는 사람들에게 직전을 공평하게 분배할 수 있도록 전제(田制)를 과감하게 개혁해야 한다는 견해에 동조하는 인물들에게 정몽주의 개혁 의지에 의구심을 갖게 만들었을 수 있었을 것이다.

태조 즉위 교서[72]와 개국공신 위차(位次)를 정하는 교서[73]에는 역성

71) 『高麗史』 46卷 世家 46 恭讓王 4年: 二月甲寅, 守侍中鄭夢周, 進所撰新定律.

72) 『태조실록』 1권, 태조 1년 7월 28일: 王氏自恭愍王無嗣薨逝, 辛禑乘間竊位, 有罪辭退, 子昌襲位, 國祚再絶矣. 幸賴將帥之力, 以定昌府院君權署國事, 而乃昏迷不法, 衆叛親離, 不能保有宗社, 所謂天之所廢, 誰能興之者也. 社稷必歸於有德, 大位不可以久虛. 以功以德, 中

(易姓)에 의한 개국이 절대 정의라 할 수 있는 하늘의 뜻에 따른 것이며 공양왕이 전제의 핵심인 경계를 바르게 하는 일에 소홀했다고 밝히고 있다. 그리고 정도전은 악장을 통해 태조가 국가 정의를 바로 세운 인물이라고 칭송했다. 원천석은 거기에 공감했다. 또한, 정도전은 『조선경국전(朝鮮經國典)』을 편찬하여 세계 정의에 부합하는 국가 경영의 길을 세세하게 명문화(銘文化)했다.[74] 이처럼 정도전은 세계 정의에 부합하는 국가 정의가 구현되는 사회를 꿈꾸었다는 점에서 정몽주와 다르지 않다. 결국 국가 정의가 구현되는 현실 조건과 방법에 대한 인식에서 차이가 있었던 셈이다.

절대 정의로서의 천명에 부합하는 국가 및 세계 정의 또한 개인의 행동을 제약하는 측면이 있다. 모든 국가의 국민을 만족시킬 만한 재화나 자원이 절대적으로 부족한 상황에서 사회 정의는 위계질서를 전제할 수밖에 없었기 때문이다. 절대 정의는 그것을 합리화하는 것이라 할 수 있다. 고려보다 조선이 민(民)의 삶의 형편이 한층 더 개선되고 사족 이하의 신분에서도 정치 권력에 가까이 갈 기회가 더 넓어지고 형정과 제도가 한층 더 투명하고 공정하게 운영된 국가였다는 것이 증명될 수 있다면 비록 고려 왕조를 지켜가면서 세계 정의에 부합하는 국가 정의를 주장하다 스러진 시조 작가들의 희생마저도 가치 있는 것이라 할 수 있다. 몇몇 시조 작가들에 대한 조선의 배려는 그런 차원에서 이루어진 것이라 할 수 있다.

外歸心, 宜正位號, 以定民志. 予以涼德, 惟不克負荷是懼, 讓至再三, 僉曰: "人心如此, 天意可知. 衆不可拒, 天不可違." (……) 一, 田法, 一依前朝之制, 如有損益者, 主掌官擬議申聞施行. (……) 教書, 鄭道傳所製.

73) 『태조실록』 1권, 태조 1년 8월 20일: 瑤乃昏迷不法, 忘經遠之大體, 見目前之小利, 知其有私, 不知有功, 田制惡其經界之正, 公廩竭於子壻之奉.

74) 『태조실록』 5권, 태조 3년 5월 30일: 判三司事鄭道傳撰進朝鮮經國典, 上觀覽嘆美, 賜廐馬・綺絹・白銀.

그런데 고려는 물론 조선도 반역과 반란이 끊이지 않았던 국가였음이 분명하다. 반역과 반란은 국가 정의에 대한 문제 제기라 할 수 있다. 특히 민란(民亂)은 인간으로서의 생존권과 결부되어있는 것이라 볼 수 있다. 그렇다면 어떤 왕조를 중심으로 하는 국가 정의를 지지하든 민의 삶을 실질적으로 개선해 줄 수 있는 길을 얼마만큼 더 확대했느냐 하는 것이 시조 작가들이 추구했던 세계 및 국가 정의의 실제적 가치를 판단하는 기준이 되어야 하지 않을까 싶다. 시조 작가들의 정치적 행보와 자기 옹호의 논리의 기저에 '생민(生民)'이 곧 정의라는 인식을 잘 읽어낼 수 없다는 점은 그런 측면에서 씁쓸함을 자아낸다. '고국흥망'을 묻지 말라는 정도전의 목소리도 달리 들리지는 않는다. 물론 여말 선초 시조 작가들은 세계 정의에 부합하는 국가 정의가 '생민'의 전제가 된다고 사유했을지도 모른다. 유가적 사유가 몸에 밴 인물들이라 할 수 있기 때문이다. 또 전제 개혁은 생민을 위한 것이었다고 볼 수도 있다. 하지만 그것을 통해 민의 삶이 실질적으로 얼마만큼 개선되었는지는 여전히 전면적으로 확인된 바가 없다. 모든 '성인(聖人)'은 생민이 곧 정의라는 사상을 아울러 갖고 있었던 듯한데, 여말 선초의 시조 작가들은 대체로 성인이 제시한 바른길을 따라 걷고자 했으면서도 자기중심적 사고의 틀에서 크게 벗어나지 않았던 것으로도 보이는 것이다.

위계적 질서 체계의 정점에서 과욕(寡慾)하면 최하위의 민(民)도 편안하다. 그래서 유교든 도교든 불교든 왕조 시대의 거대 종교는 하나같이 최고 통치자를 비롯한 지배층의 과욕을 중시하고 민을 포용하는 길을 국가 및 세계 정의로 제시했던 듯하다. 그 길이 여전히 진리요 정의라고 받아들여지고 있는 것은 역설적으로 지금의 시대 국가 및 세계가 여전히 그 길에서 멀리 비켜나 있기 때문이라는 생각을 지울 수 없다.

4. 결론

여말 선초는 원 중심의 세계 질서가 명 중심의 세계 질서로 재편되고 고려 왕조 국가가 조선 왕조 국가로 교체되는 역사적인 시대였다. 이러한 시대는 시조 작가들로 하여금 끊임없이 선택하지 않으면 안 되는 계기적 상황을 만들었다. 그런 역사적 계기에서 시조 작가들의 선택은 하나같지 않았고, 각자가 중요하게 여기는 계기도 달랐다. 그들은 자신의 선택에 대한 사회적 공감이 절실하다고 여긴 역사적 계기에서 시조 창작을 통해 자신의 입장을 드러내어 사회적 공감을 얻고자 했다. 그런 까닭에 이 시기 시조는 작가가 자신의 정치적 선택을 변호하거나 옹호하는 논리를 함축하고 있어 보였다. 물론 여말 선초 시조 작품은 일찍부터 작가의 정치적 행보나 됨됨이와 연관 지어 이해되어 온 것이 사실이다. 이 글은 그 창작 맥락을 좀 더 구체화함으로써 작품에 함축된 작가의 창작 의도에 한 걸음 더 나가는 길을 찾아보고자 한 것이다. 무엇보다 텍스트의 의미론적 통일성이 분명하게 파악되는 맥락을 탐색해 보았다는 점에서 일정한 의의가 있지 않을까 싶다.

그리고 이러한 탐색 결과를 바탕으로 시조 작가의 정치적 행보와 자기 옹호의 논리에 함축된 정의론을 분석해 보았다. 하나같이 자신의 선택이 옳다고 여기는 논리의 기저에 정의에 대한 개념이 자리하고 각자의 선택이 하나같지 않았기 때문에 그 개념이 다를 수 있다는 점에 착안하여, 탐색 결과가 어떤 유용성을 가지는지 따져본 것이다. 유가의 경전에서 의(義)에만 초점을 맞추기 때문에 그것이 서구 철학사에서의 정의와는 같지 않다는 견해가 일반적이다. 하지만 세계, 국가, 단위 사회, 개인행동 등 다양한 층위에서의 정의에 관한 논의는 유가의 경전에 모두 망라되어 있었다고 보아야 한다. 물론 이 글의 논의가 유가의 경전과 서양 철학에서의 정의론에 대한 면밀한 천착에 기초한 것은 아니다. 따라서 한계가 분명하다. 하지만 여말 선초 시조 작가들의 정의론에는 서양 역사에서 제시된 정의론의 내용이 거의 포괄되어 있어 보였다. 동양이든 서양이든 국가 및 세계 질서가 위계적으로 수립될 수밖에 없는 현실에서 벗어난 것은 아니다. 그런 점에서 여말 선초 작가들이 자신들의 정치적 선택을 변호 혹은 옹호하는 논리의 기저에 자리한 정의론은 오늘날 정의의 문제에 접근하는 데에 여전히 시사하는 바가 적지 않다고 할 것이다.

제 6 장

텍스트의 방언 특성을 고려한 〈신도가〉의 주석과 해석

1. 서론

이 글은 <신도가>를 구성하는 어휘의 '방언적' 쓰임을 고려하여 선행 주석에 대안적인 주석(注釋)을 마련함으로써 그 창작과 수용 맥락을 다각적으로 재구성할 수 있는 토대를 마련하는 데 목적이 있다.

주석은 텍스트를 구성하는 하위 언어 단위요소가 다른 텍스트에서 어떻게 쓰이는지를 보여줌으로써 텍스트의 의미론적 통일성에 부합하는 그 의미와 기능을 선택하는 데 도움을 주는 작업이다. 텍스트에서 하위 단위요소는 기호(sign)로 지각된다. 기호는 기표(記表, signifier)와 기의(記意, signified)가 결합 관계를 맺고 있지만, 그 관계는 자의적(arbitrary)이다. 사회적, 문화적, 역사적으로 형성되는 관계이기 때문이다. 기호의 인지 과정(cognitive process)은 기표로 지각되는 기의를 발견하는 과정이다. 인지 과정은 언어를 매개로 이루어지게 마련이어서 통합적인 사고 과정을 수반하며, 본질적으로 문화적이라 할 수 있다. 특정 언어를 같이 쓰는 언중 사이에 기호에서 기표와 기의의 관계를 추론하는 일은 대체로 자동화되어 있다. 그 관계가 사회적이기 때문이다. 그래서 같은 사회에서 같은 언어를 사용하는 언중들 사이에는 주석 없이도 텍스트를 읽어내는 일이 그리 어렵지 않다. 하지만 사회와 문화의 차이가 클수록 그 관계를 파악하는 일이 쉽지가 않다. 같은 계통에 속하는 언어라도 역사적 변화를 겪게 마련이어서 사회와 문화의 차이가 클 수 있다. 기호는 지역에 따라 역사적 흐름에 따라 사회의 특성에 따라 그 쓰임이 다를 수 있는 것이다. 주석은 다양한 쓰임을 보여주어 텍스트의 의미론적 통일성을 분명하게 드러내는 데 적절한 기표와 기의의 관계를 선택할 수 있도록 도와주는 작업이라 할 수 있다.

<신도가> 텍스트는 오늘날 한국인이 쓰는 일상언어와는 사뭇 다른 특성을 지닌 언어로 이루어져 있다. 그런데도 주석은 물론, 해석을 둘러싼 논란이 거의 없었다. 아마도 조선이 한양으로 천도하던 시기에 정도전(鄭道傳, 1342~1398)이 지었다고 한 다음 기록이 텍스트의 언어를 이해하는 데 큰 도움을 주었기 때문일 것이다.

> ① 대제학 남곤(南袞)이 아뢰었다. "접때 신에게 악장 중에 말이 음사(淫詞)와 석교(釋敎)에 이른 것은 고쳐 지으라고 명하셨기에 신이 장악원 제조 및 음률을 아는 악사와 더불어 거듭 헤아렸습니다. 아박정재(牙拍呈才) 동동사(動動詞)는 말이 남녀 간 음사(淫詞)에 이르고 있어서 신도가(新都歌)로 대체하였사온데, 대개 음절(音節)이 같기 때문입니다. 신도가는 아조(我朝)가 한양(漢陽)으로 도읍을 옮기던 때 정도전(鄭道傳)이 지은 것입니다. 이 곡(曲)은 문사(文詞)를 쓴 것이 아니라 방언(方言)을 많이 써서 지금 쉽게 이해할 수는 없습니다만 토풍(土風) 역시 보존해야 합니다. 또 절주(節奏)가 옛날에는 아주 느

렸는데 지금은 매우 빠릅니다만 고칠 수 없습니다. (……)" 전교하였다. "아뢴 말은 모두 옳다. 처용무(處容舞) 등은 아뢴 대로 없애도 좋다. 다만 바르지 않은 구습(舊習)은 비단 이것만이 아니고 필시 많이 있을 터, 일체 없앨 수는 없다." 명에 따라 남곤이 지은 악장으로 구(舊) 악장을 대체하였다.[1)]

①은 중종 13년(1518) 이전에 대제학과 장악원 제조가 함께 "악장 중에 말이 음사(淫詞)와 석교(釋敎)에 이른 것"을 고쳐 지으라는 왕명이 있었고,[2)] 이에 따라 <신도가>가, <동동사(動動詞)>를 대체하여 악장으로 정해진 사실을 확인해 주고 있다. 또한, 악보(樂譜)는 고치지 않았으므로 대체 과정에서는 노래 음절이 악보에 맞아야 한다는 원칙이 적용되었음도 알 수 있다. 텍스트의 맥락을 재구성하는 데 필수적인 것이 창작 주체와 시기에 관한 정보인데, ①은 그 정보도 포함하고 있다. 그런 정보가 <신도가>의 주석과 해석에 큰 논란이 없게 한 듯하다.

그런데 오늘날 독자보다 한층 더 많은 맥락 정보를 가지고 있었을 남곤(南袞, 1471~1527)은 <신도가>가 "문사(文詞)를 쓴 것이 아니라 방언(方言)을 많이 써서 지금 쉽게 이해할 수는 없"다고 하고 있다. 텍스

1) 『中宗實錄』 中宗 13年(1518) 4月 1日: 大提學南袞啓曰: "前者命臣, 改製樂章中語涉淫詞・釋敎者, 臣與掌樂院提調及解音律樂師, 反覆商確. 如牙拍呈才動動詞, 語涉男女間淫詞, 代以新都歌, 蓋以音節同也. 新都歌, 乃我朝移都漢陽時, 鄭道傳所製也. 此曲非用文詞, 多用方言, 今未易曉, 土風亦當存之. 且節奏, 古則徐緩, 今則急促, 不可改也. (……)" 傳曰, "所啓之言, 皆是. 處容舞等, 如所啓革之, 則可也. 但不正之舊習, 不特此也, 必多有之, 不可一切革之." 仍命以袞所製樂章, 代舊樂章.

2) 『中宗實錄』 中宗 12年(1517) 閏12月 23日: 弘文館直提學趙光祖・典翰孔瑞麟・應敎閔壽千等啓曰, "語涉淫詞・釋敎樂章, 令臣等改製. 夫樂章, 協音律傳後世, 至爲重大, 故成宗朝, 使大提學與掌樂院提調同議, 參考音律, 商確審定. 今藝文館雖分製於臣等, 而此事非他製述比, 不可獨製. 玆用啓之." 禮房承旨金淨啓曰: "臣爲副提學時, 亦參製樂章, 此事至爲重難, 不可率爾爲之. 宜如成宗朝例, 令大提學與掌樂院提調, 同議審定, 何如?" 傳曰, "樂章, 傳示於後, 非他製之比. 其依啓爲之."

트의 코드(code)를 해독할 맥락 정보가 부족해서 텍스트의 의미론적 통일성을 파악하기 쉽지 않다는 말로 풀이된다. 이것이 실상에 부합한다면, 선행 주석과 해석에서 큰 논란이 없었던 것이 오히려 의아스럽다. 남곤이 <신도가>에 쓰인 방언 요소들을 선행 주석과 해석의 주체보다 더 이해하지 못했다고 보기가 어렵기 때문이다.

그러고 보면, <신도가>의 선행 주석에는 모호하거나 불완전한 부분이 적지 않다. '다롱다(디)리'와 같이 의미 요소인지 아닌지 가늠하기 어려운 화사(和辭)[3]는 제쳐둔다손 치더라도, '디위'·'당금(當今)'·'경(景)' 등에 대한 주석은 텍스트를 구성하는 하위 언어 단위 요소 간의 내적 결속 관계를 온전하게 설명해 주지 못하기 때문이다.

남곤은 "방언을 많이 썼"다고 했는데도 선행 주석은 해당 어휘에 대한 선행 주석은 주로 방언과는 사뭇 다른 '문사(文詞)'에서의 쓰임만 보여주었다. 문사와 방언에서 두루 쓰였다 해도 그 쓰임이 같지 않았다면, 해당 어휘는 방언으로 쓰였을 개연성이 없지 않다. 해당 어휘는 방언으로 쓰일 때 문사에서와는 다른 의미를 가리키기도 하고, 때로는 의미 자질이나 기능이 전혀 없는 말로 쓰이기도 했다. 그리고 그러한 쓰임을 고려할 때 선행 해석에서 드러내지 못한 <신도가> 텍스트의 의미론적 통일성이 좀 더 분명하게 드러날 수 있어 보인다. 따라서 이 글은 우선, 남곤이 특히 염두에 두었던 방언 요소는 무엇인가? 해당 방언 요소는 문사와 방언(입말)에서 두루 쓰였는가, 아닌가? 두루 쓰였다면, 문사에서 쓰일 때와 입말 방언으로 쓰일 때 쓰임이 같았는가, 달랐는가? 쓰임이 달랐다면, 어느 쓰임에 따라 풀이해야 언어 텍스트의 하위 단위 간의 의미론적 연관성이 뚜렷하게 드러날 수 있는가? 등등

---

3) 이 말의 개념에 대해서는 각주 6), 7)을 참조할 것.

의 물음에 답을 찾는 방향에서 텍스트의 의미론적 통일성을 분명하게 드러낼 수 있는 주석을 마련하고, 이를 바탕으로 텍스트의 의미론적 통일성이 지향하는 의미를 텍스트의 창작과 수용 맥락을 통해 해석할 수 있는 길을 모색해 보고자 한다.

2. 텍스트의 방언 요소와 주석

방언의 층위는 매우 다양하다. 지역적, 계층적 층위에 따라 동일 단어라도 그 쓰임은 다를 수 있다.[4] 기표가 같아도 기의는 다를 수 있다는 말이다. 남곤 당대 '조선어' 또한 다양한 층위로 존재했을 것이다. 남곤이 장악원 제조와 함께 거듭 따지고 헤아렸는데도 <신도가>의 의미를 명확하게 이해하지 못한 것은, 우선 그런 다양성과 연관 지어 생각해 볼 수 있다.

남곤의 시대는 어릴 적부터 경전을 읽으며 유가의 가르침을 체화한 지식인이 국가 사회를 지배했던 시대였다. 그런 지식인 사회의 '조선어'는 그와는 다른 문화에 더 익숙했던 사람들의 '조선어'와는 사뭇 달랐을 수 있다. 남곤이 <신도가>에 대해 '토풍(土風)'이라 지적한 것은 그 언어에 배어 있는 문화가 당대 지식인 사회에서 두루 이해되는 문화와는 사뭇 달랐음을 말해 준다. '토풍(土風)'이란 오랜 역사를 통해 지역사회에 토착화된 문화를 일컫기 때문이다.

역사적으로, 유가의 가르침을 숭앙하는 지식인들은 대체로 토풍을 걷어내고 세계를 화풍(華風)으로 전일화(全一化)하고자 했다. '화풍'이란

4) 방언은 또한, 시대 흐름에 따른 변화의 폭이 크지 않다. 그래서 낡고 오래된 언어로 인식되는 경향이 있다.

'세계('천하(天下)')' 중심의 문화('중화(中華)')를 일컫는다. 화풍 또한 역사적 변화를 겪었지만, 구이(九夷)의 하나였던 한족(漢族)이 중원(中原)의 주인 자리를 차지한 이후에 한족의 언어에 맞게 방향 지워진(oriented) 문화가 곧 화풍이라는 인식이 점진적으로 확산했다. 그런 인식이 확산하면서 입말[구어(口語)] 아닌 문어(文語)로 노래를 지어 부르는 관행도 생겨났다. 그런 노래의 언어를 '문사(文詞)'라고 했다. '문사'는 토풍을 일소하고 화풍으로 전일화하려는 의지의 소산이라 할 수 있다.

하지만 토풍을 일소하고 화풍으로 전일화한 사회는 세계 구성원의 언어를 단일화하지 않는 이상 구현할 수 없다. 그런 까닭에 중원의 주변('사방(四方)' 혹은 '사해(四海)')은 물론 중원에 수립되는 나라에서도 화풍을 지향하면서도 화풍과 토풍이 중층적으로 결합한 문화를 유지했다. 물론 그런 시대에도 악장(樂章)은 가능하면 한족의 표준화된 언어('당음(唐音)', '당사(唐辭)')로 짓고자 했다. '문사'는 바로 그런 언어로 지은 노랫말을 가리키는 것이다.

'문사'는 가장 문화적인 언어로서 지역성을 넘어서도 소통을 가능하게 한다고 믿어졌다. 중원뿐 아니라 중원의 주변 나라에서도 궁극적으로 화풍을 지향했기에 특히 신적 존재와의 소통을 전제하여 만드는 악장은 문사로 지어야 한다는 의식이 뚜렷했다. 하지만 토풍은 국가 사회의 다양한 층위의 의례에 참여하는 사람들이 어릴 적부터 익숙해진 문화였다. 이들은 어릴 적부터 유가 경전을 학습하며 성장한 지식인들과는 사뭇 다른 문화를 체화했다고 볼 수 있다. 따라서 토풍은 하루아침에 일소되지 않고 일소할 수도 없는 문화였다고 할 수 있다. 남곤은 그러한 이유를 들어 <신도가>를 악장으로 쓸 것을 제안했고, 중종 또한 같은 이유를 들어 토풍의 악장을 모두 없앨 수 없다고 했다. 그러면 토풍의 방언 중에서 남곤 등이 쉽게 이해할 수 없었던 것은 어떤 것일까?

> ② A 녜ᄂᆞᆫ 楊양州쥐 ᄭᅩ(고)올히여 디위예 新신都도形형勝승이
> B 開ᄀᆡ國국聖셩王왕이 聖셩代ᄃᆡ를 니르어샷다
> C 잣다온뎌(져) 當당今금景졍 잣다온뎌(더)
> D 聖셩壽슈萬만年년ᄒᆞ샤 萬만民민의(이) 咸함樂락이샷다
> E 아으 다롱디(다)리
> F 알ᄑᆞᆫ(픈) 漢한江강水슈여 뒤흔(ᄒᆞᆫ) 三삼角각山산이여
> G 德덕重듕ᄒᆞ신 江강山산즈으메 萬만歲셰를 누리쇼셔[5](행 갈음 및 일련 부호, 띄어쓰기, 문장부호: 인용자)

남곤의 지적대로 ②는 "방언을 많이 쓰"고 있다. 얼핏 "쉽게 이해할 수 없"게 하는 방언 요소는 찾아볼 수 없을 듯한데도, 남곤은 그 때문에 쉽게 이해하기 어렵다고 했다. 우선 눈에 띄는 것은 E의 "다롱디(다)리"이다. 오늘날에도 그 주석이 명확하지 않기 때문이다. 더욱이 다음 기록에서처럼, 해당 부분과 같은 노래의 구성 요소도 본디 의미를 나타내었다고 인식하는 태도가 남곤 당대 지식인 사회에 일반적이었다면 개연성이 없지 않다.

> ③ 그 만조(慢調)의 화사(和辭) 가운데 시응아디리(戻應阿地利)는 마을 사람들이 서로 부를 때 꼭 형제(兄弟)라고 일컬은 것인데 가깝게 여긴다는 말이다. 신라 곡은 필히 '다롱다리호(多農多利乎)、디리다리(地利多利)'로 끝나는데 '리(利)'라고 일컬은 것은 농(農)을 기리는 말이다. 그 촉조(促調)의 화사 중에 '확자고로롱(確者古老農)'은 사리

5) 『樂學軌範・樂章歌詞・敎坊歌謠』(亞細亞文化社, 1975), '樂章歌詞'의 52~53쪽. 『악학편고』에는 한자어의 경우 우리말 소리를 병기를 하지 않는 방식으로 실었다. 李衡祥, 『樂學便考』(螢雪出版社, 1976), 357~358쪽. 두 문헌의 차이를 알 수 있게 괄호 안에 『악학편고』의 표기를 밝혔다.

> 를 헤아리며 살피고 지혜가 있는 이는 오직 옛날 늙은 농부뿐이라는 것이다. 이른바 '분(噴)'은 노래가 기(氣)를 토하고 입술을 떨며 '두루롱(頭屢農)'하고 끝나는데 그 소리의 형세를 돕는 것이다. 일부러 대강을 남겨 두어서 박식하고 전아한 군자가 바루기를 기다린다.[6]

강희맹(姜希孟, 1424~1483)은 전래하는 <농구(農謳)>를 바탕으로 <선농구(選農謳)>를 편찬했는데, ③은 <농구>에 쓰인 화사를 해설하고 있는 부분이다.[7] 이 해설에서 "사대부의 현학적인 성격"[8]을 읽어낼 수 있는지는 모르겠지만, 화사도 의미를 나타내는 요소라고 인식하는 태도만큼은 분명하게 읽어낼 수 있다. <농구>이니만큼 농사와 연관 지어 그 의미를 추론하는 것은 농업기반사회에서 타당하고 합리적이라 할 수 있다. 물론 그 추론 결과가 실제와 부합하는지는 의문이다. 강희맹 자신도 자신의 추론 결과에 확신을 갖지 못하는 것을 보면, 그의 추론이 자의적이었음이 분명하다. 하지만 강희맹이 화사도 특정한 의미를 나타내는 말이라고 인식했다는 사실 자체는 노랫말에 대한 당대 지식인의 인식 태도의 단면을 보여주는 것임이 분명하다. 그런 인식 태도에 비추어 볼 때, <신도가>의 화사 "다롱디(다)리"는 남곤이 특히 염두에 둔, "지금 이해하기 쉽지 않"게 만드는 방언 요소였을 개연성이 없지 않은 것이다.

그런데 노래의 화사는 다양한 방식으로 만들어질 수 있다. 기원이

6) 『私淑齋集』 卷之十一, 衿陽雜錄, 選農謳: 其慢調, 和辭之屎應阿地利者, 村中之人, 交相呼喚, 必稱兄弟者, 親之之辭也. 新羅曲, 終必多農多利乎・地利多利也. 其稱利者, 譽農之辭也. 其促調, 和辭之確者古老農者, 商確事理, 審而有智者, 唯古之老農也. 所謂噴者, 歌終, 必吐氣振唇頭屢農, 助其聲勢也. 姑存大槩, 以竢博雅君子正焉.

7) 후렴이나 여음, 조흥구보다 화사(和辭)라는 용어가 더 적절하다고 생각한다. 그래서 서론에서부터 이 용어를 썼다.

8) 안장리, 「강희맹의 생애와 문학」, 『열상고전연구』 18(열상고전연구회, 2003), 121쪽.

오래된 것일수록 관습적으로 쓸 수도 있다. 그런 점에서 화사는 토풍이라 할 수 있다. 그러나 남곤이 당대 악사(樂師)와 거듭 헤아렸던 만큼 그런 관습 또한 충분히 알았다고 보아야 한다. ①에서 아박정재(牙拍呈才) <동동사>에 남녀 간 음사가 많이 섞여 있어 <신도가>로 대체했다고 했는데, “다롱디(다)리”는 바로 그 <동동사>의 화사 “동동다리”와 흡사하다. 더욱이 이때 “무고정재(舞鼓呈才) 정읍사(井邑詞)도 오관산(五冠山)으로 대체”[9]했는데 “다롱디(다)리”는 <정읍사(井邑詞)>의 화사와 동일하다. 이러한 사실은 남곤이 악사와 함께 노랫말의 뜻을 거듭 헤아리는 과정에서 해당 화사는 문제 삼지 않았음을 말해 준다.[10] 그런 점에서 E는 방언 요소이기는 하지만 <신도가>를 “지금 쉽게 이해할 수 없”게 만든 방언 요소는 아니었다고 보아야 할 것이다.

그러면 <신도가>를 “지금 쉽게 이해할 수 없”게 만드는 방언 요소는 과연 무엇일까? 해답은 텍스트를 구성하는 어휘의 결속 관계를 분석하는 과정에서 찾을 수 있을 듯하다.

우선, A는 두 서술어만 제시되고 주어는 생략되어 있다. 생략된 주어가 새 도읍이 자리하게 된 곳, 곧 한양(漢陽)(혹은 한성(漢城))임을 알 수 있다. 서술어를 기준으로 둘로 구분하면, A의 전반부는 옛날에는 한양 혹은 한성이 양주 고을이었음을 감동적으로 표현하고 있다. 고려 시대는 물론 조선 시대에도 국가 내 지역은 모두 위계적인 질서 체계에서 일정한 지위를 부여받았다. 그 가운데 주(州)는 도읍 버금가는 지위를 부여받았다. 국가 질서 체계에서 매우 높은 지위를 차지했던 셈이다. 따라서 A의 전반부는 한양(혹은 한성)이 국가 사회에서 높은 위상을 차

9) 『中宗實錄』 中宗 13年(1518) 4月 1日: 舞鼓呈才井邑詞, 代用五冠山, 亦以音律相叶也.
10) 어쩌면 남곤은 강희맹의 추론 방식에 따라 ‘다롱디리(多農地利)’나 ‘다롱다리(多農多利)’ 정도로 추론했을지 모를 일이다.

지했던 역사를 간직한 지역이었음을 감동적으로 표현한 것이라 할 수 있다.

A의 전반부가 한양에 대한 역사적인 평가라면, 후반부는 '지금' 한양에 대한 평가를 함축한 말일 때 전반부와 자연스럽게 연결된다. 즉, A의 후반부가 전반부에서 밝힌 역사적 위상을 갖고 있던 지역이 '신도'가 되기에 충분한 요건을 갖춘 곳임을 역시 감동적으로 표현한 진술일 때 의미론적 연결 관계가 분명하다는 것이다.

고려 시대에도 지리도참설(地理圖讖說)에 기초하여 한양을 도읍으로 정하는 움직임이 여러 차례 있었다. 문종(文宗), 숙종(肅宗), 공민왕(恭愍王), 우왕(禑王)은 모두 삼각산(三角山) 아래 지역이 제왕(帝王)의 도읍이 될 만하다는 『도선기(道詵記)』·『삼각산명당기(三角山明堂記)』의 예언(豫言)을 신뢰했던 왕들이다. 공양왕(恭讓王) 또한 지리도참설을 믿고 한양 천도를 계획했다. 하지만 이성계가 공양왕으로부터 고려 왕위를 물려받으면서 그 계획은 중단되었다. 새 국가에서 천도 논의가 본격화한 것은 명으로부터 조선이란 국호를 받은 직후부터였다. 하지만 이때에는 계룡산을 진산(鎭山)으로 하는 지역이 신도 부지로 정해졌고, 그곳에 도성 축조 사업이 실제 추진되었다. 따라서 이 시기에 한양이 '신도 형승'을 갖춘 지역이라는 인식이 지배적이지는 않았다고 보아야 한다. 그런데도 이후 한양이 새 국가의 도읍지로 확정되었다면, 그것은 그 지역에 대한 당대 통치세력 내부의 지배적인 인식에 적잖은 변화가 있었음을 말하는 것이다.

한편, 한양이 조선의 새 도읍지로 정해진 이후에도 다른 지역을 도읍지로 삼아야 한다는 주장이 전혀 가신 것은 아니다. 따라서 한양을 새 도읍지로 정하는 일을 주도했던 사람들은 한양이 유일무이한 새 국가의 도읍지가 될 수 있는 곳이라는 인식을 확산할 필요를 느꼈을 것이다. 역사적으로 그 지위가 도읍지 버금가는 지역이었다는 사실은 그러한 인식을 합리화해 주는 근거로 작용할 수 있다. A의 전반부에서 양주의 고을이었음을 감동적으로 표현한 것은, 이러한 맥락에서 우선 이해할 수 있다.

그런데 역사적으로 도읍지 버금가는 지위를 갖고 있었다고 해서 새 도읍지가 될 수 있는 것은 아니다. 주의 고을이라는 지위를 가진 지역은 비단 한양만이 아니었기 때문이다. A의 후반부는 한양만이 '신도 형승' 지역이라는 인식을 드러내고 있다. 이러한 인식은 풍수지리학에 기초한 것이라 할 수 있는데, 풍수지리학에서 땅의 형세나 기운은 고정불변한 것이 아니라 일정한 시기마다 변화하는 것이라고 인식한다. 따라서 한양 혹은 한성이 언제나 '신도 형승'의 지역이었던 것이 아니라, '지금 시기'에 와서 '신도 형승' 지역이 되었다는 말이어야 풍수지리학적 사유에 부합한다. 그런 점에서 '디위' 또한 '예'에 대응하는 관계에 놓일 때 A는 좀 더 분명하게 이해될 수 있다. 즉, 옛날에는 양주 고을이었음과 '현재 시점에서는' '신도 형승'의 조건까지 갖춘 지역이 되었음을 감동적으로 표현한 진술일 때, 둘의 의미론적 결속 관계가 뚜렷해지는 것이다. 그런 점에서 A 후반부의 '니위'에 대한 선행 주석은 재고의 여지가 있다.

방언으로서 '디위'는 '문사'에서와 비슷하게 쓰이기도 했지만, 사뭇 다르게 쓰이기도 했다. 가령, "어와 뎌 디위를 어이ᄒᆞ면 알 거이고"(정철(鄭澈, 1536~1598), <관동별곡(關東別曲)>)에서 '디위'는 문사에서 '지위(地位), 경계(境界), 경지(境地)'의 추상 명사로서의 쓰임과 비슷하다. 그에 비해 방언에서 '디위'는 달리 쓰이기도 했다.

④-1 지위[節]: (吏) 이번. 지금. 때.

④-2 지위를안두(節乙良置): (吏) 지금이라도.

④-3 지위뿐(節叱分): (吏) 이번만.

④-4 지위해(節該): (吏) 이번에 그.[11]

낱말의 의미는 실제적인 쓰임에서 추론한다. 그런 까닭에 ④에서는 용례에 따라 '디위'(>'지위')'를 '이번, 지금, 때' 등으로 조금씩 달리 풀이하고 있다. 그래도 '디위'(>'지위')'가 이두(吏讀)의 '절(節)'에 대응하며, '현재 시기'라는 의미를 함축하는 말로 풀이될 수 있음을 확인해 주고 있음이 분명하다.[12] 물론 한어(漢語)로서 절(節) 또한 '일정한 속성을 지닌 시간 마디'('절기(節期)'·'절기(節氣)') 혹은 '한 마디 사이의 속성'('변절(變節)', '전절(全節)')을 가리킨다. ④에서 '디위'로 읽히는 절(節)은 굳이 한어로 옮기면 '차절(此節) 혹은 차절기(此節期)'[13] 정도가 될 듯하다. 이 말에는 '현재(the present)'라는 시간 개념이 포함되어 있다. A의 '디위'가 ④의 용례와 같이 쓰인 것이라면, A의 후반부는 '현재의 시간 마디'에 이르러 한양은 신도 형승을 갖춘 지역이 되었음을 감동적으로 표현한 진술[14]이 되고, 따라서 A의 전반부와의 대응 및 연결 관계도 분명하게 드러날 수 있다.

C 또한 서술어만 있고 주어가 없는 진술이지만, 그 주어는 A, B와 같다고 볼 수 있다. 그렇다면 A와 C는 의미론적 연관성을 지니고 있어야 한다. 그런데 선행 주석에 기대어서는 그 연관성이 모호하기만 하

11) 문세영, 『수정증보 조선어사전』(영창서관, 1950), 1492쪽.

12) 이두에서의 절(節)이 '이때, 이번, 이 대목, 지금, 이제, 이마적' 등을 나타내는 말로 쓰였음은 장세경, 『이두자료 읽기 사전』, 한양대학교 출판부, 2001, 294~295쪽에서도 확인된다. 참고로, '이마적'이란 '지나간 얼마 동안의 가까운 때'를 가리킨다.

13) 영어로는 'this time' 혹은 'this turn' 정도로 옮겨질 수 있다.

14) 이 진술에는 한양 혹은 한성이 신도 형승을 갖춘 지역이 된 것이 역사적 필연이라는 인식이 함축되었다고 볼 수 있다.

다. 또, 둘 사이에 B가 자리하는 만큼, B는 A, C와 의미론적 연관성을 지니고 있어야 한다. 역시 선행 주석의 도움으로는 그 연관성을 설명하는 길을 찾기가 어렵다. 그러면 A-B-C의 의미론적 연관성은 어떻게 분석할 수 있을까?

B는 '현재의 시간 마디'에 주어인 한양에 일정한 속성을 부여하는 행위라 할 수 있다. 개국(開國) 성왕(聖王)이 성대(聖代)를 일으킴으로써 한양은 성왕이 성대를 열어가는 국가(혹은 세계)의 중심이라는 속성을 갖게 되었기 때문이다. 그리고 C가 그것을 사실로 확인하며 감동적으로 표현한 진술이라면, A-B-C는 의미론적 상관성을 갖게 되며, 논리적인 연결 관계도 뚜렷해진다. 그렇지 않고 선행 주석과 같이 C를 "성(城)답도다, 지금 경(景, 경치, 광경, 모습)이 성답도다"" 정도로 풀이하면, 그 상관성과 연결 관계가 모호하다. 그 모호함을 줄이기 위해 선행 주석에서는 '잣(城)'을 '도성(都城)'[15] 혹은 '서울의 성'(京城)[16]이라고 부연하기도 했다. 원나라에 복속된 이후에 쌓지 못했던 개성의 왕성(王城)을 쌓는 데 징발했던 인부들을 농번기가 되어 방송(放送)할 때 정도전이 대신 쓴 국왕 교서에는 "성이란 국가(國家)의 울타리로서 해로운 것을 막고 민(民)을 보호하는 곳"[17]이라고 했다. 여기서 성은 도성(都城)을 제한적으로 가리킨다. 그런 점에서 "도성답도다, 지금 모습 도성답도다"라고 부연하는 것이 불가능하지는 않다. 하지만 도성만이 국가의 울타리는 아니다. 국가의 모든 성이 국가의 울타리이다. 당시 인민을 동원해서 쌓아야 하는 성이 도성이었기 때문에 그렇게 표현한 것뿐이다. 더욱이 한양은 천도 이전에 도성 시설이 일정하게 갖추어진 곳이

15) 최용수 편, 『한국고시가』(태학사, 1996), 482쪽.
16) 조동일, 『한국문학통사』 2(지식산업사, 1983), 287쪽.
17) 『太祖實錄』 太祖 3年(1394) 2月 29日: 城者, 國家之藩籬, 禦暴保民之所.

었다. 따라서 새삼 '지금 모습이 도성답도다'라고 감동적으로 표현할 이유까지는 없어 보인다. 더욱이 그런 말이라면 C가 A, B와 어떤 연관성을 가지는지 여전히 모호하다. 그런데 C의 "當당今금景ᄭᅧᆼ"을 입말 방언에서의 쓰임에 따라 풀이하면, 그 모호함은 없어질 수 있다. "당금(當今)'과 '경(景)'은 문사에서와 같게 표기되더라도 그 의미 자질이나 기능이 문사에서와 달리 쓰였다. 그러한 쓰임에 따라 풀이할 때 'A+B=C'와 같은 논리적인 연결 관계뿐 아니라 의미론적 상관성도 분명해질 수 있어 보이는 것이다.

'당금'과 '경'은 문사에서도 쓰이던 말이지만, 입말 곧 방언에서도 쓰이던 말이다. 방언에서는 문사에서와 쓰임이 같은 것도 있지만 전혀 달랐던 것도 있다. 우선, '경'은 주로 <한림별곡(翰林別曲)>의 음절에 맞춰 지은 노래에서 즐겨 쓰였는데, 문사에서 쓰일 때보다 그 쓰임이 한층 더 다양했다.

⑤-1 試시場댱ㅅ景경 긔 엇더 ᄒᆞ니잇고(<한림별곡(翰林別曲)> 제1장)
⑤-2 註주조쳐 내 외옰景경 긔 엇더 ᄒᆞ니잇고(<한림별곡> 제2장)
⑤-3 歷력覽남ㅅ景경 긔 엇더 ᄒᆞ니잇고(<한림별곡> 제2장)
⑤-4 딕논景경 긔 엇더 ᄒᆞ니잇고(<한림별곡> 제3장)
⑤-5 萬만古고淸쳥風풍ㅅ景경 긔 엇더 ᄒᆞ니잇고(<상대별곡(霜臺別曲)> 제1장)
⑤-6 都도邑읍ㅅ景경 긔 엇더 ᄒᆞ니잇고(<화산별곡(華山別曲)> 제1장)
⑤-7 古고今금ㅅ景경에 몃부니잇고(<화산별곡> 제3장)
⑤-8 久구而이敬경之지ㅅ景경 긔 엇더ᄒᆞ니잇고(<오륜가(五倫歌)> 제6장)
⑤-9 넉시라도 님을 ᄒᆞᆫᄃᆡ 녀닛景경 너기다니(<만전춘별사(滿殿春別詞)> 제3장)

문사에서 '경'은 경치·경관·광경 등 시각으로 지각되는 장면을 나타내는데, ⑤의 '경'이 모두 그렇게 쓰인 것은 아니다. 물론 "긔 엇더ᄒᆞ니잇고"와 잇닿아 있는 경우(⑤-1~6, ⑤-8)는 문사에서처럼 '광경(光景)' 정도의 뜻을 나타낸다고 보아도 무방할 듯하다. 하지만 ⑤-7, ⑤-9의 '경'[18]은 그와는 사뭇 다르게 쓰이고 있음이 분명하다. 이처럼 문사에서와 그 쓰임이 다르다면, '경'은 방언(입말)이라 할 수 있다.

특히 ⑤-7의 "古고今금ㅅ景경"은 시간을 나타내는 말에 사이시옷과 '경'이 부가되어 있어 '當당今금景졍'과 같은 결합 형태를 띠고 있는데, 여기서 '경'은 의미 자질이나 기능이 전혀 없다고 보아야 한다. 후행하는 "몃부니잇고"와의 연결 관계를 고려할 때에도 "古고今금ㅅ景경에"는 '古고今금에'와 다를 바 없기 때문이다. 이는 '경'이 의미 자질이나 기능은 없이 음절을 맞추기 위해 삽입되기도 했음을 말해 준다. <신도가>의 '當당今금景졍'의 '경' 또한 이처럼 음절을 맞추기 위해 삽입한 것이라면, '지금 모습'과 같은 선행 주석은 적절하지 않다.

C에서 '경'이 의미 자질이나 의미 기능이 없는 말이라면 '당금(當今)'은 '잣'을 수식하거나 부연하는 기능을 맡은 말이어야 한다. "잣다온

18) 두 용례에서의 '경'은 다음과 같은 설명이 적용되지 않는다
""試場" 등으로 말한 것은 한낱 개념에 지나지 않지만, "試場景"이라고 하여 "…景"이 참가되면 시선을 끌 수 있는 광경 또는 경치가 나타나게 되어, 무심히 받아들일 수 있었던 것이라도 적극적인 관심의 대상으로 등장한다. (……) "…景"은 포괄적인 것을 광경 또는 경치로 만들어 바라보아야 할 대상으로 전환시키는데, (……) 이런 의미에서 사물화되어 있다.
처음에 열거한 것들은 일차적인 사물이라면, "…景"으로 제시된 것은 이차적인 사물이다. 있는 그대로의 것인 일차적인 사물을 넘어서서 그 이상의 것을 찾으려는 의지에서 포괄적인 개념이 나타나는데, 포괄적인 개념이라 하더라도 자아가 지닌 요구로 이해되지 않고 객관적인 세계상으로 나타나야 하므로 "…景"이라고 한 것이다. 일차적인 사물은 그런 말이 없어도 사물로 이해될 수 있지만, 이차적인 사물은 그러한 말로 사물적 특성을 강조해야만 주관적인 것으로 오해되지 않을 수 있다." 조동일, 『한국문학의 갈래 이론』(집문당, 1992), 259~261쪽.

뎌"가 반복되는 연결 관계에서 '當당今금景졍'은 '잣'을 수식하거나 부연하는 말이어야 그 결속 관계가 분명해질 수 있기 때문이다. 어떤 의미를 가리키는 말일 때 '당금'이 그런 기능을 수행할 수 있을까?

'당금(當今)' 역시 문사와 입말에서 두루 쓰인 말이다. 문사에서는 과거와 미래 사이의 시간을 나타내는 말로 일관되게 쓰인 데 비해, 입말에서는 그 쓰임이 달랐다. 다음 자료에서 확인할 수 있는 '당금'의 쓰임이 그런 사례에 해당한다.

> ⑥ 본병(本兵)이 심유경(沈惟敬)의 말을 "저 나라에 천왕녀(天王女)가 있는데 당금(當今)께 바치고자 한다."라고 진술했습니다만, 지금 염사근(廉思謹)의 편지에는 바로 대명왕녀(大明王女)를 말한 것이라 했습니다. 이는 심유경이 말을 반대로 해서 잘못을 포장한 데 지나지 않을 따름입니다. 신(臣)은 그가 왜(倭)에 있을 때 노비(奴婢)처럼 비굴하게 굴며 말하는 대로 부화(附和)하여 관백(關白)을 당금(當今)이라고 일컫기도 했다고 들었습니다. 천왕녀(天王女)라고 이른 것은 바로 염사근이 대명왕녀(大明王女)라고 이른 것입니다. 또 편지에는 혼인(婚姻)을 이야기하고 또 애걸했다고 했으니, 심유경의 아부가 어느 정도였는지 알기 어렵습니다. 이것이 사근이 통분하는 까닭이고 조정을 가득 채운 문사(文士)、무사(武士)들을 부끄럽게 하는 것입니다.[19]

⑥은 명나라 군부에서 작성한 글인데, 입말 방언으로서 '당금(當今)'이 문사에서와 사뭇 다르게 쓰였음을 보여주고 있다. '당금(當今)'을 관

19) 『宣祖實錄』 宣祖 27年(1594) 9月 11日: 本兵逑惟敬之言曰, "彼國有天王女, 欲獻當今." 今思謹之書, 則直爲大明王女矣. 是惟敬不過反辭以飾非耳. 臣聞其在倭也, 奴顏婢膝, 隨聲附和, 或以當今, 稱關白. 而所云天王女, 卽思謹所云大明王女也. 且書言婚姻, 又言哀乞, 則沈惟敬之卑諂, 不知何狀. 此思謹之所以痛憤, 而羞滿朝諸文・武士也.

백(關伯)에 대한 호칭어로 썼다는 것이 심유경(沈惟敬, ?~1597)이 왜(倭)에 빌붙어 아주 비굴하게 행동했다는 주장의 근거로 활용되고 있다. 염사근이 왜(倭)의 관백을 '당금'이라고 불렀다고 심유경을 고발하기 이전에 '본병(本兵)'은 심유경이 '대명왕(大明王)'을 '당금'이라고 일컬었다고 진술했다. 두 가지 쓰임 가운데 ⑥은 전자만이 심각한 문제가 될 수 있는 언행으로 인식되었음을 보여준다. 여기서 '당금'이란 말이 '대명왕'에 대한 지칭어로 쓸 수 있어도 관백의 지칭어나 그 자리에 있는 사람에 대한 호칭어로는 쓸 수 없는 말이라는 인식을 분명하게 읽어낼 수 있다.

대명왕의 지칭어로서의 '당금'은 유가의 필독서에 포함된 여러 사서(史書)에서 흔히 나타나는 당금황제(當今皇帝)·당금성천자(當今聖天子)·당금성명천자(當今聖明天子)에 상응하는 말이다. 이 말들은 현세(現世) 최존자(最尊者, 혹은 지존(至尊))에 대한 지칭어이다. 그렇게 쓰이는 말을 관백에 대한 호칭어로 썼다면 그것은 명나라 장수들의 관점에서 볼 때 참칭(僭稱)임이 분명하고, 따라서 심유경의 비굴한 행동을 극명하게 드러내는 데 효과적인 근거로 삼을 수 있다.

심유경이 '당금'이란 말을 쓴 상황(발화 맥락)을 추론해 보면 모두 입말[口語]로 썼음을 알 수 있다. 입말은 지역성, 계층성 등을 띠게 마련이므로, 방언이라 할 수 있다. 그런 점에서 ⑥은 문사에서는 시간 개념으로만 쓰이던 '당금'이 특히 무사(武士) 사회의 방안(입말)에서 황제·성천자·성명천자와 같은 개념을 아울러 함축한 말로 쓰였음을 보여준다고 할 수 있다.

한편, '대명왕'의 지칭어로 쓰는 말을 심유경이 관백의 호칭어로도 썼다는 사실은 방언 층위에서 '당금'이 명나라와 일본에서 당금황제·당금성천자·당금성명천자에 대한 지칭어로 두루 쓰이는 말이라는 인식이 일반적이었을 가능성도 시사한다. 중국과 일본 사전의 설명은 '당금'의 그와 같은 쓰임을 분명하게 확인해 주고 있다.

> ⑦-1 當今: <2> 舊時稱在位的皇帝. 元無名氏≪抱妝盒≫ 第三折: "某乃楚王趙德芳(959~981), 與當今嫡親兄弟. 世人稱爲南淸宮八大王者, 是也." 明高祖(≪琵琶記・奉旨招婿≫: "這皆有甚難處, 一來奉當今聖旨, 二來託相公爲名. (……) 蔡壯元何有不可." ≪官場現形紀≫第二六回: "[賈大少爺]曉得坐在上頭的就是當今了." 陳登科(1919~1998) ≪赤龍與丹鳳≫第一部二: "紀穎川打北洋軍的敗兵, 是對北洋軍閥的反抗, 是對當今的造反." (『漢語大詞典』)
>
> ⑦-2 當今: <2> 當代の天皇陛下. 今上. ≪保元物語、新院御謀叛思召立事≫(1318): 當今位に卽がかせ給ひて. (『大漢和辭典』)

제시한 용례는 모두 입말에서 '당금'의 쓰임을 보여주고 있다. 그 쓰임을 통해 '당금'을 중국 사전(⑦-1)에서는 '재위하는 황제', 일본 사전(⑦-2)에서는 '당대 천황 폐하'라고 풀이하고 있다. 최존자를 가리키는 용어의 차이는 있지만, ⑦은 '당금'이 입말로 쓰일 때 '현재'라는 시간 개념에 '최존자'(혹은 '최존자의 자리')라는 개념이 부가되어 '현세 최존자(지존)'에 대한 지칭어로 중국과 일본에서 두루 쓰였음을 말해준다.

이렇게 중국과 일본에서 입말 방언 층위에서 당금이 당대의 최존자나 그 자리를 가리키는 지칭어로 쓰였다면 우리나라에서도 방언 층위에서 그렇게 쓰였을 가능성이 없지 않다. 우리나라에서도 방언 층위에서 '당금'이 '현세 최존자'나 '현세 최존자(혹은 그 자리)'[20]를 일컫는 말

20) 최존자의 지칭어나 호칭어는 그 자리를 일컫는 표현으로 대체해서 쓰는 관습이 있다. 금상(今上)의 상(上), 폐하(陛下)의 폐(陛) 등이 그것이다. 따라서 '당금'은 '당금 자리[位]'를 일컫는 말로 볼 수도 있다.

로 쓰였을 뒷받침하는 사례를 다음 기록에서 찾아볼 수 있다.

⑧ 건덕전(乾德殿) 터에서 야제(野祭)를 지내는 남녀를 만났다. 남녀가 앞다투어 나와 맞이하고 들어가서는 백원을 윗줄에 앉게 하니, 우리들은 뒤따르는 사람의 줄에 늘어앉았다. 자용이 첫 번째 앉고, 정중이 그 다음에 앉고, 회령이 그 다음에 앉고, 석을산이 그 다음에 앉고, 숙형이 그 다음에 앉고, 내가 끝에 앉았다. 의복이 매우 지저분했다. 주인 사녀(士女)가 과일을 내어오고 작은 술자리를 베풀었다. 백원이 돌아보면서 소리치자 정중이 비파를 타다가 혹 거문고를 타고, 회령이 피리를 불고, 석을산이 노래를 부르고, 자용이 일어나 춤추니, 비파와 노래와 피리가 매우 절묘하게 어우러졌다. 자용이 가장 젊은 주인 여자와 마주 보고 춤추었고, 춤이 끝나고서 원숭이 춤을 추니, 몸동작이 굽이굽이 노래와 피리 소리에 들어맞아 주인 남녀가 기뻐서 모두 눈물을 흘렸다. 주인이 차례대로 술잔을 올렸다. 첫 번째 사람은 나이가 젊고 행색이 양반 같았는데, 스스로 전적(典籍) 안소(安紹)의 아우라고 일컬었다. 두 번째, 세 번째, 네 번째 사람은 연로하고 저잣거리 사람 같았는데, 스스로 충찬위(忠贊衛)라고 일컬었다. 다섯 번째 사람은 나이가 어리고 행색이 유생(儒生) 같았는데, 나이 많은 네 사람 가운데 한 사람의 아들이었다. 주인이 곡진한 뜻을 극진히 펼쳐서 즐거움이 극도에 다다른 뒤에 파하였다. 주인은 백원과 작별하고 우리는 주인과 작별하였다. 정중이 주인에게 사례하기를 "노숙하는 경우에는 아름다운 만남이 진실로 어려운 법이기에 고맙고 고맙소이다. 만일 우리를 다시 보려고 한다면 한양의 시중(市中)에서 물어보십시오." 하니, 주인이 답하여 사례하기를 "궁벽한 곳에 살다 보니 여태 관현악 소리를 듣지 못했습니다. 지금 선악(仙樂)을 듣고서 먹었던 귀가 잠시나마 밝아졌으니, 어찌 큰 행운이 아니겠습니까." 하였다. 헤어지고 나서는 당금암(當今巖)을 지나 은소령(銀梳嶺)을 넘고 흥국사(興國寺) 옛터를 경유하여 내남대문(內南

大門)으로 나왔다.[21]

⑧은 남효온(南孝溫, 1454~1492)이 '송경(松京)' 유람 체험을 서술한 일기 <송경록(松京錄)>의 일부인데, 송경 유적지에 '당금암(當今巖)'이란 이름의 바위가 있었음을 증언하고 있다. 시간 개념만 나타내는 말로 특정 장소나 사물을 명명하지는 않는다. 그런 점에서 '당금암'이란 이름은 매우 독특하다.

남효온 일행은 북령(北嶺)에 올라서 여러 궁궐터를 조망하고 내려오는 길에 건덕전(乾德殿) 터에서 야제를 지내는 사람들을 만나 잔치 자리를 벌이고, 잔치가 끝난 후에 '당금암'을 지나서 은소령을 넘어 내남대문을 통해 고려 궁궐터에서 벗어난다. 건덕전 터→당금암→은소령→흥국사 옛터→내남대문으로 이어지는 여정을 고려할 때, '당금암'은 건덕전과 은소령 사이에 자리했다. 건덕전은 고려 정전(正殿)의 하나였다. 비록 정확한 위치를 비정하기는 어렵지만, 장소 간의 지리적 관계를 고려할 때[22] '당금암'의 '당금' 또한 '당금 최존자(지존)'와 연관된 이름이었으리라는 짐작은 충분히 가능하다.

조선과 달리, 고려 시대에는 신민들 사이에 자기 군주를 '해동천자

---

21) 南孝溫, 『秋江集』 卷6, 松京錄: 遇野祭士女於乾德殿基. 士女競來迎入. 坐百源上列, 余等列坐從人之行. 子容居首, 正中居次, 會寧居次, 石乙山居次, 叔亨居次, 余居末. 衣服甚醜. 其人, 進行果設小酌. 百源顧呼, 正中彈琵琶或彈琴. 會寧吹笛, 石乙山唱歌, 子容起舞. 琵琶歌笛, 極臻其妙. 子容, 與主女最少者相對舞. 舞罷, 作沐猴舞. 枝枝節節, 中於歌管. 主人士女, 歡喜皆泣下. 主人以次進酌. 其一, 年盛而似兩班形, 自稱曰典籍安紹弟也. 其二・其三・其四, 年老而似市人形, 自稱曰忠贊衛也. 其五, 年少而似儒生形, 年老四人中之一人子也. 主人, 極陳繾綣之意. 樂極而罷. 主人拜別百源, 余等拜別主人. 正中謝主人曰 "草次之間, 嘉遇誠難. 多賀多賀, 如欲再見我輩, 問諸漢陽市中." 主人答謝曰 "僻處之人, 未聞絲管, 今聞仙樂, 聾耳暫明, 豈非大幸." 分袂而來. 過當今巖, 越銀梳嶺, 經興國寺故墟, 出內南大門.

22) 북령(北嶺)과 은소령 사이에 여러 궁궐의 터가 자리했으므로 정전(正殿)이었던 건덕전(→대관전(大觀殿, 의종대)→건덕전(乾德殿))은 구중궁궐의 하나였다. '당금암'은 은소령을 넘기 이전에 들렀으므로 구중궁궐 가까운 지점에 자리한 것으로 추정할 수 있다.

(海東天子) 당금제불(當今帝佛)'[23](<풍입송(風入松)>),[24] 즉 '세계('천하(天下)')' 주인으로 지칭하는 의식이 뚜렷하게 존재했다. 그런 점에서 ⑧의 '당금암'은 현세 최존자(지존)의 자리를 상징하는 바위, 혹은 현세 최존자의 현현(顯現)을 징험(徵驗)한 바위라는 의미가 부여된 이름이라고 볼 수 있을 것이다.[25]

문사를 노래의 언어로 쓴 관행도 꽤 오래되었음은 물론이다. 그런 까닭인지 조선 시대까지 전승된 노래 중에는 문사에서와 쓰임이 같은 '당금'(<유림가(儒林歌)>)[26]도 있었다. 하지만 그렇지 않은 것도 있다. "딩아돌하 當당今금애 겨샤이다"(<정석가(鄭石歌)>)에서 '당금'이 바로 그것이다. 여기서 '당금'을 시간 개념으로만 풀이하면, 진술 자체가 모호하다. 그에 비해, '당금 최존자(지존)'의 지칭어로 보면, 해당 진술은 텍스트 전체의 의미론적 관계도 분명하게 설명할 수 있는 길이 마련될 수 있다.[27]

<정석가>의 화자는 '텰릭(鐵翼, 戎服)'[28]을 입는 무인(武人) 형상으로

---

23) "海東天子, 當今帝佛."(『高麗史』 71卷 志 25 樂 2 俗樂, 風入松). 『악장가사』에는 '帝佛'을 '諸佛'로 표기하고 있다. 이는 4언, 4언으로 끊어 읽어야 함을 말해 준다.

24) <풍입송>은 문사이면서 입말이라고 볼 수 있다. 문사일 뿐이라면 '당금제불'의 '당금'은 시간 개념만 나타내는 말(the present)로 풀이해야 하고 인용 구절은 '해동 천자는 현세불이시다' 정도로 옮겨질 수 있다(해동 천자로 일컬어지는 고려의 군주가 부처를 숭앙하는 사람들(불도(佛徒))에게 현세불이었다). 그런데 <풍입송>이 유가, 불가뿐 아니라 도가(혹은 도(道)·무(巫) 복합)도 함께 참여하여 부르는 노래로 만들어진 것이라면, 당금은 '당금황제'(혹은 '당금제석(帝釋)')라는 개념이 함축된 말로 볼 수 있고, '해동 천자는 당금이요 부처이시다'와 같이 옮겨질 수도 있다.

25) 현종대(1009~1031) 말엽을 기준으로 볼 때 고려 개성에는 궁성-황성-나성이 축조되어 있었는데, '당금암'은 황성이 지나는 곳 가운데 정전에 가장 가까운 곳에 있었던 것으로 추정된다.

26) "丹단穴혈九구包포ㅅ鳳봉이 九구重듕宮궁闕궐에 안재라 / 覽ᄂᆞᆷ德덕來ᄅᆡ儀의ᄒᆞ시니 重듕興훙聖셩主쥬샷다 / 朝됴陽양碧벽梧오ㅅ鳳봉이 當당今금에 우루믈 우러 聲셩聞문于우天텬ᄒᆞ시니 文문治티大대平평ᄒᆞ샷다"

27) <정석가>의 주석과 해석에 대해서는 임주탁, 「<정석가>의 함의와 생성 문맥」, 『강화 천도, 그 비운의 역사와 노래』(새문사, 2003), 84~108쪽을 참조할 것.

도 등장하는데, 그 점을 명나라와 일본의 무사 사회에서 '당금'을 '현세 최존자'의 지칭어로 썼다는 사실과 함께 고려하면 해당 진술은 고려에서도 입말 방언으로서의 '당금'이 '현세 최존자'에 대한 호칭어 혹은 지칭어로 쓰였음이 한층 더 분명해질 수 있다.[29)]

이처럼 명나라나 일본뿐 아니라 고려에서도 '당금'이 입말 방언에서 당금제불이나 당금황제 · 당금성천자 · 당금성명천자에 상응하는 존재를 가리키는 말로 쓰였다면, C의 '당금'도 그렇게 쓰였을 개연성이 크다. 그 쓰임을 고려하면 C의 반복 형태도 좀 더 분명하게 설명할 수 있다. '당금+암'과 같은 조어가 가능하다면 '당금+성('잣')'과 같은 조어도 가능하다. 또, 우리말 문법에서 동일 발화 단위(a)가 반복될 때, 후행 반복 단위(a) 앞에 제시되는 새로운 발화(b)는 선행 발화(a)를 부연하는 기능을 한다. 그런 사례는 '살어리 살어리랏다(a), 청산에(b) 살어리랏다(a)'(<청산별곡>), '가시리 가시리잇고(a) ᄇᆞ리고(b) 가시리잇고'(a) 등에서 찾아볼 수 있다. '경'이 의미 자질이나 기능을 갖지 않는다면 "잣다온뎌(a) 당금ㅅ경(b) 잣다온뎌(a)"에서 '당금'이 선행 발화를 부연하는 기능을 하게 마련이다. 그러므로 C는 B로 인해 한양이 '당금성'(황성)답게 되었음을 감동적으로 표현한 진술이 되고 따라서 A, B, C의 의미론적 연관성이 뚜렷하게 드러나게 되는 것이다.

그러고 보면 <신도가>에는 자신의 군주가 당금제불이나 당금황제 · 당금성천자 · 당금성명천자의 지위에 있다는 인식이 짙게 투영되어

28) 본디 중국 북방지역에서 들어온 말로, '鐵翼'은 그 차자 표기이고 '戎服'은 번역어이다.

29) 신앙하는 종교에 따라 세계의 중심을 표시하는 자리는 역사적으로 다양했다. 쇠솥[金鼎], 쇠종[鐘]을 쓰기도 했지만, 무거운 바위를 쓰기도 했던 듯하다. 그것이 무(巫)를 숭상했던 정(鄭)나라 풍속이기 때문에 정석(鄭石)이라 했던 것이 아닌가 싶다. 그런 점에서 ⑧의 '당금암'은 정풍(鄭風)에 익숙한 사람들이 '현세 최존자의 자리' 혹은 그 자리를 상징적으로 표시하기 위해 놓는 바위 곧 '정석(鄭石)'("딍아돌ㅎ")의 다른 이름이었을 가능성이 크다.

있다. 이를테면, "聖셩王왕"만이 아니라 "聖셩壽슈萬만年년," "萬만民민," "萬만歲셰" 등에서도 그와 같은 인식을 분명하게 읽어낼 수 있다. 이 표현은 자신의 군주를 당금제불이나 당금황제・당금성천자・당금성명천자라는 인식이 일반적일 때 쓸 수 있는 것이기 때문이다. 남곤의 시대는 자국의 군주를 당금제불은 물론 당금황제・당금성천자・당금성명천자의 지위에 두지 않는 인식이 일반적이었다. 그런 시대라면 '당금'은 <신도가>를 "지금 이해하기 쉽지 않"게 하는 방언 요소가 되기에 충분하다.

이처럼 "當당今금景졍"이 <신도가>를 "지금 이해하기 쉽지 않"게 만드는 방언 요소로 볼 때, "잣다온뎌 當당今금景졍 잣다온뎌"는 '성답도다 당금(현세 최존자)의 성답도다' 정도로 옮겨질 수 있고, C=A+B의 관계가 성립한다. C는 개국 성왕이 성대를 열어 신도 형승을 갖춘 한양이 당금성다운 면모를 갖추었음을 감동적으로 표현한 진술로 볼 수 있는 것이다.

D의 만년은 세계('천하')와 그 주인의 무궁한 수명을 상징하고, 만민은 그 주인을 섬기는 민을 포괄하는 말이다. 따라서 "성수만년(聖壽萬年)", "만민함락(萬民咸樂)"은, 조선이 개국 성왕이 '당금성'에 자리함으로써 열리게 된 성대가 영원무궁하게 이어가기를 바라는 마음을 담은 진술이라 할 수 있다. 그런 점에서 D는 'A+B=C'와 의미론적 연관성을 맺고 있다.

E는 화사로서 창자(唱者)[30]들이 한목소리로 부름으로써 A~D까지의

30) <정석가>의 화자는 종교적으로 무속(巫俗)을 신앙하고, 경제적으로는 농업(農業)에 종사하며, 사회적 신분은 무인(武人)으로 그려져 있다. 정나라는 이러한 특성이 뚜렷한 사회였고, 그러한 사회의 문화를 정풍(鄭風)이라 일컬었던 것으로 생각된다. 그런 점에서 '당금'은 애초에 무속에서 전해진 <당금애기>의 '당금', 곧 '당금제석(當今帝釋)'을 일컫는 말이었을 가능성이 크다. 그런 사회 구성원들에게 군주는 현세 최존자 곧 '당금제

내용에 공감하도록 하는 기능을 한다.

F는 신도 한양 혹은 한성의 지리적 위치가 가지는 의미를 간명하게 표현한 진술이다. 한강이라고 부르는 강은 본디 중국의 '한수(漢水)'와 '강수(江水)'를 합친 말이다.[31] 중국의 한수와 강수가 합쳐지는 형국이 우리의 북한강과 남한강이 한 물길로 합쳐지는 형국이 흡사하다. 문왕(文王)은 그 한강수 북쪽에서 남방을 교화하는 임무를 수행했고, 그리하여 천하 민심을 얻어 주(周)나라 왕실을 최고 정점으로 하는 세계 질서를 수립하는 기틀을 마련했다. 고려 시대에 여러 차례에 걸쳐 추진되었던 한양 천도에는 그런 역사 유비적(喩比的) 사유가 크게 작용했다. 지리도참설(地理圖讖說)은 그러한 사유에 기초하고 있었기 때문에 유가들도 적극적으로 수용했다. 그런 점에서 F는 '신도' 한양(혹은 한성)이 태평한 시대를 열어나갈 수 있는 세계('해동 천하')의 중심이 될 수 있다는 믿음을 뒷받침하는 진술인 동시에, 그 믿음이 역사적 예언에 부합하는 것임을 드러낸 진술이라 할 수 있다.

G의 "덕중(德重)ᄒᆞ신 강산(江山)"에는 한강수와 삼각산이 깊고 높아서 인민이 비빌 수 있는 여지가 무한하다는 인식이 함축되어 있다. 산이 깊고 물이 깊을수록 인민이 먹고살 수 있는 생물(生物)도 더 많이 번화(繁華)하는 법이다. 덕이 높다는 것은, 비빌 '언덕'이 크다는 말이다. 그래서 세계('지(地)') 질서를 산의 높이와 강의 깊이에 따라 위계화하고 사회('인(人)') 질서를 위계화한 세계 질서에 상응하게 만들어 놓았다. 한양을 둘러싼 강과 산은 세계에서 가장 덕이 높은 곳이 되었다.[32] 신도 한양 혹은 한성이 자리하는 곳은 한강수와 삼각산 사이이다. '즈음'

석(當今帝釋)'이다.

31) 그래서 오늘날 한강은, 한강수(漢江水)라고도 불리기도 했다.

32) 주체 존대법(-시-)이 쓰인 것은, 고래(古來)로 덕이 높은 강산은 숭앙의 대상이었기 때문이다.

은 그 사이를 일컫는다. 그 사이에서 '만세를 누리는'[壽萬歲] 주체는 비단 개국 성왕만이 아니다. '당금성(當今城)'으로서 신도(新都)가 가장 포괄적인 주체로 볼 수 있다. 그런 점에서 G는 덕이 아주 높은 강산 사이에 자리했기 때문에 신도는 만세의 수명(壽命)을 누려갈 수 있으리라는 확신에 찬 믿음을 함축한 말이라고 할 수 있다.

이처럼 '디위', '당금', '경' 등을 문사(文詞)가 아닌 방언(입말)에서의 쓰임에 따라 풀이하면 A~G의 의미론적 상관관계와 논리적 연결 관계를 분명하게 설명할 수 있다. 그런 점에서 해당 어휘의 풀이는 선행 주석에 대한 대안이 될 수 있지 않을까 싶다.

3. 창작과 연행의 맥락과 작품의 해석

그런데 남곤은 과연 <신도가> 텍스트를 구성하는 하위 단위요소 간의 의미론적 상관성을 분석하지 못했을까? 혹 의도적으로 얼버무린 것은 아닐까? 의문을 푸는 실마리는 '당금'의 주석에서 찾을 수 있지 않을까 생각된다.

조선 개국 이전에 <신도가>의 작가 정도전은 명나라를 개국한 주원장(朱元璋)을 세계 유일의 성천자(聖天子)로 일컬었다.[33] 개국(開國) 이후 명나라와의 관계에서 조선의 군주는 방국(邦國) 제후(諸侯)의 지위에

33) 『三峰集』 第三卷 書, 上遼東諸位大人書(奉使雜題○甲子(1384)): 欽惟, 聖天子乘運而起. 受天明命, 芟群雄, 削僭僞, 驅逐異類, 出之塞外. 革氈裘爲衣冠, 化刑殺爲禮樂, 以紹中國皇王之統. 其功比之神禹治洪水, 周公攘夷狄, 不足侔也. 而其先後奔走之臣, 疏附禦侮之士, 賢以德能以才, 智者騁謀, 勇者效力, 相與贊成洪業. (……) 乃以九月十八日, 天子坐奉天殿, 受群臣朝. 閶闔天開, 仗儀雲簇, 樂奏於兩階之間, 一箇書生, 得與百辟卿士周旋廣庭, 躬覩穆穆之光, 俯伏拜興, 呼萬歲者三, 何其幸也. 是則, 聖天子再造之恩, 亦二三大臣贊道之賜也. 不勝大慶, 拜手稽首獻詩.

있었다. 이성계의 왕위 계승은 물론 새 국호를 정하는 과정에서도 조선은 명나라 태조의 승인을 얻어야 했다.[34] 그런 관계에서 <신도가>는 문제적인 악사(樂詞)일 수 있다. 명나라의 제후국으로서 조선의 신민이 자기 군주를 '당금'으로 일컫는 것도 참칭(僭稱)임이 분명하기 때문이다.

물론 공식 외교문서의 언어가 아니라 민(民)이 군주를 그렇게 부르는 것은 일정하게 용인되었던 듯하다. 하지만 <신도가>를 지은 정도전은 명나라 방국의 제후임을 대내외적으로 천명한 군주[35]를 보필하는 신하였음이 분명하다. 따라서 그가 '당금 최존자'의 지칭어로써 조선의 군주를 일컫는 것은, 당시 조선 사회에서도 용인되지 않았다고 보아야 한다. 그런데도 <신도가>에는 태조 이성계를 "開기國국聖셩王왕"이라 일컫고 "聖셩代듸"를 중흥한 주체라고 찬양하고 있으며, 신도를 '당금성'이라 부르고 있다. 이것은 <신도가>가 정도전이 민(民)의 입을 빌려 조선을 해동 천자의 나라로 만들어가고자 하는 의지를 담았으리라는 추정을 가능하게 한다. 한양 천도가 주나라 서백후(西伯侯, →문왕(文王))의 사적을 모방하는 방식으로 추진되었다는 점도 이러한 해석의 가능성을 뒷받침해 줄 수 있다.

조선 개국 이후 정도전은 태조 이성계를 성조(聖祖)로 하는 새로운

---

34) 『태조실록』 2권, 태조 1년 11월: 丙午, 遣藝文館學士韓尙質如京師, 以朝鮮・和寧, 請更國號; 『大明太祖高皇帝實錄』 卷之二百二十三, 洪武二十五年(1392) 閏十二月: 乙酉. 高麗權知國事李成桂, 欲更其國號, 遣使來請命. 上曰 "東夷之號, 惟朝鮮之稱, 最美, 且其來遠矣. 宜更其國號曰朝鮮."

35) 『태조실록』 4권, 태조 2년 8월 2일: 其表曰: "(……) 臣與國人, 不勝隕越, 仰陳鄙抱者. 以小事大, 當修聘獻之儀; 居高聽卑, 庸切籲呼之懇. 惟高麗邈處要荒之地, 不知禮義之方. 辛禑構釁於攻遼, 王瑤踵謀於猾夏, 而臣擧逆順之義, 除禍亂之萌. 聖鑑孔昭, 卑忱是察, 俾權軍國之務, 許襲朝鮮之名. 爰自受命以還, 益謹爲藩之禮, 忽承有嚴之譴責, 實惟罔措以兢惶. 伏望皇帝陛下以乾坤生物之心爲心, 以父母愛子之念爲念, 擴包容之量, 通往來之途, 則臣謹當職貢無怠於歲時, 皇靈永祝於悠久."

국가의 기틀을 세우는 데 주력했다. 새 성조 만들기 프로젝트를 추진한 것이다. <신도가> 제작은 그 프로젝트의 끄트머리에서 이루어진 것이라 할 수 있다. 그런 점에서 <신도가> 맥락은 우선 새 성조 만들기 프로젝트의 맥락에서도 파악할 수 있을 듯하다.

고려 국왕의 자리를 물려받은 이성계는 추종자들이 사저로 찾아와서 자기를 왕으로 추대하려 할 때 한사코 사양하며 이렇게 이야기했다고 전한다.

> ⑨ "예로부터 왕 노릇을 하는 이의 일어남은 천명(天命)이 있지 않으면 불가능하다. 나는 진실로 덕(德)이 없으니 어찌 감히 감당할 수 있겠는가?"[36]

⑨는 고려 왕실의 혈통을 물려받지 않은 이성계가 고려 왕위에 오르는 것에 대해 상당한 두려움을 느끼고 있었음을 말해 준다. 그런 이성계가 나라 주인 자리를 차지한 만큼, 무엇보다 고려 인민들이 그를 천명(天命)을 받은 인물로서 모두가 비빌 만큼 높은 덕(德)을 지닌 인물로 추앙하도록 해야 한다. 그것이 이성계의 불안과 두려움을 떨치는 길이었을 것이다.

이성계와 그의 추종자들은 실제로 그런 작업을 다각적으로 추진했다.

> ⑩-1 임금이 잠저(潛邸)에 있을 때, 꿈에 신인(神人)이 금척(金尺)을 갖고 하늘에서 내려와 건네면서 "경시중(慶侍中)[복흥(復興)]은 청렴하기는 하나 이미 늙었으며, 최도통(崔都統)[영(瑩)]은 강직하기는 하나 조금 고지식하니, 이것을 가지고 나라를 바룰 사람은 공(公)이 아

36)『太祖實錄』太祖 1年 7月 17日: 太祖固拒之曰, "自古王者之興, 非有天命, 不可. 余實否德, 何敢當之." 遂不應.

니고 누구이겠는가?" 하였다.

⑩-2 그 뒤에 어떤 사람이 문밖에 이르러 이상한 글을 바치면서 "이것을 지리산(智異山) 바위 속에서 얻었습니다." 하는데, 그 글에 "목자(木子)가 돼지를 타고 내려와서 다시 삼한(三韓)의 강토를 바로 잡을 것이다." 하고, 또 '비의(非衣)、주초(走肖)、삼전삼읍(三奠三邑)' 등의 말이 있었다. 사람을 시켜 맞이해 들어오게 하였으나 이미 가 버렸으므로 찾아도 찾아내지 못하였다.

⑩-3 고려의 서운관(書雲觀)에 간직한 비기(秘記)에 '건목득자(建木得子)'의 설(說)이 있고, 또 '왕씨(王氏)가 멸망하고 이씨(李氏)가 일어난다.'라는 말이 있는데, 고려의 말년에 이르기까지 숨겨지고 발포(發布)되지 않았더니, 이때에 이르러 세상에 나타나게 되었다.

⑩-4 또 조명(早明)이란 말이 있는데 사람들이 그 뜻을 깨닫지 못했더니, 뒤에 국호(國號)를 조선이라 한 뒤에야 조명(早明)이 곧 조선(朝鮮)을 이른 것인 줄을 알게 되었다.

⑩-5 의주(宜州)에 큰 나무가 있는데 말라 썩은 지 여러 해가 되었으나, 개국(開國)하기 전 1년에 다시 가지가 나고 무성하니, 그때 사람들이 개국의 징조라고 말하였다.

⑩-6 또 태조가 잠저(潛邸)에 있을 때 일찍이 시중(侍中) 경복흥(慶復興)의 사제(私第)에 갔더니, 복흥(復興)이 영접해 들이고 그 아내로 하여금 나와 보게 하면서 존경하는 뜻이 매우 지극했으며, 또 그 자손을 부탁하면서 "나의 어리석은 자손을 공(公)께서 장차 비호(庇護)해야 될 것이오니, 공은 행여 잊지 마시기를 바랍니다." 하며, 매양 태조를 대접하면서 반드시 특별히 높였다. 태조가 혹시 정토(征討)로 인하여 밖에 나가면, 복흥(復興)은 매양 "동한(東韓)의 사직(社稷)이 장차 손안에 돌아갈 것이니 전쟁의 괴로움을 거리끼지 말고 능히 나라를 지키는 공을 이루게 하시오." 하고 고하였다.

⑩-7 일찍이 상명사(相命師) 혜징(惠澄)이 사사로이 그 친한 사람에게 "내가 사람들의 운명(運命)을 관찰한 것이 많았으나 이성계(李成

桂)와 같은 사람은 없었다."라고 하였다. 친한 사람이 "타고난 운명이 비록 좋더라도 벼슬이 총재(冢宰)에 그칠 뿐이다."라고 하니, 혜징이 "총재라면 어찌 말할 것이 있겠는가? 내가 관찰한 것은 군장(君長)의 운명이니, 그가 왕씨(王氏)를 대신하여 반드시 일어나겠지!" 하였다.

⑩-8 또 삼군(三軍)이 신경(新京) 땅에서 사냥하는데, 전하(殿下)가 잠저(潛邸)에 있을 때 또한 갔었다. 노루 한 마리가 나오므로, 전하가 달려가서 쏘아 화살 한 개에 죽이니, 여러 왕씨(王氏) 10여 인이 높은 언덕에 모여 서서 이를 보고는 몹시 놀라서 서로 돌아보면서 "사람들이 이씨(李氏)가 장차 일어날 것이라고 많이 말하고 있는데, 이 사람이 아닌가?" 하였다.

⑩-9 또 상왕(上王)이 잠저에 있을 때에 시중 이인임(李仁任)을 그 사제(私第)에 가서 보았는데, 이미 나가고 난 뒤에 인임이 다른 사람에게 일렀다. "국가가 장차는 반드시 이씨(李氏)에게 돌아갈 것이다."[37]

⑩-1~9의 이야기들은 모두 이성계가 새 나라의 주인이 되는 운명(運命)을 타고났음을 암시하고 있다. 사람의 운명은 하늘이 정하는 것이어서 피할 수 없는 것이라는 운명론적 관점에서 이성계의 왕위 등

---

37) 『太祖實錄』 太祖 1年 7月 17日: 上在潛邸, 夢有神人執金尺自天而降, 授之曰: "慶侍中復興, 淸矣而已老; 崔都統瑩, 直矣而少戇. 持此正國, 非公而誰!" 其後有人踵門獻異書云, "得之智異山巖石中." 書有, "木子乘猪下, 復正三韓境." 又有, "非衣走肖三奠三邑"等語. 使人迎入則已去, 尋之不得. 高麗書雲觀所藏秘記, 有建木得子之說. 又有王氏滅李氏興之語. 終高麗之季, 秘而不發, 至是乃見. 又有早明之語, 人莫諭其意, 及國號朝鮮, 然後乃知早明卽朝鮮之謂也. 宜州有大樹, 枯朽累年, 先開國一年, 復條達敷榮, 時人以爲開國之兆. 又太祖在潛邸, 嘗至侍中慶復興之第, 復興迎入, 使其妻出見, 禮意甚至. 且屬其子孫曰, "吾之豚犬, 惟公將庇之, 傾公幸勿忘." 每待之必尊異. 太祖或因征討出外, 則復興每告曰, "東韓社稷, 將歸掌握, 毋憚汗馬之勞, 克成鎭國之功." 嘗有相命師惠澄私謂其所親曰, "吾相人之命, 多矣, 無如李(太祖舊諱)者." 所親問: "賦命雖善, 位極於冢宰耳." 澄曰, "若冢宰, 何足道哉? 吾之所相者, 君長之命也. 其代王氏而必興乎!" 又三軍蒐于新京之地, 殿下潛邸時, 亦往焉. 有一獐出, 殿下馳射, 一矢而斃. 諸王十餘人, 方聚立高丘見之, 驚駭相顧曰: "人多言李氏將興, 得非斯乎?" 又上王潛邸時, 往見侍中李仁任于其第. 旣出, 仁任謂人曰, "國家將必歸於李氏矣."

극과 개국을 합리화하려는 의도가 작용하고 있어 보인다. 이 이야기들 가운데 정도전은 태조 즉위 교서가 반포된 지 1년 되는 시점에서 ⑩-1, ⑩-2를 바탕으로 악사(樂詞)를 지어 올렸다.[38] <몽금척(夢金尺)>[39] · <수보록(受寶籙)>[40]이 그것이다.

이렇게 두 이야기를 바탕으로 악사를 지은 것은, ⑩-3~⑩-9 또한 이성계 왕위 계승의 필연성을 뒷받침하는 이야기이지만, ⑩-1, ⑩-2만이 천명(天命)과 직접 관련한 것이기 때문이다. 그런 점에서 정도전의 악사 제작은 왕위 계승이 천명에 의한 것임을 악장으로 명문화(銘文化)하여 영속적으로 연행되도록 함으로써 태조의 불안과 두려움을 해소하는 의도가 크게 작용한 것이라 할 수 있다. <몽금척> · <수보록>과 함께 '개언로(開言路) · 보공신(保功臣) · 정경계(定經界) · 정예악(定禮樂)'[41]

---

38) 『太祖實錄』 太祖 2年 7月 26日: 門下侍郎贊成事鄭道傳上箋曰, 臣觀歷代以來, 受命之君, 凡有功德, 必形之樂歌, 以焜燿當時, 而垂示後來, 故曰一代之興, 必有一代之制作. 恭惟主上殿下, 神武資其略, 勇智錫於天, 深仁厚德, 結於民心者, 已久矣, 則受命必出於生人之望, 所以不祟朝而正大義. 然祥鳳之於衆禽, 靈芝之於凡草, 其生必異. 當聖人之作, 靈異之瑞, 所應先感, 亦理之必然者也. 如武王伐紂曰, "朕夢協朕卜, 襲于休祥." 光武赤伏符之類, 載諸典冊, 不可誣也. 我主上殿下, 在潛邸, 夢神人以金尺授之, 若曰, "以此均齊家國." 又有人得異書以獻之曰, "秘之勿妄示人." 後十數年, 其言果驗, 是皆天以今日之事, 預告之也. 殿下以寬弘之量, 容受衆言, 凡閭巷之間, 微細之民, 一有不得其所者, 必知之, 知之, 必加優恤, 猶恐人之不言, 開言路也廣矣; 待功臣以誠, 賜以信書, 刊諸金石, 保功臣也至矣. 前朝之季, 政廢法壞, 經界不正, 民受其害, 禮樂不興, 官失其守, 殿下一皆正而定之. 以天道則如彼, 以人道則如此, 較功度德, 無與爲比. 是宜播之聲詩, 被之絃歌, 傳之罔極, 俾聞者知聖德之萬一焉. 臣雖不敏, 遭遇盛代, 得與開國功臣之末, 幸以文筆兼太史之職, 不勝感激踊躍之至, 謹記受命之瑞 · 爲政之美, 撰樂詞三篇繕寫, 隨箋以獻. 一, 夢金尺. 主上殿下在潛邸, 夢見神人, 奉金尺自天而來, 若曰, '慶侍中有淸德, 且耄矣. 崔三司有直名, 然戇也.' 謂殿下資兼文武, 有德有識, 民望屬焉, 乃以金尺授之. (……) 一, 受寶籙. 主上殿下在潛邸, 有人得異書於智異山石壁中以獻, 後至壬申歲, 其言乃驗, 作寶籙. (……) 一, 殿下初卽位, 立經陳紀 · 與民更始, 可頌者多矣. 擧其大者, 開言路 · 保功臣 · 正經界 · 定禮樂. (……)."

39) 惟皇鑑之孔明兮, 吉夢協于金尺. 淸者耄矣兮直其戇, 緊有德焉是適. 帝用度吾心兮, 俾均齊于家國. 貞哉厥符兮, 受命之祥, 傳子及孫兮, 彌于千億.

40) 彼高矣山, 石與山齊. 于以得之, 實維異書. 桓桓木, 乘時而作. 誰其輔之? 走肖其德. 非衣君子, 來自金城. 三奠三邑, 贊而成之. 奠于神都, 傳祚八百. 我龍受之, 曰維寶籙.

41) 法宮有嚴深九重, 一日萬機紛其叢. 君王要得民情通, 大開言路達四聰. 開言路臣所見, 我后

(→(문덕곡(文德曲))을 지어 올린 것도 같은 맥락에서 이해될 수 있는 것이다. 천명을 받았기에 즉위 1년 만에 '제왕(帝王)'다운 '문덕(文德)'을 이루었다고 노래하고 있기 때문이다.

또 같은 날 정도전은 태조의 무공(武功)을 기리는 세 편의 악사(樂詞)도 지어 올리는데,[42] <납씨곡(納氏曲)>[43] · <궁수분곡(窮獸奔曲)>[44] · <정동방곡(靖東方曲)>[45](→무공곡(武功曲))이 그것이다. 각각 북원(北元)의 나하추를 격퇴한 일, 왜구를 토벌한 일, 위화도에서 회군한 일 등을 서술하여 태조의 무공(武功)을 드러낸 것인데, 특히 <정동방곡>을 연행할 때에 '동왕덕성(東王德盛)'이라는 화사를 반복하게 함으로써 무공의 바탕이 곧 덕이었다고 인식하게끔 하고 있다. 이처럼 정도전은 태조가 천명에 따라 개국하였고 따라서 덕을 갖춘 인물임을 명문화함으로써 태조의 불안과 두려움을 해소하고자 했던 것이다.

개국 이전에 가졌던 태조의 불안과 두려움이 개국 이후에도 유지되었을 정황은 다음 시를 통해 어느 정도 가늠해 볼 수 있다.

⑪ 가을 물은 맑디맑아 하늘처럼 푸르고
　군왕은 쉬는 날에 누선(樓船)에 오르셨네.

之德與舜同. 聖人受命乘飛龍, 多士競起如雲從. 騁謀効力咸厥功, 誓以山河保始終. 保功臣臣所見, 我后之德垂無窮. 經界毀矣久不修, 强幷弱削相怠怵. 我后正之期甫周, 倉廩充富民息休. 正經界臣所見, 烝哉樂愷享千秋. 爲政之要在禮樂, 近自閨門達邦國. 我后定之垂典則, 秩然以序和以懌. 定禮樂臣所見, 功成治定配無極.

42)『太祖實錄』太祖 2年 7月 26日: 上賜道傳綵帛, 令樂工肄習. 道傳又敍其武功, 作樂詞以獻.

43) 納氏恃雄强, 入寇東北方. 縱傲誇以力, 鋒銳不敢當. 我鼓倍勇氣, 挺身衝心胸. 一射斃偏裨, 再射及魁戎. 裹槍不暇救, 追奔星火馳. 風聲固可畏, 鶴唳亦堪疑. 喙矣莫敢動, 東北永無虞. 功成在此擧, 垂之千萬秋.

44) 有窮者獸, 奔于險巇. 我師覆之, 左右離披. 或殲或獲, 或走或匿. 死者粉糜, 生者褫魄. 不崇一朝, 廓爾淸明. 奏凱以旋, 東民以寧.

45) 緊東方阻海陲, 彼狡童竊天機. 肆狂謀興戎師, 禍之極靖者誰? 天相德回義旗, 罪其魁逆其夷. 皇乃懌覃天施, 軍以國俾我知. 於民社有攸歸, 千萬世傳無期.

> 고사(簫師)여 장단곡(長湍曲)일랑 부르지 마소,
> 지금은 바로 조선 제2년이라오.[46)]
> 秋水澄澄碧似天, 君王暇日御樓船.
> 簫師莫唱長湍曲, 此是朝鮮第二年.

⑪은 태조 2년 가을, 그러니까 정도전이 여러 악사를 지어 올렸으나 악장으로는 제작, 연행되지 않던 시기에 어가를 모시고 장단에서 놀 때 감흥을 담은 시이다. <장단곡(長湍曲)>은 고려의 어느 왕이 장단에 놀 때 공인(工人)이 지은 것으로, 민풍을 살펴 부족한 것을 보태주어 민과 더불어 즐겼던 성조(聖祖) 태조 왕건(王建)의 덕을 기림으로써 후왕(後王)을 바르게 경계할 목적에서 지은 노래였다.[47)] 이 곡을 고사(簫師)가 태조 이성계가 장단에 놀 때 연주한 것은 두 가지 측면에서 풀이할 수 있다. 하나는 고사가 정도전이 '군왕'이라고 일컬은 조선 태조가 고려 태조의 후왕이라고 인식하고 있었다는 것이요, 다른 하나는 조선 태조가 고려 태조에 대당하는 '성조로서의 덕'을 갖춘 군왕이라는 인식이 여전히 자리하지 않았다는 것이다.

⑪에서 문제 삼고 있는 상황은 인민의 의식 변화의 필요성에 대한 정도전의 인식을 강화하는 계기가 되었을 것이다. 잔치 자리의 음악을 전승하고 연행하는 예능인의 의식부터 바꾸어 가자면 그들이 전승하고 연행하는 악장도 바꾸어야 하는 법이다. 역사적으로 노래는 의식을 바꾸는 데에 효과적인 수단이었다. 성조로서 고려 태조의 덕이 나라가 바뀐 이후에도 노래를 매개로 기억되고 있었다면 새로운 악장을 통해 이성계가 새로운 성조로서 덕을 갖춘 군주임을 명문화해 두면 조선

---

46) 『三峯集』 卷之二 七言絶句, 陪御駕遊長湍作.

47) 『高麗史』 71卷 志 25 樂 2 俗樂 長湍: 太祖, 巡省民風, 補助不給, 與民同樂. 民思其德, 久而不忘. 後王, 遊長湍, 工人, 歌祖聖之德, 因以頌禱, 而規戒之.

태조 또한, 후대에는 그렇게 기억될 수 있는 이치다.

정도전이 태조 이성계를 태조 왕건과 같은 성조로 만드는 사업 곧 새 성조 만들기 프로젝트의 정점에 자리한 것이 바로 한양 천도였다. 천도는 명나라에서 조선이라는 국호를 사용하도록 하고[48] 이성계를 고려권지국사(高麗權知國事)에서 조선국왕(朝鮮國王)으로 공인[49]하면서부터 본격적으로 추진되었다. 개성(開城)이 왕도(王都)로서 기운이 쇠락했기 때문에 왕도로서의 기운이 흥하는 지역을 골라서 천도해야 한다는 도참설(圖讖說)에 바탕을 두었다. 그런데 처음 새 도읍으로 선택된 곳은 계룡산 남쪽이었다. 그곳에 도읍을 옮기는 계획은 실제로 추진되었다. 궁궐과 궁성을 축조하는 부역에 많은 인민이 인부로 동원되었다. 그러는 와중에 개성의 궁궐과 궁성을 수리하는 사업 계획도 추진되었으며, 계룡산 남쪽이 아닌 곳도 후보지로 검토되었다. 여러 후보지를 둘러싸고 논의가 충돌, 경쟁하는 형국에서 한양이 새 도읍지로 확정된 것은 1394년이었으며, 1395년(윤 9월)에 비로소 도성조축도감(都城造築都監)이 설치되고 도성 부지가 정해졌다.[50] 도성 부지가 정도전에 의해 정해졌음은 물론이다.

한양 천도는, 유가적 의미가 아울러 부여된 사업이었나. 한양 천도

---

48) 태조 즉위 교서에는 국호를 고려로 쓴다고 천명하고 있다. 조선이란 국호는 태조 2년 (1393) 2월 15일부터 사용하기 시작했다.
『太祖實錄』 太祖 2年 2月 15日: 可自今除高麗國名, 遵用朝鮮之號.

49) 다음 두 기록을 비교해 보면, 명나라에서 이단(李旦←이성계)을 조선 국왕으로 공인한 시기는 1393년 이후였음을 알 수 있다.
『大明太祖高皇帝實錄』 卷之二百二十三, 洪武 二十五年(1392) 閏十二月: 乙酉. 高麗權知國事李成桂, 欲更其國號, 遣使來請命. 上曰 "東夷之號, 惟朝鮮之稱, 最美, 且其來遠矣. 宜更其國號曰朝鮮."; 『太祖高皇帝實錄』 卷之二百二十九, 洪武 二十六年(1393) 九月: 朝鮮國王李旦, 得所賜敕書, 惶懼, 遣使奉表陳情, 謝罪, 貢白黑布人參及金裝鞍馬.

50) 『太祖實錄』 太祖 4年(1395) 閏9月 13日: 始立都城造築都監. 置判事・副判事・使・副使・判官・錄事. 命判三司事鄭道傳, 定城基.

는 한수 북쪽(한양(漢陽))에 도읍을 옮겨 그 남방 지역의 제후와 인민을 교화(敎化)하여 천자 중심의 세계 질서에 귀부(歸附)하도록 하고, 그 아들(무왕(武王))에 이르러 마침내 주나라 왕실을 천자 나라의 지위에 오르게 했던 문왕의 행적과 연계하여 이해하고자 했다. 정도전은 다양한 층위의 인민들이 한양 천도의 의미에 공감할 수 있도록 하는 일을 다각적으로 추진했다. 그런 일 가운데 하나가 남방의 인민들이 태조 이성계를 문왕과 같은 인물로 인식하고 신도를 '당금'이 자리하는 곳이라고 인식하도록 악사 곧 <신도가>를 제작하는 일이었던 게 아닌가 싶다. 덕(德)이 있는 인물이 천명을 받아 혼란한 시대를 청산하고 태평 시대를 만들어가게 되었음을 남방 인민 스스로가 노래하는 것처럼 악사를 짓고, 이를 악장으로 명문화하여 연행하도록 했으리라는 것이다. <신도가>가 토풍을 담은 방언으로 지은 이유도 이런 각도에서 생각해 볼 수 있다.

한양 천도와 <신도가> 제작은, 정도전이 태조 이성계의 불안과 두려움을 해소하는 차원을 넘어서 조선이 건국 시기 고려와 같이 해동 천자의 나라가 되기를 꿈꾸기 시작했음을 분명하게 보여주고 있다. 정도전이 언제부터 그런 꿈을 꾸었는지는 분명하게 확인할 길은 없다. 다만 태조를 대신해서 국호를 내려준 데 대해 명나라 황제에게 감사를 표하는 표문(表文)을 작성할 무렵[51]에 그런 꿈을 갖고 있었으리라 짐작해 볼 수 있을 듯하다.

한양 천도를 전후하여 명나라와의 외교 관계에서 매우 중요한 이슈로 불거진 것이, 정도전이 조선 태조를 대신하여 작성한 표문(表文) 문

51) 『太祖實錄』 太祖 3年(1394) 2月 19日: 一款, "更國號謝恩表箋內, 雜以侵侮之辭. 以小事大之誠, 果如是乎?" 欽此, 前件事理照得, 小邦僻處荒遠, 言語不通, 聞見不博, 粗習文字, 僅達事情. 其於製作, 未諳體格, 以致錯誤, 非敢故爲侮慢.

제였다.[52] 해당 표문의 실체는 확인되지 않지만, 명나라에서는 정도전이 주도하여 작성한 표문에 '침모(侵侮)'·'경박희모(輕薄戲侮)'·'기산(譏訕)'하는 표현이 들어있다고 판단했다.[53] 이러한 표현은 참람한 생각을 함축하게 마련이다. 요동인(遼東人)의 중개에 의한 전달 과정에서 왜곡된 면도 없지 않았을 것이지만, 명나라에서는 표문 작성 주도자의 소환을 강하게 요구했다. 이때 정도전이 표문 작성 주도자로 지목되었다.[54] 그런데도 이성계는 정도전의 병을 칭탁(稱託)하며 소환 명령을 회피했다.[55] 그 대신에 정총(鄭摠), 권근(權近) 등이 일정하게 간여했다고 자처하며 소환에 응하도록 했다. 둘은 구류되었다 풀려났다. 명에서는 표문 작성을 주도한 인물이 아니라고 판단한 것이다.[56] 그 시기

52) 『太祖實錄』 太祖 5年(1396) 6月 11日: 朝廷使臣尙寶司丞牛牛·宦者王禮·宋孛羅·楊帖木兒至, 上率百官, 出迎于蟠松亭. (……) 又傳禮部咨, 曰: 本部尙書門克新等官欽奉聖旨, "前者朝鮮國進正朝表箋文內, 輕薄戲侮, 着李某將撰文者發來, 止送撰箋者至, 其撰表人鄭道傳·鄭擢, 至今不見送到. 今再差尙寶司丞牛牛·內使楊帖木兒·宋孛羅·王禮, 一同原差來通事楊添植·從人金長前去本國, 催取撰表人鄭道傳等, 及催原搬取本國使臣柳珣等家小, 前來完聚." 欽此, 今將聖旨事意, 備云移咨.

53) 『大明太祖高皇帝實錄』 卷之二百五十, 洪武三十年(1397) 九月: 癸亥. (……) 詔禮部令朝鮮國朝貢三年, 一來以其國啓本, 語涉譏訕, 仍拘留其使.

54) 『太祖實錄』 太祖 6年(1397) 4月 17日: 本部欽奉聖旨. "開國承家, 小人勿用. 朝鮮新造, 所用之人, 見在表箋, 此非三韓生靈之福, 乃三韓之禍首也. 曩古中夏受君命, 而列土者萬國, 能祿及子孫, 世守其土者, 罕矣. 何哉? 以其小人在側, 由是九伐之法用焉, 能與天朝同休者, 數國而已. 且鄭, 一小國耳. 初用人未當, 每受兵征, 後子產相鄭, 君子哉, 子產! 凡所移文, 諸侯方伯, 無不相好, 以其言不妄發, 意不乖違. 終子產而無兵禍. 云何? 蓋能數誠意於諸侯方伯, 深思熟慮, 下筆精微, 故有草創討論修飾潤色. 如此而後方行, 安肯一字而侮慢於人者也! 今朝鮮國王李諱, 所用文人鄭道傳者, 於王之助, 何爲也? 王若不悟, 斯人必禍源耳. 今鄭摠·盧仁度·金若恒, 若在朝鮮, 必鄭道傳之羽翼. 卽因各人已招, 禍及其身矣, 王其審之. 若不精審, 國禍又將發, 假手於人. 爾禮部移文朝鮮國王, 深思熟慮, 以保三韓."

55) 『太祖實錄』 太祖 5年(1396) 11月 4日: 計稟使河崙·撰表人鄭擢齎禮部咨文, 回自京師. 其咨曰: 本部左侍郎張炳等官欽奉聖旨, "前者朝鮮國表內, 撰表者故下戲侮字樣, 特將使臣柳珣等六名, 留在京師, 索取同撰表人鄭道傳赴京. 今使者歸, 朝鮮國王已將鄭道傳作患病沈重, 破調不來, 只將同撰表人鄭擢等參名赴京. 訊其所以, 各官委實秀才, 曾經撰表, 定擬前文. 前者差來柳珣等, 皆不係秀才, 比今使者未至, 已自發還本國. (……)"

56) 『太祖實錄』 太祖 6年(1397) 11月 30日: 乙亥, 以請誥命赴京, 帝方怒國朝進表有回避字樣,

에 정도전은 각 도의 군대에서 자신이 만든 진도(陣圖)를 가르치게 하여, 남은(南誾)·심효생(沈孝生) 등과 군대를 일으켜 명나라와의 접경지역으로 출병할 일을 건의했다.[57] 위화도 회군(威化島回軍)으로 보류되었던 요동 정벌 계획을 다시금 추진하려는 의도를 내비친 셈이다. 요동 정벌은 직접적으로는 표문 문제를 불거지게 한 원인을 제거하는 일이지만, 근원적으로는 '해동 성명천자'의 나라로서 조선의 위엄을 세우기 위한 일이었다고 볼 수 있다. 그런 점에서 표문 문제가 불거진 시기를 전후하여 정도전은 태조 이성계의 두려움이나 불안감은 해소하는 차원을 넘어서 조선을 '해동 천자'의 나라로 만들어가는 꿈을 가졌고, 그런 맥락에서 한양 천도를 주도하고 요동 정벌 계획도 다시 추진하고자 했던 것이 아닐까 짐작해 볼 수 있다.

물론 정도전의 꿈은 태종에 의해 스러졌다. 이방원은 정도전이 왕실존립 자체를 불가능하게 할 수 있는 위험인물로 인식했던 듯하다. 결과적으로 정도전은 왕자의 난으로 희생되었고, 그의 꿈도 스러졌다.[58] 그런데 그가 지은 악사들은 태종대에 '선별적(選別的)'으로 악장으로 연행되었다. 정도전이 <신도가> 제작 이전에 지은 악사 중에서 태조 이

謂摠撰表拘留, 遣人取家小, 帝怒其非眞, 皆還之, 又遣使取鄭道傳. 道傳病, 權近請曰: "撰表之事, 臣實與焉. 臣今不逮而往, 容或見原, 逮而不往者, 亦且免疑, 臣若後日見逮而往, 臣罪反重." 上遣之. 帝見近怒稍解, 命近及摠等, 日赴文淵閣, 聽諸儒講論. 將遣還, 俱賜衣, 令遊觀三日, 命題賦詩. 及陛辭, 近服賜衣, 摠以顯妃喪服素衣, 帝怒曰: "汝何心不服賜衣, 乃著素服?" 獨遣近還, 命錦衣衛鞫摠等. 摠惶懼逃遁, 被執而刑, 金若恒、盧仁度以摠故幷及. 정총은 명나라에서 죽임을 당했는데, 이유는 국상(國喪, 신덕왕후상(神德王后喪), 1396) 중이라는 이유로 황제가 내린 의복을 입지 않았기 때문이다.

57) 『太祖實錄』 太祖 6年(1397) 6月 14日: 判義興三軍府事鄭道傳嘗撰五陣圖及蒐狩圖以進, 上善之, 命置訓導官以敎之, 令各節制使·軍官·西班各品·成衆愛馬, 習陣圖, 又以通曉人, 分遣各道敎之. 時鄭道傳·南誾·沈孝生等, 謀興兵出境, 獻議於上, 抵左政丞趙浚之第諭之. 남은, 심효생은 정도전과 의견을 같이했는데 조준은 반대했다. <신도가>를 악장으로 연행하기로 한 이듬해(1519)에 조광조가 희생되는 기묘사화(己卯士禍)를 남곤(南袞)·심정(沈貞)이 주도했다. 두 사건이 서로 연관성을 가졌을 법도 하다.

58) 표문 문제는 정도전의 죽음(1398)과 명나라 태조의 죽음(1398)으로 일단락되었다.

성계를 천명의 새로운 담지자라는 생각을 담고 있는 것이 <몽금척(夢金尺)>과 <수보록(受寶籙)>인데, 이 두 악사는 악장에서 배제되었다.[59] <신도가>에 함축된 사상은 두 악사에 함축된 사상과 친연성이 매우 높다. 따라서 설령 <신도가>를 한양 천도가 이루어진 시기에 악장으로 연행되었다손 치더라도, 태종대에 악장에서는 배제되었을 개연성이 크다. 더욱이 <신도가>에 함축된 생각은 정도전이 죽임을 당한 직후에 권근(1352~1409)에 의해 일정하게 순화되어 종(鐘)에 새겨졌다.[60] 이 또한 태종대 이후에는 <신도가>가 악장으로 연행되지 않았을 개연성을 뒷받침한다.

하지만 새 성조 만들기 프로젝트는 세종대에 다시금 추진되었다.[61]

---

59) 『太宗實錄』 太宗 12年 1月 29日: 知申事金汝知, 以崙之言, 陳于上曰, “有一秘記云: ‘高麗都松岳四百八十年, 朝鮮都漢陽八千歲.’ 高麗氏歷年之數果驗. 由此觀之, 秘記之言可信也.” 因言太祖開國之時, 有夢金尺受寶籙之異, 上曰, “昔漢 武之時, 趙人江充, 緣武帝怪夢, 禍及無辜; 西漢之末, 王莽、公孫述之輩, 惑信符讖之言, 殃民禍己. 迹此觀之, 讖文夢怪, 不足信也. 我太祖創業, 實基於天命人心, 縱無金尺寶籙之異, 其不能創業乎? 卿等皆儒臣也. 何論說之至此乎?” 群臣皆俛首唯唯而已. 崙親啓曰, “臣前日所獻受貞符一篇, 上以爲不可. 臣以爲受寶籙, 雖出讖記, 實天命之先定也. 其閭巷歌詠, 請勿禁.” 上曰, “置之樂府則不可, 閭巷歌詠則何必禁之!”

60) 『太祖實錄』 太祖 7年(1398) 4月 4日: 命藝文·春秋館學士權近, 作鐘銘. 其序曰, “惟朝鮮受命之三年, 定都于漢水之陽, 越明年, 始營宮寢, 其夏, 命攸司鑄大鐘。 旣成, 建閣于大市街以懸之, 所以勒成功垂鴻休也. 自昔有國家者, 建大功定大業, 則必銘于鐘鼎, 故其休聲鏗鍧, 聳動後人之耳目. 且於通都大邑之中, 晨昏撞擊, 以嚴人民作息之限, 鐘之用大矣. 恭惟我殿下, 自在潛邸, 德望日隆, 天命人心之歸, 自有不能已者. 群賢勵翼, 咸効其智力, 而一朝代高麗氏而有之, 宵旰軫慮, 立經陳紀, 以基子孫萬世之太平, 功可謂建而業可謂定矣. 是宜銘之, 昭示後來. 且易曰: ‘天地之大德曰生, 聖人之大寶曰位. 何以守位? 曰仁.’ 言聖人以天地生物之心爲心, 而擴充之, 故能保有其位. 是天人雖殊, 其心則一也. 今我殿下, 卽位之日, 兵不血刃, 中外晏然, 民之苦於虐政者, 皆知有生生之樂. 是則好生之德, 蔑以加矣. 是尤不可不銘也. 銘曰: ‘於穆我王, 受命溥將. 聿來新邑, 于漢之陽. 昔在松都, 國步斯蹙. 我王代之, 除虐以德. 民不見兵, 會朝淸明. 賢智効力, 躋于太平. 遠近如歸, 旣庶旣繁. 乃鑄厥鐘, 乃聲晨昏. 我功我烈, 是勒是鐫. 鎭于新都, 於千萬年.’

61) 『世宗實錄』 世宗 14年 3月 16日: 御經筵. 謂參贊官權孟孫曰, “去秋禮曹議定會禮樂章, 一曰受寶籙, 二曰觀天庭, 三曰荷皇恩, 四曰聖澤, 五曰拋毬樂, 六曰牙拍, 七曰舞鼓. 夢金尺·受明命, 太祖·太宗樂章也, 今皆不列於樂府. 夢金尺·受寶籙, 太宗嘗以爲夢中之事·圖讖

태종대에 악장에서 배제되었던 <몽금척>과 <수보록>을 다시 악장으로 제작하여 연행하도록 했다. 그리고 그 계획의 최종 결과물이 세종대 후반기에 제작된 <용비어천가(龍飛御天歌)>였다. <용비어천가>는 세종의 6대 할아비들이 모두 살아서는 성인(聖人)이었고 죽어서는 신(神)이 되었다는 생각을 함축하고 있다.62) 문사('화어(華語)')와 방언('향어(鄕語)')을 나란히 썼을 뿐 아니라 주나라를 비롯한 중원 대국(천자국 혹은 황제국) 중흥의 역사와 6조 할아비의 사적을 병치(juxtaposition)했다. <신도가>에 함축된 생각이 일정하게 <용비어천가>로 계승된 것이라 볼 수 있다. 그런 점에서 <용비어천가>가 악장으로 연행된 이후에도 <신도가>는 악장으로 연행되지 않았을 개연성이 크다.

그런데 중종대에 왜 다시금 <신도가>를 악장으로 연행하도록 했을까? 남곤은 하필 태종대에 '국왕연사신악'에 넣어 연행했던 <동동사>를 <신도가>로 대체했을까? 남곤의 시대는 자국의 군주를 '당금제불'은 물론 '당금황제 · 당금성천자 · 당금성명천자'의 지위에 두지 않는 인식이 일반적이었다. 특히 지역사회에서 과거를 통해 출사한 인물들은 적어도 국가의 의례에서는 토풍을 걷어내고 화풍으로 전일화해야 한다는 의식이 강했다. 그런 의식은 성종대부터 가시화하기 시작했고, 중종대에도 가시화했다. 소위 사림파(士林派)라는 권력이 형성되면서 한층 더 뚜렷하게 가시화한 것이다.63)

之說, 不宜歌頌, 河崙固請, 只以受寶籙序於樂府, 夢金尺則未嘗登歌. 歲己亥(1419), 太宗謂予曰, '嘗以夢金尺爲夢中事, 廢而不擧, 然更思之, 武王亦曰: 朕夢協朕卜. 今可登於樂府也.' 太宗之敎如此, 若以受明命, 爲繼世常事, 而不當歌頌, 則荷皇恩, 亦不宜登歌也. 且自高麗, 受誥命印章之君蓋少, 至于太宗, 乃能受之, 是乃稀世之事, 不可不歌頌也. 荷皇恩則雖不登歌可也."

62) 자세한 논의는 임주탁, 「명칭가곡 수용의 양상과 의미」, 『한국문학논총』 51(한국문학회, 2009), 5~50쪽을 참조할 것.

63) 흥미로운 점은 그러한 의식은 비단 조선만이 아니라 당시 주자가례(朱子家禮)를 신봉하는 유가들에 의해 명나라에서도 뚜렷하게 드러났다는 사실이다. 주자가례는 향당(鄕黨)

하지만 토풍을 옹호하고 유지하려는 목소리도 만만치 않았다. 성종대에도 그런 목소리가 있었다. 중종대에 그 둘 사이의 타협점이 된 것이 "석교(釋教)나 남녀 간 음사(淫詞)"가 들어있는 악사만큼은 문사(文詞)로 고쳐 짓는다는 것이었다. 그 작업은 처음에 조광조(趙光祖, 1482~1519)에게 맡겼지만, 조광조가 미루어 남곤이 대신했다. 남곤은 태종대에 '국왕연사신악'으로 연행했던 <동동사>와 <정읍사>는 <신도가>와 <오관산>으로 대체하는 길을 선택했고, 중종은 그에 공감했다.

<신도가>에 의해 대체된 <동동사>는 태종대에 국왕연사신악(國王宴使臣樂)으로 연행되었던 '아박정재(牙拍呈才)'[64]의 노랫말이었다. 따라서 중종대에 악장으로 연행되었다면 <신도가> 또한 국왕연사신악으로 연행되었으리라 짐작된다. 여기서 사신은 명나라로 가는 조선의 사신만이 아니라 명나라에서 조선으로 파견된 사신을 모두 포함한다.[65] 만일, 앞서와 같은 의미가 분명하게 드러난다면 아무리 민의 입을 빌려 표현한 것이라 해도 명나라의 사신에게 <신도가>는 문제적인 악장이 될 수밖에 없는 이치다. 그런 점에서 남곤이 <신도가>의 함의를 몰랐던 것이 아니라 의도적으로 감추려 했던 것이 아닐까 추정해 볼 수 있다. 어릴 적부터 유가의 경전을 익히고 텍스트의 방언 요소가 낮

의례에서까지 향가(鄕歌)를 부르는 문화를 일소하는 방향에서 만들어졌다. 황좌(黃佐, 1490~1566)의 『태천향례(泰泉鄕禮)』는 주자가례에 근거하여, 향례(鄕禮)를 『시경(詩經)』의 시를 노래로 재연(再演)하거나 당시(唐詩)를 지어 쓰는 의례로 바꾸고자 한 것이다. 『태천향례(泰泉鄕禮)』에 대한 자세한 논의는 임주탁, 「향악의 개념과 향가와의 관계」, 『한국문학논총』 79(한국문학회, 2018), 85쪽을 참조할 것.

64) 『太宗實錄』 太宗 2年 6月 5日: 國王宴使臣樂. 王與使臣坐定, 進茶, (……) 進六盞, 牙伯呈才.

65) 『成宗實錄』 成宗 12年 8月 3日: 月山大君 婷行酒時, 童妓起舞, 上使曰: "是何舞耶?" 上曰: "此舞, 自高句麗時, 已有之, 名曰動動舞." 上使曰: "此舞則好矣, 頭目等戲蟾舞亦好, 欲令舞之." 上曰, "隨大人之意, 而使之呈戲, 不亦可乎?" 上使卽呼頭目來舞." 이 기록을 통해 '동동무(動動舞)'가 성종대에 국왕이 사신을 위해 연 잔치에서 연행되었음을 확인할 수 있다.

설었을 지식인이라면 <신도가>의 함의를 몰랐을 수도 있다. 하지만 최소한 남곤과 악사(樂師)뿐 아니라 악장을 연행하는 악인(樂人)이나 조선의 국왕은 그렇지 않았을 것이다. 따라서 토풍을 한꺼번에 일소할 수 없다는 현실 논리의 이면에는 그 토풍 안에 <신도가>와 같이 태조 이성계를 '당금'으로 추앙하며 새 성조로 만들어가고자 했던 의식이 함축되어 있고, 그 의식이 중종대에도 가치 있다는 판단이 작용한 것은 아닐까 추정해 볼 수 있는 것이다.

그러면 그러한 의식은 왜 중종대에 다시금 가치 있는 의식으로 부각하였을까? 해답의 실마리 가운데 하나는 중종반정(中宗反正, 1506) 이후 대명(對明) 외교에서 중요한 문제의 하나가 승습(承襲) 인준을 받는 일이었다는 사실에서 찾을 수 있을 듯하다. 중종의 즉위는 전왕(연산군(燕山君))의 죽음에 의한 사위(嗣位)가 아니라 "신료에 의한 군주의 교체"[66]였다. 명나라에서 조선 국왕으로 책봉한 군주를 폐위하고 신료들이 새 군주를 국왕으로 추대한 것을 용인해 줄 리 없다는 현실 인식 때문에 반정 주체세력은 천명(天命)과 인심(人心)에 의한 반정이었다는 명분을 대내적으로는 천명(闡明)했어도 대외적으로 내세우지 못했다.[67] 한편, 중종 12년(1517) 정조사(正朝使)로 파견된 일행이 이듬해 2월부터 돌아오기 시작하는데, 그때 명에서 새로 구입해 온『대명회전(大明會典)』에 윤이(尹彝)·이초(李初)가 고변(告變)했던 이성계의 가계와 사적이 그대로 실려 있음을 발견하게 된다.[68] 이 문제를 공론에 부친 것은 <신

66) 김경록,「중종반정 이후 승습 외교와 조명 관계」,『한국문화』40(서울대 규장각한국학연구원, 2007), 242쪽.

67) 자세한 논의는 김경록, 위의 논문, 211~247쪽을 참조할 것.

68)『中宗實錄』中宗 13(1518)年 4月 26日: 政院啓曰, "今正朝使新貿來大明會典內, 我國世系舛謬, 亦有我祖宗所不爲之事. 臣等見之, 甚爲驚駭. 此冊非民間私撰, 始面有皇帝御製序, 乃朝廷共議所撰者也. 今日乃齋戒之日也. 啓之亦難, 然事甚非輕, 故不得已啓之. 廣議處置何如?"(大明會典, 以我太祖, 乃李仁任之後, 弑王氏四王而立云.) 傳曰, "予曾見此冊矣, 卷帙甚

도가>를 대체 악장으로 선정한 지 25일 뒤지만, 이 사실은 그 이전에 이미 알려졌으리라 추정된다. 『대명회전』을 새로 구입할 동기는 달리 찾아볼 수 없기 때문이기도 하고, 당시 일행 중 가장 일찍 돌아온 통사(通事)가 명나라 태황태후(太皇太后)의 부음(訃音)을 알려온 터라 공론에 부치기 어려웠던 정황도 있었다고 볼 수 있기 때문이다. 어쩌면 이것이 <신도가>를 다시 악장으로 쓰게 된 가장 직접적인 계기로 작용했을지 모를 일이다. <신도가>를 국왕연사신악으로 연행한다면 그것은 명나라 사신에게 조선 태조가 인민들로부터 천명을 받은 '당금(황제)'으로 추앙받고 있는 인물임을 표시하는 동시에, 중종이 성조 태조의 정통성을 이은 왕임을 인민들이 여전히 믿고 따르고 있음을 표시하는 효과를 기대할 수 있다. 그런 점에서 이후 남곤이 종계변무(宗系辨誣)를 위한 외교 활동을 주도했다는 사실은 허투루 보아넘길 수 없을 듯하다.

한편, 대명 외교 과정에서 반정 주체세력 사이에 명나라 무종(武宗, 1505~1521)이 성천자(聖天子)로서의 면모를 잃은 황제라는 인식이 팽배했다. 그런 한편으로 문약(文弱)한 문인들이 대거 중앙으로 진출했다. 이러한 상황은 특히 조선의 변방 지역에 대한 통제력을 약화시켰다. 명나라와 인접한 지역에서는 야인(野人)의 출몰이 빈번해졌고, 남방 지역에서는 왜구의 침탈이 잦아졌다. 이에 해당 지역의 절도사(節度使)와 국왕을 시위하는 선전관(宣傳官)을 무재(武才)가 있는 인물들로 대거 교체했고, 지방관들의 양병(養兵) 건의도 빗발쳤다. 양병은 주로 농군(農軍)을 양성하는 방향으로 추진되었다.[69] 태조대처럼 무력시위를 하자

繁, 未及見此. 今見之, 至爲驚愕. 其召大臣議之." 上問領議政鄭光弼曰, "大明會典內, 有大驚愕事. 將何以處之?" 光弼曰, "凡創業之主, 多有慙德, 我太祖無可疑之事. 以此傷害之言, 分明載錄, 安有如此慮不到之事乎? 臣昔聞之於言語間, 大明祖訓條章內, 亦以太祖爲李仁任之後. (……)."

는 의견은 제시되지 않았지만, 군사적인 대응 체계 정비의 필요성에 대한 인식은 뚜렷하게 부각하였다. '당금'이 무사(武士) 사회에서 현세 최존자(당금황제나 당금천자)를 일컫는 말이라면, <신도가>는 선전관을 비롯한 군민(軍民)들이 조선의 국왕을 자신의 신앙에서 현세 최존자와 같은 존재로 숭앙하는 효과도 기대할 수 있다.

이러한 효과를 모두 기대할 수 있는 악장이라는 점에서 중종대에 <신도가>에 함축된 의식의 가치가 새롭게 인식되었다고 볼 수 있다. 물론 국왕연사신악으로 연행하면서 드러내놓고 그와 같은 효과를 기대할 수는 어려운 형국이었다. 하지만 방언을 많이 써서 지금 쉽게 이해할 수 없다고 한 남곤의 말은 이러한 맥락에서 해석될 수 있지 않을까 생각된다. 그런 점에서 <신도가>의 악장으로서의 연행은 대외적으로는 일종의 정신승리(精神勝利)에 지나지 않았을 수 있지만, 대내적인 통합 기제로는 실질적으로 작동했을 수 있다.

4. 결론

<신도가>는 그 함의를 읽어내는 데 큰 어려움이 없는 듯이 이해되어온 작품이다. 이 연구는 과연 그렇게 읽어낼 수 있는 텍스트인가 하는 의문에서 출발했다. 선행 주석을 아무리 참고해도, 텍스트의 의미론적 통일성을 찾기 어려웠다. 더욱이 한 세기 조금 더 지난 시점에서 <신도가>를 악장으로 쓸 것을 건의했던 남곤도 방언을 써서 이해하기가 쉽지 않다고 한 텍스트를 오늘날 우리가 쉽게 이해할 수 있는가

69)『中宗實錄』中宗 10年(1515) 2月 4日: 光弼等又議曰, (……) 洪原・鏡城皆有屯田之處, 但農軍甚難, 宜令兵曹, 抄定其道留鎭正兵矣.

하는 의문도 가졌다. 그런 의문을 풀기 위해 우선, 텍스트를 구성하고 있는 방언 가운데 혹 우리가 잘못 풀이하고 있는 것은 없는지 점검했다. 그 결과 '디위', '당금', '경'이 방언에서 쓰임이 문사에서 쓰임과 다르다는 사실을 확인할 수 있었고, 방언에서 쓰임에 따라 풀이할 때 텍스트의 의미론적 통일성이 한층 더 분명하게 드러날 수 있음을 논증해 보았다. 그러한 논의를 바탕으로 <신도가>의 창작과 수용 맥락을 다시 살펴서 작품의 함의를 새롭게 해석할 수 있는 길을 제시해 보았다.

물론 이 글에서 제시한 주석이 완전하다거나 해석이 유일하다고 주장하는 것은 아니다. 무엇보다 <신도가>가 언제, 어떤 자리에서 누가 부르고 누가 듣도록 지은 것인지 확인하는 데 필요한 정보를 충분하게 확보하지 못했기 때문이다. 하지만 가능한 주석과 해석은 될 수 있지 않을까 싶다. 이 글이 <신도가>와 같이 방언을 써서 악사를 짓고 악장으로 연행하는 맥락을 다각적으로 추론하고 핍진하게 재구성하는 데 디딤돌이 될 수 있었으면 하는 바람이다.

제3부

•

여성 시조 대중화의 맥락

제 1 장

시조 대중화의 한 양상-홍낭과 〈묏버들〉을 대상으로

1. 서언

가집에 수록된 시조는 조선 시대, 아무리 늦춰 잡아도 19세기에 이미 대중문화 레퍼토리로 향유되고 정착된 것이라 할 수 있다. 그런데 홍낭(洪娘)[1]의 시조는 여느 시조와는 사뭇 다른 과정을 거쳐 대중문화 레퍼토리로 향유되고 정착된다. 홍낭의 시조 <묏버들>[2]은 조선 시대에 편찬된 가집에 수록된 적이 없다. 그런데도 오늘날 대중 인지도가 가장 높은 시조 작품의 하나가 되었다. 이처럼 근대 이전에는 대중의 인지 대상이 되지 않던 작품이 어떻게 근대 이후에 대중 인지도가 가

1) '洪娘'의 국어 표기는 '홍랑' 아닌 '홍낭'이라야 할 듯하다. 근대 이전 표기 자료에서 유일하게 발견되는 표기가 '홍낭'이기 때문이다. 이 글을 처음 발표할 시기에는 '洪娘' 또는 '홍랑'으로 표기했는데, 학계에서 널리 쓰이고 있었기 때문이다. 하지만 이 책에서는 '홍낭(洪娘)' 또는 '홍낭'으로 수정했다.

2) "묏버들 갈ᄒᆡ 것거 보내노라 님의 손ᄃᆡ / 자시ᄂᆞᆫ 窓밧긔 심거 두고 보쇼셔 / 밤비예 새닙 곳 나거든 날인가도 너기쇼셔"(#1672.1). 김흥규 외, 『고시조대전』(고려대학교 민족문화연구원, 2012), 360쪽.

장 높은 작품이 되었을까?

홍낭은 최경창(崔慶昌, 1539~1583)의 문집에서조차 그 존재가 확인되지 않던 인물이다. 특정 인물의 문집 편찬은 문학 재능을 비롯하여 그의 훌륭한 됨됨이와 뛰어난 능력을 드러내는 작업이라 할 수 있다. 『고죽유고(孤竹遺稿)』도 그런 차원에서 간행되었다. 또한, 문집 편찬자는 특정 시와 관련한 맥락 정보가 있을 경우에 시와 함께 수록한다. 그 시의 이해와 감상에 매우 중요한 정보이기 때문이다. 특히 작자 자신이 특정 시와 관련하여 쓴 서(序)나 발(跋)은 독자들이 시인의 심리적, 정서적 상황을 헤아리는 데 매우 중요한 정보를 담고 있다. 그런 까닭에 그런 글은 '병서(幷序)', '부발(附跋)' 등의 형태로 시와 함께 수록해 온 것이다.

더욱이 이별할 때 지어준 시의 정서는 이별 상황을 생생하게 그려 볼 수 있어야 온전하게 이해할 수 있다. 그런데 최경창의 시 <증별(贈別)>(2수)은 누구와 이별할 때 지어주었는지조차 알 수 없게 실려 있다. 특히 '함관 옛 노래(咸關舊時曲)'와 같이 전고(典故)를 확인할 수 없는 시어도 포함하고 있어(제2수) 시의 맥락을 이해하기가 매우 어렵다. 이 시가 홍낭과 관련이 있다는 사실은 문집 바깥에서 전해진 자료에 의해 비로소 확인되었다. <증별>에 대해 최경창 자신이 쓴 '서'가 있었고, 그것이 후손들 사이에 전사본(傳寫本) 형태로 필사되어 전하고 있었던 것이다.

그러면 문집 편찬에 간여한 사람들은 왜 그 서를 <증별> 시에 병기 혹은 부기하지 않았을까? 여기서 우리는 문집 편찬에 간여한 사람들이 홍낭의 존재를 드러내는 것이 최경창을 고평하는 데 도움이 되지 않는다고 판단했을 가능성을 생각해 볼 수 있다. 그렇다면 그런 인물이 어떻게 근대 이후에 대중적 인지도를 높여가게 되었을까? 더욱이

<뭣버들>처럼 최경창만을 독자로 설정한 시조가 어떻게 대중이 가장 선호하는 작품이 되었을까?[3)]

이 글은 이러한 의문들을 해소하는 방향에서 홍낭과 그의 시조 <뭣버들>의 대중화가 어떤 과정을 거쳐 어떻게 이루어졌는지 규명해 보는 데 그 목적이 있다. 이 과정에서 어떤 시각과 논리가 작용하였는지, 그것은 홍낭 시조에 대한 학문적 접근 방법과 어떻게 연관되어 있는지 알 수 있을 것이다. 따라서 논의 결과는 홍낭 시조에 대한 선행 연구를 비판적으로 검토하는 작업만이 아니라 기녀와 기녀시조에 대한 시각과 접근 방법의 타당성을 따지는 작업의 발판을 마련해 줄 수 있을 것이다.

2. 조선 시대 문헌 속 홍낭

사후 1세기 만에 간행된 『고죽유고』(1683)[4)]에는 최경창이 홍낭에게 써 주었다는 <증별> 시와 홍낭이 써 주었다는 시조에 대한 악부시 <번방곡(飜方曲)>은 실려 있어도 홍낭에 대한 직접적인 정보를 남긴 자료는 전혀 포함되어 있지 않다. <번방곡>이 홍낭이 지은 <뭣버들>에 대한 악부시라는 사실도 문집에서는 알 수 없다.

홍낭에 관한 가장 이른 시기의 기록은 『조선왕조실록』에서 찾아진다. 1576년(선조 9년) 5월 2일에 사헌부에서 다음과 같은 계(啓)를 올린다.

3) 뒤집어 표현하면 '오늘날 대중의 인지도와 선호도가 가장 높은 시조 작품이 어째서 조선시대에는 대중문화로 향유되고 정착되지 않았을까?'라는 물음이 된다.

4) 『고죽유고』는 세 차례에 걸쳐 번역되었다. 趙達淳 譯, 『完譯 三唐詩』(태학사, 1999), 48~204쪽; 權純烈 譯, 『孤竹集』(전일실업출판국, 2002), 27~263쪽; 崔仁燮 譯, 『孤竹集 全(孤竹集影印本・孤竹集譯刊本)』(崔致萬 발행, 三樂齋, 발행연도 미상), 181~295쪽.

> ① 전적(典籍, 정6품) 최경창은 알 만한 문관인데 몸가짐을 삼가지 않고 북방 관비와 사랑에 빠져서 때가 아닌데도 데리고 와서 거만하게도 집에 두고 있으니, 거리낌 없음이 아주 심합니다. 파직을 명하소서."[5]

이 계에 따라 최경창은 해당 관직에서 파면된다. 그런데 이이(李珥, 1536~1584) 등 서인들은 오히려 이 사건을 빌미 삼아 사헌부 간원 2명을 함경도사(종5품)의 물망에 올린다. 그 안에 최경창이 포함되었음은 물론이다. 자세한 상황은 1579년(선조 12년) 6월 8일에 서인들의 불합리한 정치 행태를 비판하는 유성룡(柳成龍, 1542~1607)의 다음 진술에서 가늠해 볼 수 있다.

> ② "최경창은 사람 됨됨이가 검속함이 없어 국휼을 당한 때에도 양계(兩界) 창기(娼妓)를 데리고 있으면서 첩(妾)으로 삼았습니다. 당시 대간에서 따졌는데 서인들이 知友라고 하여 그를 싸고돌았습니다. 대간의 두 간원이 나란히 함경도사(종5품)의 물망에 오르자 당시 인심이 분하고 억울해 했습니다. 신은 헌납(獻納, 정5품)으로 있었기에 이를 탄핵하고자 하였는데 그 사람들이 스스로 제 잘못을 알았다고 하였기에 그러지 않았을 뿐입니다."[6]

①, ②의 기록에서 우리는 최경창이 북도평사 시절부터 '북방 관비'

---

5) (司憲府啓) "典籍崔慶昌, 以有識文官, 持身不謹, 酷愛北方官婢, 非時率來, 偃然家畜, 其無忌憚甚矣. 請命罷職." 일련번호는 논의의 편의를 위해 붙인 것이다. 이하 동일하다. 그리고 『조선왕조실록』의 기록은 http://sillok.history.go.kr에서 원문과 번역문을 대조하고 인용한다. 출처는 따로 밝히지 않는다.

6) (成龍曰) "崔慶昌, 爲人無檢束, 當國恤時, 畜兩界娼妓爲妾, 當時臺諫論之, 西人等以其知友而庇之. 臺諫二員, 一時竝擬咸鏡都事望, 當時人心皆憤鬱. 臣爲獻納, 果欲彈之, 其人等, 自言已知其失, 故不爲耳."

혹은 '양계 창기'와 깊은 사랑에 빠졌고, 국휼 곧 인순대비상(仁順大妃喪, 1575년 1월 2일~1578년 1월 1일) 중에 그를 자기 집으로 데려와서 첩으로 삼아 함께 살고 있었음을 알 수 있다. 그런데 두 기록에서는 창기 혹은 관비가 누구인지 드러나 있지 않다.[7]

최경창이 몹시도 사랑했던 관비 혹은 창기가 홍낭이었다는 사실은 남학명(南鶴鳴, 1654~1722)의 다음 기록에서 비로소 확인된다.

> ③ 최고죽이 홍낭에게 주는 시의 서문에 "만력 계유년(1573) 가을, 내가 북도평사로 막사에 나가 있을 때 홍낭도 따라와 막사에 있었다. 이듬해(갑술년, 1574) 내가 서울로 돌아올 때 홍낭은 쌍성까지 쫓아와 헤어지고는 돌아갔는데 함관령에 이르렀을 때 날이 저물고 비가 내려 어둑해지자 노래 한 장(章)을 지어서 내게 보냈다. 을해년(1575) 내가 병이 깊어 봄부터 겨울까지 침상을 벗어나지 못했는데, 홍낭이 그 이야기를 전해 듣고 그날로 발행하여 이레 만에 京城에 닿았다. 때마침 兩界 주민의 이동을 금하는 조치가 있었고 국휼(國恤)을 당해서 소상(小祥)은 비록 지났어도 평일과는 달라서 홍낭 또한 온 곳으로 되돌아갔다. 이별에 즈음하여 써 주었다." 시는 두 수인데, 그중 하나가 "오래도록 바라보나 유란(幽蘭)을 주노니, 이제 하늘 가로 가면 어느 날에 돌아오랴? 함관 옛 노래는 부르지 마오, 지금도 구름비 청산을 어둑하게 하고 있다고."라는 것이다. 고죽의 후손에게 들으니 홍낭은 곧 홍원의 기녀 애절(愛節)이다. 얼굴이 고왔는데 고죽이 죽은 후에 스스로 그 얼굴을 헐고 파주에서 묘를 지켰다. 임진·계사(1592~1593)의 난리 때에 고죽시고(孤竹詩稿)를 이고 다녔기에 병화에 잃지 않을 수 있었다. 죽어서 고죽의 묘 아래에 장사지냈다. 한 아들이 있다. 고죽집(孤竹集)에 시를 실을 때 서(序)는

7) 따지고 보면 국법과 특별 조치에 반한 행위에 간여된 관비 혹은 창기의 이름은 거론하지 않아도 된다. 불법적인 행위에 대한 책임은 오롯이 최경창이 져야 하는 것이기 때문이다.

> 싣지 않았으니, 후세 사람들이 '함관 옛 노래'가 있다고 말한 것을 어떻게 알 수 있으랴? 기꺼이 기록한다.[8)]

'고죽시고'를 바탕으로 『고죽유고』가 간행되었고, 이로 인해 최경창의 시문은 문집 편찬 당대 독서층에 널리 알려지게 된다. 남학명이 최경창의 시를 만난 것도 『고죽유고』를 통해서였다.

③에 의하면, 남학명은 '함관 옛 노래'라는 생경한 시어를 맞닥뜨리고 그것이 무엇인지 궁금해 했고, 궁금증을 해소하기 위해 최경창의 후손들 사이에서 관련 자료(정보)를 탐문했던 듯하다.[9)] 그리고 탐문 결과를 기록함으로써 『고죽유고』의 독자들이 해당 시의 맥락을 핍진하게 이해할 수 있도록 기록한 것이다.

③에서 인용된 시는 『고죽유고』에 실린 <증별>(2수) 가운데 제2수다. 제1수는 제시된 이별 상황과 걸맞지 않은 면이 없지 않지만[10)] 남학명은 제1수는 제2수와는 달리 이해에 큰 어려움이 없고 또 '함관 옛

---

8) 南鶴鳴, 「詞翰」『晦隱集』第5, 『韓國文集叢刊 續』51(한국고전번역원, 2009), 372쪽. 崔孤竹贈洪娘詩序曰: "萬曆癸酉秋, 余以北道評事赴幕, 洪娘隨在幕中. 翌年春, 余歸京師, 洪娘追及雙城而別, 還到咸關嶺, 値日昏雨暗, 仍作歌一章以寄余. 歲乙亥, 余疾病沈綿, 自春徂冬, 未離牀褥. 洪娘聞之, 卽日發行, 凡七晝夜已到京城. 時有兩界之禁, 且遭國恤, 練雖已過, 非如平日, 洪娘亦還其土. 於其別, 書以贈之." 詩二首, 其一曰"相看脉脉贈幽蘭, 此去天涯幾日還. 莫唱咸關舊時曲, 至今雲雨暗青山." 聞諸孤竹後孫, 洪娘卽洪原妓愛節, 有姿色, 孤竹歿後自毁其容, 守墓於坡州. 壬癸之亂, 負孤竹詩稿, 得免軼於兵火. 死仍葬孤竹墓下. 有一子. 孤竹集中載其詩, 而序則不載, 後人何以知'咸關舊時曲'之有謂耶? 聊記之.

9) 남학명은 당대 영의정에까지 오른 최경창의 '현손'(=고손) 최규서(崔奎瑞, 1650~1735)와 상당한 교류가 있었던 것으로 확인된다.

10) 첫째 수는 다음과 같다. 즉, "두 줄기 눈물 흘리며 서울을 나서는데, 새벽부터 꾀꼬리들이 무수히 지저귀네, 이별하는 정 때문에. 비단 옷 좋은 말로 관문 밖 건널 때면, 풀빛만이 멀리 아득하게 홀로 가는 길을 배웅하리라(玉腴雙啼出鳳城, 曉鶯千囀爲離情. 羅衫寶馬河關外, 草色迢迢送獨行)." 崔慶昌, <贈別>, 『孤竹遺稿』全 13, 『韓國文集叢刊』50(민족문화추진회, 1991), 11쪽. 만일 홍낭을 비단옷 입고 좋은 말을 태워 보냈다면 이 시 또한 동일한 이별 상황에서 창작한 것이라 할 수 있고, 작품을 이해하는 데 큰 어려움이 없다.

노래'와 상호텍스트성이 높은 것이 제2수이기 때문에 제2수만 기록한 것으로 보인다. 달리 말하면, 제2수와 '함관 옛 노래'와의 상호텍스트성을 확인함으로써 그 맥락을 핍진하게 이해하는 것이 탐문의 주목적이었기 때문에 남학명은 그 시만을 인용한 것이라 할 수 있다. 근대 이후 홍낭에 대한 정보를 독서 대중에게 알리는 글들에서 ③의 '서'와 <증별>의 제2수만을 함께 인용하는데, 그 과정에서 ③의 기록이 참고가 되었을 가능성이 없지 않아 보인다. 오롯이 전사본만 참고하지 않았으리라는 말이다.

누가 보더라도 남학명의 탐문 결과는 최경창의 시 <증별>의 맥락을 이해하는 데 필요한 정보를 상당히 제공하고 있다. 최경창이 언제 누구와 어떤 사연 때문에 이별하게 되었는지 소상하게 알 수 있고, 따라서 해당 시에 표현된 정서와 의미를 파악하는 데 큰 어려움이 없다고 할 수 있다. 특히 이별할 때 지어주는 시는 그 상대에 관한 구체적인 정보 곧 맥락 정보를 가질 때 이해가 한층 더 핍진하게 이루어질 수 있다. 그런 까닭에 남학명은 최경창의 서 전문을 인용하고, 그 '서'에 등장하는 홍낭에 대한 정보를 추가적으로 기록하였다.[11)]

남학명은 <증별> 시의 '서'만이 아니라 그 서에서 최경창도 밝혀 놓지 않은 홍낭에 관한 두 가지 정보를 아울러 전함으로써 독서층의 핍진한 이해를 도모하고 있다. 하나는 홍낭이 홍원(洪原)에 소속된, '애절(愛節)'이라는 이름을 가진 기녀였다는 사실이다. 애절은 어린 기녀의 애칭으로 사용하는 관습이 있었던 만큼[12)] 최경창을 만날 때 홍낭

11) 남학명이 인용한 최경창의 서는 필사본 형태로 전해진 것이 확인되었지만, 추가로 밝힌 홍낭에 관한 정보는 ③이 가장 구체적인데 그런 정보를 담고 있는 기록물은 남학명 이후에 전혀 발견되지 않고 있다. 이는 남학명이 알게 된 홍낭에 관한 정보는 기록된 자료를 통해 확인한 것이 아니라 최경창의 후손들에게서 직접 전해 들은 것이었음을 말해 준다.

이 어리고 아리따웠으리라는 짐작이 가능하다. 그리고 홍낭이란 이름이 최경창과 애절 사이에서만 쓰이는 이름(호칭)이었다는 것도 알 수 있다.[13]

①~③을 종합해 보면, 홍원 창기였던 애절은 북도평사 최경창의 시기(侍妓)[14] 노릇을 하면서 홍낭이라는 이름(호칭)을 가졌고, 최경창이 북도평사 임기가 끝나고 서울로 돌아온 후 어느 시기부터 최경창의 가첩(家妾)이 되었다가 양계 주민을 쇄환하여 본토로 돌려보내는 특별 조치에 따라 홍원으로 돌아갔음을 알 수 있다. 물론 홍낭이 최경창의 집에 머물게 된 사연에 대한 진술은 유성룡과 최경창이 서로 다르다. 유성룡은 최경창이 "데려왔다(率來)"라고 한 데 비해, 최경창은 홍낭이 그의 병환 소식을 듣고서 제 발로 걸어서 이레 만에 찾아왔다고 진술하고 있다.[15] 홍낭이 최경창의 집에서 머물기 시작한 시기 또한 분명하지 않다. 하지만 최경창이 1576년 5월 무렵까지 홍낭을 가첩으로 삼아 자기 집에 데리고 있었음은 분명하다.

다른 하나는 홍낭이 최경창과의 사이에 아들 하나를 두었다는 사실

---

12) 기녀의 애칭 명명법은 관습적 성격이 짙다. 이민성(李民宬, 1570~1629)의 시 <희제(戱題)>("老節風情少節傳, 舊緣將斷續新緣. 春風三十年前面, 借重千金一笑姸.")에 부기된 다음 주석을 통해 애절이 어린 기녀에게 붙이는 애칭으로 쓰는 관습이 있었음을 알 수 있다. "옛날 기녀 동절(冬節)이 어린 기녀 애절(愛節)에게 옷을 벗고 달아나게 했다. 待春風은 동절의 기적명(妓籍名)이고, 일소금(一笑金)은 애절(愛節)의 기적명(妓籍名)이다. 그 때문에 이렇게 표현한 것이다(舊妓冬節, 令少妓愛節解衣而逃去. 待春風, 冬節籍名, 一笑金, 愛節籍名. 故及之)." 李民宬, 『敬亭集』 卷 9, 『韓國文集叢刊』 76(민족문화추진회, 1992), 339쪽.

13) 홍낭이란 기명(妓名)도 아니고 본명(本名)도 아니다. 최경창과의 사이에서 사용된 이름(호칭)일 뿐이다. 따라서 그 이름을 그대로 쓸 수 있을까 하는 의문이 든다. 다만 현재로서는 대안이 없어 널리 알려진 이름을 쓸 수밖에 없을 듯하다.

14) 시희(侍姬), 시첩(侍妾) 등으로 불리는 시기(侍妓)는 특정 기간에 특정 관료를 주인으로 모시는 여기(女妓)를 말한다.

15) 봄부터 겨울까지 병석에 있었다고 하였지만, 그해(1575) 최경창은 계속해서 관직에 있었다. 따라서 진위 여부는 분명하게 판단하기 어려운 면이 있다고 할 것이다.

이다. 이것은 최경창이 홍낭을 첩으로 삼았다고 한 유성룡의 말이 사실임을 확인해 주는 동시에, 홍낭이 시묘(侍墓)까지 하게 된 이유와 최경창 집안에서 최경창의 묘 아래에 홍낭을 장사지내 준 이유도 더욱 분명하게 설명해 줄 수 있다. 최경창이 아무리 사랑한 여성이라도 피를 섞지 않았는데 시묘할 엄두를 낼 수는 없는 일이다. 최경창의 집안에서 그런 행위를 눈감아주는 일도 상상하기 어렵다. 물론 가첩이었던 시절이 있었으니 시묘가 전혀 불가능하지는 않다. 하지만 그것은 국왕에 의해 인정되지 않은 불법적 관계였다. 그런데 둘 사이에 피를 섞어 나눈 아들이 있었다면 사정은 달리 이해할 수 있다. 비록 홍낭이 홍원으로 돌려 보내져서 최경창이 죽기 이전까지 창기(倡妓) 생활을 계속했다 해도 최경창과의 혈육 관계까지 끊어지지는 않았기 때문이다. 홍낭이 용모를 헐고 시묘를 하게 된 이유는 이 정보가 있을 때 한층 더 선명하게 이해될 수 있는 것이다.

홍낭에 관한 두 가지 추가적인 정보는 남학명이 최경창 후손들한테서 전해 들은 것이다. 증언의 기록이지만 결과적으로 두 가지 정보만이 문헌적 증거를 갖고 있다. 그런데 홍낭이 근대적인 대중매체를 통해 독서층과 만난 이후에 매우 많은 정보가 보태지게 된다. 보태진 것은 대부분 대중매체를 통해 정보를 제공한 주체들이 상상을 통해 가공한 것이다. 가공 과정에 어떤 시각과 논리가 간여하였는지는 이후의 논의에서 밝혀질 것이다.

남학명이 홍낭의 존재를 독서 대중에게 알리는 취지는 무엇보다 최경창의 시의 맥락을 파악하는 데 도움을 주는 데 있었다. 그 때문인지 그는 홍낭에 대해 어떤 평가도 하지 않았다. 홍낭과 최경창에 대한 평가는 ③만이 아니라 ①과 ②를 함께 고려할 때 비로소 객관성을 담보할 수 있다. 후자는 특히 최경창의 인물됨에 대한 부정적·비판적 평가를 담고 있는데, 근대적인 독자 대중을 만나는 지점에서 부정적·비판적 평가는 전혀 배제되고 긍정적 평가만 이루어지며 그에 비례하여 홍낭에 대한 평가도 이루어진다.

남학명이 <증별> 시의 서만이 아니라 '함관 옛 노래' 곧 <묏버들>을 아울러 확인했는지는 분명하지 않다. '서'가 문집에 수록되지 않았다면 필사 형태로 전해졌을 텐데, <묏버들>도 그와 같은 형태로 전해졌을 법하다. 물론 남학명은 애초의 관심이 최경창의 시를 이해하는 데 있었지 홍낭의 노래를 이해하는 데 있었던 것은 아니다. 그렇더라도 '함관 옛 노래'가 후손들 사이에 전하고 있었다면 ③의 서에서 확인할 수 있는 맥락 정보를 파악하는 데서 그치지 않고 그 텍스트를 아울러 확인하는 데까지 나아갔을 것이다. 그런데도 남학명이 그 텍스트에 대한 정보를 더 기록하지 않은 것은 홍낭의 노래가 이미 『고죽유고』에 악부시 형태로 실려 있었다는 사실과 관련이 있어 보인다. <번방곡>이 '함관 옛 노래'를 번역에 가깝게 지은 악부시라는 사실을 확인했을 것이므로 그 노래까지 기록할 필요는 느끼지 않았을 수 있다는 것이다. 이처럼 남학명이 그 존재만 확인하고 기록은 하지 않았기 때문에 근대 이전에도 '함관 옛 노래'는 여전히 대중과 만나지 못했던 것으로 보인다.[16]

그런데 최경창이 쓴 <증별> 시의 '서'가 왜 『고죽유고』에는 실리지 않았던 것일까? 남학명처럼 『고죽유고』의 독자라면 당연히 '함관 옛 노래'에 대한 궁금증을 가지게 마련이다. 또한, 해당 '서'는 남학명의 말대로 그 궁금증을 해소하여 시의 맥락과 의미를 한층 더 핍진하게

16) 최경창은 '서'를 통해 <증별>의 이별 상황을 분명하게 기록하였고, '함관 옛 노래'도 <번방곡>으로 번역함으로써 기록하였다. 홍낭에 관한 흔적을 기록으로 남기고자 하였던 것이다.

이해하는 데 도움을 줄 수 있음이 분명하다. 그런데도 그 '서'는 <증별> 시와 함께 『고죽유고』 실리지 않았다. 그 까닭은 무엇일까? 여기서 홍낭이란 존재를 독서 대중에게 가급적 드러내지 않으려는 최경창 집안 후손들이나 유고집 편찬에 간여한 사람들의 의도가 일정하게 작용했으리라는 짐작이 가능하다.

홍낭이란 존재를 드러내면 낼수록 최경창이 국법과 특별 조치를 어긴 인물이었다는 사실이 부각할 수밖에 없다. 시문을 묶어 간행하는 목적은 시문 자체의 긍정적 가치를 드러내는 데 그치는 것이 아니라 작가에 대한 긍정적 평가를 제고하는 데까지 이른다. 그런 목적에서 『고죽유고』를 편찬하고 간행하는 데 참여한 사람이라면 작가에 대한 부정적인 평가를 유도할 수 있는 정보를 담은 자료는 가급적 배제하려 했을 것이다.

서울과 근기 지역 지배층 사회에서 평안도와 함경도의 기녀들을 사유하는 관행이 일찍부터 성행했고, 그로 인해 선조 즉위 초에는 특별히 그러한 관행을 금하는 조치가 있었다. 이러한 조치는 선조 즉위 초에 비로소 있었던 것이 아니라 건국 초기부터 국법으로 명시되어 있었다. 그런데도 국법을 어기는 행위가 지배층 내부에서 만연했다. 최경창이 북도평사로 부임해 있던 시기에는 이러한 관행이 중대한 사회문제로 부각하였고, 그 때문에 불법적으로 서울과 경기 지역에 와 있는 양계 출신들을 추쇄(推刷)하여 돌려보내도록 하는 특별 조치까지 내려졌다.[17] 최경창이 '북방 관비' 혹은 '양계 창기'로 지목된 여성을 사

17) 宣祖 6年(1573년 癸酉, 萬曆 1年) 9月 18日(乙未): 憲府啓曰: "國家其在祖宗朝, 深軫兩界邊邑虛踈. 至今男女人口, 不得出移他道, 著在令甲, 每因人心慢頑, 法廢不擧. 先王末年, 今上卽位之初, 重申舊章, 出來人口, 一一嚴勑刷還, 而犯法之人, 多在於士大夫之列, 所以行之不能久, 而毁之甚易, 豈不寒心乎? 上自士大夫, 下至軍官雜類, 率來兩界官物者, 難以枚數. 爲監司・守令, 牽制人情, 不能禁抑推還, 或擅自私與, 以爲悅人之資, 極爲未便. 請兩道監司

유(私有)한 행위는 국법과 특별 조치에 반하는 행위였음이 분명하다.

더욱이 최경창은 북도평사의 직을 마치고 서울로 돌아온 이후(1574)에 예조좌랑(禮曹佐郎)·병조좌랑(兵曹佐郎)을 지냈으며 1575년 12월에는 사간원의 정언(正言, 정6품)에 제수되었다. 그리고 사헌부에서 계문을 올릴 당시에는 성균관 전적(典籍)의 자리에 있었다. 국법과 특별 조치를 누구보다 더 잘 지켜야 하는 자리에 있었던 것이다. 그런 인물이 국법과 특별 조치에 반하는 행위를 스스럼없이 자행했다면 당시 사헌부의 탄핵은 정치적 이해관계의 측면에서 바라볼 수만은 없을 것이다.

또한, 사헌부에서 계를 올린 해(1576) 1월 2일은 명종의 비 곧 인순대비의 첫 기일(忌日)이었다. 탄핵하는 계를 올릴 시기에는 비록 부드러운 옷으로 갈아입을 수는 있었지만, 상례 기간이 끝난 것은 아니었다. 최경창도 자신이 국법과 특별 조치에 반하고 예법에 어긋나는 행위를 했음을 소극적이기는 하지만 '서'에서 인정하고 있다.

해당 행위는 그에 대한 긍정적인 평가에 걸림돌이 되기에 충분하다. 최경창 시문집의 출판이 그에 대한 긍정적 평가 활동인 점을 감안할 때 국법과 특별 조치에 반하고 예법에 어긋나는 행동을 스스로 밝혀 놓고 있는 서를 시문집에 함께 실어 놓으면 시문에 대한 평가가 긍정적일 수만은 없는 이치다. 시문에 대한 평가와 인물됨에 대한 평가를 분리해서 생각하는 시각[18]은 서구의 문학 관념이 수용된 '근대 이후'에 생겨난 것이다. 따라서 <증별> 시의 '서'가 『고죽유고』에 실리지

推考. 守令則監司摘發推治, 前項人口, 令本道一切刻日刷還, 而蔑法仍留者, 隨現痛治." 答曰: "依啓." 이 기록에서 당시 정황을 가늠할 수 있다.

18) 이러한 시각은 작품에 대한 평가가 궁극적으로 작가에 대한 평가로 귀결된다는 점에서 모순을 내포하고 있다. 별도의 논의가 필요하지만, 조선 시대 문집 편찬 이후 최경창의 시적 능력이 고평되는 과정은 그가 '문무를 겸비한 인물'로 부각하는 과정과 궤를 같이 한다고 해도 틀리지 않을 듯하다.

않은 것은 문집 간행에 참여한 사람들이 의도가 반영된 결과로 볼 수 있다. 그리고 ③과 같은 글도 따지고 보면 그런 의도에 반하는 활동의 산물이라 할 수 있다. 하지만 그 활동이 결과적으로는 홍낭이라는 존재의 실체를 독서 대중에게 알리는 계기를 마련해 주었다. 소론의 중심인물이었던 남구만의 아들이었지만[19] 남학명은 정치적 역학관계에서 비켜나서 학술 활동에만 전념했던 인물이다. 그런 까닭에 그의 학술 활동 저작물이 당대는 물론 이후에 초당파적으로 수용되었던 듯하다.

물론 ③이 근대 이전 얼마만큼의 독서 대중에게 수용되었는지 밝히기는 어렵다. 하지만 남학명의 『회은집』(1723)이 송시열(宋時烈, 1607~1689)의 『송자대전(宋子大全)』(1787),[20] 이익(李瀷, 1681~1763)의 『상호선생문집(星湖先生文集)』, 이긍익(李肯翊, 1736~1806)의 『연려실기술(燃藜室記述)』, 이덕무(李德懋, 1741~1793)의 『청장관전서(青莊館全書)』, 정약용(丁若鏞, 1762~1836)의 『목민심서(牧民心書)』 등에 두루 인용된 것을 보면 18세기 독서 대중 사이에 널리 수용되었다고 볼 수 있다.

또한, 이 문헌들에 남학명이 기록한 홍낭에 대한 반응이 일절 포함되어 있지 않음은 물론이다. 남성중심적 사회에서 공식 층위에서의 기녀에 대한 평가는 용모, 기예나 교양의 출중함, 위난 상황에서 국가에 대한 수절 등과 같은 잣대에 따라 이루어졌다. 홍낭은 한때 불법적인 과정을 통해 최경창의 가첩이 된 적이 있지만, 공식적으로는 관비 혹은 창기라는 예속 신분에서 벗어나지 못했음이 분명하다. 더욱이 그의 삶은 참담함 그 자체였을 뿐이다. 최경창에 대해 부정적 시각을 가진 인물이라 할지라도 어떤 반응을 내놓기는 어려웠을 듯하다. 그것은 특

19) 최규서는 남구만 이후에 소론의 영수 역할을 했던 인물이다.

20) 남학명과 송시열은 편지를 주고받기도 하였지만 『회은집』의 인용은 『송자대전』을 편찬·간행에 간여한 사람들에 이루어졌기에 그 간행 연도를 밝혔다. 이후 문집들에서는 명시된 인물들이 직접 인용하였다. 참고로 송시열은 『고죽유고』에 포함된 서문을 썼다.

정인만이 아니라 조선 시대 지배층에서 공동으로 만들어낸 비극이고 따라서 홍낭의 존재를 드러내면 낼수록 지배층의 치부를 드러내는 일이 될 것이기 때문이다.

홍낭의 존재를 독서 대중에게 알리면서도 그 어떤 평가도 하지 않았던 남학명도 그러하였겠지만, 홍낭은 근대 이전 지식인 사회에서는 차마 평가 대상으로 삼을 수 없는 인물로 인식되었을 것이다. 그런데 근대 매체를 통해 독서 대중을 만나는 지점에서부터 홍낭은 평가 대상이 되었다. 어떤 맥락에서 어떻게 평가되었을까?

3. 근대 대중 매체 속의 홍낭과 〈묏버들〉

3.1. 고구(故舊)를 버리지 않은 절기(節妓) 홍낭

남학명 이후 홍낭의 존재를 다시금 독서 대중에서 알린 인물은 장지연(張志淵, 1864～1921)이다. 장지연은 1916년에 다음과 같이 동일 매체를 통해 거듭해서 홍낭을 소개한다.

④ 洪娘(홍낭)은 洪原(홍원) 官妓(관기)니 少爲詩人崔孤竹慶昌(소위시인최고죽경창)의 所眄(소면)이러니 崔還京沉病(최환경침병)이어ᄂᆞᆯ 洪娘(홍낭)이 聞之(문지)ᄒᆞ고 跋涉七晝夜(발섭칠주야)ᄒᆞ야 到京調治(도경조치)ᄒᆞ다가 後値還送(후치환송)ᄒᆞ야 贈詩曰(증시왈) 相看脉脉贈幽蘭(상간맥맥증유란), 此去天涯幾日還(차거천애기일환). 莫唱咸關舊時曲(막창함관구시곡), 只今雲雨暗青山(지금운우암청산). 及崔沒後(급최몰후)에 毁其容(훼기용)ᄒᆞ고 守墓於坡州(수묘어파주)ᄒᆞ다가 壬辰亂(임진란)에 背負孤竹詩稿(배부고죽시고)ᄒᆞ고 遂得免於兵火(수득면어병화)러니 死

(사)에 仍葬于孤竹墓下(잉장우고죽묘하)ᄒᆞ고 有一子爲嗣(유일자위사)ᄒᆞ니라.[21]

⑤ 洪娘者(홍낭자)ᄂᆞᆫ 咸鏡道洪原妓也(함경도홍원기야)라. 有才貌善歌唱(유재모선가창)ᄒᆞ더라. 崔孤竹慶昌(최고죽경창)이 嘗爲守時(상위수시)에 眄洪娘甚愛(면홍낭심애)ᄒᆞ더니 及孤竹(급고죽)이 歸京(귀경)에 嬰疾沈綿(영질침면)이라, 洪娘(홍낭)이 聞之(문지)ᄒᆞ고 徒行七晝夜(주행칠주야)ᄒᆞ야 到京救治(도경구치)ᄒᆞ야 病得蘇(병득소)라. 孤竹(고죽)이 將遣歸(장견귀)홀ᄉᆡ 贈之以詩曰(증지이시왈) 相看脉脉贈幽蘭(상간맥맥증유란), 此去天涯幾日還(차거천애기일환). 莫唱咸關舊時曲(막창함관구시곡), 至今雲雨暗青山(지금운우암청산). 及孤竹(급고죽)이 沒後(몰후)에 洪娘(홍낭)이 乃毁其容(내훼기용)ᄒᆞ고 廬其墓以守(여기묘이수)ᄒᆞ더니 遭壬癸之亂(조임계지란)ᄒᆞ야 負孤竹詩稿(부고죽시고)ᄒᆞ고 得免於兵火(득면어병화)라가 未幾(미기)에 死(사)ᄒᆞ니 仍葬孤竹墓下(잉장고죽묘하)ᄒᆞ고 有一子傳祀云(유일자전사운)이러라. 今坡州崔氏山(금파주최씨산)에 有洪娘墓(요홍낭묘)라 ᄒᆞ더라.

外史氏曰9외사씨왈) 成東洲(성동주)・崔孤竹(최고죽)은 皆其文章風采(개기문장풍채)ㅣ 有足以動人者(유족이동인자)나 然(연)이나 區區錢樹子之輩(구구전수지지배)가 恶能戚慕至此哉(오능척모지차재아)? 噫(희)다, 貧戀寵榮(빈련총영)ᄒᆞ야 遺棄故舊者(유기고구자)ᄂᆞᆫ 皆春節(차춘절)・洪娘之罪人也夫(홍낭지죄인야부)인져.[22]

④와 ⑤에 제시된 홍낭에 관한 정보는 ③에서 크게 벗어나지 않는다. 밑줄 친 부분들은 장지연이 ③을 좀 더 적극적으로 해석하여 보탠

21) 嵩陽山人, 「松齊漫筆 (三二) 逸士遺事 ▲ 蓮紅, 桂月香, 論介, 金蟾, 愛香, 洪娘」, 『每日申報(미일신보)』 1916년 1월 29일자, 1쪽. '所眄'은 侍妾의 다른 표현이다.

22) 嵩陽山人, 「松齊漫筆 (一六一) 逸士遺事 ▲ 春節 洪娘」, 『每日申報(미일신보)』 1916년 7월 28일자, 1쪽.

것이다. 또 장지연은 ④에서는 객관적인 정보만을 제시하였는데 ⑤에서는 마치 '홍낭전'을 서술하는 것처럼 서술자의 논평을 통해 홍낭의 인물됨을 평가하고 있다.

그런데 이 논평의 기저에는 여성주의(feminism)와 상반되는 시각이 강하게 작용하고 있다. ⑤에서 우리는 장지연이 홍낭의 이야기를 독자 대중에게 알리고자 한 까닭이 홍낭이 뛰어난 재예를 갖추었으면서도 힘들고 어려운 생활환경에서도 끝까지 '고구(故舊)'인 최경창을 버리지 않은 기녀였으므로 '구구하게 돈이나 밝히는 기녀들(區區錢樹子之輩)'에게 귀감이 될 수 있다고 보았기 때문임을 알 수 있다.

계급이 타파되기 이전 시기에 관적(官籍)에 올라 있는 기녀의 생계는 국가가 책임지고 보장해 주어야 하지만 계급이 타파된 이후[23]의 기녀의 생계에 대한 국가의 책무는 존재하지 않는다. 따라서 계급이 타파된 이후에도 기녀 신분에서 벗어나지 못한 기녀들은 스스로 재예와 몸을 팔아서라도 생계를 유지해야 했다. ④, ⑤가 발표된 시기는 그와 같은 기녀 생활을 공식적으로 인정하는 제도 곧 공창(公娼) 제도가 시행되던 때였다. 장지연은 홍낭을 어려운 형편에도 한 '고구'였던 남성에 대한 절의를 지킨 인물로 소개함으로써 당대의 기녀들에 대해 부정적이고 비판적인 시각을 간접적으로 드러낸 셈이다.

최경창을 "文章風采(문장풍채) ㅣ 有足以動人者(유족이동인자)"로 고평하는 것도 같은 측면에서 풀이할 수 있다. 남녀 간의 정분이야 이성에 의한 제어가 어려운 측면이 있기는 하지만 자신이 무한책임을 질 수 없는 예속 신분에 있는 여성에게 비극적인 운명[24]을 맞게 한 최경창

23) 법적으로는 갑오개혁(甲午改革, 1894~1896)을 기점으로 삼을 수 있다.

24) 물론 홍낭의 관점에서는 창기(娼妓)로 살아가는 것보다는 최경창의 가첩(家妾)으로나마 살아가는 것에 더 많은 존재 가치를 느꼈을 것이다. 하지만 그렇다고 최경창의 행위를 옹호할 수만은 없지 않을까 하는 것이다.

의 행위를 일방적으로 옹호할 수 있을지는 의문이다. 홍낭에 대한 최경창의 사랑이 지순한 것이었다 할지라도 그에게는 아내가 있고 아들이 있었다. 그런데 장지연은 최경창이 아내와 자식에 대해 지켜야 할 정절의 의무를 저버린 인물이라는 점은 애써 감추고 있다. 나아가 가난해서 생계를 위해 부유한 남성을 좋아하는 기녀들이 감히 가까이할 수 없는 훌륭한 남성이었다고 높이 평가하고 있다. 조선 시대에도 최경창에 대한 평가가 하나같지 않았다는 사실을 모를 리 없었을 장지연이 이처럼 최경창을 고평한 것은, 홍낭이 절의를 지킨 '고구'가 훌륭한 인물이 아니라면 가치가 크지 않을 것이기 때문이다. 여기서 '문장과 풍채'가 장지연이 남성을 평가하는 중요한 잣대였음을 아울러 확인할 수 있다.

요컨대 장지연의 홍낭에 대한 평가의 기저에는 여성주의와 대립적인 시각, 곧 남성중심주의적 시각[25]에 바탕을 두고 있다. 하지만 신분적으로 독립된 여성이 남성에 대해 실천해야 할 도덕 기준을 예속적 신분에 기녀나 경제적 곤궁 상태에서 벗어나지 못해 신분을 바꾸지 못하고 있는 기녀에게 적용하는 것은 폭력적이라 할 수 있다. 물론 홍낭은 신분 예속이나 경제적 곤궁 상태에서 벗어나게 해 줄 수도 없는 남성에 대해 '절의'를 지킨 인물임이 분명하다. 하지만 그 절의는 그가 최경창과 피를 섞어 나눈 자식을 둔 '첩'이라는 사실이 전제된 것이요, 육체적인 행위와 분리된 정신적인 행위에 국한되는 것이다.[26]

기녀는 조선 시대 시조의 대중화에 아주 큰 역할을 담당하였다. 그들에게 장지연이 평가 척도로 삼은 '절의' 개념이 과연 수용되어야 하

25) 양성평등을 바탕으로 하는 '남성주의'와 구별하기 위해 '남성중심주의'라는 용어를 쓴다.
26) 홍낭이 홍원으로 돌려보내진 것은 1576년 5월 무렵이고, 시묘한 것은 1583년 3월 무렵이다. 그 사이 홍낭은 최경창을 주인으로 여기면서도 관비 혹은 창기 생활을 계속하지 않을 수 없었을 것이다. 그런 점에서 '절의'는 정신적인 행위에 국한된 것이라 할 수 있다.

는지는 의문이다. 홍낭에게 '절의'의 실천은 한층 더 비극적인 결말로 귀결되었다. 그런 비극을 체현하고자 하는 기녀는 실제로 존재할 수 없고, 존재해서도 안 되기 때문이다.

물론 장지연은 가치 있는 행적을 드러냄으로써 기녀들의 인간으로서의 존재 의의를 높이려는 의도를 갖고 있었던 듯하다. 하지만 그 존재 의의가 여성주의와는 대립되는 시각에서 부여된 것임은 분명하다. 그런데 이러한 시각이 근대 초기 지식인 사회에서 널리 수용된 듯하다.

기녀 백과사전이라 할 수 있는 『조선해어화사』(1927)에서 이능화(李能和, 1869~1943)는 장지연이 적극적인 포폄을 하고 있는 ⑤가 아닌 ④를 인용하고 있지만, 역시 홍낭을 절의를 지킨 기녀 곧 '절기(節妓)'로 분류하고 있다.[27] 관적에 올라 있는 기녀가 특정 남성에게 절의를 지키는 행위는 기녀라는 신분에서 벗어나고 싶은 욕망의 표현이라면 그 자체로 옹호될 수가 있다. 그것은 본인이 의식하였든 하지 않았든 간에 사회의 구조적 모순에 대한 항거로 해석할 여지가 있기 때문이다. 하지만 시대 현실 속에서 그 행위는 비극적인 결말을 가져올 수밖에 없었음이 분명하다. 홍낭의 삶 또한 비극적이었다. 그런 비극적인 삶 자체를 옹호하거나 타자에게 강요할 권리를 우리는 갖고 있지 않다.

그런데 이능화는 이양연(李亮淵, 1771~1853)의 시 <영난(詠蘭)> 즉, "동녘 땅에는 진짜 난은 없고, 난 비슷한 것만 있네. 세상 사람들이 그릇 사랑하니, 오래된 숲에서는 찾을 수 없네.(東土無眞蘭, 只有似蘭者. 世人錯相愛, 不得老林下)"에 대해 다음과 같이 응수하고 있다.

⑥ 동녘 땅에는 진짜 난이

---

27) 이능화는 홍낭을 '절기(節妓)·의기(義妓)·효기(孝妓)·지기(智妓)' 항에 분류하고 있다. 李能和, 『朝鮮解語花史』(東洋書院, 1927), 135쪽.

깊은 골짜기에 있어도 알아주는 이 없네.
세상 사람들이 문득 만나보면
향기로운 이름이 천하에 가득하리.[28)]
東土有眞蘭, 幽谷無知者.
世人忽相見, 芳名滿天下.

이능화는 홍낭을 비롯하여 자신이 고평하는 기녀들을 '유란(幽蘭)'에 비유하고 있다. 이러한 비유에 의해 기녀들은 인간으로서의 존재 가치를 높게 부여받는 듯하다. 하지만 이러한 가치 부여는 장지연과 동일한 시각에서 이루어진 것이라 할 수 있다. 그리고 그 시각은 기녀의 사유화를 문제적으로 인식하지 않던 최경창의 시각과도 유사하다고 할 수 있다. <증별> 시의 첫째 수에서 우리는 최경창이 특별 조치를 어긴 것이 문제가 되어 홍낭을 홍원으로 돌려보낼 때 '유란'을 선물했음을 알 수 있었다. 최경창이 홍낭을 '유란' 같은 존재로 여기는 마음 혹은 홍낭에게 '유란' 같은 존재가 되어 주기를 바라는 마음을 담았을 수 있다. 홍낭이 자기 자신을 '묏버들'에 비의(比擬)한 것에 대한 대응이었던 것이다. 하지만 신분적 예속이나 경제적 궁핍에서 벗어날 능력을 갖고 있지 않은 남성이 기녀에게 유란 같은 존재가 될 것을 바라거나 강요하는 데에는 남성중심주의적 시각이 작용하고 있다. 그 시각은 폭력성을 띤다. 그런데 그 시각이 근대적인 대중 매체를 통해 독서 대중에게 알리는 일을 주도했던 장지연, 이능화에 그대로 유지되고 있었던 것이다.

물론 최경창은 주어진 사회적 환경 속에서 최선을 다해 홍낭을 배려했던 듯하다. '유란'을 선물한 것은 그러한 배려의 증거라 할 수 있

28) 위의 책, 132~133쪽.

다. 그리고 파직 요청이 있는 상황에서도 서인들에 의해 함경도사 물망에 올랐다든가(1576), 종성부사가 되었다든가(1582), 종성부사로서의 책무를 성실하게 수행하지 않아 파직된 이듬해(1583)에 방어사 종사관으로 서용(敍用)되었다든가, 끝내 경성(鏡城) 객관에서 죽었다든가(1583) 하는 이력에서 우리는 홍낭을 사랑하는 최경창의 마음이 지속적으로 유지되었을 가능성을 짐작해 볼 수 있다. 열거된 관직은 모두 홍원을 거쳐 가거나 홍원을 포함하는 지역을 관장하는 임무를 띠고 있기 때문이다. 『고죽유고』의 시 가운데에도 홍원으로 돌아간 후 최경창을 그리는 홍낭의 마음을 표현한 작품[29]과 외직을 수행하는 지역에서 홍낭과의 관계가 유지되는 가운데 자신 또는 홍낭의 마음을 표현한 작품[30]이 적잖이 포함되어 있어 보인다. 그런 점에서 최경창은 홍낭에 대한 사랑의 감정을 지속적으로 유지하며 그에 대한 책임도 지려고 하였던

29) <백저사(白苧辭)>, <무제(無題)>, <기인(寄人)> 등이 그런 작품이라 생각된다. <백저사>: "생각해 보니 장안에 있던 날, 흰 모시 치마 새로 지었었지. 헤어지고 와서 어찌 차마 입을까, 노래와 춤을 당신과 함께할 수 없는데. (憶在長安日, 新裁白苧裙. 別來那忍着, 歌舞不同君)." 崔慶昌, 앞의 책, 5쪽; <무제>: "당신은 서울에 계시고 저는 양주에 있어, 날마다 당신 그리며 青樓에 오릅니다. 향긋한 풀은 많아지는데 버들은 늙어가고, 저녁 무렵 부질없이 서쪽으로 흘러가는 물을 바라봅니다(君居京邑妾楊州, 日日思君上翠樓. 芳草漸多楊柳老, 夕陽空見水西流)." 같은 책, 13쪽; <기인>: "뜬구름 같은 인생 또 멀고 아득한 줄 깨달았기에, 가난과 병으로 한 해 한 해 넘기려 합니다. 파강(巴江)은 원숭이 우는 길을 따라 섬서(陝西)로 흐르고, 검각산(劍閣山)은 해 질 무렵 구름에 잇닿아 있네요. 봄빛이 사람을 짝하니 도리어 쉬 늙고, 이별하는 시름은 술에 취한 듯 절로 잠들게 하네. 편지는 멀리 형양(衡陽) 기러기한테 부치노니, 묻노라, 어느 때에 북경(北京)에 이를지(已覺浮生更杳杳, 欲將貧病度年年. 巴江向陝啼猿路, 劍閣連雲落照邊. 春色伴人還易老, 離愁如醉自成眠. 裁書遠寄衡陽雁, 借問何時北到燕)." 같은 책, 22쪽.

30) <別友人>, <有贈>이 그런 작품이라 생각된다. <별우인>: "이곳에서 만남은 본디 기약한 것이 아니었지만, 내일 아침 올까 두렵네, 이별하는 시간이라. 저녁 무렵 향긋한 풀길은 끝이 없고, 나그네 근심 어디에 있는지, 말이 느릿느릿 한다오(相逢此地本非期, 恐到明朝是別時. 無限夕陽芳草路, 客愁何處馬遲遲)." 위의 책, 13면; <유증>: "안개비 부슬부슬 내리니 둑에 버들이 가지 드리우고, 가는 배 출발하려는데 일부러 느릿느릿. 이별하는 정을 강물에 빗대지 마소, 흐르는 물결이야 한 번 가면 돌아올 기약 없으니(烟雨空濛堤柳垂, 行舟欲發故遲遲. 莫把離情比江水, 流波一去沒回期)." 같은 책, 11쪽.

인물이었을 가능성은 배제할 수 없다. 하지만 홍낭과 둘 사이에서 난 아들에 대한 책임의식이 강하면 강할수록 부인과 둘 사이에서 난 아들에 대한 책임의식은 약해지게 마련이다. 최경창의 시에서 불행하게 만들면 안 되는 여성을 불행하게 만든 데 대한 책임의식을 읽어 낼 수 있다손 치더라도 긍정적인 시각으로만 바라볼 수 있을까 하는 의문을 지울 수 없다. 그의 책임짐에도 많은 한계가 있음을 최경창 자신도 분명하게 인지하고 있었을 것이기 때문이다.

더욱이 신분에 따른 차별이 법적으로 없어진 근대에 들어 그의 시각을 그대로 받아들이는 것은 문제적이라 할 수 있다.[31] 가정이 있는 남성이 기녀와 사랑에 빠지거나 기녀를 사유화하는 관행은 조선 시대 이전에도 문제적이었다. 둘 사이에 일어난 감정의 교류를 '순수한 사랑, 지고지순한 사랑'으로 받아들이는 시각은 조선 시대 지식인 사회에서는 널리 받아들여진 것이 아니다. 『고죽유고』에 홍낭에 관한 정보를 담고 있는 '서'를 <증별>에 병기하지 않았던 점은 이런 측면에서도 생각해 볼 수 있다.

그런데 장지연, 이능화에 의해 근대적인 독자 대중과 처음 만나는 지점에서 홍낭은 남성중심의 사고에 의해 가난하고 어려운 환경 속에서도 한 남성에 대해 끝까지 절의를 지킨 '절기'로 평가되었다. 장지연과 이능화는 당대의 기녀들도 그런 여성이 되기를 희구한 것이다. 그리고 이러한 평가는 최경창에 대한 고평을 전제하고 있다. 홍낭이 '절의'를 지킨 대상이라면 그럴 만한 자질을 갖춘 남성이어야 하는 까닭이다. 이러한 논리는 ⑤에서 장지연이 "其文章風采ㅣ 有足以動人者나

31) 『皇城新聞』 1902년 4월 26일자, 2면의 다음 신문 기사를 보면 이와 같은 문제적 상황이 국가 차원에서 지속되고 있었음을 짐작할 수 있다. "今次 進宴에 供用ᄒᆞ기 爲ᄒᆞ야 平壤妓生十餘名이 爲先上京ᄒᆞᆷ은 已報ᄒᆞ얏거니와 今聞ᄒᆞᆫ 則宣川晉州妓生들도 日昨上京ᄒᆞ야 鄕妓가 合三十名이오 京妓가 合五十名이니 都合八十名이라더라."

然이나 區區錢樹子之輩가 惡能戚慕至此哉아?"라고 한 데서 분명하게 확인할 수 있다. 최경창은 문장과 풍채가 남을 감동시킬 만한 인물이기는 하지만 '구구하게 돈이나 밝히는 여자'가 그를 알아보고 사모하였고 또 자신의 용모를 훼손하고 가난을 감수하면서까지 그에 대한 절의를 지킨 것에 크게 감탄하고 있다. 최경창에 대한 마음을 버리지 못해 홍낭은 비할 데 없이 비참한 삶을 살아야 했다. 최경창에 대한 '절의'가 그러한 비극을 낳은 사회 구조의 모순이 법적으로는 해소된 시대에도 권장될 만한 것인지는 곰곰 따져 볼 필요가 있다.

홍낭은 남성중심주의 시각과 논리가 지배하는 시대 사회의 구조적 모순에 의한 가장 비극적인 희생자라 할 수 있다. 그런 인물을 '문장과 풍채가 뛰어난 남성'에 대해 끝까지 '절의를 지킨 여성' 혹은 '절기'로 평가하는 논리 역시 남성중심주의 시각과 논리에 기초하고 있다. 그리고 그것은 남학명을 비롯한 근대 이전의 문인 지식인보다 한층 더 심각하고 문제적이라 할 수 있다. 조선 시대의 문인 지식인들은 적어도 부끄럼이나 죄스러움을 느꼈을 법하기 때문이다. 그런데도 장지연과 이능화의 시각과 논리는 홍낭과 <묏버들>에 대한 대중적 이해에 상당한 영향을 끼친 것으로 보인다.

3.2. 예기(藝妓) 홍낭 혹은 명기(名妓) 홍낭

남학명은 물론이거니와 장지연이나 이능화 또한 홍낭이 남긴 시조 작품에 대해서는 그리 주목하지 않았다. 그의 시조에 대한 평가는 우리말 노래에 대한 학계와 문단의 관심이 부각한 이후에 이루어졌다. 장지연은 홍낭이 노래를 잘했다고 했지만 '작가'로 규정하지는 않았다. 홍낭의 시조 <묏버들>에 대해서도 아무 관심을 나타내지 않았다. 그가 ③만을 참고했기 때문인지 남학명이 본 자료를 다 보았지만, 노래는 시와 다른 관점에서 수용했기 때문인지는 알 수 없다.

홍낭의 시조는 홍낭이 근대적인 매체를 통해 독서 대중에게 처음 알려지고 한 세대가 지난 후에 비로소 독서 대중을 만나게 된다. 그 매개 역할은 이병기가 담당했다. 이병기는 촉망받는 현대시조 작가로서 황진이 시조를 극찬한 바 있다.[32] 이러한 평가는 기녀 시조에 대한 대중적 관심과 호평을 확대하는 데 상당한 영향을 끼쳤다. 이병기는 기녀 시조가 사대부 시조에 비해 양적으로 빈약하지만, 질적으로는 우수하다고 거듭 평가하였다. '예술성(artistry)'을 사람을 평가하는 척도로 삼았던 것이다. 홍낭 시조에 대한 관심과 평가도 같은 차원에서 이루어졌다.

이병기는 <묏버들>을 '산유가(山柳歌)'라고 명명하고 다음과 같이 소개한다.

> ⑦ 距今(거금) 380여 년 전 三唐詩人(삼당시인)의 하나인 崔慶昌(최경창, 號(호) 孤竹(고죽))이 北許事(북평사)로서 鏡城(경성)에 가 있다가 京城(경성)으로 돌아올 때 가치 있든 洪娘(황낭)이 雙城(쌍성, 永興(영흥))까지 와서 孤竹(고죽)을 作別(작별)하고 돌아가다 咸關嶺(함관령, 咸興洪原(함흥홍원)의 境界(경계))에 이르러 날은 저물고 비는 오는데 이 노래를 지어 보냈다.
>
> 묏버들 ᄀᆞᆯ해 것거 보내노라 님의 손되 자시ᄂᆞᆫ 창밧긔 심거 두고 보소서 밤비예 새닙곳 나거ᄃᆞᆫ 나린가도 너기소서 -홍낭-
>
> 飜方曲(번방곡)

32) 李秉岐, 「나의 스승을 말함 ④ 黃眞伊의 時調 一首가 指針: 時調形式으로 不可能한 領域이 없다」, 『東亞日報』 1931년 1월 29일자, 4쪽.

折楊柳寄與千里人 爲我試向庭前種 須知一夜新生葉 憔悴愁眉是妾身 -孤竹-

그리고 소식이 끈쳤더니 그 다음해에 孤竹(고죽)이 병이나서 봄으로부터 겨을까지 病席(병석)을 떠나지 못하였다. 洪娘(홍낭)이 이 소문을 듣고 바로 發程(발정)하여 七晝夜(칠주야)만에 京城(경성)에 이르렀다. 그때에 咸平(함평) 兩道(양도)에는 禁行(금행)을 하였고 또는 國恤(국휼)이 지난 지 얼마 아니됨으로 이것이 말성이 되어 孤竹(고죽)은 免官(면관)까지 당하였다.

그러나 이 詩歌(시가)만은 언제까지라도 그 滋味(자미)스러운 情景(정경)을 전해주는 것이다. 洪娘(홍낭)의 纖細(섬세)한 그 情緖(정서)는 그가 말한 묏버들과 같이 아긔자긔하게 움즉이고 있다. 과연 그때 孤竹(고죽)이 이 노래를 받어 보고 어떠하였으리. 그 노래를 번역하는 것만으로는 도저히 견디지 못하였으리.[33]

이병기가 ⑤, ⑥을 통해 홍낭을 만났을 가능성이 없지 않다. 하지만 그 두 자료는 <묏버들>을 포함하고 있지 않다. 이병기가 만난 홍낭과 <묏버들>은 오세창(吳世昌, 1864~1953)이 개인적으로 소장하고 있던 전사본 자료들이었음은 근래에 밝혀졌다.[34] 이병기는 텍스트의 맥락을 추론할 수 있는 창작 상황 관련 정보를 담은 자료를 텍스트와 함께 소개했을 뿐 아니라 <번방곡>이 <묏버들>에 대한 번역시임을 명시적으로 밝힘으로써 잠재 독자(=최경창)가 실제 어떻게 수용했는지도 가늠해 볼 수 있게 하였다.

⑦은 이병기가 어떤 시각을 갖고 <묏버들>에 접근했는지를 아울러

33) 李秉岐, 「鄕土文學에 對ᄒᆞ야」, 『三千里文學』 1, 三千里社, 1938년 1월호, 126~127쪽.

34) 2000년 11월 13일자 『조선일보』, 『동아일보』에 의하면, 홍낭의 시조 <묏버들>과 최경창의 시 <송별>(전사본, <증별>)시가 '도서출판 학고재'에 의해 이병기의 발문과 함께 알려졌다. 그 때문에 이병기는 오세창의 집에서 이 자료를 직접 확인했다고 추정되었다.

보여주고 있다. '滋味(자미)스러운 情景(정경)'이란 이 작품이 예술적 쾌감을 주고 있음을 말한 것이다. 그리고 그 쾌감을 주는 힘 곧 '纖細(섬세)한 그 情緖(정서)'가 '아긔자긔 움즉'일 수 있게 하는 힘은 예술적 표현 기교의 탁월함에서 생겨난 것이라고 보고 있다. 말하자면 <뭣버들>은 탁월한 예술적 기교에 의해 예술적 쾌감을 전해주는 작품이라고 평가하고 있는 것이다.

홍낭은 최경창만을 유일 독자로 설정하여 <뭣버들>을 창작하였다. 최경창에게만 내밀하게 전달될 것을 전제로 창작한 것이다. 대중적 수용은 그의 창작 의도와는 배치될 수도 있는 법이다. 그런 작품이 이병기에 의해 예술성이 높은 작품으로 평가되어 소개됨으로써 근대 대중매체의 독서 대중과 만나는 길이 열린 것이다. 이병기는 『역대시조선』(1940)에 <뭣버들>을 창작 상황 관련 자료와 함께 다시 실음으로써 그 길을 한층 더 확대하고자 하였다.

해방 직후 한국사회의 문맹률이 어느 정도였는지 통계적으로 조사된 적이 없어서 대중 매체를 접할 수 있었던 독서 대중의 규모가 어느 정도였는지 가늠하기가 어렵다. 다만 오늘날 상상하기 어려울 정도로 문맹률(특히 한글 문맹률)이 높았으리라는 짐작은 가능하다. 그리고 그런 시기에 대중 매체를 통해 다양한 담론을 주도하고 문맹에서 탈피하는 교육을 선도한 사람들이 모두 해방 이전에 대중 매체를 통해 다양한 담론을 주도했던 인물이었음은 주지의 사실이다. 특히 이병기와 양주동은 학문 권위를 인정받았기에 해방 이후 국문학의 교육적 방향을 설정하고 대중적 기반을 확산하는 데 주도적 역할을 담당했던 인물들이다. 국문학의 대중화와 교육적 활용은 거꾸로 학문 토대를 강화하는 효과를 기대할 수 있었다.

시조는 해방 이전부터 '민족 문학'으로 인식된 데다 우리 민족의 새로운 시 형식으로 재탄생되었다. 그런 까닭에 시조는 해방 이후 좌우 이념 갈등에서도 비교적 자유로운 국문학 영역이었다. 더욱이 시조는 우리말로 창작된 시가였으므로 우리 말글의 해득 능력을 기르는 데에 매우 유용한 자료가 될 수 있다는 인식이 공유되었다.

특히 여성이 창작한 문학은 국문학의 대중화와 교육 자료화의 주요 대상으로 인식되었던 듯하다. 이병기가 기녀 시조에 특히 많은 관심을 가졌다면 양주동은 관심 영역을 조선 시대 이전 시기의 작품에까지 확대하였다. 해방 공간에 출간된 『조선고가연구』(1946)와 『여요전주』(1947)는 고시가의 대중화에 학문적 권위를 부여해 주었던 듯하다. <가시리>와 <서경별곡>에 대한 '평설'은 양주동이 고시가의 대중화를 중요하게 고려하였음을 보여주는 단적인 사례라 할 수 있다.

이 두 글에서 우리는 양주동이 이병기와 거의 동일한 문학 작품 평가 기준을 갖고 있었음을 아울러 확인할 수 있다. "素朴美(소박미)와 含蓄美(함축미), 그 切切(절절)한 哀怨(애원), 그 緜緜(면면)한 情恨(정한), 아울러 그句法(구법) 그章法(장법)을 따를만한 노래가 어듸 잇느뇨"[35]라든가 "本歌(본가)의 妙味(묘미)는 그文(문)이 情(정)을 如實(여실)히 表現(표현)한 靈妙(영묘)한 手法(수법)에 있다"[36]라는 진술에서 양주동 또한 이병기와 마찬가지로 '진솔한 생활감정을 탁월한 예술적 기교를 통해 표현한 작품'이 예술적으로 우수하다는 평가 기준을 갖고 있었을 확인할 수 있는 것이다. 그러한 평가 기준에 따라 <묏버들>은 예술성 높은 작품이 되고 홍낭은 예술가, 좀 더 정확하게 말하자면 '예기(藝妓)'로 재탄생하게 된다.

---

35) 梁柱東, 『麗謠箋注-朝鮮古歌研究 續篇』(乙酉文化社, 1947), 424쪽. '評說 二篇' 중 「가시리」에서 인용한 것임.
36) 위의 책, 436쪽. '評說 二篇' 중 「西京別曲」에서 인용한 것임.

⑧ 眞娘(진낭)의 노래가 능난하고 老練(노련)한 솜씨임에 對(대)하여 洪娘(홍낭)의 노래는 또 얼마나 眞率(진솔)한 애티를 띠었는가! 같은 倒句法(도구법)이언만 저의 「가라마는 제구ᄐᆞ여」는 짓궂고 능청맞고 이의 「보내노라 님의손ᄃᆡ」는 自然(자연)스럽고 率直(솔직)하며, 같은 多情(다정)이언만 저의 「어져 내일이여」는 익을대로 무르익고, 이의「날인가도」는 可愛(가애)롭게도 生生(생생)하다. 뉘라서 이 北地(북지)의 純情(순정)한 才媛(재원)을 花柳(화류)의 몸이라 하느뇨. 孤竹(고죽)은 切切(절절)한 戀愛(연애)에 벼슬을 버려風流(풍류)의 佳話(가화)를 남겼거니와이 絶調(절조)를 우리말로 酬唱(수창)치못하였으니 文章(문장)의 이름에 오히려 부끄럽다 하리라.[37]

<묏버들>은 여성이 우리말로 창작한 시가였기에 고려가요에 못지않게 양주동의 각별한 관심을 이끌었던 듯하다. ⑧[38]은 해방 이후 대중 매체를 통해 발표된 <묏버들>에 대한 최초의 평론이다. 인상 비평의 성격이 짙은 이 평론에서 양주동은 기본적으로 우리 말글로 지은 문학이라는 점에서 <묏버들>의 가치를 높이 평가하고 있음을 알 수 있다. 문장으로 명성을 날린 최경창이 '우리말로 酬唱(수창)'하지 않은 것을 오히려 부끄럽게 여겨야 한다는 생각은 그러한 가도에서 이해할 수 있다. 그리고 '眞率(진솔)한 애티', '自然(자연)스럽고 率直(솔직)'한 '倒句法(도구법)'의 사용과 '多情(다정)'이 '可愛(가애)롭고 生生(생생)'하게 표현된 점 등을 들어 <묏버들>을 호평하고 있는데, 이러한 평가의 기저

37) 梁柱東, 「續. 古歌今釋 -時調와 麗謠-」, 『白民』 1949년 6월호, 148~149쪽. 양주동은 앞의 두 평설을 묶어서 '古歌今釋'이라 불렀던 것으로 보인다(144쪽). 두 평설이 다른 매체에 발표되었는지 알 수 없다.

38) 양주동은 방대한 자료 근거를 가지고 고시가의 주석을 시도하였지만, 시조 작품에 대해서는 이병기를 비롯한 학자의 주장을 그대로 받아들인 듯하다. <어져>에 대해서도 그런 태도를 취했다. <어져>는 성종이 지었다는 창작 맥락 정보를 담은 기록이 전하는 작품이다. 임주탁, 「이야기 문맥을 고려한 황진이 시조의 새로운 해석」, 『우리말연구』 38(우리말글학회, 2006), 199~228쪽 참조.

에는 이병기와 공유하고 있던 미학주의[39]가 작용하고 있음을 알 수 있다. 이처럼 예술성 높은 작품을 창작한 인물이기에 양주동은 홍낭이 '花柳(화류)의 몸'이 아니라 '北地(북지)의 純情(순정)한 才媛(재원)'이라고 평가하고 있다. 이러한 평가에 '切切(절절)한 戀愛(연애)'를 옹호하는 시각 곧 남성중심주의적 시각이 작용하고 있음은 물론이다.

물론 '節節(절절)한 戀愛(연애)'를 옹호하는 시각이 교육의 장에까지 적극 도입되지는 않은 듯하다. 특히 성인이 되지 않은 학생들이 이수하는 중등 이하 교육과정에서 '절절한 연애'는 조장되어서도 안 된다는 생각이 널리 받아들여졌는지, 이병기와 양주동에 의해 거듭 예술성이란 잣대로 고평되었음에도 불구하고 해방 이후 국어 교과서에 <묏버들>이 한 번도 수록된 적은 없다. 하지만 '교육과정기(1954~)' 이전 시기 국어교육에서 문학 교육은 교사의 역량에 내맡겨졌고, 교사들은 국어 교육과정 내용의 한 축인 '한국 문학사'를 대학 교재로 널리 활용한 '국문학사'로 학습하였다. 교육과정기 이후에도 오랫동안 사정은 크게 달라지지 않았다. 이병기·백철의 『국문학사』(1959)는 교육과정 시기 초기에 널리 사용된 교재 가운데 하나였다. 그 저서에서 이병기는 ⑦의 내용을 다음과 같이 요약 제시하며, 홍낭의 작품을 '기류(妓流)의 작품(作品)'으로 분류하여 그 예술성을 높이 평가하는 근거로 삼았다.

---

39) 미학주의(aestheticism)는 유미주의, 탐미주의 등으로 번역되어왔다. 하지만 이 번역어들이 지나치게 좁은 개념으로 인지될 수 있어서 이 글에서는 "미의 원리가 다른 원리, 특히 도덕 원리에 기초가 된다는 주의(a doctrine that the principles of beauty are basic to other and especially moral principles)"(http://www.merriam- webster.com)라는 정의, 혹은 "예술과 인생에서 중요한 원칙으로서의 취미의 함양과 미의 추구(the elevation of taste and the pursuit of beauty as chief principles in art and in life)" (http://www.oxfordbibliographies.com)라는 정의가 분명하게 드러나게 미학주의라는 번역어를 사용한다. 이러한 정의들이 예술성 높은 작품의 창작 여부로 인간 평가의 척도로 삼는 시각과 논리에 가장 가깝기 때문이다.

⑨ 이것은 洪娘(홍낭)의 노래다. 宣祖六年(선조육년) 癸酉(계유) 가을에 三唐詩人(삼당시인)의 하나인 崔孤竹(최고죽) 慶昌(경창)이 北道評事(북도평사)로 鏡城(경성)에 가 있을 때, 洪原(홍원) 女子(여자)인 洪娘(홍낭)도 따라가 그 幕中(막중)에 있었다. 그 이듬해 봄에 孤竹(고죽)이 서울로 돌아오매 洪娘(홍낭)이 따라 雙城(쌍성)까지 와서 作別(작별)하고 돌아가다 咸關嶺(함관령, 咸興七十里(함흥칠십리))에 이르러 날이 저물고 마침 비가 오는지라 이 노래를 지어 孤竹(고죽)에게 보냈다. 그 뒤 소식이 서로 끊겼다가, 그 三年(삼년) 되던 乙亥(을해)에 孤竹(고죽)이 病(병)이 들어 봄부터 겨울까지 病席(병석)에 누웠다 하매 洪娘(홍낭)이 듣고 卽日(즉일)로 떠나 七晝夜(칠야주) 만에 서울로 와 찾았다. 그 때 兩界(양계, 咸平兩道(함평양도))에 禁(금)함이 있고, 또 國恤(국휼, 明宗妃(명종비) 仁順王后(인순왕후) 沈氏(심씨) 昇遐(승하))이 있어 비록 練祭(연제)는 지냈으나, 平日(평일)과는 같지 않아, 이것이 말썽이 되어, 드디어 免官(면관)되고 洪娘(홍낭)도 그 故土(고토)로 돌아갔다. 孤竹(고죽)은 이 노래를 번역하여『折楊柳寄與千里人(절양류기여천리인) 爲我試向庭前種(위아시향정전종) 須知一夜新生葉(수지일야신생엽) 憔悴愁眉是妾身(초췌수미시첩신)』이라는 翻方曲(심방곡)이 있다. 이 노래며 또 其他(기타) 送別詩(송별시) 等(등)으로 詩帖(시첩)을 꾸며 전하는 것이 있다.[40]

이처럼 妓流(기류)의 作品(작품)들은 저 道學家(도학가)들이 즐겨하는 무슨 觀念(관념)으로서나 遊戲(유희)로서 時調(시조)를 읊은 것이 아니라, 切迫(절박)한 生活感情(생활감정)과 人情(인정)을 巧妙(교묘)한 修辭(수사)로써 읊어 낸 데에 그 長技(장기)가 있었음을 본다. 그리고 비록 그들의 社會的(사회적)인 身分(신분)은 얕았으나 그들이 지니고 있는 教養(교양)은 그들이 日常(일상) 接觸(접촉)하는 兩班(양반)들이

40) 『고죽유고』 혹은 『고죽집』에는 '증별'이라는 제목을 갖고 있는 시가 전사본에는 '送別'이라는 제목으로 되어 있다. 이 점은 이병기가 전사본을 핵심 자료로 활용했음을 뒷받침해 준다.

> 지니고 있는 것에서 그리 멀지 않았음을 보아, 그들의 文學(문학)이 貴族(귀족) 兩班(양반)들의 文學(문학)을 壓倒(압도)하여 왔음을 우리는 또한 注目(주목)하지 않을 수 없다.[41]

⑨에서 이병기는 <묏버들>을 비롯한 '妓流(기류)의 작품'은 "切迫(절박)한 生活感情(생활감정)과 人情(인정)을 巧妙(교묘)한 修辭(수사)로써 읊어낸 데에 그 長技(장기)가 있"어서 "貴族(귀족) 兩班(양반)들의 文學(문학)을 壓倒(압도)하여 왔"다고 평가하고 있다. 이러한 평가에 대한 반론은 한 번도 제기된 적이 없다. 이후 홍낭에 대한 학계의 연구[42]는 거의가 '巧妙한 修辭'라고 한 예술적 기교의 실체를 밝히는 방향에서 이루어졌다. 이것은 이병기의 평가가 학계만이 아니라[43] 독서 대중 사이에서도 널

41) 李秉岐・白鐵, 『國文學全史』(新丘文化社, 1973(1959)), 129~130쪽.

42) <묏버들>은 기녀시조의 예술적(미학적) 특성을 논의하는 자료의 하나로 연구되었다. 金烈圭, 「韓國詩歌의 抒情의 몇 局面」, 『東洋學』 2(단국대 동양학연구소, 1972), 79~103쪽; 金敬姬, 「李朝 妓女 時調의 미학적 접근」, 『睡蓮語文論集』 7(부산여대 수련어문학회, 1979), 197~222쪽; 權純烈, 「崔慶昌과 洪娘 硏究」, 『고시가연구』 16(한국고시가문학회, 5~25쪽; 성기옥, 「기녀시조의 감성특성과 시조사」, 『한국고전여성문학연구』 1(한국고전여성문학회, 2000), 27~54쪽; 이화형, 「기녀시조를 통해 본 인간적 한계 인식과 극복 의지」, 『국제어문』 22(국제어문학회, 2000), 91~111쪽; 김상진, 「시조에 나타난 사랑의 정의와 그 형상」, 『時調學論叢』 31(韓國時調學會, 2009), 147~174쪽; 박명희, 「16세기 호남한시의 여성화자 유형과 의의」, 『한국고전여성문학연구』 20(한국고전여성문학회, 2010), 145~172쪽; 조연숙, 「기녀시조의 전개 양상과 성격」, 『아시아여성연구』 49-2(숙명여대 아시아여성연구소, 2010), 217~248쪽; 김용찬, 「기녀시조의 미의식과 여성주의적 성격」, 『南道文化硏究』 25(순천대 남도문화연구소, 2013), 221~251쪽; 金成紋, 「妓女時調의 話者와 作品의 性格 硏究」, 『語文論集』 54(중앙어문학회, 2013), 257~274쪽 등은 <묏버들>의 예술적(미학적) 특성에 관한 논의를 포함하고 있는 논문들이다. 이 논문들에서 드러내려고 한 예술적(미학적) 특성은 이병기가 "예술적 기교"를 구체화한 것이라 할 수 있다. 이에 대한 자세한 논의는 이 책의 제3부 제2장을 참조할 것.

43) 다음은 이병기의 논의 내용을 그대로 수용하고 있는 단적인 사례에 해당한다. "妓流(기류)의 時調(시조)는 切迫(절박)한 生活(생활)속에서 그들의 生活感情(생활감정)과 人情(인정)을 巧妙(교묘)하게 읊어낸데에 그 長技(장기)가 있고, 그들이 비록 社會的(사회적) 身分(신분)은 微賤(미천)했으나, 그들의 敎養(교양)은 兩班士類(양반사류)와 比肩(비견)하였

리 공감되었음을 말하는 것이다.

장지연과 이능화가 절의를 지킨 기녀 곧 절기(節妓)로 홍낭을 고평하였다면 이병기와 양주동은 예술적 재능이 뛰어난 기녀 곧 예기(藝妓)로 홍낭을 고평한 것이다. 특히 '妓流(기류)의 作品(작품)'에 대한 이병기의 고평은 당대 학계는 물론 교육과정을 이수하는 학생 대중, 대중 매체의 독서 대중에게도 널리 수용되었던 듯하다. 그로 인해 이후 국내 학계에서는 '기녀 문학'에 대한 연구가 활발하게 전개되었고, 외국 학계에는 'kisaeng(Korean geisha)'의 문학이 한국문학을 대표하는 보편성을 띤 문학처럼 알려지기도 하였다.[44] 오늘날 국내외에서 홍낭은 그 이름이 널리 알려진 기녀 곧 '명기(名妓, a famous kisaeng)'[45]가 되었다. 홍낭은 근대 이후 대중 매체를 통해 '절기'가 되고 예술성이 뛰어난 문학을 창작한 '예기'가 되었으며, 종국에는 조선 시대의 '명기'가 된 것이다.

하지만 조선 시대의 홍낭은 인구에 널리 회자된 명기가 아니었다. 예술적 재능이 출중하고 절의를 지켜서 이름이 널리 알려진 기녀가 아니었다. 자기 가족에 대한 정절의 의무를 지키지 않은 한 남성에 대한 사랑을 끝까지 지키고자 고난과 희생을 감내했던 여성이었다. 한 남성의 가첩이 됨으로써 기녀 신분에서 벗어날 수 있을 듯도 하였지만 끝내 벗어나지 못하였고, 그런데도 그 남성에 대해 가족의 일원으로서의 책무를 다하고자 했던 여성이었다. 조선 시대 사회의 구조적

고, 그들의 文學(문학)은 兩班貴族(양반귀족)들의 그것을 壓倒(압도)하여 왔음을 우리는 妓流歌壇(기류가단)의 作風(작풍)에서 充分(충분)히 發見(발견)할 수가 있다." 李廷卓, 「時調歌壇攷」, 『安東大學 論文集』 8(安東大學, 1986), 16쪽.

44) 특히 해방 이후 이루어진 시조의 영어 번역에서 '기류의 작품'이 번역 대상에서 상당한 비중을 차지한 것은 이러한 인식에 상당한 영향을 끼친 것으로 보인다. '기류의 작품'은 예술로서 인류 보편의 주제를 다루고 있는 작품으로 여겨졌던 듯하다.

45) "A famous kisaeng and dancer during the reign of King Sŏnjo", Peter Lee, *Anthology of Korean Poetry; From the Earliest Era to the Present*(New York: John Day Company, 1964), p.81.

모순을 온몸으로 체현한 여성이었던 것이다. 그런 모순에 애써 눈을 돌리고 그 모순 속에서 누릴 수 있는 욕망을 최대한 누리는 것을 묵인하였던 지식인들이 만들어낸 공동의 희생양이라 할 수 있다.

홍낭을 절기, 예기, 명기로 평가하는 것이 과연 그 존재 가치를 높이는 일이 될 수 있을까? 장지연, 이능화가 견지한 남성중심주의 시각은 물론 이병기와 양주동이 견지한 미학주의는 홍낭의, 더는 비참할 수 없는 생활, 그런 생활을 초래한 사회의 구조적 모순, 그리고 그 모순을 그대로 받아들이고 어떤 측면에서는 즐겼던 지식인의 행위 등을 원경화(遠景化)할 위험성을 내포하고 있다. 참상에 대한 관심을 흩트리는 일종의 마스킹(masking)이 될 수 있다는 것이다.

오늘날 홍낭에 대한 대중의 이미지는 근대 대중 매체를 통해 평가된 이미지에서 크게 벗어나지 않는다. 그러한 이미지가 학자와 문인에 의해 학술적 지면이나 대중 매체를 통해 계속해서 재현되고 있다는 것이 가장 큰 원인으로 작용하고 있는 듯하다.

4. 허구적 대중 서사 속의 홍낭

스토리텔링 기법은 최근 여러 분야에서 확산하고 있지만, 근대 초기 문학, 특히 고전문학(작가와 작품)의 대중화에 즐겨 사용되던 것이다. 이야기는 어떤 논리적 설명보다 대중적 호소력을 지닌다. 논리가 문제되지 않아서가 아니라, 이야기의 논리는 형식적이지 않고 구체성(현실성)을 띠고 있기 때문일 것이다. 18・19세기 조선 시대 사회에도 대중문화가 형성되었고, 상당한 규모의 스토리텔러가 대중의 문화적 수요를 충족하고 있었다. '이야기꾼' 혹은 '강담사(講談師)'가 바로 그것이다. 스토리텔러의 역량은 얼마만큼 그럴듯하면서도 생생하게 이야기를 하는가에 따라 평가된다. 이야기는 재미가 있어야 하고, 또 현실성(진실성)을 가질 수 있어야 한다. 그 때문에 이야기는 사실보다 진실을 더 중시하는 경향이 있다.

예나 지금이나 스토리텔러라 할 수 있는 작가는 진실성(현실성)이 담긴 듯하면서도 대중의 흥미를 끌 수 있는 이야기를 만드는 데 골몰하고 있다. 장지연이나 이능화, 이병기나 양주동은 스토리텔링 기법을 활용해서 홍낭과 <묏버들>을 대중에게 알린 것은 아니다. 하지만 이들에 의해 연속해서 대중 매체를 통해 고평되어 소개됨으로써 홍낭 관련 자료는 이야기를 만드는 작가에게는 흥미로운 소재가 되었다. 작가에 의해 만들어지는 이야기는 진실성을 담아낼 수도 있지만 실제 현실을 그대로 보여주지 않는다. 실제 현실은 이야기처럼 재미가 있는 것이 아니다. <묏버들>과 홍낭에 대한 정보는 전사본으로 전하는 <증별> 시의 '서'와 남학명의 기록만이 문헌적 증거를 갖고 있는데, 여기에 드러난 두 사람 사연은 대중이 재미있어할 만한 이야기가 되기에는 정보가 빈약하다. 이야기의 얼개만 드러나 있기 때문이다. 홍낭의 이야기가 대중으로부터 재미있는 이야기가 되자면 얼개를 구체화하는 작업이 필요하다. 그런 작업이 1970년대 후반부터 활발하게 이루어졌다. 그 과정에 참여한 사람들은 홍낭과 <묏버들>에 대해 어떤 시각을 가졌으며, 어떤 논리를 수용하거나 만들었을까?

박을수와 정비석은 비슷한 시기에 홍낭 이야기를 허구적 서사로 재구성하였다. 박을수의 『시조시화』(1977)[46]는 기녀 시조 작품들이 만들

46) 朴乙洙, 「第四話 버들가지에 依託한 사랑의 하소연-崔慶昌과 紅娘의 哀別」, 『時調詩話-女心, 그 끝없는 深淵』(成文閣, 1984=1979(예그린出版社, 1977)), 55~66쪽. 이 책은 『詩話 사랑 그 그리움의 샘』(아세아문화사, 1994=1995)으로 판을 바꾸어 출판되었다.

어지는 과정을 보여주는 이야기를 모은 책이다. 1974년 4월부터 연재되었던 정비석의 소설 '명기열전'에 대한 신문 독자들의 반응을 반영한 것인지는 모르지만, 박을수는 "時調文學(시조문학)을 공부하는 後進(후진)들에게 조금이나마 도움이 되고, 일반 독자들의 時調(시조)에 대한 關心(관심)이 새롭게라도 생"기게 할 목적에서[47]에서 시조를 지은 기녀들의 이야기를 모았다. 총 11편의 '시조시화'를 싣고 있는데, 그 중 특히 홍낭 이야기는 매우 확장되어 있다. 홍낭이 나서 성장하는 과정, 최경창을 만나기까지의 과정을 대화 장면을 삽입해 가며 서술하고 있다. 주요한 서술 내용은 다음과 같다.

⑩-Ⓐ홍랑(紅娘)[48]은 경성(鏡城)에서 태어났으며 일찍 아버지를 여의었다. 어려부터 미모가 뛰어나고 천부적 시재를 타고났으며 어머니에 대한 효심이 깊었다. 12살 때에 어머니 병을 치유하기 위해 경성에서 80리 떨어진 곳에서 명의로 소문난 최의원(崔醫員)을 모셔오다 혼절했다. 그 와중에 어머니는 돌아가시고 홍랑은 최의원 집에서 수양딸처럼 길러졌다. 시문과 양갓집 규수로서의 예의범절 등을 배웠다. 하지만 어머니에 대한 그리움 때문에 무덤이 있는 고향으로 돌아왔고, 이후 생활고 때문에 기적(妓籍)에 이름을 올렸다. 기녀가 된 홍랑은 천부적인 미모, 뛰어난 시재, 양갓집 규수로서의 예의범절을 두루 갖추어 뭇 남성의 선망의 대상이 되었고, 명기가 되었다. 홍랑은 뛰어난 기지로 뭇 남성의 유혹을 뿌리쳤다.

⑩-Ⓑ홍랑은 경성 이부사(李府使)가 취우정(翠羽亭)에서 베푼 잔치자리에서 북해평사(北海平使)[49]로 부임해 있던 최경창을 만난다. 최경창은 이부사로부터 홍랑의 됨됨이와 성장과정 등을 전해 듣고 잔

47) 위의 책, 223쪽, '後記'.
48) 박을수는 일관되게 '洪娘' 아닌 '紅娘'이라고 잘못 지칭하고 있다.
49) 북도평사를 북해평사라고 부르기도 하였는지는 확인되지 않는다.

치자리가 파한 후에 홍랑을 따로 불러 가상하게 여기는 마음을 표현하며 위로한다. 홍랑은 천기인 자신을 이해해 주는 최경창에게서 부모의 정을 느끼며 최경창만을 모시고자 결심하였고, 둘 사이에 사랑이 깊어졌다.

⑩-Ⓒ내직에 임명된 최경창을 이별할 때 홍랑은 쌍성까지 따라갔다. 함관령에 이르자 날이 저물고 비가 내렸는데, 홍랑이 버들가지를 꺾어서 최경창에에 주면서 <묏버들>을 불렀다.

⑩-Ⓓ이별 후 3년이 되는 해에 홍랑은 최경창이 봄부터 겨울까지 병석을 떠나지 못한다는 소식을 전해 듣고는 최경창을 찾아왔다. 하지만 양계 주민의 이주금지령이 내려지고 국휼을 당해 연제(練祭)는 지냈으나 평일과 같지는 않은 시기라서 최경창은 면관이 되고 홍랑은 경성으로 되돌아갔다. 이 때 최경창이 <고의(古意)>와 <유증(有贈)> 시를 써 주고 <묏버들>을 <번방곡>으로 한역하여 써 주었다.[50]

박을수는 이렇게 확장된 홍낭 이야기 역시 문헌적 증거를 갖고 있는 듯이 밝히고 있다.[51] 하지만 어디에서도 출처를 밝혀 놓지 않았다. 해주최씨 문중에서 수집 가능한 자료를 망라하여 역간(譯刊)한 『고죽집전』[52]에도 '시조시화'에 확장된 내용을 뒷받침하는 자료는 포함되어 있지 않다. 또한 Ⓒ와 Ⓓ에 포함된 내용은 문헌적 증거와도 일치하지 않는 것이 적지 않다. 홍낭은 버들가지를 꺾어 건네면서 <묏버들>을 지어 불렀던 것이 아니다. 함관령은 경성과 쌍성 사이에 있다. 쌍성까

---

50) 朴乙洙, 앞의 책, 56~65쪽.

51) '일러두기'에 "이 책은 一般讀者(일반독자)들을 위해 野史的(야사적) 기술 방법을 썼으나, 專門分野(전문분야)의 讀者(독자)들을 위해 資料(자료)의 史的(사적) 考證(고증)에 충실하고자 노력하였다."라고 밝히고 있다. 위의 책, 8쪽.

52) 『고죽집전』(서지사항은 각주 3) 참조)은 해주최씨 문중에서 발행한 것이다. 여기에는 『고죽유고』에 없던 최경창 관련 자료가 추가되어 있지만, 홍낭과 관련한 새 정보를 담고 있는 자료는 추가된 것이 없다.

지 따라온 홍낭이 경성으로 되돌아가다 함관령에 이르렀을 때 써 준 것이다. 인편으로 보냈다고 볼 수밖에 없다. 또 최경창이 두 번째 이별 상황에서 지어 준 시는 <증별>(2수)이다. 이러한 점을 고려할 때 박을수는 홍낭 이야기를 허구적 서사로 재구성하였다고 볼 수 있다. 그 과정에서 문헌적 증거를 갖고 있는 정보까지 왜곡하였음은 물론이고, 최경창이 부인과 아들을 둔 한 집안의 가장이었다는 사실도 전혀 드러내지 않았으며, 홍낭이 최경창의 아이를 낳고 가첩으로 살았던 행적도 전혀 언급하지 않았다.

이렇게 홍낭 이야기를 허구적 서사로 재구성한 다음에 박을수는 "두 사람의 애끓는 이별과 그 풍류스런 멋이 새삼 부러울 뿐"[53]이라는 논평을 덧붙이고 있다. 이 논평은 홍낭과 <묏버들>에 대한 그의 시각이 어떤 것이었는지 짐작케 한다. '양갓집 규수로서의 예의범절'을 체득한 여성은 높이 평가하면서도 부인과 자식이 있는 남성을 사랑한 홍낭과 가정에 대한 윤리적 책무를 저버리고 기녀와 사랑에 빠진 최경창을 추켜세우는 것은 자기모순을 내포한 평가라 할 수 있다. 이러한 평가에서 우리는 현실의 반도덕성·비극성은 인정하면서도 반도덕성·비극성을 초월하는 가치가 있고 문학 혹은 예술이 그 가치를 창출한다는 논리를 읽어낼 수 있을 듯하다. 그러한 논리가 널리 공감되고 수용되는 사회사적 맥락은 대중문화의 확산과 밀접하게 연관되어 있어 보인다. 많은 대중문화 레퍼토리는 그러한 논리에 기반하고 있기 때문이다.

'풍류'와 '멋'은 '명기' 이야기를 소설로 재구성하여 연재하는 취지를 담고 있는 '서설(序說)'의 핵심어다.[54] 정비석은 소설이 독자에게

53) 朴乙洙, 앞의 책, 65쪽.

54) 鄭飛石, 「名妓列傳 (1) 서설(序說) ①」, 『朝鮮日報』 1974년 4월 2일자, 6쪽: "멋—이란

'재미'와 '감동(예술성)'을 함께 줄 수 있어야 주어야 한다는 생각을 가지고[55] '멋이 풍기는 풍류'[56]의 세계를 보여주고자 하였다. 왜 하필 '명기'를 내세우는가는 예상 질문에 정비석은 다음과 같은 답변을 미리 제시한다.

> ⑪ 기생은 사람인 까닭에 음률을 배우고 가무를 배우고 서화를 배우는 동안에 그방면의 재능이 자꾸만 발달되어서 나중에는 풍류객이나 예술가로서도 일가를이룬 기생이 적지 않았으니, 그런 기생들이 바로 명기로 그이름이 후일에까지 길이 남게된것이다. 사회적인 계급에는 층하가 있어도 예술과 풍류에는 귀천이 있을리 없다.
>
> 풍류란 다분히 정신적인 것인 까닭에 풍류에 서로 통하면 인간적으로도 의기상통하는 바가 있어서 일류 명기들과 당대 풍류객들 사이에는 사랑의 불꽃이 흔히 튀어나게 마련이었다. 음양의 이치를 보아서 그것은 영원히 막아낼 수 없는 인생의 애환이기도 하다.[57]

⑪에서 우리는 기녀와 기녀 시조에 접근하는 박을수의 시각과 논리가 정비석의 것과 다르지 않음을 알 수 있다. 그 시각이 근대 이후 부식한 남성중심주의와 비학주의가 복합된 것임도 알 수 있다. 정비석은 "생활에 술"인 풍류를 매개로 이루어지는 지배 계급의 남성과 기녀의 사랑을 "영원히 막아낼 수 없는 인생의 애환"이라고 표현하고 있다. 이것은 기녀에 가해진 남성중심주의의 폭력성을 미학주의로써 합리화

말이 있다. (중략) 멋의 진수(眞髓)는 과연 어떤 것일까? 멋이라는 말에는 아취(雅趣) 운치(韻致) 해학(諧謔) 풍자(諷刺) 예지(叡智)등등의 풍류적인 요소가 모두 포함되어있다. 온갖 사물에 임하여 마음에 여유를 가지고 고차원의 경지에서 그것을 세련된 솜씨로 구사해 나갈때에 풍겨지는 일종의 정신적인 향기—그런 것이 바로 멋이 아닌가 한다. 그런 의미에서 본다면 멋이란 풍류와 직통하는 생활에 술이라고도 볼 수 있다."

55) 「文人回甲 ⑧ 小說家 鄭飛石」, 『朝鮮日報』 1971년 11월 2일자, 5쪽.

56) 위와 같은 곳.

57) 鄭飛石, 앞의 글, 6쪽.

하는 논리를 구성하고 있는 것이다. 이러한 시각과 논리에 따라 <홍원기 홍랑>[58]에서 최경창은 문무를 겸비한 '영웅'인 동시에 풍류를 아는 예술가의 형상으로, 홍낭은 그런 인물과 함께 풍류를 즐길 줄 아는 능력을 가진 예술가의 형상으로 각각 그려냈다.

소설의 진실성을 보태기 위해 정비석은 액자 소설 형식을 차용했고, 액자 바깥에서 이런저런 흔적을 가지고 홍랑의 존재를 탐문하는 과정을 서술하였다. 참고한 문헌 자료에 상당한 오류가 있음은 물론이다.[59] 소설 세계 대부분은 작가의 시문에 대한 기억과 상상에 의해 구성되는데, 그 과정에서 문헌적 증거를 갖고 있는 정보들이 빈번하게 왜곡된다.[60] 물론 그런 왜곡은 근대 이후 예술 특히 소설 영역에서 널리 용인되어 온 것이다. 따라서 소설적 왜곡을 문제 삼을 수는 없을 것이다. 하지만 이 소설이 홍낭과 <묏버들>에 대한 대중의 이해에 상당한 영향을 끼쳤고, 그것이 다시 학문적 접근에까지 영향을 끼쳤다는 점은 문제적이라 할 수 있다. 박을수의 '시조시화'는 학계 또한 그러한

58) '명기열전' 제28화, 1978년 8월 6일에서 11월 23일까지 94회에 『조선일보』에 연재되었으며, 鄭飛石, 「第二十四話 洪原妓 洪娘」, 『名妓列傳 Ⅷ』(韓國出版社, 1982), 10~210쪽으로 출판되었다.

59) 李圭瑢, 『增補海東詩選』(京城:會東書館, 1925), 235쪽에는 최경창의 시 <증별(贈別)> 제2수를 <寄崔孤竹(기최고죽)>이란 제목으로 싣고 '洪娘作(홍낭작)'이라고 밝히고 있다. 또한, '두주(頭注)'에 "崔歿後毁其容守墓於坡州(최몰후훼기용수묘어파주)"라고 설명하고 있다. 이것은 분명한 오류이다. 그리고 정비석은 『대동기문(大東奇聞)』에도 홍낭 이야기가 실려 있다고 했지만, 해당 문헌에는 실려 있지 않았다. 김성언 역주, 『쉽게 풀어 쓴 대동기문』 上·下(국학자료원, 2001) 참조. 『홍원읍지(洪原邑誌)』에도 실려 있다고 했지만, 이 또한 사실이 아니다. 韓國學文獻硏究所 편, 『咸鏡道邑誌』(亞細亞文化社, 1986), 158~160쪽 참조.

60) 전사본에 '送別'이라고 기록된 <증별> 시에 대해 남학명은 최경창이 홍랑을 홍원으로 돌려보낼 때 지었다고 하였는데, 홍원 객관에 들른 최경창과 이별할 때 홍랑이 거듭 지어 준 것이라 한 점, 서울로 돌아가는 최경창을 배웅할 때에 홍랑이 버들가지를 꺾고 <묏버들>을 지어 불러 주었다고 한 점, 최경창이 종성부사의 직을 완수하고 성균관직강에 제수되어 홍랑을 데리고 상경하는 길에 부평역 객관에서 자객에 의해 죽임을 당하고 한 점 등이 그러한 사례들이다.

영향에서 자유롭지 않았음을 말해 주는 단적인 사례라 할 것이다.

여성주의의 시각과 논리가 확산하기 시작한 2000년대에 들어서도 대중 매체 속의 홍낭과 <묏버들>에 대한 시각은 정비석이 구체화해서 보여준 시각에서 크게 벗어나지 않은 듯하다. 허구적 서사인 소설로 재구성되기도 하고[61] 가무악극으로 재창작되기도 한다.[62] 특히 공영방송 EBS와 KBS를 통해 거듭 다루어지면서[63] 이후 여러 매체를 통해 홍낭과 <묏버들>이 거듭해서 다루어진다. 그 가운데 박을수의 '시조시화'에 기댄 것도 있고,[64] 정비석의 소설에 기댄 것도 있다.[65] 홍낭은 최경창의 방직기(房直妓)였으며 최경창과 홍낭 사이에 난 아들이 '즙'[66] 혹은 '흡'[67]이라고 밝힌 것도 있으며[68] 홍낭의 어릴 적 이름이 '예절(禮節)'이었다고 밝힌 것도 있다.[69] 소론의 영수를 지낸 최규서(崔奎瑞)의 부친이자 최경창의 증손인 최석영(崔碩英)의 부탁을 받고 「고죽시집후서」를 썼던 박세채(朴世采, 1631~1695)는 "다만 지금 공이 살았던 시대가 요원하여 공의 언행과 실적을 거의 고증할 수가 없다."[70]라

61) 문정배, 『홍원 명기 홍랑』(미래문화사, 2001). 정비석의 <홍원기 홍랑>에서 확장된 서사 내용을 일정하게 수용하고 있는 이 책의 표지에는 "고죽 최경창과 세기적 사랑의 승리를 위해 날마다 가냘픈 육신을 불태운 의기와 절기의 여인 홍랑," "조선시대 최고의 러브스토리," "기생 시인 홍랑과 당대 문장가였던 고죽 최경창과의 열렬한 사랑 이야기" 등의 광고 문구가 장식되어 있다.

62) 서울예술단 무용단, 「홍랑, 그 애달픈 사랑」(김용범 작, 김효경 연출, 채상묵 안무, 김대성 작곡), 2003년 4월 11일~13일, 예술의 전당 토월극장에서 공연.

63) EBS, 「시대와 운명을 초월한 사랑」(역사극장 제6화), 2003년 8월 방영; KBS미디어, 「시인과 기생, 사랑으로 시대를 넘다-최경창과 홍랑」(김창범 연출, 윤영수 작), 2008년 7월 방영.

64) 문무학, 「옛 시조 들여다보기-묏버들 가려 꺾어 / 홍랑」, 『매일신문』, 2009년 4월 18일자.

65) 김영순, 「기녀시인 홍랑」, 『여류 시조시인 황진이와 홍랑』(글사랑, 2011), 122~175쪽.

66) 조순, 「기생 홍랑과 선비 최경창의 사랑」, 『경북일보』, 2010년 12월 16일자.

67) 이규원, 「시인 최경창과 기생 홍랑」, 『국방일보』, 2012년 8월 30일자.

68) 해주최씨 문중에서는 '즙(濈)'으로 추정하기도 하나 근거가 확실치는 않다. 최승일, 「선조님의 이야기(1)」, 『해주최씨대종회보』 31(2008,7.31.) 참조.

69) 이규원, 앞의 글. 남학명은 '애절(愛節)'이라 밝혔다.

고 하였다. 최경창 후손 사이에 구전된 이야기에 근거하였는지 알 수 없지만, 홍낭에 대한 이야기는 '검증'의 과정이 없이 다양하게 변형되어 온 것이다. 거듭된 변형이 있어도 한 가지 변치 않는 논리는 홍낭과 최경창이 뛰어난 시인 혹은 예술가로서 초월적 가치를 갖는 사랑을 했던 인물이라는 것이다.[71]

최경창과 홍낭이 시대를 앞서갔다는 평가는 오늘날에도 타당한 평가라 보기 어렵다. 아내에 대한 정절의 의무를 파기한 것이 분명하기 때문이다. 그런 사랑을 아이들이 읽는 동화[72]로까지 만들어 '지고지순'하다거나 '시대와 운명을 초월'하였다고 평가할 수는 없지 않을까? 우리는 미학주의의 기저에 자리하고 있는 남성중심주의가 띠고 있는 폭력성을 오늘날에도 받아들여야 할지 곰곰 생각해 볼 필요가 있다. 홍낭과 <묏버들>뿐 아니라 기녀 문학에 대한 선행 연구에 전제되거나 함축된 시각과 논리가 어떤 것인지도 면밀하게 검토할 필요가 있는 것이다.

---

70) 第今距公世遠矣. 言行實跡, 殆無所徵信. 朴世采, 「孤竹詩集後敍」, 『孤竹遺稿』, 『韓國文集叢刊』 50(민족문화추진회, 1991), 35쪽.

71) 홍낭의 시묘는 최경창의 피를 물려받은 아들을 둔 점에서 당대에도 용인될 수 있는 것이었다. 그에 비해 최경창 집안에서 홍낭의 묘를 세우고 제례를 지내는 것은 오늘날 관점에서 보면 마땅하지만, 당대에서는 특별한 배려였다고 할 수 있다. 국법과 특별 조치를 위반하면서 만들어진 관계라서 상당한 위험성을 감수한 결정이었기 때문이다. 또 당대는 아들이 있어도 가첩의 묘를 세워주는 관례가 일반화되어 있지 않았다. 따라서 집안의 결정은 시대를 앞서간 것이었다고 볼 수 있다. 그런데 '시인 홍랑의 묘'라 새긴 묘비를 세우고 <묏버들> 노래비까지 세우는 일을 용인했어야 할까 하는 의문이 든다. 최경창을 표창하는 데 홍낭을 이용하는 것으로 해석될 여지가 없지 않기 때문이다.

72) 김영순, 앞의 책.

5. 결론

이 글은 홍낭의 <묏버들>을 비롯한 이른바 ‘기녀 시조’에 접근하는 시각과 방법의 문제점을 분석하고 대안적인 시각과 방법을 마련하기 위한 선행 작업으로 근대 이전에는 그 존재를 드러내고 않고자 하였던 홍낭과 그의 시조 <묏버들>이 근대 이후 어떻게 대중 인지도가 가장 높은 작가와 작품이 되었는지를 살펴본 것이다. 논의 과정에서 대중화에 앞장선 사람들이 가지고 있던 시각과 논리가 무엇이었는지를 분석해 보았다. 결과적으로 홍낭과 그의 시조 <묏버들>의 대중화 과정은 남성중심주의적 시각과 논리가 미학주의와 결합하는 과정이었음을 확인할 수 있었다.

이러한 시각과 논리가 <묏버들>에 대한 연구에도 상당한 영향을 끼쳤음도 확인할 수 있었다. 물론 이 글에서는 그 실마리를 찾았을 뿐이라 할 수 있다. 그런 점에서 후속 논의를 통해 학문적 연구의 주체들이 견지한 시각과 논리가 대중화 과정에 작용한 시각과 논리와 어떻게 관련이 있는지를 검토할 필요가 있다. 이러한 검토가 충분히 이루어질 때 기녀 시조, 기녀 문학을 포함한 여성 문학에 대한 새로운 시각과 방법을 마련해 갈 수 있을 것이다. 이 글이 그 작업의 기초를 마련해 줄 수 있으리라 기대한다.

제 2 장

홍낭 시조의 평가 · 해석과 창작 맥락

1. 서론

근대 이전에는 독서 대중의 인지 대상이 되지 않았던 홍낭(洪娘)의 시조 <묏버들>은 근대 이후에 대중 인지도가 매우 높은 작품이 된다. 근대 이전 지식인들은 남성중심주의와 그 현실적 폐해를 가급적 은폐하고자 하였다 현실적 폐해가 치부(恥部)임이 명확했다. 그런 까닭에 남성중심주의의 희생자였던 홍낭은 존재 자체가 근대 이전 독서 대중에게 잘 드러나지 않았던 것이다.

그런데 근대 이후 홍낭은 계몽주의와 민족주의의 옷으로 갈아입은 남성중심주의에 의해 절기(節妓)로 평가되고 미학주의(aestheticism)[1]에 의해 예기(藝妓)로 평가된다. 이러한 평가가 대중 매체를 통해 거듭 독서 대중에게 알려지면서 홍낭은 도덕성과 예술 능력을 겸비한 '기녀(妓

1) 미학주의의 개념은 임주탁, 「시조 대중화의 한 양상-洪娘과 <묏버들>을 대상으로」, 『고전문학연구』 48(한국고전문학회, 2015), 171쪽; 이 책의 제3부 1장 각주 39)를 참조할 것.

女)'로 재탄생한다. 홍낭의 비참한 삶을 초래한 장본인이라 할 수 있는 최경창(崔慶昌, 1539~1583)은 특히 남성 독서 대중의 선망의 대상이 되기도 한다. 이처럼 도덕성과 예술 능력을 겸비한 기녀로 평가되면서 홍낭은 1970년대 이후까지도 남성중심주의에 사로잡힌 남성들이 선망하는 연애 대상으로 자리하게 된다.[2)]

그렇다면 홍낭의 시조 <묏버들>에 대한 학계의 논의는 어떻게 전개되어왔을까? 이 글은 이 물음에 대한 해답을 찾는 데 일차적인 목적이 있다. 그리고 혹 대중적 수용에 작용한 남성중심주의와 미학주의의 시각과 논리를 수용하거나 확대・강화하는 방향에서 이루어졌다면 그 시각과 논리를 걷어내고 작품의 실상에 한층 핍진하게 다가가는 길을 찾는 데 이차적인 목적이 있다. 두 가지 목적은 홍낭 시조를 비롯한 여성 시조에 대한 선행 논의에 대한 근본적인 성찰이 필요하다는 인식에서 비롯된 것이다.

2. 근대 초기 미학주의에 기초한 예술성 논의의 기저와 모호성

<묏버들>은 『조선시가사강』(1937)[3)]이 서술된 시기까지도 독서 대중은 물론 학계의 관심 밖에 있었다. 홍낭은 근대적인 대중 매체를 통해 거듭 소개되지만 <묏버들>은 이병기[4)]에 의해 비로소 학계의 관심 대상이 되고 독서 대중의 인지 대상이 될 수 있었다.

---

2) 임주탁, 위의 논문, 171~175쪽 참조.

3) 趙潤濟, 『朝鮮詩歌史綱』(東光堂書店, 1937).

4) 李秉岐, 「鄕土文學에 對ᄒᆞ야」, 『三千里文學』 1, 121~128쪽.

① 距今(거금) 380여 년 전 三唐詩人(삼당시인)의 하나인 崔慶昌(최경창, 號(호) 孤竹(고죽))이 北評事(북평사)로서 鏡城(경성)에 가 있다가 京城(경성)으로 돌아올 때 가치 있든 洪娘(홍낭)이 雙城(쌍성, 永興(영흥))까지 와서 孤竹(고죽)을 作別(작별)하고 돌아가다 咸關嶺(함관령, 咸興洪原(함흥홍원)의 境界(경계))에 이르러 날은 저물고 비는 오는데 이 노래를 지어 보냈다.

(……)

그리고 소식이 끈쳤더니 그 다음해에 孤竹(고죽)이 병이나서 봄으로부터 겨을까지 病席(병석)을 떠나지 못하였다. 洪娘(홍낭)이 이 소문을 듣고 바로 發程(발정)하여 七晝夜(칠주야) 만에 京城(경성)에 이르렀다. 그때에 咸平(함평) 兩道(양도)에는 禁行(금행)을 하였고 또는 國恤(국휼)이 지난 지 얼마 아니됨으로 이것이 말성이 되어 孤竹(고죽)은 免官(면관)까지 당하였다.

그러나 이 詩歌(시가)만은 언제까지라도 그 滋味(자미)스러운 情景(정경)을 전해주는 것이다. 洪娘(홍낭)의 纖細(섬세)한 그 情緖(정서)는 그가 말한 묏버들과 같이 아긔자긔하게 움즉이고 있다. 과연 그때 孤竹(고죽)이 이 노래를 받어 보고 어떠하였으리. 그 노래를 번역하는 것만으로는 도저히 견디지 못하였으리.[5)]

①은 <묏버들>의 작가, 독자(잠재독자), 상황, 시기 · 장소 등 창작 맥락과 관련한 정보를 상당히 많이 제공하고 있다. 모든 정보는 오세창 집안에 전사본(傳寫本) 형태로 전하는 자료에서 찾은 것이다.[6)] 그런데 이 자료를 바탕으로 이병기는 <묏버들>의 '예술성'에 초점을 맞춰 논의를 전개하고 있다. 홍낭은 죽었어도 "언제까지라도 그 滋味(자미)스

5) 위의 글, 126~127쪽.
6) 이병기가 홍낭과 <묏버들> 관련 자료를 취득한 것은 1936년 무렵이다. 이지형, 「조선중엽 명기 홍랑의 시조 "묏버들" 원본 첫공개」, ≪조선일보≫, 2000년 11월 13일자.

러운 情景(정경)을 전해" 준다는 것은 <묏버들>이 시대를 초월하여 예술적 쾌감을 주고 있는 작품이라는 말이다.[7] 또 "아긔자긔하게 움즉"이는 "纖細(섬세)한 情緖(정서)"는 초역사적인 예술적 쾌감이 탁월한 예술적 기교에 의한 것임을 지적한 말이라 할 수 있다.

<묏버들>은 근대 독서 대중에게 소개되기 이전에 인구에 회자된 노래가 아니었다. 인용한 정보만을 고려하더라도 내밀한 사연을 전하는 편지와 같은 성격을 띠고 있음을 알 수 있다. 실제로 최경창의 후손에 의해서도 은밀하게 전해졌다. <묏버들>의 텍스트가 전사본이 유일한 것도 그 때문이다. 이렇듯 대중적 수용이 이루어지지 않던 <묏버들>이 시간과 장소를 넘어서 누구에게나 예술적 쾌감을 주는 작품이라고 할 수는 없을 것이다.

물론 최경창도 이병기와 같거나 유사한 정서적 반응을 하였을지 모른다. 하지만 최경창이 <묏버들>에서 "洪娘(홍낭)의 纖細(섬세)한 情緖(정서)"가 "아긔자긔하게 움즉"인다고 감지했다고 볼 수 있을지는 의문이다. <묏버들>의 악부시 <번방곡(翻方曲)>에서 우리는 홍낭에 대한 최경창의 연민과 동정의 태도는 읽어낼 수 있다. '파리하고 근심 어린 기색(憔悴愁眉)'은 이별 후 자신을 그리워하며 불안감에 휩싸여 있을 홍낭의 모습을 구상화한 것이라 할 수 있고, 그 형상은 홍낭과의 관계에서의 구체적 경험이 없이는 상상하기 힘든 것이기 때문이다.

하지만 ①에서 이병기가 홍낭이나 최경창이 가졌을 법한 갈등과 번민을 읽어낸 흔적은 찾아보기 어렵다. 상당한 정보를 담고 있는 자료를 확보하고서도 창작 맥락을 고려하여 <묏버들>을 이해한 흔적이

7) 시간과 장소를 초월하여 예술적 쾌감을 느끼게 한다는 예술의 특성을 말한다. "滋味(자미)스러운 정경"은 예술적 쾌감을, "언제까지라도"는 그 쾌감의 초역사성을 각각 말한 것이다.

없다는 것이다. 홍낭의 예속적 신분과 최경창의 현실적 처지는 <묏버들>의 두 사람 모두 중요하게 고려한 사항이다. 그 점에 대한 고려가 <번방곡>에 분명하게 드러나고 있는데도 전혀 언급되지 않고 있다. 홍낭은 북평사(北評事) 최경창의 시기(侍妓, 시첩(侍妾), 시희(侍姬))였고, 최경창에게는 부인이 있고 아들이 있었다. 비록 최경창을 사랑하는 홍낭의 행위가 쾌락원리(principle of pleasure)에 충실한 것이었다 해도 그가 부임지를 떠나서 귀경하는 시점부터 홍낭은 현실원리(principle of reality)를 따르지 않을 수 없는 처지에 있었다. 쾌락원리와 현실원리 사이의 번민, <묏버들>은 그 번민을 일정하게 드러내고 있다. <번방곡>에서 <묏버들>의 '나'를 '파리하고 근심 어린 기색'으로 표현한 데서 우리는 그 번민을 최경창이 읽어냈음을 가늠해 볼 수 있다. 창작 맥락을 충분히 고려하여 수용하였다는 말이다. 따라서 이병기의 심미적 반응(aesthetic response)은 최경창의 정서적 반응과 사뭇 다르다고 할 수 있다.

그런데도 ①에서 <묏버들>에 대한 예술성 논의는 홍낭에 대한 총체적인 평가의 근거가 되고 있다. <묏버들>의 유일한 잠재독자였던 최경창에 대한 '문장가(=예술가)로서의 긍정적 평가'가 홍낭에 대한 평가를 일정하게 뒷받침해 주리라는 판단도 일성하게 작용하고 있어 보인다. 최경창이 삼당시인(三唐詩人)의 하나로 시적 재능이 탁월했음은 충분히 인정할 만하다. 하지만 그것이 최경창에 대한 총체적인 평가의 중요한 준거가 되었던 것은 아니다. 여기서 우리는 이병기가 한 인물에 대한 평가를 그가 창작한 작품에 대한 예술적 평가로 환원하는 미학주의의 시각을 견지하고 있음을 확인할 수 있다.

특히 홍낭과의 관계에서 최경창은 비판받을 수 있는 인물이다. 그런데도 이병기는 최경창이 예술적 성취가 높은 문학을 창작한 작가였다는 평가에 공감하고 있다. 이러한 평가는 근대 초기 홍낭을 평가하여 소개하는 데 작용하였던 남성중심주의 시각에 바탕을 두고 있다. 그 시각에서 홍낭은 "文章風采(문장풍채) ㅣ 有足以動人者(유족이동인자)"[8]인 최경창에 대한 절의(節義)를 끝까지 지킨 기녀였기 때문에 고평되었다. 근대 이전의 절기(節妓)는 외적(外賊)에 몸을 허락하지 않고 죽음을 선택한 기녀에 국한되었다. 예속적 신분의 기녀가 특정 남성에게 절의를 지키는 행위는 근대 이전 남성중심주의 사회에서는 용인되기 어려웠다. 그 때문에 최경창을 표창하는 남성들에 의해 홍낭의 행적은 감추어졌다. 남성중심주의는 근대 이후에 계몽주의와 민족주의로 옷을 갈아입었다. 근대 이후 기녀의 예속성이 법적·제도적으로는 해소되었다. 하지만 그것이 기녀들의 생활의 종속성까지 해결해 준 것은 아니다. 그런데도 근대 초기 계몽주의는 생계를 위해 몸을 팔아야 했던 기녀들에게 도덕적 책무까지 지우고자 하였다. 도덕적 책무를 다하지 못한 남성 최경창은 "문장풍채"가 사람을 감동시킨 인물로 표창하고, 최경창으로 인해 비참한 삶을 살았던 여성 홍낭은 절기로 표창하는 행위는 그러한 사회사적 맥락에서 이루어졌다. 이병기가 견지하고 있는 미학주의는 기본적으로 두 인물을 호평한 계몽주의적 시각과 논리를 수용하고 있다. 그런 점에서 이병기의 미학주의는 남성중심주의에 바탕을 두고 있다고 할 수 있다. 달리 말하면 남성중심주의가 미학주의로 옷을 갈아입은 것이라 할 수 있다.

남성중심주의에 바탕을 둔 미학주의는 근대적인 문학(예술) 관념이 문인 지식인 사회에 확산하면서 1930년대 이후 학계에도 자연스럽게 수용된 것으로 보인다. 근대적인 문학 관념은 1910년대부터 이광수(李光洙, 1892~1950)를 필두로 하는 동경 유학생 집단을 매개로 지식인 사

8) 嵩陽山人, 「松齊漫筆 (一六一) 逸士遺事 ▲ 春節 洪娘」, 『每日申報(미일신보)』, 1916년 7월 28일자.

회에 널리 확산하였다. 새로운 관념에서 문학은 과학 · 사상 등 제반 사회적 영역과는 독립적으로 존재하는 예술의 한 영역이 된다. 인간의 정신 작용은 지(智, 知)와 정(情)과 의(意)로 독립적으로 구분되어 있고 세 정신 작용은 각각 진(眞), 미(美), 선(善)이라는 절대가치를 지향한다. 예술은 인간의 정신 작용 가운데 미를 지향하는 정신 작용의 산물이다. 문학은 언어 예술[9]로서 여타의 영역과는 독립적으로 존재한다. 이러한 문학 관념은 창작 주체의 다방면에 걸친 복합적 활동에서 예술 활동을 분리하여 생각할 수 있게 하고, 예술 작품에 대한 심미적 평가(aesthetic judgment)로써 창작 주체를 평가할 수 있게 하는 길을 열어 주었다.

물론 이광수는 문학을 "昔日(석일)의 文學(문학)"과 "今日(금일)의 文學"으로 구분하여 금일의 문학은 정이라는 정신 작용뿐 아니라 지와 의라는 정신 작용까지도 추동하는 장이 되어야 한다고 주장하였다. "昔日(석일)의 文學(문학)"이 대부분 정(情)의 산물이었다면 "今日(금일)의 文學(문학)"은 진리를 추구하고 삶의 방향성을 제시할 때 비로소 '가치'가 있다고 주장한 것이다.[10] 하지만 「文學(문학)의 價値(가치)」에서 제시된

9) 그래서 문예(文藝)라는 용어가 즐겨 사용되었다.

10) "元來 文學은 다못 情的 滿足 卽 遊戲로 싱겨나실디며 ᄯᅩ 多年間 如此히 알와시나 漸漸 此가 進步 發展ᄒᆞᆷ에 及ᄒᆞ야ᄂᆞᆫ 理性이 添加ᄒᆞ야 吾人의 思想과 理想을 支配ᄒᆞᄂᆞᆫ 主權者가 되며 人生 問題 解決의 擔任者가 된지라. (……) 故로 今日 所謂 文學은 昔日 遊戲的 文學과ᄂᆞᆫ 全혀 異하ᄂᆞ니 昔日 詩歌 小說은 다못 鎖閑遣悶의 娛樂的 文字에 不過ᄒᆞ며 ᄯᅩ 其作者도 如等ᄒᆞᆫ 目的에 不外ᄒᆞ여시나(悉皆 그러하다ᄒᆞᆷ은 안이나 其大部分은) 今日의 詩歌 小說은 決코 不然ᄒᆞ야 人生과 宇宙의 眞理를 闡發ᄒᆞ며 人生의 行路를 研究ᄒᆞ며 人生의 情的(卽 心理上) 狀態及變遷를 攻究ᄒᆞ며 ᄯᅩ 其作者도 가쟝 沈重ᄒᆞᆫ 態度와 精密ᄒᆞᆫ 觀察과 深遠ᄒᆞᆫ 像想으로 心血을 灌注ᄒᆞᄂᆞ니 昔日의 文學과 今日의 文學을 混同티 못ᄒᆞᆯ지로다. 然ᄒᆞ거ᄂᆞᆯ 我韓同胞 大多數ᄂᆞᆫ 此를 混同ᄒᆞ야 文學이라 ᄒᆞ면 곳 一個 娛樂으로 思惟ᄒᆞ니 ᄎᆞᆷ 慨歎ᄒᆞᆯ 바ㅣ로다." 李寶鏡, 「文學의價値」, 『大韓興學報』 11(東京: 大韓興學會, 1910.3), 18쪽. 그가 창작한 <무정>은 그 스스로 '금일의 문학'의 사례를 보여준 것이다. <무정> 서술자의 선지자적인 특성은 이 작품을 통해 이광수가 문학이 세계의 진리

이 주장이 「文學(문학)이란 何(하)오」[11]에서는 거의 사라지게 되고, 이른바 '정(情)의 문학'만이 도드라지게 남게 된다. 결국 '정의 문학' 이론은 예술 활동 이외의 활동을 문제 삼지 않고 문학 작품만으로 창작 주체의 됨됨이를 평가할 수 있는 길을 열어 준 셈이다. 그 길이 '예술을 위한 예술(Art for art's sake, 예술지상주의)' 관념의 수용에 의해 한층 더 확장되었음은 물론이다.

창작 주체에 대한 평가를 문학 작품에 대한 심미적 평가로 환원하는 미학주의는 예술 활동 이외의 행위에 대한 무관심을 정당화한다. 근대 이전 문학 활동을 주도했던 남성에 대한 평가가 문학 작품에 대한 심미적 평가로 환원할 때 남성중심주의의 폭력성은 가려지거나 묵인되기 십상이다. 그런 점에서 근대 미학주의는 남성중심주의에 대한 비판적 접근을 차단하는 역할을 하였다고 할 수 있다. ①은 이러한 미학주의의 시각에서 홍낭과 <묏버들>에 접근한 것이다.

이광수는 '정'의 문제를 객관적인 논의 과정을 통해 다룰 수 없음을 솔직히 인정하였다. 그런 까닭에 정의 정신 작용의 산물인 근대 이전의 문학은 학문 대상이 되기가 어려웠고, 따라서 서구의 근대 학교 교육의 교육 내용에서도 배제되었다고 보았다.[12] 학교 교육에서는 배제되어도 학술적 논의가 불가능한 것은 아니다. 그런 까닭에 거듭해서 문학론을 개진하였다. 하지만 근대 초기 미학주의는 문학 작품에 대한

와 그 속에서의 인간의 삶의 방향을 아울러 제시할 수 있음을 보여주고자 한 데서 비롯한 것이라 할 수 있다.

11) 春園生, 「文學이란 何오」, 『每日申報(ᄆᆡ일신보)』, 1916년 11월 11・12・14・15일자 연재.

12) "大抵累億의 財가 倉廩에 溢ᄒᆞ며 百萬의 兵이 國內에 羅列ᄒᆞ며 軍艦 銃砲 劍戟이 銳利無雙ᄒᆞ단덜 其國民의 理想이 不確ᄒᆞ며 思想이 卓劣ᄒᆞ며 何用이 有ᄒᆞ리요. 然則 一國의 興亡盛衰와 富强貧弱은 全히 其國民의 理想과 思想 如何에 在ᄒᆞᄂᆞ니 其理想과 思想을 支配ᄒᆞᄂᆞᆫ 者ㅣ 學校敎育에 有ᄒᆞ다 ᄒᆞᆯ디나 學校에셔ᄂᆞᆫ 다못 智나 學ᄒᆞᆯ디요 其外ᄂᆞᆫ 不得ᄒᆞ리라 ᄒᆞ노라 然則何오 曰 文學이니라." 李寶鏡, 앞의 글, 19쪽.

분석적 논의 과정은 보여주지 못하였다. 심미적 혹은 정서적 반응(aesthetic response)까지 분석적 과정을 통해 설명하는 방법론을 마련하지 못하였던 것이다. ①에서 심미적 반응을 설명하는 과정을 전혀 보여주지 않고 주관적 인상(印象)만을 가지고 <묏버들>이 초(超) 역사성을 지닌 예술로서의 가치를 지니고 있다고 주장하고 있는 것도 당대 학계 상황을 반영한 것이라 할 수 있다. 근대 초기 미학주의는 텍스트의 분석적 접근 방법에 관심이 없고 따라서 작품의 적절한 해석 방법을 마련하지 못했다. 따라서 <묏버들>에 대한 논의에서 주장만 있고 주장을 뒷받침할 논거를 명확하게 제시하지 못하는 것은 비단 개인의 문제만은 아니었다고 할 수 있다.

3. 해방 이후 미학적 논의의 전제와 자의성

이병기에 의해 모호하게 전개된 <묏버들>의 '예술성'에 대한 논의는 해방 이후 양주동에 의해 '공감'되어 다음과 같이 부연되기도 한다. 하지만 논의는 모호한 차원에서 여전히 벗어나지 못하고 있다.

> ② 眞娘(진낭)의 노래가 능란하고 노련한 솜씨임에 대하여 洪娘(홍낭)의 노래는 또 얼마나 진솔한 애티를 띠었는가! 같은 倒句法(도구법)이언만 저의 [가랴마는 제 구ᄐᆞ예]는 짓궂고 능청맞고 이의 [보내노라 님의 손ᄃᆡ]는 자연스럽고 솔직하며, 같은 多情(다정)이언만 저의 [어져 내일이여]는 익을 대로 무르익고, 이의 [날인가도]는 可愛(가애)롭게도 생생하다. 뉘라서 이 北地(북지)의 純情(순정)한 才媛(재원)을 花柳(화류)의 몸이라 하느뇨. 孤竹(고죽)은 절절한 연애에 벼슬을 버려 風流(풍류)의 佳話(가화)를 남겼거니와 이 絶調(절조)를 우리말

> 로 酬唱(수창)치 못하였으니 文章(문장)의 이름에 오히려 부끄럽다 하리라.[13]

양주동은 근대 초기부터 문학 연구에 도입된 민족주의의 시각을 가지고 국어시가에 접근했다. "民族文化(민족문화) 建設(건설)에 있어서 古典文學遺産(고전문학유산)의 正當(정당)한 攝取(섭취)가 民族的(민족적) 營養素(영양소)로, 또는 當來(당래)할 文化(문화)의 醱酵素(발효소)로 사뭇 重要(중요)한 材料(재료)를 提供(제공)"[14]하기 때문에 향가를 해독하고 고려가요를 주석하였다고 한다. 그 시각에서 볼 때 우리말로 창작된 시조 작품은 그 자체가 고평되어야 할 대상이다. 최경창이 우리말로 "酬唱(수창)치 못하"였기에 "文章(문장)의 이름 오히려 부끄럽다"라고 한 논평은 그런 측면에서 이해될 수 있다.

또한, 양주동은 근대 초기 민족주의만이 아니라 이병기에 의해 문학 연구에 도입된 미학주의도 수용하였다. 그 점은 "우리의 時調平(시조평)에 女流(여류)의 作(작)이 分量(분량)은 그리 많지 못하나마 情(정)에서 몹시 뛰어남은 대견할 일"[15]인데다 황진이와 홍낭의 시조가 "우리時調(시조)의 「情(정)」의 표본"[16]이라고 보고 있는 데서 확인할 수 있다. 그런 시각에서 양주동은 홍낭의 시조가 황진이의 시조와 함께 조선 민족 문학을 대표하는 걸작[17]이라고 평가하였다.

②에서 양주동은 "보내노라 님의손듸"와 "날인가도"에 대한 자신의

---

13) 梁柱東, 「續, 古歌今釋-時調와 麗謠-」, 『白民』 5-3(白民文化社, 1949), 148~149쪽.
14) 위의 글, 143쪽.
15) 위의 글, 148쪽.
16) 위와 같은 곳.
17) 양주동은 "羅, 麗, 鮮 三代의 詩歌中에 어느것이 傑作이며 우리民族의 理念과 時代精神을 代表할만한 作인가"(위의 글, 143~144쪽)라는 물음에 대한 나름의 답변으로 인용한 글을 썼다.

심미적 반응을 바탕으로 <뭿버들>이 예술성 높은 작품이라고 평가하고 있다. 해방 이전 기녀 시조의 예술성을 드러내려는 시도는 이병기에 의해 주도되었다. 가장 앞선 논의 대상은 황진이 시조였다. 양주동은 황진이 시조를 대상으로 전개되었던 기녀 시조에 대한 이병기의 논의를 전제로 수용하고 있다. 황진이가 "능란하고 노련한 솜씨"를 지닌 인물이라고 한 것이나 홍낭의 시조를 황진이의 시조[18]와 비교하고 있는 데서 그 사실을 분명하게 확인할 수 있다. 따라서 ②는 ①에서 구체화하지 않은 "예술적 기교"를 구체적으로 설명해 보고자 한 것이라 할 수 있다.

양주동은 도치법의 사용에서 황진이의 시조가 "짓궂고 능청맞"은 데 비해 홍낭의 시조는 "자연스럽고 솔직하"다고 보았다. 또 "어져 내 일이여"가 "익을 대로 무르익"은 표현인 데 비해 "날인가도"는 "可愛(가애)롭게도 生生(생생)"한 표현이라고 보고 있다. 이러한 비교 결과만을 두고 보면, 황진이의 시조가 예술적 기교가 세련된 데 비해 홍낭의 시조는 그렇지 않다. 그래서 양주동은 황진이의 시조에 비해 홍낭의 시조가 예술적 기교면에서 '애티'를 벗지 못하였다고 설명하고 있다. 그런데도 양주동은 '애티'를 벗지 못하였기에 오히려 "純情(순정)"한 감정을 자연스럽고 생생하게 표현할 수 있었으며, 바로 그 점에서 <뭿버들>을 창작한 홍낭을 극찬하고 있다. 역설의 논리를 활용한 것이다. 이러한 역설의 논리에 기대어 <뭿버들>을 창작한 "北地(북지)의 純情(순정)한 才媛(재원)"이 "花柳(화류)의 몸"으로 다루어져서는 안 된다고 주장하고 있다.

18) 여기서 인용하고 있는 황진이의 시조는 성종이 유호인(兪好仁)을 보내고 난 후의 심정을 표현한 작품이다. 작가 고증이 온전하게 이루어진 이후에도 여전히 황진이의 시조로 자주 인용되고 있다. 황진이 시조에 대한 이병기의 평가는 임주탁, 『옛노래 연구와 교육의 방법』(부산대학교출판부, 2009), 343~345쪽 참조.

양주동은 언어 텍스트를 이루고 있는 구체적인 어휘를 가지고 <묏버들>의 예술성을 드러내려고 하였다. 하지만 <묏버들>의 예술성을 구체적으로 설명하거나 논증하는 과정은 역시 보여주지 못하고 있다. "보ᄂᆡ노라 님의손ᄃᆡ"가 왜 자연스럽고 솔직한 표현인지, "날인가도"에서 왜 "可愛(가애)롭게도 生生(생생)"한 느낌을 갖게 되는지, 구체적인 심미적 반응 과정을 설명하지 않고 있는 것이다. 따라서 양주동 역시 <묏버들>을 포함한 기녀 시조 작품이 예술성을 갖추었다고 높이 평가하면서도 그 근거는 분명하게 제시하지 못하였다고 할 수 있다.

결국, 이병기뿐 아니라 <묏버들>에 대한 양주동의 논의도 모호성을 띤 인상 비평의 차원에서 머물고 있는 셈이다. 그런데도 이러한 논의는 해방 이후 상당한 학문적 권위를 가지게 된 듯하다. 특히 그 권위는 <묏버들>을 포함한 기녀 시조에 대한 거듭된 평가에 의해 강화된 것으로 보인다.

> ③ '기류(妓流)의 시조'
> 근조 중엽(中葉)에는 작자도 많았고, 우수한 작품도 많았다.
> 그러나 도학자(道學者)의 작보다는 오히려 기생들의 작에서 더욱 절품(絶品)을 찾을 수 있다. (……) 홍랑(洪娘) 등의 작이 한두 편씩 전하고 있으니, 이들은 모두가 진개(塵芥) 속의 금옥(金玉)이라 하겠다.[19]

> ④ 이것은 洪娘(홍낭)의 노래다. (……)
> 이처럼 妓流(기류)의 作品(작품)들은 저 道學家(도학가)들이 즐겨하는 무슨 觀念(관념)으로서나 遊戲(유희)로서 時調(시조)를 읊은 것이 아니라, 切迫(절박)한 生活感情(생활감정)과 人情(인정)을 巧妙(교묘)한

19) 李秉岐・白鐵, 『표준 국문학사』(新丘文化社, 1957), 90쪽.

> 修辭(수사)로써 읊어 낸 데에 그 長技(장기)가 있었음을 본다. 그리고 비록 그들의 社會的(사회적)인 身分(신분)은 얕았으나 그들이 지니고 있는 敎養(교양)은 그들이 日常(일상) 接觸(접촉)하는 兩班(양반)들이 지니고 있는 것에서 그리 멀지 않았음을 보아, 그들의 文學(문학)이 貴族(귀족) 兩班(양반)들의 文學(문학)을 壓倒(압도)하여 왔음을 우리는 또한 注目(주목)하지 않을 수 없다.[20]

그런데 ③에서도 이병기는 여전히 구체적인 근거를 제시하지 않고 주장만 되풀이하고 있다. <묏버들>이 '절품', '진개 속의 금옥'의 하나라고 평가하고 있지만, 그 이유는 설명하지 않고 있는 것이다. 이렇게 ③에서 보여준 평가에 대한 근거가 얼핏 ④에서 명시적으로 제시된 듯 보인다. "切迫(절박)한 生活感情(생활감정)을 巧妙(교묘)한 修辭(수사)로써 읊어" 냈다고 해설하고 있기 때문이다. 하지만 이러한 설명은 이병기가 <묏버들>만이 아니라 '기류의 시조'를 논의할 때마다 즐겨 활용했던 것이기는 하나 구체적 근거가 명시된 적은 없다. 그런데도 이러한 해설이 양주동에 의해 '공감'되기도 하면서 해방 이후에는 홍낭 시조에 대한 객관적인 설명으로 널리 수용되었던 것으로 확인된다.[21]

기녀 문학, 특히 기녀시조에 대한 이병기의 해설과 평가는 학계 안팎에서 두루 인정되었던 듯하다. 2000년대 초반에 이루어진 한 설문조사 결과[22]는 현대시조 시인들의 고시조에 대한 호오마저 이병기에

20) 李秉岐·白鐵, 『國文學全史』(新丘文化社, 1973(초판 1959)), 129~130쪽.

21) "이처럼 妓流의 時調는 切迫한 生活속에서 그들의 生活感情과 人情을 巧妙하게 읊어낸 데에 그 長技가 있고, 그들이 비록 社會的 身分은 微賤했으나, 그들의 敎養은 兩班士類와 比肩하였고, 그들의 文學은 兩班貴族들의 그것을 壓倒하여 왔음을 우리는 妓流歌壇의 作風에서 充分히 發見할 수가 있다." 李廷卓, 「時調歌壇攷」, 『安東大學 論文集』 8(安東大學, 1986), 16쪽.

22) 『나래시조』 2006년 여름호에는 93인의 현대시조 시인들이 좋아하는 고시조 'Top10'이 밝혀져 있다. 공동 10위를 차지한 작품이 3편이라 총 12편의 고시조 작품이 'Top10'에

의해 좌우되었을 가능성까지 시사하고 있다. 그 많은 고시조 작품 가운데 현대시조 시인들이 가장 좋아하는 고시조에 <동짓달>과 <묏버들>이 각각 1위와 2위로 선정되었다. "교묘한 수사"이기에 언어로 표현할 수 없었다고 할 수 있을지 모른다. 하지만 예술을 학문 대상으로 삼은 이상 심미적 체험의 과정 또한 논리적인 언어로 설명되어야 한다. 그렇지 않고 모호한 언어로 표현된 미학주의의 논리가 남성중심주의의 폭력성을 가리는 것은 올바른 학문적 접근이라 할 수 없을 것이다.

계몽주의 혹은 민족주의로 발현되기도 하였던 남성중심주의에 바탕을 둔 미학주의의 시각과 논리는 오늘날까지 특히 기녀 시조에 대한 학문적 권위를 누리고 있다. 물론 1970년대에 접어들면서 <묏버들>에 대한 새로운 접근이 시도되기도 하였다. 하지만 이 새로운 접근 또한 <묏버들>에 대한 이병기와 양주동의 논의(주로 평가)를 기본적으로 수용하는 방향에서 이루어진 것으로 보인다.

김열규는 '서정성(抒情性)'에 대한 천착[23] 과정에서 다음과 같이 <묏버들>에 대한 분석적 논의를 시도한다.

> ⑤ 이 時調(시조)의 作品性(작품성)은 먼저 愛情(애정)을 告白(고백)한 戀歌(연가)다운 抒情(서정)-그것도 悲歌(비가)다운 餘韻(여운)을 풍기고 있는 抒情(서정)에 있다. 그 抒情性(서정성)은, 이 作品(작품)이 님을 向(향)한 부름-懇切(간절)한 그 '부름의 말'에 依支(의지)해 있다는 것을 알게 됨으로써 적어도 明證(명증)한 것이 될 수 있는 것이다. 우리가 이 詩(시)를 읽으면서 詩(시)와 더불어 律動(율동)한다면 그것은 이 부름의 말의 움직임을 따른 것이다.

선정되었는데, 황진이(3편)·홍낭·이매창의 작품 5편이 선정되었다(실제로 황진이 작품이라고 확정할 수 있는 것은 8위에 선정된 <청산리>밖에 없다).

23) 金烈圭, 「韓國詩歌의 抒情의 몇 局面」, 『東洋學』 2(단국대 동양학연구소, 1972), 79~103쪽.

이 詩(시)에서 詩(시)의 모든 것은 묏버들 하나에 集中(집중)되어 있다. 三章(삼장)에 고루 內在(내재)하면서 詩(시) 全體(전체)를 하나로 엮는 焦點(초점)이 되어 있다. 詩(시)의 모든 것이 거기 集約(집약)된다고 할 때 거기에는 表現主體(표현주체)도 님도 밤비도 包含(포함)되어 있다. 表現主體(표현주체)는 묏버들에 自我(자아)의 모든 것-사랑을 걸고 있다. 自我(자아)의 모든 것은 그 이미지에 內在(내재)하여 存在(존재)하고 있다. 그것은 詩的(시적) 이미지의 典型(전형)이다. 呪術的(주술적)인 祈祝(기축)으로 內在(내재)하는 매듭이 마련되어 있는 것이다. 表現主體(표현주체)는 묏버들에 깊이 沒入(몰입)하고, 묏버들은 表現主體(표현주체)에 깊숙이 沒入(몰입)해들고 있는 것이다. 이 相互沒入(상호몰입)에서 이미지의 抒情性(서정성)은 決定(결정)된다. 그것을 抒情的9서정적) 象徵化(형상화)라 불러도 좋다. '갈히'었을 때 사랑은 選擇(선택)된 것이다. 어디에든, 아무렇게나 現存(현존)하는 것이 아니다. 그것은 골라진 것이고 따라서 主體的(주체적) 意志(의지)의 作用(작용)을 含蓄(함축)하고 있다. 이 主體的(주체적) 意志(의지)에 依(의)해 '보내노라'라는 獻呈(헌정)이 그 뜻을 더하게 된다. 스스로 擇(택)한 것이기에 獻呈(헌정)할 보람이 있는 것이다. 主體的(주체적) 意志(의지)에 依(의)한 選擇(선택)과 獻呈(헌정)으로 말미암아 '묏버들'-특히 '뫼'로서 謙讓(겸양)된 사랑이 값신 것이 될 수 있는 것이다. 表現主體(표현주체)는 그 사랑이 '뫼'의 것, 野山(야산)의 것이라고 卑下(비하)하고 있는 것이다. 이 때 이 詩人(시인)이 妓生(기생)이었다는 것을 傍證(방증)으로 삼을 수도 있다. 兩班(양반)과의 사이에서 필경 自信(자신)이 處(처)해 있는 位置(위치)가 그 "뫼"에 凝縮(응축)된 것이다.

(……) 窓外(창외)라는 地理的(지리적) 條件(조건)은 묏버들로서는 當然(당연)한 것이라는 論理(논리)도 있을 수 있다. 그러나 表現主體(표현주체)가 自身(자신)의 사랑을 묏버들에 담을 때 窓外(창외)는 이미 豫想(예상)되어 있는 것이다. 말하자면 窓外(창외)는 主(주)이미지인

묏버들의 構成要素(구성요소)로서의 그 從屬性(종속성)이 豫想(예상)되고 있는 것이다. 窓(창)안에, 님 바로 곁에 들여지지 않을 그의 處地(처지)가 묏버들에 담겨질 때 窓(창)밖은 豫見(예견)된 것이다. 묏버들의 뫼와 窓外(창외)는 서로 呼應(호응)하고 있는 것이다. 여기에서 이 戀歌(연가)가 戀歌(연가)임에도 지니고 있는 悲歌(연가)다운 情調(정조)의 根源(근원)을 理解(이해)하게 될 것이다. (……) 이 詩人(시인)은 님에게서의 自身(자신)의 距離(거리)를 不可避(불가피)의 것으로 受容(수용)은 하면서도 自身(자신)이 님에게서의 不可避(불가피)의 存在(존재)로 깊이 님에게 잠겨 있음을 表白(표백)하고 있는 것이다. 이 詩(시)의 悲劇的(비극적) 情調(정조)는 이 緊張(긴장)에 依(의)해서 한층 더 높여진다. 緊張度(긴장도)는 마지막 章(장)에서 더욱 高調(고조)된다. '밤비'에 '새닢'-그것은 아무리 묏버들의 것이라 해도 可(가)히 異蹟(이적)의 境地(경지)다. 可(가)히 求(구)해질 수 없음 직한 것이 해지고 있는 것이다. 그것은 이르지 못할 確率(확률)이 한결 큰 것에 對(대)한 渴求(갈구)인 것이다. 밤비에 새잎이 나는 것과 表現主體(표현주체) 사이에 距離(거리)가 있고 그 距離(거리)에서 緊張(긴장)은 다시 한번 더 높여지는 것이다. (……)

事實(사실) 이 詩(시)의 冒頭(모두)에 나타날 때의 묏버들은 사랑의 象徵(상징)인 것은 틀림없다. 그러나 一般的(일반적)인 觀念(관념)으로 하면 그것은 非慣習的(비관습적)이긴 하나 한편 사랑의 象徵(상징)치고는 보잘 것 없다든가 어울리지 않는다든가 하는 印象(인상)을 免(면)할 수가 없는 것이다. 그래서 그다지 創造的(창조적)인 象徵(상징) 같아 보이지는 않을 것이다. 사랑의 文脈(문맥) 속에서 님에게 바쳐질 꽃의 象徵性(상징성)과 比較(비교)했을 때 이러한 印象(인상)은 確證(확증)을 얻게 될 것이다.

그러나 終章(종장)에 와서 一轉(일전)된다. 밤비에 돋아 날 새잎의 이미지와 關聯(관련)되면서 묏버들은 이 詩人(시인)이 處(처)한 사랑의 狀況(상황)과 그 속에서 이 詩人(시인)이 품은 渴求(갈구)를 매우

> 獨創的(독창적)으로 形象化(형상화)할 수 있는 것이다. 그것은 마치 이 詩人(시인)에 限(한)해서 그것도 오직 한번에 限(한)해서 있을 수 있었던 經驗(경험)과 表現(표현)의 매우 主觀的(주관적)인 完成(완성)인 듯 보이기에 足(족)한 것이다. 하지만 同時(동시)에 그 이미지를 通(통)해서 詩人(시인)의 渴求(갈구)며 經驗(경험)이 누구에게나 傳達(전달)이 可能(가능)한 普遍性(보편성)을 지니게 되었음도 看過(간과)하지 말아야 한다.
>
> 이러한 一轉(일전)에도 不拘(불구)하고 終章(종장)은 依然(의연)히 初(초)·中章(중장)이 包括的連續(포괄적연속)인 것도 틀림 없다. 말하자면 이 終章(종장)은 轉換(전환)있는 連續(연속)이고 전환(轉換)이 있는 連續的(연속적) 終結(종결)인 것이다. (……)[24]

⑤는 카이저(Wolfgang Kayser)에 의해 정립된 내재적 비평의 방법을 적용하여 언어 텍스트의 내적 맥락을 분석한 것이다.[25] 내재적 비평은 작품 바깥 세계와는 독립적인 작품 안 세계를 전제한다. 그 세계는 일정한 '구조'를 갖추고 있고, 그 구조를 이루는 요소들은 생명체처럼 상호작용을 한다고 간주한다. 김열규는 '구조'에 대한 관심을 부각하지 않았지만, 자품은 '유기적인 생명체'라고 전제하고 전체와 부분의 관계를 설명함으로써 ⑤에서와 같이 <묏버들>의 '작품성'을 드러내고자 하였다. '작품성'이란 단순히 정서적 통일성을 가리키는 것이 아니라 그 바탕 위에 만들어진 작품 자체의 예술적 가치를 아울러 가리키

---

24) 위의 논문, 80~82쪽.

25) 내재적 비평은 주로 동시대 문학(예술)을 대상으로 삼는다. 동시대 문학은 작가와 일반 독자가 텍스트의 맥락 정보를 공유하고 있는 경우가 많은 까닭이다. 그런 경우 텍스트 외적인 맥락 정보를 참고하지 않고 비평이 가능할 수도 있다. 하지만 <묏버들>과 같이 작가와 오늘날의 독자가 공유하는 맥락 정보가 매우 적은 작품은 내재적 비평의 대상으로 삼기가 매우 어렵다. ⑤에서 텍스트 바깥의 정보를 부분적으로 활용하고 있는 것도 그러한 사정을 반영한 것이라 할 수 있다.

는 말이다. 말하자면 김열규는 <묏버들>의 정서적 통일성과 아울러 이병기가 관심을 보였던 예술성을 분석적 논의 과정을 통해 드러내고자 한 것이다.

김열규는 <묏버들>을 이루는 모든 부분의 중심에 '묏버들'이 자리한다고 보고 있다. 텍스트를 이루는 모든 언어가 '묏버들'을 중심으로 결합해 있을 뿐 아니라 "表現主體(표현주체)도 님도 밤비도"도 여기에 집약하고 있다고 보고 있다. <묏버들>에서 화자의 정서가 처음부터 끝까지 '묏버들'을 매개로 표출되고 있다는 점은 분명하다. 그 정서는 홍낭이 뒤늦게 '묏버들'을 꺾어 보내야겠다고 결심한 순간에 지니게 된 정서였을 것이다. 그런데 김열규는 여기서 더 나아가 '표현 주체'와 '묏버들'이 '상호몰입'하고 있다고 전제하고 있다. 작품 속에 언어로 표상된 사물이 독자는 물론 작가에 대해서도 일정한 작용을 하는 주체로 간주하고 있는 것이다. 김열규는 이 전제가 있어야 <묏버들>의 '작품성'을 드러낼 수 있다고 본 듯하다. 하지만 이미 작가의 손을 떠난 작품의 구성 요소(핵심이든 아니든)가 작가에 일정한 작용을 한다는 전제에 동의하기란 쉽지 않다.

또한 ⑤가 보여주고 있는 정서적 반응의 과정과 내용은 극히 모호할 뿐 아니라 시어에서 의미를 분석하는 과정은 매우 자의적이다. 기녀가 봄날 이별하는 상황에서 정인(情人)에게 버들가지를 꺾어 주는 관습은 오랜 역사를 가지고 있다. 특히 최경창이 남다른 조예가 있었던 당시(唐詩)에는 이를 소재로 창작된 작품이 상당한 비중을 차지하고 있다. 그렇게 꺾어 건네는 '버들'에는 춘정(春情)을 자극하여서라도 정인이 잊지 않고 자기를 기억해 주기를 바라는 기녀의 마음이 담겼다. 그런데 김열규는 그 '버들'이 관습적 상징이 아니라 창조적 상징이라고 해석하고 있다. 물론 '버들'이 아닌 '묏버들'이기 때문에 그런 해석이 가능하다고 보고 있다. 하지만 '뫼'에서 겸양 혹은 자기 비하의 태도를 읽어내고, 그러한 태도가 함축되었기에 '창외'라는 공간과 연결될 수밖에 없다는 설명 또한 수긍하기 어렵다. '버들'과 '묏버들' 사이에 그와 같은 차이가 있다고 볼 수 없기 때문이다. <묏버들>을 창작한 장소가 산중이 아니라 내가 흐르는 들녘이었다면 홍낭은 산버들이 아닌 냇버들을 꺾었을 것이다. 더욱이 유일하게 설정된 잠재독자 최경창은 '뫼'뿐 아니라 '갈힉'에도 특별한 의미가 부여되었다고 보지 않았다. 그렇지 않았다면 "묏버들 갈힉 것거"를 "억양류(折楊柳)"[26] 정도로 번역하지는 않았을 것이다. 그런데도 김열규는 '뫼'에서 특별히 자기 비하의 의미를 읽어내고 '갈힉'에서 "主體的(주체적) 意志(의지)에 依(의)한 選擇(선택)과 獻呈(헌정)"의 의미까지 끌어내고 있다.

작가는 눈에 띄는 곳에 버들을 심어두고 잠재된 독자(최경창)가 가끔씩은 자기를 생각해 주기를 바라는 마음을 표현하였을 뿐이다. 따라서 '창외'가 '뫼'와 서로 호응하여 근접할 수 없는 현실 상황(신분 차이)을 반영한 것이라는 해석 또한 자의적이라 할 수 있다. '창외'나 '뜰 앞'이나 모두 집 주인이 자주 시선을 보내는 공간이다. "님 바로 곁에 들여지지 않을 그의 處地(처지)"를 나타낸 섯이 아니라 "님 바로 곁"에 머물고 싶은 욕망을 표현한 것이다. 홍낭은 정표(情表)로 준 '묏버들'을 최경창이 가까이에서 자주 보며 또 '묏버들'에 "밤비예 새 닙"이라도 나는 것을 보면 가끔씩은 자기를 생각해 주었으면 하는 바람을 표현한 것이다.

한편 창작 상황에서 홍낭이 '산버들'을 꺾어서 보낼 생각을 하고

26) '억양류'는 사패 이름이기도 한데, 주로 봄날 헤어짐을 안타깝게 여기는 마음을 담은 노랫말을 얹어 불렀다고 한다. 『漢語大詞典』 4(上海:漢語大詞典出版社, 1994), 1174쪽. 참고로 최경창이 귀경한 시점은 이른 봄이었다.

'밤비'를 연상한 것은 모두 '비가 내리는 밤'이 촉발한 것이다. 그런데 김열규는 '묏버들'에서 '새잎'이 나는 일은 "아무리 묏버들의 것이라 해도 可(가)히 異蹟(이적)의 境地(경지)"라고 전제하고, 이렇듯이 이루어질 수 없는 일을 갈구하는 데서 시적 긴장이 배가된다고 해석한다. 그리고 '묏버들'이 "밤비에 돋아날 새잎의 이미지"와 연결됨으로써 보잘것없는 상징에서 독창적인 상징으로 바뀌고, 또 보편성을 획득할 수 있게 되었다고 해석하고 있다. 하지만 냇버들이든 산버들이든, 버들은 꺾은 가지가 상당한 시간이 지나서 땅에 심어도 쉽게 뿌리를 내리고 새잎을 내는 식물이다. 그런 속성은 경험적으로 알고 있는 상식이다. '갈힉' 꺾은 것은 아직 산버들에 새잎이 나기에는 좀 이른 시기였기에 가급적 튼실한 가지를 골라서 꺾었다는 말일 뿐이다. 따라서 버들에서 새잎이 나는 것을 '이적의 경지'라고 보는 것이나 '갈힉'에 자기 비하의 의도가 함축되었다고 보는 것은 지나치게 자의적인 판단에 의한 것이라 할 수 있다.

이처럼 김열규가 자의적이고 근거가 박약한 논의를 펼친 것은 무엇보다 <묏버들>이 우수한 '작품성'을 지닌 작품이라는 판단을 전제하였기 때문이라 생각된다. <묏버들>의 화자가 보여주고 있는 정서 표현 방식은 지극히 평범한 것이라 할 수 있다. 모든 것이 관습과 실제 경험에 바탕을 두고 있기 때문이다. 결국, 김열규는 <묏버들>의 작품성을 통해 작가 홍낭이 탁월한 예술가임을 확인하기 위해 부화(浮華)한 수사를 동원하여 평범한 것을 남다른 것으로 만든 셈이다. 그런 점에서 김열규가 전개한 내재적 비평은 이병기·양주동의 미학주의를 일정하게 계승하고 있다고 할 수 있다. 이병기·양주동에 의해 홍낭이 예기(藝妓)로 재탄생했기 때문이다.

내재적 비평은 작품에 대한 해석 주체의 정서적·심미적 체험(aesthetic

experience) 과정을 드러내기 십상이다. 그 체험은 해석 주체의 현실적 경험에 바탕을 두게 마련이다. 따라서 언어 텍스트에서 연상되는 경험 내용이 다른 해석 주체에 의해서는 사뭇 다른 비평을 가능하게 할 수 있다. 실제로 김열규와 동일한 비평 이론을 수용하면서도 김경희는 다음과 같이 사뭇 다른 논의를 전개하고 있다.

⑥ 洪娘(홍낭)은 가리어 꺾어 드린 버들 잎(路柳墻花(노류장화))으로 최경창의 택함을 입은 洪娘自身(홍낭자신)을 전이시켜 그 이별의 정서를 형상화하여 상대의 손에 건네 준다.

이는 곧 최경창과 함께 있고자 하는 염원을 전해주는 것이 된다. (……)

洪娘(홍낭)이 갖고자 하는 동거의 世界(세계)는 참으로 역설적 구조 안에 있다. (……) 洪娘(홍낭)은 묏버들의 전이적 형상화를 통한 「있지 않아도 있는」 절대 共存(공존)의 世界(세계)로 다가간다.

님이 주무시는 窓(창)-, 이는 洪娘(홍낭)에게 있어 이별을 상징하는 장벽이다. 그러나 이 詩內(시내)에서 洪娘(홍낭)은 이별의 거리를 뛰어 넘어 헤어진 후에도 서로를 지키며 응시하는 조응 世界(세계)로서의 소망적 기구로 窓을 형상화할 줄 안다. (……)

洪娘(홍낭)은 불가피한 自身(자신)과 孤竹(고죽)간의 거리에 대한 소망적 형상의 '窓(창)'을 설정하여 '보쇼셔' '너기쇼셔'하는 간절한 기구를 드리고 있는 것이다.

그리하여 이별의 경계를 초극하여 지속적인 조응의 世界(세계)에 대한 소망은 自身(자신)으로 전이된 꺾어진 묏버들이 밤비속에서 새 잎을 내는 무한한 역설적 生命(생명)으로 승화된다.

그러므로 필자는 밤비에 새잎을 내겠노라는 영원 불변한 사랑의 멧시지가 이 詩(시)한편을 통하여 완성되고 있다고 본다.

결국 이 詩(시)의 미감은 제각기 형상화된 묏버들 · 窓(창) · 밤비가 상호 몰입하여 現實的(현실적) 共存(공존)을 뛰어 넘고 진실된 항존에의 소망으로 승화되고 있는데서 비롯한다.

이와 같이 승화된 이별은 최경창을 '떠나는 님'으로부터 '보내는 님'으로 올려 놓는다.[27)]

김경희는 내재적 비평의 주요 범주인 '구조'를 전면에 내세웠을 뿐, 김열규와 동일한 비평 방법을 <묏버들>에 적용하고 있다. 특히 "묏버들·창·밤비가 상호 몰입"하고 있다고 보는 데서 <묏버들>에 접근하는 기본 관점이 김열규와 흡사하다는 것을 확인할 수 있다. 그런데 바로 그 지점에서부터 김경희의 정서적·심미적 반응은 김열규의 것과 사뭇 달라지고 있다. 김경희는 <묏버들>에서 '역설 구조'를 분석한다. 분석의 대상이 언어 텍스트 자체가 아니라 자신의 정서적·심미적 반응임은 물론이다.

역설은 모순어법이다. 모순은 양립할 수 없는 것이지만, 양립 불가능한 것이 양립하기도 하는 것이 현실 세계의 진실이다. 그런 까닭에 역설은 현실 세계의 진실성을 드러내는 방편이 되기도 한다. 김경희는 '묏버들'과 '창'이 모두 모순 관계에 있다고 보고 있다. '묏버들'은 노류장화인데 홍낭의 순수한 사랑을 담았고, '창'은 둘 사이를 갈라놓은 벽인데 초극의 의지를 담았다는 것이다. 이러한 모순어법(?)이 현실에서는 이별했지만 "영원 불변한 사랑" 곧 "절대 共存(공존)의 세계"로 다가갈 수 있게 하고 있다고 봄으로써 작품 전체가 역설적인 구조를 이루고 있다고 해석하고 있는 것이다.

하지만 <묏버들>의 구조가 역설적이라면 역설 구조를 갖지 않은

27) 金敬姬, 「李朝 妓女 時調의 미학적 접근」, 『睡蓮語文論集』 7(부산여대 수련어문학회, 1979), 197~222쪽.

작품은 없다고 할 수 있다. 모순어법은 논리적인 모순을 포함하고 있어야 하는데, <묏버들>에서 논리적 모순은 전혀 없다. 마음의 번민은 정서상의 모순이라 할 수 있지만 그런 정서를 표현하였다고 해서 역설이 되는 것은 아니다. 비극적 상황에서 희극적 상황을 꿈꾸는 것이 역설은 아니기 때문이다. 그런데도 '역설 구조'를 분석하고자 한 것은 김경희 역시 <묏버들>에 대한 선행 평가를 그대로 수용한다는 것을 전제하였기 때문이라 할 수 있다.

김경희는 물론 김열규도 "切迫(절박)한 生活感情(생활감정)을 巧妙(교묘)한 修辭(수사)로써 읊어" 냈다는 <묏버들>에 대한 이병기의 평가를 수용하되, 그 내용을 분석적으로 드러내고자 한 것이라 할 수 있다. 그런 점에서 김열규와 김경희는 문학 작품을 현실 세계의 제반 영역(작가, 당대 현실, 당대 독자 등)과는 분리하여 접근하는 내재적 비평 이론을 적용한 듯하지만, 근대 초기 미학주의와 그 바탕을 이루고 있는 남성중심주의까지 전제로 고스란히 수용하고 있었다고 할 수 있을 것이다.

이처럼 그 기저에 남성중심주의가 자리하고 있는 미학주의의 시각과 논리에 의해 전개된 <묏버들>에 대한 학계의 논의는 조동일에 의해 다음과 같이 수용되기도 한다.

> ⑦ 여기서는 비에 흩뿌려지는 꽃잎이나 가을바람에 날리는 낙엽 대신에 새잎이 돋을 멧버들(sic. 묏버들) 가지로 자기 마음을 나타내서, 자학의 슬픔은 비치지도 않고 오직 청순한 느낌만 주며 이별을 이별 아닌 것으로 바꾸어놓는다. 사대부 시조의 품격을 그대로 받아들이지 않고, 애정을 다루며 이별을 노래하는 방향에서 황진이, 이계랑, 그리고 홍랑은 각기 다른 작품 세계를 이룩했다. 그렇게 하는 데서 시조가 생기를 보탤 수 있었으며, 서정시에서 가능한 영역이 크게 확대되었다.[28]

⑦이 ①~⑥의 논의를 모두 참고한 것으로 보이지는 않는다. 하지만 묏버들에서 '자학'의 정서를 고려한다든가 "이별을 이별 아닌 것으로 바꾸어놓는다"라고 설명하는 것[29]은 ⑤~⑥의 논의를 일정하게 참고했으리라 짐작하게 한다. 또한, 홍낭 시조를 포함하여 기녀 시조에 대한 긍정적인 평가는 ①~④와 궤를 같이한다고 할 수 있다. 하지만 홍낭의 시조는 1930년대에 비로소 독서 대중에게 알려졌다. 그런 작품이 시조에 생기를 보탰다거나 서정시의 표현 영역을 확대했다고 볼 수는 없는 이치다.

⑦ 이후의 <묏버들>에 대한 논의 또한 ①~④를 전제로 수용하면서 ⑤~⑦의 논의를 수용하거나 논의의 일부를 수정하는 방향으로 전개되었다.

> ⑧ 이 시조는 한 여인의 임을 사모하는 마음과 이별의 슬픔이 자연스럽게 느껴지는 작품이면서도 처절함이나 애절함보다는 임과의 관계에서 기대되는 소망적·의지적 측면이 은연하게 엿보인다. '산버들'은 화자 자신의 분신으로서 이것을 임에게 보내는 행위는 물론 애정의 표현이다. 그러나 이 행위는 임이 자기를 사랑하면서도 사랑하는 태도가 끗끗하지 못함을 안 화자가 임의 마음을 단단히 붙잡고 진실한 관계를 이루고자 하는 의지적 산물이라 하겠다.
>
> 사랑은 삶과 죽음을 초월하는 순수하고 진실한 것일 수 있다. 단지 헤어지고 죽는 데서 그치지 않고 면면히 짙게 남아 있는 사랑은

28) 조동일, 『한국문학통사』 2(지식산업사, 1985(초판 1983)), 339쪽.

29) 이것은 <묏버들>이 역설 구조를 지니고 있다는 말이다. '이별임'과 '이별 아님'은 양립할 수 없는 것이다. 그런데 <묏버들>의 화자는 청자와의 '이별'을 분명하게 인지하고 있으며, 그 이별이 이별이 아니라 영원한 만남이라고 말하고 있지 않다. 이별하였지만 자기를 생각해 주기를 바라는 마음을 표현하고 있을 뿐이다. 따라서 이별을 이별 아닌 것으로 돌려놓은 것이라 할 수 없다. 따라서 이러한 설명은 역설의 개념에는 충실하지만, 근거는 박약하다고 할 수 있다.

> 위 시조에서처럼 끊어 심어도 다시 자라는 속성의 버들가지로 비유되기에 충분하다. (중략) '갈히'라는 시어가 시사하듯 화자는 주체적인 선택의 가치를 암암리에 인식하고 있다고 본다.
> 특히 종장에서 알 수 있는 바와 같이 '밤'은 다시 태어난다는 뜻과 밝은 새벽을 준비하는 생산적 의미를 내포하고, '비'는 신성한 생명적 근원으로서의 상징적 의미를 지니며, '새닙' 역시 새로운 생명의 이미지를 함축한다고 볼 수 있다. 이러한 느낌과 이미지의 복합은 고귀한 인간의 모습을 과시하기에 적절한 만큼 화자 자신에게 자부심이 있었음을 반증하는 것이라 하겠다. 화자는 임과의 이별을 체념이나 상실감으로 받아들이지 않고 영원한 애정과 진실한 인간관계로 승화시키려 끈질기게 노력하고 있는 것이다.[30]

이화영은 <묏버들>에서 "자기를 사랑하면서도 사랑하는 태도가 꿋꿋하지 못"한 '임'의 형상을 분석하고 있다는 점에서 선행 논의들과 차이를 보이고 있다.[31] 하지만 그 밖의 논의는 선행 논의들을 일정하게 수용한 것이라 할 수 있다. "처절함이나 애절함보다" "소망적 · 의지적 측면"을 분석하고 "갈히"에서 "주체적인 선택의 가치"에 대한 화자의 인식을 분석하는 점뿐 아니라 '밤', '비', '새잎'에서 생산 · 생명의 의미와 이미지를 분석하는 점, 그리고 "이별의 체념이나 상실감으로 받아들이지 않고 영원한 애정과 진실한 인간관계로 승화시키려 끈질기게 노력"하는 화자의 태도를 분석하는 점 등은 특히 ⑤, ⑥의 논의를 상당하게 수용한 것이라 할 수 있다.

하지만 창작 상황을 고려할 때 홍낭은 <묏버들>을 통해 최경창에

30) 이화형, 「기녀시조를 통해 본 인간적 한계 인식과 극복 의지」, 『국제어문』 22(국제어문학회, 2000), 107쪽.
31) 이러한 분석이 가능한 근거를 언어 텍스트에서는 찾을 길이 없다. 논의 내용에서도 근거가 되는 부분을 찾을 수 없음은 물론이다.

게 매우 소극적인 태도를 드러냈다고 보아야 한다. 홍낭은 자신과 최경창의 처지를 분명하게 인식하고 있었다. 그런 까닭에 대면하며 이별하는 시점에서는 어떤 의사도 표명하지 않았다. 그러던 그가 전송하고 돌아가는 길에 산버들을 꺾어 보내고자 결심한 것은 일차적으로는 그래도 자기를 최경창이 잊지만은 않았으면 하는 바람을 전하고 싶은 마음이 생겼기 때문이다. 그런 마음이 "날인가도"에 담겨진 것이다. 홍낭은 새잎이 돋아난 산버들을 매개로 최경창이 가끔씩이나마 자신을 생각해 주기를 바랐을 뿐이다.

아무리 편지의 성격을 띠었다 해도 홍낭에게 자기 속내를 드러내는 일은 아주 조심스런 일일 수밖에 없었다. 한동안 시기(侍妓)로 생활했다고 해서 홍낭이 최경창에게 '진실한 사랑', '영원한 사랑'의 대상이 되어 줄 것을 바랄 수 있는 처지에 있지 않았다. 극존칭을 거듭 사용한 것도 작가가 독자와의 현실적 관계를 고려한 것이라 할 수 있다. '진실한 사랑', '영원한 사랑'이 두 사람 사이의 수평적 관계를 전제하는 것이라면 홍낭은 그런 사랑을 바랄 수도 없고 바라지도 않았고 보아야 한다. 신분의 격차, 법적·제도적 제한뿐 아니라 홍낭의 안중에는 최경창의 부인과 자식들이 들어와 있었을 것이기 때문이다.

물론 <번방곡>은 현실원리보다 쾌락원리에 더 충실했던 최경창의 태도를 일정하게 반영하고 있어 보인다. 산버들에서 오롯이 홍낭의 형상만을 떠올리고 있는 듯이 표현하고 있기 때문이다. 이 <번방곡>이 언제 홍낭에게 전달되었는지는 알 길이 없다. 하지만 여러 정황을 고려할 때 <묏버들>을 받아본 시점에서 멀지 않은 시기에 답신했을 가능성이 크다. 산버들을 보면서 오로지 홍낭의 모습만을 떠올리는 <번방곡> 화자의 마음이 홍낭에게 전해졌기에 홍낭 또한 현실원리를 무시하고 천 리 길을 마다 않고 7일 밤낮을 쉬지 않고 상경하여 마침내는 최경창의 가첩이 되었던 것으로 볼 수 있기 때문이다. 그런 맥락에서 볼 때 <묏버들>은 상대의 의중을 확인하기 위해 만든 리트머스(litmus) 검사지와 같은 역할을 수행했다고 할 수 있다. 따라서 "임이 자기를 사랑하면서도 사랑하는 태도가 꿋꿋하지 못함을 안 화자가 임의 마음을 단단히 붙잡고 진실한 관계를 이루고자 하는 의지적 산물"이라는 해석 또한 자의적이라 할 수 있다. 이러한 해석이 <묏버들>의 예술성을 드러내려는 의도를 함축하고 있음은 물론이다.

이처럼 <묏버들>에 대한 심미적·정서적 반응은 주체에 따라 다양하게 나타났다. 그러면서도 근대 초기 미학주의의 시각과 논리에 따른 평가 결과를 기본적으로 수용하는 방향에서 이루어졌다. 다양한 미학에 기초한 비평 이론들이 적용되면서 연구자들은 기본적으로 전제된 <묏버들>의 예술성을 드러내고자 하였던 것이다. 그리고 그 과정에서 선행 논의에서 각별한 의미를 부여했던 시어의 의미가 거듭 상기되기도 하였다. 최경창과 홍낭의 사랑이 '比翼鳥(비익조)의 사랑',[32] '지순한 사랑'[33]으로 거듭 평가되기도 하고, '창밖'이라는 공간 설정에서 현실 처지에 대한 홍낭의 자기 인식을 거듭 읽어내기도 하였다.[34] 또한 "남성사회에 예속된 스스로의 신분적 질곡에도 불구하고 정서적으로 예속당하지 않으려는 감성의 자유로운 지향"을 보여주는, "일방적 사랑이 아닌 쌍방적 사랑의 감성에 기반 둔 상사의 노래"라는 해석[35]도 제

32) 權純烈, 「孤竹 崔慶昌 硏究」, 『고시가연구』 9(한국고시가문학회, 2002), 164~169쪽.

33) 성기옥, 「기녀시조의 감성특성과 시조사」, 『한국고전여성문학연구』 1(한국고전여성문학회, 2000), 38쪽; 조연숙, 「기녀시조의 전개 양상과 성격」, 『아시아여성연구』 49-2(숙명여대 아시아여성연구소, 2010), 229~230쪽.

34) 김상진, 「시조에 나타난 사랑의 정의와 그 형상」, 『時調學論叢』 31(韓國時調學會, 2009), 165~166쪽; 조연숙, 위의 논문, 229~230쪽; 金成紋, 「妓女時調의 話者와 作品의 性格 硏究」, 『語文論集』 54(중앙어문학회, 2013), 263~264쪽.

35) 성기옥, 앞의 논문, 39쪽. 우리말 '상사'에는 '쌍방'이라는 의미가 함축되어 있지 않다는 점에서 이 진술은 부정확한 것이다.

시되었다.[36] 이러한 평가와 해석은 결과적으로 홍낭의 예술가적인 면모를 드러낸 것이며, <묏버들>에 대한 고평이 역사적 존재로서의 홍낭의 가치를 높인다는 미학주의의 시각에 바탕을 두고 있다.

하지만 이러한 시각은 그 기저에 자리하고 있는 폭력성을 띤 남성중심주의를 가리는 결과를 초래할 수 있다. 신분 예속에 의해 소외된 여성을 결과적으로 한층 더 비참한 삶을 살도록 이끈 남성을 고평하거나 그에 대한 평가를 유보하는 태도를 견지하지 않는 한 지순한 사랑이니 쌍방적 사랑이니 하는 판단은 쉽사리 할 수 없는 이치이기 때문이다. 그러면 이러한 시각과 논리를 걷어낼 때 <묏버들>은 어떻게 이해될 수 있을까?

4. 창작 맥락과 잠재독자의 실제 반응

<묏버들>은 시조 작품 가운데 창작 맥락을 재구하는 데 필요한 정보를 담은 자료가 풍부하게 전하는, 그래서 흔치 않은 작품이다. 그리고 그 자료 대부분은 처음 작품이 소개되는 시점에서부터 학계에 두루 알려져 있었다. 그런데도 그 자료들이 담고 있는 정보는 온전하게 분석된 적이 없다. 적지 않은 연구자들이 논의에 참여했다는 사실을 고려할 때 의아스러운 대목이라 하지 않을 수 없다. ‘예술성’, ‘작품성’에 관한 선행 논의는 한결같이 <묏버들>에 대한 고평을 전제하고 있었다. 물론 그 평가의 타당성을 증명하기 위해 연구(해석) 주체들은 자신의 심미적·정서적 반응을 제시하고자 하였다. 하지만 그 반응의 내

36) 이 해석은 김용찬, 「기녀시조의 미의식과 여성주의적 성격」, 『南道文化硏究』 25(순천대 남도문화연구소, 2013), 247쪽에 수용되었다.

용은 연구자마다 다를 뿐 아니라 관련 자료에서 분석되는 정보와 상치되는 경우가 적지 않았다. 그런 점에서 그 자료의 면밀한 분석을 통해 <묏버들>의 창작 맥락과 유일한 잠재독자였던 최경창의 반응을 새로이 파악할 필요가 있다.

<묏버들>의 창작 맥락과 관련하여 다음 자료는 상당히 많은 정보를 제공하고 있다.

> ⑨ 최고죽(崔孤竹)이 홍낭에게 주었던 시의 서문에 "만력 계유년(1573) 가을, 내가 북도평사로 막사에 나가 있을 때 홍낭도 따라와 막사에 있었다. 이듬해(갑술년, 1574) 내가 서울로 돌아올 때 홍낭은 쌍성까지 좇아와 이별하고는 돌아갔는데 함관령(咸關嶺)에 이르렀을 때 날이 저물고 비가 내려 어둑해지자 노래 한 장(章)을 지어 내게 보냈다. 을해년(1575) 내가 병이 깊어 봄부터 겨울까지 침상을 벗어나지 못했는데, 홍낭이 그 이야기를 전해 듣고 그날로 발행하여 이레 만에 경성(京城)에 닿았다. 때마침 양계(兩界) 주민의 이동을 금하는 조치가 있었고 국휼(國恤, 1575년 1월 2일)을 당하고 1년은 비록 지났어도 평일과는 달라서 홍낭 또한 온 곳으로 되돌아갔다. 이별에 즈음하여 시 2수를 써서 준다."라고 하였다. (……) 고죽 후손한테 들으니 홍낭은 곧 홍원기(洪原妓) 애절(愛節)로 얼굴이 고왔는데 고죽이 죽은 후에 그 얼굴을 훼손하고 묘를 지켰다. 임진·계유의 난리에 고죽의 시고(詩稿)를 지고 다녀서 병화를 면하게 할 수 있었다. 죽어서는 고죽의 묘 아래에 장사지냈는데 아들 하나를 두었다. 『고죽집』에 그 시는 싣고 그 서는 싣지 않았으니, 뒷사람이 어떻게 함관의 옛노래가 있었다는 말을 알 수 있겠는가? 기꺼이 기록하다.[37]

37) 南鶴鳴(1654~1746), 『晦隱集』 5, 「詞翰」: 崔孤竹贈洪娘詩序曰, "萬曆癸酉秋, 余以北道評事赴幕, 洪娘隨在幕中. 翌年春, 余歸京師, 洪娘追及雙城而別, 還到咸關嶺, 值日昏雨暗, 仍作歌一章以寄余. 歲乙亥, 余疾病沈綿, 自春徂冬, 未離牀褥, 洪娘聞之, 卽日發行, 凡七晝夜已到京城. 時有兩界之禁, 且遭國恤, 練雖已過, 非如平日, 洪娘亦還其土. 於其別, 書以贈之

최경창은 30세(1568)에 대과에 급제하였다. 하지만 그가 언제 북평사(정 6품)로 부임해 갔는지, 그 이전에는 어떤 벼슬에 있었는지는 확인할 길이 없다. ⑨는 35세였던 1573년 가을에서 이듬해 1574년 이른 시기까지 최경창이 북평사로 재직하였음을 말해 주고 있다. 그리고 『조선왕조실록』과 『고죽집』의 자료를 종합해 보면 최경창이 "서울로 돌아" 온 시기는 1574년 봄이 되기 이전이었음을 추론할 수 있다. 최경창은 1573년 11월 23일에 호당(湖堂)에 추가로 선발되었다.[38] 물론 이내 반대 여론[39]이 거듭 불거져서 사가독서(賜暇讀書)의 기회를 실제 가졌는지는 분명하지 않다. 하지만 북평사의 임기가 1573년 겨울로 채워졌을 가능성은 크다고 볼 수 있다. 그렇지 않았다면 호당에 뽑히지 않았을 것이기 때문이다.

최경창이 홍낭을 언제 만났는지도 분명하지 않다. 하지만 막사에 따라다닌 점을 고려할 때 그즈음에 홍낭이 최경창의 시기(侍妓)로 생활하였음은 분명하다. 가을에서 겨울까지 최소 수개월 동안 홍낭은 최경창의 시기로 생활한 것이다. 둘 사이에 정분이 깊었다고 볼 수 있다. 하지만 아무리 남다른 정분을 쌓았더라도 시기와, 처자식을 둔 고위 관료와의 관계는 연인관계로 환원할 수 없었을 것이다. 그 관계는 수직적인 주종관계일 수밖에 없기 때문이다. 더욱이 남학명이 전하는 바대로 홍낭이 나이 어린 기녀의 이름으로 쓰는 관습에 따라 '애절'이라는 이름을 갖고 있었다면 주종관계를 벗어난 연인관계는 상상조차 힘든

詩二首. (……) 聞諸孤竹後孫, 洪娘卽洪原妓愛節, 有姿色, 孤竹歿後自毁其容, 守墓於坡州. 壬癸之亂, 負孤竹詩稿, 得免軼於兵火, 死仍葬孤竹墓下, 有一子. 孤竹集中載其詩, 而序則不載, 後人何以知咸關舊時曲之有謂耶! 聊記之.

38) 『조선왕조실록』, 1573년 11월 23일 기사. 김효원(金孝元), 김우옹(金宇顒), 민충원(閔忠元), 허봉(許篈), 홍적(洪迪)과 함께 추가로 독서당 인원에 선발되었다.

39) 『조선왕조실록』, 1573년 11월 26일과 2일 기사. 반대 여론의 주요 골자는 인망(人望)이 없다는 것이었다.

일이다.

그런데 근대 초기 대중 매체를 통해 홍낭의 존재를 주도적으로 알린 지식인들은 당대의 기녀들에 대해 부정적인 의식을 갖고 있었다. 그러한 사회사적 맥락에서 의기 · 절기를 드러내고자 하였고, 홍낭을 표창하면서 최경창과 연인관계에 있었던 인물로 간주하였다. 물론 홍낭의 존재 가치를 높이려는 의도도 갖고 있었다. 하지만 그들의 시각과 논리는 남성중심주의에 충실한 것이었다. 예속 신분을 만들고 유지하는 일만 아니라 예속 신분에 있는 여성의 남성에 대한 절의를 추켜세우는 일 또한 남성중심주의에 충실한 것이기 때문이다. 신분 예속에서 해방해 주지 않고 자유로운 신분에 있던 여성에게나 지울 수 있을 도덕적 책무를 예속 신분에 있는 여성에게까지 지우는 행위는 폭력적 성격을 띤다. 이처럼 폭력성을 띤 남성중심주의에 의해 홍낭이 근대 매체를 통해 독서 대중과 만나게 된 것이다.[40)]

⑨에 서술된 홍낭의 삶, 특히 최경창 사후, 홍낭의 삶은 매우 비참한 것이다. 비참한 삶의 근본 원인은 구조적 모순을 지닌 사회 체제를 유지했던 남성 지식인들이 제공한 것이지만 직접 원인은 최경창이 제공한 것이다. 그런 까닭에 근대 이전에 최경창을 표창하려 했던 인물들은 홍낭의 존재를 가급적 드러내지 않으려고 하였던 것이다. ⑨에서와 같이 <증별> 시의 서문이 『고죽집』에 실리지 않은 것도 그 때문이다. 최경창은 조선 전기의 삼당시인으로 일컬어질 만큼 당시를 잘 지었다. 또한, 당대에 8문장가로 손꼽힐 만큼 문조(文藻)도 출중하였다. 하지만 이러한 표현 능력이 최경창이란 인물을 평가하는 '유일한' 준거는 아니었다. 시인이자 문장가로서 재능은 그 자체가 중요할 수도 있지만,

---

40) 임주탁, 앞의 논문, 16~31쪽 참조.

그 재능으로 무엇을 이루었는가가 더 중요했다. 호당 선발에 대한 반대 여론의 핵심 근거가 "인망이 없다"는 데 있었던 것도 그 때문이다.

물론 근대 이전에도 최경창은 문장가로서 고평되었다. 하지만 그 평가는 당대에서조차 객관성을 담보하는 것이 아니었다. 당대는 물론 그 이후에도 최경창에 대한 평가는 정치적 역학관계 속에서 이루어진 측면이 없지 않기 때문이다. 그러한 평가 상황에서 인물에 대한 평가는 좋은 점만 부각하고 나쁜 점은 소거되는 과정을 거치게 마련이다. 최경창의 문집 편찬도 그러한 과정을 통해 이루어졌다. 그런 까닭에 홍낭과의 관계에 관한 정보가 거의 소거되었다. 최경창을 고평하는 데 홍낭과의 관계는 걸림돌이 되었던 것이다. 따라서 홍낭에 대한 정보를 포함할 때 최경창의 평가가 긍정적일 수만은 없었다고 할 수 있다. 그런데도 근대 초기 홍낭을 표창하고자 한 문인들은 홍낭과 최경창의 관계를 보통의 연인관계로 간주하고, 홍낭을 한 남성에 대해 절기를 지킨 여성으로 평가하였다. 이러한 평가가 자연스럽게 수용된 데는 표창하는 주체들이 남성중심주의의 시각이 문제적임을 자각하지 못하고 있었기 때문이라 할 수 있다.

⑨는 서울로 돌아가는 최경창을 전송하기 위해 홍낭이 쌍성까지 따라왔으나 그곳에서 이별할 때는 아무 정표를 건네지 않았음을 알 수 있다. 그러던 홍낭이 홍원으로 돌아가는 길에서 산버들을 꺾고 <묏버들>을 지어서 함께 최경창에게 부쳤다. 이러한 행위가 일어난 곳은 함관령이었고 때는 비가 내려 어둑해진 저물녘이었다. 이듬해(1575)에 최경창의 병환 소식이 홍낭에게 전해진 것을 보면, 홍원 지역에서 홍낭은 '최경창의 여자'로 널리 알려져 있었음을 짐작할 수 있다. 짧지 않은 기간 동안 최경창의 시기로만 생활했다면 홍낭이 '최경창의 여자'로 낙인될 여지는 충분하다. '애절(愛節)'이라는 기명을 쓰지 않고

홍낭이란 이름으로 통용되었다면 그 가능성은 한층 더 컸다고 볼 수 있다. 홍낭은 최경창이 애절을 달리 부르는 이름이었기 때문이다. 이러한 낙인은 최경창과의 이별 이후의 어린 기녀의 생활을 어렵게 만들 수 있다. 이별하는 순간에는 미처 생각이 거기에까지 미치지 못하였더라도 아직 겨울 기운이 온전히 가시지 않은 시기에 비가 내리고 사방이 어둑해진 상황이라면 자기 앞날에 대한 생각을 하게 되었을 것이다. 더 이상 앞길이 보이지 않고 나아갈 수 없는 상황은 자신의 이후 생활에 대한 비관적인 전망을 강화하게 마련이다. 생각이 거기에까지 미치면 누구든 불안감에 휩싸이게 마련이다. 홍낭이 버들가지를 꺾고 <묏버들>을 지어 최경창에게 보낼 생각을 한 계기는 바로 이 지점에서 마련된 것이다.

최경창에게 자기 존재를 다시 한번 상기시키고 자신에 대한 정을 확인하는 일은 홍낭이 자신의 불안감을 조금이나마 해소하는 길이 될 수 있다. 양계(兩界)[41] 지역 예속인을 사유하는 관행이 만연했던 당대 사회의 분위기를 감안할 때[42] 최경창이 짧지 않은 기간 동안 시기로 데리고 있었던 만큼 이후에도 든든한 후원자가 되어 줄 수 있으리라는 생각도 했을 수 있다. 홍낭이 산버들을 꺾고 <묏버들>을 지어 최경창에게 보낸 행위에는 일말의 기대감이 담겼을 수도 있다. 그렇다고 홍낭이 최경창에게 매달릴 수 있는 처지에 있지 않았다. 두 사람의 현실적(법적) 처지에는 천양지차가 있었기 때문이다. 홍낭이 설령 최경창에게 자신을 잊지 말고 돌봐 줄 것을 당부한다 해도 그 태도는 매우 소극적으로 표현될 수밖에 없었을 것이다. <묏버들>의 "날인가도"는

41) 조선 시대에 평안북도와 함경북도는 각각 평안도, 함경도에 속해 있었지만 두 지역은 고려 시대와 같이 양계로 흔히 불렸다. 양계는 관문 바깥이기도 하여 관서(關西) · 관북(關北)으로 불리기도 하였다.

42) 『조선왕조실록』, 1573년 9월 18일 기사.

바로 그러한 소극적 태도를 반영하고 있다.

문화 관습 속에서 버들은 남성의 춘정을 일깨우는 매개물이었다. 춘정은 봄의 정취를 만끽하고 싶은 욕망이고, 그 욕망의 한가운데 자리하는 것이 욕정이다. 이별할 때 건네는 버들은 그러한 욕정을 맘껏 피웠던 시절의 기억을 떠올리게 함으로써 잊지 말고 다시 찾아주기를 바라는 의도가 담기게 마련이다. 이러한 문화 관습을 알았기에 홍낭은 '묏버들'을 꺾어 보낼 생각을 한 것이다. '묏버들'로써 최경창에게 춘정을 불러일으켜서라도 한번쯤 자신을 떠올리고 생각해 주었으면 하는 바람을 전하고 싶었던 것이다. '묏버들'을 '갈희' 꺾은 것은 아직 '묏버들'에 새잎이 날 시기가 되지 않았기에 자기가 맞고 있는 비(그 비는 봄을 재촉하는 비로 인식되었을 수도 있다.)를 맞으면 새잎이 쉬 돋아날 튼실한 가지를 골라 꺾었음을 말해 줄 뿐이다. <묏버들>의 '예술성', '작품성' 논의에서 이 말에 특별한 의미를 부여하고자 한 것은 창작 맥락을 소홀하게 다루었기 때문이라 할 수 있다.

그러면 홍낭이 설정한 '유일'한 잠재독자였던 최경창은 <묏버들>을 어떻게 이해하였을까? 선행 연구는 이 물음에 대해서도 명쾌한 설명을 하지 않았다. 텍스트 중심의 해석은 텍스트 자체가 의미를 갖고 있다고 전제하지만, 실상은 해석 주체의 유사 경험에서 텍스트의 의미 형성에 관련된다고 판단되는 맥락 정보를 추출하여 텍스트와 결합시킨다. 따라서 이러한 해석은 최경창의 해석과는 상당한 거리가 있을 수 있다.

최경창이 <묏버들>을 어떻게 이해하였는가에 대해서는 두 자료가 상당한 정보를 제공해 주고 있다. 하나는 <묏버들>에 대한 악부시(樂府詩) <번방곡>이요, 다른 하나는 ⑨의 서문을 포함하고 있는 한시 <증별>이다.

⑩ 번방곡(翻方曲)

버들을 꺾어서 천 리 길 떠나는 이에게 부치오니,
날 위해 시험 삼아 뜰 앞에 심어 보세요.
모름지기 아실 테요, 하룻밤에 새잎이 나면,
파리하고 근심 어린 기색이 바로 제 모습임을.
折楊柳寄與千里人, 爲我試向庭前種.
須知一夜新生葉, 憔悴愁眉是妾身.43)

'번방'이란 방언(方言)을 번역했음을 말한다. 최경창에게 일체의 한국어는 방언에 속한다. 그러므로 '번방곡'이란 우리말로 지은 노래를 문화적인 언어인 한어로 번역한 노래임을 말하는 것이라 할 수 있다. 이렇게 우리말 노래를 한어로 번역하는 과정은 그 뜻을 해석하는 과정인 동시에 그 뜻을 분명하게 드러내는 과정이라 할 수 있다. 특히 최경창은 제3자가 아니라 <묏버들>의 유일한 잠재독자였기 때문에 누구보다 <묏버들>의 의미를 잘 파악할 수 있었다고 볼 수 있다. 물론 작자와의 특수한 관계 때문에 한시 독자의 수용 문제를 각별하게 고려하여 적잖은 왜곡의 가능성까지 배제할 수는 없다. 하지만 최경창이 언어로 표현되지 않은 생각과 감정까지를 누구보다 잘 읽어낼 수 있는 <묏버들> 독자였음은 부정할 수 없을 것이다. 따라서 <번방곡>은 최경창이 <묏버들>을 어떻게 이해하였는가를 가장 잘 보여주는 자료인 동시에 <묏버들>에 함축된 정서를 이해하는 데 긴요한 자료라고 할 수 있다.

<묏버들>과 비교해 보면 <번방곡>은 몇 가지 차이점이 있다. 이 차이점은 <묏버들>에 함축된 정서는 물론 최경창의 이해 여하를 분

43) 崔慶昌, 『孤竹遺稿』 全 13, 『韓國文集叢刊』 50(민족문화추진회, 1991), 30쪽.

석하는 데 중요한 요소가 될 듯하다. 첫째, "묏버들 갈희 것거"가 "버들을 꺾어"로 번역되고 있다는 점이다. 김열규는 '묏버들'의 '뫼'와 '갈희'에서 특별한 의미를 추출하고자 하였다. '뫼'는 '表現主體(표현주체)'가 자신을 "野生(야생)의 것"으로 '卑下(비하)'한 것으로서 "兩班(양반)과의 사이에서 필경 自信(자신)이 處(처)해 있는 位置(위치)"가 "凝縮(응축)된 것"이라고 보았으며, '갈희'는 '表現主體(표현주체)'의 사랑이 "選擇(선택)된 것"이고 따라서 "主體的(주체적) 意志(의지)의 作用(작용)을 含蓄(함축)"하고 있다고 해석했다. 이러한 해석은 이후 논의에도 일정하게 수용되었다. 하지만 최경창은 이 어휘에서 특별한 의미를 읽어내지 않고 있다. 최경창이 조예가 깊었던 당시의 세계에서 버들은 주로 기녀들이 이별할 때 정인(情人)에게 건네는 징표로 널리 수용되었다. 버들은 누구나 쉽게 꺾을 수 있다는 점에서 기녀들의 자기 신분에 대한 인식이 함축되었다고 볼 수 있다. 그렇다고 자기 비하의 의도가 함축되었다고 볼 수는 없다. 더 이상 비하할 것이 없는 신분에 있었다고 보아야 하는 까닭이다. <번방곡>은 최경창도 '묏버들'을 기녀의 정표(情表)로 받아들였음을 보여준다. 헤어진 곳이 산속이요, 노래를 창작한 곳이 산속이었기에 홍낭은 그곳에 자라고 있는 버들, 곧 산버들 가지를 꺾었다. 물론 "갈희 것거"는 '새잎'이 돋아날 여지가 많은 산버들 가지를 골라 꺾었음을 말해 준다. 그런 점에서 '새닙'과의 연관성은 고려해 볼 수 있다. 하지만 청자에 대한 사랑이 화자 자신이 주체적으로 선택한 것임을 드러내기 위해 '갈희'라는 말을 썼다는 해석은 실상과 맞지 않은 것이다. 아직 산버들이 새잎을 내기 이전 시기였고 따라서 봄날이 되면 밤비에라도 새잎을 낼 수 있는 튼실한 가지를 골라 꺾었을 뿐이기 때문이다. 최경창도 그 점을 알았기 때문에 특별한 의미를 읽어내지 않았던 것이다. 따라서 '뫼'나 '갈희'에서 특별한 의미를 부여하는 것은 최경창의 이해와는 사뭇 다른 것이라 할 수 있다.

둘째, 이별의 상황이 거리를 통해 구체화되었다는 점이다. <묏버들>에서 화자는 '님'과의 이별이 어떤 것인지 분명하게 드러내지 않았다. 화자와 청자(잠재독자)가 이별 상황을 잘 알고 있었기 때문이다. 하지만 최경창은 '님'을 '천리인(千里人)'이라고 부연함으로써 그 이별이 중앙에서 지방관으로 파견된 인물과의 이별임을 알 수 있게 하였다. 중앙에서 지방관으로 파견되는 관료가 흔히 서울과 해당 지역(주로 변방 지역) 간의 거리를 '천리(千里)'로 표현하는 관습은 일찍부터 문인 사회에 일반화되어 있었다. 그리고 한반도 지역에 수립된 나라의 관료에게 나라 안에서의 천리라는 거리는 가장 서울에서 가장 먼 거리를 의미하는 것이었다. 그런 점에서 '천리인'은 <번방곡>의 독자에 대한 배려인 동시에 다시 만날 기회가 거의 없는 이별임을 드러낸 것이라 할 수 있다.

셋째, '창밖'을 '뜰 앞(庭前)'이라고 번역하고 있다는 점이다. 선행 논의에서 '창밖' 또한 각별한 의미를 가지는 말로 간주되었다. 주로 가까이 가고 싶어도 갈 수 없는 자기 처지(신분)에 대한 인식을 드러낸 말로 해석되었다. 그런데 ⑩은 최경창이 '창밖'이나 '뜰 앞'을 달리 생각하지 않았음을 보여주고 있다. 두 공간은 집의 주인이 자주 시선을 두는 곳이라는 공통점을 지니고 있다. 물론 여기에는 집 밖이 아닌 집 안으로 끌어들이고 싶은 욕망이 일정하게 작용했다고 볼 여지가 없지 않다. 그러한 욕망이 실제 홍낭을 가첩(家妾)으로 삼는 행동으로 구현되었을 수도 있기 때문이다. 하지만 <번방곡>에서 그러한 욕망까지 읽어내기란 쉽지 않다. 두 작품의 비교에서는 창밖이나 뜰 앞이 다르지 않은 의미를 지닌다는 점을 확인할 수 있을 뿐이다. 따라서 '창밖'이라는 공간을 설정하였다고 해서 화자의 자기 현실 처지에 대한 인식을 반영한 것이라는 해석 또한 확실한 근거가 없다고 할 수 있다.

넷째, 화자의 소망이 한층 더 적극적으로 표현되었다는 점이다. <묏버들>에서 화자는 버들에 새잎이 나면 "날인가도" 여겨달라고 하고 있다. 항상은 아니더라도 새잎이 난 버들을 보고 자신을 생각하는 날도 있었으면 하는 바람을 표현하고 있다. 바람을 매우 소극적으로 표현한 것이다. 그에 비해 <번방곡>에서는 새잎이 난 버들을 "파리하고 근심 어린 기색"을 하고 있는 화자의 분신임을 반드시 알게 될 것이라고 말하고 있다. <묏버들>의 화자와는 달리 <번방곡>의 화자는 청자(잠재독자)가 버들을 자신의 분신으로 여기게 되리라 확신하는 태도를 보이고 있는 것이다. 이 차이는 <묏버들>에서 최경창이 자신을 잊지 않고 생각해 주기를 간절하게 바라는 홍낭의 마음을 적극적으로 읽어냈음을 말해 준다. 아직 나지 않은 '새잎'에서 홍낭의 "파리하고 근심 어린 기색"을 상상한 데서도 그런 가능성을 찾아볼 수 있다. 그런 기색은 이별하면 다시는 만나보지 못할지 모른다는 절망감에서 생기는 것이다. 절망감은 미래에 대한 불안감으로 이어지게 마련이다. 그런 점에서 <번방곡>은 최경창이 <묏버들>에서 현실원리를 따라야 했기에 간접적·소극적으로 표현한 홍낭의 마음을 적극적으로 해석하여 번역한 것이라 할 수 있다. 여기서 우리는 최경창이 현실원리보다 쾌락원리에 더욱 충실한 면모를 전달해 보이고자 하였음과 아울러 홍낭에 대한 정이 실제로 매우 두터운 것이었음을 알게 된다.

최경창이 어느 시점에서 <묏버들>을 받아보았는지, 악부시 <번방곡>을 어디에서 지었는지, 그리고 홍낭은 <번방곡>을 언제 보았는지도 확인할 길이 없다. 확인할 수 있는 것은 1575년 겨울에서 1576년 봄 사이에 홍낭이 최경창의 가첩으로 생활하고 있었다는 사실이다. ⑨에서 최경창은 1575년 봄부터 가을까지 병상에서 떠나지 못하였는데 그 소식을 전해들은 홍낭이 이레 만에 찾아왔다고 술회하고 있다. 이러한 술회 내용이 사실인지 아닌지는 논란이 있을 수 있다. 양계의 관비를 가첩으로 삼는 행위는 불법적이었을 뿐 아니라 특별히 그러한 행위를 엄단하고자 내린 특별 조치에 위배되는 것이었다. 1576년 봄에 최경창은 '전적(典籍)'의 벼슬자리에 있었는데 홍낭을 가첩으로 삼은 것이 문제가 되었다.[44] 이때 사헌부에서는 최경창이 홍낭을 "데리고 왔다(率來)"라고 하였다. 그러므로 두 진술의 차이를 명확하게 설명하는 길은 현재로서는 찾을 수 없다. 홍낭이 찾아온 시점이 분명하게 확인되지 않기 때문이다. 다만 두 사람의 진술을 모두 사실로 받아들이는 방향에서 가능한 설명도 있을 수 있을 듯하다. 즉, 홍낭이 7일 밤낮을 쉬지 않고 이동하여 최경창을 찾아온 것은 사실이지만, 최경창이 자신의 병환 소식을 홍낭에게 전하는 데 간여했다면 자신이 데리고 온 것과 진배없다는 것이다. 알리는 것 자체가 찾아올 것을 종용한 것이기 때문이다. 그런 점에서 최경창이 "북방 관비에 빠졌다"라고 한 유성룡의 말[45]도 거짓이 아니었다고 볼 수 있다.

최경창의 술회가 진실한 것이라면 그는 '중병'을 앓고 있을 때 홍낭을 찾았다. 처자가 있는 가장이 병환 중에 있으면서 가족 아닌 홍낭을 보고 싶어 했다면 홍낭에 대한 최경창의 정은 가족 구성원에 대한 정

44) 司憲府啓: "典籍崔慶昌, 以有識文官, 持身不謹, 酷愛北方官婢, 非時率來, 偃然家畜, 其無忌憚甚矣. 請命罷職." 『조선왕조실록』, 1576년 5월 2일 기사.
최경창은 1575년 12월 12일에 정언(正言)에 제수되었다. 정언은 정 6품 벼슬이다. 그런데 1576년에 사헌부에서 아뢰는 글(1576년 5월 2일)에서는 북방관비를 데리고 와서 가첩으로 삼은 최경창의 벼슬을 '전적'이라고 밝히고 있다. 성균관 전적은 정 6품이고 정언도 정6품이다. 수평이동인 셈이다. 따라서 최경창이 홍낭을 가첩으로 삼은 시기는 1575년 12월 12일 이전 시기로 추정할 수 있다.

45) 成龍曰: "崔慶昌, 爲人無檢束, 當國恤時, 畜兩界娼妓爲妾, 當時臺諫論之, 西人等以其知友而庇之. 臺諫二員, 一時竝擬咸鏡都事望, 當時人心皆憤鬱. 臣爲獻納, 果欲彈之, 其人等, 自言已知其失, 故不爲耳." 『조선왕조실록』, 1579년 6월 8일 기사.

못지않게 두터운 것이었음이 분명하다. 따라서 네 번째 차이는 <묏버들>을 받아들었을 때 홍낭에 대한 최경창의 마음 상태도 그와 크게 다르지 않았음을 보여 준 것이라 할 수 있다.

와병 중에 찾아온 홍낭은 최소 6개월 최경창의 가첩으로 생활하였다.[46] 그런데 북방 관비의 사유화는 국법과 특별 조치는 물론 국휼까지 어기는 행위였다. 더욱이 그런 시기에 최경창은 정언(正言)으로 승진되었다. 정언은 간관이다. 간관은 국법과 예법에 어긋난 행위를 바로잡는 일을 하는 자리다. 그런 자리에 있던 최경창이 국법과 예법에 어긋한 행위를 하였다면 비난받아 마땅하다. 비난 여론이 비등하자 최경창은 파직이 되고 홍낭은 홍원으로 돌려 보내진다. 정치적 역학관계만으로 최경창을 비호할 수 없는 대목이다. <증별>은 홍낭을 홍원으로 돌려보낼 때 최경창이 지어준 시이다.

⑩ 증별(贈別)
두 줄기 눈물 흘리며 서울을 나서는데
새벽부터 꾀꼬리들이 무수히 지저귀네, 이별하는 정 때문에.
비단 옷 좋은 말로 관문을 지날 때면
풀빛만이 아득히 홀로 가는 길 배웅하리라.
玉肤雙啼出鳳城, 曉鶯千囀爲離情.
羅衫寶馬河關外, 草色迢迢送獨行."

오래도록 서로 바라보다 유란(幽蘭)을 주노니,
이제 하늘 가로 가면 어느 날에 돌아올까?
함관령 옛 노래는 부르지 마오,
지금도 구름비에 청산이 어둑하다고.

46) 홍낭이 홍원으로 되돌아간 시기는 1576년 5월 2일 이후이다.

相看脉脉贈幽蘭, 此去天涯幾日還.
莫唱咸關舊時曲, 至今雲雨暗青山.[47]

<증별> 시의 서문은 <묏버들>의 창작 상황을 한층 구체적으로 보여주는데, 관련 정보는 이병기에 의해 인용된 적이 있다. 하지만 "날이 저물고 비가 내려 어둑해"진 상황은 그다지 주목하지 않았다. 그런데 <증별>의 둘째 수에서 최경창이 "구름비에 청산이 어둑"해진 상황이 홍낭으로 하여금 <묏버들>을 창작한 직접적인 계기가 되었으리라 짐작했음을 알 수 있다. 첫째 수가 가첩으로까지 삼았던 홍낭을 먼 곳까지 배웅조차 할 수 없는 현실 상황에 대한 안타까움을 드러내었다면, 둘째 수는 비록 다시 볼 날을 기약할 수는 없지만 그렇다고 <묏버들>을 지어 보낼 때와 같이 불안감에 싸이지 말기를 바라는 마음을 드러내고 있다.

둘째 수에서 '묏버들'을 꺾어 보냈던 홍낭에게 최경창은 '유란(幽蘭)'을 선물한다고 하였다. 버들은 기녀들이 한때 정인(情人)이었던 남성과 봄날 이별할 때 건네는 정표였다. 정인이 자신을 떠올리는 매개물이었던 것이다. 홍낭이 최경창과 이별하는 시기는 아직 산버들에 새잎이 돋지 않은 시기였지만 곧 봄이 찾아올 무렵이었다. 그 때문에 홍낭은 밤비에 새잎이 생겨나면 춘정에라도 최경창이 자신을 생각해 주기를 바라는 마음을 표현하였다. 이에 대해 최경창은 <번방곡>을 통해 오로지 홍낭만을 생각하고 있음을 <묏버들> 화자의 관점에서 표현하였다. 하지만 '묏버들'을 꺾어 보낸 행위 자체에서 최경창은 홍낭이 자기 신분에 대한 의식에서 벗어나지 않고 있음을 인지하였을 것이다. 그에 대해 최경창은 '유란'을 선물함으로써 자기만큼은 홍낭을 기녀가 아니

47) 崔慶昌, 앞의 책, 11쪽.

라 '유란' 같은 존재로 여기고 있음을 분명하게 표현하였다.

유란은 공자에 의해 특별한 의미가 부여된 식물이다. 뭇 제후들에게 쓰이지 못하고 노나라에 돌아온 공자는 깊은 골짜기에서 잡초들과 함께 자라는데도 맑고 그윽한 향기를 내는 난초를 만난다. 그 난초는 누가 알아주기를 바라지 않는 듯했다. 그리하여 공자는 어질고 덕(德)이 있어서 굳이 자기 존재를 알리려 하지 않아도 사람들이 그 향기를 맡고 찾아오게 마련이라는 생각에 미쳤다. 그리고 그런 생각을 담아서 <유란조(幽蘭操)>[48]를 지었다. 이로 인해 유란은 특별한 의미를 지니게 되었다. 최경창이 홍낭에게 유란을 선물한 것은 자기 분신으로 준 것이 아니라 홍낭이 유란과 같은 존재가 되라는 뜻이나 홍낭을 유란과 같은 존재로 여기고 있다는 생각을 담아 전한 것이라 할 수 있다.

이처럼 상대를 유란에 비유하는 것은 비단 기녀뿐 아니라 인간에 대한 최고의 찬사이다. 밤비에 새잎이 난 '묏버들'에서 오롯이 불안감에 휩싸여 수척해진 홍낭의 모습을 떠올렸던 최경창이 홍낭으로 하여금 '잊혀짐'에 대한 두려움과 불안감을 말끔히 떨쳐버릴 수 있게 한 것이다. 기약은 할 수 없지만 언젠가는 찾아갈 것임을 암시한 것으로 해석할 여지가 있음도 물론이다. 그런 까닭에 최경창은 유란을 선물한 뒤에는 예전처럼 비가 내리고 청산이 어둑해진 상황에 맞닥뜨리더라도 '함관의 옛 노래' 곧 <묏버들>은 다시 부르지 말기를 부탁하고 있다. 홍낭에 대한 자신의 정에는 변함없이 확고한 것임을 분명히 함으로써 더 이상 예전처럼 불안감에 싸이지 않기를 바라는 마음을 전하고 있는 것이다. 여기서 우리는 <묏버들>이 정인을 이별한 홍낭의 불안감을 해소하는 차원에서 지은 작품인 동시에 결과적으로는 최경창

48) '의란조(猗蘭操)'라고도 한다. 郭茂倩, 『樂府詩集』(里仁書局, 1984), 839쪽.

의 자신에 대한 정을 확인하는 리트머스 검사지 같은 효과를 가져왔던 노래였다는 것을 다시 한번 확인할 수 있게 된다.

5. 결론

시조 특히 여성 시조의 대중화에 남성중심주의의 시각이 지배적인 역할을 하였음은 선행 논의를 통해 확인한 바 있다. 이 글을 통해서는 <묏버들>을 대상으로 하여 여성 시조에 대한 학문적 접근도 크게 다르지 않았음을 확인한 동시에, 그러한 시각을 걷어내고 작품의 실상에 다가갈 수 있는 길을 모색하였다.

근대 이후 계몽주의, 민족주의, 미학주의로 옷을 거듭해서 갈아입은 남성중심주의의 시각을 걷어내면 <묏버들>은 한동안 시기 생활을 했던 홍낭이 정인(情人) 최경창과 이별한 후에 밀려오는 미래 생활에 대한 불안감을 조금이라도 해소해 보려는 차원에서 지어 보낸 작품임을 알 수 있게 되었다. 그리고 <묏버들>의 악부시 <번방곡>은 홍낭과는 달리 유일한 잠재독자였던 최경창이 여전히 쾌락원리에 충실한 반응을 확대해 보임으로써 그 불안감을 해소해 주고자 하는 의도가 반영되었다. 그런 점에서 <번방곡>은 <묏버들>의 '번역'으로서의 성격뿐 아니라 <묏버들>의 작가에 대한 잠재독자의 화답으로서의 성격을 아울러 지니고 있다고 할 수 있다.

최경창의 반응은 한때 시기였던 홍낭에게 '최경창의 여자'로 떳떳하게 살 수 있는 희망을 주었던 듯하다. 하지만 이것이 결과적으로는 홍낭의 삶을 비참하게 이끌었다. 물론 홍낭은 그 비참한 삶을 달갑게 받아들였을 것이다. 기녀로 사는 삶보다는 비록 한때라도 한 남성의 가첩으로 사는 삶이 더 낫다고 생각했을 수 있기 때문이다. 최경창 사후의 홍낭의 행위는 그러한 판단이 실상에 부합하는 것이었음을 말해준다. 하지만 어느 기녀도 홍낭처럼 살고 싶지 않았을 것이다. 의기·절기로 표창하고 <묏버들>의 예술성을 높이 평가한다고 해서 홍낭의 존재 가치가 실제로 높아지는 것은 아니다. 더욱이 그러한 평가에는 객관적인 근거가 없을 뿐 아니라 어린 기녀의 운명을 비극적이게 만든 장본인인 최경창에 대한 고평이 전제되어 있기도 하다. 최경창은 가첩으로 삼았던 홍낭을 지켜줄 용기도 능력도 없었던 인물이다.

쾌락원리에 따라 자유분방하게 행동할 때에는 그에 대한 사회적 책임도 감당해야 하는 법이다. 하지만 최경창은 그렇게 하지 않았다. 따라서 최경창에 대한 고평을 전제한 홍낭에 대한 평가는 부적절한 것이라 할 수 있다. 그런데도 홍낭과 <묏버들>에 대한 고평의 기저에는 홍낭의 삶을 비참하게 만든 남성중심주의가 여전히 자리하고 있는 것이다. 근원적으로 폭력성을 띤 남성중심주의는 사라져야 할 유물인데, 홍낭과 <묏버들>에서 창출하고자 한 '가치'는 남성중심주의의 산물이다.

이 글은 <묏버들>을 대상으로 여성 시조에 덧씌워진 남성중심주의를 걷어내고 작품의 실상에 좀 더 다가갈 수 있는 길을 모색해 본 것이다. 작품의 의미 해석이나 가치 평가는 충분한 근거를 바탕으로 해야 하며, 그 근거와 관련한 논의는 언어 텍스트와 그 창작 맥락과 관련한 정보와 상치되지 않는 방향에서 이루어져야 한다. 그런 측면에서 <묏버들>에 대한 학문적 논의의 맥락과 타당성을 점검하고 창작 맥락의 재구를 통해 작품의 함의를 새롭게 파악해 본 것이다. 이 논문이 기녀 시조를 포함한 여성 시조에 대한 선행 논의를 근본적으로 성찰하고 새로운 논의를 열어가는 데 하나의 디딤돌이 될 수 있기를 바란다.

참고문헌

〈제1부 제1장〉 고시가 연구의 현재와 미래: 시각과 방법을 중심으로

고려대학교 고전문학한문학연구회 편, 『19세기 시가문학의 탐구』, 집문당, 1995.

고미숙, 『윤선도 평전: 정쟁의 격랑 속에서 강호미학을 꽃피운 조선의 풍류객』, 한겨레출판, 2013.

권두환, 「『松溪雜錄』과 <松溪曲> 27首-17세기 초 平海 선비 朴應星의 시가 창작-」, 『古典文學硏究』 42, 한국고전문학회, 2012, 33~69쪽.

金烈圭, 「韓國詩歌의 抒情의 몇 局面」, 『東洋學』 2, 단국대 동양학연구소, 1972, 79~103쪽.

김석회, 『조선후기 시가 연구』, 월인, 2003.

金完鎭, 『鄕歌解讀法硏究』, 1984(초판1980).

김용찬, 『18세기의 시조문학과 예술사적 위상』, 월인, 1999.

金台俊, 『朝鮮漢文學史』, 朝鮮語文學會, 1934.

김학성, 「<용비어천가>와 시적 묘미-<용비어천가> 제대로 읽기」, 『국어국문학』 126, 국어국문학회, 2000, 169~191쪽.

金學成, 「동아시아 시학으로 본 <용비어천가>의 시적 특성-<용비어천가>의 짜임새와 시적 묘미를 바탕으로」, 『한국시가연구』 8, 한국시가학회, 2000, 135~157쪽.

梁柱東, 「續. 古歌今釋-時調와 麗謠」, 『白民』 1949년 6월호, 143~154쪽.

梁柱東, 『增訂 古歌硏究』, 一潮閣, 1993.

李秉岐 · 白鐵, 『표준 국문학사』, 新丘文化社, 1957.

李崇寧 · 金東旭 편, 『國語國文學史』, 乙酉文化社, 1955.

박연호, 「신재효 <치산가>와 『초당문답가』의 관련 양상 및 그 의미」, 『국어국문학』 149, 국어국문학회, 2008, 185~199쪽.

박영주, 『고집불통 송강평전』, 고요아침, 2003.

박재민, 『신라 향가 변증』, 태학사, 2013.

반교어문학회 편, 『조선조시가의 존재양상과 미의식』, 보고사, 1999.

서정목, 『요석-「원가」에 대한 새로운 생각: 효성왕과 경덕왕의 골육상쟁』, 글누림, 2016.

서정목, 『향가 모죽지랑가 연구』, 서강대학교출판부, 2014.

성기옥 외, 『조선 후기 지식인의 일상과 문화』, 이화여자대학교출판부, 2007.
성기옥, 「한국 시가 연구와 陶南」, 『古典文學研究』 27, 한국고전문학회, 2005, 119~165쪽.
成基玉, 『公無渡河歌 研究: 韓國 抒情詩의 發生問題와 關聯하여』, 서울대학교 박사학위논문, 1989.
성기옥, 『한국시의 미학적 패러다임과 시학적 전통』, 소명출판, 2004.
성기옥, 『한국시의 미학적 패러다임과 시학적 전통』, 소명출판, 2004.
성호경, 『신라향가연구: 바른 이해를 위한 탐색』, 태학사, 2015.
成昊慶, 『韓國詩歌의 類型과 樣式』, 영남대학교출판부, 1995.
愼慶淑, 『19세기 歌集의 展開』, 계명문화사, 1994.
신경숙, 『조선 후기 시가사와 가곡 연행』, 고려대 민족문화연구원, 2012.
安廓, 『朝鮮文學史』, 韓一書店, 1922.
우리어문학회, 『國文學史』, 秀路社, 1948.
이민홍, 『士林派文學研究: 武夷櫂歌受容을 중심으로』, 성균관대학교 박사학위논문, 1984.
李寶鏡, 「文學의 價値」, 『大韓興學報』 11, 東京: 大韓興學會, 1909, 14~18쪽.
이상원, 「조선후기 가사의 유통과 가사집의 생성-『가사육종』을 중심으로」, 『韓民族語文學』 57, 한민족어문학회, 2010, 105~130쪽.
이상원, 『조선후기 가집 연구』, 고려대학교 민족문화연구원, 2015.
이형대 외, 『정전(正典) 형성의 논리』, 소명출판, 2013.
임주탁, 「고려가요 연구의 시각과 방법」, 『국문학연구』 12, 국문학회, 2004, 29~63쪽.
임주탁, 「맥락중심 문학교육학과 비판적 문학교육」, 『문학교육학』 40, 한국문학교육학회, 2013, 89~128쪽.
임주탁, 「우리말 노래 창작의 사상적 기반 -주체와 타자에 대한 담론을 중심으로」, 『국문학연구』 16, 국문학회, 2007, 59~101쪽.
임주탁, 「홍낭 시조의 평가・해석과 창작 맥락」, 『코기토』 79, 부산대학교 인문학연구소, 2016, 408~451쪽.
임주탁, 『고려시대 국어시가의 창작・전승 기반 연구』, 부산대학교출판부, 2004.
鄭炳昱, 「韓國詩歌文學史 上」, 『韓國文化史大系』 IX, 고려대학교 민족문화연구소, 1992(초판 1965), 755~814쪽.
鄭炳昱, 『韓國古典詩歌論』, 新丘文化社, 1976.
조동일, 『한국문학통사』 1~5, 지식산업사, 1981~1988.
趙潤濟, 『教育 國文學史』, 東邦文化社, 1949.
趙潤濟, 『朝鮮詩歌史綱』, 東光堂書店, 1937.
崔東元, 「高麗俗謠의 享有階層과 그 性格」, 『古時調論攷』, 三英社, 1990, 341~355쪽.
최미정, 「18세기 시가문학과 대안적 근대의 탐색: 국경 논의를 바라보는 근대・탈근대

潤濟, 『敎育國文學史』, 東邦文化社, 1948.
潤濟, 『朝鮮詩歌史綱』, 東光堂書店, 1937.
東赫, 『古時調文學論』(增補版), 螢雪出版社, 1988(1976).
홍원, 「해석과 수용의 거리와 접점: 이조년의 시조를 대상으로」, 『개신어문연구』 35, 개신어문학회, 2012, 137~170쪽.

제2부 제3장〉 이지란 시조의 맥락과 함의

경록, 「공민왕대 국제정세와 대외관계의 전개양상」, 『역사와 현실』 64, 한국역사연구회, 2007, 197~231쪽.
대행 역주, 『시조』 Ⅰ, 고대민족문화연구소, 1993.
지애, 「역사 속의 귀화인들을 통해 본 한국사회의 다문화성」, 한국외국어대학교 석사학위논문, 2009.
惠苑, 「高麗 恭愍王代 對外政策과 漢人群雄」, 『白山學報』 51, 白山學會, 1998, 61~120쪽.
홍규・이형대・이상원・김용찬・권순회・신경숙・박규홍 편저, 『고시조대전』, 고려대학교 민족문화연구원, 2012.
희보 편, 『증보 한국의 옛시』, 가람기획, 2002.
熙昇, 「時調鑑賞一首」, 『學風』 1948년 1월호(2권 1호), 乙酉文化社, 74~81쪽.
賢九, 「高麗 恭愍王代 중엽의 정치적 변동」, 『震檀學報』 107, 진단학회, 2009, 37~67쪽.
낙은, 『고시조 산책』, 국학자료원, 1996.
基中, 「朝鮮朝 建國을 後援한 勢力의 地域的 基盤」, 『震檀學報』 78, 震檀學會, 1994, 85~123쪽.
용순, 『시조는 역사를 말한다』, 푸른사상, 2012.
郞, 『朝鮮文學史』, 韓一書店, 1922.
永一, 「李之蘭에 대한 硏究—朝鮮建國과 女眞勢力」, 고려대학교 박사학위논문, 2003.
주탁, 「우탁 시조 작품의 창작 맥락과 함의」, 『배달말』 56, 배달말학회, 2015, 195~230쪽.
주탁, 「이조년 시조 작품의 분석과 해석」, 『우리말글』 65, 우리말글학회, 2015, 155~201쪽.
주탁, 「이존오 시조의 맥락 연구」, 『한국문학논총』 73, 한국문학회, 2016, 91~130쪽.
海宗, 「「歸化」에 대한 小考: 東洋古代史에 있어서의 그 意義」, 『白山學報』 13, 白山學會, 1972, 3~25쪽.
丙昱 편저, 『時調文學事典』, 新丘文化社, 1982.

그리고 대안적 근대성론의 관점-18세기 가사를 중심으로-」, 『한국시가연구』 28, 한국시가학회, 2010, 29~72쪽.
최미정, 『고려속요의 수용사적 연구』, 서울대학교 박사학위논문, 1990.
崔滋, 『補閑集』, 박성규 역, 보고사, 2012, 127~129쪽.
최재남, 『사림의 향촌생활과 시가문학』, 국학자료원, 1997
최재남, 『서정시가의 인식과 미학』, 보고사, 2013.
최재남, 『한국의 문화공간과 예술』, 보고사, 2016.
최재남, 『한국의 문화공간과 예술』, 보고사, 2016.
春園生, 「文學이란 何오?」, 『每日申報』 1916년 11월 12일~15일자.

〈제1부 제2장〉 한국 고시가 탐구에 기초적인 방법으로서 맥락 연구

Halliday, M. A. K. and Hasan, R, *Language, Context, and Text*, Onford University press, 1989.
Kent, Thomas L., "The Classification of Genres", *Genre: Forms of Discourse and Culture*, 16-1, The University of Oklahoma, 1983, pp.1~20.
Rex, L., Green, J., Dixon., C., "What Counts When ContextCounts?: The Uncommon 'Common' Language of Literacy Research", *Journal of Literacy Research*, 30-3, 1998, pp.405~433.
William Kurtz Wimsatt, Monroe C. Beardsley, The Verbal Icon, The University Press of Kentucky, 1954, pp.3~18.
권상로, 「枳橘異香集(永言漫譯)」, 『東岳語文論集』 3, 동악어문학회, 1965, 1~157쪽.
김창원, 「송강정철의 전라도 순천은거와 전후미인곡의 창작」, 『우리문학연구』 46, 우리문학회, 2015, 33~58쪽.
김태준, 『조선가요집성』(고가편 제1집), 조선어문학회, 1934.
김흥규 외 편, 『고시조대전』, 고려대 민족문화연구원, 2012.
성호경, 「<제망매가>의 시세계」, 『국어국문학』 143, 국어국문학회, 2006, 273~304쪽.
신재홍, 「동동의 선어(仙語) 및 난해구 재해석」, 『한국고전연구』 29, 한국고전연구학회, 2014, 165~202쪽.
양희철, 「「제망매가」의 의미와 형상」, 『국어국문학』 102, 국어국문학회, 1990, 241~261쪽.
유동석, 「문법을 통해서 본 「동동」의 화자 문제」, 고영근 외, 『문법과 텍스트』, 서울대출판부, 2002, 585~605쪽.
이재기, 「맥락 중심 문식성 교육 방법론 고찰」, 『청람어문교육』 34, 청람어문교육학회,

2006, 99~128쪽.
임주탁, 「고려가요의 텍스트와 맥락-<가시리>와 <쌍화점>을 중심으로」, 『국문학연구』 35, 국문학회, 2017, 35~65쪽.
임주탁, 「맥락 중심 문학교육학과 비판적 문학교육」, 『문학교육학』 40, 한국문학교육학회, 2013, 89~130쪽.
임주탁, 「謫降 모티프를 통해 본 <관동별곡>의 주제」, 『한국문학논총』 62, 한국문학회, 2012, 2~29쪽.
임주탁, 「향악의 개념과 향가와의 관계」, 『한국문학논총』 79, 한국문학회, 2018, 67~99쪽.
조동일, 『한국문학통사』 2(제3판), 지식산업사, 1994.
최동호, 「황진이시의 양면성과 현대적 수용」, 『어문논집』 18, 고려대 민족어문학회, 1977, 185~207쪽.
최미정, 「죽은 임을 위한 노래-동동」, 『문학한글』 2, 한글학회, 1998, 59~84쪽.

〈제2부 제1장〉 우탁 시조 작품의 창작 맥락과 함의

『高麗史』(동아대학교 도서관 소장본)
李穀, 『稼亭集』(한국문집총간 3)
白文寶, 『淡庵逸集』(한국문집총간 3)
權近, 『陽村集』(한국문집총간 7)
沈載完 편저, 『校本 歷代時調全書』, 世宗文化社, 1972.
김흥규 외 편, 『고시조대전』, 고려대학교 민족문화연구원, 2012.

김선배, 『시조문학 교육의 통시적 연구』, 박이정, 1998.
金鍾烈, 「嶺南時調文學의 形成背景과 思想에 관한 硏究 -禹倬, 李賢輔, 李滉을 中心으로」, 『退溪學』 1, 안동대학교 퇴계학연구소, 1989, 7~41쪽.
李鍾虎, 「우탁의 형상과 예안의 퇴계학단」, 『退溪學』 4, 안동대학교 퇴계학연구소, 1992, 39~68쪽.
박수천, 「禹倬의 <嘆老歌> 分析 -훈 손에 가싀를 들고…-」, 백영정병욱선생 10주기추모집간행위원회 편, 『한국고전시가작품론』, 집문당, 1992, 461~469쪽.
禹炳澤, 「고려 후기 易東 禹倬의 생애와 교육사상」, 건국대학교 석사학위논문, 2002.
禹快濟, 「易東 禹倬의 思想과 文學」, 『大東文化硏究』 25, 성균관대 대동문화연구원, 1990, 65~82쪽.
鄭炳昱, 「韓國詩歌文學史 中」, 『韓國文化史大系』 Ⅳ, 高大民族文化硏究所, 1992(1965), 817~906쪽.
조동일, 『한국문학통사』 2, 지식산업사, 1985(1983).
趙潤濟, 『朝鮮詩歌史綱』, 東光堂書店, 1937; 『韓國詩歌史綱』, 乙
秦星奎, 「朴忠佐 墓誌銘에 대하여」, 『白山學報』 94, 白山學會, 2

〈제2부 제2장〉 이조년 시조 작품의 분석과 해석

『高麗史』(東亞大學校古典硏究室 역, 『譯註高麗史』 第3, 7, 9, 10
『新元史』(中華書局 발행, 『新元史』, 아름출판사 영인, 1995).
『莊子翼』(富山房編輯部 교정, 『漢文大系』 9, 1983(1911)).
『晉書』(中華書局 발행, 『新元史』, 아름출판사 영인, 1995).
申緯, 『警修堂全藁』(한국문집총간 291).
김대행 역주, 『시조』 Ⅰ, 고대민족문화연구소, 1993.
金台俊, 『朝鮮歌謠集成』, 朝鮮語文學會, 1934.
김흥규 외 편, 『고시조대전』, 고려대학교 민족문화연구원, 20
沈載完 편저, 『校本 歷代時調全書』, 世宗文化社, 1972.
鄭炳昱 編著, 『時調文學事典』, 新丘文化社, 1982.
『東亞日報』 1936년 1월 30일자; 1938년 3월 26일자; 1962년
『每日新報』 1921년 1월 19일자; 1934년 5월 7일자.
『朝鮮中央日報』 1936년 3월 23일자.
『皇城新聞』 1906년 5월 1일자; 1909년 8월 21일자.
문교부, 『고등 국어』 Ⅲ, 대한교과서, 1953; 1966; 『인문계
문교부, 『인문계 고등 국어』 1, 대한교과서, 1975; 『고등학교

金光淳, 「李兆年의 時調에 對하여」, 趙奎卨·朴喆熙 편, 『時調
202쪽.
류연석, 『시조와 가사의 해석』, 역락, 2006.
李廷卓, 「時調史硏究 <Ⅰ>」, 『安東大學論文集』 10-1, 安東
李熙昇, 「時調鑑賞一首」, 『學風』 1948년 1월호(2권 1호), 乙
朴晟義, 「韓國詩歌文學史 中」, 『韓國文化史大系』 Ⅳ, 高大民
815~906쪽.
이어령, 『노래여 천년의 노래여』, 문학사상사, 2003.
張南姬, 「李殷相의 ≪錦瑟≫ 詩攷」, 『中國人文科學』 4, 中國人
조동일, 『한국문학통사』 2, 지식산업사, 1994(1983).

정종대, 『풀어쓴 옛시조와 시인』, 새문사, 2007.
趙潤濟, 『朝鮮詩歌史綱』, 東光堂書店, 1937.
최용수, 『옛시조 읽기』, 문예원, 2009.
沈載完 편저, 『歷代時調全書』, 世宗出版社, 1972.
한창희, 「초등역사교육에서의 다문화수업 방안 탐색 : 귀화인을 중심으로」, 한국교원대학교 석사학위논문, 2013.
황인희, 『고시조, 우리 역사의 돋보기』, 기파랑, 2011.

〈제2부 제4장〉 이존오 시조의 맥락 연구

『高麗史』
『東文選』
『新增東國輿地勝覽』
成石璘, 『獨谷先生集』(韓國文集叢刊 6)
李存吾, 『石灘集』(韓國文集叢刊 6)
鄭夢周, 『圃隱先生文集』(韓國文集叢刊 5)
김흥규・이형대・이상원・김용찬・권순회・신경숙・박규홍 편저, 『고시조대전』, 고려대학교 민족문화연구원, 2012.
沈載完 편저, 『歷代時調全書』, 世宗文化社, 1973.
鄭炳昱, 편저, 『時調文學事典』, 新丘文化社, 1982.

김동욱, 「石灘 李存吾의 士大夫意識과 詩歌」, 『泮橋語文硏究』 2, 泮橋語文學會, 1990, 179~192쪽.
김종오 편저, 『겨레얼 담긴 옛시조감상』, 정신세계사, 1990.
김진영・정병헌・정운채・조세형・조해숙・최재남, 『한국시조감상』, 국어국문학회, 2012(2011).
安廓, 『朝鮮文學史』, 韓一書店, 1922.
오종일, 「려말 의리정신과 이존오의 충절의식」, 『범한철학』 27, 범한철학회, 2001, 21~37쪽.
이병기・백철, 『표준 국문학사』, 신구문화사, 1957.
李秉岐・白鐵, 『國文學全史』, 新丘文化社, 1960(1957).
李廷倬, 「時調史硏究 <1>」, 『安東大學 論文集』 10, 安東大學, 1988, 3~14쪽.
이태극, 『우리의 옛 시조』, 경원각, 1984.
임주탁, 「우탁 시조 작품의 창작 맥락과 함의」, 『배달말』 56, 배달말학회, 2015, 195~

230쪽.
임주탁, 「이조년 시조 작품의 분석과 해석」, 『우리말글』 65, 우리말글학회, 2015, 155 ~201쪽.
임주탁, 『한국 고시가의 반성적 고찰』, 태학사, 2013.
조동일, 『한국문학통사』 2, 지식산업사, 1985(1983).
趙潤濟, 『教育 國文學史』, 東國文化社, 1956(1949).
趙潤濟, 『朝鮮詩歌史綱』, 東光堂書店, 1937.
秦東赫, 『古時調文學論』, 螢雪出版社, 1988(1976).

박인희, 「구름이 무심탄 말이」, 낯선 문학 가깝게 보기: 한국고전. (http://terms.naver.com)
백원철, 「구름이 무심탄 말이」, 한국향토문화대전. (http://www.grandculture.net)

〈제2부 제5장〉 여말 선초 시조의 맥락과 작가의 정의론

『고려사절요』
『고려사』
『고산선생문집』(윤선도)
『고시조대전』(고려대학교 민족문화연구원, 2012)
『등과록전편(登科錄前編)』(규장각, 古4650-10)
『명실록・태조실록』
『삼봉집』(정도전)
『운곡시사』(원천석)
『조선왕조실록・명종실록』
『조선왕조실록・태조실록』

이양수, 『정의로운 삶의 조건, 롤스&매킨타이어』, 김영사, 2007, 14~251쪽.
이은희, 「대은 변안렬의 시문학 연구」, 동국대 석사학위논문, 2009, 3~47쪽.
임종욱, 「운곡 원천석의 시문학 연구」, 동국대 박사학위논문, 1998, 1~137쪽.
임주탁, 「우탁 시조 작품의 창작 맥락과 함의」, 『배달말』 56, 배달말학회, 2015, 195~230쪽.
임주탁, 「이조년 시조 작품의 분석과 해석」, 『우리말글』 65, 우리말글학회, 2015, 155 ~201쪽.

임주탁, 「이존오 시조의 맥락 연구」, 『한국문학논총』 73, 한국문학회, 2016, 91～130쪽.
임주탁, 「이지란 시조의 맥락과 함의」, 『문학교육학』 52, 한국문학교육학회, 2016, 223～251쪽.
조동일, 『한국문학통사』 2, 지식산업사, 1985, 192～200쪽.

〈제2부 제6장〉 텍스트의 방언 특성을 고려한 〈신도가〉의 주석과 해석

김경록, 「중종반정 이후 승습외교와 조명관계」, 『한국문화』 40, 서울대 규장각한국학연구원, 2007, 211～247쪽.
문세영, 『수정증보 조선어사전』, 영창서관, 1950.
안장리, 「강희맹의 생애와 문학」, 『열상고전연구』 18, 열상고전연구회, 2003, 105～132쪽.
임주탁, 「<정석가>의 함의와 생성 문맥」, 『강화 천도, 그 비운의 역사와 노래』, 새문사, 2003, 84～108쪽.
임주탁, 「명칭가곡 수용의 양상과 의미」, 『한국문학논총』 51, 한국문학회, 2009, 5～50쪽.
임주탁, 「향악의 개념과 향가와의 관계」, 『한국문학논총』 79, 한국문학회, 2018, 85쪽.
장세경, 『이두자료 읽기 사전』, 한양대학교 출판부, 2001.
조동일, 『한국문학의 갈래 이론』, 집문당, 1992.
조동일, 『한국문학통사』 2, 지식산업사, 1983.
최용수 편, 『한국고시가』, 태학사, 1996.

〈제3부 제1장〉 시조 대중화의 한 양상-홍낭과 〈묏버들〉을 대상으로

南鶴鳴, 『晦隱集』(韓國文集叢刊 續 51), 한국고전번역원, 2009.
李民宬, 『敬亭集』(『韓國文集叢刊 76), 민족문화추진회, 1992.
『朝鮮王朝實錄』(http://sillok.history.go.kr).
崔慶昌, 『孤竹遺稿』(『韓國文集叢刊』 50), 민족문화추진회, 1991.
趙達淳 譯, 『完譯 三唐詩』, 태학사, 1999.
權純烈 譯, 『孤竹集』, 전일실업출판국, 2002.
崔仁燮 譯, 『孤竹集 全(孤竹集影印本・孤竹集譯刊本)』(崔致萬 발행), 三樂齋, 발행연도 미상.

權純烈, 「崔慶昌과 洪娘 硏究」, 『고시가연구』 16, 한국고시가문학회, 2005, 5～25쪽.
權純烈, 「孤竹 崔慶昌 硏究」, 『고시가연구』 9, 한국고시가문학회, 2002, 153～176쪽.

金成紋, 「妓女時調의 話者와 作品의 性格 硏究」, 『語文論集』 54, 중앙어문학회, 2013, 257~274쪽.

金烈圭, 「韓國詩歌의 抒情의 몇 局面」, 『東洋學』 2, 단국대 동양학연구소, 1972, 79~103쪽.

金敬姬, 「李朝 妓女 時調의 미학적 접근」, 『睡蓮語文論集』 7, 부산여대 수련어문학회, 1979, 197~222쪽.

김상진, 「시조에 나타난 '임'을 부르는 목소리」, 『우리文學硏究』 30, 우리문학회, 2010, 113~143쪽.

김상진, 「시조에 나타난 사랑의 정의와 그 형상」, 『時調學論叢』 31, 韓國時調學會, 2009, 147~174쪽.

김용찬, 「기녀시조의 미의식과 여성주의적 성격」, 『南道文化硏究』 25, 순천대 남도문화연구소, 2013, 221~251쪽.

梁柱東, 「續, 古歌今釋-時調와 麗謠-」, 『白民』 5-3, 白民文化社, 1949, 148~149쪽.

李寶鏡, 「文學의 價値」, 『大韓興學報』 11, 東京: 大韓興學會, 1909, 14~18쪽.

박명희, 「16세기 호남한시의 여성화자 유형과 의의」, 『한국고전여성문학연구』 20, 한국고전여성문학회, 2010, 145~172쪽.

성기옥, 「기녀시조의 감성특성과 시조사」, 『한국고전여성문학연구』 1, 한국고전여성문학회, 2000, 27~54쪽.

嵩陽山人, 「松齊漫筆 (一六一) 逸士遺事 ▲ 春節 洪娘」, 『每日申報(미일신보)』, 1916. 7.28.

李秉岐, 「鄕土文學에 對ᄒᆞ야」, 『三千里文學』 1, 1938년 1월호, 121~128.

李秉岐・白鐵, 『國文學全史』, 新丘文化社, 1973(초판 1959).

李秉岐・白鐵, 『표준 국문학사』, 新丘文化社, 1957.

이원식, 「"내가 좋아하는 시조, 시조집, 옛시조" 설문조사 결과」, 『나래시조』 2006년 여름호, 55~58쪽.

李廷卓, 「時調歌壇攷」, 『安東大學 論文集』 8, 安東大學, 1986, 1~23쪽.

이지형, 「조선중엽 명기 홍랑의 시조 "묏버들" 원본 첫공개」, 『조선일보』, 2000.11.13.

이화형, 「기녀시조를 통해 본 인간적 한계 인식과 극복 의지」, 『국제어문』 22, 국제어문학회, 2000, 91~111쪽.

임주탁, 「시조 대중화의 한 양상-洪娘과 <묏버들>을 대상으로」, 『고전문학연구』 48, 한국고전문학회, 2015, 3~44쪽.

임주탁, 『옛노래 연구와 교육의 방법』, 부산대학교출판부, 2009.

조동일, 『한국문학통사』 2, 지식산업사, 1985(초판 1983).

조연숙, 「기녀시조의 전개 양상과 성격」, 『아시아여성연구』 49-2, 숙명여대 아시아여성연구소, 2010, 217~248쪽.

趙潤濟, 『朝鮮詩歌史綱』, 東光堂書店, 1937.

春園生,「文學이란 何오?」,『每日申報』 1916년 11월 12일~15일자.

『漢語大詞典』 4, 上海:漢語大詞典出版社, 1994.
郭茂倩,『樂府詩集』, 里仁書局, 1984.

〈제3부 제2장〉 홍낭 시조의 평가·해석과 창작 맥락

김성언 역주,『쉽게 풀어 쓴 대동기문』 上, 국학자료원, 2001.
南鶴鳴,『晦隱集』(韓國文集叢刊 續 51), 한국고전번역원, 2009.
李民宬,『敬亭集』(『韓國文集叢刊』 76), 민족문화추진회, 1992.
『朝鮮王朝實錄』(http://sillok.history.go.kr).
崔慶昌,『孤竹遺稿』(韓國文集叢刊 50), 민족문화추진회, 1991.
趙達淳 譯,『完譯 三唐詩』, 태학사, 1999.
權純烈 譯,『孤竹集』, 전일실업출판국, 2002.
崔仁燮 譯,『孤竹集 全(孤竹集影印本·孤竹集譯刊本)』(崔致萬 발행), 三樂齋, 발행연도 미상.
韓國學文獻硏究所 편,『咸鏡道邑誌』, 亞細亞文化社, 1986.

「文人回甲 ⑧ 小說家 鄭飛石」,『朝鮮日報』 1971년 11월 2일자.
EBS,「시대와 운명을 초월한 사랑」(역사극장 제6화), 2003년 8월 방영; KBS미디어,「시인과 기생, 사랑으로 시대를 넘다-최경창과 홍랑」(김창범 연출, 윤영수 작), 2008년 7월 방영.
김영순,「기녀시인 홍랑」,『여류 시조시인 황진이와 홍랑』, 글사랑, 2011.
문무학,「옛 시조 들여다보기-묏버들 가려 꺾어 / 홍랑」,『매일신문』 2009년 4월 18일자.
문정배,『홍원 명기 홍랑』, 미래문화사, 2001.
朴乙洙,「第四話 버들가지에 依託한 사랑의 하소연-崔慶昌과 紅娘의 哀別」,『時調詩話 - 女心, 그 끝없는 深淵』, 成文閣, 1984=예그린出版社, 1979(1977).
朴乙洙,『詩話 사랑 그 그리움의 샘』, 아세아문화사, 1995(1994).
서울예술단 무용단,「홍랑, 그 애달픈 사랑」(김용범 작, 김효경 연출, 채상묵 안무, 김대성 작곡), 2003년 4월 11일~13일, 예술의 전당 토월극장.
嵩陽山人,「松齊漫筆 (三二) 逸士遺事 ▲ 蓮紅, 桂月香, 論介, 金蟾, 愛香, 洪娘」,『每日申報(매일신보)』 1916년 1월 29일자.
嵩陽山人,「松齊漫筆 (一六一) 逸士遺事 ▲ 春節 洪娘」,『每日申報(매일신보)』 1916년 7월 28일자.

李圭瑢, 『增補海東詩選』, 京城:會東書館, 1925.
이규원, 「시인 최경창과 기생 홍랑」, 『국방일보』 2012년 8월 30일자.
李能和, 『朝鮮解語花史』, 東洋書院, 1927.
鄭飛石, 「名妓列傳 (1) 서설(序說) ①」, 『朝鮮日報』 1974년 4월 2일자.
鄭飛石, 「名妓列傳 제28화 洪原妓 洪娘」, 『朝鮮日報』 1974년 4월 2일자~11월 23일자 (94회연재); 「第二十四話 洪原妓 洪娘」, 『名妓列傳 Ⅷ』, 韓國出版社, 1982, 10~210쪽.
조순, 「기생 홍랑과 선비 최경창의 사랑」, 『경북일보』 2010년 12월 16일자.
『皇城新聞』 1902년 4월 26일자.

權純烈, 「崔慶昌과 洪娘 硏究」, 『고시가연구』 16, 한국고시가문학회, 5~25쪽.
金成紋, 「妓女時調의 話者와 作品의 性格 硏究」, 『語文論集』 54, 중앙어문학회, 2013, 257~274쪽.
金烈圭, 「韓國詩歌의 抒情의 몇 局面」, 『東洋學』 2, 단국대 동양학연구소, 1972, 79~103쪽.
金敬姬, 「李朝 妓女 時調의 미학적 접근」, 『睡蓮語文論集』 7, 부산여대 수련어문학회, 1979, 197~222쪽.
김상진, 「시조에 나타난 사랑의 정의와 그 형상」, 『時調學論叢』 31, 韓國時調學會, 2009, 147~174쪽.
김용찬, 「기녀시조의 미의식과 여성주의적 성격」, 『南道文化硏究』 25, 순천대 남도문화연구소, 2013, 221~251쪽.
梁柱東, 「續. 古歌今釋 -時調와 麗謠-」, 『白民』 1949년 6월호, 143~154쪽.
梁柱東, 『麗謠箋注-朝鮮古歌硏究 續篇』, 乙酉文化社, 1947, 424~436쪽.
박명희, 「16세기 호남한시의 여성화자 유형과 의의」, 『한국고전여성문학연구』 20, 한국고전여성문학회, 2010, 145~172쪽.
성기옥, 「기녀시조의 감성특성과 시조사」, 『한국고전여성문학연구』 1, 한국고전여성문학회, 2000, 27~54쪽.
李秉岐, 「나의 스승을 말함 ④ 黃眞伊의 時調 一首가 指針: 時調形式으로 不可能한 領域이 없다」, 『東亞日報』 1931년 1월 29일자.
李秉岐, 「鄕土文學에 對ᄒᆞ야」, 『三千里文學』 1, 1938년 1월호, 126~127쪽.
李秉岐・白鐵, 『國文學全史』, 新丘文化社, 1973(1959).
李廷卓, 「時調歌壇攷」, 『安東大學 論文集』 8, 安東大學, 1986, 1~23쪽.
이화형, 「기녀시조를 통해 본 인간적 한계 인식과 극복 의지」, 『국제어문』 22, 국제어문학회, 2000, 91~111쪽.
임주탁, 「이야기 문맥을 고려한 황진이 시조의 새로운 해석」, 『우리말글』 38, 우리말글학회, 2006, 199~228쪽.
조연숙, 「기녀시조의 전개 양상과 성격」, 『아시아여성연구』 49-2, 숙명여대 아시아여성연구소, 2010, 217~248쪽.
Lee, Peter, *Anthology of Korean Poetry; From the Earliest Era to the Present*, New York: John Day Company, 1964, pp.80~83.

http://www.merriam-webster.com/dictionary/aestheticism
http://www.oxfordbibliographies.com/view/document/obo-9780199799558/obo-9780199799558-0002.xml

찾아보기(인명, 용어, 작품명)

ㅂ

ㅅ

ㅇ

출처

제1部 고시가 연구의 현재와 미래: 시각과 방법을 중심으로
(『語文學』 134, 한국어문학회, 2016, 345~377쪽)

한국 고시가 탐구에 기초적인 방법으로서 맥락 연구
(『韓國文學論叢』 82, 한국문학회, 2019, 119~161쪽)

제2部 우탁 시조 작품의 창작 맥락과 함의
(『배달말』 56, 배달말학회, 2015, 195~230쪽)

이조년 시조 작품의 분석과 해석
(『우리말글』 65, 우리말글학회, 2015, 155~201쪽)

이지란 시조의 맥락과 함의
(『문학교육학』 52, 한국문학교육학회, 2016, 223~251쪽)

이존오 시조의 맥락 연구
(『韓國文學論叢』 73, 한국문학회, 2016, 91~130쪽)

여말 선초 시조의 맥락과 작가의 정의론
(『古典文學研究』 54 한국고전문학회, 2018, 113~153쪽)

텍스트의 방언 특성을 고려한 〈신도가〉의 주석과 해석
(『語文學』 145, 한국어문학회, 2019, 179~218쪽)

제3部 시조 대중화의 한 양상-홍낭과 〈묏버들〉을 대상으로
(『古典文學研究』 48, 한국고전문학회, 2015, 147~188쪽)

홍낭 시조의 평가・해석과 창작 맥락
(『코기토』 79, 부산대학교 인문학연구소, 2016, 408~451쪽)

저자 소개

임 주 탁

서울대학교 인문대학 국어국문학과 졸업(1988)
서울대학교 대학원 졸업, 문학석사(1990) · 문학박사(1999)
공군사관학교 교수부 국어과 교관 · 전임강사(1990~1993)
대전대 · 덕성여대 · 명지대 · 서울대 · 서울시립대 · 충북대 시간강사(1993~2001)
부산대학교 사범대학 국어교육과 교수(2001~현재)
Harvard-Yenching Institute 2007-2008 Visiting Scholars Program 참여

주요 저서: 『고려시대 국어시가의 창작 · 전승 기반 연구』(2004), 『강화 천도, 그 비운의 역사와 노래』(2004), 『옛노래 연구와 교육의 방법』(2009), 『옛노래에 담긴 생각』(2012), 『한국 고시가의 반성적 고찰』(2013)

한국 고시가의 맥락 연구

초판 1쇄 인쇄 2020년 2월 20일
초판 1쇄 발행 2020년 2월 28일

지은이 임주탁
펴낸이 이대현

책임편집 임애정 | **편집** 이태곤 권분옥 문선희 백초혜
디자인 안혜진 최선주 김주화 | **마케팅** 박태훈 안현진
펴낸곳 도서출판 역락 | **등록** 1999년 4월 19일 제303-2002-000014호
주소 서울시 서초구 동광로46길 6-6(반포4동 577-25) 문창빌딩 2층(우06589)
전화 02-3409-2060(편집부), 2058(영업부) | **팩시밀리** 02-3409-2059
전자우편 youkrack@hanmail.net
홈페이지 www.youkrackbooks.com

ISBN 979-11-6244-504-4 93810

정가는 뒷표지에 있습니다.